Gilbert Sinoué wurde 1947 in Ägypten geboren. Er hat sich in Frankreich als Autor von historischen Romanen einen Namen gemacht. Sein Roman »Die Straße nach Isfahan« wurde in Deutschland ein Bestseller.

Gilbert Sinoué

Tochter Ägyptens

Roman

Aus dem Französischen
von Stefan Linster

Knaur

Von Gilbert Sinoué sind erschienen:

Purpur und Olivenzweig (Band 63013)
Die Straße nach Isfahan (Band 63014)
Die schöne Scheherazade (Band 63015)

Dieses Buch wurde auf chlor- und säurefreiem Papier gedruckt.

Deutsche Erstausgabe
November 1995

Titel der Originalausgabe: »La Fille du Nil«

Originalverlag: Éditions Denoël, Paris
Umschlaggestaltung:
Agentur ZERO, München
Umschlagabbildung:
Giseh (Ägypten), Pyramiden
Farblithographie, um 1890. Illustration aus einer Serie geographischer Charakterbilder
Satz: Ventura Publisher im Verlag
Druck und Bindung: Elsnerdruck, Berlin
Printed in Germany
ISBN 3-426-63026-5

2 4 5 3 1

Verkünde nicht, die Sterne wären tot, weil der Himmel verhangen ist.

Arabisches Sprichwort

Männern, die im Alter voranschreiten, ist es bisweilen gegeben, lange bevor der Wind sich noch erhebt, die hohle See vorauszuahnen. Daher seien Sie dessen eingedenk, was ich Ihnen heute sage, auf daß dies in Ihrem Gedächtnis eingeprägt bleibe: Wenn Frankreich und Ägypten eines Tages das Bett des Kanals von Suez ausheben sollten, wird England es sein, das sich hineinlegen wird.

Mohammed Ali Pascha

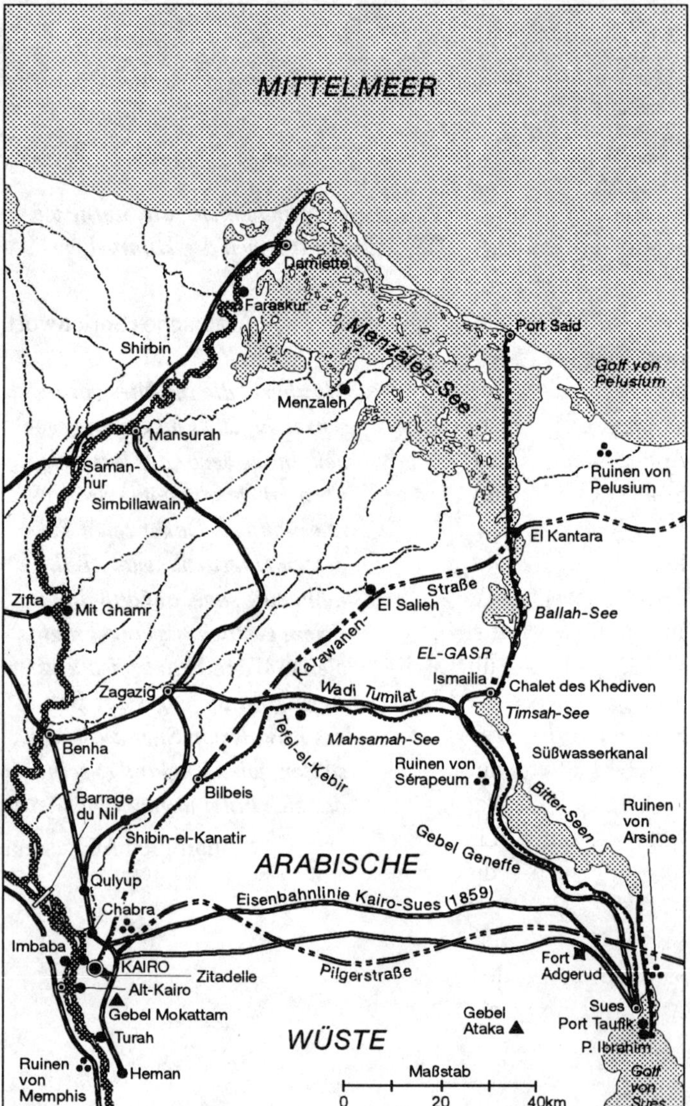

TRASSE DES SUESKANALS

1. Kapitel

Ägypten, Gizeh, Dezember 1827

Kaum drei Meilen trennten das Anwesen Sabah von Kairo. Der Nil war nicht weit. Gleichwohl hätte man sich hier, am Fuße dieses Plateaus von Gizeh, im Herzen der Wüste wähnen können. Die lastende Gegenwart der Pyramiden, die Nähe der schlafenden Nekropolen verstärkten diesen Eindruck von Einsamkeit noch. Erst im Frühling befreite Sabah sich von seiner Abgeschiedenheit. In sprühender Farbenpracht und herrlichem Stolz ragten dann die Rosenlorbeeren auf, die Azaleen- und Kameliengruppen, die Zitronen- und Orangenhaine, die Hibisken und versinnbildlichten auf Monate hinaus den Triumph des Lebens über den Tod; eines Kampfes, so alt wie Ägypten.

In jenem Moment senkte sich das bläuliche Licht der Dämmerung gemächlich über das Anwesen.

»Mama …«

Scheherazade erschauerte, wie aus einem Traum aufgeschreckt. »Was wünschst du, mein Sohn?«

»Ich hätte gerne, daß du dich zu uns gesellst. Nur einige Augenblicke. Es würde Linant Freude bereiten.«

»Linant. Sprichst du etwa von Monsieur de Bellefonds?«

»Ja.«

»Dann ist er zurück?«

»Er kommt gerade aus Frankreich. Sein erster Besuch gilt uns. Möchtest du ihn nicht willkommen heißen?«

»Der Vorarbeiter erwartet mich und …«

»Mutter. Sei so nett. Linant ist kein Fremder, und du hast ihn immer geschätzt.«

Sie warf einen letzten Blick auf die Einfahrt von Sabah. Plötzlich erhob sich das Getrappel eines fernen Galopps. Sie erstarrte. Der Hufschlag schwoll an. Spiralen aus Sand stiegen zum Himmel auf. Der ganze Horizont begann zu grollen. Sie klammerte sich an Josephs Arm, mit schwankendem Gemüt; ihr Gesicht hatte sich verändert. Ihre Lippen murmelten einige stumme Worte. Man hätte glauben können, sie betete.
Der Reiter preschte am Eingang des Anwesens vorbei. Seine schwarze, nur flüchtig erspähte Gestalt verschwand auf der staubigen Straße nach Kairo. So nahm Joseph seine Mutter sanft beim Arm und zog sie mit zum Gesellschaftsraum.
Linant de Bellefonds verließ den Diwan und kam ihnen entgegen. Er war groß, hager, die Oberlippe von einem entstehenden Schnurrbart verschattet. Mit schon fünfundzwanzig Jahren war er in Josephs Alter.
Er verneigte sich vor Scheherazade, berührte ehrerbietig leicht die Hand, die sie ihm hinhielt.
»Madame Mandrino. Meine Verehrung.«
»Guten Tag, Linant.«
Sie forderte ihn auf, sich zu setzen.
Der in der Mitte des Raumes errichtete Brunnen rieselte sanft unter den Täfelungen. Ringsherum hatte Joseph in Voraussicht des anbrechenden Abends die gläsernen Lampen anzünden lassen. Dieser Raum war gewiß der schönste des großen Familiensitzes. Und der am meisten mit Erinnerungen befrachtete auch.
»Somit sind Sie also wieder unter uns …«
»Ja, Madame. Und für lange Zeit diesmal.«
Joseph erklärte: »Unser Freund ist gerade offiziell in die Dienste des Vizekönigs getreten. Er ist zum leitenden Ingenieur der Bewässerungsvorhaben ernannt worden.«
Zerstreut strich Scheherazade mit den Fingern ihr schwarzes, auf ihre Schultern fallendes Haar entlang.

»*Mabruk*, Glückwünsche, Linant. Ägypten braucht Männer wie Sie.«
»Ich danke Ihnen, Madame.«
»Wenn ich daran denke, daß ich unter deinem Befehl werde arbeiten müssen.«
»Ja, ja, Joseph, ich weiß. Ich kann mir vorstellen, wie dein Stolz darunter leiden wird. Aber sage dir, daß du hierbei nicht der einzige sein wirst. Ich kenne etliche Leute, die meine Ernennung aufgebracht haben dürfte. Für diese aus den großen Schulen hervorgegangenen Herren bleibe ich, was ich stets gewesen bin: ein Autodidakt.«
»Wenn ich richtig verstehe, rechnest du mit meinem Wissen und meinen Diplomen, um deine Thesen zu verteidigen?«
Josephs Frage wurde von einem absichtlich schiefen, beinahe inquisitorischen Blick begleitet. Die auf seinen Freund erzielte Wirkung folgte augenblicklich.
»Wie? Ja, sind es denn nicht auch die deinigen?«
Joseph brach in herzliches Lachen aus.
»Aber selbstverständlich, Linant. Glaubst du, du und ich, wir wären sonst so verbunden?«
Er nahm seine Mutter zur Zeugin.
»Linant ist sicherlich der furchtsamste Mensch, den ich kenne.«
»Gleichwohl«, bemerkte Scheherazade, »wenn ich meinem Sohn und dem Vizekönig glauben soll, besitzen Sie große Qualitäten und weit mehr Erfahrung als zahlreiche Greise. Ignorieren Sie also die Kritiker. Besinnen Sie sich auf sich selbst.«
Unversehens fragte sie besorgt: »Joseph, hast du denn deinem Gast nichts angeboten?«
Sie klatschte in die Hände.
»Khadija!«
Bevor die Dienerin kam, fragte sie: »Was würde Ihnen Freude machen?«
»Ich weiß nicht, gnädige Frau … Ich muß Ihnen gestehen, daß

ich mich von meiner letzten Überfahrt nicht recht erholt habe. Es scheint, das Meer bekommt mir immer weniger.«
Joseph lachte spöttisch auf.
»Welche Schande! Der Sohn eines Offiziers der französischen *Royale*, ein ehemaliger Kadett, an Hochseefahrten gewöhnt, sollte sich hüten, derartige Bekenntnisse zu machen!«
»Wenn Sie etwas angegriffen sind«, schlug Scheherazade vor, »würde ein *helba*-Aufguß Ihnen überaus wohltun.«
»Helba?«
»Das ist Samen einer hier sehr verbreiteten Pflanze. Ich glaube, im Abendland nennt man sie *fenugraecum*, Griechisches Heu oder Bockshornklee.«
»In diesem Fall ...«
Sie wies die Dienerin an, die soeben auf der Schwelle erschienen war: »Khadija, bereite dem Herrn eine Tasse *helba* zu.«
»Und für mich«, verlangte Joseph, »bitte einen Kaffee, *masbut*. Mittelsüß.«
An seinen Freund gerichtet, fuhr er fort: »Wenn ich recht verstehe, hast du bei der Marine deinen Abschied genommen?«
»Seit meinem zehnten Lebensjahr bin ich unaufhörlich an der Seite meines Vaters umhergereist. Neufundland, Kanada ... Diese Seite ist endgültig umgeblättert. Ich möchte mich nur noch unseren Arbeiten und dem Studium Ägyptens widmen.«
Scheherazade gab leise zu bedenken: »In jedem Fall wäre es wohl kein ägyptisches Schiff, auf dem Sie wieder in See stechen könnten. Unser Land besitzt keine Marine mehr.«
Linant enthielt sich einer Bemerkung.
Sie fragte ihn: »Sie haben, denke ich, von Navarino gehört?«
Da er einen verlegenen Gesichtsausdruck aufsetzte, beharrte sie: »Sprechen Sie, Linant, antworten Sie mir.«
»Navarino ... Gewiß. Das Ganze ist kaum drei Monate her. Es handelt sich um diesen griechischen Hafen zum Ionischen

Meer, den Schauplatz jener absurden Seeschlacht, in der die ägyptische Flotte den abendländischen Mächten gegenüberstand. Für mich war es eine schändliche Angelegenheit. Ägypten hat seine Flotte verloren und ...«
»Und ich zwei teure Menschen. Zwei Menschen, an denen ich hing, wie man am eigenen Leben hängt. Der eine von ihnen war mein Freund, er hieß Karim ibn Suleiman, und ich hegte für ihn die Liebe, die ich für meine Kinder empfinde. Der andere war mein Gemahl. Ricardo Mandrino.«
Der junge Mann verharrte schweigend. Durch Joseph wußte er um alle Einzelheiten des Dramas.
»Mama ... das ist Vergangenheit. Du mußt vergessen.«
»Mein Sohn, die Geschöpfe zu vergessen, die man geliebt hat, heißt, sie ein zweites Mal zu töten.«
»Dieser Einwand ist nur berechtigt, solange die Erinnerung an die Toten die Lebenden nicht zu leben hindert.«
Eine aggressive Stimme hielt ihn ab fortzufahren.
»Es geht nicht um *deinen* Vater! Er wird nicht vermißt!«
Das junge Mädchen, das Joseph soeben harsch angefahren hatte, durchquerte den Empfangsraum und baute sich vor ihm auf.
»Ja«, setzte es hinzu, »es ist leicht, von denen zu sprechen, die nicht vom eigenen Blut sind.«
Er entgegnete gelassen: »Du bist ungerecht, Giovanna. Ich habe Ricardo genausosehr geliebt wie du. Er war es, der mich aufgezogen hat. Bei ihm bin ich groß geworden. Als mein Vater starb, war ich weniger als ein Jahr alt.«
»Trotzdem ist es Ricardos Andenken, das du verrätst.«
Er wollte aufbegehren, doch Scheherazade besänftigte ihn mit einer Handbewegung.
»Nimm Platz, Tochter. Setz dich. Wann wirst du lernen, erst nachzudenken, bevor du so sinnlose wie schmerzliche Sätze daherredest?«

»Das Andenken von Papa verteidigen soll sinnlos geworden sein?«
»Aber dieses Andenken vor denen zu verteidigen, die dessen Hüter sind, ist es. Dein Bruder vergibt dir jedoch, du bist erst fünfzehn.«
Giovanna verschränkte herausfordernd die Arme. Das Blau ihrer Augen wurde hart, beinahe metallisch.
»Und du, Mutter?«
»Was denn?«
»Wie wirst du es anstellen, um Ricardos Vergebung zu erhalten?«
Eine jähe Blässe befiel Scheherazades Gesicht. Sie richtete sich langsam auf. Eine scharfe Ohrfeige ertönte.
Bestürzt fuhr Giovanna sich mit der Hand an die Wange. Ihr Mund öffnete sich, ihr Atem stockte, während sie nach einer Erwiderung suchte, die nicht kommen wollte. Selbst Joseph schien fassungslos. Dies war das erstemal, daß seine Mutter die Hand gegen eines ihrer Kinder erhob.
»Hör mir gut zu, meine Tochter, damit diese Worte in dich dringen und niemals verlöschen: Dein Vater war mein Fleisch und Blut, bevor er deines wurde. Er war mein Atem, bevor dieser Atem dir Leben einhauchte. Bevor du noch seinen Namen stammeltest, hatte ich ihn tausendmal gerufen. Als du zum erstenmal deine Hand in die seine legtest, war es die meinige, die dich empfing. Ricardo Mandrino war mein Gemahl. Gott ist mein Zeuge, daß ich niemals irgend jemandem erlauben werde, über unsere gemeinsame Geschichte zu Gericht zu sitzen. Niemals!«
Sie machte eine Pause, bevor sie schloß: »Überlassen wir nun den guten Sitten das Feld. Du hast Herrn de Bellefonds noch nicht begrüßt.«
Die Hand noch immer an ihrer Wange, blieb Giovanna weiter stumm. Sie musterte ihre Mutter, wie man eine Fremde betrach-

tet. Zornige und verstörte Gedanken schienen sich in ihrem Kopf zu drängen. Den Tränen nahe, stürzte sie aus dem Raum. Fast gleichzeitig verließ Joseph seinen Platz und legte seiner Mutter die Hand auf die Schulter.

»Du hast es selbst gesagt, Mama. Sie ist erst fünfzehn. Du darfst ihr nicht zürnen.«

»Ihr zürnen? Mein Sohn ... Wie könnte ich meinem zweiten Ich zürnen?«

Hastig griff sie nach dem Arm ihres Gastes.

»Ich möchte Sie bitten, diesen Zwischenfall zu verzeihen.«

Joseph machte ein etwas täppisches Gesicht.

»Nicht der Rede wert, Madame.«

Eine Weile verstrich. Abwesend murmelte sie: »Dieses Jahr hat sich die Nilschwelle als recht mittelmäßig erwiesen. Die Ernte wird gefährdet sein.«

»Das ist wahr«, bestätigte Joseph. »Seit mindestens sechs Jahren ist der Pegel des Nils nicht mehr so niedrig gewesen. Weniger als zwanzig Ellen.«

»Doch schon bald wird es euch gelingen, die Launen unseres Stroms zu beherrschen, nicht wahr?«

»Wir hoffen es.«

»Ansonsten wird uns nichts anderes übrigbleiben als den Menschen zu Zeiten der Pharaonen: beten, daß der Gott Chnum dort unten, in seiner Höhle, geruhe, seine Sandale zu heben und den Fluten freien Lauf zu lassen.«

Sie hielt kurz inne, bevor sie schloß: »Diese ganzen Bewässerungsprobleme erinnern mich daran, daß der Vorarbeiter auf mich wartet.«

Sie erhob sich mit einem Ruck, und Bellefonds tat es ihr gleich.

»Bis bald, Linant. Vergessen Sie nicht, daß dieses Haus auch das Ihre ist.«

Als sie schon im Begriff war, die Schwelle zu überschreiten, wandte sie sich noch einmal zu den beiden Männern um.

»Macht rasch, meine Kinder. Die Zeit drängt. Ägypten dürstet, und meine Baumwollpflanzen auch.«

Auf ihrem Bett ausgestreckt, hörte Giovanna nicht, wie sich die Tür öffnete. Erst als Scheherazade sich neben sie setzte, wurde sie sich ihrer Anwesenheit bewußt.

»Hast du geschlafen?«

Giovanna schüttelte den Kopf, ohne zu antworten.

»Sieh mich an.«

Sie blieb eisig.

Scheherazade beobachtete sie eine Zeitlang. Im Halbdunkel, das den Raum erfüllte, hob sich das Gesicht des Mädchens so nah, so fern ab. Wenn die Natur Joseph mit einer reinen, ja flüchtigen Schönheit ausgestattet hatte, so hatte sie Giovanna mit ausgeprägten, harten, beinahe männlichen Zügen gezeichnet. Weiblich und männlich, Tigerin und Katze zugleich. Es waren vor allem ihre Augen, die diesen Widerspruch durchscheinen ließen: Augen von einem Saphirblau, in denen Sanftheit und Gewalt nahe beieinanderstanden. Ganz einfach die Augen Ricardo Mandrinos.

»Ich werde verreisen«, verkündete Scheherazade.

Sie blieb unbewegt.

»Ich reise nach Morea*, um Ricardo wiederzufinden.«

Da erst richtete Giovanna sich auf.

»Meinen Vater wiederfinden?«

»Meinen Mann, Giovanna.«

»Aber ... aber das sagst du nicht im Ernst. Wir wissen doch, daß er tot ist.«

»Nein.«

»Über drei Monate haben wir nun schon keine Nachricht

* Historische Landschaft Griechenlands, auch Name des Peloponnes. *(Anm. d. Übers.)*

von ihm. Wie kannst du dir einbilden, er wäre noch am Leben?«
»Weil Gott existiert.«
»Das verstehe ich nicht.«
»Gott allein beschließt darüber, er allein scheidet die Lebenden von den Toten. Er hat mir Ricardo nicht wegnehmen können, da es für alles eine Zeit gibt. Für Ricardo und mich ist diese Zeit noch nicht gekommen. Ich weiß es.«
»Aber, Mama, das ist absurd!«
»Hab Vertrauen, ich werde ihn wiederfinden.«
»Wenn er noch leben würde, befände er sich unter uns.«
»Ich werde ihn wiederfinden.«
»Aber wie wirst du das anstellen? Du wirst doch nicht ganz allein nach Navarino reisen.«
»Jemand wird mir helfen.«
»Der Vizekönig?«
»Ja.«
»Weshalb sollte er das tun?«
»Weil er und ich verbunden sind wie die Finger einer Hand. Weil er es war, der Ricardo dorthin entsandt hat. Er hat ihn aus meinem Leben gerissen, er wird ihn mir wieder zurückbringen.«
Fassungslos blieb Giovanna stumm. Scheherazade setzte hinzu:
»Jetzt würde ich gerne noch über etwas anderes mit dir sprechen. Dein Bruder liebt dich, Giovanna. Er liebt dich von ganzem Herzen. Lebe nicht im Streit mit ihm. Ich will nicht mit beklommenem Herzen fortgehen. Kann ich dich ihm anvertrauen?«
»Ja.«
»Darf ich das glauben?«
»Ja. Ich verspreche es dir. Wann willst du nach Morea aufbrechen?«
»Ich weiß es nicht. Mohammed Ali hält sich zur Zeit im Ras el-Tin auf, in seinem Palast von Alexandria. Ich werde ihn um

eine Audienz bitten. Alles wird vom Ergebnis dieser Unterredung abhängen. Wenn es nur nach mir ginge, wäre ich bereits auf dem Weg.«

Giovanna blickte verwirrt zu ihrer Mutter auf.

»Du bist irre, Mama.«

»Es gibt keinen schlimmeren Irrsinn als die Selbstverleugnung, meine Tochter. Das wirst du eines Tages selbst erfahren.«

Sie machte eine Pause, bevor sie hinzufügte und dabei die Worte mit Bedacht betonte: »Wie du auch erfahren wirst, daß man weder urteilen noch verdammen darf, bevor man alles von den Dingen weiß. Und man weiß niemals alles.«

»Damit meinst du gewiß, was ich eben gesagt habe ... Was du mir über deine Beziehungen zu Papa erzählt hast, reicht demnach nicht aus, damit ich mir eine Meinung bilden könnte?«

»Was hätte ich dir denn so Schändliches anvertraut, meine Tochter?«

»Karim ...«

Scheherazade warf ihr Haar zurück.

»Daß ich dir also mein Herz, nicht das einer Mutter, sondern das einer Frau geöffnet habe, hat diese Verletzung zwischen uns bewirkt?«

»Karim ...«

»Karim ist tot!« Sie hatte es geschrien.

»Er ist in Navarino gestorben. Ein Leichnam unter anderen!«

»Du hast ihn geliebt.«

»Ja, ich habe ihn geliebt. Ich war besessen von ihm. Doch zu jener Zeit war ich noch jünger, als du es heute bist. Ich war vierzehn Jahre alt.«

»Du hast ihn zwar mit vierzehn geliebt, aber euer Verhältnis ist nie abgebrochen. Du selbst hast es mir doch gesagt. Du hast ihn einige Tage vor seiner Abfahrt nach Navarino wiedergesehen. Papa hat euch überrascht. Es hat ihn sehr gequält, was wiederum du mir erzählt hast. Solltest du das vergessen haben?«

»Hast du denn gar nichts verstanden? Ich habe dir meine Seele geöffnet, und das ist alles, was du daraus geschlossen hast? Zwischen Karim und mir war nichts mehr. Als dein Vater in meinem Leben erschienen ist, hat er alles hinweggefegt. Ich habe nur noch durch ihn geatmet. Alles, was ich für diese Jugendliebe habe empfinden können, ist ausgelöscht, von Ricardo zerstört worden. Für Karim ist mir nur noch Zärtlichkeit, Zuneigung geblieben. Eine ungeheure Zuneigung, doch sonst nichts. Meine Liebe galt nur noch Ricardo.«

»Du lügst!«

Scheherazade blieb wie versteinert.

»Warst nicht du es, die mir erzählt hat, wie sehr Papa gelitten hat, als er in jener Nacht begriff, daß du ihn nicht so geliebt hattest wie er dich? Warst nicht du es, die mir erklärt hat, er sei mit gebrochenem Herzen nach Navarino abgefahren? Du hättest stets von ihm nur genommen, mehr, als du gegeben hättest! Ist das wahr oder nicht?«

Da ihre Mutter schwieg, beharrte sie nachdrücklich: »Antworte!«

Es gab keine Antwort. Scheherazade stand langsam auf. Müde schloß sie die Zimmertür.

»Die Fackeln waren gelöscht, und die Stille der Nacht hatte ihre Rechte wieder gefordert. Mandrino, die Stiefel gegen die Brüstung der Veranda gestemmt, trank seinen Kelch Wein aus.

›Ich bitte dich, Ricardo, du kannst doch nicht glauben, daß zwischen Karim und mir noch …‹

›Was ich glaube, gehört nur mir.‹

›Aber er war unglücklich! Einzig und allein unglücklich. Was du gesehen hast, war von mir nur eine Geste des Trostes. Nichts weiter. Du weißt alles über Karim und mich. Habe ich dir je die Wahrheit verheimlicht?‹«

Allein in ihrem Zimmer, die Stirn gegen das warme Holz der Maschrabija gelehnt, betrachtet Scheherazade sinnend die Wüste und denkt an die Worte der Vergangenheit.

»›Seit wann spricht ein Geständnis von einem Vergehen los?‹
›Ein Vergehen?‹
Ihre Stimme schlug jäh in einen Schrei um, einen Schrei, der von Zorn und Verzweiflung zugleich durchdrungen war:
›Wie wagst du es, von einem Vergehen zu reden?‹
Er sagte ironisch: ›Sagen wir ... ein Wiederaufflammen.‹
›Zwanzig Jahre später? Du bist irre, Mandrino. Du bist es immer gewesen. Diesmal jedoch ist dein Irrsinn verderbt! Ich sage es dir nochmals: Es war nichts, weder in meiner Haltung noch in meinen Empfindungen, nichts als Mitgefühl; dasselbe, das ich für unsere Kinder hätte empfinden können. Du mußt mir glauben!‹«

Gegen ihren Willen ballt sich ihre Faust. Selbst drei Monate danach ist die Verwunderung bei der Erinnerung an diese Szene noch immer die gleiche angesichts der Armseligkeit der Worte; dieser Unfähigkeit, die magische Formel zu finden, die allein imstande wäre, den, der leidet oder fortgehen will, zurückzuhalten.

»Er antwortete nicht sogleich, hob seine Beine und stellte sie ruhig auf den Boden.
›Das Thema ist abgeschlossen.‹
›Nein!‹
›Also gut. Dann wird es an dir sein, mir zuzuhören. In unserer Geschichte ist einer von uns beiden auf den anderen zugegangen, der regungslos wartete. Geduldig näherte ich mich. Tag um Tag, Woche um Woche, habe ich deine Schutzwälle umrundet, Kriegslisten angewendet. Das Herz von Liebe übervoll, habe ich

*in der besessenen Erwartung jenes Tages gelebt, an dem du deine Hut sinken lassen würdest, an dem die Rollen vertauscht sein würden. Es dauerte lange. Und von diesem zärtlichen Kriege habe ich die Spuren zurückbehalten. Einige Wunden.‹ Sie wollte sprechen, doch er fügte hinzu: ›Ich werde dich erstaunen. Im Verlauf dieser sechzehn Jahre habe ich den Anschein eines Felsens vermittelt. Den Eindruck, daß nichts oder nahezu nichts mich verletzen könnte. Trotzdem gestehe ich dir heute abend, daß ich Angst gehabt habe. Hundertmal, tausendmal. Jedesmal wenn ich dich mit selbstsicherem Gebaren verließ, war ich mir etwas weniger sicher. Als du mir auf der Dahabiye * von Karim erzähltest, tat ich so, als würde mich die Vergangenheit nicht berühren. Das ist falsch. Man wird stets von der amourösen Vergangenheit derjenigen berührt, die man liebt. Sie ist wie eine Bedrohung im nachhinein. Heute abend dann habe ich ein wenig vor der Vergangenheit gezittert. Zum ersten Mal habe ich meine Stürme ausgesprochen, statt sie in mir zu behalten. Ich habe mir das Recht zugestanden. Verstehst du?‹«*

Ob sie verstand?
All die Zeit über, da er gesprochen hatte, war ihr etwas ganz und gar Augenscheinliches bewußt geworden: Er hatte ihr mehr gegeben als irgendein anderer Mann. Hatte sie indes ihm auch nur einen winzigen Teil dessen zurückzugeben verstanden? Sie wurde gewahr, daß sie, selbst jetzt noch, so viele Jahre später, viel genommen und begierig nur ihren Mangel an Liebe und Sinnlichkeit zu befriedigen getrachtet hatte. Ein weiter Weg lag vor ihr, um den unendlichen Reichtum, den er in ihr gesät hatte, zu vergelten.

* Schiff, Hausboot.

2. Kapitel

Mohammed Ali Pascha, der letzte Pharao, hatte gewollt, daß man seinen schönsten Palast in Alexandria, am Ende der Halbinsel Pharos, auf dem sogenannten Feigen-Kap errichte, zwischen dem Westhafen und der offenen See. Seit jeher hatte diese alte Stadt sein Herz betört. Vielleicht, weil hier die Minarette selten waren, die Straßen sauber und das Kairo ureigene Chaos der Gäßchen fehlte. Kein Königs-Fluß, nichts als das Meer. Und war es nicht das Meer, das vierundzwanzig Jahre zuvor ihn, den jungen Offizier, das einfache Waisenkind aus Kavala, an der Spitze eines albanischen Kontingents an dieses Gestade geführt hatte? War es nicht in dessen Gischt, in der er mit Gewißheit den einstigen Ruhm zu lesen verstanden hatte?
Zu ebendiesem Zeitpunkt, in seinem Kabinett von Ras el-Tin in einem beeindruckenden Sessel aus Damaszener Holz versunken, haspelte der Vizekönig schweigsam seinen bernsteinernen Gebetskranz herunter. Der Dezember war nicht sonderlich frisch, und dennoch hatte man ein Feuer im Kamin angefacht.
Vor dem Pascha standen sein Minister für Auswärtige Angelegenheiten, Boghossian Bey*, und Henry Salt, der äußerst distinguierte britische Konsul. Letzterer räusperte sich, bevor er schloß: »Navarino war, das räume ich ein, eine unglückliche Episode. Die Regierung Seiner Majestät George' IV. hat die Vernichtung Ihrer Flotte bedauert. Doch glauben Sie mir, die von Ihren Truppen in Morea begangenen Greuel, die Massendeportationen der christlichen Bevölkerung konnten unsere Regierungen nicht mehr länger gleichgültig zuschauen lassen.«

* Von einigen hohen türkischen Beamten getragener Ehrentitel.

Mit abwesendem Ausdruck behielt Mohammed Ali seinen Blick auf die Feuerstelle geheftet.
Boghossian Bey nahm es auf sich zu antworten: »Herr Konsul, es will mir scheinen, die altbekannte philanthropische Leier Ihres Freundes George Canning, des Urhebers dieser durch ganz Europa geführten Kampagne gegen Ägypten, zu vernehmen. Wenn man ihn reden hört, hätten unsere Streitkräfte, kaum in Griechenland gelandet, die systematische Verwüstung des ganzen Landes unternommen. Die Christen wären gejagt und in Sklaverei verschleppt worden. Ich habe sogar sagen hören, Seine Hoheit Ibrahim, Oberbefehlshaber der Truppen und Sohn Seiner Majestät, hätte Gefallen daran gefunden, Säcke voller abgeschnittener Köpfe und Ohren nach Konstantinopel zu senden.«
Der Engländer setzte eine pikierte Miene auf.
»Das entspricht leider dem, was unsere Beobachter uns zugetragen haben.«
»Kommen Sie, Herr Salt, Sie wissen besser als jeder andere, daß dies reichlich übertrieben ist. Jedenfalls ist heute nicht der Tag, an dem wir die wahren Beweggründe analysieren werden, welche die alliierten Kräfte dazu geführt haben, sich gegen Ägypten zu erheben. Sagen wir einfach, der ägyptische Triumph in Morea stellte für Ihr Land mit einem Mal eine zweifache Gefahr dar. Das Heranwachsen einer neuen, obendrein mit Frankreich befreundeten Macht wurde Ihnen unerträglich. Von da an, und wie gewohnt, haben Sie Ihre alte Maxime angewandt: teilen, immer und immerzu teilen, um zu herrschen. England, Herr Salt, hat sich stets in der Kunst falscher Allianzen und verderblicher Abkommen hervorgetan.«
Salt machte ein empörtes Gesicht.
»Sie unterstellen der Regierung Seiner Majestät machiavellistisches Verhalten. Ich beharre darauf: Der menschliche Gesichtspunkt hat den Ausschlag gegeben. Der Prinz Ibrahim Bey ist

ohne jede Rücksicht hinsichtlich der griechischen Bevölkerung vorgegangen.«

»Herr Salt!«

Der englische Diplomat verstummte jäh. Dies war das erste Mal seit Beginn der Audienz, daß Mohammed Ali einschritt. Seine dunkle Stimme grollte durch den großen Saal: »Sie haben gerade meinen Sohn erwähnt. Wissen Sie, welches die letzten Worte waren, die ich aussprach, als er nach Griechenland zog? Ich werde sie Ihnen in Erinnerung rufen: ›Möge Gott euch den Sieg geben, mein Kind, und falls er ihn euch gibt, möge er euch die Tugend der Milde gewähren: Seid ein Feind euren Feinden, doch mit den Schwachen seid gnädig.‹«

Salt strich fahrig mit dem Zeigefinger über seinen Schnurrbart. »Ich zweifele nicht an der Aufrichtigkeit Ihrer Äußerungen, Majestät, aber es kommt vor, daß ein General sich, vom Tumult des Gefechts mitgerissen, gewissen Handlungen hingibt, die die Moral verdammt.«

»Glauben Sie, daß ich Schweigen gewahrt hätte, wenn dies der Fall gewesen wäre?«

Ein mißlauniger Unterton schlich sich in seine Stimme, während er fortfuhr: »Das Abendland muß ein kurzes Gedächtnis haben, wenn es so rasch vergißt, was für ein Mann ich bin und was dieser Mann alles vollbracht hat, seit er – durch die Gnade des *Allmächtigen* – Ägypten regiert. Ich habe den fanatischen und eingefahrenen Geist der alten Muslime bekämpft. Ich habe all die Demütigungen abgeschafft, denen die Christen seit Jahrhunderten ausgesetzt waren. Ich habe die Genehmigung erteilt, Klöster in Kairo zu errichten. Ich habe den Kirchen gestattet, ihre Glocken zu läuten. Ich habe den Oberhäuptern der verschiedenen Religionen die Genehmigung erteilt, öffentlich ihre Kulte zu zelebrieren. Der, dem fremd ist, wie unerträglich derartige Beschlüsse den muslimischen Frömmlern sein können, macht sich keine Vorstellung von dem Maß an Toleranz und

Mut, das ich habe aufwenden müssen. Und ebendieser Mann sollte jene Massaker zugelassen haben? Doch einerlei …«
Er starrte sein Gegenüber lange an.
»Demnach fordern die Großmächte also, daß ich Morea räume.«
»Wir sehen keinen anderen Ausweg, leider.«
»Bestens, dann werde ich Ihnen antworten. Zur Zeit habe ich sozusagen den Fuß in zwei Steigbügeln. Mein Sohn Ibrahim hat den Befehl erhalten, seine Truppen bis zum Frühjahr im Peloponnes zu belassen. Er wird ohne meine Erlaubnis nicht eine Meile vorrücken. Falls Ihre Regierung mir bis dahin Vorschläge macht, die mich zufriedenstellen, werde ich bereit sein, deren Angebote anzunehmen, und eine Möglichkeit finden, meine Streitkräfte aus Morea abzuziehen. Ansonsten …«
Salts Gesichtsausdruck wirkte aufmerksamer.
»Ansonsten werde ich alle mir verfügbaren Mittel aufbringen, und dank des Einflusses, den ich bei der Pforte* besitze, werde ich das Oberkommando über die osmanische Flotte erwirken und das begonnene Werk vollenden. Dies ist meine Position.«
»Ermessen Hoheit die Konsequenzen einer solchen Haltung?«
»Ich bin achtundfünfzig Jahre alt, Herr Salt. Ein Alter, in dem man sich nicht mehr mit Gefälligkeiten beschwert.«
»Was erwarten Sie denn von den Großmächten?«
»Nicht mehr als das, was mir von Frankreich und von England vor dem Drama von Navarino versprochen und zugesichert worden ist: Syrien im Tausch für meinen Abzug aus Griechenland.«
»Ich möchte keineswegs Pessimismus an den Tag legen, aber ich habe das Gefühl, daß Ihre Forderungen kaum Aussicht

* Oder die Hohe Pforte. Beiname der Residenz der türkischen Sultane, der osmanischen Regierung, im weiteren Sinne der Türkei.

haben dürften, ein günstiges Echo seitens unseres Premierministers, des Duke of Wellington, zu finden.«
»Das wäre recht betrüblich, würde es doch bedeuten, daß der Bezwinger Bonapartes nicht gelernt hätte, wann der Mann des Krieges dem Diplomaten den Vortritt lassen sollte.«
Der Brite schluckte mühsam.
»Muß ich Hoheit daran erinnern, daß die französische Regierung ganz genau dieselben Auffassungen zu dieser Angelegenheit hat wie wir?«
»Ich bin davon unterrichtet worden.«
Salt betrachtete den Pascha aufmerksam.
»Es ist sonderbar. Ich habe beinahe den Eindruck, daß Sie bei der Regierung von Charles X. weniger Strenge walten lassen als bei der Georges IV. Doch zweifelsohne ist dies nur ein Eindruck.«
»Muß ich Ihnen antworten?«
»Ich wäre Ihnen sehr verbunden.«
»Sehen Sie, mein Herr, es gibt zwei Arten von Beziehungen im Leben: die, die auf Furcht gegründet sind, und jene, die aus der Achtung erwachsen. Ich überlasse es Ihnen zu ersinnen, welche von beiden mich mit Frankreich verbindet.«
»Majestät, erlauben Sie mir, Ihnen zu sagen, daß Ägypten düsteren Stunden entgegengeht.«
Diesmal überging der Pascha die Bemerkung. Er vertiefte sich einfach nur in die Betrachtung seiner Hände, ein Zeichen für erfahrene Gesprächspartner, daß die Unterredung ihr Ende erreicht hatte.
Der Konsul erhob sich, verneigte sich mit gewisser Steifheit und wandte sich zum Ausgang.
»Herr Salt!«
Der Engländer drehte sich auf dem Absatz um.
»Hoheit?«
»Was die Berichte Ihrer Beobachter angeht ... Sie können sich

nicht vorstellen, wie viele Reisende und Pilger uns von den Hindus erzählen.«
Die Züge des Konsuls verkniffen sich unmerklich.
»Man sagt, Indien stürbe, Herr Salt, es stürbe unter dem Joch Englands.«

Scheherazade hatte Mühe, ihre Ungeduld zu bändigen. Bald eine Stunde wartete sie nun schon, vom Vizekönig empfangen zu werden. Mit einer gewissen Nervosität trat sie an das Fenster zum Meer hin. Unter der Mittagssonne machten sich Arbeiter mit gebeugtem Rücken im großen Innenhof eifrig zu schaffen, räumten, Allahs Beistand erflehend, Bruch- und Backsteine fort. In seiner Eile, sich im Ras el-Tin einzurichten, hatte der Monarch es abgelehnt, bis zur Beendigung der Bauarbeiten auszuharren. Ein Teil des Palastes blieb noch zu errichten.
Von der Stelle, an der sie sich befand, konnte Scheherazade deutlich die Westspitze der Halbinsel sehen, wo einige Jahrhunderte zuvor noch sich eines der Sieben Weltwunder erhoben hatte: der Pharos, der Leuchtturm von Alexandria. Sie versuchte, sich auszumalen, wie dieser von den Menschen bezähmte Sternensplitter wohl ausgesehen haben mochte, der, wie behauptet wurde, die Nacht der Seeleute wie am lichten Mittag erhellte. Nun jedoch verebbten die Wellen zu Füßen des Bauwerks, das ihn ersetzt hatte: des kreidefarbenen Forts Kait Bey. Scheherazade sann, daß nichts dem Entschwinden der Zeit widerstand, es sei denn, das Gedächtnis. Nicht jenes vertraute Gedächtnis, welches das Alter letztendlich zermürbte, das einem nach der Willkür seiner Launen ein paar Erinnerungsblitze wiedergab, sondern ein anderes, bei weitem getreueres und unwandelbares, nämlich das der Wurzeln und des Blutes. Jetzt, da sie sich dem fünfzigsten Lebensjahr näherte, wußte Scheherazade, daß dank der Gnade Gottes und der ihrer Eltern ihr diese Form von Gedächtnis weitergegeben worden war. Zwar ohne

ihr Wissen vielleicht, doch ganz gewiß. Und so hatten in der Polyphonie des verworrenen Geraunes dieser Welt die Stimme Yussefs, dieses vergötterten Vaters, die ihrer Mutter Nadia und auch die ihres Bruders Nabil*, mit zweiunddreißig Jahren im Wahn der Menschen enthauptet, – so hatten all diese Stimmen nie aufgehört, zu ihr zu sprechen. Selbst die Samiras, der älteren Schwester, die doch seit mehr als zwanzig Jahren verschollen war. Sie war eines Tages am Arm eines schneidigen französischen Admirals nach Paris aufgebrochen, und man hatte sie nie mehr wiedergesehen.

Nunmehr war sie es, Scheherazade, der die Pflicht oblag, die Flamme weiterzureichen. Joseph, daran zweifelte sie nicht im geringsten, würde deren erstes Gefäß sein. Doch Giovanna ...

»Sett** Mandrino.«

Sie drehte sich um. Abdallah Zulficar, der Großkämmerer, war soeben in den Aufenthaltsraum getreten.

»Der Vizekönig erwartet Sie.«

»Tritt ein«, meinte der Pascha nur, mit düsteren Zügen. Sie glitt in das Arbeitszimmer und ging auf den Herrscher zu. Entgegen seiner Gewohnheit stand er nicht auf und begnügte sich damit, auf den von Henry Salt verlassenen Sessel zu deuten.

»Sind Sie wohlauf, Majestät?«

»Und du, *ya setti****?«

Der angeschlagene Ton war neutral; eine bloße Höflichkeitsfloskel.

»Ja. Dank der Gnade Gottes.«

*Der Bruder Scheherazades leitete eine Widerstandsgruppe während der französischen Besatzung 1798. Er wurde im Verlauf der ersten Kairoer Erhebung verhaftet und zum Tode durch Enthauptung verurteilt (cf. *Die schöne Scheherazade*, Teil I).

**Dame oder auch gnädige Frau.

***Meine Dame.

Sie ließ einige Augenblicke verstreichen, ohne etwas hinzuzusetzen. Sie kannte den Menschen schon zu lange, um nicht zu spüren, daß er einen seiner schlechten Tage hatte. Sie wies auf das Kaminfeuer.
»Ist Ihnen kalt?«
»Wie könnte dem anders sein? Seit kurzem weht ein eisiger Wind über Ägypten.«
»Ich glaubte, Herrn Henry Salt beim Hinausgehen kurz gesehen zu haben. Muß ich daraus schließen, daß dieser Wind Ihnen von England her kommt?«
»Von England, von Rußland, von Österreich, von der Türkei und betrüblicherweise von Frankreich. Soll ich dir etwas sagen? Es widerfährt mir bisweilen, es leid zu sein, daß ich mein Dasein damit verbringe, diesen Schraubstock zu lösen, in dem man mich regelmäßig einzuzwängen trachtet.«
»Vielleicht hätten Sie sich in Navarino nicht verpflichten sollen?«
Er fuhr hoch.
»Gerade du redest so? Du, die um alles weiß? Ich habe Navarino niemals gewollt, niemals! Es war mein Status eines Vasalls der Hohen Pforte, der mich gezwungen hat, mich in dieses tragische Abenteuer zu stürzen, weil ich nicht anders handeln konnte, weil ich dazu verurteilt war, dem Ruf des osmanischen Zepters zu antworten! Ich war in die Enge getrieben. Und dennoch hätte es genügt, wenn Frankreich meinem Ersuchen geantwortet hätte. Ich habe sogar ein Scheinultimatum erbeten. Zwei oder drei Linienschiffe, die im Hafen von Alexandria vor Anker gegangen wären, hätten mir einen idealen Vorwand geliefert, um die Forderungen der Pforte zu verwerfen und mir zu ersparen, mich im griechischen Konflikt zu verpflichten.«
Der Herrscher hatte recht. Sie konnte es nur zugestehen.
»Weißt du, was ich erst gestern dem Konsul von Frankreich gesagt habe? ›Sind Sie sich eigentlich bewußt, daß diese ägyptische, mit Hilfe des französischen Genies geschaffene Flotte

von französischen Schiffen versenkt wurde? Sollte die Liebe, die ich stets für Frankreich empfunden habe und nach wie vor empfinde, etwa nur in diesem Widerspruch bestehen?‹«

»Was hat er geantwortet?«

»›Ich wüßte keine Antwort darauf zu geben.‹ Und er hat hinzugefügt: ›Es scheint, als verhielte es sich mit der Liebe wie mit der Politik: Es gibt Dinge, die getan, jedoch nicht gesagt werden.‹«

Er fügte mit Fatalismus hinzu: »Manchmal sage ich mir, daß Frankreich und Ägypten so lange zu einer unbefriedigenden gemeinsamen Verbindung verdammt sein werden, wie England seine Verbote hochhalten wird. Denn es besteht überhaupt kein Zweifel, daß die britische Diplomatie niemals meine Ansichten begünstigen wird. Sie wird mich gewähren lassen, auf die Gefahr hin, mich irgendwann in die Grenzen ihres unerbittlichen Willens zu verweisen!«

»Erst gestern habe auch ich Gelegenheit gehabt, einige Worte mit Frankreichs Konsul zu wechseln. Er scheint Ihre Analyse zu teilen.«

»Drovetti? Und was hat er dir anvertraut?«

»Sein Land neige dazu, Ägypten zu stärken, was seinem Bestreben, seinem innigsten Wunsch entspräche, doch leider könne es dies nur in eng umrissenen Grenzen bewerkstelligen.«

»Genau das verdrießt mich.«

»Ich bin in der Politik nicht sonderlich bewandert. Aber es scheint mir, daß wir in einer verderbten Welt leben, in der jede der vier Großmächte nur bedingt frei ist. Nichtsdestotrotz hat Drovetti mir versichert, seine Regierung sei jetzt und in Zukunft bereit, Ihnen zu helfen, Ihre Flotte wiederaufzubauen. Genauso mächtig, wenn nicht gar mächtiger als die erste. Er hat mir auch beteuert, daß Frankreich mit seiner Hilfe nicht kleinlich verfahren wird.«

»Ich bin vielleicht Opfer der blinden Zuneigung, die ich für dieses Land hege, doch ich glaube ihm. Allerdings erwarte ich mehr von ihm.«

»Die Unabhängigkeit Ägyptens?«

Als ob er diese Frage erwartet hätte, verließ Mohammed Ali seinen Sessel und durchmaß den Raum mit nervösen Schritten.

»Du hast das heilige Wort ausgesprochen. Wann wird man mich endlich von der Pforte und von ihren mit dem Tode ringenden Sultanen befreien! Ich habe mein Leben nicht Ägypten geweiht und Dinge vollbracht, die anderen unmöglich hätten scheinen können, um nach mir die Früchte all dessen einem türkischen Pascha zu überlassen! Ich habe nicht Unsummen ausgegeben, indem ich vielseitige Einrichtungen gründete, eine Marine aufbaute, Kanäle anlegte, Straßen sowie Schulen und vieles andere mehr schuf, um dieses Erbe einer barbarischen und ihrem Ende zugehenden Zivilisation in die Hände zu geben!«

»Das glaube ich Ihnen aufs Wort, Majestät.«

Nunmehr wechselten Züge und Stimme des Paschas ins Pathetische.

»Die Regierung Charles' X. soll mich anerkennen! Sie soll meine Unabhängigkeit anerkennen, und dann werden sie sehen, was ich daraus mache! Ich bin kein Anhänger von Monopolen, ich habe sie lediglich eingerichtet, um mir die erforderlichen Mittel zu sichern, ein herrliches stehendes Heer zu erhalten. Wenn die Ursachen, die mich dazu gezwungen haben, nicht mehr bestehen, werde ich mich eines anderen besinnen. An der Seite Frankreichs werde ich auf dem Wege der Zivilisation noch weitergehen. Man wird sehen, was Mohammed Ali, seiner eigenen und seiner Kinder Zukunft gewiß, bewerkstelligen kann.«

Scheherazade blickte auf die Scheite, die sich in der Feuerstelle verzehrten. In den zwanzig Jahren, seit der Pascha über Ägypten herrschte, war ihm nicht ein Tag Ruhe vergönnt gewesen.

Zunächst wurde er genötigt, sich der Mameluken zu entledigen, dann einen englischen Landungsversuch ins Meer zurückzuwerfen, sich endlich die Istanbuler Führung gefügig zu machen, wobei er jede unmittelbare Konfrontation hatte vermeiden und sich noch dazu hatte hüten müssen, den Begierden Frankreichs und Englands irgendeine Blöße zu bieten. Fürwahr Anlaß genug, den widerstandsfähigsten Mann und den gewieftesten Politiker zu erschöpfen.

»Was kann ich für dich tun?« fragte er unvermutet, sich auf den Kaminsims lehnend.

»Sie haben mir Ihre Sorgen anvertraut. Ich fürchte jedoch, daß ich ihnen eine weitere hinzufügen muß.«

Er zuckte mit den Schultern und ließ sich auf den Sessel fallen.

»Eine Besorgnis mehr wird nicht allzuviel an der gegenwärtigen Lage ändern. Ich höre dir zu.«

»Es wäre vonnöten, daß Sie mir eine Gunst gewährten. Eine außergewöhnliche Gunst.«

Ein belustigtes Leuchten schimmerte in seinen Augen auf.

»Soweit ich mich entsinne, hat das Außergewöhnliche stets zu dir gehört.«

»Sie überschätzen mich, Majestät.«

»Dich überschätzen? Erinnerst du dich an unsere erste Begegnung? Ich jedenfalls habe sie nicht vergessen. Wenn ich daran denke, daß du die Kühnheit besessen hast, in mein Gemach einzubrechen, mitten in der Nacht, um von mir die Aussetzung eines Erlasses zu verlangen!«

»Es ging um meinen Hof, um meine Ländereien. Sie hatten damals beschlossen, die ägyptische Landwirtschaft an sich zu reißen. Hatte ich eine Wahl? Ich hätte niemals zugelassen, Ihnen das Erbe meines Vaters abzutreten.«

»Wenngleich du erst einmal die Macht hättest haben müssen, dich zu verweigern. Wenn man bedenkt, daß ich nachgegeben habe!«

»Nein, Sire, Sie haben Billigkeit bewiesen. Sie haben gespielt und verloren.«
»Hunderte von Feddan*, einige Millionen Para** in ein paar Damepartien!«
»Sie waren es, der dies vorgeschlagen hat. Ich habe mich bloß dem Wunsch meines Herrschers gebeugt.«
»Sett Mandrino, weißt du, daß du einen ausgezeichneten Diplomaten abgeben würdest?«
»Glauben Sie? Ich bin zu eigensinnig. Und ich verstehe nicht zu schwindeln.«
»Nichtsdestotrotz kann ich mir dich bestens vorstellen, wie du aus den heikelsten Verhandlungen siegreich hervorgingest. Wer weiß? Vielleicht werde ich dich eines Tages brauchen. Doch kommen wir auf deine heutige Anwesenheit zurück. Du sprachst von einer Gunst. Welcher?«
»Ich habe beschlossen, mich auf die Suche nach Ricardo zu begeben.«
Sein aufmerksames Zuhören schlug jäh in Verblüffung um.
»Könntest du das wiederholen?«
»Ich will meinen Gemahl wiederfinden.«
»In Morea?«
»Ja.«
Er betrachtete sie konsterniert.
»Dein Hirn hat sich verflüchtigt, Scheherazade! Ich will glauben, daß der Kummer es hinweggerafft hat. Du würdest jetzt nach Griechenland reisen wollen, wo wir eine Handbreit davorstehen, mit dem Abendland in den Krieg zu treten? Bist du denn nicht auf dem laufenden, was sich dort zuträgt? Mein Sohn Ibrahim

* Je nach Gegend schwankte der Feddan zwischen 5000 und 5800 Quadratmetern.

** Der Para entsprach dem Vierzigstel eines Piasters. Diese Kleinmünze wurde später abgeschafft. Der Piaster oder *al-quirch* wurde von 1849 an die ägyptische Münzeinheit.

schlägt sich in einem dichten Gefecht, sein Heer ist ausgehungert und ohne Munition, weil ich nicht imstande bin, ihm den kleinsten Transport zukommen zu lassen. Nein, wahrhaftig, ich glaube, du hast den Verstand verloren.«
»Majestät, ich muß Ricardo wiederfinden. Solange ich nicht die Gewißheit, die absolute Gewißheit seines Todes habe, kann ich nicht weiterleben. Gewähren Sie mir eine Eskorte und einen Passierschein, das ist alles, um was ich Sie bitte.«
Er versuchte, sich zu beherrschen, aber seine Stimme verriet höchste Erbitterung.
»Ich bitte dich, rede nicht wie ein Kind daher. Wenn man Ricardos Leichnam nicht gefunden hat, muß das keineswegs bedeuten, daß er noch lebt.«
»Aber ebensowenig, daß er ...«
»Laß mich aussprechen! Ich würde deine Zweifel noch verstehen, wenn er in ein Landgefecht verwickelt gewesen wäre. Hier aber handelte es sich um eine Seeschlacht. Das Meer ist bekanntermaßen imstande, ein Linienschiff zu verschlingen, was tut es dann mit einem Menschen ... ich möchte dein Leid nicht wieder aufwühlen, aber zur Stunde dürfte dein Gemahl in den Fluten des Ionischen Meeres ruhen.«
»Lassen Sie mich Gewißheit erlangen. Gewähren Sie mir eine Eskorte.«
Diesmal schäumte er fast.
»Ja, aber welche Absicht verfolgst du damit? Ricardo Mandrino war dein Ehemann, aber er war auch mein Freund. Sollte sein Verschwinden dir nicht genügen? Möchtest du mir etwa auch deines zufügen? Nimm dich in acht, Scheherazade, ich habe nicht im mindesten die Absicht, für dich Trauer zu tragen!«
»Das ist auch nicht mein Wunsch, Hoheit.«
»Nach Morea fahren! Ich habe bereits zwei Kinder verloren: Ismail ist wie ein Hund gestorben, bei lebendigem Leib in der sudanesischen Wüste verbrannt. Er war noch keine dreißig

Jahre alt. Die Pest hat Tussun dahingerafft. Weil nicht einer meiner Diener den Mut aufgebracht hatte, mir die Nachricht zu verkünden, habe ich ihn in ein Leichentuch gewickelt und wie ein Bündel auf der Schwelle meines Gemachs abgelegt gefunden. Und heute würdest du nun meinem Leben ein weiteres Unglück hinzufügen wollen? Nein, tausendmal nein!«
»Ich bitte Sie.«
»Nein!«
Scheherazade schaute verloren um sich. Die Dämmerung hatte sich in den Raum geschlichen und mit ihr die Vorboten der Dunkelheit. Sie hatte die Reise von Kairo nach Alexandria unternommen. Voller Hoffnung und überzeugt, Billigung zu finden, hatte sie sich in den Palast begeben. Und nun stieß sie auf die so unerbittliche wie unerwartete Entschiedenheit von seiten des Vizekönigs.
Langsam verließ sie ihren Sessel und begab sich zum Fenster. Der dämmrige Himmel schwebte über dem Meer. In einer Stunde würde die Nacht hereingebrochen sein. Eine Nacht, eine weitere, hoffnungslos vergebliche, hoffnungslos leere mehr, da sie, wie all die vorangegangenen Nächte, ohne Liebe sein würde.
»Also gut, ich werde allein aufbrechen.«
»Allein? In ein Gebiet im Kriegszustand?«
»Ich nehme es Ihnen nicht übel, ich verstehe Ihre Befürchtungen und achte sie, doch ich muß meine Suche zu Ende führen.«
Mit einer fahrigen Geste drückte sie den schwarzen Schal an sich, der ihre Schultern bedeckte.
»Eben haben Sie den Tod Ihrer Kinder vorgebracht. Wenn Sie nur den geringsten Zweifel hinsichtlich des Überlebens eines der beiden verspürt hätten, dann hätten Sie sich nicht bloß nach Morea, Sie hätten sich ans Ende der Welt aufgemacht.«
Es folgte keine Reaktion. Mit forscher Bewegung ließ er seine Gebetskette um den Zeigefinger wirbeln.
»Darf ich mich zurückziehen, Majestät?«

»Zum Teufel mit deinem Namen, zum Teufel mit dir! Wirst du denn niemals aufhören, meinem Herzen Kümmernis zu sein? Vor bald zwanzig Jahren bist du in mein Dasein getreten. Wenn mir dein Charakter unbekannt wäre, würde ich dich ohne Bangigkeit und mit Seelenfrieden diese Tür durchschreiten lassen. Indes weiß ich, daß du unverständig genug bist, nach Morea zu reisen.«

»Ich habe keine Wahl.«

»Keine Wahl … Bevor du diese Schwelle übertrittst, hätte ich gerne, daß du mir eine Frage beantwortest. Warum, wäre Mandrino noch von dieser Welt, hätte er sich nicht offenbart? Kannst du darauf antworten?«

»Vielleicht ist er verletzt, vielleicht hat er nicht die Möglichkeit, mich zu benachrichtigen.«

»*Kalam fadi*!* Er hätte Ibrahim eine Botschaft zukommen lassen können. Er weiß, daß mein Sohn sich in der Gegend befindet. Ich selbst habe Männer auf die Suche nach ihm geschickt. Ich habe es auf deine Bitte hin getan, aber auch, weil ich mich verantwortlich fühlte, ihn nach Navarino gesandt zu haben. Die Nachforschungen haben nichts ergeben. Komm, sei vernünftig. Du bist kein törichtes Mädchen. Nimm das Verhängnis an. Gott hat es so gewollt.«

Er verstummte, um die von seinen Worten erzielte Wirkung abzuschätzen. Es erschütterte ihn, wie sehr sich der Ausdruck der Frau verwandelt hatte. Weder Trauer noch Verzweiflung stand in ihrem Gesicht. Es handelte sich um etwas anderes. Scheherazades Blick glich dem eines Sperlings in Todesnot.

Er bezwang sich, seine Gemütsbewegung nicht zu zeigen, und wandte sich ab.

»Du wirst deine Eskorte erhalten.«

* Hohle Worte.

Paris, 31. Dezember 1827

Der Regen, der auf die Dächer trommelte, hatte dem Feiern keinen Abbruch getan. Der Lärm der aus dem Stegreif entstandenen Bälle, die heiteren, mit schallendem Lachen vermischten Akkorde beendeten ein altes Jahr. Zwei Minuten nach Mitternacht. Das neue Jahr stand an den Pforten der Stadt.

In der Nummer vierunddreißig der Rue des Petits-Champs richtete Corinne Chedid sich ruckartig in ihrem abgewetzten Samtsessel auf. War sie eingeschlafen? Wie lange? Sie wurde von Panik ergriffen bei der Vorstellung, daß der Schlaf sie übermannt hatte, und stürzte zum Schlafzimmer ihrer Mutter.

Samira schien zu dösen, obwohl sie die Augen weit geöffnet hatte. Ihre äußerst blasse Hautfarbe hob das erschöpfte Violett ihrer Augenringe hervor, und eine Nuance tiefbetrübter Härte zeichnete ihr Gesicht. Sie war vor kurzem neunundfünfzig geworden, wirkte jedoch um zehn Jahre älter.

»Wie fühlst du dich, Mama?«

Die Frau wollte antworten, wurde jedoch durch einen heftigen Hustenanfall daran gehindert. Sie kam mühsam wieder zu Atem und sagte mit stockender Stimme: »Wie du siehst, meine Tochter, wie du siehst.«

»Morgen wird es dir viel besser gehen. Dr. Moreau hat es gesagt.«

Samira hob schwach die Hand und ließ sie beinahe augenblicklich wieder auf das Laken fallen.

»Allah 'alim. Gott allein weiß es. Leider bin ich kaum zuversichtlich.«

»Aber nein, Mama. Du hast unrecht. Ich sage es dir noch einmal: Der Doktor hat mir versichert, du wärst auf dem Wege der Besserung.«

Die Frau begnügte sich, ihr ohne Überzeugung beizupflichten.

»Du bist gut. Gott segne dich.«

Sie hob erneut die Hand, um sie diesmal jedoch auf die Wange ihrer Tochter zu legen.
»Je länger ich dich ansehe, desto mehr sage ich mir, daß du das Abbild deiner Großmutter bist.«
»Da du es mir nun schon so lange wiederholst, zweifle ich nicht mehr im geringsten daran.«
Und es stimmte, Corinne ähnelte Nadia Chedid sehr. Die gleiche zarte Gestalt, der gleiche matte Teint der Orientalin und die gleiche kleine, zierliche, an den Flügeln leicht gewölbte Nase, die ihr, obwohl sie sich dem zwanzigsten Lebensjahr näherte, einen kindlichen Ausdruck verlieh. Was jedoch insbesondere diese Ähnlichkeit mit Samiras Mutter unterstrich, war der kleine Schönheitsfleck von reinem Pechschwarz, der sich in Höhe des rechten Wangenknochens abhob.
Samira fuhr fort: »Wenn es etwas gibt, das ich von ganzem Herzen bedauere, dann wohl, daß du nicht die Möglichkeit gehabt hast, deine Großeltern kennenzulernen. Das ist traurig … und ich bin daran schuld.«
»Nein. Du bist für nichts verantwortlich. Ist es deine Schuld, daß du Ägypten verlassen hast? Ist es deine Schuld, daß du nie die Gelegenheit noch die Mittel hattest, dorthin zurückzukehren?«
»Ich habe mein Leben verpfuscht, Corinne. Wenn man sich mit einem Mal kurz davor wiederfindet, endgültig zu gehen, gibt es nichts Schrecklicheres, als sich dieses Scheiterns bewußt zu sein. Ich habe mein Leben verpfuscht.«
»Erst einmal gehst du nicht endgültig. Und außerdem ist es falsch. Du hast für die Liebe gelebt. Du bist einem Mann bis hierher gefolgt, weil deine Gefühle dich drängten, dies zu tun. Inwiefern ist das ein Scheitern?«
»Darin liegt nicht mein Scheitern, Corinne. Mit der Liebe ist es ein wenig wie mit dem Glücksspiel: Man gewinnt, man verliert. Nein … worunter ich am meisten leide, ist, mit den Meinen gebrochen zu haben. Sie auf dem Wege verloren zu haben.

Darin liegt mein Scheitern. Eines Tages wirst auch du eine Familie gründen. Du wirst begreifen, daß es keine schlimmere Verfehlung gibt, als den von Gott erschaffenen Kreis zu brechen.«
Corinne verharrte schweigend. In der Tat war sie in ihrem Umkreis nur fremden Gesichtern begegnet. Sie hatte nicht einmal das Glück gehabt, diesen Halbbruder, dieses Kind von Ali Torjman, Samiras türkischem Gemahl, kennenzulernen. Nur ein paar Monate nach seiner Ankunft in Paris war das Kind an einer Lungenentzündung gestorben. Wenn es wirklich einen Mangel gab, der sie all diese Jahre hindurch begleitet hatte, dann war es dieser fehlende Vater, den man Admiral nannte und den sie nie gekannt hatte.
»Du weißt, daß ich eine Schwester habe ... Du hast ihren Namen doch nicht vergessen?«
»Wie könnte ich? Diesen Namen vergißt man nicht: Scheherazade.«
Samira stemmte sich mit großer Anstrengung gegen die Kissen.
»Corinne, versprich mir etwas.«
»Ich weiß, was du sagen willst, Mama.«
»Sobald du kannst, kehre nach Ägypten zurück. Finde Scheherazade. Und sage ihr, daß ich bereue. Daß ich unrecht tat, unsere Bande zu zertrennen. Sie soll wissen, daß ich mich geirrt habe. Sage ihr vor allem, daß ich nie aufgehört habe, sie zu lieben.«
»Ich verspreche es dir.«
Sie erstickte einen erneuten Hustenanfall.
»Dein Vater hat dich nicht anerkannt, und heute sage ich mir, das ist ein Zeichen Gottes. Weil du vor allem eine Tochter Chedids bist. Die Enkeltochter Yussef Chedids. Vergiß das nicht.«
Corinne stimmte zu.
»Nun mußt du schlafen.«

3. Kapitel

Die kleine Ortschaft Epidauros, am Saronischen Golf gelegen, war vielleicht die bescheidenste des gesamten Gebiets von Morea. Aber konnte man diese wenigen verstreuten Häuschen, die unter einer derart unerbittlichen Sonne lagen, daß die Olivenbäume eingingen, überhaupt als Ortschaft bezeichnen?
Die zehn Reiter in Uniformen der ägyptischen Armee bogen nach Westen und drangen ins Landesinnere vor. Weniger als sechs Meilen trennten sie vom Berg Kynortion. Als sie ihn erreichten, begann die Dämmerung sich in Tupfen auszubreiten. Geradewegs vor ihnen zeichneten sich die zerborstenen Säulen von Propyläen ab, etwas weiter zur Linken ein herrliches steinernes Theater. Spuren einer fernen Zeit, die daran erinnerten, daß lange vor der Schändung durch die osmanischen Truppen die Götter Griechenland bewohnt hatten.
Scheherazade fragte den Führer: »Osman, sind wir noch sehr weit vom Lager Ibrahim Paschas entfernt?«
»Nein, *sett hanem**, wir dürften es schon bald vor uns haben.«
»Wie lange wird es noch dauern?«
»Weniger als eine Stunde, Inschallah.«
Bereits vierzehn Tage zuvor waren sie von Alexandria nach Piräus aufgebrochen! Sie waren kaum im Hafen von Bord gegangen, als sie sich auf den Weg durch Attika gemacht und unter einem gleißenden Licht Eleusis, Korinth und Mykene durchquert hatten. Überall, wo sie durchkamen, begleiteten sie Verachtung und Beschimpfungen; manche, Tollkühnere, spien auf ihrem Weg aus. Doch zu keinem Augenblick kam es seitens der

* Ehrentitel.

zehn ägyptischen Soldaten zu Vergeltungsmaßnahmen. Der Oberleutnant Gamal, der die Eskorte befehligte, hatte genaue Weisungen: Die Konfrontation mit der Bevölkerung sollte um jeden Preis vermieden werden. Also befolgte er die Instruktionen des Vizekönigs. Im Womos Korinth angelangt, hatten sie ihre Route ändern und hinunter nach Argolis reiten müssen, wo des Vizekönigs Sohn einen Teil seiner Armee zum Stehen gebracht hatte.

Beklemmende Gedanken quälten Scheherazade, seitdem sie die ägyptischen Gestade hinter sich gelassen hatte. Giovanna, Joseph, Mohammed Ali, alle hatten sie wegen des Widersinns ihrer Unternehmung gewarnt. Und wenn alle anderen recht gehabt hätten? Wenn sie nur der von einem starrsinnigen Geist ersonnenen Einbildung folgte, welche die Wirklichkeit anzunehmen sich weigerte?

Wie um sich bestärken, fuhr sie mechanisch mit den Fingern in die dichte Mähne ihres Reittiers, dessen Flanken sie ein wenig fester drückte.

Sie setzten ihren Vorstoß fort und wurden von Zeit zu Zeit von tollen Hunden gehetzt. Eine alte Bäuerin begegnete ihnen, ganz in Schwarz gekleidet. Sie blieb auf der Stelle stehen, bekreuzigte sich mit zaghaften, verängstigten Gesten, indem sie mehrere Male den heiligen Namen der Jungfrau Maria anrief. Die Berge folgten den Tälern, die Zypressen den Olivenbäumen und den Sykomoren, die grün schimmernden Fluren den dürren Ebenen. An der Biegung eines Hügels verkündete die Stimme des Führers endlich: »Allah sei gepriesen. Wir sind angekommen.« Unter dem aufgehenden Mond waren soeben die Feuer in Sicht gekommen, die das Feldlager von Mohammed Alis Sohn begrenzten.

Sie ritten weiter, bis sie von einem Wachtposten abgefangen wurden. Scheherazade saß ab und gab sich zu erkennen. Einige Minuten später geleitete man sie zum Zelt des Paschas.

Sie kannte Ibrahim, seit sie ihm drei Jahre zuvor begegnet war. Die Erinnerung, die sie an ihn bewahrt hatte, war die eines Mannes mittlerer Größe, der durch seine breite Brust, seine stämmigen Proportionen und vor allem durch die unwiderstehliche Beredtheit seiner grauen Augen beeindruckte. Was sie insbesondere verblüfft hatte, war der Kontrast, der sich einstellte, wenn er lachte: Die Lippe, der Blick, das Herz, alles an ihm schien sich zu erhellen.
Ein Satz kehrte ihr in den Sinn zurück, den sie häufig von den greisen Erzählern auf dem Esbekiya-Platz gehört hatte. Wenn sie von der Haarpracht und dem Bart des Thronfolgers sprachen, sagten sie, »die Gewitter und der Krieg hätten weit vor der Zeit dieses zweifache Laub in Schneekaskaden verwandelt«. Gleichwohl durfte der Prinz gegenwärtig kaum älter als vierzig sein.
Die Zeltleinwand wurde von einer Hand beiseite geschoben. Sie trat ein.
Ein herzliches Lächeln empfing sie. In einer Geste voller Eleganz führte er seine Hand nacheinander an die Brust, die Lippen und die Stirn.
»Seien Sie willkommen, Sett Mandrino.«
Ein Mann stand neben ihm, den er ihr sofort vorstellte.
»Sind Sie Oberst Soliman Sève bereits begegnet?«
»Nein, Exzellenz, doch ich habe viel von ihm gehört. Ich glaube nicht fehlzugehen, wenn ich sage, daß er nach Ihrem Vater und Ihnen selbst die berühmteste Persönlichkeit Ägyptens ist.«
Soliman Sève begnügte sich, die Hände bescheiden auszubreiten, als ob sein Ansehen ihm unbegreiflich schiene.
Der Mann war eine stattliche Erscheinung. Wenngleich Franzose, war er gemäß dem *nizam al-gedid* gekleidet, mit der neuen, seit kurzem von Mohammed Ali vorgeschriebenen Uniform der ägyptischen Armee. Als ehemaliger Artillerieoffizier aus Toulon, Oberst und Ordonnanzoffizier von Marschall Ney während des

Rückzugs aus Rußland, war er ungefähr zehn Jahre zuvor in Ägypten angekommen. Er war bei Mohammed Ali eingeführt worden, der Freundschaft mit ihm geschlossen und ihn in seine Dienste aufgenommen hatte. Seither war Sève damit beschäftigt gewesen, die junge ägyptische Armee aufzubauen. Er war zum Islam übergetreten und hatte seinen Vornamen – Joseph – abgelegt und sich Soliman genannt. Im Laufe jener letzten Jahre hatte er an allen militärischen Feldzügen an der Seite des Vizekönigs teilgenommen. Seit zwei Jahren nun bekleidete er die Stellung von Ibrahims Erstem Adjutanten. Auch war er sein engster Berater.
Der Pascha legte seine Hand freundschaftlich auf Sèves Schulter.
»Wir verdanken ihm unsere Armee. Ich verdanke ihm meine Siege.«
»Sie überschätzen mich, Euer Gnaden. Ich habe nichts getan, als Ihnen ein Instrument an die Hand zu geben. Ihr militärisches Genie war es, das es zu nutzen verstanden hat.«
»Kommen Sie, mein Freund. Man kann den Begriff militärisches Genie nur auf Männer wie Ihren Landsmann Bonaparte oder auf Alexander den Großen anwenden. Ich dagegen bin nur ein bescheidener Krieger.«
»Täuschen Sie sich nicht. Sie stehen diesen illustren Gestalten in nichts nach. Sie werden sehen. Ihre Heldentaten werden noch verwundern.«
Ibrahim blickte Sève mit jähem Ernst an.
»Ich mag den Krieg nicht. Ich bin überzeugt, daß es eine andere Art und Weise geben muß, in die Geschichte einzugehen.«
Er wies auf die Kissen, die auf einem ungefärbten Wollteppich angeordnet waren: »Nehmen Sie doch bitte Platz.«
Während sie sich niederließ, fragte Scheherazade den Franzosen: »Ist es wahr, was man über Sie erzählt, Oberst? Oder sollte es nur ein Mythos sein?«

»Und was erzählt man sich, Madame?«
»Weil sie es schlecht ertrugen, von einem Fremden geführt zu werden, sollen einige Ihrer Offiziersanwärter Sie irgendwann, als Sie im Begriff waren, ein Bataillon zu unterrichten und das Einüben der Gewehrgriffe befehligten, zur Zielscheibe genommen haben.«
»Das ist leider die Wahrheit, gnädige Frau.«
Es war Ibrahim, der an Sèves Stelle fortfuhr.
»Und wissen Sie, was er tat? Anstatt die Meuterer zu züchtigen, hat er sich zu ihnen umgedreht und sie angeschrien: ›Ihr Tölpel, ihr könnt wahrhaftig nicht zielen, noch mal von vorne!‹ War es nicht so?«
Sève konnte das nur bestätigen.
»Meinen Glückwunsch, Sie haben eine überraschende Kaltblütigkeit bewiesen. Sie hätten dabei Ihr Leben lassen können.«
»Genau das habe ich mir auch gesagt, Madame. Dieser Gefahr jedoch bin ich immer ausgesetzt gewesen. Und wenn es denn nun einmal sein muß, empfand ich es stets als selbstverständlich, das Leben in Ehre zu verlieren.«
Ibrahim merkte an: »Sett Mandrino, verstehen Sie nun, weshalb die ägyptische Armee, wenn sie von einem Mann dieses Schlages angeführt wird, nur Ruhm erfahren kann?«
Er klatschte in die Hände. Eine Wache erschien.
»Shai!«
Er fragte Scheherazade: »Sie nehmen doch einen Tee?«
Sie nahm das Angebot dankend an.
Er setzte sich nun seinerseits, die Beine unter sich geschlagen.
»Doch sprechen wir von Ihnen. Ich bin von meinem Vater über Ihr Eintreffen unterrichtet worden. Ich gestehe, dem nicht recht geglaubt zu haben.«
»Weshalb, Exzellenz?«
»Ich weiß nicht. Wahrscheinlich, weil es zumindest ungewöhn-

lich ist, eine Frau, die zudem noch Orientalin ist, so handeln zu sehen.«
Sie fragte Sève: »Verhält es sich in Frankreich ebenso? Sind die Französinnen nach Art der Ägypterinnen in den Haushalt und den Harem verbannt?«
Der Oberst setzte ein verlegenes Gesicht auf.
»Nun ja ... bei uns stellt sich die Frage gar nicht. Wir besitzen keine Harems.«
»Sett Mandrino«, fuhr Ibrahim auf, »warum Mond und Sonne vergleichen? Der Okzident ist nun einmal der Okzident. Jedem seine Traditionen. Ich weiß, daß wir bisweilen das Bild der Dekadenz vermitteln. Aber besteht bei gewissen europäischen Sitten nicht Grund genug, uns zu entrüsten?«
Er fügte mit einer Spur Ironie hinzu: »Und außerdem muß von diesem Orient, auf den mit spitzen Fingern gezeigt wird, doch irgendein Reiz ausgehen. Sehen Sie, welche Begehrlichkeiten er weckt. Wie dem auch sei, ich möchte betonen, daß Ihr Verhalten, wenn es auch erstaunt, dennoch meine Hochachtung fordert.«
»Die meine ebenfalls, Madame«, verkündete Sève.
»Wissen Sie, Oberst, schon als ganz junges Mädchen reizte es mich, die Sitten zu übertreten. Meine Eltern hofften, ich würde mich mit dem Alter einfügen. Dem war aber leider nicht so!«
»Mein Vater hat mir häufig von Scheherazade als einer recht ungewöhnlichen Frau erzählt.«
»Aus was weiß ich für Gründen sieht mich der Pascha als eine Art Hexe. Ich will hoffen, daß dies nicht das Bild ist, das Sie in mir entdecken.«
Ibrahim brach in aufrichtiges Lachen aus.
»Dieser Gedanke liegt mir fern. Ihr Vorhaben jedoch finde ich ...«
Er schien nach einem passenden Wort zu suchen.

»Unvernünftig?«
»Ich fürchte, ja.«
»So lautet auch das Urteil des Vizekönigs. Dabei fällt mir ein …«
Scheherazade kramte in ihrer alten Ledertasche, die sie seit ihrer Abreise aus Ägypten nicht aus der Hand gegeben hatte, und zog einen Umschlag hervor, den sie ihrem Gegenüber reichte.
»Ein Brief Seiner Majestät.«
Ibrahim beeilte sich, von der Botschaft Kenntnis zu nehmen. Während er las, legte sich seine Stirn in Falten, und sein Gesicht wurde sorgenvoller. Schließlich händigte er den Brief Sève aus und begann nachzusinnen.
»Glückliche Nachrichten, so hoffe ich?« erkundigte sich Scheherazade.
In seine Gedanken vertieft, schien er weder sie zu hören noch den Gardisten zu sehen, der zurückgekehrt war, um den Tee aufzutragen. Erst als er wieder gegangen war, stieß der Prinz einen Seufzer aus.
»Wir, mein Vater und ich, leiden an einem Krebsgeschwür, das Türkei heißt. Falls es uns nicht gelingt, uns davon zu befreien, wird es Ägypten sein, das amputiert werden muß.«
»Ich bin also Überbringerin schlechter Nachrichten.«
Ibrahim erwiderte: »Sag du es ihr, Soliman.«
»Der Botschaft des Vizekönigs zufolge soll Rußland entschlossen sein, dem Sultan den Krieg zu erklären, und das französische Ministerium Villèle vertritt die Auffassung, daß die politische Existenz von Griechenland offiziell anerkannt werden sollte. Der einzige Umstand, der sich zu unseren Gunsten auswirkt – einmal ist keinmal –, ist die Haltung Englands, das sich der Ausführung dieses Vorhabens widersetzt.«
»Aus welchem Grund?«
»Oh, Altruismus ist keineswegs im Spiel! England ist nicht geneigt, die Zerstörung des Osmanischen Reichs gutzuheißen,

weil eine schrittweise und reibungslose Aufteilung seinen Absichten besser zupaß käme. Es hofft, auf die Weise das größte Stück des Kuchens zu erhalten.«

Ibrahim setzte eine verdrossene Miene auf.

»Die Lage, in der sich unser Land befindet, ist die ungerechteste, die es gibt. Wir sind hier, weil unsere Stellung als Vasall Istanbuls uns dazu zwingt. Weil die Türkei sich weigert, Griechenland preiszugeben, und sie militärisch zu schwach ist, sich hier zu halten. Nun droht mir, an der Seite einer ausgebluteten Armee und ohne Hoffnung auf Verstärkung den abendländischen Mächten Trotz bieten zu müssen.«

»Oberst, meinen Sie wirklich, der Zar könnte in einen offenen Konflikt mit der Pforte treten?«

»Das befürchte ich wohl, gnädige Frau. Und das wäre tragisch, da es Ihr Land wäre, das einmal mehr die Kosten tragen würde.«

Der Pascha ließ mit einem Hauch Nostalgie fallen: »Ach ... wenn ich doch nur freie Hand hätte. Wenn mein Vater doch nur gewillt wäre, mich anzuhören.«

»Was würden Sie tun, Exzellenz?«

Er hob die Hand und ballte jäh die Faust, als zermalme er eine Nuß.

»Ich würde gegen Istanbul marschieren. Ich würde den Sultan, seinen Wesir und seinen Hof vernichten. Und ich würde Ägyptens Unabhängigkeit verkünden.«

»Sie wissen genau, daß das unmöglich ist. Der Okzident ließe Sie niemals etwas Derartiges tun.«

»Sie kennen die Diplomaten schlecht. Es gibt nur eine Politik, die sie verstehen: die der vollendeten Tatsachen. Es muß rasch, ohne Verzug gehandelt werden, das ist alles. Habe ich nicht recht, Soliman?«

»Sie kennen meine Meinung hierzu. Sie folgt der Ihren in jedem Punkt.«

Die Züge des Paschas entspannten sich plötzlich.
»Aber Sie sind nicht hier, damit wir über Politik debattieren. Kehren wir lieber zu dem zurück, was Sie herführt. Sie sind weiterhin entschlossen, sich nach Navarino zu begeben?«
»Mehr denn je.«
»Ich habe Ricardo Mandrino gut gekannt. Er war ein ehrbarer Mann. Und ein treuer Freund.«
»Weshalb reden Sie in der Vergangenheit? Er ist es noch immer, Exzellenz.«
Er enthielt sich eines Kommentars.
»Mein Vater dürfte es Ihnen gesagt haben: Die Nachforschungen haben nichts ergeben. Ich nehme an, daß dies Ihre Entschlossenheit nicht schwächt.«
Sie verneinte mit einem Kopfschütteln.
»Sie sind mutig, Madame.«
»Es handelt sich nicht um Mut, Oberst Sève, sondern um Überzeugung. Als diese Kadetten damals auf Sie geschossen haben, haben Sie da etwa anders reagiert, als alles aufs Spiel zu setzen? Sie haben das Schicksal bezwungen. Vielleicht ist es das, was auch ich zu tun versuche.«
Ibrahim flüsterte, als dächte er laut vor sich hin: »Ist es tatsächlich unsere Rolle, uns den Ratschlüssen des Allerhöchsten zu widersetzen?«
Dann fragte er unvermittelt: »Schätzen Sie Märchen und Legenden?«
»Aber gewiß, Exzellenz. Manchmal schenke ich ihnen sogar Glauben.«
Er trank den letzten Schluck Tee aus und stand auf.
»In diesem Fall würde ich Sie gerne eines Berichts teilhaftig werden lassen, der mir von einem griechischen Arzt, einem gewissen hier angetroffenen Stavros, anvertraut wurde. Ist es Ihnen recht?«
Obschon etwas überrascht, willigte sie ein.

»Sie werden mir nach draußen folgen müssen, da meine Worte einer Veranschaulichung bedürfen.«
Er fügte an Sève gerichtet hinzu: »Ich werde nicht lange brauchen.«

Die Feuer verzehrten sich weiterhin und warfen zerfetzte Schatten auf das Felsgestein. Irgendwo ertönte das Wiehern eines Pferdes. Wahrscheinlich war es von einem Mondstrahl aufgestört worden, der auf den neben einem Schlafenden liegenden Dolch getroffen war.
Das Paar erklomm die letzten Meter eines kleinen Hügels. Auf der Kuppe angelangt, hielt Ibrahim inne und deutete auf eine Stelle in der Landschaft. Scheherazade erkannte die Überreste wieder, die sie einige Stunden zuvor entdeckt hatte, als sie auf das Lager zugeritten waren.
»Stavros zufolge sind dies die Ruinen eines alten Heiligtums, das einer griechischen Gottheit namens Asklepios geweiht ist. Die Sage erzählt, daß sich vor langer Zeit ein König in dieser Gegend niedergelassen habe. Er hatte eine Tochter, die Koronis hieß. Obgleich sie schwanger vom Gott Apollon war, beging sie die Verfehlung, ihn mit einem Sterblichen zu betrügen. Der Gott rächte sich, indem er sie tötete, rettete jedoch das noch nicht geborene Kind, dem er den Namen Asklepios gab. Dann vertraute er es einem Kentaur an, der das Kind die Heilkunst lehrte. Im Verlauf seiner Erziehung erwarb Asklepios nicht allein die Fähigkeit, die schlimmsten Erkrankungen zu heilen, sondern auch die ganz außerordentliche, die Toten wiederzuerwecken. Sehr bald waren seine wundersamen Kräfte bei allen bekannt, und die Leute kamen aus allen vier Himmelsrichtungen Griechenlands, um seine Wohltaten zu erflehen. Alles hätte so weitergehen können, wenn Zeus, der Herrscher der Götter, sich nicht mit einem Mal wegen dieser Umkehrung der Ordnung der Natur gesorgt hätte. Wissen Sie, was er tat?«

»Nein, Exzellenz.«
»Zeus zerschmetterte Asklepios mit einem Blitzstrahl.«

Zwischen zwei Schluchzern ergriff Corinne die Hand ihrer Freundin Judith Grégoire und drückte sie fest.
»Ich kann nicht mehr. Es ist zu schwer. Weshalb verkürzt Gott ihre Leiden nicht? Weshalb?«
»Beruhige dich. Du darfst die Hoffnung nicht aufgeben.«
»Meine Mutter ist verloren, Judith. Sie ist verloren.«
Judith zog ihre Freundin an sich. Wenn sie auch fünf Jahre älter war als Corinne, war es nicht dieser Altersunterschied, der sie reifer machte, sondern ihr Stand als Ehefrau. Sie hatte sich zwei Jahre zuvor mit Georges Grégoire, einem Schneider, vermählt, und dieses neue Dasein hatte sie schon sehr verwandelt.
Vom Schlafzimmer her erklang ein heftiger Husten. Corinne versteifte sich, ihre Augen waren von Furcht geweitet. Könnte sie doch nur fliehen. Paris verlassen. Fortgehen.

Das Ionische Meer war von einem einzigartigen Blau, das Scheherazade an Giovannas Augen erinnerte. Unterhalb eines gewundenen Pfades war soeben die Bucht von Navarino aufgetaucht. Konnte es sein, daß sich in dieser smaragdenen Landschaft ein derartiges Drama hatte anbahnen können? Der Halbkreis einer Lagune war durch einen schmalen Erdstreifen getrennt und der offenen See vorgelagert. Am nördlichen Ende erblickte man den Grat des Berges Koryphasion, auf dessen Gipfel sich die Ruinen einer fränkischen Festung erhoben, die sich an den sanften Umriß eines Klosters anlehnte. Darunter führte ein schroffer Weg zu einer Höhle. Am Strand stand eine Hütte, wahrscheinlich die eines Fischers, etwas weiter entfernt ein winziges Piseehäuschen. Die Luft, das Licht waren von einer seltenen Transparenz. Wie konnte man glauben, daß wenige Monate zuvor an diesem von reinem Frieden

erfüllten Ort Kanonen gedonnert und Feuer und Tod gesät hatten?
»Wir sollten besser zu Fuß weitergehen und die Pferde führen«, empfahl eine Stimme. »Der Pfad ist zu steil. Die Tiere könnten rutschen.«
Scheherazade stimmte zu. Sie stieg von ihrem Reittier ab und folgte dem Führer auf den Fersen. Unmerklich und unwillkürlich beschleunigte sich ihr Puls.
Als sie den Strand erreichten, begann die Sonne am Horizont zu versinken.
»Wir werden das Lager hier aufschlagen«, erklärte Gamal Abd el-Nur.
An Scheherazade gewandt, setzte er hinzu: »Ich werde die Bewohner dieses Häuschens bitten, uns Gastfreundschaft zu gewähren. So werden Sie unter sicherem Obdach ruhen.«
»Einverstanden, aber unter der Bedingung, daß sie entschädigt werden. Falls sie es ablehnen, drängen Sie nicht weiter. Dann werde ich eben so schlafen, wie ich es bisher getan habe, unter den Sternen.«
Der Offizier wollte widersprechen.
»Ich bitte Sie, Oberleutnant Gamal, tun Sie, wie ich Ihnen sage. Im übrigen ...«
Sie übergab die Zügel ihres Pferdes einem der Soldaten.
»... begleite ich Sie.«

Ein Geruch von geröstetem Fisch stieg von der Feuerstelle auf. Der Grieche hatte die Tür geöffnet. Hinter ihm hatten seine Ehefrau und ihre beiden Kinder sich mit furchtsamem Ausdruck an die hintere Wand gedrückt.
Der Oberleutnant, der sich von einem Dolmetscher hatte begleiten lassen, winkte diesem zu übersetzen: »Wir suchen nach einem Obdach für diese Dame. Könnten Sie sie einige Nächte beherbergen?«

Es entstand ein Moment des Schwankens. Der Mann, ein ziemlich stämmiges Individuum mit stolzem, gezwirbeltem Schnurrbart, zögerte kaum.
»Tut mir leid, wir haben keinen Platz.«
»Wir werden Sie entlohnen.«
Der Mann setzte entgegen: »Meine Frau und ich schlafen hier. Und den anderen Raum benutzen die Kinder.«
»Die Dame könnte ihn mit ihnen teilen.«
»Das ist unmöglich.«
Der Oberleutnant wurde ungeduldig.
»Nun, hat er sich entschieden?«
»Er weigert sich.«
»Also gut. Sag ihm, daß ich ihm ein paar Minuten gebe, um seine Sachen zu packen.«
»Wartet!«
Scheherazade deutete einen Schritt nach vorne an.
»Teile ihm lieber die Wahrheit mit.«
»Die Wahrheit? Welche, Sett hanem?«
»Erkläre, warum ich in Navarino bin.«
Der Dolmetscher gehorchte.
»Diese Dame hat ihren Gemahl während der großen Schlacht verloren, die sich in der Bucht zugetragen hat. Sie müßten doch Bescheid wissen, nicht wahr?«
Der Fischer pflichtete mit einem Lidschlag bei.
»Sie kommt aus Ägypten. Sie hat die ganze Reise gemacht, um zu versuchen, ihn wiederzufinden.«
»In diesem Fall sollte sie besser wieder gehen. Sie wird von deinem Avarinon* nichts mehr finden.«
»Warum?«
»Weil alle von den Wellen angetriebenen Leichen von den Überlebenden begraben worden sind. Und die Davongekommenen,

* Die Stadt der Avaren, ehemaliger Name Navarinos.

die haben sie mitgenommen. Hier ist sonst niemand mehr außer uns.«
»Frage ihn, ob es viele Verletzte gab.«
»Viele. Und noch mehr Tote. Das Meer hatte die Farbe gewechselt. Es war überall rot. Selbst der Sand.«
»Also«, meinte der Führer, »wie entscheidest du dich? Du weißt genau, daß wir dich zwingen können, diese Dame aufzunehmen, ohne das geringste Entgelt.«
»Ihr Türken besitzt alle Macht.«
»Du bist im Irrtum. Wir sind Ägypter.«
»Türken, Ägypter, das von dem einen oder von dem anderen vergossene Blut ist immer das unserer Kinder.«
Der Dolmetscher drehte sich zu seinem Vorgesetzten.
»Ich fürchte, daß wir genötigt sind, sie mit Gewalt hinauszuwerfen.«
»Nein!« rief Scheherazade. »Das kommt nicht in Frage!«
»Sett hanem, Sie sehen doch, daß sie keine Vernunft annehmen wollen.«
»Diese Leute sind hier zu Hause: Sie haben das Recht, hier zu bleiben. Gehen wir. Ich werde am Strand schlafen.«
»Wo denken Sie hin? Sie wissen wohl nicht, wie eisig die Nächte sind. Sie werden noch krank.«
»Hören Sie auf, sich um mich zu sorgen, Oberleutnant Gamal. Ich weiß, was ich tue.«
Sie ging in Richtung Tür.
»Einen Augenblick, bitte.«
Es war des Fischers Frau, die sich nun zu Wort gemeldet hatte.
»Was gibt es?«
»Sag der Dame, daß sie bleiben kann.«
»Wie?«
»Du hast mich richtig verstanden. Sie kann bleiben.«
Der Grieche hob zu einer lauten Schimpfrede gegen seine Gattin

an, während der Dolmetscher Scheherazade die Botschaft weitergab.
»Frage sie, weshalb sie mir gewährt, was ihr Ehemann verweigert.«
Die Frau entgegnete lakonisch: »Weil ich eine Frau bin und es die Männer sind, die Krieg führen.«

4. Kapitel

Sie stellte die Kaffeetasse auf dem Sand ab und sagte in gebrochenem Französisch: »Es gab eine Zeit, da verstand ich, die Zukunft im Kaffeesatz zu lesen. Damit ist nun Schuß. Und das ist besser so.«
Die beiden Frauen saßen Seite an Seite am Strand, nahe genug am Wasser, daß die Gischt nach Laune der Wellen ihre nackten Füße berühren konnte.
»Wo hast du gelernt, Französisch zu sprechen?«
Sophia Glimenopulos, so hieß die Frau, schloß ihre Finger um einen Klumpen feuchten Sands.
»Mein Vater starb, als ich sechs Jahre alt war. Meine Mutter hat arbeiten müssen, um uns, meinen Bruder Andreas und mich, großzuziehen. Sie hat eine Stelle bei einem französischen Archäologenehepaar gefunden, das ein Haus nahe Mykene bewohnte. Die Dame war rechtschaffen. Sie war es, die es mir beigebracht hat. Wir sind neun Jahre bei ihnen geblieben. Eines Abends ist der Mann gestorben. Die Frau ist nach Frankreich zurückgekehrt. Ich denke oft an sie.«
Ihr Gesicht verschloß sich.
»Sage mir, Scheherazade. Weshalb sind die Männer irre?«

»Ich habe keine Ahnung. Vielleicht weil sie die Macht lieben.«
Sie fragte nach: »Dann hast du also ebenfalls einen teuren Menschen verloren?«
»Meinen Bruder Andreas. Er war erst dreißig Jahre alt.«
»Wie ist das geschehen? Wann?«
»Vor ungefähr vier Jahren, nämlich während der Belagerung von Mesolongion. Die Türken umzingelten die Stadt. Es gab nichts mehr zu essen, überall herrschte Hungersnot, selbst die Ratten krepierten vor Hunger. Da hat Andreas das Kommando der Verteidiger übernommen, und sie haben einen Ausfall unternommen und versucht, die türkischen Linien aufzubrechen. Als sie sahen, daß sie es nicht schaffen würden, haben sie sich in der Zitadelle verschanzt und die Pulvervorräte gesprengt. Ich weiß nicht, wie viele feindliche Soldaten bei der Explosion umgekommen sind. Sicher viele. Als die Stadt gefallen ist, haben die Türken alle Zivilisten niedergemetzelt, und man hat Andreas' Leichnam nie gefunden.«
Sie hob jäh das Kinn und schloß mit Stolz: »Er hat an der Seite eines Lords gekämpft!«
»Eines Lords?«
»Ja. Ein Engländer, ein gewisser Byron.«*
Scheherazade fixierte die Frau mitfühlend. Sie wußte überhaupt nichts von diesem Lord, doch es war ergreifend zu sehen, wie die alleinige Tatsache, daß ihr Bruder an seiner Seite gestanden hatte, seinem Tode in Sophia Glimenopulos' Augen eine gewisse Größe verlieh.
»Dann haben Sie mir also wegen Andreas die Tür geöffnet?«

* 1823 in das Griechische Befreiungskomitee wider die türkische Herrschaft gewählt, hatte Lord Byron sich nach Mesolongion begeben, um den Freiheitskampf aktiv zu unterstützen, wo er 1824 starb, nachdem er sich den Kämpfern angeschlossen hatte. Sein Herz ist im Heroon, im Park der Helden, beigesetzt.

»Wahrscheinlich.«
Sie wischte mechanisch den feuchten Sand ab, der an ihrer Handfläche haftete.
»Ich glaube, noch trauriger als der Tod selbst ist, die sterblichen Überreste desjenigen nicht sehen zu können, den man verloren hat. Das ist etwas Fürchterliches. Man ist genötigt, denen zu vertrauen, die einem sagen: Er ist nicht mehr. Die Trauer ist zweimal so groß. Eben deshalb verstehe ich dich. Und du, Scheherazade, du bist sicher, daß dein Gemahl noch am Leben ist?«
»Bis ich nach Navarino kam, war ich es. Nun weiß ich es nicht mehr.«
»Du tust unrecht, daran zu zweifeln. Falls er hier ruhte« – sie deutete auf das Meer –, »würdest du es spüren. Er würde derart laut zu dir sprechen, daß du ihn nicht überhören könntest.«
»Ich habe ihn verletzt geglaubt. Ich habe mir vorgestellt, er hätte von Fischern beherbergt worden sein können. Von Leuten wie euch. Du hast mir jedoch versichert, nie jemanden erblickt zu haben, der Ricardo hätte gleichen können.«
»Sehr groß ... mit blauen Augen. Nein. Es tut mir leid. Allerdings ... mir kommt da ein Gedanke. Ich glaube, du solltest den Popen aufsuchen.«
»Den Popen?«
»Den Priester. Zuvor aber, sage mir, bist du Muslimin?«
»Nein, Christin, griechisch-katholisch.«
Die Frau blickte sie verdutzt an.
»Griechisch-katholisch? Griechisch?«
»Nein, Sophia. Ich habe keinerlei Bande zu deinem Land. Das ist nur der Name des Ritus, dem ich angehöre. Wir sind einige wenige im Orient, die zu dieser Glaubensgemeinschaft gehören.«
»Aha ...«

Sie schien den feinen Unterschied nicht zu erfassen. In ihrem Geist konnte die Christenwelt allein griechisch-orthodox sein oder nicht bestehen.
»Welchen Unterschied gibt es da?«
»So gut wie keinen, außer daß wir der Kirche Roms Huldigung schulden und ihr der Konstantinopels.«
»Das alles sind wieder einmal Männerstreitigkeiten.«
Sie fügte hinzu, wie um sich zu versichern: »Jedenfalls bist du Christin … also …«
Ihr Zeigefinger deutete in Richtung des Berges Koryphasion, der die Bucht überragte.
»Schau. Dort oben befindet sich das Kloster des Agios Fanurios, das Pater Athanasios leitet. Wir werden ihn besuchen. Ich weiß, daß er und seine Mönche zahlreiche Verletzte aufgenommen und diese nach der Schlacht gepflegt haben. Vielleicht hat er von deinem Mann gehört. Wer weiß? Das ist vielleicht ein Zeichen Gottes.«
»Ein Zeichen?«
»Ich vermute, die Griechisch-Katholischen kennen Agios Fanurios nicht? Er gehört zu unseren Heiligen und besitzt eine besondere Fähigkeit. Ich werde es dir später erklären …«

In dem großen Gewölbesaal waberte ein Geruch von Weihrauch und geschmolzenem Wachs. Dutzende auf einen Kirchenkandelaber gespießter Kerzen verströmten ein gelbliches Licht. Ikonen mit tragischen Zügen blickten still von den Wänden. Das alleinige Mobiliar bestand aus einem massiven Eichentisch und zwei schmucklos strengen Bänken. Und genau dort hatten die beiden Frauen auf Pater Athanasios gewartet.
Er war einige Augenblicke zuvor hereingekommen. Ein untersetzter Mann, mit mächtigem Bart um die Wangen und mit einem ihm zu großen Rock bekleidet. Der Schädel war unter einer schwarzen Mütze verborgen.

Als Sophia ihre Erklärungen beendet hatte, setzte der Pope sogleich eine betrübte Miene auf.

»Ein großer, dunkelhaariger Mann ... Davon gab es gewiß einige unter den Verletzten. Ein Mann mit blauen Augen? Solche gab es auch. Wie soll man wissen, wer von ihnen der Gatte dieser Dame war?«

»Dennoch behauptet die Ägypterin, daß er nicht zu der Sorte Mensch gehörte, die übersehen werden. Er hatte nicht das Aussehen eines einfachen Soldaten. Er war ein Adliger.«

Der Priester hob die Hände und ließ sie wieder fallen.

»Diese Dame möge mir verzeihen, aber die teure Person ist stets die Ausnahme ... Und überdies, Dame Sophia, wenn man verletzt ist, bestehen diese Unterschiede nicht mehr. Damals glichen sie sich alle.«

»Sage ihm, mein Mann war kein Ägypter, sondern Europäer. Ein Venezianer. Seine Haut dürfte heller als die der anderen gewesen sein.«

Sophia übersetzte.

»Hier gab es nur Leid. Wer hätte die Zeit gehabt, sich derartige Einzelheiten zu merken? Im übrigen fanden sich unter den Überlebenden auch Engländer, Russen, Franzosen.«

»Ich verstehe«, sagte Scheherazade. »Pater Athanasios hat jedoch die Leute sicherlich nicht alleine gepflegt. Vielleicht hat ein anderer Priester Ricardo gesehen?«

»Ich war nicht allein, das ist wahr. Allerdings habe ich die Namen jedes Überlebenden aufgenommen. Deshalb würde ich mich daran erinnern.«

Scheherazade fuhr auf.

»Dann gibt es eine Liste?«

Der Priester bestätigte.

»Und unter diesen Namen erscheint der Mandrinos nicht?«

»Nein.«

»Ist er sicher?«

»Sicher«, antwortete der Pope.
Wider Willen, obschon sie sich bemühte, vernünftig zu sein, begann sie, diesem Mann zu zürnen; wegen seiner Erhabenheit, wegen des Überdrusses, der sich in seiner Stimme mitteilte.
»Und diese Liste. Wäre es mir möglich, sie einzusehen?«
»Sollte die Ägypterin meine Worte bezweifeln?«
»Nein ... aber er möge mich verstehen. Es geht um meinen Mann. Ich würde es nur gerne nachprüfen. Ich bitte ihn darum.«
Der Pope kräuselte die Augenbrauen.
»Sie sehen, wie Gott die Übeltäter straft. Dieses ganze Unheil, all dies vergossene Blut. Nichts wäre geschehen, wenn man nicht danach getrachtet hätte, den Tod auf fremder Erde zu säen, und diese Frau trüge heute nicht Trauer.«
»Mein Gemahl hat niemals danach getrachtet, Blut zu vergießen. Er war kein Krieger, sondern ein Diplomat. Obendrein war er Übermittler einer Friedensbotschaft vom Vizekönig Ägyptens. Ein Zwischenfall, der mir nicht bekannt ist, muß sich zugetragen haben, oder vielleicht hat er nicht mehr die Zeit gehabt, seine Botschaft auszuhändigen.«
»Ob Botschafter oder nicht, die Ägypter haben sich mit dem Teufel verbündet. Dem Teufel von Istanbul! Laßt doch Griechenland den Griechen. Haltet mit dem Gemetzel ein. Verlaßt unsere Heimat.«
Scheherazade biß sich auf die Zähne.
»Ich bitte Sie ... lassen Sie mich diese Liste sehen.«
Sophia kam ihr zu Hilfe.
»Pater, ich bitte Sie, erhören Sie ihren Wunsch.«
»Einverstanden«, meinte der Priester launisch. »Aber danach ersuche ich Sie zu gehen.«
Als er einige Minuten danach zurückkam, war er noch immer verstimmt.
»Kann sie Griechisch lesen?«

Scheherazade antwortete verneinend. So vertraute er die Liste Sophia an.

Sie begann, die Namen aufzusagen, wobei sie sich bemühte, sie so deutlich wie möglich auszusprechen:

John Cunning
François Louvains
Ahmed Abbas
Mohammed Issa

Die Laute überlagerten sich, die einen wie die anderen klangen fremd und waren doch verbunden durch einen Namen: Navarino.

Osman Abd ül-Medschid
Jean Régnier
Fra Matteo da Bascio
Husain Mussa

Als die Griechin den dreiundzwanzigsten und letzten Namen der Liste verlesen hatte, schloß sie mit dumpfer Stimme: »Es tut mir leid ... Hier gibt es keinen Mandrino.«

Auf dem Rücken ausgestreckt, den Körper in eine Wolldecke gehüllt, starrte Scheherazade – ohne sie zu sehen – die Sterne an, die über der Bucht flimmerten. Sie hätte es nicht mehr länger in dem Häuschen ausgehalten. Während sie angestrengt hatte Schlaf finden wollen, hatte sie sich dem Ersticken nahe gefühlt. Ein leichter Wind schweifte über die Wasseroberfläche, trug den Widerhall der Gespräche, vom Knistern des von den Soldaten angefachten Feuers unterbrochen, bis zu ihr.

Demnach war Ricardo Mandrino tot. Sein Leib war unwiederbringlich gefangen von den Fluten, seine Seele hatte sich zu den Gestirnen gesellt. Seit sie aus dem Kloster zurückgekehrt war, strömten unaufhörlich vertraute Szenen ihrem Gedächtnis zu. Sie kamen als Schwarm verstörter Schmetterlinge, wie ungeordnet, und schienen doch einer Logik zu gehorchen.

»›Sehen Sie diesen Kelch? Sie haben Durst. Sie beschließen, die Hand auszustrecken, um nach ihm zu greifen. Wo, in welchem Buch, so gelehrt es auch sein mag, steht geschrieben, daß Sie Ihr Ansinnen zu Ende führen werden? Nirgendwo. Weder in den Sternen noch in den Abgründen. Sie haben keinerlei Gewißheit. Gleichermaßen befinden sich all unsere Wünsche in der Schwebe, dazu verurteilt, sich zu verwirklichen oder zu erlöschen. Von dem Punkt an, durch diese Erkenntnis gestärkt, vermag ich mir nicht vorzustellen, daß irgend jemand sich damit begnügen könnte, sein Leben unbefriedigt oder in Genügsamkeiten zu verbringen. Daher meine Scheidung. Daher meine Stärke und mein Grauen. Verstehen Sie?‹«

Wann hatte Mandrino diese Worte ausgesprochen? Bei welcher Gelegenheit? Vielleicht als er seine erste Heimat erwähnt hatte und die Scheidung, die ihr gefolgt war?
Sie entsann sich, entgegnet zu haben:

»›Daraus schließe ich, daß Sie nichts auf die Zukunft gründen. Sie konjugieren alles im Präsens, mit welchen Folgen auch immer.‹
›Ich weiß es nicht. Die Antwort entflieht mir noch. Wessen ich sicher bin, ist, daß ich bei meiner fortwährenden Suche nur nach dem Hafen strebe, der Harmonie des Geistes und des Herzens, der unmöglichen Verschmelzung von Wasser und Feuer.‹«

Auf Umwegen hatte der Venezianer sein Ziel erreicht. Das Feuer der Sterne, mit dem Wasser Navarinos verquickt.
Sie dachte an ihre Kinder. An Giovanna, die ihn nie mehr wiedersehen würde und die für den Rest ihres Daseins diese schmerzliche Abwesenheit wie eine klaffende Wunde mit sich tragen würde.

Eine Kugel hatte sich in ihrem Magen zusammengeballt. Übelkeit stieg ihr an die Lippen. Der Schmerz war zu stark. Sie stand wieder auf, warf sich die Decke über die Schultern und ging den Strand hinunter.

Folglich hatte selbst Agios Fanurios, der von den hiesigen Leuten angebetete Heilige, keinerlei Macht gehabt. Nachdem sie den Priester verlassen hatten, hatte Sophia Glimenopulos mit gewissen Unbehagen erklärt: »Er ist es, den wir anrufen, wenn wir einen verlegten Gegenstand wiederzufinden versuchen.« Etwas beschämt hatte sie eilends hinzugefügt: »Ich hätte es mir denken können. Menschen und Gegenstände sind nicht dasselbe.«

Den Körper von Schaudern durchrieselt, ging sie weiter. Ringsum hörte sie nur noch den Atem der Wellen. Sie war allein auf der Welt. Sie würde alleine leben. Weder Joseph noch Giovanna verstünden den von Mandrinos Tod aufgerissenen Abgrund zu füllen, weil Zärtlichkeit, so groß sie auch sein mag, nicht vom Mangel an Liebe heilt.

Gedankenverloren hatte sie gerade das Ende der Bucht erreicht. Im fahlen Schein der Sterne entrollte sich der schroffe Pfad, der an den Flanken des Berges Koryphasion zur fränkischen Festung hinaufklomm. Auf halbem Weg erkannte sie den Eingang der bei ihrer Ankunft erspähten Höhle. Dies war, Sophia zufolge, eine mysteriöse Stätte, wo ein Gott, Hermes mit Namen, gelebt haben soll. Die Frau hatte erklärt, daß Hermes der Führer der Wanderer und Geleiter der toten Seelen sei. Seinerzeit hatte sie sich gesagt, daß die Zufälligkeiten bisweilen verwirrend waren. Doch handelte es sich tatsächlich um Zufälligkeiten?

»Was suchst du, Frau?«

Die Stimme war von nirgendwo ertönt. Scheherazade erstickte einen Entsetzensschrei. Ein haariger Greis, mit Zügen wie gemeißelt und furchtbarem Ausdruck, ragte vor ihr auf. Er hatte griechisch gesprochen. Sie stammelte etwas auf ägyptisch. Kaum hatte sie die ersten Wörter ausgesprochen, richtete der Greis einen rächenden Zeigefinger auf sie.

»Ja, ist es denn nicht genug! Jetzt müssen diese Hunde aus Istanbul auch noch ihre Huren herbringen!«

Der Sinn dieser Worte war ihr entgangen, doch beim Tonfall der Stimme war sie überzeugt, daß der Alte sie töten würde.

Unversehens zeigte er eine steinerne Statuette vor: einen segnenden Engel, der eine Kugel mit darauf stehendem Kreuz in der linken Hand hielt.

Er sprang auf sie zu, schwenkte die Statuette, als hätte es sich dabei um eine Waffe gehandelt.

»Sei verflucht! Daß das Blut der Meinen auf dein Haupt und das deiner Kinder zurückfalle!«

Diesmal zögerte sie nicht mehr. Sie wirbelte auf dem Absatz herum und lief zum Lager.

Oberleutnant Gamal sorgte sich.

»Geht es Ihnen gut, Sett hanem?«

Sie nickte, während sie versuchte, wieder zu Atem zu kommen.

»Sind Sie sicher?«

»Ja, Oberleutnant ...«

Sie ließ sich neben dem Feuer fallen. Ihre Hände zitterten.

»Möchten Sie ein wenig Tee? Er wird Ihnen guttun.«

Sie willigte ein.

Sie entsann sich nicht, jemals eine derartige Angst bekommen zu haben, von jenem Tag abgesehen, an dem die Aufständischen das Anwesen Sabah verwüstet und den Tod von Michel, ihrem ersten Mann, verursacht hatten.

»Trinken Sie, solange er noch heiß ist.«

Sie nahm den Becher, den ihr der Offizier anbot, und umklammerte ihn mit den Fingern.

Weshalb hatte der Greis sie angegriffen? Es war absurd. Und

nun vermochte sie sich vom Bild dieses segnenden Engels nicht mehr zu befreien. Er blieb in ihrem Hirn eingegraben.
Sie führte die Flüssigkeit an ihre Lippen und trank einige Schlückchen.
»Sett hanem ...«
Ein Soldat reichte ihr eine Decke.
»Danke, Murad. Legen Sie sie mir über die Schultern.«
»Falls Sie es wünschen«, schlug der Oberleutnant vor, »können Sie am Feuer schlafen. Ich würde meinen Männern sagen, daß sie sich entfernen sollen.«
»Nein. Es wird schon gehen. Ich werde in das Haus der Griechen zurückkehren. Ich ...«
Der Satz blieb in der Schwebe.
Nein ... sie mußte sich irren.
Alles begann sich um sie herum zu drehen, die Sterne, die Bucht, die sprühende Glut, während sich auf dem Sand ein Name einzeichnete: einer der dreiundzwanzig Namen von der Liste der Überlebenden.
FRA MATTEO DA BASCIO!
Sie wollte sogleich zu Sophia eilen, damit diese ihr bestätigte, daß dieser Name nicht bloße Einbildung war, daß sie ihn wahrhaftig genannt hatte. Doch wozu überhaupt? Sie wußte im vorhinein, daß die Antwort ja lauten würde.
Fra Matteo da Bascio ...
Die Freude, die sie nun überlief, war beinahe so gewaltig wie der wenige Stunde zuvor empfundene Schmerz. Sie hatte Lust, zu schreien, sich auf die Knie zu werfen und vor Dankbarkeit zu weinen.
Es lag ungefähr fünfzehn Jahre zurück. Sie war gerade in Mandrinos Begleitung in Venedig angekommen.

»Schon als sie das Haus betrat, zog eine Eigentümlichkeit Scheherazades Neugier auf sich. Über ihrem Haupt, in halber

Fassadenhöhe, erblickte sie plötzlich eine steinerne Skulptur, einen segnenden Engel darstellend, der in der linken Hand eine Kugel mit darauf stehendem Kreuz hielt.
›Sind Sie das?‹ spottete Scheherazade.
Ein Stirnrunzeln antwortete ihrer Frage.
›Eine uralte Geschichte. Ich weiß nicht, ob ich sie Ihnen erzählen soll. Sie könnten womöglich die ganze Nacht kein Auge mehr schließen.‹
Sie beharrte.
›Nun gut. Aber ich habe Sie gewarnt. Vor langer Zeit, wahrscheinlich vor mehr als zwei Jahrhunderten, lebte hier einer meiner Ahnen, Giuseppe Mandrino, Advokat seines Zeichens. Er stand im Ruf, ein ungeheurer Geizhals und Wucherer zu sein. In seinen Diensten besaß er einen gezähmten Affen, der Gegenstand des Erstaunens und der Bewunderung aller war. Eines Tages dann, als Giuseppe Fra Matteo da Bascio, einen ehrwürdigen und aufgrund seiner Heiligkeit berühmten Kapuzinermönch, zum Nachtmahl geladen hatte, versteckte der Affe sich, zur großen Verblüffung der Tafelgäste, sofort bei Eintreffen des Mönchs; wieder aufgefunden, weigerte er sich hervorzukommen, fletschte blindwütig die Zähne. Der Kapuziner erahnte den Grund dieser jähen Raserei. Er ließ sich zum Versteck des Affen führen und befahl diesem, im Namen Gottes, zu sagen, wer er sei. Das Tier gab sich sodann als Dämon zu erkennen, der geschickt sei, die Seele dieses unglücklichen Giuseppe zu holen.‹
›Das ist doch nicht Ihr Ernst?‹
›Ich gebe Ihnen die Geschichte so wieder, wie Sie mir von meinen Eltern zugetragen worden ist. Soll ich fortfahren?‹
Eilends bejahte sie.
›Die Fragen des Kapuziners beantwortend, erklärte der Dämon, es sei ihm noch immer nicht gelungen, sein Werk auszuführen, da Giuseppe zur Gewohnheit habe, jeden Abend ein Ave-Maria zu beten. Ein einziges Versäumnis, und sein teuflischer Auftrag

hätte vollbracht sein können. Hierauf schlug der Mönch ein großes Kreuz und gebot dem Teufel zu verschwinden. Inmitten entsetzlichen Lärms und Schwefelschwaden stürzte dieser dann auf die Wand zu und entschwand durch ein Loch, das er dabei hineintrieb.‹
Mandrino wies auf die Skulptur.
›Ganz genau an dieser Stelle ... Man stellte dieses Abbild auf, um das von dem Teufel in die Wand gerissene Loch zu verbergen, da es keinem Maurer gelungen war, es mit Backstein und Kalk zu verstopfen.‹«

Fra Matteo da Bascio ...
An diesem Abend klang der Name des ehrwürdigen Kapuzinermönchs in Navarino. Wer hätte diese venezianische Legende kennen können? Wer außer Ricardo Mandrino?
Jener irre Greis hatte ihr erst seine Statuette eines segnenden Engels entgegenhalten müssen, damit eine fünfzehn Jahre alte Erinnerung wiederauflebte.

»Ich gebe zu, es ist verwirrend«, meinte Sophia Glimenopulos. »Aber vielleicht ist es nur eine Zufälligkeit.«
»Eine Zufälligkeit? Das ist unmöglich!«
»Weshalb?«
»Weil man dann wohl annehmen müßte, es hätte nicht allein einen Italiener unter den Seeleuten gegeben, sondern dieser Italiener wäre zudem noch Kapuziner und Träger desselben Namens wie der Held der venezianischen Legende gewesen. Nein, Sophia. Das ist unmöglich.«
»Nun gut. Aber wie erklärst du dir dann, daß dein Gemahl dem Pater Athanasios seine wahre Identität nicht preisgegeben hat? Wie erklärst du, daß er, gesund und wohlbehalten, nicht nach Ägypten heimgekehrt ist?«
Scheherazade blieb stumm.

»Du siehst. Das ist unlogisch.«
»Ich gestehe ein, dahinter steckt ein Geheimnis. Dennoch bleibt eine Tatsache bestehen: Ricardo lebt.«
»Und wo ist er dann?«
Sie antwortete nicht sofort. Ihr Blick schien sich in der Leere zu verlieren.
»Ich sehe nur einen einzigen Ort auf der Welt, wo er sich befinden könnte: Venedig.«
»Venedig?«
»Ja.«
»Aus welchem Grund sollte er sich in diese Stadt begeben haben, anstatt nach Ägypten zurückzukehren?«
»Wenn es eine Antwort darauf gibt, dann werde ich sie genau dort finden.«
Mißtrauisch legte die Griechin die Stirn in Falten. Entweder war die Ägypterin irrsinnig, oder sie war von ihrem Glauben verblendet. In beiden Fällen, so sagte sie sich, bedürfte sie des göttlichen Schutzes.

5. Kapitel

Paris, 2. Februar 1828

Corinne Chedid löste den schwarzen Schleier, der bis dahin ihren Kummer verhüllt hatte, und legte ihn behutsam auf die Kommode.
Seit zehn Uhr morgens ruhte ihre Mutter auf dem großen grauen Friedhof von Pantin. Unter der Erde war einem zwar gewiß kalt, doch mußte man dort sicher keine Schmerzen mehr erdulden. Samiras letzte Stunden waren ein unerträglicher

Leidensweg gewesen. Wo nur war Gott in solchen Augenblikken?
In der Rue des Petits-Champs hatte die Leere nun allen Raum eingenommen. Was sollte aus ihr werden? Zu welchem Ziel würde ihr Schicksal sie führen? Sie war erst einundzwanzig Jahre alt, aber ihr Leben schien stillzustehen.
»Du solltest nicht allein hier bleiben.«
Judith Grégoires Stimme brachte sie in die Wirklichkeit zurück.
»Ich hab keine andere Wahl. Wohin könnte ich gehen?«
»Ich weiß im voraus, daß das, was ich sagen werde, absurd ist, aber wenn du doch nur wieder mit deinem Vater hättest Verbindung aufnehmen können! Du würdest dich heute nicht als Waise fühlen. Als Admiral und Pair von Frankreich verfügt er sicherlich über ein beachtliches Vermögen.«
»Wie hätte ich können? Meine Mutter und er sind niemals verheiratet gewesen, und er hat mich nie anerkennen wollen. In jedem Fall ist er bereits neun Jahre tot, und ich weiß nichts von seiner Familie. Wie dem auch sei, wenn ich zwischen dem Namen Ganteaume und dem der Chedids hätte wählen können, dann hätte ich mich wohl für den letzteren entschieden. Er ist mir stets edler erschienen. Ein Mann, der imstande ist, eine Frau und sein Kind im Stich zu lassen, verdient nur Verachtung, sosehr er auch Pair von Frankreich sein mag.«
»Deine Mutter und er haben sich doch in Kairo kennengelernt, oder?«
»Ja, Honoré gehörte zur französischen Expedition, die in Ägypten gelandet ist. Als Bonaparte beschlossen hat, heimlich nach Frankreich heimzukehren, war er es, der mit den Vorbereitungen der Rückfahrt betraut wurde. Er hat meine Mutter eingeladen, ihm nach Paris zu folgen, obwohl er bereits verheiratet und Vater zweier Kinder war.«
»Wußte Samira denn Bescheid?«
»Ja.«

»Und trotzdem hat sie eingewilligt, ihm zu folgen.«
»Es fiele mir schwer, sie deshalb zu tadeln. Sie war damals in Trauer wegen ihres ersten Mannes, der im Verlauf der Aufstände ermordet worden war, die Ägypten zu jener Zeit erschütterten. Außerdem trug sie die Verantwortung für einen Säugling, den sie großziehen mußte, und konnte auf keinerlei familiäre Unterstützung rechnen.«
»Ich dachte, eure Familie sei eng verbunden gewesen.«
»Ihre Heimat hat sie entzweit. Trotz all der Warnungen und der elterlichen Drohungen hat sie daran festgehalten, den Mann zu heiraten, in den sie unsterblich verliebt war. Einen Türken und Muslim. Mein Großvater, ein überzeugter Katholik und Patriot, hat ihr diesen zweifachen Verrat niemals verziehen.«
Mit einer Spur Traurigkeit fügte sie hinzu: »Trotzdem muß ich eingestehen, daß Mama zu allem, was glänzt, einen gewissen Hang hatte. Der Türke war ein Janitschar, und die Janitscharen besaßen eine ziemliche Macht in Ägypten. Honoré Ganteaume war Konteradmiral.«
»Letzten Endes läßt mich deine Mutter an einen Schmetterling denken, der sich am Licht verbrannt hätte.«
Corinne blieb stumm. Ohne es zu wissen, hatte ihre Freundin die verborgene Seite von Samiras Dasein in einem Satz beschrieben. Eine geheime und nicht eingestehbare, da von unzähligen, stets wechselnden, anonymen Männern besudelte Seite. Galt es für sie doch zu überleben, nachdem sie vom Admiral im Stich gelassen worden war. Eine Kurtisane ... Mit dem Namen bezeichnete man wohl diese Art von Frauen.
Mit einem Mal schien ihr alles so fern. Der Schmetterling war begraben und Corinne ohne Licht.
»Du wirst bei uns wohnen.«
Sie blickte Judith ungläubig an.
»Ja, Corinne. Ich bestehe darauf. Und sei es nur für eine Weile. Später, wenn der Kummer vergangen sein wird und falls du es

noch immer wünschst, kannst du hierher zurückkehren. Bis dahin wirst du bei mir zu Hause leben.«

»Aber ... das ist unmöglich ... dein Mann ...«

»Ich habe mit Georges darüber gesprochen. Er ist einverstanden. Er hat sogar hinzugefügt, es wäre für dich auch einfacher, da du ja in seinem Laden arbeitest und unsere Wohnung darüber liegt. Auf die Weise wirst du nicht ganz Paris durchqueren müssen.«

Bewegt und außer Fassung, wußte Corinne nichts Rechtes zu antworten. Der Vorschlag ging ihr geradewegs zu Herzen, doch gleichzeitig mochte sie nur mit Mühe in Betracht ziehen, dieses Haus zu verlassen. Bedeutete dies nicht treulose Flucht?

»Pack deine Koffer ... Ich werde einen Fiaker rufen.«

»Judith ... Glaubst du, daß das eine gute Lösung ist?«

»Vertraue mir, es ist die einzige.«

Sie wies in die Wohnung.

»Hier wirst du nur sie sehen. Wenn du versuchen wirst einzuschlafen, wirst du nach ihrem Rufen oder ihrem Wimmern lauern. Komm, Corinne ... Laß die Zeit walten.«

Piräus, den 6. Februar 1828

Meine lieben Kinder,

zur Stunde, da Ihr diese Zeilen lest, werde ich, so Gott will, in Sichtweite Venedigs sein. Ricardo lebt. Euch an dieser Stelle zu sagen, wie ich darüber Gewißheit erlangt habe, würde zu lange dauern, und die Zeit drängt. Wißt jedoch: Er ist am Leben. Aus Gründen, die mir noch unbekannt sind, dürfte er in die Serenissima zurückgekehrt sein. Ich vermute, diese Nachricht wird Euch ebenso überraschen, wie sie mich überrascht hat. In der Tat, wie erklären, daß er sich hätte entschließen können, eher die Stadt seiner Kindheit aufzusuchen als jene, in der die Seinen auf ihn warten? Es geht mir wie Euch: Ich finde keine befriedigende Antwort. Ricardo wird es uns erklären. Der Gedanke, die Stadt in der

Lagune wiederzusehen, wühlt mich auf. Mir ist dort das Glück begegnet, ich will glauben, daß es mich nicht vergessen haben wird. In meinen Momenten des Zweifels nehme ich Zuflucht bei Euch. Ich denke auch an den Rosenhof. An die ersten Apriltage, wenn die Baumwolle gesät werden muß. Ich stelle mir uns alle vier an diesem magischen Ort vereint vor, und Zuversicht überkommt mich wieder.
Sagt Husain, ich erwarte, daß er nicht vergißt, die Rosen zu schneiden und das Unkraut in den großen Alleen zu jäten. Ich möchte nicht, daß Ricardo den Eindruck bekäme, dieses von ihm geliebte Anwesen wäre in seiner Abwesenheit auch nur ein klein wenig der Verwahrlosung preisgegeben worden.
Ihr fehlt mir sehr. Ich drücke Euch, die eine wie den anderen, an mein Herz.

Scheherazade.

Giovanna faltete den Brief zusammen und reichte ihn ihrem Bruder.
»Möchtest du ihn noch mal lesen?«
»Nein.«
»Was denkst du darüber?«
Joseph schnippte den Schiefergriffel beiseite, dessen er sich bediente, um seine Pläne aufzureißen. Er rollte langsam über die vor ihm ausgebreitete Karte des Deltas.
»Wenn sie sagt, daß er am Leben ist, muß es wahr sein. Sonst würde sie uns nicht soviel Hoffnung machen.«
»Sollte Papa sich denn tatsächlich in Venedig befinden?«
»Jedenfalls gibt der Brief das zu verstehen.«
»Aber denk doch mal nach! Wie kann man sich denn vorstellen, er hätte uns, falls er wirklich dem Tod entgangen wäre, ohne Nachricht gelassen? Das wäre monströs! Papa ist zu einer solchen Grausamkeit nicht fähig.«
»Was soll ich dir darauf antworten, Giovanna? Um aufrichtig zu

sein, muß ich eingestehen, daß es da in der Tat eine gewisse Unstimmigkeit gibt. Dennoch könnte man vermuten, daß sich irgendein unvorhersehbarer Vorfall ereignet hat, der ihn daran hinderte, nach Kairo zurückzukehren; was weiß ich? Irgendeine Widrigkeit.«
»Ein Vorfall ... oder aber es handelt sich um etwas anderes ...«
»Etwas anderes?«
»Vielleicht handelt es sich dabei ja um eine willentliche Entscheidung von Papa.«
»Willst du damit andeuten, er wäre nicht gezwungen gewesen, sich nach Venedig zu begeben?«
»Das ist die einzige Erklärung.«
»Was könnte ihn dazu getrieben haben, derart zu handeln?«
Das Mädchen sann kurz nach, bevor es antwortete: »Falls Papa beschlossen hätte, Sabah zu verlassen, bot Navarino ihm hierzu eine ideale Gelegenheit.«
»Wie kommst du nur auf eine solche Idee, Giovanna? Hast nicht du gerade behauptet, Ricardo wäre zu einer solchen Grausamkeit nicht fähig? Welcher Anlaß sollte ihn im übrigen dazu geführt haben, mit der Vergangenheit zu brechen?«
»Das weißt du ganz genau.«
Joseph stieß einen gereizten Ton hervor.
»Du wirst mir doch nicht wieder in den Ohren liegen mit diesem angeblichen Zerwürfnis, das sie angeblich entzweit hat? Das ist lächerlich! Glaubst du, wegen solch einer banalen Verstimmung könnte man fünfzehn Jahre Ehe in Frage stellen!«
»Es handelte sich nicht um ein angebliches Zerwürfnis, und noch weniger um eine banale Verstimmung! Was damals geschehen ist, war bei weitem ernster.«
Der junge Mann knallte seinen Stift auf den Schreibtisch.
»Hör zu, Giovanna, ich habe weder die Geduld noch die Lust, dir zu widersprechen. Die Liebe, die du für Papa empfindest, verblendet dich dermaßen, daß es genügen würde, ein Sperling

ließe sich auf seiner Schulter nieder, damit du darin sogleich den Angriff eines Adlers sähst. Und ich verbiete dir, mir noch ein einziges Mal an den Kopf zu werfen, ich würde nur deshalb so reden, weil es sich nicht um meinen leiblichen Vater handelt. Ein Tag wird kommen, an dem du begreifen wirst, daß die Beziehungen zwischen den Geschöpfen nicht so einfach, nicht so vollkommen sind, wie man es gerne möchte. Der Nil muß auch nicht, nur weil er einmal im Jahr über die Ufer tritt, trockengelegt werden. Und jetzt laß mich, wenn du so gut bist, ich habe Arbeit!«
Die Tür, die hinter Giovanna zuknallte, brachte eine kleine Porzellanvase zu Fall.

Venedig, 10. Februar 1828

Ein Meer schwarzer, bauchiger Wolken wälzte sich bedrohlich über die Serenissima. Das Gewitter würde in Kürze losbrechen. Auf der Brücke der *Leone* schauderte Scheherazade. War dies tatsächlich die Stadt, die sie fünfzehn Jahre zuvor, auch in einem Februar, kennengelernt hatte? Damals hatte sie eine blendende Sonne begrüßt. Venedig erstrahlte seinerzeit, und die aquarellierten Fassaden flimmerten unter dem wuchtig auftreffenden Licht. Diesmal jedoch war der Anblick ein anderer. Das Haupt des hohen Backsteinturms, des Campanile auf der Piazza di San Marco, war im Nebel eingesunken, und man nahm kaum die Kuppeln der Basilika wahr.
Namenlose Träger drängten sich um einen Mast, an dessen Spitze das Sinnbild Venedigs flatterte: das mit dem geflügelten Löwen verzierte Banner auf nachtblauem, von Sternen besätem Grund. Ein dumpfes Geräusch ertönte. Das Dampfschiff hatte soeben am Kai angelegt.

Nichts ähnelte dem, was sie gekannt hatte. Oder war es wieder nur die Abwesenheit von Licht? Diese Gondel, die sie zu Ricardo

Mandrinos Wohnsitz trug, schien ihr außerordentlich glanzlos. Obschon es an nichts fehlte, weder an Vergoldungen noch an Samt oder Brokat, der üblicherweise das Heck und die Innenwände des Nachens auskleidete. Selbst der Steven mit seinem von Stoßeisen beschlagenen Schwanenhals hatte seine Strenge verloren.

Scheherazade warf sich zurück und kauerte sich in eine Ecke der *felze*, der kleinen, in der Mitte der Gondel aufgebauten hölzernen Kabine. Es schmerzte sie in Venedig.

Man öffnete ihr die Tür; Mario Carducci, der alte Majordomus, fuhr verdutzt zurück. Er benötigte eine Weile, bis er sich selbst davon überzeugt hatte, daß es sich wahrhaftig um die Gemahlin seines Herrn handelte. Als sich die Überraschung gelegt hatte, stammelte er, sich verbeugend: »Signora Mandrino, *bentornata a casa*.«

Hastig fügte er in gebrochenem Französisch hinzu: »Seien Sie willkommen, Signora.«

Scheherazade übertrat die Schwelle mit zögerlichem Schritt.

»Guten Tag, Mario.«

Kaum hatte sie dies ausgesprochen, wunderte sie sich über das Beben ihrer Stimme.

Der Majordomus deutete eine Bewegung zum Ponton an, wo die Gondel lag.

»Ihr Gepäck ...«

»Warten Sie.«

Er blieb in Erwartung einer neuerlichen Weisung stehen.

»Ist ...?«

Die Frage, die ihr auf der Zunge brannte, blieb in der Schwebe. Sie schritt bis in die Hofmitte. Ihre Schuhe verursachten ein dumpfes Geräusch auf den Marmorfliesen. Der bronzene Brunnen und seine Umfassung waren nach wie vor an derselben Stelle. Die mit Friesen geschmückten Wände ragten unverändert auf. Im Hintergrund ließ sich die Goldene Treppe erahnen,

die zu den oberen Stockwerken führte. Alles war an seinem Platz.
»*C'è qualcosa che non va*, Signora?«
Sie antwortete abwesend. »Nein, Mario. Es ist alles in Ordnung.«
Der Gondoliere sang leise vor sich hin. Die Glocke eines Campanile tönte im Dunst.
Sie ging zu dem alten Majordomus zurück.
»Ist Herr Mandrino angekommen?«
Sie hatte die Frage in einem Zug, mit angehaltenem Atem, gestellt.

In ihrem Himmelbett liegend, hörte sie dem Regen zu, der in Sturzbächen fiel. Sie stellte sich vor, wie der nächtliche Canale Grande im Gewitter anschwoll. Bevor er zu Bett gegangen war, hatte Mario die Vorsichtsmaßnahme getroffen, den Hauseingang mit Brettern zu verrammeln. In den benachbarten Wohnhäusern hatte man wahrscheinlich desgleichen getan, und am folgenden Morgen, wie stets nach den großen Regenfällen, würde die *acqua alta*, das Hochwasser, für eine Zeitlang über Venedig herrschen.
Wenn Ricardo diese Stunden erwähnte, sprach er davon wie von einem Krieg, dem sich noch das tagtägliche Geplänkel der Gezeiten hinzugesellte, die zweimal am Tag die Lagune im Sturm angingen. Wer würde die Oberhand gewinnen, das Meer oder die Serenissima? Falls Venedig je untergehen sollte, dann würde mit ihr gewiß auch etwas von der Erlösung der Welt entschwinden.
Demnach war Ricardo nicht hier. Dem alten Majordomus zufolge war er seit ihrer letzten Reise nie wieder hergekommen. Mario hatte nahegelegt, sich bei den Familienmitgliedern zu erkundigen. Irgend jemand wüßte vielleicht, was aus dem Venezianer geworden war.
Fra Matteo da Bascio …

Und wenn sie, wie Sophia es erwogen hatte, tatsächlich Opfer einer unglaublichen Zufälligkeit geworden wäre?
Ein weiteres Mal verwarf sie diese Annahme. Sogleich am nächsten Morgen wollte sie sich zu Ricardos Cousine begeben, der Contessa Massima Ranieri. Einstweilen aber mußte sie schlafen. Allein der Schlaf würde ihr ein wenig Frieden bringen.

»*Allora, Ricardo sarebbe morto a Navarino* ...«
Äußerst gerade sitzend, die Beine unter einem Kleid von schwarzem Satin übereinandergeschlagen, den Hals von einem feinen zartrosa Koller umschlossen, hatte die Contessa kaum mit der Wimper gezuckt, als sie diese Worte aussprach. Bei der Strenge des angeschlagenen Tonfalls glich die Bemerkung einem Epitaph. Im Herzen des Empfangsraums, inmitten dieses Mobiliars, wo sich ölige Lichtreflexe verbreiteten, sah sie zweifelsohne Ricardo Mandrinos Grabstein flüchtig vor sich.
Sie setzte, in Französisch diesmal und weiter im selben Ton, erneut an.
»Demnach sollte mein Vetter tot sein.«
»Vergeben Sie mir, Signora Massima. Das habe ich nicht gesagt. Im Gegenteil, ich bin überzeugt, daß er lebt. Ich hoffte, ihn hier wiederzufinden.«
»Ach, meine Teure ... Ich fürchte, Sie müssen dieser Hoffnung ein Ende machen. Wie ich Ihnen erklärt habe, sind es nun zwei Jahre, daß weder mein Gemahl noch ich die geringste Kunde von Ricardo erhalten haben. Mir war nicht einmal bekannt, daß er auf irgendeine Weise in diese Angelegenheit um Navarino hätte verwickelt sein können.«
»Leider war er es.«
»Er machte also Politik.«
Sie fügte, einen Seufzer ausstoßend, hinzu: »Schade ... Ich glaubte, diese Heirat hätte ihn vernünftig gemacht.«
Scheherazade hatte nicht die Kraft zu widersprechen. Stets hatte

eine Mauer zwischen Ricardo und seiner Familie gestanden. Der nach Unabhängigkeit strebende Geist des Venezianers, das Vergnügen, das ihn dazu trieb, die Traditionen umzustoßen, sein angeborener Sinn für Provokation, hatten ihn seit langem außerhalb der familiären Dogmen gestellt. Indem er Scheherazade heiratete, eine Gemeine und Araberin obendrein, hatte er die letzten Bande zerrissen.

Doch dies alles war kaum von Belang. Die einzige Tatsache, die aus dieser Unterredung hervorging, war, daß ihre Suche in eine Sackgasse mündete.

Sie unternahm einen letzten Versuch und fragte: »Verzeihen Sie mir, wenn ich insistiere. Aber denken Sie nicht, jemand in Ihrer Umgebung könnte uns helfen? Irgendein Verwandter vielleicht?«

Die Contessa kräuselte die Augenbrauen.

»*Mi dispiace* … Ich sehe niemanden.«

»Ein Freund? Ein Bekannter?«

Die Contessa hob das Kinn.

»Meine Teure, wenn sich uns, den Mandrinos, entzieht, was aus einem der Unsrigen geworden ist, weiß es niemand. Die Familien des Abendlandes sind eng verbunden, wissen Sie.«

Sie hatte sich mit Herablassung geäußert.

»Dennoch … Eine Mitteilung, ein Hinweis …«

Die Venezianerin legte die Stirn in Falten, um den Eindruck zu vermitteln, daß sie nachdachte.

»*Forse,* Luciano …«

Der Name war ihr nicht fremd.

»Sie sprechen von Luciano Robusti?«

»*Sì*. Er war ein Freund von Ricardo. Entsinnen Sie sich nicht? Sie haben ihn doch kennengelernt.«

Sie hatte ihn nicht allein kennengelernt, er war auch ihr Trauzeuge gewesen.

Ohne von ihrer Steifheit abzuweichen, brachte die Contessa vor:

»Doch ich bezweifle stark, daß er über irgend etwas auf dem laufenden wäre. Allerdings … können Sie getrost versuchen, ihn danach zu befragen.«

»Wissen Sie, wo er wohnt?«

»In der Nähe der Santa Maria della Salute. Zwischen der Kirche und der Punta della Dogana. Nur zwei Schritte von hier.«

Ohne Verzug zog sie harsch an einer Seidenkordel. Ein Glöckchen ertönte.

»Ich werde Anweisung geben, daß man Sie begleite. Aber wahrhaftig … welche Sorgen wird uns Ricardo bereitet haben! Letzten Endes wäre er tatsächlich imstande, noch am Leben zu sein.«

Als die Ägypterin sich bereits aufrichtete, sagte sie noch: »Ich hoffe, Sie verübeln es mir nicht, daß ich Sie heute abend nicht zum Nachtmahl dabehalten kann, aber wir sind genötigt, uns zu den Mascoli zu begeben. Ich hätte Ihnen liebend gerne angeboten, uns zu begleiten … ich nehme jedoch an, daß Sie in Ihrem Zustand … Und zudem sind die Mascoli derart förmliche Leute … ihnen ein Gedeck mehr aufzuzwingen … Sie verstehen, nicht wahr?«

Scheherazade erhob sich.

»Ganz und gar, Signora Mandrino. Seien Sie unbesorgt. Ich habe Morea durchquert, ich bin von Piräus nach Venedig geschifft; nach solcherlei Erfahrungen ist nichts unerträglicher als das Unnütze.«

Sie drehte sich um und ging auf den livrierten Diener zu, der sie auf der Schwelle des Salons erwartete.

»Kaum war das Paar auf dem Campo Santi Giovanni e Paolo erschienen, wandten sich alle Blicke, ohne Ausnahme, in ihre Richtung.

Eingeschüchtert umschlang sie Mandrinos Arm fester.

In dem Moment, da sie am Fuße von des Condottieres Standbild

ankamen, brach ein Beifallssturm los, von Vivats und Rufen begleitet. Der gesamte Platz schien unter dieser Woge der Begeisterung zu erbeben.
›Wer sind all die Leute?‹ tuschelte Scheherazade fassungslos.
›Freunde, die uns ihre Gewogenheit bekunden.‹
Mandolinenweisen hatten sich dem Jubel hinzugesellt. Drei Musikanten in Harlekinkostümen hatten, auf das Paar zuschreitend, zu spielen begonnen, während ein vierter ihnen, Tanzschritte andeutend, vorausging.
›Du siehst‹, meinte Mandrino, ›auch wir haben unsere Musik.‹
Angesichts ihrer bestürzten Miene bedachte er ihren Arm mit einem leichten zärtlichen Klaps.
›Weshalb diese Verwirrung, Tochter des Chedid? Ich sagte es bereits, dies alles hier sind Freunde.‹
Schon drängten sich die ersten um sie, begrüßten sie mit einem Wink oder reichten ihnen herzlich die Hand. Vom Rio dei Medicanti, dem Kanal, der den Campo säumte, stiegen die Hochrufe der vorbeigleitenden Gondolieri auf ...
Ohne daß sie sich dessen bewußt geworden war, hatte er sie bis vor die Treppe eines Bauwerks aus rosarotem Backstein mitgezogen. Droben, auf dem Absatz, öffnete sich ein beeindruckendes Marmorportal. Wie durch Zauberei waren plötzlich nur noch sie beide da. Sie und Mandrino.
Er murmelte: ›Die Kirche Santi Giovanni e Paolo.‹
Er verharrte kurz, dann: ›Ich hatte dir gesagt, wir würden einem Fest beiwohnen. In Wahrheit habe ich gelogen: Es handelt sich um eine Hochzeit.‹
›Eine Hochzeit?‹
›Ja, Scheherazade.‹
Erneute Stille.
›Die unsrige.‹
Er wiederholte mit erstaunlich ruhiger Stimme: ›Die von Scheherazade, der Ägypterin, und Ricardo, dem Venezianer.‹

Mühsam brachte sie hervor: ›Das sagst du doch nicht im Ernst, Ricardo.‹

›Ich bin ein Gottloser. Ich gab, ohne zu empfangen, und empfing, ohne zu geben. Ich habe nutzlose Tage verzehrt. Doch all das endet von dieser Stunde an, zu Füßen dieser Kirche. Nimm meinen Namen an, und ich werde dich zum glücklichsten Geschöpf auf Erden machen. Indem du ja sagst, wirst du im selben Moment alle Frauen auslöschen, da es keiner anderen gegeben sein wird, so beglückt und angebetet zu werden wie du.‹

In den Lüften war der Gesang der Mandolinen verstummt, die Harlekine waren erstarrt. Man hörte nur noch ein Murmeln und das Plätschern des Kanals gegen die Kaimauern.

Durch einen feuchten Schleier erspähte sie Mandrino, eine ungewisse, verschwommene Erscheinung. Er log nicht. Dies war kein Spiel. Sie war vielleicht Opfer seiner Tollheit, doch gehörte dies zu der Art von Tollheit, die den gesündesten Verstand ins Wanken gebracht hätte.

Sie fand die Kraft zu flüstern: ›Ich ... ich weiß nicht, ob ich dich liebe ...‹

›Du wirst mich lieben. Du wirst mich lieben, da du mich bereits geliebt hast. Vorher. Seit jeher. Schon bevor wir uns fanden. Dies sind Dinge, die dir entgehen, ich jedoch, ich habe sie seit allen Zeiten gewußt.‹

Um sich herum fühlte sie Venedig mit seinen Kathedralen, seinen Plätzen, seinen Palästen, unmerklich versinken.

Ihr Vater, Nadia, Michel, Karim ... Ebenso viele Gespenster und Erinnerungen, die auf einem tosenden Sturzbach dahineilten. So rasch, so gewaltsam, daß sie ihr trotz all ihrer Anstrengungen, trotz ihrer sich innig mühenden Seele, sie zu bewahren, entschlüpften.

›Willst du mich heiraten, Scheherazade?‹

Ihr Bauch krampfte sich zusammen.

›Ja ...‹ murmelte sie. ›Ja, Ricardo. Ich will.‹«

Der Regen hatte aufgehört, und eine fahle Sonne suchte vergebens durch die Wolken zu stechen. Der Campo Santi Giovanni e Paolo war menschenleer.
Scheherazade hielt eine Weile vor der Kirche aus rosafarbenem Backstein inne, bevor sie sich zum Hauptportalbogen wandte. Die Flügen der byzantinischen Pforte standen halb offen. Sie übertrat die Schwelle und schritt langsam zur Mitte des Schiffs. Über ihr bildeten zwei kaum erleuchtete, von Mosaiken auf Goldgrund eingelegte Kuppeln einen düsteren und buckligen Himmel. Welch ein Unterschied auch hier zwischen diesem tristen Licht und dem stolzen Feuer der Lüster, das die Pfeiler an ihrem Hochzeitstag überflutet hatte!
Ihren Drang zu fliehen unterdrückend, kniete sie zu Füßen des Hauptaltars nieder und schlug das Kreuz.
Die Stimme Luciano Robustis klang ihr noch immer in den Ohren: *Ich habe Ricardo seit dem Tage Ihrer Hochzeit nicht wiedergesehen. Gewiß, wir haben uns geschrieben, aber das ist alles. Es tut mir aufrichtig leid. Wenn ich Ihnen helfen kann …*
Dies war das Ende ihrer Reise …
Sie würde mit dem ersten Dampfschiff heim nach Ägypten fahren.

6. Kapitel

Über dem Hafen rollte Donner und zuckten Blitze. Die Nacht und die Sintflut würden nicht säumen, über der Lagune niederzugehen. Die düstere Atmosphäre schnürte Scheherazades Herz noch ein wenig mehr zusammen. Trotz des kalten Windes, der in Böen blies, fand sie sich nicht darein, ihre Kabine aufzusuchen.

Ihre Aufmerksamkeit wandte sich dem Banner zu, das entsetzlich knallte, und kehrte dann erneut zum Kai zurück, wo im Licht rauchiger Lampen und Fackeln Träger damit beschäftigt waren, den Rest der aus dem Morgenland gekommenen Waren zu entladen. Die griechischen Inseln hatten Wachs, Weizen, Honig angeliefert; Ägypten Baumwolle und Zucker. Und von der Serenissima dann würden Holz, Steine, Getreide und Muranoglas auslaufen.

Eine Glocke ertönte in den Eingeweiden der *Esperia*, eine Stimme stieß einen Befehl hervor. Man schickte sich an, die Anker zu lichten.

Scheherazade versuchte ihre Tränen zu ersticken. Ein letztes Mal blickte sie auf die aneinandergereihten Häuser im trüben Dämmerlicht, auf das gräuliche Wasser des Rialto, dann wendete sie sich von der Reling ab.

Plötzlich erstarrte sie unter der Gewalt eines inneren Zwangs. Im Durcheinander der Reisenden, von einem Blitz erhellt, hob sich eine Gestalt deutlich von den anderen ab. Ein sehr großer, dunkelhaariger Mann mit stolzem Gang.

Ihr Herz begann mit einem solchen Ungestüm zu rasen, daß sie glaubte, es würde in ihrer Brust zerspringen. Die Gestalt schritt weiter. Scheherazades Finger hatten sich ohne ihr Zutun ver-

krümmt, ihre Nägel bohrten sich in die Handfläche, bis sie blutete, als ob der Schmerz sie von der Wirklichkeit der Dinge überzeugen sollte.
Ein neuerlicher Befehl erscholl. Matrosen stellten sich am Fuße des Laufstegs auf.
Sie hastete los, stieb die Stufen hinab, die zum unteren Deck führten, und weitere Stufen noch. Sie stürzte beinahe, fing sich am Geländer auf. Reisende kamen ihr entgegen, die sie in ihrer Eile zur Seite stieß.
Der Steg wurde angehoben. Rufe begleiteten ihren Lauf. Ein Matrose schrie eine Warnung, doch sie hörte sie nicht. Einen kurzen Augenblick bemerkte sie, wie sich der Boden unter ihren Schritten auftat. Ein dumpfes Geräusch ertönte. Die Anlegebrücke fiel herunter. Sie hatte wieder festes Land unter den Füßen. Ohne sich um den Aufruhr zu kümmern, den sie verursacht hatte, erkundete sie das Gewühl auf der Suche nach der Gestalt. Sie erblickte sie, bevor sie hinter einer Reihe Kisten und Fässern verschwand.
Atemlos und ermattet erreichte sie die Stelle, an der der Mann abgebogen war. Er befand sich nur noch wenige Schritte entfernt. Ihr Herz pochte noch immer wild. Sie versuchte, wieder zu Atem zu kommen. Der Schritt des Mannes war fest. Die Haltung untadelig. Seine Kleidung reinlich. War jener tatsächlich der Überlebende eines Krieges? Ein gehetztes Geschöpf?
Sie wollte kehrtmachen, doch ihre Beine weigerten sich weiterzugehen. Sie schienen sich mit dem Stein verwurzelt zu haben, ihr Verstand fand sich jäh mit einer grauenhaften Frage konfrontiert: *Falls Ricardo beschlossen hätte, Sabah zu verlassen, bot Navarino Mandrino eine ideale Gelegenheit. War es möglich?* Der Mann war soeben stehengeblieben. Er wandte sich an jemanden vorgeschrittenen Alters, dessen Wangen ein makelloser Bart bedeckte. In Wahrheit war diese zweite Person fortwährend an

seiner Seite gewesen, sie hatte sie erst in diesem Augenblick bemerkt. Schon wollten die beiden ihren Gang fortsetzen.
Sie streckte die Hand aus, streifte die Schulter des Mannes, der sich sogleich umdrehte.
Der Blick seiner strahlenden blauen Augen tauchte so bohrend in den ihren, daß sie beinahe glaubte, er träfe ihre Seele. Sie wollte »Ricardo« sagen. Kein Laut kam aus ihrem Mund. Sie hätte sich an seine Brust werfen wollen. Ihr Körper war wie festgenagelt.
Er fuhr fort, sie aufmerksam zu betrachten. Ohne Gemütsbewegung. Seine Physiognomie drückte bloß bange Neugierde aus.
»*Possiamo aiutare la signora*? Können wir Ihnen helfen?«
Es war nicht er, sondern der betagte Unbekannte, der sie angesprochen hatte.
Sie öffnete die Lippen. »Er ist mein Ehemann ...«
Der Unbekannte runzelte die Stirn.
Der andere schien nicht zu verstehen.
Vorsichtig berührte sie mit zitternder Hand den Kragen seines Umhangs und wiederholte: »Er ist mein Ehemann ...«
»Ihr Ehemann, Signora? Sind Sie sich dessen sicher?«
Sie bejahte mit mehrmaligem Kopfnicken.
»Ihr Gatte?«
Diesmal war es der Mann mit blauen Augen, der die Frage, in aufrichtiger Verwunderung, gestellt hatte.
Er setzte hinzu: »Dürfte ich Ihren Namen erfahren?«
Im selben Augenblick, da sie Mandrinos dunkles und warmes Timbre wiedererkannte, gewann sie die Überzeugung, in einen Alptraum versetzt zu sein, eine tragische Unwirklichkeit als Abwesenheit oder Tod. Sie stammelte, während sie sich der Widersinnigkeit des Gesprächs bewußt war: »Scheherazade ...«
Er musterte sie mit betrübtem Ausdruck.
»Signora«, bemerkte der betagte Unbekannte. »Sie unterliegen vielleicht einem Irrtum. Sind Sie gewiß, daß ...«

»Einem Irrtum?«
Sie fixierte ihn mit geweiteten Pupillen.
»Einem Irrtum?«
Der Unbekannte gab sich besänftigend.
»*Vi prego* …«
»Er ist Ricardo!«
Ein Donner grollte am Himmel und übertönte seine Stimme.
»Wie haben Sie ihn genannt? Ricardo?«
»Ricardo! Ricardo Mandrino!«
Die ersten Regentropfen prasselten zu Boden. Scheherazade packte die Hand des Mannes und drückte sie mit all ihrer Kraft.
»Sag es ihm! Bei Gott, sag es ihm!«
Als einzige Antwort erhielt sie einen betretenen Ausdruck.
»Das ist nicht möglich … Ich …«
Sie fand keine Worte mehr. Das Blut pochte ihr in den Schläfen. Der Irrsinn ergriff Besitz von ihrem Wesen. Am Ende ihrer Kraft und ihrer Verzweiflung ließ sie sich wie eine abgeschnittene Blume gegen die Brust des Mannes fallen. Er schien ratlos, stieß sie aber nicht zurück. Eine Weile verging. Sie spürte, daß er seine Arme um sie schloß. Er hielt sie, hinderte sie niederzusinken.
Wie noch zweifeln? Sie kannte diese Umschlingung, wie sie um den Geruch der Haut und diesen ambernen Duft wußte. Nichts und keine Macht auf der Welt hätten sie vom Gegenteil überzeugen können. Sie hatte ihre Erde wiedererkannt, dies Territorium war das ihre.
In diesem Augenblick ging ein heftiger Wolkenbruch in Strömen über ihnen hernieder.
Sie glaubte die Stimme des betagten Unbekannten wie in dichtem Nebel zu vernehmen, als er sagte: »Beruhigen Sie sich, Signora. Ich glaube Ihnen. Ich glaube, Sie sagen die Wahrheit. Aber wir müssen hier fort. Kommen Sie, kommen Sie …«

»Mein Name ist Ludovico Manin. Meine Familie entstammt genau wie die der Mandrinos dem alten venezianischen Adel. Vor sechs Monaten ungefähr hielt ich mich in Piräus auf, um die Abwicklung einiger Geschäfte vorzunehmen. Die Schlacht von Navarino ließ vermuten, daß der Handel mit Griechenland für lange Zeit zum Erliegen kommen würde. Und ebendort, in Piräus, hat mein Weg den Ihres Gemahls gekreuzt.«
Mit gefalteten Händen wartete Scheherazade geduldig, bis er fortfuhr, wobei sie sich hütete, die kleinste Bemerkung fallenzulassen, weil sie fürchtete, der Faden könnte abreißen.
»Ich war gerade im Begriff, einem meiner griechischen Geschäftsfreunde, der eine Handlung mit kaltgepreßten Ölen in einem Hafengäßchen führte, einen Kreditbrief auszuhändigen. Und hinter dem Ladentisch erblickte ich dann Ricardo. Ich erkannte ihn nicht sogleich. Wie hätte ich mir auch vorstellen können, daß jene schlechtrasierte Person von zweifelhafter Sauberkeit, die einfache Lagerarbeiten verrichtete, der edle Nachfahre der Mandrinos war, zumal mehr als fünfzehn Jahre vergangen waren, seit ich die Gelegenheit gehabt hatte, ihm zu begegnen.
Im ersten Moment war es nur sein Auftreten, das mir ins Auge fiel, dann stellte sich die Überzeugung ein, daß dieses Individuum mir vertraut war. Ich befragte darauf meinen griechischen Kunden. Dieser erklärte mir, er habe den Mann um Dezember herum im Hafen herumirrend ausgemacht. Jener habe auf der Suche nach einer Anstellung geschienen und nur Italienisch gesprochen. Dies war auch der Umstand, der Demetropulos – so lautet der Name meines Kaufmanns – bewog, den Menschen zu beschäftigen. In der Tat bestand der Großteil seiner Kundschaft aus Italienern und Venezianern. Darüber hinaus ließ die beeindruckende Statur des Mannes annehmen, er könne trotz seines Alters zu körperlichen Arbeiten wie dem Verladen von Fässern oder anderen Aufgaben dieser Art taugen. Auf diese

Weise trat Ricardo – wobei ich nach wie vor nicht wußte, daß es sich um ihn handelte – in den Dienst des Griechen.«
»Ja, aber wie haben Sie dann die Bestätigung seiner Identität erhalten?«
»Dazu komme ich jetzt ...«
Er machte eine Pause und fragte, als wäre ihm der Gedanke gerade wieder in den Sinn gekommen: »Möchten Sie tatsächlich nicht irgend etwas trinken?«
»Ich danken Ihnen. Fahren Sie doch bitte fort.«
»Ich fragte Demetropulos, ob der Mann irgendwelche Offenbarungen über seine Vergangenheit oder über die Gründe seiner Anwesenheit in Piräus gemacht habe. Jener antwortete mir, daß er all seinen Anstrengungen zum Trotz nichts aus ihm herausbekommen habe, nicht einmal seinen Vornamen. Er habe daraus geschlossen, der Mann hätte sich vielleicht irgend etwas vorzuwerfen, deshalb nicht weiter gedrängt, sich entschieden, ihn Alecos zu taufen, und sich damit abgefunden, ihn nicht wieder zu befragen. Sie können sich vorstellen, daß dies alles meine Neugier nur anfachte. Ich ersuchte den Griechen, mich mit seinem Angestellten unterhalten zu können, und wurde Ricardo gegenübergestellt.«
Versonnen streichelte Ludovico Manin die Krause seines Bartes.
»Man könnte meinen, das Dasein ist ein wirres Gespinst ... Es genügt beinahe ein Nichts, damit der Faden sich verknüpft oder auf immer reißt.«
Er faßte sich wieder: »Ich benötigte nicht lange, um zu einer ganz anderen Schlußfolgerung als die von Demetropulos zu gelangen. Mein Gegenüber besaß nichts von einem Flüchtigen oder einem Gesetzlosen. Er war von Amnesie heimgesucht.«
Amnesie ... das Wort war kaum gefallen, da verkrampften sich Scheherazades Finger um eine der Sessellehnen; eine entsetzliche Blässe hatte sie jäh überkommen. Aber sie sagte nichts.

»Von da an«, fuhr Manin fort, »wußte ich, unser Austausch würde zu nichts führen. Ich entschied also, unserem Zwiegespräch ein Ende zu machen, als ich mit einem Mal, als der Mann mir die Hand drückte, gewahrte, daß er einen Siegelring trug. Ich bat ihn, mich diesen näher betrachten zu lassen. Auf der Platte war ein unterteiltes mandelförmiges Wappen eingraviert, mit einem bäumenden Pferd im Relief.«

»Das Wappenschild der Mandrinos ...«

»Ganz genau. Die Person, die vor mir stand, war tatsächlich Ricardo.«

Scheherazade versuchte die innere Unruhe zu bändigen, die diese unglaubliche Geschichte in ihr hatte keimen lassen. Ludovico Manin mußte wohl in ihren Gedanken gelesen haben, denn er neigte sich behutsam zu ihr und sagte mitfühlend: »Ich kann mir die Empfindungen ausmalen, die Sie erleben, gnädige Frau ... wundersamerweise jemanden wiederzufinden, den man tot glaubte, und nur einen Schatten von ihm zu fassen ...«

»Und danach? Was haben Sie getan?«

»Sie werden sich wohl denken, daß ich einen Landsmann, einen Adelsbruder, einer solchen Lage nicht überlassen konnte. Ich habe Demetropulos entschädigt, und nachdem ich Ricardo enthüllt hatte, wer er war, habe ich ihn überredet, mich nach Venedig zu begleiten. Ich vermeinte, daß dies der einzige Ort wäre, an dem eine Aussicht bestünde, daß er sein Gedächtnis wiederfände. Mir war selbstverständlich unbekannt, daß er verheiratet war, und mehr noch, daß er in Ägypten lebte.«

»Folglich sind Sie also aus Piräus heimgekehrt, als ich Sie entdeckt habe ...«

»In der Tat ... Wir hatten uns gerade erst ausgeschifft, und ich schickte mich an, Ricardo mitzunehmen. Für morgen hatte ich vorgesehen, ihn den Seinen gegenüberzustellen. Ich glaube mich nämlich zu entsinnen, daß er hier noch Familie besitzt. Eine Cousine, wie mir scheint.«

Er hielt ein letztes Mal inne und schloß: »Doch es versteht sich von selbst, daß ich hierfür keine Notwendigkeit mehr sehe, da das Schicksal Sie auf unseren Weg gestellt hat.«
Eine beklemmende Stille ließ sich im Raum nieder. Lag in diesem unvorhersehbaren Ausgang ein okkulter Wille nach Bestrafung?
Zeus zerschmetterte Asklepios.
Der Ausgang dieser von Ibrahim erzählten mythischen Sage nahm symbolhafte Züge an. Indessen, zu welchen Zeitpunkt hatte sie danach getrachtet, die natürliche Ordnung umzustürzen? Inwiefern stellte die Verweigerung, sich dem Fatum zu unterwerfen, einen Frevel wider Gott dar? Es sei denn, daß dieser ein barbarischer, dem Glück seiner Kreaturen abholder Gott wäre. Was tun bei einer solchen Eventualität, als zu ringen und die Barbaren zu besiegen? Alles in allem war Asklepios' Beispiel nur eine der unzähligen Seiten voll Düsternis, die sich scharenweise in der mythischen Welt fanden. Es gab deren andere, die das Licht beschworen. War der Jakob des Alten Testaments nicht gewachsen aus seinem Kampf hervorgegangen? Sie hielt bereits einen Teil ihres Sieges in Händen, da sie Ricardo wiedergefunden hatte. Nun blieb ihr noch, ihr Werk zu vollenden, bis er sich seinerseits dann ihr hingäbe.
Sie verließ den Sessel, in dem sie Ludovico Manins gesamten Bericht angehört hatte.
»Ich glaube, es ist an der Zeit, daß ich mit Ricardo rede.«
»Gewiß. Er wartet im Raum nebenan. Allerdings ...«
Er ließ seinen Satz in der Schwebe.
»Ja?«
»Muß ich Sie vorwarnen, daß Ihnen in Anbetracht seiner Gedächtnisverluste noch mehr Leid droht.«
Ein blasses Lächeln zeichnete sich auf Scheherazades Lippen ab.
»Er ist am Leben, Herr Manin.«

»Dieser Spazierritt ...«
»Wir sind zu dritt aufgebrochen, du, Joseph und ich. Wir sind mehr als zwei Stunden die Dünen entlanggaloppiert. Wir schickten uns schon an heimzukehren, als das Kind auf die höchste Pyramide deutete und dich fragte: ›Bist du schon auf die Spitze geklettert?‹ Du hast es bejaht. Joseph sagte noch: ›Wirst du es eines Tages wieder tun, mit mir?‹
Er hatte kaum seinen Satz beendet, als du bereits abgesprungen warst. Du hast dich zu mir umgedreht und mir zugerufen: ›Schließen Sie sich uns an?‹ Ich drückte meine Mißbilligung aus: Joseph sei erst elf Jahre alt. Statt einer Antwort hast du ihm deine Arme entgegengestreckt und ihm geholfen, vom Pferd zu steigen. Wieder habe ich protestiert: ›Das ist doch Irrsinn! Ihr werdet euch den Hals brechen!‹ Du hast sogleich erwidert: ›Wenn der korsische Gnom es geschafft hat, sehe ich nicht, was uns daran hindern könnte, desgleichen zu tun.‹«
Mandrino blinzelte neugierig: »Der korsische Gnom?«
»So sprachst du von Bonaparte. Du hattest kaum Sympathie für ihn.«
»In der Tat. Wie hätte ich auch? Er hat meine Stadt geplündert.«
»Dann erinnerst du dich also?«
Er versteifte sich leicht, als wollte er sich erheben.
»Wie soll ich es Ihnen sagen ...«
Fiebrig ergriff sie seine Hand.
»Nein, Ricardo ...«
»Verzeihung ... Wie *dir* sagen ... Ich kann ganze Schichten meines Gedächtnisses lesen. Aus welch dunklen Gründen auch immer gehört die Geschichte dazu. Dann ist da noch meine Kindheit und, recht verworren, Venedig. Ich sage verworren, weil mir in meiner Finsternis unterlaufen ist, eine Stadt auf dem Wasser zu erspähen, ohne sie jemals einordnen zu können. Erst als Ludovico die Serenissima erwähnt hat, habe ich die Bilder in Beziehung gebracht.«

»Was sonst noch?«
»Gesichter, undeutliche Landschaften, die mir wie Kieselsteine scheinen, die tief unter Wasser flimmerten. Oder auch der Eindruck von Schatten, die näher kommen und zurückweichen, ohne je ein klares und endgültiges Bild zu ergeben.«
Er schlug die Augen nieder und starrte auf den Boden.
»Beispielsweise dieser Anblick, der mir wie von einem Gipfel herab erschien. Nun endlich kenne ich dank dir seinen Ursprung. Ich verstehe ihn.«
Offensichtlich konzentrierte er sich etwas mehr.
»Zur einen Seite eine rosenfarbene Wüste. Zur anderen das Band eines Flusses …«
»Der Nil …«
»Der an die grün schimmernde Flut geschmiegte Nil. Dämmerung, die die Wellenlinie der Dünen verlängert. Die Transparenz der Luft, und vor allem … vor allem die überaus deutliche Wahrnehmung, die Grenzen zwischen dem Leben und dem Tod zu überragen.«
Er verstummte. Eine tiefe Verstörung verformte seine Züge, als ob ein Stichel sie von innen heraus neu zu modellieren suchte. Unvermutet ließ seine Stimme tonlos fallen: »Und dann bist da noch du …«
Er streckte die Hand nach ihr aus und streifte ihre Wange.
»Deine Erscheinung ist mir fremd, dennoch habe ich das Gefühl, dich in- und auswendig zu kennen. Ein animalischer Instinkt flüstert mir ein, mein Heil könne nur an deiner Seite möglich sein. Wenn ich dich genau ansehe, fühle ich undeutlich eine Gemütsbewegung, doch sie ist so durchscheinend wie Kristall und – weshalb lügen? – ohne jede Dichte. Wenn ich all das bedenke, was du mir anvertraut hast, diesen starrköpfigen Willen, der dich wider alles und jeden auf meinen Spuren weitergetrieben hat, kann ich mich nur mit Schrecken fragen: weshalb? War die Liebe, die uns verband, denn so stark, daß sie

eine solche Hingabe verdiente? War sie so einzigartig, daß du die Gefahr eingingst, ihr dein Leben zu opfern?«
Sie antwortete nicht sofort. Sie blickte ihn eine ganze Weile an, als trachtete die danach, ihm ihre Gedanken zu vermitteln. Welche Worte? Welche Worte wären mächtig genug, das Unübersetzte zu übersetzen? Sie war die Hüterin des Manuskripts ihrer Vergangenheit. Wenn sie es Ricardo aushändigte, würde er darin nur kabbalistische Zeichen erkennen und eine kodierte Sprache. Allein ein Schlüssel hätte ihm erlaubt, den Text zu entziffern, doch dieser lag in der Nacht seines Gedächtnisses verborgen.
Sie verkündete mit gesenkter Stimme: »Wir werden heim nach Ägypten fahren. Möchtest du?«
Er bejahte. Dann, mit gewisser Zurückhaltung: »Giovanna ... so heißt sie doch mit Vornamen?«
»Ja. Und du mußt wissen, daß sie dein Abbild ist.«
Ein beinahe jugendlicher Ausdruck zeigte sich auf seinem Gesicht.
»Ich nehme an, sie liebt ihren Vater?«
»Glaubtest du mir, wenn ich dir sagte, daß sie ihn in einem Maße liebt, daß sie sich als Rivalin aufführt?«
»Und er ist Joseph ...«
»Dreizehn Jahre trennen sie.«
»Dieses große Anwesen, das du mir beschrieben hast, Sabah ... ich habe Mühe, es mir vorzustellen.«
»Dennoch existiert es. Du wirst es sehen. Du wirst wieder die Alleen entlangwandeln, und alles wird dir vertraut erscheinen.«
Er blieb schweigsam, seine Hand streckte sich nach einer Kristallkaraffe aus.
»Darf ich Ihnen etwas Wein einschenken?«
Ganz selbstverständlich war er ins Siezen zurückgefallen. Sie wandte sich ab, damit er ihren Kummer nicht sehen konnte.

»Ich trinke nur sehr selten. Und niemals außerhalb der Mahlzeiten.«
Er goß sich ein und umfing das Glas mit seinen beiden Händen.
»Was ich alles gewußt habe und wieder neu lernen muß. Es ist erschreckend. Dieses Gefühl, zu sein ohne Sein. Zu atmen und sich am Rand des Erstickens zu befinden; zu wissen, daß das Herz schlägt, und sich tief im Innern starr wir eine Leiche zu fühlen.«
»Ricardo, hab Vertrauen zu mir, alles wird mit der Zeit zurückkehren.«
»Der Weg droht lang zu werden, und nichts versichert uns, daß ich nicht irregehen werde.«
»Ich, *ich* versichere es dir, denn ich weiß alle Wegmarken auswendig. Es wird ganz einfach genügen, wenn ich sie dir mit dem Finger zeige.«
Er führte das Glas an die Lippen und trank einen großen Schluck.
»Soll ich Ihnen etwas sagen ... Es ist nicht die Angst, die Rückreise anzutreten, die mich beunruhigt ... Nein. Eher der Gedanke, bloß noch ein Kranker zu sein, den man hinter sich herzieht.«
Sie wollte widersprechen.
»Lassen Sie mich bitte enden. Selbst wenn die Vergangenheit nicht mehr ist, bleiben die Instinkte bestehen. Mir ist nicht bekannt, ob wir derartige Gespräche bereits geführt haben, aber Sie müssen wissen, daß ich den Tod fürchte. Er entsetzt mich.«
»Ich weiß ...«
Er wirkte überrascht.
»Ja, wir haben darüber geredet. Der Tod ist dein bevorzugtes Thema.«
»Gleichwohl wird diese Angst ganz und gar belanglos vor der Schmach, zu nichts mehr nütze sein. Ich würde es nicht ertragen, bloß noch dahinzuvegetieren. Niemals.«

Er bekräftigte entschieden: »Niemals.«
Verstummte dann, den bernsteinfarbenen Satz auf dem Grund seines Glases betrachtend.
Sie beugte sich zu ihm.
»Ich schlage dir einen Pakt vor.«
»Einen Pakt?«
»Wir werden versuchen, das Mosaik wieder zusammenzusetzen. Falls wir jedoch scheitern sollten, wirst du fortgehen. Du wirst sofort gehen können, wohin du möchtest. Denn ...«
Sie verharrte einen Augenblick, bevor sie den Satz beendete: »Denn auch ich könnte nicht bloß dahinvegetieren.«
»Wie das?«
»Ich wäre abgeschnitten ... deiner beraubt.«
Ein leichtes Beben hatte sich in ihre Stimme geschlichen, während sie hinzusetzte: »An deiner Seite zu leben, ohne Anteil an dir, ohne *dich* wirklich zu erleben, wäre, glaube ich, schlimmer als die Abwesenheit.«
Sie umschloß Mandrinos Gesicht mit beiden Händen, ließ den Zeigefinger um seine Lippen, die in die Haut eingegrabenen Furchen entlanggleiten. Jede sachte Berührung erzeugte in ihr eine ungeahnte Kraft. Und von der wiedergefundenen Haut schimmerte das Licht.
»Du bist am Leben ...«

7. Kapitel

Ägypten, 2. März 1828

Die Schenkel fest gegen die Weichen des Vollblutes gedrückt, ritt Giovanna die Ufer des Nils entlang, zwischen Eukalyptusbäumen und Palmen. Der Wind peitschte ihre Wangen mit Staubkörnern, doch es kümmerte sie nicht. Sie sauste dahin, ihrem Rausch völlig überlassen.

Zu ihrer Rechten strebten die dreihundert Minarette Kairos gen Himmel.

Das junge Mädchen setzte seine Hatz fort, führte das Tier und zwang ihm seinen Rhythmus mit der Meisterschaft einer bewährten Reiterin auf. In eben diesen Momenten nämlich, wenn sie mit der Natur nur noch eins war, fühlte Giovanna sich völlig glücklich. Indessen wäre ihr Glück unvollkommen gewesen, hätte sie am Ende ihrer Jagd nicht ein Stelldichein mit dem Gott-Fluß gehabt.

Ein sanfter Zug der Finger an den Zügeln, und Shams verlangsamte den Schritt. Der Galopp wandelte sich in fügsamen Trott. Die Reiterin und ihr Roß legten noch eine halbe Meile zurück, bis das Tier, einem erneuten Zwang gehorchend, anhielt.

Giovanna sprang ab und lief zur Böschung.

Der Bezwinger der ausgedehntesten Wüste der Welt schien die Arme nach ihr auszustrecken. Er erwartete sie wie ein treuer Geliebter. Der lehmigen Erde ungeachtet, die ihre Kleider beschmutzte, setzte sie sich ganz nah ans Ufer. Nachdem sie ihre Sandalen aufgeschnürt hatte, krempelte sie ihre Pluderhose so hoch wie möglich und tauchte ihre entblößten Beine in den trägen Strom des Flusses. Sogleich schien sie sich zu verklären, während ein Gefühl unbeschreiblichen Wohlbehagens alle Fasern ihres Körpers durchströmte. Sie sagte sich, daß kein Zweifel jemals ihre Gewißheit erschüttern könnte: Sie war wahrhaftig eine Tochter des Nils.

Ägypten ist eine Stadt aus Staub mit einem grünen Baum. Der Nil teilt sie: Gesegnet seien seine Morgenwanderungen und seine Abendwanderungen. Ägypten ist bald weiße Perle, bald goldener Splitter, bald Smaragd, bald vielfarbener Teppich.

Jedesmal wenn sie sich mit diesen ockerfarbenen Ufern in Berührung wiederfand, blühte das alte Gedicht in ihren Gedächtnis wieder auf. Sein Verfasser, der Eroberer Amr ibn al'As, dürfte diese Erde und ihren Fluß verehrt haben, zumindest genausosehr wie Giovanna.

Ihre Lider hoben sich, sie ließ ihren Blick über die Landschaft schweifen. Dort hinten, flußaufwärts, schritten einige Frauen an der Böschung voran, einen Tonkrug im Gleichgewicht auf dem Kopf. In ihre *milaya** von schwarzem Musselin gehüllt, gemahnten sie an grazil schwebende Seiltänzerinnen auf einer irdenen Trosse. Ihr Gang war geschmeidig, die Bewegung ihrer Hüften leicht wogend wie Seide. Bisweilen fing der *drus***, der zwischen ihren Augen hing, im Vorübergehen einen Lichtstrahl ein, was den Zauber noch mehrte.

Giovanna dachte: Welch ein Unterschied zum trübseligen Gewand der Wüste! Hier war das Reich des Lebens, in völligem Gegensatz zu dem der Geister und Seelen, jenem mythischen Ort, an dem, wie die Alten behaupteten, der Nil seinem Quell entsprang.

Sie beugte sich nach vorne, schöpfte mit der hohlen Hand ein wenig Wasser und besprengte sich die Wangen, die Stirn, den Hals.

* Eine Art Schleier, mit dem sich die ägyptischen Bäuerinnen drapieren.

** Metallspange, die den über dem Gesicht getragenen Schleier der Frauen hält.

Bald würde die Zeit der Schwelle kommen, der Moment, den Giovanna allem vorzog. Der Strom nähme die rotbraune Farbe an, deren sich die Ägypter seit ehedem bedienten, um damit die Haut der Menschen zu bemalen. Schon bald trügen die Fluten aus dem tiefsten Grund der afrikanischen Hochebenen den fruchtbaren, von den Sümpfen, den Urwäldern und den Flüssen Äthiopiens strotzenden Schlamm mit sich. Vom Blauen Nil zum Weißen Nil würde sich der glorreiche Gesang des Lebens durch das Tal bis in die Gefilde des Deltas ausbreiten.
Ich bin alles: die Vergangenheit, die Gegenwart und die Zukunft! würde der Gott-Fluß, die Worte der Göttin Neith entlehnend, tosen.
Und dann bräche die *Nacht des Wassertropfens* an. Diese über alle erhabene Macht, in deren Verlauf die Tränen der ihren Gemahl Osiris beweinenden Isis die Erde befruchten würden.
Giovanna blieb noch eine Weile sinnend hocken. Als sie sich endlich zur Heimkehr entschied, begann die Sonne über der Landschaft blaß zu werden. Mit Bedauern betrachtete sie den fließenden Traum, der gen Norden rann. Ihre Lippen formten ein »auf Wiedersehen«, dann zog sie ihre Sandalen an und schwang sich auf ihr Reittier. Einen Augenblick danach brauste der majestätische Hengst wie der Wind über die Straße, die nach Sabah führte, und ließ in seiner Spur einen kleinen Wirbelsturm ockerfarbenen Sandes zurück.
Zwei Stunden später tauchten die Umrisse des Anwesens auf, das große, weiße, von *maschrabiyaat* durchbrochene Haus, die Sykomoren, die Stallungen, die schwankenden Palmen. Ein Reiter durchquerte die Einfahrt. Es durfte sich zweifellos um Husain handeln. Wahrlich, dieser brave Stallbursche würde nie von seinen Bangigkeiten genesen. Jedesmal wenn sie zu einem Spazierritt aufbrach und es ablehnte, sich begleiten zu lassen, verging er fast vor Ungeduld, wobei er zum Allhöchsten betete, sie gesund und wohlbehalten zurückkehren zu lassen. Schließ-

lich nahm die Furcht dennoch überhand, und er machte sich auf die Suche nach ihr.
Obwohl ... nein, dies war nicht Husain. Der junge Mann ritt nämlich ohne Sattel, und das Roß, das ihr entgegenkam, war gebührend geschirrt. Das war Joseph. Ein Gefühl der Besorgnis durchfuhr sie. Es lag nicht in ihres Bruder Gewohnheiten, seine Arbeiten zu solch morgendlichen Stunden ruhen zu lassen. Sie dachte sofort an ihre Mutter. Vielleicht eine Botschaft?
Sie preschte ihm entgegen.
Je näher sie ihm kam, desto deutlicher wurde ihre Besorgnis. Joseph schrie, gestikulierte, einer heftigen Erregung ausgesetzt. bald waren sich die beiden Reiter ganz nah. Es war, als strömte der Wüstenwind mit einem Mal in Giovannas Brust.
»Sie sind zurück!! Sie sind zurück!! Papa ist hier! Er ist am Leben!«

Sie sprang von ihrem Pferd und lief hastig den Hauptweg hinauf. Ricardo erwartete sie, am Fuße der Veranda stehend; an seiner Seite winkte Scheherazade ihr mit ausladenden Handzeichen zu.
Sie wollte sich ihm gerade an den Hals werfen, als ein zurückhaltender Ausdruck, der seine Züge beseelte, sie jäh beunruhigte, was sie jedoch sogleich der Erschöpfung von der Reise zurechnen mochte. Der Empfang war zärtlich, aber ohne Wärme. In dieser Stimme, die »Giovanna« sagte, erkannte sie die gewohnte Inbrunst nicht. Was ging vor? Ihre Arme schlangen sich um Ricardos Leib. Doch sie konnte ihn noch so fest an sich drücken, die Beklommenheit wuchs.
Diese ganzen sechs Monate über hatte sie ihre Entbehrungen im geheimen bewahrt, sie hatte ihre Tränen zurückgehalten, da sie allein Mandrino für fähig befand, sie anzunehmen. Nun aber, ohne den Grund dafür bestimmen zu können, rief ihr Instinkt

ihr zu, daß ihm diese Tränen zu offenbaren vergebens gewesen wäre.
Sie löste sich, hob ihre Augen zu ihrem Vater und wurde sogleich von dem erschüttert, was sie entdeckte: Er erforschte sie von oben bis unten, mit einer tierhaften Neugierde.
Entsetzt wich sie einen Schritt zurück.
Scheherazades Stimme trat zwischen sie.
»Kommt, Kinder«, sagte sie. »Gehen wir hinein.«

In einer Ecke des Diwans sitzend, die nackten Füße unter sich angewinkelt, lauschte Giovanna aufmerksam den von Josephs eifrigen Fragen unterbrochenen Erklärungen ihrer Mutter. Sie verschlang Ricardo mit den Augen.
Der Bestürzung des ersten Augenblicks war ein verworrenes Gefühl von unaussprechlichem Glück und Unverständnis zugleich gefolgt. Glück wegen dieses Wiedersehens, an das niemals geglaubt zu haben sie eingestand. Unverständnis angesichts dieser mysteriösen Krankheit, die Ricardo schlug und die die Macht besaß, die Abwesenheit zu verlängern. Zwar war ihr Vater zugegen. Physisch war er derselbe Mann. Gewiß, seine Haarpracht, die sie pechschwarz gekannt hatte, war nun von weißen Schimmern übersät. Seine Haut war gebräunter, neue Falten waren an den Mundwinkeln in Erscheinung getreten. Wenn sich jedoch tatsächlich irgend etwas in ihm verändert hatte, so war es der Glanz seines Blickes: Er hatte sein Licht verloren.
Die nubische Dienerin war soeben mit einem Tablett in der Hand in den Gesellschaftsraum gekommen. Sie ging zu ihrem Herrn und musterte ihn mit rätselhafter Miene.
»Mein Bey, ich kann Sie noch so oft anschauen, ich kann es einfach nicht glauben.«
Mandrino erwiderte mit gewisser Unbeholfenheit: »Wissen Sie, Kadh …« Er stolperte über den Namen der Dienerin.

Joseph kam ihm zu Hilfe. »Khadija.«
»Khadija ... ich selbst habe Mühe, es zu glauben.«
Die Dienerin stellte ein Glas Karkadeh vor ihm ab.
»Ihr Lieblingsgetränk ... Ohne Zucker. Wie Sie es mögen.«
Der Venezianer runzelte die Stirn.
»Mein Lieblingsgetränk?«
»›Ein Glas Karkadeh ist alle Schätze des Palastes wert.‹ Genau das haben Sie allzeit wiederholt. Sie haben doch nicht ...«
»Khadija«, unterbrach Scheherazade hastig, »es ist gut. Danke.«
Aus der Fassung gebracht, zögerte die Nubierin einen Augenblick, dann reihte sie, vor der nachdrücklichen Miene ihrer Herrin, die restlichen Getränke auf der Silberplatte auf und verließ den Raum, wobei sie im Vorübergehen einen argwöhnischen Blick auf Mandrino warf.
Letzterer hatte sein Glas ergriffen und schaute es schweigend an. Ein neuer Ausdruck hatte sich in seine Züge geschlichen. Er fuhr fort, das purpurne Gebräu zu betrachten.
Scheherazade sagte mit Unbehagen: »Vergib Khadija. Ich habe es nicht für nützlich befunden, ihr die Lage zu erklären. Husain übrigens ebenfalls nicht.«
Der dumpfe Knall eines zersplitterten Glases unterbrach sie.
Giovanna und Joseph sahen sich entsetzt an. Dünne Blutfäden rannen an Ricardos Handgelenk hinunter.
»Mein Gott«, rief Scheherazade mit erstickter Stimme aus. Sie wollte ihrem Gatten zu Hilfe eilen, doch er hielt sie mit gebieterischer Geste auf. Er erhob sich. Sein Gesicht hatte eine wächserne, beinahe gespenstische Tönung angenommen; er richtete seine blutige Hand auf die Frau.
»Nein. Laßt mich. Laßt mich, ich bitte euch. Ich möchte gerne allein sein.«

Gegen Ende des Abends hatte die durch den Zwischenfall ausgelöste Gereiztheit noch nicht nachgelassen.

Scheherazade und ihre beiden Kinder hatten sich auf der Veranda versammelt. Die Stille der Dämmerung über ihnen bildete einen krassen Gegensatz zu der spannungsgeladenen Atmosphäre, die um die drei Silhouetten herrschte. Als Khadija ihnen schüchtern vorschlug, das Nachtessen aufzutragen, lehnte jeder ab, und ihre Vorwände klangen falsch.
Giovanna hob die Stirn zu der kupfernen Lampe, die an der Decke schaukelte. In Wahrheit starrte sie auf das im oberen Stockwerk liegende Zimmer. Ricardo hatte sich darin eingeschlossen.
Joseph meinte: »Mama, ich bin überzeugt, daß nur ein Arzt Papa helfen könnte.«
»Das glaube ich auch«, pflichtete Giovanna bei. »Überdies haben wir das Glück, uns die Dienste des fachkundigsten Mediziners von Ägypten zu gönnen. Weshalb sollten wir uns das versagen?«
Scheherazade zupfte von der Falte ihrer Tunika eine imaginäre Fluse.
»Ich vermute, du meinst Dr. Clot?«
»Selbstverständlich.«
»Leider fürchte ich wohl, daß Clot all seiner Kunst zum Trotz nicht allzuviel wird ausrichten können.«
»Weshalb?« fragte Giovanna.
»Weil euer Vater an keiner organischen Krankheit leidet. Ein Schleier ist über sein Gedächtnis gefallen, und kein Mann der Wissenschaft, so gelehrt er auch sei, wird ihn hochheben können.«
Joseph beharrte: »Aber wir verlieren doch nichts, wenn wir ihn konsultieren. Clot ist der vom Hof bestallte Arzt. Da Papa und Mohammed Ali stets eng verbunden waren, wird der Pascha sich ein Vergnügen daraus machen, uns zu helfen.«
»Ich zweifle nicht an der wohlwollenden Antwort des Vizekönigs. Ricardo jedoch wird es ablehnen.«

»Wie kannst du dir dessen so sicher sein?« wunderte sich Giovanna.
»Weil ich seinen Charakter kenne. Er wird die Vorstellung nicht ertragen, wie ein Kranker behandelt zu werden; womit er auch recht haben wird, da er, wie ich euch nochmals sage, an keiner organischen Krankheit leidet.«
»Wir könnten wenigstens versuchen, ihn zu überreden. Wenn eine Möglichkeit, eine einzige, besteht, daß Dr. Clot ihn von seiner Amnesie heilen könnte, wäre es absurd, sie nicht zu wagen.«
»Vielleicht … Doch hierfür müßte Ricardo aus seiner Schweigsamkeit heraustreten und das Gespräch zulassen.«
Ein unruhiger Glanz flackerte in ihren Augen.
»Ich muß euch gestehen, ich habe geglaubt, daß die Rückkehr nach Ägypten keine zu harte Prüfung sein würde. Offenkundig habe ich mich getäuscht. Wie dem auch sei, werde ich dem Vizekönig eine Nachricht zukommen lassen.«
Sie drehte sich zu Giovanna, um ihre Reaktion zu sehen. Ihre Tochter war nicht mehr da.

Behutsam schob sie den Türflügel auf. Das Zimmer war in Dunkelheit getaucht. Ricardo, auf dem Bett ausgestreckt, die Hände unterm Nacken verschränkt, schien eingeschlummert. Sie trat unsicher ein, ließ die Tür halb offen. Von einem schmalen Lichtstreifen geleitet, der aus dem Flur hereinschien, näherte sie sich langsam dem Bett.
Die dunkle Stimme ihres Vaters ertönte fast zugleich: »Wer ist da?«
Sie wäre beinahe umgekehrt.
»Ich bin es, Giovanna.«
»Giovanna? Was willst du?«
»Dich sehen. Mit dir reden.«
Es folgte das Rascheln aneinander reibender Bettdecken.

»Du kannst mich auffordern, wieder zu gehen, aber ich ...« Sie tat einen raschen Atemzug. »... ich weiß nicht, ob ich dir gehorchen werde.«
Sie spürte, daß er sich erneut bewegte. Sie verharrte auf dem Sprung. »Dann hast du also die Angewohnheit, nicht zu gehorchen?«
»Nicht immer.«
Dank des diffusen Lichts, das sich durch den Türspalt schlich, konnte sie Ricardos Züge erkennen. Sie glaubte darin eine Ermutigung zum Fortfahren herauszulesen.
»Ich glaube, daß es Momente gibt, in denen man verliert, wenn man gehorcht.«
Er richtete sich halb auf. »Und genau das empfindest du in diesem Augenblick?«
»Ja.«
Er streifte mit der Handfläche über den Bettrand. »Setz dich.«
Sie folgte ohne Zögern.
»Du wolltest mit mir reden?«
»Ja. Ich ... ich wollte dir sagen, daß ich verstehe, was dir geschieht. Es scheint mir, deine Krankheit ist nicht wirklich der Grund, daß du unglücklich bist. Es geht um etwas anderes.«
»Ach ...«
»Du weißt, wie sehr wir dich lieben.«
Er kräuselte unmerklich die Augenbrauen.
»Und geliebt zu werden sollte mich unglücklich machen?«
»Gewiß.«
»Weshalb das denn?«
»Weil es dir nicht gelingt, uns diese Liebe zurückzugeben. Statt dir gutzutun, verletzt sie dich. Aber ich verübele es dir nicht.«
Ein Lächeln huschte über Ricardos Lippen.
»Du bist wahrlich ein recht sonderbarer Mensch.«
»Bin ich nicht deine Tochter?«

Er antwortete nicht. Seine Hand streckte sich nach den Streichhölzern auf dem Nachttisch. Er nahm die daneben stehende Öllampe und setzte den Docht in Brand. Das Zimmer schien aufzuleben.

»Nun gut, Giovanna. Ich werde dir mein Herz öffnen. Falls ich dir Kummer bereiten sollte, bitte ich dich im voraus um Verzeihung. Du hast recht, wenn du sagst, daß eure Liebe mich verletzt – mehr, als sie mich glücklich macht. Seit ich deine Mama wiedergefunden habe, seit ich *euch* wiedergefunden habe, erforsche ich meine Seele in der Hoffnung, darin eine Gefühlsäußerung zu entdecken: Wenn ich darin Schmerz fände, wäre er mir so willkommen wie Freude. Falls ich versuchte, meine Gefühle zu erzwingen, wüßte ich von vornherein, daß nichts Gutes dabei herauskäme: Ich fühle mich wie ein Wanderer, der in einer eisigen Nacht vorwärts schreitet und der nur den Klang seiner Schritte als Orientierung hat.«

Im Verlauf seiner Rede ließ die Anspannung sein Gesicht zittern. Seine Lider wurden schwer.

»So, nun weißt du alles.«

Sie verspürte einen leichten Schauder, als Mandrinos Hand sanft ihr Haar streichelte.

Eine zarte Morgenröte brach über Sabah an. Zusammengerollt auf ihrem Bett liegend, beobachtete Scheherazade die ersten Sonnenstrahlen, die sich unmerklich durch die kleinen, in die Maschrabija geschnittenen Rauten stahlen. Bald erhob sich die vertraute Stimme des Muezzin, der, von der Moschee Gizehs herab, die Gläubigen zum ersten Gebet des Tages aufrief. Sie drehte sich auf den Rücken, schlug das Laken wieder über ihre Schenkel. Nun war zum Kummer der Seele auch noch eine physische Beklemmung hinzugekommen. Während der gesamten Dauer von Ricardos Abwesenheit hatte ihr Körper geschwiegen. Die aus der Trennung entstandene Verzweiflung hatte der

Begierde keinen Raum gelassen. Seit sie ihn jedoch wiedergefunden hatte, war die Lust nach ihm wiedererwacht, verlangte das Fleisch genauso naturgemäß nach ihm, wie es zuvor eingeschlummert war. Ihn im Zimmer nebenan, nur wenige Schritte entfernt, liegend zu wissen, seinen Atem wahrzunehmen, seine Haut sich vorzustellen, ohne sie berühren zu können, ließ sie ermattet keuchen.
Was konnte sie tun? Nichts, außer hoffen, daß die Zeit diesem Alptraum ein Ende setzen würde.
Sie spitzte die Ohren. Ein Geräusch hallte im Gang; sie erkannte Ricardos Schritt. Wo ging er hin? Wie hatte er die Nacht verbracht? Sie hätte ihn beinahe gerufen, biß sich jedoch auf die Lippen. Alles war so zerbrechlich. Das banalste Wort wurde ein Zerrspiegel.
Der Schritt hielt inne. Ein schmaler Schatten verdunkelte die Türritze. Mit fast verängstigter Bewegung zog sie das Laken bis über die Schultern und wartete. Sie stellte sich die Hand vor, die an den Flügel pochen würde. Ihr Mund öffnete sich bereits, um den Vornamen ihres Gemahls auszusprechen. Doch die Hand mußte wohl niedergesunken sein, denn der Schatten war verschwunden.
Ihre Finger krallten sich in den Batistsaum.
In diesem Augenblick vernahm sie drei trockene Schläge.
Ricardo trat ein. Was sie sogleich erstaunte, war die Ruhe, die seine Züge ausstrahlten.
Zunächst ging er auf einen Sessel zu, der in der Ecke des Zimmers stand, besann sich trat zum Fenster und zog die Vorhänge ganz zurück.
»So ist es besser ...« Er wies auf den Sessel. »Darf ich?«
»Du bist hier zu Hause, Ricardo.«
Er nahm Platz. Schlug die Beine übereinander.
»Dieser Dr. Clot. Ist er fähig?«
»Dr. Clot?«

»Giovanna hat mit mir gesprochen. Wie sie behauptet, soll er zu den besten Praktikern dieses Landes gehören. Ist dem so?«
»Seine Stellung als Leibarzt des Vizekönigs läßt in der Tat vermuten, daß er fachkundig ist.«
»Wie alt ist er?«
»Kaum älter als fünfunddreißig.«
»Er ist Franzose.«
»Ja. Ich meine mich zu erinnern, daß er aus Marseille stammt. Er ist vor etwas mehr als zwei Jahren nach Ägypten gekommen. Mohammed Ali hat ihm den Aufbau des Gesundheitswesens der Armee anvertraut. Er hat ebenfalls die medizinische Hochschule Abu Zoobal gegründet. Ich weiß auch, daß er im Begriff ist, ein großes Krankenhaus eigens für Augenkrankheiten* bauen zu lassen.«
»Wann werden wir ihn treffen können?«
»Sobald der Pascha uns seine Einwilligung dazu gibt. Ich wollte ihm schon schreiben.«
»Ich nehme an, daß wir uns nach Alexandria werden begeben müssen.«
»Nicht unbedingt. Falls er die Weisung dazu erhält, wird Dr. Clot auch nach Kairo kommen können.«
Eilig fügte sie noch hinzu: »Die Entscheidung liegt bei dir.«
»Einem schlichten Ölträger bietet sich nicht alle Tage die günstige Gelegenheit, einem Monarchen zu begegnen. Ich wäre sehr geehrt, Seine Hoheit wiederzusehen.«
Er hatte sich einer Spur Ironie bedient, die aufzugreifen sie vermied.
»Fein, Ricardo. Ich hoffe von ganzem Herzen, daß Dr. Clot dir helfen können wird. Wenn ich mich jedenfalls auf den ausge-

* Das Hospital Qasr al-'Eini. Es wurde an ebender Stelle errichtet, an der Desgenettes und Larrey, Chirurgen der Orient-Armee, 1798 ein Lazarett geschaffen hatten. Ein Gebäudetrakt hat ihn überdauert, der noch immer seinen Namen trägt.

zeichneten Eindruck stütze, den er bei dem letzten Abendessen, das uns zusammengeführt hat, bei mir hinterließ, dann ...«
»*Uns* ...? Meinst du etwa Dr. Clot und dich?«
»Du gehörtest ebenfalls zu dieser Abendgesellschaft, Ricardo.« Sie verdeutlichte mit gesenkten Lidern: »Du selbst hattest sie ausgerichtet. Hier. Bei uns.«
»Wann?«
»Am 27. Juli. Es war mein und Giovannas Geburtstag. Wir sind am gleichen Tag geboren.«
»Du hast ›letztes Abendessen‹ gesagt; demnach war es nicht das einzige?«
»Nein«, entgegnete sie nach kurzem Zögern.
»Dann gehört dieser Dr. Clot also zu meinen Bekannten?«
Sie wollte das Thema wechseln. »Somit hat dich Giovanna überzeugt ...«
»Antworte mir!«
Sie stammelte: »Was möchtest du wissen?«
»Du hast die Frage gehört: Gehört Clot zu meinen engen Bekannten?«
Mit beinahe unhörbarer Stimme ließ sie fallen: »Du nanntest ihn bei seinem Vornamen: Barthélemy.«

8. Kapitel

Paris, 5. März 1828

Versichert, daß die Aiguilletten wohl mit Metallspitzen gefaßt und auf der richtigen Höhe saßen, reichte Corinne Georges Grégoire die Weste. Der Schneider näherte sich dem Schaufenster und begutachtete das Stück bei Tageslicht. Sehr rasch hellte ein zufriedenes Lächeln sein Gesicht auf.

»Du hast wirklich Feenfinger, meine kleine Corinne. Wenn ich nicht egoistisch wäre und wenn ich nicht fürchtete, du fehltest uns, gäbe ich den wiederholten Bitten meines Freundes Louvain nach und willigte ein, daß er dich uns stähle. Du würdest unter den Aristokraten der Nadel Wunder wirken!«

Er zeigte seiner Gattin das Gilet. »Sieh mal, mein Schatz. Ist das nicht eine schöne Arbeit?«

Judith bestätigte.

»Ich habe es dir immer gesagt, sie besitzt eine unbestreitbare Gabe. Von allen Stickerinnen, die ich gekannt habe, heftet und gipürt* keine Satin so fein.«

»Hört auf, ihr beiden«, meinte Corinne, »ihr bringt mich noch zum Erröten.«

»Es ist dennoch die Wahrheit.«

»Jedenfalls, was die Angebote von Monsieur Louvain betrifft, fürchte ich wohl, daß sich dieser brave Mann völlig umsonst außer Atem bringt: Ich werde euch nie verlassen. Im übrigen, selbst wenn ich die kleinste Neigung verspürt hätte, wäre sie rasch verflogen. Wißt ihr, was die kleine Weißnäherin Marceline, die für ihn arbeitet, mir erzählt hat? Deren Tagwerk beginnt

* Stickerei mit Gimpen *(Anm. d. Übers.)*

um neun Uhr morgens und endet um elf am Abend, manchmal gar um Mitternacht.«
»Für einen kümmerlichen Lohn, selbstverständlich.«
»Zwei Francs am Tag.«
Judith seufzte. »Wenn man weiß, daß eine bescheidene Mansarde auf fünfzig Franc den Monat kommt und daß es mindestens sechs Sou braucht, um sich nur mit Brot und Milch zu nähren, fragt man sich, wie diese Unglücklichen überleben können.«
»Leider«, gab Georges Grégoire zu bedenken, »unterscheidet sich Louvain kaum von den anderen Patrons. Ganz allgemein ist die Lage der Arbeiterschaft bejammernswert.«
»Bestimmt«, meinte Judith. »Aber es sind die Frauen, die am meisten darunter leiden.«
Sie setzte, jäh leidenschaftlich, hinzu: »Alle tatsächlich einträglichen Arbeiten werden von Männern verrichtet. Man überläßt uns lediglich die Berufe, die einem kaum das Nötigste zum Leben gestatten. Sobald uns irgendein Gewerbe zugänglich wird, sputen sich diejenigen, die es leiten, die Löhne aus dem absurden Grund zu senken, daß eine Frau nicht soviel wie ein Mann verdienen muß.«
»Das ist wahr«, erkannte Georges Grégoire an. »Ich gebe zu, daß da eine wahrhaftige Ungerechtigkeit besteht.«
Judith fuhr fort, indem sie sich deutlicher an Corinne richtete: »Du verstehst, weshalb wir so viele Hoffnungen in die Bewegung der Saint-Simonisten setzen und weshalb es so wichtig ist, daß sie fortfährt, sich im Land auszubreiten?«
Sie schloß entschieden: »Die Saint-Simonisten verkörpern die einzige Aussicht, unsere Gesellschaft zu verändern. Diese darf nicht mehr von jenen Drohnen regiert werden, diesen Müßiggängern, Adligen und Rentnern, sondern *von* den Bienen, *für* die Bienen. Das heißt, den *Industriels**.«

* Im urspr. Sinne: Fleißige, Betriebsame. *(Anm. d. Übers.)*

Corinne machte große Augen.
»Den *Industriellen*?«
Georges war es, der ihr den Begriff erläuterte: »Das ist ein neues Wort. Es wurde von dem Gründer der Bewegung, dem Comte de Saint-Simon, erfunden. Die Industriellen sind die Menschen, die die Nation bilden. Und die *von* den Arbeitern produzierten Reichtümer müssen an *die* Arbeiter umverteilt werden. Ist das nicht ein schönes und edles Vorhaben?«
Wenngleich ein wenig zweifelnd, pflichtete Corinne bei. »Sicher. Aber sind die saint-simonistischen Gedanken wirklich so edelmütig, wie sie es zu verstehen geben?«
Judith fixierte ihre Freundin mit einem etwas vorwurfsvollen Blick. »Wenn du auch nur ein einziges Mal eingewilligt hättest, an unseren Versammlungen teilzunehmen, würdest du diese Frage nicht stellen.«
»Nun ja ... seit dem Tod von Mama war mir nie das Herz danach, auszugehen.«
»Ich verstehe, meine Liebe. Doch es nützt nichts, sich mit seinem Kummer abzusondern. Ich bin sicher, daß es dir überaus gut tun würde, unsere Freunde anzuhören. Ihre Lehre berührt sowohl das Gemüt als auch den Geist. Durch ihre Stimmigkeit und die Aussichten auf größere soziale Gerechtigkeit, die sie unserem Frankreich bietet, wird sie dich bestimmt einnehmen.«
Sie heischte die Zustimmung ihres Gatten. »Habe ich nicht recht, Georges?«
Er nickte und umfaßte Corinnes Schulter. »Die nächste Zusammenkunft ist für den nächsten Monat, den 6. April, im Taitbout-Saal vorgesehen. *Le Père* wird zugegen sein. Möchtest du dich uns anschließen?«
»Le Père?«
»Ja, der Vater, so betiteln die Saint-Simonisten den Nachfolger Saint-Simons. Sein richtiger Name ist Barthélemy Prosper En-

fantin. Ein ganz ungewöhnlicher Mensch, ein Visionär, wie die Welt wenige gesehen hat. Und zudem ein Gelehrter, ein Ehemaliger der Ecole Polytechnique. Man muß ihn gesehen haben, ihn reden gehört haben, um zu begreifen, was das Herz dieses Mannes an Güte und Edelmut birgt.«

»Was mich angeht«, warf Judith mit Inbrunst ein, »scheue ich mich nicht zu behaupten, daß er eine neue Religion und einen Messias darstellt.«

Corinne schien entrüstet. »Einen Messias? Übertreibst du nicht ein ganz klein wenig?«

»Nein, Corinne. Und wir alle sind seine Jünger. Doch wozu versuchen, dich zu überzeugen. Du wirst sehen und selbst urteilen.«

»Also? Begleitest du uns in den Taitbout-Saal?« fragte Georges nach.

»Falls dieser Mann wahrhaftig so ist, wie ihr ihn beschreibt, muß er ein Hoffnungsträger sein. Ich würde es mir selbst vorwerfen, ihm nicht entgegengegangen zu sein.«

Alexandria, 8. März 1828

Auf einem prachtvollen Fuchs sitzend, betrachtete Mohammed Ali mit großer Zufriedenheit die im Bau befindlichen Werkstätten, die das Meer säumten.

»Dies wird die schönste Werft des gesamten Orients. Dank ihr werde ich eine noch herrlichere Flotte aufbauen als die, die bei Navarino unterging.«

Er drehte den Oberkörper zu dem Reiter an seiner Seite und fügte hinzu: »Ihnen allein, Monsieur Cerisy, wird das Verdienst zufallen.«

»Ich danke Ihnen, Majestät. Falls es mir gegeben ist, und sei es auch noch so wenig, zur Größe Ägyptens beizutragen, wäre ich geehrt und überglücklich zugleich.«

»Geehrt werden Sie schon in Bälde sein: Das Dekret, das Ihnen den Titel eines Beys zuerkennt, liegt bereit. Es fehlt nur noch meine Unterschrift.«

Der Franzose dankte, sichtlich bewegt. »Hoheit, halten Sie mich einer solchen Auszeichnung für würdig?«

»Sie sind es, Monsieur Cerisy. Seit Ihrer Ankunft aus Toulon weiß ich um die unerhörten Schwierigkeiten, die Sie haben überwinden müssen, damit diese Werft zustande kam. Sämtliche Aufrisse der Arbeiten, die Anlage der Becken, die Ausbildung der Leute, bis zur Fertigung der nötigen Maschinen zum Ausheben des Hafenbeckens – alles ist Ihr Werk. Glauben Sie mir, es ist groß.«

Er ließ seinem Gesprächspartner nicht die Zeit, etwas hinzuzufügen, und erkundigte sich übergangslos: »Wie viele Docks haben Sie letztlich ins Auge gefaßt?«

»Vier aus Mauerwerk mit ins Meer vorgezogene Stapeln für die Schiffe ersten Ranges. Drei für die Fregatten und kleineren Boote. Was insgesamt sieben ergeben wird.«

»Ich nehme an, Sie haben auch einen Schuppen für die Aufbewahrung der Hölzer vorgesehen?«

»Selbstverständlich, Hoheit.«

Er wies auf den äußersten Süden der Baustelle. »Dort hinten werden die Gießereien, die Schiffsmunitionslager sowie ein Gebäude stehen, das den Zeichen- und Modellbausälen vorbehalten ist.«

»Bestens. Und wie lange, glauben Sie, wird es dauern, bis wir unser erstes Schiff ausrüsten können?«

»Sofern sich nichts Unvorhergesehenes ereignet, in ungefähr drei Jahren, Majestät.«

Mohammed Ali kräuselte die Augenbrauen. »Drei Jahre … Ein ganzes Leben …«

»Unglücklicherweise ist es uns nicht möglich, schneller voranzukommen.«

»Seien Sie unbesorgt, Herr Cerisy, ich bin mir dessen bewußt.

Ich hoffe lediglich, daß die Geier, die über Ägypten kreisen, es bis dahin nicht verschlungen haben werden. Ich will auch glauben, der Allmächtige …«
Er unterbrach sich. Seine Aufmerksamkeit war gerade von einer kleinen Gruppe gefangen worden, die in ihre Richtung kam. Er hob sich leicht aus dem Sattel und warf dem Ingenieur zu: »Wir greifen unser Gespräch später wieder auf. Gott sei mit Ihnen.«
Er preschte vorwärts, in seiner Spur die fünf albanischen Soldaten mitziehend, die seine Leibgarde bildeten.

Joseph entdeckte ihn als erster. Er richtete seinen Zeigefinger auf die von den Reitern aufgewirbelte Sandwolke.
»Der Vizekönig! Er kommt uns entgegen.«
Insgeheim beobachtete Scheherazade Ricardo. Anders, als sie befürchtet hatte, wirkte er entspannt. Giovanna hatte die Hand ihres Vaters ergriffen. Sie behielt sie, bis der Pascha zu ihnen gestoßen war. Mit einer für seine Korpulenz erstaunlichen Behendigkeit setzte der Pascha ab, während um ihn herum seine Wachen in Stellung gingen. Gegen alle Regeln der Höflichkeit verstoßend, wandte er sich zuallererst an den Venezianer.
»Sei willkommen, Mandrino Bey! Du hast mir gefehlt.«
»Der Friede sei über Ihnen, Majestät.«
Der Vizekönig stemmte die Fäuste in die Hüften und verlagerte der Oberkörper in beschaulicher Haltung leicht nach hinten.
»Die Seeluft scheint dir nicht allzu schlecht bekommen zu sein, wenn es nicht das Klima Griechenlands gewesen ist. Ich finde, du siehst prächtig aus.«
Er fragte Scheherazade: »Ist das hier tatsächlich der kranke und verlorene Mann, den du mir in deiner Botschaft beschrieben hast?«
Sie sagte kein Wort.
»Wahrhaftig, die Frauen, die uns lieben, verlieren jeglichen Begriff von Objektivität. Man könnte meinen, der Schleier, der

gemeinhin den unteren Teil ihres Gesichts verbirgt, würde sich in manchen Situationen über ihre Augen legen.«

Mandrino erwiderte mit sachlicher Stimme: »Unglücklicherweise fürchte ich, Hoheit, daß die Informationen, die Ihnen meine Gemahlin übermittelt hat, zutreffen.«

»Na, na, Mandrino Bey, du wirst mich doch nicht glauben machen, daß du deinen Monarchen nicht wiedererkennst!«

»Muß ich antworten?«

»Nur wenn die Antwort die ist, die ich erwarte.«

»Dann zwingen Sie mich zu schweigen.«

»Was ist das für eine Geschichte mit dieser Amnesie? Selbst nach den schlimmsten Stürmen erkennt der Fisch den Ozean wieder! Mir ist kein Stern bekannt, der bei angebrochener Nacht nicht seinen Platz einnähme!« Er bemächtigte sich abermals der Hand Mandrinos und drückte sie an den dichten Bart, der seine Wangen bedeckte.

»Wenn du blind bist, bleibt dir noch der Tastsinn. Spüre den Bart von Mohammed Ali. Im ganzen Reich gibt es keinen seidigeren.«

Er führte die Hand weiter hinauf zur zylindrischen Haube, die sein Haupt schützte.

»Und dieser Tarbusch, der mein Haar verbirgt! Streiche über den Filz. Allein Mohammed Ali verleiht dieser Kopfbedeckung Würde. Man kann die Züge eines Freundes, eines Verwandten vergessen, doch man vergißt nicht seinen Monarchen! Also, Ricardo Mandrino, weißt du noch immer nicht, wer ich bin?«

Scheherazade nahm es auf sich zu antworten. »Vergeben Sie mir, Hoheit. Aber denken Sie nicht, daß es wünschenswert wäre, ihm etwas Zeit zu gewähren?«

»Zeit? Wer ist Herr der Zeit? Weder dein Gemahl noch ich haben einen Pachtvertrag mit dem Allhöchsten unterzeichnet! Mein Sohn versengt sich in den Bergen von Morea. Der Zar schickt sich an, über Istanbul herzufallen!«

»Majestät …«
»Ich brauche ihn!« Mit demselben gebieterischen Tonfall befahl er: »Wir kehren zurück in den Palast.«

Ihre Schritte glitten den ungeheuren Seidenteppich entlang, der den Boden des Gesellschaftsraums bedeckte. Das Dekor strotzte von Gold, einem maßlosen Gepränge, das an mancher Stelle an schlechten Geschmack grenzte. Der Carrara-Marmor begegnete den Stucktafeln, den Kristallüstern, den kupfernen Kandelabern. In der Mitte des Raumes thronte ein Dreifuß aus durchbrochenem Holz, auf dem eine massive Silberplatte von zyklopischer Größe ruhte. Die Diener hatten Fruchtgetränke abgestellt, Gläser mit Tamarinde, Zuckerrohrsaft, und einen Berg Backwaren, die den Duft von Pistazien, zerstoßenen Mandeln und Honig verströmten. Ein Nargileh fand sich in Reichweite des Vizekönigs. Auf den glimmenden Kopf hatte man soeben die Kugel aus seiner bevorzugten Tabakmischung gelegt: *ma'assil*, gehäckselte und fermentierte, mit Melasse gebundene Tabakblätter.
Auf ein Zeichen des Herrschers ließen sie sich nach türkischer Sitte im Halbkreis auf einem Teppich nieder. Kaum sitzend, ergriff er den mit purpurnem Maroquin umhüllten Schlauch. Er sog einen Schwall Tabakrauch ein und wiederholte, wobei der Mandrino anblickte: »Ich brauche dich!«
Der Venezianer breitete fatalistisch die Arme aus. »Majestät, Sie haben sicherlich recht, wenn Sie behaupten, weder Sie noch ich hätten einen Pachtvertrag mit dem Allhöchsten unterzeichnet. Nur ist es nun einmal so, daß die Vergangenheit zur Stunde die Gegenwart verdunkelt.«
»Dem werden wir abhelfen! Ich habe Dr. Clot herbestellt. Er erwartet dich. Ein Diener wird dich zu ihm bringen, sobald du den Wunsch äußerst.«
Er schmauchte einen tiefen Zug, während der Blick seiner

grauen Augen zugleich über die Gesichter schweifte und auf dem Giovannas verharrte.
»Maschallah*, Tochter des Mandrino, du wirst immer schöner.«
Das Mädchen antwortete mit einem etwas gezwungenen Lächeln.
»Ja, ich weiß«, fuhr der Pascha fort, »ich bin zu alt für dich. Entsinnst du dich, was du die Kühnheit gehabt hast, mir am Tage deines Geburtstages zu antworten?«
Giovanna verneinte.
»Gewiß, wenn ich die Frage deinem Vater stellte, würde er mir entgegnen, daß ihm alles bis zum Tage deiner Geburt unbekannt ist. Ist es nicht wahr, Ricardo Bey?«
»Sie wissen alles, Majestät.«
»Ich werde dir das Gedächtnis auffrischen, damit du weißt, welche Art Tochter die deine ist. Es war vor ungefähr sieben Monaten, bei euch, auf Sabah. Giovanna war gerade erschienen, und ich geriet angesichts ihrer Schönheit in Verzückung, wogegen ich indes mein Bedauern ausdrückte, daß sie nicht ein paar Jahre älter sei. Worauf ihre Mutter ironisch ausgerufen hat: ›Eine Königin von Ägypten mehr?‹ Ich habe ›Warum nicht?‹ erwidert. In diesem Augenblick hat dann diese kleine hier anwesende Perle eingegriffen: ›O nein‹, rief sie, ›das kommt nicht in Frage!‹ Da ich mich verwunderte, fügte sie – wie ich betone – mit außerordentlicher Arroganz hinzu: ›Sie haben bereits zwei Frauen. Ich, ich teile nicht!‹«
Der Monarch zog erneut an der Pfeife.
»So ist deine Tochter, Ricardo Mandrino. Sie besitzt den unerträglichen Charakter ihrer Mutter und, ich muß es gestehen, ihre Schönheit.«

* Ausdruck, den man mit »was Gott will« übersetzen könnte. Drückt auch Zufriedenheit mit einem Gegenüber aus, dem es sichtlich gutgeht.

»Was insgeheim bedeuten würde, daß sie nichts von ihrem Vater geerbt hat.«
»Im Gegenteil. Aber wozu darüber reden?«
»Warum?«
»Hast du nicht vergessen, daß sie deine Tochter ist?«
Ein kurzes Lachen schüttelte ihn.
»Auf jeden Fall hat Giovanna recht. Wenn ich einzig und allein meine beiden Gemahlinnen, die Albanerin und die Tscherkessin, besessen hätte, wäre eine dritte Verbindung noch zu erwägen gewesen. Doch da sind noch die anderen. Meine illegitimen Frauen. Ich habe sie nie nachgezählt, aber ich bin überzeugt, mein Harem dürfte beinahe so viele umfassen, wie sich Reis in China findet. Was meine Nachkommenschaft anlangt ... so habe ich lange schon alle Hoffnung aufgegeben, deren Anzahl auszumachen.* Aber kehren wir zu ernsteren Dingen zurück ...«
Er wandte sich an Joseph: »Mein treuer hydrographischer Ingenieur ... nun, wie lassen sich diese Arbeiten über die Erkundung des Deltas an?«
»Da Sie es gerade ansprechen, Hoheit, ich gedachte sowieso mit Ihnen darüber zu reden.«
»Ich höre dir zu.«
»Monsieur de Bellefonds und ich selbst würden gerne weiter zum Isthmus von Suez vorstoßen.«
»Die Meerenge von Suez ... Ich ahne da einen Gedanken des Franzosen. Seit Monsieur de Bellefonds in meine Dienste getreten ist, vergeht kein Tag, an dem er dieses Gebiet nicht erwähnt. Eine wahre Besessenheit von ihm.«
»Er ist der Ansicht, eine topographische Erfassung des Isthmus dränge sich auf und wäre ebenso nützlich wie die, die wir im Delta begonnen haben.«

* Legende oder Wahrheit? Man hat Mohammed Ali 84 Kinder zugeschrieben. Vier Knaben und zwei Mädchen wurden offiziell anerkannt.

»Ich habe den Eindruck, daß unser Freund im geheimen den Traum seines Landsmannes Bonaparte verfolgt. Er denkt immerzu an dieses Kanalvorhaben, das das Rote Meer mit dem Mittelmeer verbände. Stimmt es nicht?«

»Ich denke in der Tat, daß dieser Gedanke ihn verlockt.«

»Trotzdem, verliert nicht aus den Augen, daß ich der Bewässerung den Vorrang einräume. Ägypten ist ein Geschenk des Nils, doch es ist auch Opfer seiner plötzlichen Stimmungswechsel.« Er fuhr mit eindringlicherem Ton fort: »Seit Jahrtausenden strömen die ungebändigten Fluten von den äthiopischen Hochebenen hinab und überschwemmen das Tal mit diesem sagenhaften Dünger, diesem fruchtbaren Schlamm nämlich. Nun ist es jedoch so, daß dieses Manna dermaßen unvorhersehbar ist! Der Anstieg der Wasser ist dermaßen unbeständig von einem Jahr aufs andere. Wenn wir wollen, daß dieses Land sein Schicksal meistert, muß es« – er unterstrich seinen Satz, indem er auf die Sessellehne hämmerte – »muß es die Fähigkeit haben, seinen Fluß zu beherrschen. Staudämme, Deiche, Kanäle. In dieser Richtung nämlich müssen wir unsere Bemühungen bündeln.«

»Ich bin vollkommen Ihrer Ansicht, Majestät. Deshalb auch werden wir den Isthmus erst dann in Angriff nehmen, wenn die topographischen Erfassungen des Deltas ordnungsgemäß abgeschlossen sind.«

Mohammed Ali knabberte mit nachdenklichem Gesicht an dem dunklen Bernsteinmundstück seines Nargilehs.

»Wieviel wird mich diese Expedition kosten?«

»Monsieur de Bellefonds selbst hat die Kostenvoranschläge aufgestellt. Sie werden Ihnen ausgehändigt. Für den Fall selbstverständlich, daß unser Vorhaben Ihre Zustimmung fände.«

»Ich habe Monsieur de Bellefonds nichts abzuschlagen, und dem Sohn von Ricardo und Scheherazade noch weniger. Ihr habt völlig freie Hand. Wann gedenkt ihr aufzubrechen?«

»Nächste Woche, Inschallah!«
»Gott begleite euch!«
Er kehrte zum Venezianer zurück. »Ich nehme an, der Name Linant de Bellefonds weckt in dir keinerlei Erinnerungen?«
Ricardo antwortete nicht. Er schien die Frage gar nicht gehört zu haben.
»Ricardo Bey!«
»Ja, Majestät.«
»Ich fragte dich, ob du dich an Monsieur de Bellefonds erinnertest.«
»Nein.«
Mandrino nahm an dem Gespräch nicht mehr teil. Sein Geist hatte begonnen abzuschweifen. Die Gegenwart wich zurück, von eine Garbe Bilder verdrängt, die vom Grunde eines Brunnens aufstiegen.

»Musik ertönt. Die schlängelnde Silhouette einer al'me. Fackelträger bewachen den Eingang eines in einem Garten aufgeschlagenen, mit Bajadere-Stoff bespannten Zeltes. Inmitten zarten Dunstes: ein Paar. Sie, die das Gesicht eines jungen Mannes mit trauriger Physiognomie umfaßt, bevor sie ihn in die Arme schließt. Er, der die Umschlingung mit einem leidenden Ausdruck annimmt. Dann eine sonderbare Geste: Mit der Spitze des Zeigefingers liest sie die Tränen auf, die über die Wangen des Mannes rinnen, und führt sie an die eigenen Lippen.«

Der Venezianer hörte sich fragen: »Wer sonst war bei dieser Abendgesellschaft anwesend?«
Scheherazade erschauderte. »Du meinst Giovannas Geburtstag? Die Gäste waren zahlreich. Es dürften an die hundert gewesen sein.«
»Eine *al'me*, Musikanten?«
»Ja.«

»Ein Zelt war aufgeschlagen worden.« Dies war keine Frage mehr. Er fuhr fort: »Demnach war es ein Abend, an dem Kummer sich nicht ziemte.«
»Kummer? In keinster Weise. Es war ganz im Gegenteil ein Tag der Freude.«
»Unter den Geladenen fand sich gleichwohl ein trauriger Mann. Wer war das?«
Alle blickten sich verdutzt an. Scheherazade fragte: »Du erinnerst dich also an ihn?«
Unwillkürlich hatte sich leichte Bangigkeit in ihre Stimme geschlichen.
»Und an eine Frau, die seine Tränen mit ihrem Zeigefinger trocknete.«
Mit zugeschnürter Kehle vermochte sie nicht fortzufahren. Joseph sprach an ihrer Stelle: »Unter uns war tatsächlich ein trauriger Mann. Es handelte sich um Karim ibn Suleiman.«
»Karim …«
»Er war unser engster Freud. Er hatte früher, als Heranwachsender, auf Sabah gearbeitet. Er war der Sohn unseres Gärtners.«
»Weshalb weinte er?«
»Weil er ebenfalls nach Navarino aufbrach.«
Mohammed Ali beschloß einzuschreiten. »Der Sohn des Suleiman war einer meiner beiden Admirale, die die Flotte befehligten. Der zweite war mein Schwiegersohn, Moharrem Bey. Ich hatte dich beauftragt, ihnen eine Botschaft zu überbringen.«
»Ich verstehe …«
Der Venezianer wirbelte zu Scheherazade herum. »Diese Frau, die ihn tröstete … Das warst du?«
»Ja.«
»Er stand dir demnach so nahe?«
»Ich bin mit ihm aufgewachsen.«
Ein grimmiger Kampf war erwacht, und mit ihm ein heimtük-

kisch schleichendes Übel. Er malte sich einen blinden, in den Falten seines Fleisches nistenden Skorpion aus, der tastend versuchte, seinen Stachel hineinzuschlagen. Sein Instinkt flüsterte ihm ein, daß die Besänftigung – falls es sie denn gäbe – von einem Hinweis, einem Wort kommen würde. Wie hätte er diesen erhalten sollen? Seinem Geist war selbst die zu stellende Frage unbekannt.
»Papa …« Die Stimme Giovannas holte ihn in die Gegenwart zurück. »Der Sohn des Suleiman ist in Navarino gestorben.«
Kaum hatte sie den Satz ausgesprochen, als ein umspringender Wind in den Gesellschaftsraum drang und dem Saal die Schwüle nahm, die ihn erfüllt hatte.
»Majestät«, sagte Mandrino, »Sie haben doch gesagt, Dr. Clot wäre bereit, mich zu empfangen?«
»Durchaus.«
Der Pascha klatschte in die Hände, und wie durch Zauberei erschien ein Majordomus auf der Schwelle.
»Führe den Bey zu Dr. Clot.«
Ricardo grüßte den Monarchen und folgte dem Diener. Sobald die Tür hinter ihnen geschlossen war, erhob sich die Stimme Mohammed Alis im Gesellschaftsraum. Sie war aller herausfordernden Untertöne beraubt, die bis dahin in ihr vorgeherrscht hatten. Es war eine dumpfe, beinahe niedergeschlagene Stimme: »Es ist erschreckend … der Allhöchste ist mein Zeuge, was ich gesehen habe, ist erschreckend …«

9. Kapitel

Mohammed Ali wedelte gereizt durch die Luft. »Dr. Clot, ersparen Sie mir die Winkelzüge, ich bitte Sie. Was ich benötige, ist eine ganz einfache Antwort: Besteht für Mandrino eine Chance, sein Gedächtnis wiederzuerlangen, ja oder nein?«

»Die Antwort ist ja. Nichtsdestotrotz möchte ich sogleich betonen, daß diese Chance – wie alles, was dem Zufall unterliegt – sowohl in einer Stunde eintreten kann als auch in zehn Jahren oder ...«

»Nie ...«

»Ich fürchte, Majestät.«

Der Pascha bemächtigte sich einer goldenen Tabaksdose, die er fahrig zwischen seinen Fingern zu drehen begann.

»Was mich im Grunde genommen an Ihnen, den Männern der Wissenschaft, fasziniert, ist, daß Sie nicht Ihresgleichen haben, um die Gewißheiten Ihrer Zweifel auszudrücken.«

»Sire ...«

»Entschuldigen Sie sich nicht. Ich bin übelster Laune. Versuchen Sie lieber, mir zu sagen, womit wir diese Chance, die Sie eben erwähnten, erzwingen könnten.«

Dr. Clot senkte die Lider, mit bedauernder Miene.

»Ich weiß nicht. Ein Schock vielleicht.«

»Ein Schock? ...«

»Irgendein Ereignis hat sein Gedächtnis verschlossen; ein anderes könnte es befreien.«

»Mit einem Wort, ein Zusammentreffen mit Gott.«

»In gewisser Weise, Hoheit.«

Der Pascha schloß jäh seine Finger um die Tabaksdose. »Unglücklicherweise jedoch gewährt Gott den Menschen schon seit langem keine Zusammentreffen mehr.«

Die Nacht hat den Palast Ras el-Tin eingehüllt. Die Feuchte der Luft, von unbekannten Düften schwer, verströmt eine Atmosphäre träger Mattheit. Nichts rührt sich. Alexandria schläft brav auf seiner Landzunge, zwischen dem Meer und dem Mareotis-See gebettet. Ein Knacken, ein Aufhuschen von Irrlichtern zwischen den jahrtausendealten Mauern. Niemand sorgt sich. Es könnte Alexanders Gespenst sein, das den Cäsar, irgendeines Ptolemaios, oder einfach nur die Sprenkel ihrer Träume.

Ricardo ist allein auf der Terrasse, die über das Meer ragt. Dr. Clots Worte schwirren in seinem Kopf. Sie haben die Form von Fallbeilen.

»Leider, mein Freund, gehört die Amnesie zu jenen Leiden, vor denen die Medizin machtlos ist; ihre Pathologie ist unklar. Ursachen und Auswirkungen wechseln je nach Individuum. Und es gibt keine zwei gleiche Individuen.«

Der Weg ist versperrt. Von nun an wird er mit einem Hirn im Belagerungszustand zu leben ertragen müssen, von all den Geschöpfen umzingelt, die alles über seine Geschichte wissen und von der er nichts weiß, außer ein paar mühsam abgesonderten Worten.

»Ansonsten … was tun?«

Clot hatte ohne Zögern erwidert:

»Ein Gefäß werden.«

»Was bedeutet?«

»Stehlen, schöpfen, verlangen, unermüdlich jene befragen, die Sie umgeben, alle Informationen in sich speichern, selbst die unbedeutendsten, gleich ebenso viele Waffen, die dazu dienen werden, die Zitadelle einzunehmen, in der sich Ihr Ebenbild verschanzt hat. Denn es ist wahrhaftig da, zweifeln Sie nicht daran, in einem

Winkel Ihres Gehirns eingesperrt. Es ist, was die Griechen ›enantios‹, das Entgegengesetzte, nennen.«
Unterhalb leckt die oxydierte Gischt die verstreuten Klippen. Ricardo hat den Eindruck, als wären es Teilchen seines aufgelösten Schicksals, was die Fluten aufsaugen und ausstoßen. Obschon der Arzt recht hat. Dieses Ebenbild muß existieren. Es wäre das umgekehrte Bild seiner selbst, der Avers, Gefangener der anderen Seite des Spiegels. Um es an seinen rechten Platz zurückzubringen, gibt es nur eine Alternative: ihm eine Falle stellen, in die es sich verfangen könnte, oder aber … das Glas zerschmettern. Also sterben.
Ich schlage dir einen Pakt vor. Wir werden versuchen, das Mosaik wieder zusammenzusetzen. Falls wir jedoch scheitern sollten, wirst du fortgehen. Du wirst sofort gehen können, wohin du möchtest. Denn auch ich könnte nicht bloß dahinvegetieren. Abgeschnitten von dir.
Diese Frau … sie hatte das Meer überquert, sie hatte ihn in Morea, in Venedig gesucht, sie hätte zweifelsohne ihre Suche auch noch weiter fortgesetzt, von der absurden Überzeugung getragen, daß sie ihn früher oder später wiederfände. Und wenn am Ende sie es wäre, die den Schlüssel zur Lösung besäße? Wenn sich in ihr die einzige Kraft fände, welche die von Dr. Clot angesprochene Zitadelle niederzureißen imstande wäre?
Ricardo legt die Hand auf die Brüstung. Die Berührung des Steins beruhigt ihn. Er holt tief Atem, läßt sich vom jodhaltigen Duft der weiten See durchströmen und denkt an jenen heimtückischen Schmerz zurück, den er verspürte, als sie um den Vizekönig versammelt waren. Er wurde bei der Erinnerung jener abendlichen Geburtstagsfeier ausgelöst, und insbesondere wegen einer Person: Karim ibn Suleiman …
Wer war dieser Mann wirklich? Welche waren tatsächlich die Bande, die ihn mit Scheherazade vereinten? Denn er ließ sich nicht wie ein Tor täuschen. Es war nicht einzig und allein nur

Zärtlichkeit oder Freundschaft, im absoluten Sinne des Wortes. Es handelte sich um ein tieferes Gefühl. Weshalb sonst hätte die Erwähnung dieser Szene bei jenen, die ihm zuhörten, ein solches Unbehagen erweckt? Weshalb diese linkische Befangenheit, die in allen Antworten und zwischen den Worten durchschien? Insbesondere in Giovannas Satz: *»Der Sohn des Suleiman ist in Navarino gestorben.«*
Als ob sie versucht hätte, ihn zu beruhigen. Weshalb?
Ricardo dreht sich um. Vor ihm zeichnet sich die weiße Fassade des Palasts ab, mit seinen Dutzenden Fenstern, in denen sich die Sterne gleich ebenso vielen Lücken zum Tag und zur Finsternis hin widerspiegeln. Hinter einem von ihnen, hinter einem einzigen, wohnt die Antwort auf die Fragen, die er sich stellt.
Welches davon öffnet sich auf Scheherazades Gemach?

Sie spürte Mandrinos Körper, der sich auf sie legte. Im ersten Moment schien er ihr wie ein großer Vogel, der zusammenbricht. Im Halbschlaf glaubte sie, er hätte dem Verlangen, sie zu lieben, nachgegeben. Erst als er dann sprach, begriff sie, daß es sich um etwas ganz anderes handelte. Die Worte quollen aus ihm heraus in der Art von Kieseln, die von Wellen getrieben dahinrollen. In ihnen war die Rede von Leben und Tod, den Zerbrechlichkeiten des Seins, der Pein der Liebe und dem Schmerz, den sie zeitigt. Die Rede auch von einem Willen, den Kreis zu überwinden, in den ein barbarischer Gott ihn gebannt habe. Sie konnte sich nicht erwehren, an den Mythos des Asklepios zurückzudenken und eine Parallele zu jenem Gott zu ziehen, den sie sich ausgemalt hatte und der dem Glück seiner Kreaturen abhold war.
Er teilte ihr noch sein Bedürfnis mit, die Inbrunst wiederzuerlangen, jene nämlich, die Mut einflöße und dem Menschen versage, anders als mit weitgeöffneten Armen zu leben. Vor

Navarino müsse er so gewesen sein, von jener Inbrunst bewohnt. Dessen war er sich gewiß.

In der Dunkelheit des Raumes konnte sie seine Züge nicht erkennen, doch sie ahnte die äußerste Anspannung, die sich wohl darin zeigte.

Endlich kam er auf ihre Beziehung zu sprechen. Seit der Unterhaltung im Gesellschaftsraum des Palastes wisse er, daß er sie, Scheherazade, geliebt haben müsse, denn er habe die Ursache des heimtückischen Schmerzes ausgemacht. Er rühre von einem Gefühl her, das so alt wie die Welt, bisweilen übermäßig, häufig nicht durchdacht, stets auf die Urangst gegründet sei; nämlich jene, den oder die zu verlieren, den oder die man liebe. Er habe begriffen, daß Karim ibn Suleiman zu einem ganz bestimmten Moment ihres Daseins eine Gefahr dargestellt haben müsse, da allein der Nachklang seines Vornamens die alte Angst aus dem Vergessen hervorgeholt habe. Nun jedoch strebe er nur noch danach, das Warum zu verstehen. Und da gebe es nur Scheherazade, die ihm helfen könne, dies zu erreichen.

Als er geendet hatte, sprach auch sie sich aus, ohne Bangigkeit oder Furcht. Seite um Seite las sie ihm das Buch der Vergangenheit vor. Sie erzählte von jener Nacht auf dem Nil, in der er sie zu einem Nachtmahl auf dem schwimmenden Haus, das ihm damals als Wohnung diente, eingeladen hatte. Es war vor ihrer Heirat, noch bevor ihre gemeinsame Geschichte begann. Fünfzehn Jahre vorher.

Im Verlauf jenes Abends hatte er erklärt:

»›Sie haben in der Vergangenheit geliebt. Machen Sie mich nicht glauben, der Brunnen sei versiegt.‹

›Und wenn doch?‹

›Ich würde es nicht glauben. Sie sind nur zur Liebe imstande. Wahrlich leben Sie allein durch dieses Gefühl. Die Liebe ist das

Wasser des Herzens. Ohne sie vertrocknet es. Wie Sabah vertrocknen würde, falls der Nil eines Tages verschwände.‹
›Mit dem einzigen Unterschied, daß die Schwelle alle Jahre wiederkehrt. Die Liebe nicht.‹
›Wer war der Mann?‹
›Wozu würde es Ihnen nutzen, das zu wissen?‹
›Zur Entwirrung mancher Fäden.‹«

Wie sie es in jener Nacht getan hatte, offenbarte sie ihm Karim. Die Unerfülltheit ihrer Liebesgeschichte, die Leere des Herzens und die Bitterkeit, die wenige Monate danach von der ungeheuren Leidenschaft verdrängt wurde, welche sie an Ricardo gefesselt und niemals innegehalten hatte, zu wachsen, sie bis zu dieser Stunde zu verzehren.
Bei Tagesanbruch hatten beide ihr Herz ausgeschüttet.
Er stand auf, tat einige Schritte durchs Zimmer und kehrte zu ihr zurück.
»In Venedig hast du mir von einem Ort erzählt, der Rosenhof heißt.«
»Ein geheiligter Ort. Er gehört der Familie seit Generationen. Er hat mir erlaubt, den Tod meiner Eltern, den Michels, meines ersten Gatten, und die Verwüstung von Sabah zu überwinden, die zur Zeit, als Bonaparte Ägypten besetzte, stattfand.«
»Du baust dort noch immer Baumwolle an.«
»Die begehrteste. Die langstapelige. Ich habe lange versucht, sie zu erzeugen. Ich verdanke einem französischen Agronomen, es geschafft zu haben.«*
»Genau das hat uns auch mittelbar zusammengeführt, nicht wahr?«

* Henri Jumel. Ägypten verdankt ihm seine berühmte Baumwolle, als deren Erfinder oder »Wiederentdecker« er angesehen wird. Von 1820 an wurde die »Jumel-Baumwolle« für das Land zu einer Quelle des Wohlstands, die bis zum heutigen Tage stetig angewachsen ist.

»Auf die Empfehlungen einer gemeinsamen Freundin hast du dich als Käufer bei mir eingefunden. Ich besaß die einzige Pflanzung von ganz Ägypten, die nicht in Mohammed Alis Händen war. Sehr bald hast du vorgeschlagen, wir sollten uns verbünden. Zum Beweis deiner Ernsthaftigkeit hast du eine außergewöhnliche amerikanische Maschine nach Sabah liefern lassen, die die Baumwolle zu Ballen zu pressen ermöglichte und die Arbeit von drei Fellachen ersetzte.«

»Wir haben bald April. Ist das nicht die Zeit, in der die Baumwollsamen ausgebracht werden?«

Sie bestätigte.

»Ich würde mich gerne um diese Saat kümmern. Ich möchte den Rosenhof wiedersehen.«

Sie schaute ihn mit kaum verhaltener Gemütsbewegung an. »Wenn du das willst, Ricardo. Das ist auch mein teuerster Wunsch.«

»Und wann beginnen die Ernten?«

»Einige Monate später. Sofern wir zu Gott beten, daß die Nilschwelle günstig ausfällt.«

Er hüllte sie mit seinem blauen Blick ein. »Sei unbesorgt, Scheherazade. Ich bin zurück. Von allen Ernten, die ich erlebt habe, wird diese, glaube ich, die schönste werden.«

Paris, 6. April 1828

Der Taitbout-Saal, in dem die Saint-Simonisten-Familie sich jeden Sonntag versammelte, war, wie gewohnt, schwarz von Menschen. Die Hierarchie staffelte sich in drei *degrés*, drei Grade. Auf der Empore hatten die Mitglieder des ersten Grades ihren Sitz, auf den Bänkchen im Umgang die der beiden anderen.

Was das Parterre anbelangte, setzte es sich aus dem Kreis der Freunde zusammen, aber auch aus Neugierigen aller Art, die von allen Ecken und Enden von Paris gekommen waren. Arbeiter, Künstler, Leute von Welt, unter denen die Ehefrauen und

die Anverwandten der neuen Apostel hervorstachen: Stickerinnen, Putzmacherinnen, Weißnäherinnen und Modistinnen belebten den Saal mit ihrem summenden Schwarm.
Vom Ehepaar Grégoire eingerahmt, wirkte Corinne Chedid etwas verloren.
»Sieh nur«, rief Judith begeistert aus. »Dort, dieser Mann zur Linken, im dunklen Komplet. Das ist Saint-Amand Bazard, einer der beiden obersten Führer. Und dieser da ist Olinde Rodrigues. Er war noch zu Lebzeiten ein Jünger von Saint-Simon, und einer der feurigsten Urheber der schönen Devise, die ich dir auf der ersten Seite des *Producteur*, unserer saint-simonistischen Zeitung, gezeigt habe.«
»›Alles zur Verbesserung des Loses der zahlreichsten und ärmsten Klasse.‹«
»Bravo«, meinte Georges, »du hast es dir genau gemerkt.«
»Aber wo ist denn nun Monsieur Enfantin?«
»*Le Père* Enfantin«, berichtigte Judith. »Geduld, er wird nicht lange auf sich warten lassen.«
Sie wies auf zwei andere Personen.
»Das sind die Gebrüder Péreire, vortreffliche Bankiers. Und dieser Mann zur Rechten, von überaus stattlicher Erscheinung, das ist der Ökonom Michel Chevalier und Professor am *Collège de France*. Der an seiner Seite ist Hippolyte Carnot. Sohn des berühmten Generals der unter Bonaparte gekämpft hat.* Und da hinten, an der Seite dieser schönen Frau mit Pfirsichhaut sitzend, das ist der Ingenieur Paulin Talabot, dem wir unsere Eisenbahnen verdanken.«
»Nur feine Leute! Bankiers, Ökonomen, Ingenieure! Ich hätte

* Ebenso Vater des Präsidenten [Marie François] Sadi Carnot. Hippolyte selbst wurde Minister für Bildung und Erziehung in der provisorischen Regierung der II. Republik [1848]. Er sollte sich im Laufe der folgenden Jahre auf Grund seiner Uneinigkeit mit Enfantins Positionen von den Saint-Simonisten trennen.

nicht gedacht, daß so viele illustre Geister sich die Ideen eurer Freunde zu eigen machen.«

»Und heute abend sind längst nicht alle anwesend. Es gibt noch ganz andere, ebenso eindrucksvolle. Nächste Woche werde ich dir die Damen vorstellen, die in der Rue Monsigny einen Salon führen. Du wirst nur noch betörter sein können.«

Sie wollte fortfahren, wurde jedoch auf ein leichtes Schwanken aufmerksam, das die Menge durchlief. Fast augenblicklich prasselte Beifall.

»Le Père ... Le Père ...«

Ein Mann von ungefähr dreißig Jahren, mit mächtigem Brustkorb, hoher Stirn und von einem beeindruckenden Bart bedeckter Wangenpartie, war soeben auf dem Podium in Erscheinung getreten. Sein Blick war scharf und strahlend, der Ausdruck offenherzig.

»Meine Schwestern, meine lieben Brüder, wieder einmal erfüllt eure Anwesenheit mein Herz mit großer Freude. Danke, daß ihr heute abend hier seid. Dank für eure Treue.«

Er verstummte kurz.

»Manche sagen über uns: ›Das sind doch Träumer.‹ Vielleicht sind wir das. Allein, es gibt mehrere Arten von Träumern. Es gibt die unbeweglichen, die ihr Dasein damit verbringen, zu Füßen der Städte zu sitzen und ihre Visionen wiederzukäuen, die sinnen, sich katzbalgen, das Unerreichbare predigen, während sie selbst in ihrem Innersten überzeugt sind, daß dies niemals in ihrer Reichweite sein wird. Jene, meine lieben Brüder, meine Schwestern, sind, das gestehe ich ein, unter die Dichter oder die Utopisten zu rechnen. Dann gibt es noch die anderen, uns, die Saint-Simonisten.«

Er atmete kurz durch und verkündete mit kräftiger Stimme: »Träumer, gewiß, die jedoch die Welt bewegen!«

Ein Beifallssturm begrüßte die Versicherung. Enfantin wartete, bis wieder Ruhe einkehrte, bevor er erneut ansetzte: »Wir leben

in einem Universum, in dem es keinen Platz gibt für den Schwachen und den Benachteiligten, das den Zugang zum elementarsten Recht, dem auf Würde, verwehrt.«
Stimmen der Billigung erhoben sich, während Judith Corinne mit bewegtem Tonfall zuflüsterte: »Ist er nicht außergewöhnlich …«
Corinne bestätigte, ohne die Augen von dem Redner zu wenden.
»Unser Leben muß sich auf einen einzigen Gedanken reduzieren: allen Menschen die freieste Entfaltung ihrer Fähigkeiten zu sichern. Die sozialen Einrichtungen müssen die Verbesserung des ethischen, physischen und intellektuellen Loses der zahlreichsten und ärmsten Klasse zum Ziel haben. Wir indes, wir müssen uns von den herkömmlichen politischen Spielarten und den parlamentarischen Phantasmagorien der Politik der Parteien absetzen.«
Erneuter Beifall prasselte los, den *le Père* dämpfte, indem er fortfuhr: »Was in Wahrheit die Verderbtheit der Politik der Parteien ausmacht, ist, daß sie alle nebulöse Ideologie hervorbringen. Sie haben die Münder voll mit Worten wie Verbesserung, Ordnung, Freiheit, Gleichheit, Brüderlichkeit, Autorität; doch diese Worte klingen hohl.
Ich versichere euch: Eine Gesellschaft kann nicht ohne Ideal leben. Das Ideal ist das Sprungbrett des Menschen. Gebricht es daran, so führt dies zum Ersticken einer Nation. Seht euch das Frankreich von heute an: Es gedeiht zwar, doch in Finsternis. Was tun die Fürsten, die uns regieren, außer daß sie danach trachten, das Licht zu knebeln? Den Gewinn einzufahren, auf daß er nur ihren Interessen und denen einer vollgestopften Minderheit nutze? Alles muß überdacht werden. Das System muß von neuem erwogen werden. Einige werden uns als ›Moderne‹ bezeichnen und dem Wort einen abschätzigen Sinn beimessen. Wenn modern sein heißt, zu wissen, *was nicht mehr*

hinnehmbar ist, ja, dann bekenne ich mich mit ganzer Seele zu genau diesem Modernismus!«
Erneut bekundeten die Anwesenden dem Redner ihre Zustimmung.
»Ich sagte es bereits, eine Gesellschaft kann nicht ohne Ideal leben, aber sie kann ebenfalls nicht ohne Religion leben. Diese Religion existiert, ihre Grundlagen wurden bereits von unserem Gründervater formuliert: Es ist das *Neue Christentum*. Ein Christentum, das sich nicht mehr auf die blinde Annahme der überkommenen Dogmen gründet, sondern auf die stetige Suche nach Wahrheit, und um es dahin zu bringen, muß zuallererst, neben anderen Prüfungen, vor eurem *Père* die Beichte unserer früheren Leben abgelegt werden.«
An diesem Punkt der Darlegung flüsterte Corinne Judith verdutzt zu: »Was meint er mit ›Beichte unserer früheren Leben‹?«
»Père Enfantin möchte um die Sittlichkeit jener wissen, die ihn umgeben. Er erwartet von seinen Aposteln, daß sie sich ihm preisgeben und ihm alles aus ihrer Vergangenheit offenbaren, ohne etwas zu verschleiern.«
»Findest du nicht, daß das für manche verfänglich sein könnte?«
Die Frage blieb unbeantwortet, ihre Freundin hatte ihre Aufmerksamkeit wieder dem Redner zugewandt.
»Nunmehr komme ich zum Wesentlichen unserer Zusammenkunft des heutigen Abends. Das soziale Individuum ist der Mann, der Mann jedoch untrennbar von der Frau.«
Seine Stimme schwoll an: »Und deshalb sage ich euch: Frauen, macht es wie wir. Ihr seid in Gott. Ihr stammt von Gott. Folglich ist es euer Recht, frei zu sein! Manifestiert euch, macht auf euch aufmerksam, wir werden eure Worte und eure Taten achten. Falls ihr uns zu Hilfe kommen müßtet, dann auf dem Felde der Ehre, wo wir vielleicht verletzt werden, doch nicht auf dem Feld der Ruhe, wo wir uns vielleicht erschöpft niederlegen werden.«

Wie zu erwarten gewesen, wurde dieser Teil der Ansprache vom weiblichen Geschlecht am besten aufgenommen.

»Nichts Neues, nichts Gutes wird in einer Gesellschaft geschaffen werden ohne die Befreiung der Frau. Und diese Befreiung – ich scheue nicht, dies zu versichern – ist zwangsläufig an eine neue sexuelle Moral, an die Emanzipation geknüpft! Die Sexualität der Frau darf nicht mehr länger der sozialen Schmach ausgesetzt sein. Ihr Begehren muß sich in völliger Freiheit äußern.«

Er atmete kurz ein, bevor er schloß: »Meine Schwestern, euer Banner ist das der Mühsal, so ist es nur gerecht, daß es auch das der Ehre sei.«

Diesmal ergriff eine wahre Raserei den Saal, und wenn gewisse Gesichter, vor allem männliche, auch ihre Uneinigkeit ausdrückten, spendete der Großteil der Zuhörerschaft tobenden Beifall.

»Es besteht kein Zweifel«, sagte Judith, mit vor Erregung etwas zittriger Stimme. »Dieser Mann ist wahrhaftig *der Vater* der Menschheit.«

Corinne Chedid beschränkte sich auf einen Lidschlag und dachte bei sich, daß die vertretenen Ideen gewiß edel und groß waren. Gleichwohl störte sie irgend etwas in dieser Ansprache, das sie nicht einzukreisen vermochte. Vielleicht war es dieser Nebensatz, der sich auf die persönlichen Bekenntnisse bezog? Oder dieser Entwurf einer *neuen sexuellen Moral*? Oder gar jener befremdliche Begriff *Neues Christentum*? Von ihrer Mutter in der Ehrfurcht vor der katholischen Religion erzogen, konnte sie sich nicht erwehren, diese Ausdrücke eigenartig zu finden. Auf jeden Fall wußte sie noch zu wenig darüber, um sich erlauben zu können, dies alles zu verdammen. Das beste würde sein, zunächst einmal abzuwarten und zu versuchen, diese neue Doktrin besser zu verstehen. Alles in allem, wer wußte schon, ob die Saint-Simonisten nicht eines Tages ein wenig Licht in das eher

trübe Leben bringen würden, das bis dahin das ihre gewesen war?
Unauffällig faltete sie die Hände, als ob sie betete, und wie Samira es sie gelehrt hatte, überließ sie sich der orientalischen Seite, die ihr innewohnte, und beschloß, auf das Schicksal zu vertrauen.

10. Kapitel

Ägypten, Rosenhof,
25. September 1828

Unter der fallenden Sonne boten die achthundert Baumwollpflanzen des Rosenhofs das Schauspiel eines Feldes aufgeplatzten Alabasters.
Mandrino bemerkte mit Befriedigung: »Sieh, das vor sechs Monaten gegebene Versprechen ist eingehalten worden. Die Ernte wird gut ausfallen.«
Sechs Monate schon. Es hatten sich weder große Ereignisse noch spektakuläre Rückschläge zugetragen, keine Erschütterung, die Ricardos Geist aufgewühlt hätte, dachte Scheherazade. Die an ihrer Seite stehende Person hatte sich gewandelt, sich Tag um Tag dem Manne vor Navarino angenähert. Indes, die Entwicklung war weit entfernt, abgeschlossen zu sein. Sie gemahnte an ein Fresko, das irgendwann in Stücke zersprungen war und das der Künstler in stockfinsterer Nacht wiederherzustellen trachtete. Wenn wundersamerweise, unter dem Einfluß eines von der Vorsehung gesandten Blitzstrahls, manche Splitter wieder ihren ursprünglichen Platz fanden, harrten andere noch immer in der Finsternis.

Sie drehte sich sacht um.
»Ich spüre erneut die Anwesenheit des Glücks.«
Er lächelte.
»Wie sieht es aus?«
»Ich weiß nicht ... Es ist wie ein Kind, das sich bewegt, hier drin« – sie legte die Hand auf ihren Bauch. »Ich finde kein schöneres Wort noch einen gewaltigeren Bezwinger, um das Ende meiner Unfruchtbarkeit auszudrücken. Denn von Navarino an und bis zu jener Nacht im Palast war so mein Leben gewesen. Verdorrt, leer. Voller Wüste.«
Er betrachtete sie lange Zeit. Die Ränder ihrer Lider und ihre Augenbrauen waren mit Kajal verlängert. Wie so häufig seit ihrer Ankunft auf dem Rosenhof war sie mit einer einfachen schwarzen Aba bekleidet. Doch an diesem Morgen, im Unterschied zu den anderen Tagen, war ihr Haar geflochten und mit Goldmünzen verquickt, die auf ihre Schultern rieselten.
»Sett Mandrino, es gefällt Ihnen also, Ihren Reichtum zur Schau zu tragen?«
»Es ist nicht mein Reichtum, den ich zur Schau trage, sondern die Großzügigkeit meines Gemahls. An der Anzahl Goldmünzen nämlich, die ihre Haarpracht zieren, erkennt man in den Harems die Favoritin.«
Er zog die Augenbrauen hoch.
»Demnach hätte ich dich zu meiner Favoritin gemacht?«
»Ja. Und ich benötige die Sicherheit, daß dem immer so sein wird.«
»Muß ich dich dessen tatsächlich versichern?«
»Jeden Tag, zu jeder Stunde.«
»Zweifelst du so sehr an deiner Anziehungskraft?«
Mit einer derart leisen Stimme, daß man hätte meinen können, sie spräche mit sich selbst, sagte sie: »Stehe ich nicht im Herbst meines Lebens?«

Er beugte sich zu ihr, umschloß ihr Kinn mit seinen Fingern.
»Wie kannst du von Herbst reden? Du bist strahlend, schön wie ein Vollmondabend.«
»Ich bin einundfünfzig Jahre alt, Ricardo Mandrino.«
»Das weiß ich. Seit zwei Monaten.«
»In dem Augenblick, da ich all diese Kerzen ausblies, trat Giovanna gerade erst in ihr sechzehntes Jahr.« Ein nostalgischer Unterton hatte sich in ihre Stimme geschlichen.
»Solltest du etwa eifersüchtig sein, Dame Mandrino?«
Sie begann zu lachen. »Eifersüchtig? Gott behüte mich, irgendwann ein ähnliches Gefühl in bezug auf meine Kinder zu empfinden. Nein, doch wenn ich Giovanna ansehe, ist es, als betrachtete ich mich in einem Spiegel. Sie gemahnt mich, wie rasch die Zeit vergeht.«
Er sagte nachdenklich: »Das Alter, die Zeit ... Wenn es etwas gibt, was ich endgültig verloren habe, seit ich in die Welt der Lebenden zurückgekehrt bin, dann ist es dieser Begriff eines vergehenden Tages. Ist es heiterer oder düsterer? Mir scheint, das Gestern ist bloß die Erinnerung von heute und das Heute nur die Erinnerung von morgen.«
»Wahrlich ein schönes Bild, aber eine eindeutig männliche Philosophie. Ich kenne keine Frau, die sich diese zu eigen machen wird. Ob sie nun reich sei oder arm, schön oder nicht, sie bleibt sie doch dieser Morgen bewußt, an denen sie, vor dem Spiegel, die Male ermißt, welche die Zeit Tag um Tag in ihre Züge gräbt. Und alles in ihr setzt sich gegen das zur Wehr, was sie als die größte Ungerechtigkeit der Welt erachtet.«
»Ich werde dich verwundern ... Ich mag diese Ungerechtigkeit. Ich mag sie, da sie dich, statt dich welken zu lassen, jeden Tag schöner macht.«
In einer unwillkürlichen Anwandlung verspürte sie das Bedürfnis, sich an ihn zu schmiegen. Was sie auch tat, wenngleich mit der Schüchternheit einer Heranwachsenden. In der Tat ging

noch immer irgend etwas von Ricardo aus, das sie daran hinderte, ihren natürlichen Regungen freien Lauf zu lassen.
Er war es, der sie fest an seine Brust zog.
»Glaubst du, ich werde es schaffen?« fragte er mit einer Spur Bangigkeit.
»Wovon sprichst du?«
»Von meinem Zustand. Meiner Suche. Wird es mir je gelingen, wieder zu der Person, diesem Mandrino zu werden, den du so sehr geliebt hast? Ein Mann, der irre genug war, die Alleen dieses Anwesens mit tausenden Orchideen bestreuen zu lassen. Denn das hast du doch behauptet? Ich soll einer solchen Maßlosigkeit fähig gewesen sein?«
»Was würdest du gerne hören? Daß ich keinerlei Zweifel habe? Und ich davon überzeugt bin, du würdest wieder dieser Mensch? Das wäre falsch. Du bist bereits Mandrino. Du bist der Mann der Orchideen. Ich, ich weiß es. Dir jedoch entzieht es sich noch. Und außerdem, was scheren mich schon Orchideen und Maßlosigkeit! Ich würde mich mit dem einfachsten Glück begnügen.«
Er kräuselte die Augenbrauen. »Sprich nicht so. Ein laues Glück ist unerquicklicher als Unglück. Das will ich nicht. Von der Zukunft erwarte ich, wieder die Fähigkeit zu erlangen, nur noch eins zu sein mit diesem anderen, dem vielleicht stärksten Teil meiner selbst, der noch in mir schlummert.«
»Geduld, Ricardo. Und danke Gott für den zurückgelegten Weg.«
Der Venezianer ließ seinen Blick über die Baumwollfeder schweifen. In seinen Augen stand der feste Wille, diesen Anblick ganz in sich aufzunehmen, so als trachtete er danach, zwei Bilder, ein fernes, unwirkliches und ein nahes, greifbares, zu überlagern.
»Komm«, sagte Scheherazade, »unser Gast wird bald ankommen.«

»Der Konsul von Frankreich. Bernardino Drovetti ... Siehst du, vielleicht ist es gerade dieser Umstand, den ich seit meiner Rückkehr am sonderbarsten finde. Alles, was sich auf konkrete Erinnerungen bezieht ... die Geschichte Venedigs, manche Gesichtspunkte der Situation Ägyptens, Leute wie Drovetti ... scheint mir deutlicher, faßlicher als manche Menschen wie der Vizekönig, mit denen ich gleichwohl eng verbunden war. Ist das nicht paradox?«

»Du stellst dir viel zu viele Fragen, Ricardo Mandrino. Lerne, dich gehen zu lassen. Alles wird dir viel einfacher erscheinen.«

Sie nahm ihn bei der Hand. »Komm ... Ich muß mich noch umziehen.«

Er stimmte folgsam zu, ohne indes von seinem versonnenen Ausdruck abzuweichen.

»Vater!«

Giovanna lehnte am Fenster ihres Zimmers.

»Ich bin bereit. Husain hat die Pferde gesattelt.«

Er schien nicht zu begreifen.

»Hast du mir nicht versprochen, wir würden ausreiten?«

»Dann werden wir das auch tun.«

»Du hast aber von heute morgen gesprochen.«

»Wir erwarten Herrn Drovetti.«

»Na und?«

»Er wird nicht lange bleiben. Wir werden nach seinem Fortgang aufbrechen.«

Es war, als legte sich plötzlich ein Schleier über das Gesicht des Mädchens.

»Bist du dir dessen sicher?«

»Ja, Giovanna. Ich werde dich holen.«

Sie fuhr nervös mit den Fingern durch ihr Haar. Ricardo winkte ihr noch freundlich zu, bevor er aus ihrem Blickfeld entschwand.

Bernardino Drovetti, der Konsul von Frankreich, ergriff den Champagnerkelch und erhob ihn in Mandrinos Richtung.
»Auf Ihre Rückkehr in unsere Mitte!«
Der Venezianer ahmte seinen Gast nach.
»Auf Ihr Wohl, Signor Drovetti. Doch ...« Er berichtigte sich: »Vielleicht sollte auch ich ›Auf Ihre Rückkehr!‹ sagen?«
Der Konsul setzte eine betrübte Miene auf. »Ach ... Dann handelte es sich hier um einen traurigen Anlaß. Diese Rückkehr nach Frankreich zerreißt mir das Herz.«
Scheherazade nahm das Glas Tamarinde, das ihr die Dienerin anbot.
»Demnach geben Sie also das Konsulat auf.«
»Meine liebe Freundin, ich gebe nichts auf. Ich füge mich nur, das ist alles. Zu alt! Man hat entschieden, ich sei zu alt geworden, um diesen Posten noch weiter zu bekleiden. Selbstredend hat man es nicht gewagt, mir dies so offen zu sagen. Dennoch habe ich wohl verstanden, daß man mich den Katzbuckeleien des Ministers Polignac zum Trotz für würdig erachtet, zum alten Eisen geworfen zu werden.« Er schöpfte eine Handvoll Pistazien und grummelte: »Alt ... als ob man mit dreiundfünfzig Jahren alt wäre.«
Ein Lächeln huschte über Mandrinos Züge. »Das können Sie getrost laut sagen, lieber Freund. Ich zähle zehn mehr, und ich habe mich noch nie munterer gefühlt.«
»Wie ich Sie verstehe ...« Er erstarrte mit einem Mal. »Wenn man bedenkt, daß ich an Bonapartes Seite in Mantua und in Ägypten geritten bin! Adjutant von Murat« – er krempelte den Ärmel seiner Jacke etwas hoch und zeigte eine Narbe in Höhe seines Handgelenks – »in Marengo verletzt, und endlich Konsul von Frankreich in Alexandria.«
»Ein in der Tat recht reiches Leben«, erkannte Mandrino an. »An Ihrer Stelle würde ich über meine Bitterkeit schweigen und dem Schicksal danken, sich so großmütig gezeigt zu haben.«

Drovetti schüttelte nur mit sauertöpfischem Gesicht den Kopf.
»Ihr Nachfolger«, erkundigte sich Scheherazade, »ist der bereits ernannt worden?«
»Offiziell noch nicht. Jedoch alles läßt vermuten, daß es Albert Mimaut sein wird. Müßte mein Stolz auch leiden, gebe ich zu, daß diese Person nicht ohne Qualitäten ist.«
»Und für wann sehen Sie Ihre Abreise vor?« fragte Mandrino.
»In den kommenden Monaten. Drei, fünf, alles wird vom Wohlwollen von Paris abhängen. So spät als möglich, wenn es nur nach mir ginge.«
Er nahm einen neuerlichen Schluck Champagner zu sich und setzte mit einer plötzlichen Leidenschaft hinzu: »Verstehen Sie … Ich liebe dieses Land so sehr. Ich habe ihm annähernd zwanzig Jahre meines Daseins gewidmet. Es ist zu meinem zweiten Vaterland geworden.«
Scheherazade unterstrich im Tonfall liebenswerten Tadelns: »Sagen wir, daß Sie insbesondere den Reiz seiner Antiquitäten geschätzt haben.«
»Teure Freundin, ich bitte Sie! Der Zweck war ganz und gar selbstlos.«
»Bernardino! Sie habe trotz alledem zwei märchenhafte Sammlungen ägyptischer Altertümer zusammengestellt. Die erste ist, von Ihrem Monarchen Charles X. zunächst abgelehnt, von Sardiniens König für das Turiner Museum gekauft worden. Die zweite, die schließlich doch von Charles X. erworben wurde, nimmt einen auserlesenen Platz in Ihrem Louvre in Paris ein.«
Entschlossen, seine Unschuld hinauszuschreien, öffnete Drovetti den Mund, doch Scheherazade beschwichtigte ihn: »Nichtsdestotrotz wird kein Ägypter es Ihnen verargen. Ihre Ratschläge, Ihre nie verleugnete Treue gegenüber dem Vizekönig und den politischen Interessen Ägyptens wiegen vollauf Ihre …«

»… Leidenschaft für die Ägyptologie auf?« legte Drovetti mit vorgeblicher Treuherzigkeit nahe.
Scheherazade mußte herzlich lachen. »Ganz genau, Bernardino.«
»Wie dem auch sei, weiß ich Ihnen Dank, daß Sie sich meiner aufrichtigen Freundschaft sowie meiner Ergebenheit erinnert haben. So steht wenigstens dieser Punkt zu meinen Gunsten.« Er wandte sich zu Mandrino. »Übrigens, mein lieber Ricardo, denken Sie nicht, es wäre an der Zeit, wieder in die diplomatische Welt zurückzukehren? Erst gestern hat Seine Hoheit mir sein Bedauern bekundet, Sie nicht mehr an seiner Seite zu haben.«
Der Venezianer breitete die Hände aus. »Unglücklicherweise sehe ich nicht recht, auf welche Weise ich ihm nützlich sein könnte. Wenn ich auch die Erinnerung gewisser historischer Gesichtspunkte behalten habe, sind diese Begriffe doch allzu dürftig, als das ich mich in irgendwelche diplomatischen Sträuße vorwagen könnte.«
»Sie könnten zumindest versuchen, erneut Fühlung mit den politischen Realitäten aufzunehmen, ganz allmählich wieder mit den Räten des Palasts anzuknüpfen.« Seine Stimme wurde drängender. »Der Himmel ist finster über Ägypten. Der Pascha benötigt Männer des Vertrauens. Männer wie Sie, Ricardo.«
Scheherazade entschied sich einzugreifen. »Sagen Sie mir, wenn ich mich täusche, aber könnte Ihr freundschaftlicher Besuch nicht eine verkappte Mission sein?«
Der Konsul täuschte Überraschung vor. »Was meinen Sie damit?«
»Sollte Mohammed Ali Sie nicht beauftragt haben, Ricardo zu überreden?«
Der Konsul schwieg dazu.
»Völlig ohne Bedeutung«, unterbrach Mandrino, der plötzlich begierig nach Informationen schien. »Erklären Sie mir doch

lieber, weshalb Sie von ›finsterem Himmel über Ägypten‹ sprachen.«

»Am 19. Juli haben Frankreich, England und Rußland im gegenseitigen Einverständnis beschlossen, eine Armee nach Griechenland abzukommandieren, um den Sohn des Paschas zu zwingen, Morea zu räumen. Gott sei Dank endete der Konflikt in der Entsendung eines französischen Expeditionskorps.«*

»Gab es Zusammenstöße?« sorgte sich Scheherazade.

»Nein. Nach tausendundeiner Verhandlung ist ein Abkommen unterzeichnet worden. Es vereinbart den Abzug der ägyptischen Truppen aus Morea mit Ausnahme einiger Festungen, die Herausgabe der von Ibrahim aufgebrachten griechischen Sklaven sowie die Abordnung von Schiffen, um die Rückführung der Armee unter dem Schutz alliierter Geschwader zu gewährleisten.«

»Für wann ist Ibrahims Rückkehr vorgesehen?«

»Wahrscheinlich für Ende Oktober.«

Scheherazade bemerkte bitter: »Somit wird die Hohe Pforte Ägypten einmal mehr in einen fruchtlosen Krieg hineingezogen haben.«

»Ein um so fruchtloserer, als der Sultan von Istanbul sich weigert, Mohammed Ali die geringste Kompensation als Gegenleistung für die erbrachten Dienste zu gewähren.«

»Wenn man Sie so anhört«, meinte Mandrino, »sage ich mir, daß dies alles recht komplex erscheint und auf mich den Eindruck eines ungeheuren Labyrinths macht.«

»Ich würde mich hüten, Ihnen zu widersprechen. Gleichwohl

* Die Angelegenheit sollte am 5. Februar 1830 in der Unterzeichnung eines Protokolls münden, das die Gründung Griechenlands (das, nicht zu vergessen, unter türkischer Herrschaft stand) als souveränen Staat mit allen administrativen, politischen und wirtschaftlichen Rechten sanktionierte.

möchte ich Ihnen zu bedenken geben, daß es eine Zeit gab, in der dieses Labyrinth keinerlei Geheimnisse für Sie hatte.«
Der Venezianer schüttelte den Kopf, als wollte er »Ich habe Mühe, das zu glauben« sagen, und fügte an: »Aber was wünscht der Pascha denn nun eigentlich?«
»Daß man ihn endgültig aus diesem Zustand der Knechtschaft befreie, in den ihn seine Stellung als Vasall Istanbuls zwingt. Hierfür gibt es kaum Alternativen: Die Alliierten müssen einen Schlußpunkt hinter ihre Ausflüchte setzen und die Unabhängigkeit Ägyptens anerkennen.«
»Und dazu ringen sie sich nicht durch.«
Drovetti bestätigte es.
»Und Frankreich?« entgegnete Scheherazade. »Ich weiß, welchen Platz es in Mohammed Alis Herz einnimmt. Könnte es nicht handeln?«
»Sie haben meine Aufopferung für die ägyptische Sache erwähnt. Womit Sie wohl recht haben. Doch ich würde hinzufügen, es ist auch die Sache meines Landes, für die ich in der Überzeugung eingetreten bin, daß die eine untrennbar mit der anderen einhergeht: Mohammed Ali braucht den französischen Genius, um seine Macht auszubauen; Frankreich braucht Mohammed Ali, um den anglo-russischen Einfluß aufzuwiegen.«
»Dies hat wenigstens den Vorzug, klar und deutlich zu sein. Nur, weshalb wendet Ihr Land diese Politik nicht klar und deutlich an?«
Der Konsul verzog betreten das Gesicht. »Weil nichts einfach ist. Genau dieselben, welche die Entwicklung Ägyptens predigen, beharren darauf, daß diese Entwicklung in äußerst eng gesteckten Grenzen verbleibe.«
Mandrino hob die Augenbrauen. »Wenn ich Sie richtig verstehe, möchte man zwei gegensätzliche Prinzipien ins Werk setzen: auf der einen Seite das Wachstum Ägyptens, auf der anderen dessen Schwächung! Frankreich zaudert, macht Winkelzüge, und in

der Zwischenzeit dann sind es die Engländer, die das Terrain besetzen. Gestehen Sie ein, daß diese Politik bar allen Sinns ist.«
»Mein lieber Ricardo, wenn man die politische Welt zu bezeichnen wünscht, wird absurd ein Pleonasmus. In Wahrheit nämlich steht die gesamte Orientfrage zur Debatte, das heißt die Aufteilung des Osmanischen Reiches. Jede Großmacht wünscht ein Stück des Kuchens und strebt naturgemäß danach, sich das größte zuzubilligen. Um das Ganze noch zu komplizieren, hat Rußland beschlossen, im Alleingang zu handeln und den in Navarino gegen die Pforte begonnenen Krieg fortzusetzen, um so Europa zu überrunden.«
»Wie reagiert der Sultan angesichts dieser Bedrohung?«
»Wie eh und je ist Mahmud II. Opfer seiner Illusionen. Er hofft auf den eventuellen Bruch der Allianz der drei Mächte und rüstet sich, dem Zaren eine Schlacht zu liefern.«
»Wenn er das Ende des Osmanischen Reiches wollte, würde er sich nicht besser anstellen.«
»Das ist auch der Eindruck Mohammed Alis. Es vergeht kein Tag, an dem er nicht versucht, die Pforte vom Rande des Abgrunds zurückzuhalten, weiß er doch, daß Ägypten, bis aufs Blut ausgesaugt, wieder einmal die Kosten dieses neuerlichen türkischen Wahnwitzes bezahlen müßte. Im übrigen braucht man ja nur die Botschaften zu überfliegen, die aus Richtung Istanbul herbeiströmen, um vollends überzeugt zu werden. Noch vor ein paar Tagen forderte der Sultan den Vizekönig auf, ihm zwei Millionen spanische *talari* als Beitrag zum russisch-türkischen Krieg auszuzahlen, und zudem verlangte er die sofortige Entsendung eines Truppenkontingents.«
Drovetti stieß einen betrübten Seufzer aus, bevor er schloß: »Sie verstehen nun, weshalb ich Ihnen sagte, Seine Hoheit benötige dringendst die Unterstützung wahrer Freunde und talentierter Ratgeber.«
Scheherazade beeilte sich zu antworten: »Wir verstehen. Indes«

– ihre Hand schloß sich um die ihres Gatten – »glaube ich nicht, daß Ricardo imstande wäre, an diese Welt wieder anzuknüpfen. Er hat bereits Jahre dem Dienst Ägyptens gewidmet und sein Bestes gegeben.« Sie brach kurz ab. »Ich bitte Sie, trachten Sie nicht danach, mir das wegzunehmen, was Gott mir zurückgegeben hat.«
Sie beugte sich zu Mandrino, um seine Zustimmung zu erhalten. Doch er war ganz in Gedanken verloren. Er hatte ihr nicht zugehört.

Die Nacht hatte sich über das Anwesen von Sabah gelegt.
Auf dem Fenstersims ihres Zimmers sitzend, malte Giovanna sich in der Ferne das trübselige Gewand der Wüste aus.
Dort hinten, in den Stallungen, dürfte Shams, das herrliche Pferd, das Mandrino ihr zum letzten Geburtstag geschenkt hatte, in trübseliger Melancholie eingeschlummert sein.
Ricardo war nicht wie versprochen gekommen.
Er war geschlafen gegangen, ohne ihr gute Nacht zu sagen. Nun schlief er wahrscheinlich an Scheherazades Seite.

26. September 1828,
Isthmus von Suez

Joseph pustete mehrfach sacht ins Feuer. Sogleich nahm die Glut das Aussehen eines blutroten pochenden Herzens an. Befriedigt ging er zurück und setzte sich neben Linant de Bellefonds.
Um sie herum die wüste Weite. Über ihnen die Nacht und ihre im Unendlichen schwebenden pudrigen Konstellationen. Drei Zelte, die die Arbeiter und die Ausrüstung beherbergten, stachen dreieckige Schatten ab. Einen Schauder unterdrückend, zog Linant die Wolldecke über seine Schultern und streckte seine gespreizten Finger zum Feuer hin.
»Es ist eigenartig, wie das Meer und die Wüste einiges gemein

haben können. Ich, der ich lange Seemann war, entdecke erstaunliche Ähnlichkeiten.«
»Ich bin noch nie auf See gewesen, aber ich kann es mir leicht vorstellen.«
Auch Scheherazades Sohn näherte seine Hände nun den Flammen.
»Wenn ich bedenke, daß wir, bis auf wenige Monate Unterschied, im selben Alter sind und du bereits tausend Abenteuer erlebt hast! Ich werde nie aufhören, dich zu beneiden, Linant.«
»Ich glaube, ich hatte einfach nur das Glück, von einem Marineoffizier als Vater großgezogen worden zu sein und mein Kadetten-Patent sehr früh erhalten zu haben.«
»Neufundland, Kanada, Amerika! Die großen Weiten, die Sonne und der Frost. Du dürftest dir für die kommenden Jahre einen Vorrat an Träumen angelegt haben.«
»Von Träumen vielleicht. Von Erfahrungen gewiß.«
Joseph stand auf, tat einige Schritte und fuhr fort, die Finsternis erkundend: »Wenn ich jedoch ehrlich sein möchte, würde ich dir gestehen, daß mein Neid in Wahrheit nur vorgetäuscht ist. Wohin ich auch gehen mag, ist es die Wüste, die stets den größten Raum in meinem Herzen einnehmen wird. An dem Tag, an dem ich mir wahrhaftig dieser Unendlichkeit bewußt geworden bin, hat sich alles in mir verändert, da für den, der zu hören und zu sehen versteht, die Wüste eine magische Kraft besitzt.«
Linant trat zu seinem Freund hin, während jener hinzufügte: »Sie macht das Kind zum Mann, indem sie ihm das Jünglingsalter erspart. Der Erwachsene besitzt keine Maßlosigkeit mehr, man hat ihm seine Tollheit genommen.«
»Was auch erklärt, weshalb irgendwann, vor langer Zeit«, entgegnete Linant nachdenklich, »über Ägypten nur Kinder herrschten. Kinder, die phantastisch genug waren, um hinter diesen Dünen einen Kanal dahineilen zu lassen ... Zweitausend Jahre vor unserer Zeitrechnung.«

Er machte eine Pause, in der die von Osten wehende Brise mit ihrem Gesang einsetzte.
»Hier haben sich die Arbeiter von Sesostris zu schaffen gemacht. Mit Hilfe einfacher Werkzeuge haben sie die Wellen heißen Sands gebrochen und es geschafft, die lange Wunde zu graben, auf deren Grund sich eines Tages dann die Wasser zweier Meere vermischten.«
Beinahe flüsternd, fügte er an: »Vielleicht waren es ähnliche Nächte wie diese, in denen die Nachen der Pharaonen dahinsegelten.«
»Vom pelusischen Arm zum Timsah-See, nach Süden vorstoßend, um schließlich in das Rote Meer zu münden. Du siehst, ich kenne den Verlauf dieses Wasserweges auswendig.«* Er kniete nieder, ergriff eine Handvoll Sand. »Lange Zeit danach haben diese jahrtausendealten Körner über Sesostris' Bauwerk die Oberhand gewonnen. Hierauf mußten zehn Jahrhunderte abgewartet werden, bis aus Palästina ein neuer Pharao, Necho, kam, damit die Fluten erneut ihren Lauf nahmen.«
»Zum Preis von hundertzwanzigtausend Menschenleben. Falls Herodot die Wahrheit gesagt hat.«
Joseph vervollständigte, um nicht ins Hintertreffen zu geraten: »Darius I. nahm die Schlacht der beiden Meere wieder auf. Fünfzig Jahre darauf, zum Ende seines Reichs, war der Kanal nur zur Hälfte ausgeschachtet. Trajan hat ihn schließlich zwei Jahrhunderte nach Christus vollenden lassen. Noch später dann war es Harun ar-Raschid, dem die Ehre der allerletzten Wieder-

* Der Nil teilte sich derzeit in drei Arme, von denen heute nur noch zwei fortbestehen. Der dritte ergoß sich in Höhe des alten Hafens von Pelusium ins Meer. Von diesem dritten, »pelusischen« genannten Arm aus ließen die Pharaonen ihre Kanäle graben, die im Osten des Timsah-Sees zusammenflossen, bevor sie nach Süden zu den Bitterseen vorstießen und weiter, über einen zusätzlichen kleinen Kanal, zum Roten Meer.

herstellung zufiel. Seither schlummert er. Und wartet auf die Rückkehr der Pharaonen.«
»Oder aber auf die anderer Kinder ...«
Joseph erhob sich wieder. »Sag mal, Linant, glaubst du wirklich, dieser Entwurf einer direkten Verbindung zwischen den beiden Meeren ist realisierbar? Du weißt besser als jeder andere, daß er zahlreiche Hindernisse birgt, bei denen man nicht so recht absieht, wie sie überwunden werden könnten. Um nur ein Beispiel zu nennen: die unterschiedlichen Meeresspiegel. Wenn Darius seine Arbeiten unterbrach, dann doch nur, weil seine Ratgeber ihn davor warnten, der Durchstich des Isthmus drohe eine ungeheure Flutwelle auszulösen, die Ägypten überschwemmen würde. Aus jüngerer Zeit gibt es noch die Denkschrift von Le Père.* Ihm zufolge stünde das Rote Meer um 9 Meter höher als das Mittelmeer.«
»Wie du habe ich die Vorarbeit, die von Bonapartes Ingenieur verfaßt wurde, aufmerksam gelesen. Le Père irrt sich vielleicht, wenn er behauptet, es gebe diesen Höhenunterschied. Wie auch immer, selbst wenn dies der Fall wäre, würde uns nichts daran hindern, eine direkte Trasse zu erwägen. Es würde genügen, die Niveauunterschiede mit einem Schleusensystem auszugleichen. Ich bin überzeugt, er ist durchführbar. Von den topographischen Erfassungen, die wir hier vornehmen werden, erwarte ich, daß sie meine Theorie bestätigen.«

* Während der französischen Expedition in Ägypten hat Jacques Marie Le Père (nicht zu verwechseln mit *le Père* Enfantin) auf Bonapartes Anweisung die Nivellierung des Isthmus von Suez vorgenommen, eine Vorarbeit zur Planung einer Kanaltrasse, sei es nun als direkte Verbindung von einem Meer zum anderen oder als Abzweigung zum Nil. Die Denkschrift, in der Le Père das Ergebnis seiner Arbeiten niedergelegt und seine Schlußfolgerungen formuliert hat, wurde unter dem I. Empire in dem Sammelwerk mit dem Titel *Description de l'Egypte* [Beschreibung Ägyptens] veröffentlicht.

»Willst du, daß ich dir etwas im Vertrauen gestehe? Eine Vorahnung sagt mir, daß du recht hast.«
Linant schien überrascht.
»Man kann nicht derart die Welt bereisen, wie du es getan hast, ohne daß die Natur oder Gott – was dasselbe ist – einem die Gabe des sechsten Sinns gewährt.«
»Der Glaube des Orientalen ...«
»Bin ich nicht einer?«
»So sollte es dieser Glaube sein, der dich getrieben hat, mich ohne das geringste Zögern zum Isthmus zu begleiten?«
»Ja.«
»Und du wirst mich weiterhin unterstützen, was immer auch gesehen möge, welche Schwierigkeiten uns auch begegnen werden? Selbst wenn wir uns gegen die anderen Ingenieure, diese aus den großen Schulen hervorgegangenen Herrschaften, stellen müßten?«
»Ja.«
Linant führte seine Hand nacheinander an Brust, Lippen und Stirne.
»Joseph, mein Freund ... mein Herz, meine Rede und mein Denken sind dir gewiß.«

11. Kapitel

Ménilmontant, Februar 1829

Die Dämmerung war kaum angebrochen und umhüllte das Geburtshaus von *Père* Enfantin. Die Temperatur war außerordentlich mild für die Jahreszeit, der Himmel klar.

Auf seinem Bett ausgestreckt, war Emile Barrault noch immer tief ergriffen infolge der Gemütsbewegung, die die Nacht, die er gerade durchlebt, in ihm hervorgerufen hatte. Er blieb noch eine Zeitlang so liegen, trat dann zum Fenster. Die Läden aufstoßend, schöpfte er tief Atem. Es schien ihm, als führe ein smaragdenes Meer in seine Adern. Dreißig Jahre zuvor hatte er das Licht der Welt auf der Insel Mauritius erblickt, und seither lebte das Andenken dieses Eilands mit ungebrochener Beständigkeit in ihm fort.

Seine Lider hoben sich. Er beschaute den Himmel, und das Gesicht von einem mystischen Ausdruck beseelt, sog er alles Blau in sich auf, das von ihm ausging. Die Offenbarung, die ihn in dieser Nacht getroffen hatte, war wunderbar, sie würde die Zukunft seiner saint-simonistischen Brüder umwälzen. Die einzige Frage, auf die er nicht zu antworten vermochte, war das Weshalb. Weshalb hatte man ausgerechnet ihn, Emile Barrault, auserkoren, um die göttliche Botschaft zu empfangen? Ihm, dem Gymnasiallehrer für Literatur am Collège von Sorèze, mit dem wahren Talent zum Prediger versehen, war es zwar gelungen, den Saint-Simonismus in die Strömung der literarischen Romantik einfließen zu lassen. Doch rechtfertigten seine bescheidenen Verwirklichungen, daß der Göttliche sich zu ihm herabneigte? Gleichviel. Was frommte es, die Wege des Herrn ergründen zu wollen? Eine Mission war ihm aufgetragen worden, er durfte

nicht weiter zaudern. Er mußte die Neuigkeit augenblicklich dem *Père* überbringen.
In aller Eile zog er seine Kleidung über und verließ das Zimmer. Das Haus schlummerte noch.
Ohne einen Laut durchquerte er den Speiseraum und trat in den Flur, der ihn zum Zimmer des Obersten Führers brachte.

In einem Sessel versunken, lauschte Prosper Enfantin aufmerksam dem Bericht seines Jüngers. Als jener geendet hatte, schlug er die Hände kraftvoll zusammen.
»Somit bestätigst du also die Vorahnungen, die ich über all die Jahre mit mir getragen habe; im Grunde, seit ich unserem vielgeliebten Comte de Rouvroy nachgefolgt bin. Sie haben sich im Laufe der letzten vierundzwanzig Stunden zusehends bedrängender gezeigt, doch ich wagte nicht, mit irgend jemandem darüber zu reden.«
Er verstummte, fragte dann mit einem Deut Bangigkeit: »Glaubst du wirklich, man könne sich in der Weise an uns wenden?«
»Ja, *Père*. Es gibt Wahrheiten, die von anderswoher auf uns kommen und die das Heilige in sich bergen.«
Emile Barrault skandierte mit Ingrimm: »Die Stimme hat es gesagt: In Ihnen ist Jesu Christi zur Hälfte leibhaftig! Die andere Hälfte harrt insgeheim ihrer Stunde im Körper einer Frau, einer noch unbekannten Frau, die jedoch Ihre Gemahlin werden wird! Beide vereint, werden Sie die neue Gottheit bilden!«
»Und diese Frau wäre *la Mère*, die Mutter.«
»Die Befreierin aller Frauen.«
Mittlerweile beschien die Sonne den Hügel* und seine Gäßchen, und der Raum war voller Licht.

* Ménilmontant, zur Zeit eine selbständige Gemeinde und heute zum XX. Pariser Arrondissement gehörend (s. Père-Lachaise), liegt über 100 m hoch. *(Anm. d. Übers.)*

»Die Schwierigkeit liegt in der Suche«, wandte Enfantin ein. »In welchem Teil der Welt werden wir sie finden?«
Emile Barrault antwortete ohne das geringste Zögern: »Von den Frauen des Okzidents ist nichts mehr zu erwarten. Sie sind zu eifersüchtig auf die Unabhängigkeit bedacht, die ihnen die Christliche Jungfrau übertragen hat. In Wahrheit erheben sie Anspruch auf eine Freiheit, die sie bereits errungen haben, doch sie sind unfähig, ihre ureigene Funktion in der Vereinigung mit dem Manne zu begreifen.«
»Aha ...«
»Im Orient, dort werden wir sie finden. Dort nämlich harrt die neue Maria.«
Er setzte eine Pause und vertraute ihn an: »Ich glaube, sie ist Jüdin.«*
Da sein Gesprächspartner eine bedächtige Miene aufsetzte, hielt er es für gut hervorzuheben: »In jedem Falle kann sie nur eine Orientalin sein. Dank Ihrer Vereinigung wird das Mittelmeer das Hochzeitslager des Orients und des Okzidents, die bisher entzweit waren.« Seine Stimme begann zu beben. »In dieser Botschaft steckt der Gehalt einer Prophezeiung. Daß sie sich erfüllen möge!«
Von der Inbrunst seines Jüngers eingenommen, richtete sich *Le Père* in seiner ganzen Größe auf und erklärte mit emphatischer Begeisterung: »Barrault! Reich mir deine Hand über die Meere hinweg. Du hast mich den Töchtern des Orients angekündigt: Sie werden mich schauen! Ich schwöre es bei der Sichel ihres silbernen Mondes, der heute das Antlitz meiner goldenen Sonne geküßt hat.«**
Der Jünger, zu Tränen bewegt, ergriff fiebrig die Hand seines

* Die Bekundung erklärt sich vielleicht aus der Tatsache, daß Emile Barrault jüdische Frauen als Mätressen hatte. Ebenso war seine Gattin Jüdin.

** *Le Père* an Barrault: *Livres des Actes*, S. 83ff.

Oberen und küßte sie, von seinem Überschwang mitgerissen.
»Es ist kein Augenblick mehr zu verlieren. Nach Art der Prediger der Kreuzzüge werden wir unserer Suche das Höchstmaß an Widerhall verleihen müssen. Überall in Frankreich, und mit dem *Midi* beginnend, werdet ihr die Nachricht verbreiten. Sie wird unsere Einschiffung gen Orient vorbereiten.«
»So wird es geschehen.«
Enfantin tat ein paar Schritte, sich wie eine Katze wiegend, wirbelte dann herum und umfing Barraults Arm.
»Darf ich dich um eine Gunst bitten, Emile?« Er hatte seine Stimme um einen Ton gesenkt. »Meiner Meinung nach wäre es verfrüht, unseren Brüdern oder wem auch immer, unser Gespräch weiterzugeben. Es wäre eitel, meine Halb-Göttlichkeit zu enthüllen, solange die Gemahlin nicht erschienen ist.«
Barrault versprach mit feierlichem Ernst: »Bauen Sie auf meine Verschwiegenheit, *Père*. Die großen Mysterien dürfen nur zur rechten Zeit und zur rechten Stunde und einzig mit den Geschöpfen geteilt werden, die bereit sind, sie anzunehmen.«

Corinne Chedid schloß die Zimmertür und sank auf ihr Bett nieder, während sie die Schluchzer zu bändigen suchte, die ihren Körper schüttelten. O Gott, wie es schmerzte. O Gott, welch bitteren Geschmack der Verrat doch hatte. Durch die Glastür, die sich zum Gärtchen hin öffnete, zeichneten sich die gräulichen Dächer von Paris ab. Sie kannte diesen Anblick auswendig. Wie sie auch alle Einzelheiten dieses Besitzes kannte, in dem sie, von Judith Grégoire und ihrem Gatten verleitet, seit bald drei Monaten lebte. Die Hauptgebäude, der Hof, der Pavillon, der Kiosk, die Lindenalleen waren ihr ebenso vertraut geworden wie das Haus in der Rue des Petits-Champs.
Beim ersten Mal, als das Paar ihr vorgeschlagen hatte, sie zu begleiten, war sie versucht gewesen, es abzulehnen. Sehr rasch

hatten die Vorstellung des Alleinseins und die Furcht, jenen Kummer zu bereiten, die sie als ihre Wohltäter erachtete, sie ihre Meinung ändern lassen.
Obschon sie in den ersten Wochen ein gewisses Unbehagen verspürt hatte, dieses gemeinschaftliche Leben zu teilen, hatte sie sich doch nicht erwehren können, von der Hingabe der Mitglieder, deren Großzügigkeit angerührt zu werden; angerührt hatte sie auch, festzustellen, in welchem Maße die sozialen Unterschiede hier aufgehoben waren. Jene Männer, jene Frauen zu beobachten, von denen viele durch ihre Geburt oder ihren Beruf zu den Eliten gehörten, die höchstselbst die niedrigsten häuslichen Pflichten verrichteten, hatte ihr Herz mit milder Freude erfüllt.
Unmerklich war sie schließlich dazu übergegangen, etliche ihrer Ansichten zu teilen, und hatte das Gefühl gewonnen, den menschlichen Geschöpfen mit neuer Liebe begegnen zu können. Desgleichen hatte sie begonnen, die aufeinanderfolgenden Redner – an denen wahrhaftig kein Mangel war – mit größerer Aufmerksamkeit und weniger Vorurteil anzuhören. Insbesondere einer von ihnen, Charles Lambert – der mit der theologischen Ausführung des neuen Dogmas betraut worden war –, hatte sie mehr denn irgendein anderer beeindruckt. Er sprach von Gott auf solch gehobene, solch überzeugte Weise, daß er einen nicht unempfindlich ließ.
Im Laufe der letzten Tage dann war das bei ihrer Ankunft verspürte Unwohlsein an die Oberfläche getreten. Zunächst hatte sie rasch gewechselte Blicke ertappt – obgleich der Begriff verstohlener Seitenblicke angemessener gewesen wäre. Dann waren es Berührungen gewesen, flüchtig sich streifende Hände, Wangenküsse – von allzu eindringlicher Art, als daß sie bar aller Hintergedanken gewesen wären. Ebenso viele Hinweise, die nach Verrat schrien: Judith und der heilige Theologe Charles Lambert waren wahrhaftig ein Liebespaar. Die treue Freundin,

eine Verkünderin einer edlen Moral, war bloß eine banale Ehebrecherin.
Was Charles Lambert betraf, den bewundernswerten Prediger, war dieser noch verdammenswürdiger. Corinne hatte stets gewußt, daß er zur Gefährtin eine Frau – von hohem Wert, wie man munkelte – mit Namen Pauline Roland hatte. Was ihr im Gegenzug fremd gewesen war und sie erst kürzlich erfahren hatte, war, daß der Gottesmann in der Person einer Saint-Simonistin der ersten Stunde eine Mätresse mehr besaß: nämlich Suzanne Voilquin! Pauline, Suzanne, Judith …
Wenn die Protagonisten ihr Spiel noch verheimlichten! Doch ganz im Gegenteil, sie schienen eine wahre Wollust zu empfinden, ihre diversen Liaisons zur Schau zu stellen.
War dies also die von Vater Enfantin gepredigte Freiheit? Mußte die Emanzipation der Frau, im Namen der *neuen sexuellen Moral*, mit der Preisgabe jeglicher Scham, jeglichen Prinzips einhergehen?
Corinne hielt es einfach nicht mehr aus und hatte, von einem Gefühl des Erstickens befallen und überzeugt, daß ihr eigenes Blut früher oder später von dieser verderbten Luft beschmutzt werden würde, beschlossen, mit Judith zu reden. Vor kaum einer Stunde. Sie hatte ihr Herz ausgeschüttet, sie hatte gewartet, gehofft, in den Antworten ihrer Freundin einen Quell der Besänftigung zu finden.
»Mein Schatz … Öffne doch deine Augen. Die Sexualität darf dem sozialen Urteil nicht länger unterworfen sein, es hat keinen Bestand mehr und gehört einer anderen Zeit an. Das Begehren muß sich ohne Hemmnis äußern. Das des Mannes behauptete sich bereits. Fürderhin ist an der Frau, sich ihrerseits zu entfalten und ihre offenbarte Sinnlichkeit vollends zu leben.«
»Aber … wie steht es um die Liebe? Die Wahrung des heiligen Versprechens?«

»Da existiert keinerlei Widerspruch, sofern die Freiheit eines jeden geachtet wird.«
»Demnach wäre Freiheit gleichbedeutend mit … Polygamie?«
Judith hatte jene bestürzende Antwort entgegnet: »So lautet das neue Gesetz. Das Teilen der Einkünfte ist nicht schimpflicher als das der Lust …«
Darauf war sie geflohen. Geflohen, um Judith Grégoire nicht mehr sehen, diese Worte nicht mehr hören zu müssen, die ihrer Erziehung so heftig zuwiderliefen.
Sie unterdrückte den letzten Schluchzer und wischte sich mit dem Ärmel ihre tränenüberschwemmten Wangen ab. Das Bild Samiras erschien ihr, wie von einem zersprungenen Spiegel zurückgeworfen. Ganz naturgemäß dachte sie an den Beruf der Kurtisane zurück, welcher der ihre gewesen war. Obwohl sie sich stets gehütet hatte, die geringste Verurteilung auszusprechen, hatte sie ihn lange für wenig löblich gehalten. Heute jedoch, im Vergleich zur Moral jener Menschen, die sie umgaben, fand sie ihn erstaunlich unverdorben. Ihre Mutter hatte keine Wahl gehabt. Sie hatte kämpfen müssen, als Fremde in einer fremden Stadt, mit der Verantwortung für ein großzuziehendes Kind. Jedesmal wenn sie ihren Körper hingegeben hatte, geschah dies allein, um zu überleben. Während es sich hier um etwas ganz anderes handelte: die fleischliche Lust aus reinem Vergnügen, im Namen einer vorgeblichen Emanzipation, die sich zum Gesetz erhob. Als ob der Mensch, um sich zu entehren, des Verderbens von seinesgleichen bedurft hätte.
Wie düster die Gegenwart doch war, um wieviel schwärzer noch die Zukunft schien! Corinne empfand Schmerz. Sie fühlte sich wie gefesselt, außerstande, den geringsten Entschluß zu fassen. Schlimmer noch, sie hatte den Eindruck, beschmutzt zu sein. Sie versuchte, Ordnung in ihre widersprüchlichen Gedanken zu bringen, die in ihrem Geist tobten. Wenn sie dieses Haus doch

nur hätte verlassen können! Aber wohin hätte sie gehen sollen? Ohne Geld, ohne Arbeit, mehr Waise denn je. Sie hatte Lust, zu schreien, nach draußen zu stürzen und die abschüssigen Gäßchen hinunterzustürmen, die ihr Band ins Unbekannte entrollten.

Sie fuhr hoch. Man hatte geklopft. Sie hatte keine Zeit zu reagieren, der Flügel schwang auf. *Père* Enfantins Silhouette erschien.

Corinne überkam ein Fluchtreflex, wie von Entsetzen gepackt, während der Oberste Führer mit affektierter Stimme erklärte: »Liebe Tochter, ich denke, daß wir uns einiges zu sagen haben ... Komm doch in mein Studierzimmer, ich bin bereit, dich anzuhören.«

Alexandria, Ras-el-Tin-Palast,
März 1830

Giovanna rekelte sich auf dem Rasen und atmete in vollen Zügen von *fol** und Jasmin ein, der die Gärten Mohammed Alis balsamisch erfüllte. Jedesmal wenn ihre Eltern sich in den Palast begaben, kam sie hierher, um auf den mit Tamarisken und Rosenlorbeer gesäumten Wegen Zuflucht zu suchen.

Das Antlitz der sich neigenden Sonne dargeboten, spürte sie mit Wonne die Liebkosung des Lichts und die laue Wärme des Grases unter ihrem Körper. Malvene und goldene Streifen waren am Horizont aufgetaucht, in ihrer Furt den Wagen der Dämmerung heranführend. Giovanna behielt die Augen auf den Himmel geheftet. Sie hoffte, dort oben ein Zeichen zu finden, das ihren Weltschmerz besänftigen würde, eine Brücke, die ihr erlaubte, die Kluft zu überwinden, die sie von ihrer Mutter und bald von ihrem Vater trennte. In dem Maße, wie ihre Eltern sich einander wieder näherkamen, entfernten sie sich von ihr. Bei

* Im Orient anzutreffende Jasminart mit schwerem Duft.

jedem wiedergefundenen Gedächtnisfragment vergaß man ein wenig von ihr, Giovanna. Wie lange noch? Würde sie ihrerseits denn erst in einer anderen Bucht von Navarino sterben müssen, damit man wahrnähme, daß sie existierte?
Sie hatte sich erhoben. Mit nervöser Bewegung strich sie die Falten ihres Kleides glatt und schlug die Richtung zum Palast ein. Einige Meter tiefer strömte das ruhige Meer zu den phosphornen Lichtern des Hafens. Eine Steinmole warf ihren grauen Umriß auf die Wasseroberfläche. Ein Segelboot war daran festgemacht, das von den Wellen gewiegt träge schwankte. Sie betrachtete zerstreut das Schiff, während sie ihren Gang fortsetzte. Plötzlich, als sie schon in die große, zum Palast führende Allee biegen wollte, wurde sie sich bewußt, daß Militärs entlang der Mole in strammer Haltung aufgereiht waren, als warteten sie darauf, vor irgendeiner hochrangigen Persönlichkeit das Gewehr zu präsentieren. Zu dieser Stunde? Vom Pascha abgesehen, fiel ihr niemand ein, der dieses Empfangs hätte würdig sein können. Und Mohammed Ali traf mit Mandrino zusammen.
Aus Neugierde betrat sie den Pfad. Von der Stelle aus, an der sie nun stand, konnte sie die Gestalten, die an Deck des Seglers hin- und hergingen, besser erkennen. Stimmenfetzen stiegen zu ihr auf, vom Wellenschlag überlagert. Sie beschloß, noch näher heranzugehen.
Sie erreichte den Strand. Gischtfransen streiften ihre Fesseln. Sie zog ihre Sandalen aus und schritt barfuß weiter. Sehr bald war sie am Rande der Mole. Einige Steinstufen konnte man hinaufsteigen, die sie auch erklomm, ohne sich um die Militärs zu kümmern, welche, noch immer in hieratischer Habachtstellung erstarrt, ihre Anwesenheit nicht wahrgenommen zu haben schienen. Von der Sonne geblendet, die ihr gegenüber zum Horizont herniedersank, hielt sie die Hand vor die Stirn, um den Segler zu erforschen. Jene, die sich

an Bord befanden, behielten den Blick unverwandt auf den Bug, genauer gesagt, auf das Bugspriet gerichtet. Im ersten Moment fragte sie sich, was sie wohl derart betrachten konnten. Dann sah sie es selbst: ein Körper, zwischen Himmel und Erde, war mit dem Baum verschmolzen. Seinen Leib umschnürte ein Tau, dessen Ende mit einem an der Spitze des Bugspriets eingelassenen Ring verbunden war, was zweifelsohne einem möglichen Sturz vorzubeugen gestattete. Die Dämmerung, die das Panorama mit dunklen Tupfen auszumalen begonnen hatte, ließ die Sicht undeutlich werden, doch Giovanna hätte geschworen, daß jener Mensch dort droben litt. Langsam, Ruck um Ruck, kletterte er schließlich wieder zum Deck hinunter. Man hörte, wie er schnaubte, keuchte, innerlich vielleicht fluchte. Nach einer Weile, die ihm wie eine Ewigkeit erscheinen mußte, erreichte er die Planken, und in einer aller Anmut eher beraubten Bewegung ließ er sich niederfallen. Durch die langgestreckten Schatten des Abends hindurch vermittelte sich Giovanna der Eindruck, es handelte sich dabei um einen Zwerg, so schmächtig war die Gestalt.
Einiger Beifall ertönte. Jemand eilte hinzu und half ihm, wieder auf die Beine zu kommen. Man warf ein Handtuch über seine Schultern. Ein anderer tupfte den Schweiß ab, der sein Gesicht überschwemmte.
Was verwunderte, war die Ehrerbietung, mit der all diese Leute sich um die Person zu schaffen machten. Endlich betrat jener mit erbarmenswert gebeugten Schultern die Anlegebrücke. Die aufgereihten Militärs erstarrten etwas mehr. Eine Stimme bellte einen Befehl.
Ohne daß sie sich dessen bewußt geworden war, hatte Giovanna den ersten Soldaten erreicht, der die Reihe abschloß. Von zwei Männern mit martialischem Gebaren eingerahmt, schritt die Person die Mole hinab.
Erst jetzt begriff Giovanna, daß es sich nicht um einen Zwerg,

sondern um ein Kind handelte. Ein Kind von acht oder neun Jahren. Kaum älter. Was vor allem ins Auge fiel, war seine Korpulenz; es war eher gut im Futter. Und dann waren da noch seine Hände. Beinahe die Hände eines Mannes.
Es war nur noch ein paar Schritte entfernt. In Wahrheit schleppte es sich mehr dahin, als daß es schritt. In dem Maße, wie das Kind näher kam, konnte Giovanna seine Züge deutlicher erkennen. Es hatte ein volles, ziemlich rundes Gesicht, von lockigem kastanienbraunem Haar umkränzt. Alles in allem ein gewöhnliches Gesicht. Es waren seine Augen, in denen alles geschrieben stand. Eine Farbe vibrierte darin, die an das aufgewühlte Wasser des Nils erinnerte: ein Rotbraun, fast schon ein Bister. Und Giovanna sagte sich, daß sie niemals vergessen würde, was sie in ihnen entdeckte: vollkommene Indifferenz gegenüber jeglicher Ermunterung, völlige Nostalgie, die totale Einsamkeit im Angesicht der Welt, die das Kind umgab.
»Königliche Hoheit ... Vergeben Sie mir«, bat einer der Männer, die an der Seite des Kindes gingen. »Sie müssen den Schritt beschleunigen, sonst wird die Übung unvollständig sein.«
Es verzog das Gesicht, mühte sich, schneller zu gehen.
»Gerader, Königliche Hoheit, Sie müssen sich gerader halten. Die Schultern lockerer!«
»Ja, Omar ... Ja ... Ich tue, was ich kann.«
»Sie sind der Prinz. Ein Prinz kann alles. Die Schultern lokker!«
Das Kind versuchte sein Bestes, die Empfehlung in die Tat umzusetzen. Aber bei Gott, wie es litt!
»Ziehen Sie den Bauch ein.«
Der Knabe schnappte tief Luft und hielt den Atem an; ohne große Wirkung.
Mit einem Mal erblickte es sie. Erkannte er, daß ihr Herz

gerührt war? Sie sah, daß er leicht von seinem Weg und der auferlegten Körperhaltung abwich, um sich ihr zu nähern.
»Exzellenz«, wunderte sich der Folterknecht, »wo gehen Sie hin?«
Er schien ihn nicht zu hören.
Er war vor Giovanna angelangt.
»Guten Abend«, sagte er leise.
»Guten Abend.«
»Wer sind Sie?«
»Mein Name ist Giovanna. Giovanna Mandrino. Und wer sind Sie?«
Er wirkte überrascht.
»Ich bin Said. Said Pascha. Der Thronprinz.«
Sie lächelte ihm zu.
»Der Sohn Mohammed Alis?«
Er bejahte mit anrührend feierlichem Ernst.
»Exzellenz«, flüsterte der Folterknecht. »Es wird spät. Ihr Präzeptor, Monsieur Koenig Bey*, erwartet Sie.«
Er schien sich nicht in den Aufbruch fügen zu wollen, von einer mysteriösen Anziehung zurückgehalten. Unüberlegt einem inneren Antrieb nachgebend, den zu bestimmen sie unfähig gewesen wäre, beugte sie sich über den kleinen Prinzen und drückte ihm einen Kuß auf die Stirn.
Jäh beseelte ein erstaunter Ausdruck das Gesicht des Jungen. Sie spürte, daß man sie trennte. Als er das Ende der Mole erreichte, schaute er ihr noch immer nach, das Gefühl vermittelnd, als wollte er seinem Geist den Eindruck eines geliebten Antlitzes für immer einprägen.

* Die Erziehung des jungen Said war europäischen Lehrern anvertraut worden. Koenig war Franzose. Said sprach fließend Französisch und Englisch, aber auch Türkisch, Arabisch und Persisch.

Mehr als drei Stunden waren sie nun bereits im großen Saal des Diwan* versammelt. Drei Stunden, in deren Verlauf die Atmosphäre stetig drückender, schließlich erstickend geworden war.
In Sesseln von damastenem Samt gelehnt, befanden sich dort Henry Salt, der Konsul Englands, Bernardino Drovetti, Konsul von Frankreich, und zwischen den beiden Diplomaten Boghossian, Minister für Auswärtige Angelegenheiten.
Ricardo Mandrino war im Hintergrund des Saals geblieben, hinter aufmerksamem Schweigen verschanzt.
Mohammed Ali ließ mit einer Stimme fallen, in der man ungenügend verhaltene Gereiztheit wahrnahm: »Nein, Herr Salt, ich wiederhole es Ihnen nochmals, Ägypten wird Istanbul keinen Beistand leisten.«
»Diese Weigerung, die Sache des Sultans Mahmud gegen eine wahrscheinliche Invasion der Türkei durch die Armeen des Zaren zu unterstützen und verteidigen, könnte nur auf das Bedauern und die Mißbilligung der Regierung Seiner Majestät treffen.«
»Mein werter Kollege«, brachte Drovetti vor, »ich gestehe, Ihr Insistieren nicht zu begreifen. Es ist Ihnen nicht unbekannt, da – gesetzt den Fall, Rußland würde seine Drohungen wahrmachen und Istanbul fiele – Frankreich bereit wäre, einen Entwurf zur Aufteilung des Osmanischen Reiches vorzulegen.«**

* Türkisches Wort: Staatsrat. Bezeichnung für alle Räumlichkeiten, in denen muslimische Herrscher oder deren Minister Ratsversammlungen abhalten oder Audienzen gewähren.

** Die wesentliche Basis dieses Entwurfs bestand darin, einen christlichen Staat anstelle des türkischen Staates zu gründen und Mohammed Ali zu ermutigen, sich für unabhängig zu erklären und das ehemalige arabische Kalifat wiederherzustellen. Frankreich erwog damals, den Pascha zu seinem Statthalter im Orient zu machen, ihn an seiner Afrikapolitik zu beteiligen und sich seiner zu bedienen, um unter seiner Protektion das alte Arabische Reich wieder einzusetzen.

»Eine Aufteilung unter Druck gliche einer Zergliederung. Überdies kommt es nicht in Frage, daß die Türkei als unabhängiger Staat fortzubestehen aufhört.«
Mohammed Ali beugte sich nach vorne. »Sagen Sie uns doch, Herr Salt, woher kommt Ihnen dieses jähe Verlangen, die Unabhängigkeit von Nationen zu bewahren? Weshalb diese außergewöhnliche Beharrlichkeit, Ägypten sich in eine Konfrontation verwickeln zu sehen, die es – einmal mehr – überhaupt nicht berührt? Der Morea-Krieg hat mein Land zwanzig Millionen Francs, dreißigtausend Mann und meine Flotte gekostet.«
Er hielt inne.
»Wissen Sie, wie die Devise lautet, die in türkischen Kreisen kursiert? ›Die Türkei wird sich schlagen, bis zu ihrem letzten … ägyptischen Soldaten.‹ Sollte dies auch der geheime Wunsch Englands sein? Warum antworten Sie nicht, Herr Salt?«
»Weil er sich verraten müßte, Hoheit!«
Die Gesichter wandten sich allesamt zu Ricardo Mandrino um. Er hatte den hinteren Teil des Saals verlassen und schritt auf Salt zu.
»Die englische Politik wird stets unveränderlich im Kern, wechselhaft und geschmeidig in der Form sein. Sie wird nie die Ansichten des Vizekönigs favorisieren. Entsinnen Sie sich. Sie hat ehedem die Anarchie der Mamelucken gefördert, um eine stabile Macht in Ägypten zu verhindern. Sich der Kapitulationen* als Druckmittel bedienend, hat sie sich dem Aufbau her-

* Verträge, die die Rechte christlicher Untertanen in Ägypten sowie anderen muslimischen (und außereuropäischen) Ländern regelten. Sie verliehen den Christen, und den Europäern im allgemeinen, Immunität, bisweilen sogar Straffreiheit. Sie sprachen den Bürgern das Recht zu, nur ihrer eigenen Legislative zu unterstehen, und entbanden sie der Steuerpflicht. Die konsularischen Protektionen wurden demzufolge in einem Maße zugunsten ihrer Staatsangehörigen ausgeübt, daß die europäische Bevölkerung schließlich den Begriff von Recht und Unrecht verlor.

anwachsender Institutionen widersetzt. Und heute nun will England Ägypten dazu treiben, einen neuerlichen Krieg zu liefern. Weshalb? Ganz einfach, um Sie zu verleiten, einen Teil Ihrer Kräfte außerhalb Ihrer Lande zu verausgaben: Im Falle einer Niederlage wird England Sie endgültig vernichten können. Im Falle eines Sieges wird es, wie England es stets getan hat, einen Weg finden, um Sie davon abzuhalten, den Gewinn daraus zu ziehen.«

Seine Stimme wurde dringlicher, während er anfügte: »Muß ich Sie erinnern, Hoheit? Das Land Mister Salts hat Sie daran gehindert, Abessinien zu erobern, wohingegen es Sie unfruchtbare Eroberungen wie die des Sudan und in Arabien vollbringen sowie Ihre Kräfte und Ihren Staatsschatz in Griechenland erschöpfen ließ, um Ihnen letztendlich den Todesstoß in Navarino zu versetzen. Das ist noch nicht alles. Es weiß um die Freundschaft, die Sie mit Frankreich verbindet. Machen Sie sich keine Illusionen: England wird Ihnen niemals erlauben, sich mit dieser Großmacht zu verbünden. Niemals. England wird bleiben, was es immer gewesen ist ...«

Er fixierte Salt mit schwachem Lächeln. »Eine Insel, auf der die Rasenflächen und der Zynismus gang und gäbe sind.«

Leichenblaß versuchte der Diplomat, seinen Zorn zu bezähmen.

»Sollten Sie Ihre Zunge verloren haben?« fragte Mohammed Ali nach, der, wenn auch tief beeindruckt, Mühe hatte, sein Frohlocken zu verhehlen.

Salt hatte sich erhoben, ein Beben in den Mundwinkeln. »Mit Ihrer Erlaubnis, Hoheit, würde ich mich gerne zurückziehen.«

Mohammed Ali wies mit zwar höflicher, doch knapper Geste auf die Tür. Als der Konsul gegangen war, bemerkte er: »Ricardo Bey. Es ist erstaunlich. Gewisse Gerüchte waren über dich im Umlauf. Du hättest, munkelt man, das Gedächtnis verloren.«

Mandrino antwortete nicht sogleich. Ein etwas wirrer Ausdruck

stand ihm im Gesicht. Man hätte einen verstörten Mann vor sich geglaubt.
»Ich weiß nicht, Sire. Bin ich es, der gesprochen hat, oder hat sich ein anderer mittels meiner Stimme geäußert? Ich weiß es nicht, Sire.«
»Was schert es, da beide derselbe Mandrino sind.«
Drovetti warf mit freudestrahlender Miene ein: »Falls Sie die Absicht hatten, sich eines Tages nach England zu begeben, so denke ich aufrichtig, sollten Sie dies nicht weiter erwägen.«
»Folglich muß ich denn hoffen, daß Frankreich sich gastfreundlicher zeigen wird.«
»Sagen Sie mal, Ricardo Bey«, griff Boghossian ein, »ohne in irgendeiner Weise die Güte Ihrer Analyse schmälern zu wollen, würde ich Ihnen zu bedenken geben, daß Ägypten, falls es sich mit England überwürfe, endgültig isoliert wäre.«
Drovetti anblickend, verdeutlichte er: »Da die Regierung von Charles X. ja leider nach wie vor nicht entschlossen ist, uns offen zu stützen.«
Der Venezianer schien nachzudenken und ließ sich dann in den von Henry Salt verlassenen Sessel fallen.
»Ein Weg bietet sich Ihnen an, Majestät. Und auf dem sehe ich Frankreich an Ihrer Seite reiten.«
Seine Hand glättete mechanisch sein Haar, während er ausführte: »Seit kurzem leitet Frankreich eine Afrikapolitik ein, die darauf abzielt, seine Vorherrschaft über die Barbareskenstaaten einzurichten. Wir wissen ganz genau, daß Algerien zu seinen wichtigsten Anliegen gehört. Husain ibn al-Husain, der *dei* *, der dieses Land im Namen der Türkei regiert, verfolgt noch immer seinen Freibeuterkrieg im Mittelmeer, sich leichthin über die Beschlüsse des Aachener Kongresses hinwegsetzend. Diese

* Vom türkischen Wort *dai*, »Oheim«, Ehrentitel des Regierungschefs von Algier.

bereits gespannten Beziehungen haben sich weiter verschlechtert, als vor zwei Jahren Korsaren aus Algier zwei Schiffe gekapert haben und Deval, Frankreichs Konsul, darauf bei Husain Protest eingelegt hat. Diesem Habenichts von Barfußgänger ist tatsächlich keine bessere Entgegnung eingefallen, als dem Diplomaten einen Schlag mit dem Fliegenwedel zu versetzen und sich in der Folge zu weigern, ihm Abbitte zu leisten. Seit diesem Tage wissen wir, daß sich eine Intervention in Algerien abzeichnet; zumal die osmanische Pforte zu verstehen gegeben hat, sie sei an der Frage vollkommen desinteressiert.
Er nahm Drovetti zum Zeugen: »Oder gehe ich fehl?«
»Ich denke nicht.«
»Um seinen Plan in die Tat umzusetzen, wird Frankreich – das ist offensichtlich – auf den Widerstand von England und der Türkei stoßen. Obendrein wird die Einnahme Algeriens kein leichtes Unterfangen sein. Ein starkes Ägypten ist folglich wie geschaffen, zum Brückenkopf für die französische Afrikapolitik zu werden. Um es klar zu sagen: Ich schlage vor, daß Ibrahim Pascha, der Sohn Seiner Majestät, das Kommando einer Expedition ergreifen möge, an der sich die Franzosen beteiligen.«
Er erkundigte sich bei Boghossian Bey: »Über wieviel Mann können wir verfügen?«
»Ungefähr 20 000 der regulären Verbände und 20 000 Beduinen.«
»Durch diese Armee gestärkt und dank Ibrahims militärischem Sachverstand, zu dem Oberst Sève das Seine beitragen wird, werden uns einige Tage genügen, um uns Algeriens zu bemächtigen.«
Mohammed Ali streichelte versonnen seinen Bart. »Demnach legst du nahe, daß ich an Frankreichs Statt einen Krieg liefere?«
»Sie haben das etliche Male für den Sultan getan, ohne den geringsten Gewinn daraus zu ziehen.«
»Was bedeutet?« fragte Drovetti.

Mandrinos blaue Augen leuchteten auf. »Syrien für Ägypten. Und die Anerkennung seiner Unabhängigkeit.«
Mohammed Ali begann, den Saal gemächlichen Schritts zu durchmessen. Nach einer langen Weile verkündete er: »Dieser Plan erntet meine vollste Zustimmung. Er eröffnet ungeahnte Perspektiven für Ägypten. So bleibt unserem Freund Drovetti, ihn seiner Regierung zu unterbreiten.«
»Was geschehen wird, Majestät. Sollte dieser Schritt auch der letzte eines scheidenden Konsuls sein, so verspreche ich Ihnen, daß er unternommen werden wird und ich mich mit ganzer Kraft dafür verwenden werde.«*
Mohammed Ali machte kehrt und suchte wieder seinen Sessel auf.
»Mandrino Bey …«
»Eure Hoheit?«
»Weißt du, was ich bedaure?«
»Was denn, Hoheit?«

* Der Plan wurde tatsächlich wenige Wochen später von Drovetti unterbreitet und verteidigt und schließlich im gesamten von der Regierung Charles' X. als Grundlage zur Eroberung Algeriens gebilligt. In Kenntnis gesetzt, willigten Preußen und Rußland ein. Metternich machte Vorbehalte geltend. England mißbilligte ihn formell. Mit Beunruhigung faßte es die Nachteile ins Auge, die der Osmanischen Pforte zwangsläufig durch die Vergrößerung Ägyptens erwachsen würden. England brachte vor, Europa könne nicht ohne Besorgnis zusehen, wie sich an den nördlichen Küsten Afrikas eine totale Umwälzung vollzöge. In Folge von Unterhandlungen, die zu komplex waren, um hier beschrieben zu werden, wurde der Plan aufgegeben, und letztendlich ohne Ägyptens Mithilfe landete Frankreich dann am 14. Juni 1830 in Sidi Ferruch, siebzehn Kilometer westlich von Algier. Es setzte somit der türkischen Herrschaft ein Ende, die seit dem 16. Jahrhundert durch den *dei*, seine Beys und seine Janitscharen im Namen der Hohen Pforte ausgeübt wurde. Auf diese Weise begann das, was man die »französische Periode« genannt hat. Von Konflikten und Zerrüttungen gezeichnet, sollte sie erst im März 1962 mit dem Abkommen von Evian enden.

»Daß es nicht einem jeden von uns gegeben ist, mit Amnesie geschlagen zu sein.«

Die Feuchtigkeit hatte die Minarette mit Nacht beschlagen. Einige wenige Krambuden warfen ihr spätes Licht auf die staubige Straße, auf die der ungewisse Schritt Ricardos seine Spur setzte. Metallische Geräusche vermischten sich aufreizend mit den Gerüchen ranzigen Jasmins und mit Honig getränkten Haschischs. Irgend jemand mußte unweit von dort, auf einer Terrasse, *'ud** spielen. Ein schlafloser Musiker, sann Ricardo, oder das Kreischen einer gequälten Seele.
Mehr als eine Stunde schon wanderte er durch die verschachtelten Gäßchen und gelblich flammenden Lichter; das Denken wie zersplittert, als ob eine mysteriöse Wesenheit sein Gehirn mit einem fürchterlichen Axthieb zermalmt hätte.
Er ging am Fenster eines Cafés vorüber. Ein Beduine ohne Alter, den Kopf von einem *'iqal* mit Goldkordeln umschnürt, nuckelte mit halbgeschlossenen Lidern und rätselhaftem Ausdruck am Mundstück seines Nargilehs. Seine Haut war von tausend Chamsin-Winden, vom Salz des Meeres gekerbt. Die Adlernase war grob geschnitten, und dennoch ging von dieser Herbheit eine unbeschreibbare Aura aus, die der Süße des Lebens ähnelte. Er war nach dem Ebenbild Alexandrias.
Alexandria, Zeuge und Schöpfer ... Als hätte diese Stadt die Macht besessen, Mandrinos Gedächtnis neu zu formen und in jenem Ratssaal eine Flut an Kenntnissen wieder hervortauchen zu lassen, die bis dahin von einem anderen Hafen, Navarino, mit Beschlag belegt gewesen waren. Die jahrtausendealte Stadt hatte vielleicht befunden, daß die Stunde gekommen war, ihr machtvoll herrschaftliches Siegel aufzudrücken.
Ricardo hielt am Rand der Werft inne. Der Ras-el-Tin-Palast

* Der Laute verwandtes Instrument.

schlief unter den Sternen. Die Halbinsel Pharos, die ihm zum Schmuckkästchen gereichte, flimmerte unter der nächtlichen Feuchte.
Der Venezianer spürte, wie die Tränen in ihm aufstiegen. Er war sich nunmehr sicher – ein neuer Abschnitt seines Lebens war soeben angebrochen.
Speichern Sie alle Informationen in sich, selbst die unbedeutendsten, gleich ebenso vielen Waffen, die dazu dienen werden, die Zitadelle einzunehmen, in der sich Ihr Ebenbild verschanzt hat. Denn es ist wahrhaftig da, zweifeln Sie nicht daran, in einem Winkel Ihres Gehirns eingesperrt. Es ist, was die Griechen ›enantios‹, das Entgegengesetzte, nennen.
Niemals waren die von Dr. Clot ausgesprochenen Worte eindeutiger gewesen. Niemals hatte er, wie an diesem Abend, sich jenem Spiegelbild so nahe gefühlt. Die von dieser plötzlichen Nähe ausgelöste innerliche Erschütterung weckte in ihm eine jugendliche Erregung, eine Lust zu schreien. Doch sogleich war, befremdlicherweise, ein Gefühl subtil zum Vorschein gekommen, das sich stechend in seine Eingeweide fraß, die entfleischte, gräßliche Fratze der Angst.

12. Kapitel

Paris, 23. Dezember 1832, Gefängnis Sainte-Pélagie

Ich höre, vom Grund meines Gefängnisses, den Orient, der erwacht, doch noch nicht singt, den Orient, der schreit. Ich sehe das besudelte, zerfetzte Banner des Propheten. Den fließenden Wein, das von Opium träge Blut in den Gassen Istanbuls. Der Nil hat seine Dämme gebrochen und ergießt sich weiter, als er je gewandert ist, die Keime mit sich tragend, die Napoleon an seinen Ufern ausgebracht und die Mohammed Ali befruchtet hat. Der Schleier der Odaliske ist vor Mahmud gefallen. Der Logos hat seine mannigfache Form angenommen, mittels der Presse zerfrißt er das Buch der Bücher, den Koran. Das große Seelenbündnis bahnt sich an; das Mittelmeer wird schön sein in diesem Jahr! Von Gibraltar bis Üsküdar erhebt sich dieses glühende Gestade und ruft den von den Reden seiner Tribünenphrasendrescher eingeschläferten Okzident. Italien! Italien! Du wirst noch einige große Tage haben; du bist auf jenem großen Hochzeitslager ausgestreckt; dein Himmel, des heiligen Petrus' Dom, wird mit seinem reichen Schmuck die Freude der Jungvermählten umhüllen; du bist die Zukunft nicht, doch du bist das große Erbe der Vergangenheit, die Hinterlassenschaft des Vaters an den Sohn und an die Tochter.«*

Enfantin legte den Text, den er soeben vorgelesen hatte, auf dem krummbeinigen Tisch ab und fragte Barrault: »Was hältst du davon, Emile?«

* Vollständig wiedergegebener Text. *1883 ou l'année de la Mère* [1883 oder das Jahr der Mutter], von Emile Barrault in Lyon veröffentlichtes Journal, Ausgabe von Februar 1833.

»*Père*, es gibt keine Worte, um eine dermaßen kraftvolle Abfassung zu bezeichnen. Es ist großartig. Ein Gesang, wie ihn die Zukunft singt. Ein um so schönerer Gesang, als er hier, in dieser verlausten Zelle, zwischen den Mauern dieses Kerkers geschaffen wurde, wohin die Bangigkeit der Menschen Sie geführt hat.«
»Mein Sohn, sobald man sich aufzuschwingen sucht, trachten die anderen nur danach, dir die Flügel zu brechen.«
»Wenn ich bedenke, daß die Gerichte es gewagt haben, Sie wegen Verletzung der öffentlichen Moral zu verurteilen!«
»Was schert es, wenn man den Leib einsperrt! Die Seele ist stets frei zu reisen, wie es ihr beliebt.«
Er richtete den Zeigefinger auf das Schriftstück: »Der Beweis. Aber das ist nicht alles, Emile. Es ist für niemanden ein Geheimnis, daß die Einsamkeit dem Nachdenken zuträglich ist. Seit ich hier lebe, habe ich alle Muße zu meditieren. Ich habe dir wichtige Dinge anzuvertrauen. Zuallererst jedoch, wie steht es um die Suche nach der neuen Gemahlin?«
Emile Barrault setzte eine verdrossene Miene auf: »Ich bin genötigt, Ihnen mitzuteilen, daß es unter den *Compagnons de la Femme** einige Meinungsverschiedenheiten gibt.«
»Meinungsverschiedenheiten? Aber worüber denn?«
»Manche unter uns sind über den Ort uneins, an dem wir die Gemahlin finden werden. Sie kennen meinen Standpunkt. Die Gemahlin ist von jüdischer Rasse und kommt aus dem Orient. Seither wurde mir eine neue Offenbarung kundgetan: Sie wird im Mai dieses Jahres in Konstantinopel erscheinen.«
»In Konstantinopel ...«
»Leider weigern sich andere, wie beispielsweise Rigaud, dieser Ansicht beizupflichten. Sie sind davon überzeugt, ich würde mich irren.«

* Name der – nach der vorläufigen Auflösung der Enfantinischen Sekte – von Barrault in Lyon gegründeten Gruppe, die mit der Suche nach der Gemahlin, der Enfantin verheißenen »Mutter«, beauftragt war.

»Was schlagen Sie in dem Falle vor?«
»Für Rigaud steht fest, daß die Gemahlin im Himalaja lebt. Er beruft sich auf den Veda, um zu erklären ...«
»Den Veda?«
»Es handelt sich dabei um eine gewaltige Schriftensammlung, sechsmal umfangreicher als die Bibel, welche die ältesten Texte Indiens vereint. Die orthodoxen Hindus schreiben ihr einen übernatürlichen Ursprung und eine Autorität von göttlichem Wesen zu. Rigaud stützt sich auf diese Texte, um seine Thesen zu verteidigen. Ihm zufolge läßt sich die Gemahlin nur in Indien finden.«
Enfantin streichelte zerstreut seinen dichten Bart. »Ohne gleichen Sinnes zu sein, muß man doch anerkennen, daß wir über den Orient ein wenig nach Art des gemeinen Parisers räsoniert haben. Den Orient auf die Türkei einzuengen heißt, alle Völker Asiens zu vergessen; mit anderen Worten, die Hälfte der menschlichen Gattung.«
Barrault wollte widersprechen.
»Warte, Emile. Erlaube mir, zum Ende meines Gedankens zu gelangen und dich zu beruhigen. Es gibt einen anderen Faktor, der für eure These spricht. Er kam mir vor kurzem in den Sinn, als ich mich eines Nachts plagte, etwas Schlaf zu finden.«
Die Züge Barraults entspannten sich. »Welches?«
»Ägypten. Der Isthmus von Suez.«
Der Jünger blieb sprachlos.
»Suez«, wiederholte Enfantin.
Er bemächtigte sich eines Manuskriptblattes und reichte es Barrault.
Der Jünger las: »Uns fällt es zu, zwischen dem antiken Ägypten und dem alten Judäa eine der neuen Straßen nach Indien und China zu schaffen. Suez wird der Mittelpunkt unseres Arbeitslebens sein; dort nämlich werden wir die Tat vollbrin-

gen, die die Welt erwartet, um zu bekennen, daß wir männlich sind!«*
»Verzeihen Sie mir, aber ich gestehe, nicht zu begreifen. Weshalb Suez?«
»Um den großen Vorhaben Leben einzuhauchen, die vor mehr als zehn Jahren von unserem Meister, dem Comte de Saint-Simon, entworfen wurden.«
Er machte eine Pause, um seinen folgenden Worten mehr Gewicht zu verleihen. »Der Durchstich des Isthmus!«
»Ein Kanal?«
»Ein Kanal, der die beiden Meere verbände: das Mittelmeer und das Rote Meer. Uns steht es zu, zwischen dem alten Ägypten und dem Indien der Urväter eine der modernen Straßen zu begründen, die Europa mit Indien und China verbinden werden. Wir werden alsdann mit einem Fuß am Ufer des Nils und mit dem anderen in Jerusalem stehen, den rechten Arm nach Mekka gewandt und den linken nach Rom, ohne Paris zu verlassen. Suez wird der Mittelpunkt unseres werktätigen Daseins.«
Barrault schien entrüstet. »Demnach würden wir also Bonapartes Projekt aufgreifen. Eine Person, die unser Meister – wie Sie zugeben werden – über alles verabscheute.«
»Ich weiß um die Animosität des Grafen gegen jenen, den er den ›Plünderer Europas‹ nannte. Nichtsdestotrotz liegt mir daran, dich zu erinnern, daß die französische Expedition 1798 stattgefunden hat und die *Description de l'Egypte* 1809 veröffentlicht wurde. Wogegen Saint-Simon bereits im Jahre 1783 erwog, am Bau von Kanälen zu arbeiten. Zu jener Zeit hatte er dem Vizekönig von Mexiko nahegelegt, den Isthmus von Panama auszuheben, um die beiden Ozeane zu verbinden. Und 1787 schlug er Spanien vor, Madrid an den Atlantik via Sevilla und vermittels des alten Guadalquivir anzubinden.«

* *Le Père* an Barrault. Fonds Enfantin, 7619, f° 3r°.

»Das ist wahr«, gab Barrault zu. »Es wäre gerecht, in ihm den Wegbereiter anzuerkennen.«
»Darüber hinaus, wenn wir das Projekt von Bonaparte aufgreifen, dann nur, um es auf unsere Weise umzuwandeln. Im Geiste des Mamelucken-Bezwingers dürfte es lediglich ein kriegerisches Fanal, eine Herausforderung der Engländer, eine Drohung gegen die Indienroute gewesen sein. Für uns wird es die Fackel sein, die die Menschheit erleuchten wird. Der Durchstich des Isthmus von Suez wird nicht einzig und allein eine technische Großtat sein, die ihren Initiator unsterblich machen könnte, er wird auch einer religiösen Notwendigkeit Genüge leisten. Auf der Weltkarte diese blaue Furche zu ziehen hieße, ein großartiges Zeichen des Friedens, der Eintracht und der Liebe zwischen den Kontinenten, ein Bindeglied zwischen den Menschen zu bewirken. Wozu ich mit ganzem Herzen aufrufe, ist die brüderliche Zusammenarbeit aller Nationen sowie aller sozialen Klassen, die Verschmelzung aller Rassen.«
Barraults Furcht wuchs an. Was würde aus der Suche nach der Gemahlin werden? Dem hehren Wahn nach der Frau?
»Verstehst du?« fuhr Enfantin mit größerer Leidenschaft fort, »die Finalität all dessen ist, die orientalische Rasse, die schwarze, weibliche, sentimentale Rasse mit den männlichen und wissenschaftlichen Tugenden der weißen Rasse zu befruchten. Ägypten, Land der Geschichte schlechthin, scheint mir ganz und gar dazu bestimmt, um Ausgangspunkt dieses Traums zu sein. Vermöge Ägyptens werden die Völker Zentralafrikas das Licht und das Glück erhalten.«
»Indes, um ein solches Unterfangen zum Erfolg zu führen, werden Ingenieure, Geologen, Mathematiker benötigt.«
»Daran mangelt es uns nicht, soweit ich weiß. Ein Mann wie Henri Fournel ist bestens imstande, sich mit den technischen Gesichtspunkten zu befassen. Er ist erfahren und der einzige

unter den Saint-Simonisten, der früher eine recht umfassende Praxis des Ingenieurlebens erworben hat.«

»Man wird die Meinung derer berücksichtigen müssen, die Ägypten regieren. Glauben Sie, daß sie einverstanden sein werden?«

»*Jene, die Ägypten regieren*, mein lieber Barrault, beschränken sich auf eine einzige Person: Mohammed Ali. Er, und nur er allein, leitet die Geschicke dieses Landes. Der Pascha ist heutzutage nach meiner Überzeugung der größte Tatmensch an der Macht. Er verfügt über eine seltene, um nicht zu sagen einzigartige Entscheidungsgewalt und einen ebensolchen Willen. Deshalb auch sehe ich ihn nur schwerlich ein solch ehrgeiziges Projekt ablehnen. Aus diesem Kanal wird er, daran hege ich nicht den leisesten Zweifel, neue Reichtümer für Ägypten ziehen. Ist der Vizekönig nicht das leibhaftige Sinnbild unserer Doktrin?«

Barrault nahm einen erstaunten Ausdruck an.

»Denke nach«, fügte Enfantin an. »Konzentration des Grund-, Mobilien- und industriellen Besitzes in den befähigtesten Händen, auf daß sie reiche Früchte bringen, das heißt, in denen des Staates. Mobilisierung des Volkes rund um große Werke kollektiven Interesses und so weiter.

Vor der Inbrunst, die von den Worten seines Gegenübers ausging, machte Barrault den Eindruck, mit seinen Argumenten am Ende zu sein. Dennoch unternahm er einen letzten Versuch.

»Und die Finanzierung? Haben Sie schon darüber nachgesonnen?« Enfantin wedelte durch die Luft, als wäre der Einwand von minderer Wichtigkeit.

»Sie kann entweder von England kommen, insofern es die dringende Notwendigkeit wohl begreift, oder von einem europäischen Kongreß, einer Art Allianz der Herrscher Europas.«

Barrault krümmte sich leicht und stellte endlich die Frage, die ihm auf die Zunge brannte. »Wenn ich recht verstehe, verdrängt Suez die Suche nach der Gemahlin?«

»Aber ganz und gar nicht! Auf die Milch der Frauen zu warten hindert uns Männer nicht daran, das Brot zu bereiten! Du wirst bis zum Ende des Abenteuers gehen. Du wirst aufbrechen, Barrault. Ich werde dir sogar sagen, welcher der ideale Tag sein wird: der 22. März.«

»Die Frühlings-Tagundnachtgleiche!«

»Ja. Dieses Datum wird das der Gleichheit von Mann und Frau werden.«

Der Jünger wirkte verklärt. »Der 22. März ... Ja. Das wird ein gesegneter Tag werden.«

»So geh denn!« meinte Enfantin, mit herrschaftlicher Geste. »Geh denn, Barrault! Verkünde den *Compagnons de la Femme* die frohe Botschaft. Sage ihnen, daß die Zeit gekommen ist.«

Barrault erhob sich. Er hatte rote Wangen, fiebrige Züge.

»Und wenn ihr der Tochter des Orients begegnet ... grüße sie in meinem Namen. Grüße sie ganz zart!«

Corinne Chedid sah Judith ungläubig an.

»Ägypten? Bist du dir dessen gewiß?«

»Ja, meine Liebste. Ich habe die Neuigkeit von Aglaé Saint-Hilaire erfahren, die sie selbst von Emile Barrault gehört hat. Es geht die Rede, daß sich die Saint-Simonisten in den nächsten Monaten nach Ägypten begeben. *Le Père* zufolge könnten wir große und schöne Dinge in diesem Land vollbringen.«

Corinne zögerte, bevor sie fragte: »Und ... Georges und du, habt ihr die Absicht mitzureisen?«

»Ich weiß nicht. Ich gestehe dir, noch zu zaudern. Ich müßte die kleine Aline jemandem anvertrauen, da ich mir nur schwer vorstellen kann, ein kaum einjähriges Kind in einen so fernen Landstrich mitzunehmen.«

Corinnes Blick senkte sich auf die in einer Ecke des Aufenthaltsraums abgestellte Wiege: Aline-Prospère-Pénélope – Frucht der Liebschaften des heiligen Predigers Charles Lambert und Judiths – schlief, am Daumen nuckelnd.
»Wie dem auch sei«, griff Judith auf, »ich bin weiterhin voller Bewunderung für *Père* Enfantins Tapferkeit. Kritisiert, beschimpft, ungerechterweise eingesperrt, bleibt er stets wachsam, sein Geist quillt über von Einfällen, und er ist einzig der Zukunft zugewandt.«
Sie verstummte, ihr Gesicht wurde traurig.
»Das Haus von Ménilmontant fehlt mir ...«
Corinne vermied es, sich dazu zu äußern. Wie hätte sie ihrer Freundin die Erleichterung gestehen können, die sie nach der Reihe von Vorkommnissen empfunden hatte, welche schließlich zu ihrer Rückkehr in die Rue Cadet, in die Wohnung der Grégoires geführt hatten?
Die Zersprengung der Saint-Simonisten hatte am 22. Januar des Vorjahres mit der Schließung des Taitbout-Saals begonnen. Drei Monate danach ereilte das Haus Monsigny das gleiche Schicksal. Am 12. Dezember schließlich, gegen sieben Uhr am Morgen, hatte der Polizeikommissar an der Spitze der Nationalgarden das Anwesen von Ménilmontant umzingeln lassen. Der Mann stützte sich auf einen gewissen Artikel 291, der Versammlungen von mehr als zwanzig Personen untersagte. Eine Stunde später drangen die bewaffneten Kräfte in das Haus und ergriffen Prosper Enfantin und seine engsten Sachwalter.
Die Stimme Judiths riß sie aus ihren Gedanken.
»Schau doch einmal, was *Le Père* im *Livre des Actes* bezüglich der Reise nach Ägypten geschrieben hat.«
Corinne nahm das kleine Bändchen. Es war eine Art periodisch erscheinende Schrift, mit deren Abfassung Enfantins Frauen betraut worden waren, um so über die Handlungen der »Familie« Rechenschaft abzulegen. Gleichwohl – und gerade das war

ein Paradox mehr –, allein die von den Männern vollbrachten Taten waren darin angeführt.
Wir rufen keine Frau im besonderen auf, doch wir werden all diejenigen, die zu uns kommen werden, als von Gott selbst geschickt betrachten.
»Was wohl heißen soll, daß *Le Père* gewillt ist, alle Frauen, die den Wunsch äußern werden, in den Orient mitzunehmen.«
»Ganz richtig.«
Ein versonnenes Leuchten fuhr durch Corinnes Blick.
»Ich finde diese Vorstellung dieser Reise faszinierend.«
»Wirklich?«
Corinne täuschte vor, ihre Erwiderung käme aus tiefstem Herzen: »Ist denn nicht gerade dort die Frau am stärksten unterdrückt? Ist es nicht der Orient, in dem sie am meisten unter Einschließung leidet? Genau diesen Geschöpfen müssen wir doch bevorzugt helfen. Glaubst du nicht?«
»Bist tatsächlich du es, die so spricht? Du, die zur Zeit unseres Aufenthalts in Ménilmontant keine Gelegenheit versäumte, die Doktrin und die Ideen des *Père* zu beanstanden?«
»Ich habe nachgedacht ... Ich glaube, ich habe mich, wenn nicht ungerecht, so doch wenigstens unmäßig gezeigt.«
»Unmäßig, das warst du sicherlich! Wenn ich an die Heftigkeit denke, mit der du dich gegen den *Père* gewandt hast, der – in aller Brüderlichkeit – deine Beichte abverlangte.«
Bei der Erinnerung dieser Szene, die sich vor bald zwei Jahren zugetragen hatte, durchfuhr ein Schauder Corinnes Körper. Wie konnte Judith jene abgenötigten Bekenntnisse, von einem unbilligen Urteilsspruch gefolgt, nur als Beichte bezeichnen. Man mußte sich nur ansehen, wie die arme Suzanne Voilquin behandelt worden war. In Anwesenheit ihres Gatten, wie Espenlaub zitternd, hatte man ihr aufgezwungen, eine in ihrer Jugend erlittene Vergewaltigung zu erzählen. Enfantin hatte nicht gezögert zu unterstellen, daß sich hinter dem Widerstand, den Su-

zanne gegen ihren Angreifer an den Tag gelegt hatte, wahrscheinlich eine insgeheime Einwilligung verbarg! Um dann in die Arme von Monsieur Voilquin zu fallen und mit diesem monströsen Satz zu schließen: »In Wahrheit ist es der Ehemann, der getröstet werden muß.«

Corinne bemühte sich, ihre Bitterkeit zu verhehlen.

»Das ist Vergangenheit, Judith. Seither bin ich reifer geworden, und ich sehe die Dinge nicht mehr auf dieselbe Weise.«

»Ich bin glücklich, dich das sagen zu hören. Du machst dir keine Vorstellung von dem Kummer, den du uns bereitet hast.«

»Verzeih ... Das habe ich nicht gewollt.«

Judith bedachte Corinnes Hand mit einem kleinen freundlichen Klaps.

»Na komm, vergessen wir das Ganze. Ist Toleranz nicht die erste Tugend eines Saint-Simonisten?«

Sie ging zu der Wiege, in der die kleine Aline-Pénélope schlief.

»Ist sie nicht schön?« meinte sie, während sich ihr Blick gerührt auf den Säugling senkte.

»Sie ist wundervoll ...«

Sie hätte beinahe hinzugefügt: »Nur schade, daß sie keinen Vater hat.« Befand es jedoch für weiser und vor allem für nützlicher, den Gedanken vorzubringen, der seit Beginn ihrer Unterhaltung in ihr aufgekeimt war.

»Sag mal, Judith. Glaubst du, ich könnte mich der Gruppe anschließen, die nach Ägypten aufbricht?«

»Du? In den Orient reisen?«

»Ja ... Ich würde gerne zur Emanzipation unserer ägyptischen Schwestern beitragen. Der Sache dienen.«

Judith drehte sich zu ihr um und erkundete sie argwöhnisch.

»Der Sache dienen?«

»Warum nicht? *Le Père* hat doch gesagt, daß alle, die sich ihm anschließen wollten, willkommen wären.«

»Unglücklicherweise fürchte ich, daß dies unmöglich ist.«

»Es muß aber sein!«
Die helle Not des Tonfalls war ihr entschlüpft.
»Na, also ... diese Reise liegt dir ja wahrhaftig am Herzen.« Corinne senkte die Lider wie ein bei einem Fehler ertapptes Kind. »Wie dem auch sei, wiederhole ich dir: Es ist unmöglich. Ägypten ist unmittelbar mit diesem Kanalprojekt verknüpft. Ein Vorhaben, das zu vertreten allein *le Père* imstande ist. Nun ist unser Führer aber im Gefängnis. Vielleicht später ... wenn ihm Gerechtigkeit widerfahren sein wird ...«
Corinne wandte jäh ihr Gesicht ab, weil ihre Freundin das Ausmaß ihrer Enttäuschung nicht sehen sollte.
»Demnach ist alles verloren ...«
Judith kam langsam auf sie zu.
»Wenn ich mich recht erinnere, besitzt du noch immer Familie in Ägypten? Du hast mir von einer Tante erzählt. Der Schwester deiner Mutter.«
»Ja. Scheherazade.«
»Also, weshalb sagst du nicht die Wahrheit? Weshalb nicht eingestehen, daß es nicht Ergebenheit ist, die dich treibt, diese Reise zu machen, sondern einzig und allein der Wunsch, die Deinen wiederzufinden.«
Corinne wirbelte herum. »Es stimmt«, gab sie mit gebrochener Stimme zu, »ich habe großes Verlangen, sie wiederzufinden.«
»Aber du weißt doch überhaupt nichts über sie! Dir ist gänzlich unbekannt, welcher Art ihr Dasein ist, wie auch ihnen alles von dir unbekannt ist. Deine Ankunft in ihrer Mitte könnte ihnen sehr wohl als Eindrängen erscheinen. Wie an das anknüpfen, was nie gewesen ist?«
Eine Woge ungeheurer Verzweiflung schien plötzlich über Corinne zusammenzuschlagen. »Ich werde dir antworten, Judith: Mama fehlt mir! Nichts und niemand vermag diese Leere zu füllen. Weder die Ansprachen von *Père* Enfantin noch die Predigten von Monsieur Lambert. An manchen Abenden widerfährt

es mir, nicht mehr atmen zu können. Um weniger Schmerz zu verspüren, denke ich sie mir an meiner Seite, stelle ich sie mir wieder ganz nahe bei mir auf dem Bettrand sitzend vor, wie sie sanft über meine Stirn streichelt, mit mir spricht und mir hilft einzuschlafen. Bis zu dem Augenblick, da ich mir bewußt werde, daß sie nicht da ist, daß alles bloß eine Illusion ist. Dann bleibe ich reglos im Dunkeln, wie jene Kranken, die aus Furcht, ihr Leiden zu wecken, sich nicht zu rühren wagen. Und ich lauere auf das Tageslicht, von einer eisigen Kälte erfüllt, die mich an Mamas Leichnam erinnert.«

Sie schöpfte Atem. »Das ist der Grund, weshalb ich nach Ägypten gehen will. Um mich wieder zu wärmen. Um mich in den Schoß einer Familie zu schmiegen. Einer wahren Familie. Eine Familie meines Bluts. Und nicht die, die ihr mir fabriziert habt. So, nun weißt du die ganze Wahrheit.«

Eine angespannte Stille ließ sich im Zimmer nieder. Judith ging langsam wieder zur Wiege, in der Aline-Pénélope schlummerte. Eine lange Weile betrachtete sie das Kind und flüsterte dann: »Eine Mutter wie Corinne Chedid hätte sie gebraucht. Aber keine wie mich.«

13. Kapitel

Ägypten, 25. Dezember 1832

Die winzige Kirche Darb el-Genena in Alt-Kairo war derart schwarz von Menschen, daß man hätte meinen können, alle griechisch-katholischen Christen des Landes hätten sich zu dieser Weihnachtsmesse eingefunden; tatsächlich jedoch waren es kaum mehr als fünfzig. Pater Khuzam stimmte einen Choral an – auf griechisch, wie es die Tradition wollte –, den die Gemeinschaft der Gläubigen aufgriff. Der Gesang schwoll unter der gewölbten Decke an, ergreifend und voller Wärme und der Inbrunst, die jene Minderheiten kennzeichnet.

Scheherazade, Joseph und Giovanna hatten ihre Stimmen unwillkürlich denen der Gemeinde hinzugesellt. Ricardo hingegen, dem der byzantinische Ritus fremd war, bewahrte eine Haltung tiefster Andacht. In Wahrheit jedoch strahlte der Venezianer hinter diesem Anschein eine Gemütsbewegung aus, die an Dankbarkeit erinnerte.

Heimlich nahm Scheherazade seine Hand und drückte sie.

Diese Weihnachtsmesse hatte nichts gemein mit all denen, die sie bisher erlebt hatte. In dieser Nacht, in der man das Fest einer Geburt beging, sah sie eine Auferstehung; die ihres aus der Finsternis heimgekehrten Gemahls. Der Glaube hatte den Tod besiegt, die Hoffnung hatte dieses Wort *Maktub* außer Kraft gesetzt, dieses »es steht geschrieben«, dieses erschreckende Wort, in dessen Sinne sie erzogen worden war, das seit dem Anbeginn der Zeit über den Kindern des Orients herrschte. Plötzlich nahm ein quälender, gräßlicher Gedanke Besitz von ihr wie ein jähes Unwohlsein. Und wenn dieser zurückliegende Kampf nur von einer ungeheuren Hoffart inspiriert gewesen wäre? Hatte sie nicht bereits als ganz kleines Kind danach

getrachtet, ihrer Umgebung zu beweisen, daß sie die aberwitzigsten Taten vollbringen konnte?
Scheherazade wird immer eine kleine zuchtlose Teufelin bleiben. Wir haben leider keine Wahl. Oder vielleicht doch … wir könnten sie dem erstbesten vorbeiziehenden Teppichhändler verkaufen.
Es war die Stimme Yussefs, ihres Vaters, der ihr in den Sinn kam. Yussef, der hinter diesen Mauern ruhte, auf dem griechisch-katholischen Friedhof.
Diese Stimme überlagerte das Andenken an Karim, des Suleimans Sohn. Sie war kaum dreizehn Jahre alt gewesen. Er sechzehn. Er hatte ihr soeben seinen Wunsch mitgeteilt, eines Tages Qapudan Pascha, Großadmiral, zu werden und ans Ende der Welt zu fahren. Sie hatte geantwortet: *»Ich habe nachgedacht. Wenn du Qapudan werden willst, werde ich Königin des ganzen Reiches sein.«*
Er hatte spöttisch nachgefragt: *»Und was wird die Königin mit ihrer Macht tun?«*
Sie hatte ihn lange angeschaut, bevor sie erwidert hatte: *»Die Königin wird befehlen, daß kein Schiff jemals den Hafen verlassen darf!«*
Immerzu diese maßlose Eitelkeit.
Nein. Diesmal hatte es sich nicht um Hoffart gehandelt, sondern ganz im Gegenteil um Demut. In dem Augenblick, da sie vom Verschwinden ihres Gemahls erfahren hatte, hatte sie gewußt, daß sie ihn nicht überleben würde. Ohne Ricardo wäre sie außerstande gewesen, im Diesseits weiter vorwärtszuschreiten. Sie wäre ihm sicherlich in den Tod gefolgt. Es waren erst vier Jahre, daß sie ihn wiedergefunden hatte, und mehr denn je stand sie unter dem Bann dieser ehedem empfundenen entsetzlichen Angst. Sie ließ die Hand ihres Gatten los und schlug heftig das Kreuz.
»Mein Gott«, flehte sie, »wenn eines Tages einer von uns gehen muß, dann laßt es mich sein, die als erste geht.«

Die Messe war zu Ende gegangen, ohne daß sie es wahrgenommen hatte. Mandrino nahm sie beim Arm, und sie traten hinaus, vom Strom der Gläubigen mitgerissen.
»Habt ihr bemerkt?« warf Giovanna ein, indem sie die Leute um sich herum musterte. »Die europäische Mode drängt unsere Bekleidungsbräuche mehr und mehr in den Hintergrund. Man meint, man wäre in London oder Paris.«
Joseph zuckte mit den Schultern.
»Wahrhaftig, übler ist es nicht. Jedenfalls, was mich betrifft, sehe ich mich äußerst schlecht mit einer *gallaba** bekleidet.«
»Selbstverständlich, mein lieber Bruder; das wäre eines Mannes von deinem Schlag nicht würdig, der zudem Ingenieur bei Hofe ist. Du hast recht, überlassen wir diese barbarische Ausstaffierung doch dem Volk.«
»Immer diese großen Worte ... Wenn ich doch nur verstehen könnte, weshalb die harmloseste Bemerkung aus deinem Mund dramatische Beiklänge annimmt.«
»Ich weiß. Es gibt Tage, da sage ich mir, daß ich besser verschwände.«
Unter dem verdutzten Blick ihres Bruders beschleunigte sie den Schritt.
Draußen war es frisch. Über den verschachtelten Terrassen Alt-Kairos stieg ein Aroma von Amber auf. Jenseits der Kuppeln und Glockentürme machte man Gemäuerflächen aus, Überbleibsel des ehemaligen Kastells Babylon.
Sie betraten den kleinen Weg, der sich durch den Friedhof zum Ausgang schlängelte. Flußaufwärts wartete der Fiaker auf sie, von Husain, dem Stallburschen, gelenkt. Bevor sie ihn erreichten, mußten sie sich eine Gasse durch die Bettler, Affenführer und anderen Almosenheischer bahnen, die sich wie gewöhnlich ein Stelldichein vor der Kirche gegeben hatten.

* Dschellaba. Im einfachen Volk weitverbreitete Tunika.

»Da, sieh«, erklärte Giovanna. »Zur einen Seite der Sonne, zur anderen der Mond. Ich frage mich, wer von beiden letztendlich den anderen beherrschen wird.«
»Sei unbesorgt, wir werden es sicherlich nicht sein«, erwiderte Joseph. »Wir sind bei weitem in der Minderzahl. Vor ein paar Tagen noch hat einer der Ingenieure des Vizekönigs mir erläutert, die griechisch-katholische Gemeinschaft dürfe kaum mehr als fünf- bis sechstausend Menschen im ganzen Land darstellen. Unter diesen Bedingungen ...«
»Griechisch-katholisch ... Ich werde noch immer nicht klug aus dieser Bezeichnung. Man nennt uns griechisch, aber wir haben überhaupt nichts gemein mit den Griechen. Wir sind katholisch, aber wir befolgen den lateinischen Ritus nicht. Von syrischer Abstammung und nach europäischer Art erzogen, bleiben wir dennoch nicht minder Ägypter.«
Ricardo begann zu lachen. »Es freut mich, dich das sagen zu hören, meine Tochter. Eure Mutter hat mir diesen Wirrwarr noch so oft erklären können, ich habe es genausowenig verstanden.«
Scheherazade entgegnete mit halbem Lächeln: »Wie auch immer, ich weiß, daß allein die Lateinischen Gnade bei dir finden. Was die anderen anlangt ...« Sie täuschte eine herabwürdigende Geste vor.
»Hoho! Wenn dem so wäre, hätte ich dann geduldet, daß unsere Kinder den byzantinischen Ritus befolgen?«
»Das ist wohl wahr. Und du hast ganz recht daran getan. Sind die Griechisch-Katholischen denn nicht die Elite dieses Landes?«
Ein neuerlicher Lacher schüttelte Mandrino. »Wahrhaftig, ich frage mich, ob die Bescheidenheit euch nicht eines Tages ersticken wird.«
»Griechisch-katholisch oder nicht«, sagte Giovanna mit plötzlicher Schroffheit, »Ägypten ist vor allem dieses Volk hier. Arme

Leute, die seit Jahrhunderten ein Stelldichein mit dem Elend haben.«
»Ohne Zweifel«, erkannte Scheherazade. »Doch was würde ohne uns aus ihnen werden?«
»Ja, gewiß ... sind wir nicht *die Elite*?« Ein ironisches Beben der Lippen hatte die Erwiderung begleitet.
»Wir sind es in der Tat.«
»Was dir, teuerste Mama, alle Rechte gibt ...«
Scheherazade musterte sie erstaunt.
»Von welchen Rechten sprichst du ...?«
Als einzige Antwort hievte Giovanna sich als erste in den Fiaker. Es folgte ein Moment der Unentschiedenheit. Scheherazade zögerte, nahm dann ihrerseits Platz, von Ricardo und Joseph gefolgt. Letzterer klappte das Verdeck hoch, während Husain eine Karbatsche hob, um das Gespann antreiben zu können.
»Einen Augenblick!« befahl Scheherazade.
»Was gibt es?« erkundigte sich der Venezianer.
Sie drehte sich zu ihrer Tochter.
»Du hast mir noch immer nicht geantwortet. Weshalb diese Andeutung?«
»Welche Andeutung?«
»Welches Spiel treibst du? Wenn du eine Meinung hast, weshalb führst du sie dann nicht zu Ende?«
»Lassen wir es doch dabei«, griff Joseph ein. »Wir werden noch zu spät zur Moloukhia* kommen, und Khadija wird außer sich sein.«
»Joseph hat recht«, meinte Mandrino. »Wir werden den Disput später aufgreifen.« Er tätschelte Husains Schulter. »Fahren wir!«

* Auch *Moloucheya.* Sehr verbreitetes ägyptisches Gericht, das man durch Garen eines spinatähnlichen Blattgemüses in reichlich mit Knoblauch gewürzter Hühnerbouillon zubereitet, der Reis, gewiegte Zwiebeln, Hühner- und anderes Fleisch zugefügt werden.

Der Junge hob seine Karbatsche, doch diesmal war es Giovanna, die ihn zurückhielt.
»Ich antworte dir ...« Sie wandte sich zu ihrer Mutter und sagte: »Meiner Meinung nach verdienen wir dieses Volk nicht.«
»Was erzählst du da?«
»Die Wahrheit. Unter dem Vorwand, daß uns Bildung zuteil wurde und wir uns in französischer Sprache ausdrücken; unter dem Vorwand, daß sie Muslime sind und wir Christen, halten wir uns für den Nabel Ägyptens. O gewiß, wir behandeln sie nicht als Sklaven. Wir hätscheln sie, nennen sie bei ihren Vornamen und stopfen sie mit Bakschisch voll. Doch das hindert uns nicht daran, sie in unserem Innersten als einer anderen Rasse angehörend zu betrachten, nämlich der der Domestiken.«
»Wo aber liegt der Zusammenhang mit der Andeutung von eben?«
»Du hast gesagt, wir wären die Elite. Hat die Elite nicht alle Rechte? Im Grunde verachtest du diese Leute insgeheim.«
Scheherazade sah ihre Tochter mit Bestürzung an. »Giovanna. Ich bin auf dieser Erde geboren. Ich liebe sie aus tiefstem Herzen. Wie kannst du nur solche Reden führen?« Sie schlug sich mit den Fingerspitzen auf die Schläfen. »*Madjnuna* ... du faselst dummes Zeug.«
»Ich fasele dummes Zeug? Solltest du vergessen haben, daß Samira, deine eigene Schwester, aus der Familie verbannt wurde, weil sie beschlossen hatte, den Mann zu heiraten, den sie liebte, und daß dieser Mann Muslim war, also zur minderwertigen Rasse gehörte? Solltest du das vergessen haben?«
Sie sprach, ohne die Stimme zu heben, doch ihr verhaltener Zorn verriet eine wohlbedachte Grimmigkeit. Ein eisiger, beißender Zorn. Sie fuhr fort, noch immer im gleichen Ton: »Was hast du getan, um sie zu verteidigen? Du hast meinen Großvater

sein Gesetz aufzwingen lassen. Ihr habt sie wie eine Leprakranke verstoßen.«
»Das ist doch nicht möglich ... Das kann nicht dein Ernst sein ... Diese Angelegenheit ist mehr als vierzig Jahre her. Ich war damals erst dreizehn ...«
»Wärst du zehn Jahre älter gewesen, hätte das nichts geändert.«
»Giovanna ... meine Tochter. Du gehst zu weit. Einmal mehr bedienst du dich meiner Vertraulichkeiten, um ...«
»Ist es meine Schuld, wenn du dich verrätst? Wenn ...«
Die Stimme Mandrinos unterbrach sie mit einem Schlag. »Es genügt! Du redest wie eine dumme Gans. Ich verbiete dir, über deine Mutter Gericht zu halten. Über sie oder über wen auch immer!«
»Ich bin es nicht, die richtet, sie ist es!«
»Hör auf! Du wirst lächerlich. Wie kannst du nur denken, deine Mutter wäre imstande, ein Geschöpf wegen seiner Religion oder seiner Rasse zu verachten, vor allem wenn es sich dabei um das Volk handelt, dem sie angehört? Du bist töricht. Öffne doch deine Augen.«
»Die Augen öffnen?« Ihre Stimme war jäh in einen Schrei umgeschlagen. »Und du, Papa, weshalb tust du nicht desgleichen? Weshalb nimmst du nicht diese Binde ab, die dich daran hindert, der Wahrheit ins Angesicht zu sehen? Seit jeher hat sie nichts anderes getan, als dich zu verschlingen, dich zu verbrennen. Sie hat dich uns geraubt, mir, deinem eigenen Ehrgeiz.«
»Giovanna!«
»Du meinst, du wärest zu den Lebenden zurückgekehrt, doch du hast nicht begriffen, daß diese Rückkehr ein Trugbild ist. Sie ist es, die in dir lebt. Einzig und allein sie!!« Sie hielt den Atem an, bevor sie skandierte: »Du, du bist gestorben!! Du bist in Navarino gestorben!!«
Bevor noch irgend jemand Zeit zu reagieren gehabt hatte, war sie aus dem Fiaker gesprungen und geradewegs davongelaufen.

Die Nacht hatte sich über Sabah gelegt und das Anwesen mit Finsternis erfüllt. Von einer leichten aus der Wüste gekommenen Brise bewegt, schwankte die kleine Kupferlampe, die an der Verandadecke hing, gemächlich hin und her. Um sie herum vermochte man die Schatten zu sehen, die sich streckten und auflösten im Rhythmus ihres Schaukelns.
Joseph fuhr mit der Hand in das Haar seiner Mutter. »Ich verstehe nicht, was in sie gefahren ist, Mama. Ich frage mich bisweilen, ob meine Schwester nicht den Verstand verloren hat.«
»Du kennst das Sprichwort, mein Sohn ... ›Wenn es dein Wunsch ist, Alpträume zu haben, richte dein Bett auf einem Friedhof ein.‹ Aus Gründen, die mir entgehen, hat deine Schwester beschlossen, unter den Toten zu schlafen. Vor einigen Monaten war es Karim. Heute morgen beschwor sie meine Verwandten herauf. Die Wahrheit ist, daß sie mir zürnt. Warum? Allah 'alim, Gott weiß es.«
Sie drehte sich zu Mandrino. »Was meinst du dazu, Ricardo?«
Mit finsterer Miene erwiderte der Venezianer: »Ich denke, daß Giovannas Gehirn dem Granit gleicht: es ist hart und kalt.«
»Du hast aber doch mit ihr gesprochen«, gab Joseph zu bedenken. »Hat sie dir keinerlei Erklärung gegeben?«
»Sie hat sich damit begnügt, mir zu wiederholen, wir würden sie ungerecht behandeln. Sie hat auch ein Anliegen geäußert.«
»Ein Anliegen?«
Er stützte sich auf das Geländer und ließ ein Knurren vernehmen. »Es ist dermaßen absurd, daß es nicht der Mühe wert ist, darüber zu sprechen.«
»Aber was denn? Was will sie?«
Er benötigte eine Weile, bevor er antwortete: »Uns verlassen ...«
Erstarrt fand Scheherazade noch die Kraft zu fragen: »Und was hast du ihr geantwortet?«

Giovanna saß im Dunkeln am Fuße der alten Sykomore und behielt den Blick auf die Veranda geheftet, während sie unablässig die letzten von ihrem Vater ausgesprochenen Worte wiederkäute: *Wenn du fortgehen möchtest … tu es. Wisse nur, daß es ein beachtliches Hindernis gibt, das du wirst überwinden müssen. Ich bin vielleicht in Navarino gestorben, aber unglücklicherweise genügt das nicht: Damit du die Schwelle Sabahs überschreiten kannst, werde ich ein zweites Mal sterben müssen.*

Demnach war ihr selbst die Flucht versagt.

Mit jähzorniger Gebärde riß sie einen Grasbüschel aus und wandte ihre Aufmerksamkeit wieder der Veranda zu. Dort drüben beredete sich das Paar weiterhin. Joseph hatte sich zurückgezogen. Giovanna konnte nicht hören, was sie sagten, sie sprachen aber gewiß über sie.

Sie hob ihr Gesicht zum Sternenzelt. Ihr hatte sich die Nacht stets als Zufluchtshafen dargestellt, als eine Milliarden Jahre alte Oase, wo all die Wesen einschliefen, die ihr Leid zu tragen müde waren. Wenn sie doch nur in ihr hätte aufgehen können …

Die Lampe pendelte noch immer unter dem Anstoß einer unsichtbaren Hand. Fast augenblicklich überkam sie das Gefühl, eine zur Weißglut erhitzte Klinge bohre sich in sie. Ricardo war im Begriff, Scheherazade zu umschlingen.

28. Dezember 1832

Der Tag war kaum angebrochen, da Sabah von den *zagarid* erfüllt wurde, jenen durchdringenden, tremolierten, überschrillen Schreien, welche der Frauen des Orients ureigene Art sind, Freude auszudrücken.

Im Hausmantel vor seinem Frühstück am Tisch sitzend, kräuselte Ricardo die Augenbrauen. »Was geht vor?«

»Vielleicht eine Hochzeit«, schlug Joseph vor.

Scheherazade goß sich eine zweite Tasse Mokka nach.
»Dann müßte es aber zumindest die Hochzeit des Paschas sein. Hört doch ...«
Die Schreie schwollen mehr und mehr an. Sie griffen auf ganz Kairo über, von den bescheidensten Vierteln Bulaqs bis zu den reichen Wohnsitzen im al-Muski.
Ricardo richtete sich auf. »Ich habe noch nie etwas Derartiges gehört.«
»Wohin gehst du?«
»Mir Aufschluß verschaffen.«
Scheherazade und Joseph folgten ihm auf den Fersen. Kaum waren sie im Garten, stießen sie auf Husain, der ihnen entgegenlief, einer heftigen Erregung ausgesetzt.
»Was gibt es?« erkundigte sich Ricardo. »Weshalb diese *zagarid*?«
»Ihr seid also nicht auf dem laufenden? Der Sohn unseres vielgeliebten Paschas steht vor den Toren Istanbuls! Er hat die türkischen Armeen in Konya vernichtet!«
»Ibrahim?«
»Wer sonst, mein Bey? Allein unser Prinz ist einer solchen Großtat fähig.«
»Das ist nicht möglich ...«, sagte Joseph. »Du mußt im Irrtum sein.«
Der Bursche streckte die Arme in Richtung Stadt aus, während er mit schmetternder Stimme ausrief: »Hörst du es nicht? Das da ist ganz Ägypten, das sich erhoben hat.«
Scheherazade und Ricardo blickten sich ungläubig an. Wenn beide auch über die letzte von Mohammed Ali und seinem Sohn eingeleitete Kampagne im Bilde waren, traf diese letzte Nachricht sie völlig unvorbereitet.
»Glaubst du, Ibrahim könnte dem Pascha nicht gehorcht haben?« fragte Scheherazade.
»Unmöglich.«

»Nicht gehorcht haben?« verwunderte sich Joseph. »Aber worüber sprecht ihr?«
»Gehen wir hinein. In ein paar Sekunden werden wir uns nicht mehr verstehen können.«
»Aber, Vater, ich würde gerne verstehen!«
»Gehen wir hinein. Ich werde es dir erklären. Zunächst muß ich mich jedoch umziehen. Mein Instinkt flüstert mir ein, daß wir in den kommenden Stunden einen Kurier des Vizekönigs empfangen werden.«

Alles hatte ein Jahr zuvor begonnen. Überdrüssig, sich fortwährend von den abendländischen Mächten im Stich gelassen zu sehen, von der Haltung der Pforte angewidert, nach dem Scheitern seines Plans enttäuscht, der auf die Rückeroberungen der Barbareskenstaaten im Namen Frankreichs abzielte, hatte Mohammed Ali beschlossen, mittels des Schwertes zu nehmen, was die Diplomatie ihm verweigerte. Und was man ihm verweigerte, waren Syrien* und die Unabhängigkeit.
Am 14. Oktober verließ die ägyptische Armee Kairo mit Akko als erstem Ziel, jener Stadt von Symbolcharakter, seit Bonaparte dort seinen orientalischen Traum untergehen gesehen hatte. Gleichwohl, im Gegensatz zu dem französischen General hatte Ibrahim sehr rasch begriffen, daß der Fall dieser Festung sich in den Ebenen Syriens entscheiden und durch Siege auf freiem Felde erzielt werden würde. Sechs Monate später fiel Akkon wie eine reife Frucht.
Der Untergang dieser als uneinnehmbar gerühmten Feste bewies die Schwäche der Pforte und verstärkte den bereits großen Groll der dem osmanischen Joch unterworfenen Völker noch. In Frankreich hatte er aufrichtige Freude gezeitigt, indem er der

* Zu jener Zeit bestand Syrien aus den vier *pashalik* (Provinzen) Damaskus, Aleppo, Tripoli und Saida (beide Libanon). Palästina gehörte ebenfalls dazu.

Welt die Existenz einer naturgemäß mit diesem Land befreundeten Macht offenbarte. Im gesamten Gebiet war Ibrahim bewundert und als Retter angesehen worden. Von da an stand ihm der Weg offen, der nach Syrien führte. Am 13. Juni zog er, ohne auf Widerstand zu treffen, in Damaskus ein. Und erst am 7. Juli gelangte die türkische Streitmacht, von acht Paschas angeführt, unter denen auch der Aleppos, vor die Tore der Stadt Homs. Während die Generäle Artigkeiten austauschten und Nargileh rauchten, stürmte Ibrahim (der nur fünf Stunden vor Homs genächtigt hatte und nicht achtzehn, wie man glaubte) auf die Paschas mit der Plötzlichkeit des Blitzes. In weniger als einer Stunde war sein Sieg errungen gewesen. Da Syrien nun erobert war, hätten die Dinge damit ihr Bewenden haben sollen. Dies hätte aber geheißen, Ibrahims obsessiven Wunsch unberücksichtigt zu lassen, nämlich der Hohen Pforte endgültig den Garaus zu machen. Als Tatmensch beschloß der Prinz, die Meinung des Abendlandes zu erzwingen, auf daß sie sich ein für allemal zu Ägyptens Gunsten ausspräche. Und um dahin zu gelangen, gab es nur eine Möglichkeit: auf Istanbul vorzurükken, den Sultan abzusetzen, die türkische Hegemonie zu zerschlagen. Wenngleich widerstrebend, hatte Mohammed Ali den Entschluß seines Sohnes unterstützt.
Dies war nun der Moment, da die Welt der bis dahin passiven Großmächte auffuhr. Kaum war das Vorhaben bekannt, widersetzten sich ihm England, Österreich und Rußland mit allergrößter Entschiedenheit. Schlimmer noch: Frankreich drückte nun ebenfalls seine Mißbilligung aus. Geneigt, Ägypten zu unterstützen, würde es ihm beistehen, wenn auch unter der ausdrücklichen Bedingung, daß Mohammed Ali die seiner Ausdehnung (stillschweigend) gesetzten Grenzen nicht überschritte.

Von einem leichten Schauder ergriffen, verließ Ricardo den Diwan und wandte sich zum *manqal*.* Er fachte die Glut wieder an und verkündete: »Diese Freudenschreie, die aus der Hauptstadt aufsteigen, lassen dem Zweifel kaum Raum: Jene Grenzen sind überschritten.«
»Was erlaubt dir, dies zu behaupten?« fragte Joseph.
»Eben hat Husain die Stadt Konya erwähnt. Weißt du, wo sie liegt?«
Joseph verneinte.
»Im Herzen Anatoliens. Hundert Meilen vor Istanbul.«
»Was bedeuten würde, daß Ibrahim die abendländischen Warnungen außer acht gelassen hätte. Und ...«
Das unvermutete Eintreffen der Dienerin unterbrach ihn.
»Verzeihen Sie mir, mein Bey, aber hier ist jemand, der Sie zu sehen wünscht. Er ist vom Pascha geschickt.«
Ricardo bekundete einen belustigten Ausdruck.
»Ihr seht, ich hatte recht getan, mich umzuziehen. Laß diesen Herrn eintreten, Khadija. Ich bin sicher, er hat uns interessante Dinge zu sagen.«
Zwischen den Kissen sitzend, die Beine unter sich angewinkelt, überkam Scheherazade das Gefühl einer gräßlichen Vorahnung: *Sie werden ihn mir nehmen, einmal mehr.*

* Kohlenbecken türkischer Herkunft.

14. Kapitel

Alexandria,
29. Dezember 1832

Mohammed Ali ergriff die Kaffeekanne mit großem Tukanschnabel und goß Mandrino eine zweite Tasse Mokka nach.
»Ich danke Ihnen, Majestät.«
»Das kannst du auch, Ricardo. Nicht alle Tage ist es Sterblichen gegeben, von einem Pascha bedient zu werden.«
Ein stummes Lachen schürzte die Lippen des Venezianers, aber er enthielt sich einer Bemerkung.
Mohammed Ali trank ein Schlückchen der kochendheißen Flüssigkeit und fügte hinzu: »In Wahrheit ist dies meine Art, meine Dankbarkeit auszudrücken, daß du dich beeilt hast.«
»Ihr Bote hat deutlich betont, die Zeit dränge. Ich hätte ein schlechtes Gewissen gehabt, nicht auf der Stelle Ihrem Ruf nachzukommen.«
»Der Bote hatte recht. Die Sanduhr läuft in der Tat recht geschwind ab.«
»Vor allen Dingen möchte ich gerne wissen, ob das Gerücht begründet ist. Ist Konya …«
Der Vizekönig griff vor: »Ja. Konya ist gefallen. Mit einer an Zahl und Material überlegenen Armee konfrontiert, im Angesicht einer zehntausend Mann starken türkischen Kavallerie, ist es meinem Sohn, von Oberst Sève trefflich beraten, dennoch gelungen, den ihm entgegengeschickten Wesir Rashid Pascha zu schlagen. Es war, so wird behauptet, eine furchtbare Schlacht, aber Allah war auf unserer Seite.«
»Wahrhaftig, in den Adern Ihres Sohnes muß ein wenig vom Blut des großen Alexanders fließen.«
»Oder auch vom militärischen Genie Bonaparte. Was mich nicht

über die Maßen erstaunt, da ich ihm doch diese wunderbare Anlage vererbt hätte.«

»Sie, Majestät?«

»Wer sonst? Bin ich nicht wie Alexander in Makedonien geboren? Und wie der französische General im Jahr 1769? Für den, der an das Schicksal und an Zeichen glaubt, sind dieser Ort und dieses Datum nicht Früchte des Zufalls. Im übrigen, wer kann an Zufall glauben? Außer einigen schwachen und ungläubigen Geistern. Und selbst wenn es den Zufall gäbe, wäre er nichts anderes als das Pseudonym des Allhöchsten.«

»Was mich betrifft, werde ich Ihnen da nicht widersprechen. Es genügt mir, mich umzuwenden und den seit Navarino zurückgelegten Weg zu betrachten, damit meine Zweifel sogleich verfliegen, sofern ich überhaupt welche hätte.«

Der Vizekönig legte seine Hand herzlich auf Mandrinos Unterarm. »Das ist gut, mein Freund. Wir sind also vom selben Glauben. Dein Hirn schwebte damals zwischen Himmel und Erde, und ich habe dir gesagt: Ich brauche dich. Entsinnst du dich?«

»Ja, Exzellenz.«

»Nun denn, niemals war diese Behauptung wahrer als heute. Ich brauche dich.«

Der Venezianer verharrte in abwartender Haltung.

»In einem Brief vom 22. Oktober habe ich meinem Sohn den ausdrücklichen Befehl zukommen lassen, über Konya nicht hinauszugehen und sich zurückzuziehen, wenn die Überbleibsel der türkischen Armee versprengt sind.«

Der Vizekönig streckte seine Hand nach einem dicken Umschlag aus. Daraus zog er ein Bündel Briefe hervor und reichte Mandrino einen davon.

»Hier nun seine Antwort.«

Ricardo bemächtigte sich der Botschaft. Sofort sprangen ihm einige Abschnitte ins Auge:

Ihren Befehlen zufolge müssen wir kehrtmachen, sobald wir in Konya angekommen sein werden. Indes geht das Gerücht um, der Großwesir marschiere an der Spitze einer starken Streitmacht auf uns zu, und falls wir zurückwirken, würde man diese Bewegung der Angst und unserer Unfähigkeit zuschreiben, die Klinge mit ihm zu kreuzen.

Oder auch:

Wir können auf Istanbul vorrücken und den Sultan rasch und ohne Schwierigkeiten entsetzen. Doch hierfür müssen wir wissen, ob Sie wahrhaftig die Absicht haben, uns beizustehen, damit wir die notwendigen Maßnahmen ergreifen, da die tatsächliche Regelung unserer Angelegenheiten sich in Istanbul vollziehen wird; dorthin also, und einzig dorthin, müssen wir uns nämlich begeben, um eigenhändig unseren Willen dort durchzusetzen.

Und dies:

Konya ist nicht Istanbul. Die Hohe Pforte wird nur dann geneigt sein, Frieden mit uns zu schließen, wenn wir in die Hauptstadt selbst einrücken. Vater, muß ich Sie erinnern, daß der Sultan mit den Russen erst Frieden schloß, als letztere bis ins Herz des Landes vorgedrungen waren? Ohne Ihre wiederholten Einschärfungen, die uns jeglichen Vorstoß ausdrücklich verboten, stünde ich an diesem Abend vor den Toren Istanbuls. Und ich frage mich, welchem Beweggrund man diese Mahnung zuordnen muß? Ist es einmal mehr die Angst vor Europa oder etwas anderes? Ich bitte Sie, Vater, mich über die Frage erhellen zu wollen und mir Ihre endgültigen Beschlüsse in dieser Hinsicht mitzuteilen. Die Zeit drängt … *

* Ägyptische Archive. Brief Ibrahims, vom 28. Dezember 1833 datiert.

Ricardo gab dem Vizekönig das Schriftstück zurück.
»Verstehst du nun, in welcher Lage ich mich befinde?«
»Was ich verstehe, Majestät, ist, daß Sie unter der Besessenheit von Navarino leben. Ein Seufzer Europas, eine einzige Note, ein einfaches Billett genügten bereits, damit Sie Ihrer Armee den Befehl erteilten, nach Hause zurückzukehren, und Sie Ihre Träume aufgäben.«
Der Pascha wurde wütend.
»Glaubst du, das weiß ich nicht!«
»In dem Fall, lassen Sie Ibrahim freie Hand.«
»Was sagst du?«
»Was nötig ist, Majestät. Hundert Meilen trennen Ihre Armee von den Glaubenslosen Istanbuls. Niemals wird sich eine ähnliche Gelegenheit wiederholen. Sie haben das Schicksal angeführt. Wenn Sie mir diese Metapher erlauben, würde ich Ihnen sagen, das Schicksal ist wie eine Frau. Eine Frau, der Sie ohne Unterlaß den Hof machten. Sie jetzt zurückzuweisen, da sie sich Ihnen hingibt, droht, sie tödlich zu verletzen. Es gibt nichts Furchterregenderes als eine gedemütigte Frau.«
Mohammed Ali nahm wieder seinen Gebetskranz an sich und ließ ihn fahrig um seinen Zeigefinger kreisen. »Du legst mir also nahe, meinem Sohn die Bitten zu gewähren?«
»Er kennt Europa. Er hat dort einen Teil seiner Studien absolviert. Er weiß um die Tragweite eines Fait accompli, einer vollendeten Tatsache. Erlauben Sie ihm, seinen Vorstoß fortzusetzen. Nehmen Sie Istanbul ein, verhandeln Sie danach.«
Je weiter sein Gesprächspartner seine Argumente ausführte, desto mehr wuchs des Vizekönigs Nervosität an. Mit einem Mal aber ging ein Zucken durch den ganzen Körper des Monarchen. Er gluckste, ballte die Fäuste. Er wollte antworten, aber das Wort erstickte in seiner Kehle.
»Oh!« brüllte er, auf dem Gipfel der Erbitterung. »Wer wird mich von diesem verfluchten Gebrechen befreien?«

Mandrino sah ihn verblüfft, doch mitfühlend an. Er wußte, wie jeder Intimus des Paschas, daß er zu aller Zeit Opfer eines hartnäckigen Schluckaufs gewesen war, der ihn in Momenten starker Erregung überraschte.
»Wenn Scheherazade hier wäre, hätte Sie Ihnen vielleicht Erleichterung verschaffen können, Sire. Falls ich mich recht erinnere, hat sie Ihr Herz erobert, indem sie Sie vom Schluckauf heilte.«
»Das stimmt. Als sie in mein Gemach einbrach ... im Palast ...«
Eine neuerliche Konvulsion zwang ihn, sich zu unterbrechen.
»Mitten in der Nacht ... Der Schreck, den sie mir eingejagt hat ... Aber kehren wir zu unserem Thema zurück ...«
Bevor er fortfuhr, nahm er hastig ein Glas Wasser und leerte es in einem Zug.
»Ibrahim freie Hand lassen ...«
»Ja, Sire. Ich wiederhole Ihnen, nehmen Sie Istanbul.«
Der Pascha versteifte sich unter der Wirkung eines erneuten Zusammenzuckens. Seine Züge versteinerten. Er starrte auf einen Punkt geradewegs vor ihm. Der Gesichtsausdruck war derart, daß Mandrino einen Augenblick glaubte, Mohammed Ali befände sich einer übernatürlichen Vision ausgesetzt. Vielleicht erspähte er durch seine geweiteten Pupillen das zersplitterte Osmanische Reich, den Sultan Mahmud auf Knien, die im Wind knallende ägyptische Standarte auf der Spitze der Moschee Hagia Sophia. Das endlich unabhängige Ägypten.

Den Leib schweißüberströmt, spannte Scheherazade sich unter der Lust. Sie hielt einen Schrei zurück, ihre Muskeln verhärteten sich, das Herz stand still, den Mund weit aufgerissen nach Art einer Ertrinkenden, die nach Lust giert, ließ sie sich schließlich auf Ricardos Brustkorb zurückfallen.
Sogleich verschlangen sich die beiden Silhouetten. Und im Halbdunkel wurde ihrer beider Atem nur noch eins.

Sie flüsterte: »Meine Liebe … Weshalb gibt es keine anderen Worte als diese?«
»Weil die Liebenden Plünderer sind, *meine Liebe*. Und weil es, seit die Welt existiert, keine Worte gibt, die Gnade gefunden hätten an ihren Lippen.«
»Erfinde …«
»Du glaubst mich also phantasiebegabter als die größten Dichter? Omar-i Chajjam höchstselbst war gezwungen, seine Sätze in Wein zu tauchen, um ihnen einen neuen Sinn zu verleihen.«
»Du bist größer als Omar-i Chajjam. Du bist Ricardo Mandrino. Du bist mein König.«
Er umfing sie mit ganzer Kraft, wie jemand, der einen Schmerz zu unterdrücken sucht.
»Welche Art Frau bist du? Wo schöpfst du diese Kraft, die Fähigkeit zu lieben, ohne daß zu irgendeinem Zeitpunkt deine Glut nachließe? Etwas mehr als zwanzig Jahre sind verstrichen, seit wir in jener Kirche Santi Giovanni e Paolo beschlossen haben, unsere Leben zu binden. Ich habe stets geglaubt, es bedürfe weit weniger Zeit, damit sich die Liebe und das Verlangen abnutzten. Indes … Nichts, nichts hat das Gefühl trüben können. Alles scheint so intakt. Wie nur? Wo findest du deine Stärke, Scheherazade?«
Sie lächelte.
»Wie kannst du dich verwundern, da mir doch alles von dir kommt. Ich schöpfe nichts aus eigener Kraft, ich besitze keinerlei Macht. Du hast mir derart viel geschenkt, und ich habe bloß versucht, die Gabe zu vergelten. Sollte ich genug Zeit haben?«
Er heuchelte Entrüstung. »Sind wir nicht unsterblich?«
»Glaubst du das?«
Sie verstummte. Ihr Blick schien in ferne Bilder zu entschwinden.
»Er fragte: »Wo bist du?«

»In meinem Traum.«
»In einem Traum?«
»Dem, der mir seit einiger Zeit, seit deiner Rückkehr träumt und in dem ich Scheherazade bin. Die andere, die wahre. Die Gemahlin des Königs Shahryar. In diesem Traum besitze ich dasselbe erzählerische Talent wie diese legendäre Frau, dieselbe Beschwörungskraft, die ihr während tausendundeiner Nacht erlaubt hat, ihren Gatten zu bannen und so dem Henker zu entkommen. Allerdings ist es nicht der König, dem ich meine Märchen preisgebe.«
Er blickte sie mit fragendem Ausdruck an.
»In meinem Traum öffnet sich eine Tür. Eisige Kälte schleicht sich hinein, während eine Gestalt ins Zimmer dringt, die ich in einen großen weiten Mantel gehüllt erspähe. Ich weiß, sie kommt, um mich aus Sabah, von dir, von meinen Kindern zu verschleppen. Ich möchte schreien, ich bin wie versteinert vor Entsetzen. Dennoch, statt zu fliehen, richte ich mich auf und spreche zu der Gestalt. Ich spreche zu ihr … und sie beginnt mich neugierig zu betrachten. Sie nähert sich. Sie setzt sich auf den Bettrand. Sie hört mir zu. Zunehmend aufmerksamer. Und tief in meinem Innern weiß ich, solange ich zu ihr sprechen werde, wird sie ihren Auftrag vergessen.«
Unversehens warf sie sich in Mandrinos Arme und klammerte sich an ihn.
»Ich habe Angst, Ricardo … Halte mich, ich habe Angst.«
»Aber wovor hast du Angst, bin ich denn nicht hier?«
»Angst, der Pascha könnte uns ein weiteres Mal trennen, Angst, er könnte dich ans Ende der Welt schicken.«
»Nie wieder. Nichts noch irgend niemand wird uns trennen.«
»Schwör es mir.«
»Ich schwöre es.«
Beruhigt ließ sie sich auf den Rücken zurücksinken, ihr Herzschlag fand allmählich seinen natürlichen Rhythmus.

»Habe ich dir schon gesagt, daß die Rede davon ist, Joseph breche erneut zum Isthmus von Suez auf.«
»Nein. Aber es überrascht mich nicht. Linant hat ihn in seinen Traum hineingezogen. Ich weiß nicht, ob sie ihr Ziel je erreichen werden, aber ich finde ihren Schritt bewegend. Ich freue mich auch darüber, weil ein beschäftigter Geist nämlich von Furcht verschont bleibt. Tatsächlich bin ich stolz auf Joseph. Er ist zwar die Frucht deiner ersten Ehe, doch ich hege für ihn ebensolche Zuneigung, als wäre er mein eigenes Kind. Sein Vater wäre stolz auf ihn gewesen.«
»Das glaube ich auch.«
»Welch ein Mann war er? Ich habe nicht in Erinnerung, daß du mir irgendwann von ihm erzählt hättest. Oder aber er gehört zu den noch verschütteten Dingen. Sein Name ...?«
»Michel. Michel Chalhub. Ich brauche dir bloß zu sagen, daß Joseph sein Abbild ist, damit du alles wüßtest.«
»Wie ist er gestorben?«
»Bei einem Aufruhr ... Es geschah zur Zeit, da Bonaparte Ägypten besetzte. Eine Bande von entfesselten Fanatikern hatte das Anwesen überfallen. Sie haben die Dienerin niedergemetzelt, die sie zur Vernunft zu bringen versuchte. Michel wurde durch eine Kugel getötet. Ich geriet in ihre Gewalt, mit Joseph in meinen Armen. Er war damals noch ein Säugling. In gewisser Weise verdanke ich es ihm, nicht ebenfalls getötet worden zu sein.«
»Joseph?«
»Ja. Er weinte. Völlig verängstigt. Seine Tränen haben wahrscheinlich das Mitleid dieser Irren geweckt, denn sie sind wieder abgezogen und haben uns das Leben gelassen.«
»Welch ein entsetzliches Drama! Ich frage mich, ob die Amnesie nicht gewisse Vorzüge hat, da sie doch erlaubt, die schmerzlichen Erinnerungen ins Vergessen zu verdrängen.«
»Die Erinnerungen und die Worte, die sie begleiten.«

Sie zog das Laken über sich.
»Hast du mit Givoanna gesprochen?«
»Hat nicht sie entschieden, ihren Krieg zu führen? So ist es auch an ihr, die Folgen zu ertragen. Und um aufrichtig zu sein, wüßte ich nicht recht, was ich ihr sagen könnte.«
»Sie ist unglücklich, weißt du.«
»Sie ist es, die ihr eigenes Unglück schmiedet. Ich habe das Gefühl, sie gleicht jenen Geschöpfen, die ihre Existenz erst in Brand setzen und abwarten, bis nur noch Asche übrigbleibt, um Hilfe zu erbitten. Im übrigen wiederhole ich dir nochmals, ich wüßte nicht, was ich ihr sagen könnte.«
Eine ebenso heftige wie plötzliche Anspannung bemächtigte sich seiner. In einem Ton voller Bitterkeit ließ er noch fallen: »Bin ich nicht in Navarino gestorben?«

Giovanna ging gerade den Flur hinunter, der zu ihrem Zimmer führte. Deutlich hörte sie den letzten von Mandrino ausgesprochenen Satz. Sie blieb augenblicklich stehen und drückte ihr Ohr gegen die Flügel.

Erschrocken über die Verwirrung, die sie unbeabsichtigt ausgelöst hatte, ergriff Scheherazade die Hand ihres Gatten. »Reden wir nicht mehr davon, Ricardo. Es wird für Giovanna immer noch an der Zeit sein, erwachsen zu werden. Es würde wahrscheinlich zu nichts führen, ihr jetzt nachzugeben.«

Giovanna nahm das Rascheln von Laken wahr. Sie malte sich aus, daß sie sich einander zudrehten, sich wieder schlossen wie zwei Flügel einer Tür zur Vergangenheit, und die Welt daran hinderten hineinzugelangen.

Alexandria, 6. Januar 1833

Bald sechs Stunden lag die *Diogène*, aus Tunis eingelaufen, im Hafen Alexandrias vor Anker, und den Passagieren war noch immer nicht gestattet worden, an Land zu gehen.

Die meisten Reisenden hatten sich auf dem Hinterdeck versammelt und ließen ihrer Wut freien Lauf.

»Also so etwas! Das ist unannehmbar! Ich werde mich bei der Kompanie beschweren.«

»Siebenunddreißig Tage Überfahrt, um sich wie Vieh zusammengepfercht wiederzufinden! Das ist unerträglich!«

»Wir haben doch trotz allem nicht die Lepra!«

Die Klagen folgten noch eine Weile aufeinander, bis ein Offizier auf der Laufbrücke erschien.

»Meine Herren! Ein wenig Ruhe, ich bitte Sie. Ich habe Ihnen eine Bekanntmachung mitzuteilen.«

Augenblicklich trat Stille ein.

»Also. Zu meinem Bedauern muß ich Ihnen melden, daß Herr Costal, einer der in Tunis eingeschifften Reisenden, im Morgengrauen verschieden ist, als die *Diogène* nur noch wenige Kabellängen von der ägyptischen Küste entfernt war. Manche unter Ihnen haben vielleicht eine von den Hafensanitätsbehörden herbeigeschaffte Bahre bemerkt. Der Bericht des Arztes ist leider unumstößlich: Herr Costal ist der Cholera zum Opfer gefallen.«

Ein Moment der Bestürzung entstand unter der Menge.

»Meine Herren! Ich bitte Sie ... Hören Sie mir zu! Unter diesen Bedingungen, die ich beklage, wie Sie sich denken können, zwingt uns die Hafenordnung auf, das Schiff in Quarantäne zu legen. Erst nach Ablauf der Frist wird die Ausschiffung erfolgen können. Aber nicht früher.«

Der Offizier sah die Reisenden scharf an, bevor er mit bedauernder Stimme schloß: »Nehmen Sie bitte unsere innigsten Entschuldigungen wegen dieser Widrigkeit an, doch angesichts

dieser Lage werden Sie gewiß verstehen, daß wir schwerlich eine Wahl haben. Ich danke Ihnen, meine Herren.«
Kaum hatte er sich zurückgezogen, glich das Deck der *Diogène* einem Suk in brodelndem Aufruhr. Man wetterte, man haderte. Allein eine Person, die etwas abseits stand, bewahrte ihre Ruhe mit beinahe orientalischem Fatalismus. Es handelte sich um einen jungen Mann von mittlerer Größe, dessen recht breite Stirn eine reiche pechschwarze Haarpracht krönte. Er konnte wohl nicht mehr als dreißig Jahre zählen. Nachdem er sich das Spektakel seiner überspannten Artgenossen unbeteiligt betrachtet hatte, machte er auf dem Absatz kehrt und schlug, den Laufsteg hinaufschreitend, den Weg zu seiner Kabine ein. Einmal im Innern, schloß er die Tür und ließ sich auf sein Bett fallen. Gewiß, dieser Aufschub verdroß ihn ein wenig, doch alles in allem bestand kein Grund, sich der Niedergeschlagenheit zu ergeben. Er würde seine neuen Obliegenheiten eines Vizekonsuls von Frankreichs mit vierzig Tagen Verzug aufnehmen, das war alles.
Er ließ seinen Geist schweifen, und sein erster Gedanke galt Mathieu, seinem Vater. Mathieu de Lesseps. Er fehlte ihm bereits, zumal die Krankheit, an der er seit einiger Zeit litt, kaum darauf hoffen ließ, ihn eines Tages wiederzusehen. Die Trennung war sehr betrüblich gewesen. Aber er hatte keine andere Wahl gehabt. Der alte Mann hatte hinlängliche Mühe aufgewandt, um ihm diesen Posten des Vizekonsuls in Alexandria zu erwirken. Er konnte ihn doch wohl nicht enttäuschen. Und außerdem, weshalb es nicht eingestehen? Die Vorstellung, endlich mit eigenen Flügeln zu fliegen, weckte in ihm, Ferdinand, ein wahres Hochgefühl.
Er dachte an dieses Ägypten, das er bald entdecken würde und das er nur durch die von seinem Vater weitergegebenen Beschreibungen kannte. Denn Mathieu kannte dieses Land gut. Fünfunddreißig Jahre zuvor hatte er das Amt des Konsuls

von Ägypten bekleidet, zur Zeit der französischen Expedition. Bonaparte hatte ihn sogar mit einer Geheimmission betraut: nämlich innerhalb der osmanischen Armee einen Mann zu finden, der genügend Qualitäten besäße, auf daß es ihm gelänge, sich von der Hohen Pforte zum Pascha von Kairo bestallen zu lassen. Und anschließend seine Ernennung zu stützen. Später dann hätte dieser Mann sich auf Frankreichs Seite schlagen und dessen Interessen verteidigen können. Dergestalt also hatte Mathieu de Lesseps, auf fürwahr bescheidene Weise, den Aufstieg eines einfachen *bikbachi** gefördert, eines Waisenkinds aus Kavala, das weder lesen noch schreiben konnte, eines namenlosen Offiziers des türkischen Heers, der sich in Ägypten verliebt hatte. Eine Persönlichkeit indes, die nicht das mindeste dazu bestimmt hatte, den Strohmann zu spielen. Sehr rasch und mit vollendeter Kenntnis des Spiels der Politik hatte er sich seiner Vormunde zu entledigen verstanden, jeglichen Einfluß, jegliches Hemmnis abwehrend, woher diese auch immer gekommen waren. Und derzeit herrschte dieser als allmächtiger Gebieter über das Land. Er hieß Mohammed Ali.

Ferdinand rekelte sich träge auf seinem Bett. Die Frage, die sich nunmehr stellte, war: Wie nur auf diesem Dampfschiff nicht an Langeweile zugrunde gehen und die Isolierung nutzbringend verwenden?
Durch das Bullauge ließ sich die Zinne der alten Wehrmauern Alexandrias erahnen. Die Stimme eines Muezzins erhob sich in die kristalline Luft. Näselnd überdeckte sie das ferne Raunen des Hafens.
Da seine Aufmerksamkeit von diesem schmerzlichen Rezitativ

* Anführer einer Tausendschaft. Einer der ersten Ränge in der Offiziershierarchie des osmanischen Heeres.

in Bann geschlagen war, hätte er beinahe nicht gehört, daß jemand an die Kabinentür klopfte.
Er runzelte die Stirn. Wer konnte das wohl sein?
Ein Mann mit sonnengegerbter Gesichtsfarbe, die Oberlippe von einem beeindruckenden Schnurrbart geziert, erschien im Rahmen. Er hielt ein Päckchen.
»Effendi* de Lesseps?«
»Ja?«
»Vergeben Sie mir, Sie zu stören. Aber man hat mich beauftragt, Ihnen dies auszuhändigen. Es kommt von seiten Monsieur Mimauts.«
Bei der Erwähnung des Namens seines Dienstvorgesetzten beruhigte sich Ferdinand.
»Das ist nicht alles. Hier ist auch noch dieser Brief.«
Mit einer gewissen Hast entsiegelte Ferdinand den Umschlag.

Teurer Freund, teurer Kollege,
ich bin über die an Bord der Diogène *eingetretene Verdrießlichkeit unterrichtet worden. Sie sehen mich darüber aufrichtig betrübt. Beiliegend werden Sie etwas finden, was Ihnen diese Quarantäne – zumindest hoffe ich dies – ein wenig erträglicher machen wird. In Erwartung, Sie in unserer Mitte zu empfangen, nehmen Sie bitte meine Willkommensgrüße und den Ausdruck meiner herzlichen Freundschaft entgegen.*
Der Generalkonsul von Frankreich, Albert Mimaut

»Möchten Sie etwas darauf antworten?« fragte der Mann nach.
»Übermitteln Sie dem Herrn Konsul meinen lebhaftesten Dank.«

* Türkisches Wort. Titel ziviler und religiöser Würdenträger. In Ägypten gelangte er in die Alltagssprache, und die Einheimischen gebrauchten ihn (oder gebrauchen ihn noch weiter), wenn sie ihre Hochachtung gegenüber einem Gesprächspartner auszudrücken wünschten.

»Sehr wohl, Effendi.«
Der Mann verbeugte sich ehrerbietig und entfernte sich über den Laufgang.
Kaum allein, öffnete Ferdinand die Verpackung, die das Päckchen schützte.
Ein verzückter Ausdruck hellte sogleich seine Züge auf. Ein Buch. Und eben fragte er sich noch, wie er seine Zeit verwenden würde.
Description de l'Egypte. Der Titel war ihm nicht unbekannt: Es handelte sich um die Summe aller Grundlagen, welche die Gelehrten, die Bonaparte anläßlich der französischen Expedition begleiteten, zusammengetragen hatten.
Mit unbestreitbarer Fiebrigkeit streckte Ferdinand sich auf seinem Bett aus und begann, das Werk durchzublättern. Aufs Geratewohl seiner Lektüre zog ein Kapitel seine Aufmerksamkeit im besonderen Maße auf sich: »Entwurf einer Verbindung des Indischen Ozeans mit dem Mittelmeer über das Rote Meer und den Isthmus von Suez, von Jacques-Marie Le Père.«
Bereits als er die ersten Seiten überflogen hatte, fühlte er sich von einer unbändigen Erregung befallen.
Ein Wasserweg … Ein Kanal … Ein titanisches Bauwerk …
Das Bauwerk würde den Seeweg von Marseille nach Bombay um annähernd zehntausend Kilometer verkürzen.
Eine Aufeinanderfolge außergewöhnlicher Persönlichkeiten tauchte aus dem Dunkel der Urzeiten auf, welche allesamt mit mehr oder weniger Glück zu diesem formidablen Abenteuer beigetragen hatten.
»Sesostris … Necho … Darius … der Kalif Omar, Fürst der Gläubigen, al-Mansur, der Gründer Bagdads … der Mathematiker Leibniz und endlich Bonaparte.«
Oh, seinen Namen, den Ferdinand de Lesseps', an die jener Riesen der Geschichte anzufügen! Sollte dies möglich sein?

15. Kapitel

Gizeh, Anwesen Sabah,
10. Januar 1833

Die Hand auf den Türknauf gelegt, überkam Scheherazade ein kurzes Zögern. Sie lauschte, als trachtete sie danach, ein Zeichen wahrzunehmen, ein Geräusch, das im selben Moment zu einer Ermutigung würde, das Zimmer ihrer Tochter zu betreten. Doch sie hörte nichts. Vielleicht war Giovanna eingeschlummert? Schließlich drückte sie den Flügel auf.

Sie schlief nicht. Auf dem Fenstersims sitzend, starrte sie träumerisch in die Nacht. In einer Ecke des Raums, auf einem Tischchen von durchbrochenem Holz, verströmte ein Kerzenstock sein kupfernes und flackerndes Licht.

»Guten Abend, Giovanna.«

Es folgte keine Antwort.

Scheherzade näherte sich die Fenster. Ihre Arme schlossen sich fröstelnd vor ihrer Brust.

»Ist dir nicht kalt?«

Die junge Frau schüttelte den Kopf und wandte den Blick ab.

»Weißt du, daß wir morgen abend den Geburtstag deines Vaters feiern?«

Es folgte keine Antwort.

»Zwei Wochen sind verstrichen, und du weigerst dich noch immer, das Gespräch mit Ricardo wiederaufzunehmen. Denkst du, das ist gut?«

»So ist es nun einmal.«

»Es scheint mir indes, die Härte deiner Worte rechtfertigten, daß du ihn um Verzeihung bätest.«

»Die Härte meiner Worte?«

»Entsetzliche Dinge, Giovanna. Solltest du sie bereits vergessen haben?
Giovanna schauderte.
Bin ich nicht in Navarino gestorben? Der einige Tage zuvor im Flur gehörte Satz trat in ihrem Sinn wieder an die Oberfläche. War er ihr je entfallen?
»Du mußt eines wissen. Der Mann, den du angegriffen hast, ist nicht mehr der, der unser Leben vor der Tragödie Navarino geteilt hat. Gewiß, der Verlauf seiner Krankheit hat sich günstig entwickelt, über unsere Hoffnungen hinaus. Nichtsdestotrotz hat sich nichts daran geändert, daß in Ricardos Gehirn ganze Seiten verbleiben, die vielleicht nie wieder zum Vorschein kommen werden. Er ist ein kranker Mann. Verdient dies nicht eine Geste von deiner Seite?«
Es wird für Giovanna immer noch an der Zeit sein, erwachsen zu werden. Es würde wahrscheinlich zu nichts führen, ihr jetzt nachzugeben.
Die junge Frau ballte die Fäuste.
»Was vermuten ließe, daß mein Vater verwundbar wäre.«
»Zerbrechlicher, als er es jemals gewesen ist.«
Giovanna strich mit der Hand über ihr Haar.
»Ist das der Grund, weshalb du ihn nach Belieben beeinflußt und lenkst?«
Scheherazade benahm es den Atem.
»Weshalb verstellst du dich? Du nutzt Papas Schwäche aus, um ihn besser unter deiner Fuchtel zu halten. Im Grunde ist es seine Schwäche, aus der du deine Kraft schöpfst.«
Betäubt wich sie wie unter dem Stoß einer mächtigen Bö zurück.
»Das ist ein Alptraum ... Wie kannst du dir auch nur einzige Sekunde vorstellen, ich wollte dir deinen Vater rauben? Ist es meine Liebe für ihn, die dich seiner Liebe beraubt? Er wäre fast gestorben, Giovanna. Ich hätte ihn beinahe nie wiedergesehen.«
Es folgte keine Reaktion.

»Hör mir gut zu«, fuhr Scheherazade fort. »Du bist mein Fleisch und Blut. Die andere Seite meines Lebens. Sieh mich an!«
Sie umfaßte heftig Giovannas Gesicht und zwang sie, ihrem Blick zu trotzen.
»Ich bin deine Mutter. Nicht deine Rivalin.«
Sie musterte sie, um die Wirkung ihrer Worte zu ergründen. Ihre Tochter war kalt wie Stein geblieben.
»Ich sage es dir nochmals, morgen abend findet das Geburtstagsfest deines Vaters statt. Das ist die Gelegenheit, einen Schritt zu tun, ohne daß dein krankhafter Stolz darunter litte.«
Die Tür schloß sich mit einem dumpfen, unheimlichen Klang. Giovanna blieb regungslos, ihre Gedanken verloren sich in den Sternen. Wie aus heiterem Himmel brach sie in Schluchzen aus. Ihre Tränen wandelten sich in einen stummen Schrei, der aus den zerrissenen Tiefen ihrer Seele aufstieg.

Zitadelle von Kairo, März 1833

Vor dem imposanten Spiegel des sogenannten Salons der Botschafter aufgepflanzt, prüfte Ferdinand, daß auch nichts seine Kleidung verunzierte. Beruhigt suchte er wieder seinen Sessel an der Seite des Konsuls von Frankreich auf.
»Verzeihen Sie mir diese Bemerkung«, sagte Mimaut, »ich gehe vielleicht fehl, aber man könnte meinen, Sie haben Herzklopfen.«
»Sieht man das denn so stark?«
»Genug jedenfalls, damit ich es bemerkt habe. Gleichwohl haben Sie nichts zu befürchten. Der Pascha ist ein ganz und gar zuvorkommender Mensch.«
»Daran zweifele ich nicht. Mein Vater hat mir häufig von ihm erzählt. Bloß ist das alles hier neu für mich. Und insbesondere muß ich gestehen, äußerst beeindruckt gewesen zu sein von dem Empfang, der uns vorbehalten worden war. Welch ein Pomp! Welche Grandeur in diesem herrlichen Geleit, das uns

bis hierher eskortiert hat. Es waren weit mehr als hundert Reiter. Und diese Garde, die uns am Eingang der Zitadelle die Ehren erwiesen hat …«

»Sie werden sehen, man gewöhnt sich rasch an die Bezeigungen der Ehren als auch an die der Ungnade. Man muß sich nur das Schicksal von Mathieu, Ihrem Vater, anschauen. Generalkonsul von Ägypten unter Bonaparte, Minister des Königreichs Etrurien, Konsul in Korfu. Eines Morgens dann: der Sturz.«

»Er war unausweichlich, sowie Napoleon die Niederlage widerfuhr.«

»Einige Zeit danach, der Ruhm. Die Rückkehr des *Adlers*, die *Hundert Tage* und für Ihren Vater der Titel eines Grafen des Kaiserreichs.«

»Ein Ruhm von kurzer Dauer, leider. Als die Bourbonen in die Staatsgeschäfte zurückkehrten, lehnte Louis XVIII. es ab, jenen zu bestallen, den der Kaiser ›den Getreuen der letzten Stunde‹ zu nennen Gefallen fand.«

»Ungeachtet dessen hat man ihm trotzdem den Posten des Konsuls in Philadelphia und anschließend den in Tunis gewährt. Es ist genau, wie ich sage: Zwischen den Ehren und der Ungnade ist nur die Breite eines Haares. Obgleich man feststellen muß, daß Ihr Vater eine bewundernswerte Laufbahn erfahren hat.«

»Werde ich mich dessen würdig erweisen? Vielleicht rührt mein Herzklopfen daher.«

»Sie werden dessen würdig sein, davon bin ich überzeugt. Mit der Erfahrung werden Sie einen brillanten Diplomaten abgeben. Im übrigen sind Sie ja kein wirklicher Neuling mehr. Haben Sie nicht die Obliegenheiten eines Konsulanwärters in Lissabon versehen?«

»Das stimmt. An der Seite meines Onkels Barthélemy. Ich verdanke ihm viel.«

Während er sprach, warf Ferdinand einen Blick auf seine Taschenuhr. »Bald sieben Uhr. Glauben Sie, der Pascha wird uns vergessen haben?«

»Mein Freund, erlauben Sie mir, Sie daran zu erinnern, daß Ägypten im Krieg steht. Der Tag eines Monarchen muß, das ist das mindeste, was man sagen kann, überladen sein. Im Augenblick herrscht nämlich in den diplomatischen Kreisen ein ungeheures Brodeln. Ibrahim Pascha lagert hundert Meilen vor der osmanischen Hauptstadt, und ganz Europa hält den Atem an.«

»Der Widerhall dieser Angelegenheit ist bis Tunis zu mir gelangt. Glauben Sie, der Pascha wird das Risiko eingehen, den wiederholten Mahnungen der Mächte zuwiderzuhandeln?«

»Das ist die große Frage, die wir alle uns stellen. Die Stunde ist ernst, das ist das einzige, was ich sagen kann.«

Ferdinand nickte mit dem Kopf, und gerade so, als hätte er den ganzen Gesprächsverlauf über nicht innegehalten, an etwas anderes zu denken, wechselte er das Thema.

»Dieses Werk, die *Beschreibung von Ägypten* ... ich werde Ihnen niemals genug danken können, es mir ausgeliehen zu haben. Ein reicher Quell an Informationen.«

»Nicht wahr? Ich war gewiß, daß Sie Gefallen fänden, es zu lesen. Ein Schatz, in der Tat.«

»Ich nehme an, Sie haben es selbst durchgelesen?«

Mimaut bejahte es.

»Sind Sie nicht von Le Pères Denkschrift beeindruckt worden?«

Der Konsul schien in seinen Erinnerungen zu stöbern. »Sie meinen diesen Einfall eines Durchstichs des Isthmus von Suez?«

»Interessant, finden Sie nicht?«

Mimaut hob die Augenbrauen.

»Ich würde eher utopisch sagen. All jene, die mehr oder minder danach gestrebt haben, das Unterfangen zum Erfolg zu führen, haben sehr bald klein beigegeben.«

Ferdinand hätte ihm beinahe widersprochen, hielt sich aber zurück. Wozu hätte es letzten Endes genutzt?

Als man sie einige Minuten später abholte, mußte er eine gewisse Mühe aufwenden, um seine Gedanken zu sammeln und vor allem jenes Wort zu verdrängen, das unaufhörlich in seinem Geist hämmerte: *Suez* …

Wider alle Erwartung wurden sie nicht etwa in das Kabinett des Vizekönigs geführt, sondern in den Thronsaal. Von einem Wald aus Kristallüstern erleuchtet, war die Unermeßlichkeit des Raumes wahrhaftig angetan, Schwindel zu erregen. Der Thron, von einem Baldachin purpurnen Samts überwölbt, ragte an der hinteren Wand auf. Der Anblick, der sich ihnen bot, war um so verwirrender, als die Mitte des Saales vollkommen kahl war. Zu beiden Seiten schien eine Reihe samtbezogener und mit Blattgold beschlagener Sessel einiger illustrer Besucher zu harren. Mimaut und Ferdinand traten Seite an Seite bis zum Thron vor, auf dem Mohammed Ali sie erwartete. Die Besonderheit seiner Gewandung zog sogleich des Generalkonsuls Augenmerk auf sich: Der Monarch hatte sich mit der Tracht bekleidet, die er seit kurzem in seinem Heer eingeführt hatte, nämlich einer Jacke mit auf ganzer Länge der Unterarme geschlitzten Ärmeln, einer an den Schenkeln weiten und an den Waden anliegenden Hose, der Leibbund von einem breiten Seidenband gehalten. Ein Jatagan, dessen Scheide mit Edelsteinen eingelegt war, baumelte an seinem Gürtel.
»Wieder eine Art mehr, sich von dem türkischen Gebieter abzuheben«, dachte Mimaut.
»Meine Herren, seien Sie in Kairo willkommen.«
Mimaut grüßte und beeilte sich, auf seinen Kollegen zu weisen.
»Hoheit, erlauben Sie mir, Ihnen diesen Herrn vorzustellen …«
»Monsieur de Lesseps … Ferdinand de Lesseps, Sohn des Mathieu. Ja. Ich weiß.« Ein warmherziger Ausdruck entspannte die Züge des Paschas, während er hinzufügte: »Dieser Name weckt in mir glückselige Erinnerungen.«

Er beugte sich leicht nach vorn und fixierte den Vizekonsul.
»Wußten Sie, daß Ihr Vater viel zu meiner Thronbesteigung beigetragen hat?«
»Da Sie die Güte haben, es zu behaupten, Sire.«
»Ich behaupte es in der Tat. Der Name Mathieu de Lesseps wird für mich stets ein Sinnbild an Brüderlichkeit bleiben. Was seinen Sohn betrifft, nimmt er bereits jetzt einen bevorzugten Platz in meinem Herzen ein. Monsieur de Lesseps, Sie sind hier zu Hause.«
»Ich hoffe, mich einer solch großen Ehre würdig zu erweisen, Hoheit.«
Der freundliche Ausdruck des Vizekönigs veränderte sich, als er seine Aufmerksamkeit wieder Mimaut zuwandte: »Nun, mein Werter, wie lauten die Neuigkeiten aus Frankreich?«
»Das heißt, Sire ...«
»Ich habe verstanden. Wir brauchen keinerlei Wandel im Verhalten Ihres Königs zu erwarten. Seine Majestät Louis-Philippe wird weiterhin im Schatten Englands schreiten.«
Mimaut entgegnete mit jäher Leidenschaft: »Ich beschwöre Sie, Majestät, versuchen Sie, die Position meines Landes zu verstehen. Es ist gänzlich geneigt, Sie zu stützen, doch es bleibt vor allem der Unverletzlichkeit des Osmanischen Reichs verbunden. Eine Unverletzlichkeit, die Ihr Marsch auf Istanbul im Begriff ist ins Wanken zu bringen.«
»Einerlei. Die Würfel sind gefallen.«
Der Konsul von Frankreich fuhr hoch.
»Sie sind meinem Sohn nie begegnet«, griff der Monarch auf. »Das ist schade. Sie hätten gesehen, welche Art Mann er ist. Starrköpfig, ungestüm, stolz. Kurzum, ein Individuum von der Art, die man nicht in einem Käfig hält, die man weder mit Sendschaften noch Einschärfungen bändigt. Wie ...«
Er hielt inne.
»Napoleon ...«

»Sire. Seien Sie gewarnt. Der Zar hat der Hohen Pforte soeben Rußlands militärischen Beistand angeboten. Sie wissen wohl, daß dies ein Vorwand ist, seine Hegemonie über das Gebiet herzustellen. Was Frankreich nicht hinnehmen kann.«
»Womit es sich der Absicht der britischen Regierung anschließt.«
»Einmal ist noch keine Gewohnheit, Sire.«
»Wir werden sehen. Lassen wir das Schicksal wirken.«
Er drückte sich gegen die Lehne seines Throns.
»Und was die Umgestaltung der konsularischen Korps betrifft? Wurde hierzu eine Entscheidung getroffen?«
Der Konsul von Frankreich erwiderte bekümmert: »Der Duc de Broglie, unser Minister für Auswärtige Angelegenheiten, hat leider befunden, die Stunde sei für eine solche Veränderung nicht günstig. Unsere Vertreter werden weiterhin den Titel von Generalkonsuln tragen.«
»Und nicht den von Botschaftern.«*
Mit fahriger Gebärde klammerten sich seine Finger um eine Armlehne des Throns. An Ferdinand de Lesseps gerichtet, warf der Pascha ein: »Das ägyptische Geld wird in Kairo geprägt, ich habe es vom Kurs der osmanischen Währung unabhängig gemacht. Ich habe die Einfuhr türkischer Piaster verboten. Seit recht langer Zeit schon sind die Verwaltungsbezirke nicht mehr die, welche die Pforte abgegrenzt hatte. Im ganzen Land steht alles unter meiner Aufsicht, was, im guten wie im schlechten, die bürgerliche Ordnung anbelangt. Ich habe die militärischen Trachten, die Fahnen umgestaltet. Ich besitze heutigen Tages die mächtigste Marine der ganzen Region. Und endlich steht

* Da Ägypten (offiziell Vasall Istanbuls) noch immer nicht als vollwertiger Staat anerkannt war, blieb das Amt des Botschafters unbekleidet und die ausländischen Vertretungen auf konsularische Korps beschränkt.

mein Sohn kurz davor, das ehemalige Byzanz über den Haufen zu rennen.«

Er verstummte absichtsvoll, um dem, was dann folgte, mehr Gewicht zu verleihen. »Monsieur de Lesseps, kennen Sie das Ausmaß meines Reiches? Fünfundneunzigtausend Quadratmeilen! Haben Sie gehört? Fünfundneunzigtausend! Es erstreckt sich von Nubien bis ins Peträische Arabien, vom Sudan bis in den Hidjas, von Syrien bis Kilikien, vom drusisch-maronitischen Fürstentum Libanon bis Griechenland. Und ebendieses Reich befindet man für unwürdig, einen Botschafter zu empfangen!«

Lesseps wollte antworten, als plötzlich eine Reihe gegen die Tür gehämmerter Schläge ertönte.

Der Vizekönig kräuselte die Augenbrauen. »Was soll denn der Lärm? Wer ...«

Er hatte seinen Satz noch nicht beendet, als die Flügel mit Radau aufgeschlagen und die Gestalt eines Kindes in den Saal stürmte, um sogleich auf den Thron zuzulaufen.

»Said!« grollte der Herrscher. »Wie kannst du es wagen?«

Das Kind warf sich seinem Vater an die Brust. Im Hintergrund hatten Diener auf der Schwelle innegehalten. Versteinert.

»Ja, was geht denn vor?«

»Vater«, schluchzte Said, »ich kann nicht mehr! Gnade!«

»Gnade? Was hat das zu bedeuten?«

Das Kind schluckte. »Ich habe Hunger ...«

Die Stirn des Paschas legte sich streng in Falten.

»Wieviel wiegst du?«

»Ich habe keine Ahnung ... Ich weiß nicht mehr.«

Er rief die Diener an. »Wieviel?«

Eine zittrige Stimme flüsterte: »Hundertsechs Pfund, Hoheit.«

»Hundertsechs Pfund! Das ist kein Kind mehr, das ist ein Nilpferd!«

Er drehte sich zu Lesseps.

»Den Nöten der Politik gesellen sich meine familiären Sorgen hinzu. Sagen Sie, Monsieur de Lesseps, Sie, der Sie dünn wie ein Faden sind, halten Sie es für gesund, wenn ein Kind von kaum elf Jahren derart viel wiegt?«

»Sagen wir, im Verhältnis zu seiner Größe scheint mir dies in der Tat ein klein wenig übermäßig.«

»Das ist auch meine Meinung. Doch was tun? Ich habe alles versucht. Wenn er an Gewicht zunimmt, bestrafe ich ihn, wenn er abnimmt, belohne ich ihn.«

Das Kind, den Kopf an Mohammed Alis Bauch vergraben, stammelte: »Du hast mich nie belohnt ...«

»Wie hätte ich auch? Du wirst doch bloß dicker!«

Ferdinand de Lesseps tauschte einen belustigten Blick mit Mimaut und schlug vor: »Wenn Sie mir diese Ehre gewähren möchten, Majestät, bin ich bereit, Hoheit Said in Obhut zu nehmen.«

»In Obhut nehmen? Was meinen Sie damit?«

»Mich um seine diätetische Ernährung zu kümmern. Wir könnten ihn dazu führen, einige Leibesübungen zu verrichten.«

»Aber ich mach doch nichts anderes!« begehrte der junge Prinz auf. »Vom Morgengrauen bis zum Sonnenuntergang! Noch heute morgen mußte ich eine Stunde lang seilspringen. Anschließend ...«

»Ruhe!« donnerte der Monarch.

Er fragte Ferdinand: »Ist das wahrhaftig Ihr Ernst? Fühlen Sie sich Manns genug, eine solche Mühsal auf sich zu nehmen?«

»Ich werde mein Bestes tun, Sire.«

»Das Unterfangen droht beschwerlich zu sein, mein Freund.«

»Nicht, wenn der Prinz mir sein Vertrauen schenkt.«

Der Vizekönig tätschelte die Schulter seines Sohnes. »Was denkst du darüber?«

Said klammerte sich um so stärker an den Monarchen.

»Alles, was Sie wollen, aber haben Sie Gnade, man möge mir etwas zu essen geben.«

»Zweifelsohne eine Schüssel Makkaroni!«
Die Augen leuchteten in gierigem Glanz auf. »O ja …«
»Er wäre imstande, den Thron Ägyptens für eine Schüssel Nudeln zu verkaufen! Nehmen Sie ihn, Monsieur de Lesseps, ich vertraue ihn Ihnen an. Doch ich warne Sie vor, in einer Woche werden wir ihn wiegen. Falls die Waage nicht vier Pfund weniger anzeigt … riskieren Sie einen diplomatischen Zwischenfall.«
Ein verschwörerisches Mienenspiel beseelte Ferdinands Physiognomie.
»Es sei denn, Sie hätten bis dahin Konstantinopel eingenommen, Sire.«
»Ich sehe den Zusammenhang nicht.«
»Ihre Freude wäre derart groß, daß die Beleibtheit Ihres Sohnes Ihnen lächerlich erschiene. Wer weiß, vielleicht werden Sie ihm gar einen Makkaroni-Schmaus gewähren.«
Said drehte sich zum ersten Mal um und erforschte mit einer Mischung aus Mißtrauen und Neugierde den Mann, der für seine zukünftige Marter verantwortlich sein sollte.

Joseph stieß einen Triumphschrei aus.
»Du hattest recht! Bonapartes Ingenieur hat sich geirrt!«
Über den Zedernholztisch gebeugt, setzte Linant de Bellefonds eine allerletzte Anmerkung auf die Karte, die den Isthmus von Suez darstellte, bevor er bestätigte: »Ja … Eine direkte Trasse ist möglich. Statt dem Kanal irgendwie im Wege zu stehen, kann der von Le Père festgestellte Höhenunterschied dessen Anlage sogar erleichtern. Um die Wasser des Roten Meeres einzudämmen und zu bändigen, wird man zwei Schleusen errichten. Bei jeder Flut werden diese infolge der Schwerkraft den Ablauf vom Roten zum tieferliegenden Mittelmeer ermöglichen. Das ist aber nicht alles …«
Linant setzte seinen Finger auf den Plan und fuhr mit seiner

Darlegung fort: »Nach etlicher Wiederholung werden die abfließenden Wasser eine Rinne aushöhlen, welche die Strömung nach und nach vertiefen und verbreitern wird. Das Fluten wird auch dem Versanden der Mündung entgegenwirken; indem es die Schlämme von Pelusium fortspült, wird es den Bau eines Hafens in der Bucht erleichtern. Auf die Weise wird man, mit geringem Aufwand, einen neuen Bosporus, einen künstlichen Bosporus schaffen, einen großen Strom Salzwassers, der imstande ist, Hochseeschiffe zu tragen.«
Von seiner Begeisterung mitgerissen, umschlang Joseph seinen Freund, hob ihn hoch und ließ ihn herumwirbeln.
»Du bist ein Genie, Linant! Ein wahres Genie! Du verdienst den Titel Bey. Was sage ich, den eines Paschas! Ein Genie!«
»Heda! Nur die Ruhe, du wirst dir ein Bein brechen, und mir auch.«
Joseph setzte den Franzosen wieder ab.
»Gott und die Menschen würden es mir niemals verzeihen. Von nun an gehörst du nämlich der Nachwelt.«
»Der Nachwelt … Ach was!«
Joseph hämmerte mit flacher Hand auf die topographische Erhebung, die auf dem Tisch lag.
»Denk nach! Nichts wird mehr wie vorher sein. Bis zu dieser Stunde erwogen alle Entwürfe, die sich auf den Durchstich des Isthmus von Suez bezogen, indirekte Trassenführungen. Die einen komplizierter und kostspieliger als die anderen. Von heute an steht dem Aushub eines Kanals in gerader Linie zwischen den beiden Meeren nichts mehr entgegen.«
»Ich möchte keineswegs den Miesmacher spielen, aber es bleibt noch viel zu tun. Le Pères Einwand zu entkräftigen genügt nicht. Wir müssen uns jetzt ausgiebig mit der Erkundung des Geländes befassen. Schau … Hier liegt der Bittersee. Dort die Senke von Qantara. Zwischen beiden der Timsah-See. Das Ziel unserer nächsten Expedition.«

»Demnach werden wir vom Pascha eine weitere Erlaubnis erwirken müssen.«
»Glaubst du, er wird sie uns verwehren?«
»Sie uns verwehren? Du willst wohl spaßen, Linant! Schließlich ist es die Eroberung der Indienroute, die wir ihm bieten. Die Beherrschung des gesamten Seeverkehrs zwischen Akaba und Bombay! Er wird den alten Traum seines Idols Bonaparte verwirklichen können.«
Ohne Überleitung zog er seinen Freund am Arm.
»Und jetzt komm, es ist schon sehr spät, meine Eltern dürften ungeduldig werden.«
»Deine Eltern? Aber wohin gehen wir?«
Joseph maß seinen Freund mit einem Ausdruck freundlichen Tadels.
»Du hast es also vergessen. Heute abend ist das Geburtstagsfest meines Vaters!«
Der Franzose zögerte.
»Nun ja ... das Herz steht mir nicht so recht danach, mich zu zerstreuen. Ich sorge mich wegen dieser Expedition. Ich frage mich, ob der Herrscher geneigt sein wird, ein derartiges Unternehmen zu finanzieren, während das Land im Krieg steht. Die Prospektionsarbeiten werden ziemlich kostspielig sein.«
Joseph stemmte seine Hände in die Hüften. »Wir sprachen doch von einem Traum, nicht wahr?«
Linant nickte.
»Mein Freund, ein Traum hat keinen Preis, oder er ist kein Traum mehr.«

Eine gedämpfte Stimmung herrschte im *qa'a*, dem großen, zu den Gärten Sabahs hin sich öffnenden Gesellschaftsraum. Vor der Ankunft der Gäste hatte Scheherazade einige Weihrauchperlen verzehren lassen, und die Voluten grauen Rauchs schwebten noch um die Lüster. Die meisten Geladenen hatten sich in Grüppchen aufgeteilt. Manche hatten auf den Diwanen Platz genommen, andere unterhielten sich im Stehen. Diener, Nubier zumeist, bewegten sich zwischen den Gästen hin und her, boten, in weiße Dschellabahs gehüllt, *meze* * und Getränke an.

Scheherazade, mit einer Tunika aus schwarzer Seide bekleidet, schritt mit ihrer gewohnten Ungezwungenheit umher, teilte Lächeln und Begrüßungen aus. Indes, von Zeit zu Zeit hielt sie inne, durchforschte den Raum mit Blicken, ging dann weiter, wobei ein Schatten ihre Augen verdüsterte.

Ein weiteres Mal schickte sie sich an, die Versammelten zu erkunden, als sie plötzlich Mandrinos Stimme hörte, der ausrief: »Na endlich! Es wurde auch Zeit!«

Ihr schauderte, ihr Herz hüpfte in der Brust, doch rasch fiel ihre Gemütsbewegung wieder ab. Es waren lediglich Joseph und Linant, die in Erscheinung traten.

»Wir begannen uns zu sorgen«, meinte Ricardo. »Eine Weile noch, und ich hätte einen Diener zur Zitadelle gesandt.«

»Es ist meine Schuld«, entschuldigte sich Linant. »Ich mußte noch ein paar Berechnungen anstellen ... Ich habe nicht gemerkt, wie die Zeit verging.«

Der Venezianer schüttelte lächelnd den Kopf.

»Mein lieber Freund, ich weiß, wie wichtig Ihre Arbeiten sind und mit welcher Leidenschaft Sie sie erfüllen, aber hören Sie dennoch auf die Ratschläge eines alten Herrn: Lassen Sie der Entspannung ein wenig Raum.«

Er wandte sich um und rief den um ihn versammelten Gastfreunden zu: »Monsieur Linant de Bellefonds und mein Sohn, Joseph. Beide hydrographische Ingenieure Seiner Majestät.«

Herzliche Äußerungen begrüßten die beiden Männer.

* Oder *maaza*. Appetithäppchen. *(Anm. d. Übers.)*

»Nehmt Platz«, forderte Ricardo sie auf und deutete auf eine freigebliebene Ecke des Diwans.

»Einen Augenblick«, entschuldigte sich Joseph.

»Wo gehst du hin?«

»Mama begrüßen.«

»Aber das ist mein Geburtstag! Ich weigere mich zu teilen.«

Als er diese Worte aussprach, verklärte ein liebevolles Leuchten seinen Blick.

Während Joseph sich entfernte, ergriff er eine Flasche Champagner, die er Linant vorzeigte.

»Champagner aus Frankreich! Ein Geschenk Ihres Konsuls, Herrn Mimauts. Sie trinken doch gewiß ein wenig davon?«

»Mit Freuden, Monsieur.«

In dem Augenblick, da Joseph auf seine Mutter zuging, sah er noch, wie sie durch die Tür zum Garten verschwand. Er folgte ihr auf den Fersen.

Draußen war die Landschaft spärlich vom schüchternen Glast der Sterne erhellt. Er mußte die Schatten einen Moment erforschen, um sie zu entdecken. Sie kehrte ihm den Rücken zu, reglos, mit zusammengelegten Händen, teilweise vom Blattwerk der Rosenlorbeeren verborgen.

Sie mußte seine Gegenwart gespürt haben, denn sie schreckte leicht hoch und wirbelte herum.

»Guten Abend, Joseph.«

»Nun? Wie hat sie sich entschieden?«

»Sie wird nicht kommen.«

»Das ist absurd!«

Sie machte eine resignierte Geste.

»Aber das ist doch Papas Geburtstag!«

»Noch heute morgen habe ich sie beschworen, sich einen Stoß zu geben. Eine Mauer hätte größere Empfindsamkeit gezeigt.«

Mit entschlossener Miene ballte Joseph die Fäuste.
»Nun gut. Ich werde mit ihr reden.«
Sie packte sein Handgelenk.
»Nein! Das muß nicht sein.«
»Laß mich nur machen, Mama.«
»Nein! Mit einundzwanzig Jahren ist deine Schwester kein Kind mehr. Wenn in ihrem Alter ihr Herz stumm ist, kannst weder du noch irgendwer etwas daran ändern. Ich habe ihr alles gesagt. Jetzt befindet sich das Spiel in ihren Händen. Es ist an ihr, und ihr allein, zu entscheiden, ob sie fortfahren will, in der Nacht zu leben, oder ob sie sich dem Licht öffnen mag. Die Wahl gebührt ihr.«
Sie nahm beherzt Josephs Arm.
»Komm, mein Sohn. Ich möchte meinen Gästen nicht fehlen.«

Die dreiundsechzig Kerzen funkelten auf der beeindruckenden Geburtstagstorte. Die Gastfreunde hatten einen Kreis gebildet und skandierten den Namen Ricardo Mandrino. Seine Hand in der Scheherazades, näherte der Venezianer sich langsam dem Tisch. Er beugte sich über die Kerzen. Indes, statt sie auszublasen, blieb er regungslos. Man hätte geschworen, er wartete auf irgend etwas, irgend jemanden.
Er blähte den Brustkorb, holte tief Atem.
Genau in diesem Moment ließ ein von der anderen Seite des Tisches kommender Hauch die Flämmchen flackern.
Verdutzt richtete Ricardo sich auf. Giovanna blickte ihn zärtlich an. Niemand hatte sie kommen hören.
»Ich habe nur die schlechten Tage ausgeblasen, Papa«, murmelte sie. »Dir bleiben die schönsten.«
Der Venezianer fixierte sie unentwegt. Ringsum hatten die Tischgenossen ein taktvolles Verhalten angenommen, in etwa wie ungelegene Zeugen.
Ohne etwas zu sagen, umrundete Ricardo den Tisch und pflanz-

te sich vor Giovanna auf. Sie sahen sich eine Weile an, dann streckte er die Arme aus. Sie warf sich sogleich an seine Brust mit der Gewalt einer gegen den Deich brandenden Welle.
Er flüsterte mit leiser Stimme: »Meine Tochter … mein Liebling.«

16. Kapitel

12. Mai 1833, Alexandria,
Residenz des Generalkonsuls
von Frankreich

Unter Ferdinand de Lesseps' fasziniertem Blick wirbelte, schlängelte die junge Tänzerin – sie durfte höchstens siebzehn Jahre zählen – halbnackt durch den rauchgeschwängerten Raum. Ihre langen, mit Henna gefärbten Haare voltierten durch die Luft, versprengten das zarte Licht der Lampen, bevor sie in Garben an ihren Schultern herabfielen.
Ein Musikant ohne Alter schlug gelangweilt auf seine *darbuka**; die Gäste, die in die Residenz von Monsieur Mimaut, dem Generalkonsul Frankreichs, geladen waren, lauschten gespannt. Selbst Joseph und Linant de Bellefonds hatten sich von dem Zauber betören lassen. Was Dr. Clot betraf, der ebenfalls zugegen war, so wirkte er vollends bezwungen. Allerdings hatte das dargebotene Schauspiel auch nichts mit den sonst üblichen Choreographien gemein. Der sogenannte »Tanz der Biene« war einzigartig. Er war ein Stachel der Sinne, ein laszives, andeutungsreiches, doch niemals offen ausgedrücktes Lodern, das die Phantasie entflammte.

* Konische, einem Trichter gleichende Trommel.

Trotz ihrer jungen Jahre beherrschte die schöne Safia diese ganz eigene Kunst aufs beste, bei der es nicht allein galt, sich rhythmisch zu bewegen, sondern insbesondere eine Rolle zu spielen und sie mit der allergrößten Natürlichkeit auszufüllen. Die Verwicklung war einfach: Ein junges Mädchen geht unbekümmert und ganz in seinen Träumereien spazieren, als plötzlich eine Biene es zum Ziel nimmt und versucht, sich auf seine Lippen zu setzen. Von Entsetzen ergriffen, müht sich das Mädchen, das Insekt zu verjagen; jenes weicht zurück, geht jedoch sogleich wieder zum Angriff über. So entbrennt ein wechselvolles Hin und Her, in dessen Verlauf die Biene beharrlich danach trachtet, sich auf ihrem Opfer niederzulassen, und zum Verweilen die zweideutigsten Zufluchtsorte wählt.
Schließlich ruft das Mädchen völlig verzweifelt irgendeinen gefälligen Zuschauer zu Hilfe, welchem dann die verwirrende Ehre zuteil wird, die Unglückliche in seinen schützenden Armen zu bergen.
Alles in allem hätte diese Pantomime von einer gewissen Naivität geprägt bleiben können, würden, im Laufe des Tanzes, die Gebärden nicht zusehends zweideutiger, fielen die Gewänder nicht eines nach dem anderen, so daß die Tänzerin sich schließlich entblößt wiederfände und als einzige Zierde einen schlichten Schal behielte, hinter dem sich zu schützen sie Anstalten machte.
Keuchend, den Leib wie zergliedert, schwebte Safia leichtfüßig vor und zurück. Die Schweißtropfen, die ihre Haut bedeckt hatten, glänzten wie Perlen unter Lüstern. Ein zartes Fädchen rann zwischen ihren Brüsten und glitt bis zu ihrem Nabel, zum Unterleib.
Endlich, in einem allerletzten Zucken der Lenden, gleich einem sehnsuchtsvoll schmachtenden Flügelschlag, ließ sie sich auf den Boden fallen und streckte in einer melodramatischen Geste ihre flehenden Arme dem nächsten Zuschauer entgegen. Das

Schicksal erkor den österreichischen Generalkonsul, Herrn Faber.

Es bedurfte des schalkhaften Drängens der ganzen Gesellschaft, damit er sich entschloß, seinen Platz zu verlassen und – nicht ohne eine gewisse Linkischkeit – die schöne Safia in seinen Armen aufzunehmen.

Ein Beifallssturm beehrte die Umschlingung.

Als wieder Ruhe eingekehrt war, beugte der Konsul von Frankreich sich zu Ferdinand.

»Nun, hat Ihnen das Schauspiel gefallen?«

»Es war ganz und gar erstaunlich. Ich kann Ihnen versichern, daß es mir von heute an genügen wird, eine Biene zu sehen, damit mir sogleich die Erinnerung dieses Abends in den Sinn zurückkehrt. Aber sehen Sie, was mich über alle Maßen verwundert hat, ist die außergewöhnliche Permissivität. In einem Land, in dem die Frauen in Harems eingeschlossen sind, in dem das Tragen eines Schleiers ihnen zur zweiten Natur wird, muß ich gestehen, ist eine derartige Zurschaustellung äußerst befremdlich. Finden Sie nicht?«

»Das ist eben der Orient, teurer Freund. Eine komplexe und bei weitem zu ferne Alchimie, als daß wir sie zerlegen könnten. Jedenfalls sind Sie nicht der einzige, der sich diese Frage stellt. Gewissem Gemunkel zufolge schickt der Vizekönig sich an, den Tanz der Biene zu verbieten.«

»Verbieten? Dies wäre aber wahrhaftig bedauerlich.«

»Seien Sie unbesorgt, es wird stets einige Bevorrechtete geben, um Mädchen wie Safia zu empfangen. Und wie bei allem, was man mit Verbot belegt, wird das Vergnügen nur um so gesteigerter sein.«

Allgemeines Gelächter folgte auf die Bemerkung des Konsuls.

Joseph tuschelte Linant unauffällig ins Ohr: »Wenn wir vielleicht aufbrächen?«

»Daran habe ich auch schon gedacht. Aber das würde nicht gerne gesehen. Wir sind gerade erst gekommen.«
»Weshalb, zum Teufel, hast du diese Einladung nur angenommen? Du, der sich beklagt, nie genug Zeit für seine Arbeiten zu haben.«
»Ja, ich weiß. Doch diesmal habe ich mich nicht entziehen können. Ich bin französischer Staatsbürger, vergiß das nicht. Und als solcher muß ich gegenüber meinem Konsul gewissen Verbindlichkeiten nachkommen. Und falls die schöne Safia zurückkäme? Dann gäbst du dich weniger bärbeißig, oder ist das nur ein Eindruck?«
Joseph wollte aufbegehren, als er die Stimme von Mimaut vernahm, die seinen Freund ansprach: »Sagen Sie mal, Monsieur de Bellefonds, Sie, der Sie mit allen wasserbaulichen Arbeiten vertraut sind, die in diesem Land vollbracht wurden, Sie haben doch gewiß, wie ich vermute, vom Mahmudiya-Kanal gehört?«
»Gewiß. Es handelt sich um jenen Wasserweg, den der Vizekönig hat anlegen lassen, um Alexandria mit dem Nil zu verbinden.«
»Bestens.«
Mimaut streckte die Hand nach einer Person von ungefähr sechzig Jahren und abgezehrter Gestalt aus. Deren Oberlippe zierte ein grauer, üppiger Schnurrbart mit gezwirbelten Spitzen, der einen breiten Mund mit öligen Lippen erspähen ließ.
»Ich möchte Ihnen Herrn Murawjow vorstellen, Konsularagent von Rußland. Herr Murawjow hat uns soeben eine Information zur Kenntnis gebracht, die, wie ich eingestehe, mich recht verstört hat. Es heißt, man hätte zum Aushub des Mahmudiya-Kanals sechzigtausend Fellachen der Fron unterworfen, ohne ihnen Unterkünfte und regelmäßige Essensrationen zu bieten, und man hätte es sogar vernachlässigt, ihnen die zur Schonung ihrer Kräfte geeigneten Werkzeuge zu stellen. Ist das wahr?«
Linant trank einen Schluck Wein und stellte sein Glas ab.

»Ja, Monsieur.«
Murawjows ölige Lippen verzogen sich. »Sehen Sie, Monsieur Mimaut. Ich habe nicht gelogen.«
»In der Tat«, anerkannte der Konsul. »Und wie Sie zu verstehen gaben, kann die Angelegenheit fürwahr Anstoß erregen.«
Der Russe richtete sich unmittelbar an Linant: »Da Sie über den Kasus auf dem laufenden zu sein scheinen, ist Ihnen sicher nicht unbekannt, daß diese Arbeitsbedingungen den Tod Tausender Arbeiter herbeigeführt haben: fünfzehntausend, wenn ich mich recht entsinne.«
»Fünfzehntausend?« rief eine Stimme.
»Die Zahl ist ungewiß«, erwiderte Linant. »Nichtsdestotrotz kommt sie der Wahrheit nahe.«
Murawjow beeilte sich hinzuzufügen: »Und obendrein versichert man, die Leichen hätten zur Erhöhung der Dämme gedient.«
Diese letzte Offenbarung erregte Ekel unter den Gästen.
»Das kann ich nicht glauben!« entrüstete sich Mimaut.
»Fragen Sie Monsieur de Bellefonds!«
»Obschon nichts erwiesen worden ist«, antwortete Linant, »läßt alles vermuten, daß die Sache möglich gewesen sein kann.«
Bestärkt ergriff Murawjow erneut das Wort.
»Sie verstehen nun, weshalb ich Ihnen sagte, ein Fellache sei im Geist des Vizekönigs kaum mehr wert als ein Staubkorn? Sie verwarfen mein Urteil, doch man muß gezwungenermaßen eingestehen, daß Mohammed Ali diesem Land eine despotische Herrschaftsform aufgenötigt hat. Sehen Sie, wie er sich die landwirtschaftlichen Böden angeeignet hat und die Bauern dazu brachte, ihm ihre Besitztümer wohl oder übel abzutreten. Im übrigen genügt es, die Leute aus dem Volk zu befragen, um festzustellen, daß dieser Mensch nicht geliebt wird.«
»Ist das nicht das gemeinsame Los aller großen Männer?« Zum ersten Mal war Joseph eingeschritten. »Sie haben gerade die

landwirtschaftlichen Böden erwähnt. Ich könnte Ihnen leicht beweisen, daß die Politik Seiner Majestät auf diesem Gebiet wenn nicht die einzige, so doch eine der angemessensten Lösungen für die Bedürfnisse dieses Landes ist.«
Der Russe verzog skeptisch das Gesicht. Was zur Wirkung hatte, Joseph erneut in Verve zu bringen.
»Wissen Sie, daß dank des Scharfblicks unseres Monarchen mehr als vierzigtausend Maschinen in Ägypten eingeführt wurden, dank deren sich das Wasser des Nils über die Flußböschungen heben läßt? Auf seinen Anstoß hin haben wir« – er wies auf Linant –, »Monsieur de Bellefonds und ich selbst, ein für Sommerkulturen, wie etwa die Baumwolle, geeignetes System von Bewässerungsgräben ausgearbeitet. Es existiert nicht *eine* Provinz von Ober- noch von Unterägypten, in der, immer noch auf Anweisung Seiner Majestät, nicht Kanäle und Dämme angelegt worden wären. Zur Stunde haben allein diese Kanalisierungsarbeiten mehr als eine Million fünfhunderttausend Kubikmeter erreicht. Glauben Sie, all das wären die Früchte einer despotischen Herrschaft?«
Murawjow entgegnete barsch: »Ihre Darlegung ist nicht ohne Belang, sie ändert jedoch nicht das mindeste an der Wirklichkeit: Mohammed Ali herrscht als Despot. Sein Volk nennt ihn sogar *Zalem pasha*. Pascha Tyrann.«
Diesmal hielt Joseph sich nicht mehr im Zaum: »Ein Despot! Kennen Sie irgendeinen Herrscher, dem es, inmitten unablässiger Schwierigkeiten und sowohl mit dem Widerstand als auch dem Geplänkel fremder Mächte konfrontiert, gelungen wäre, sein Land mit Wohltaten zu überhäufen?«
Er hielt inne, bemüht, die folgenden Worte geflissentlich einzeln zu betonen: »Da wir gerade die fremden Mächte erwähnen, könnte ich Ihnen die englischen Pressionen aufzählen, aber ...« – er bohrte seinen Blick in den seines Gegenübers – »... ich werde mich damit begnügen, Ihnen jene Gerüchte

wiederzugeben, denen zufolge Kriegsschiffe unter … russischer Flagge in diesem Augenblick gen Bosporus segeln, um jederzeit über den Sohn des Herrschers herzufallen.«
Er schloß mit gezierter Miene: »Selbstverständlich sind das bloß Gerüchte …«
Der Konsularagent nahm den Schlag hin, ohne mit der Wimper zu zucken.
»Sie haben die vom Vizekönig ausgeteilten Wohltaten angeführt … Für meinen Teil sehe ich bloß Not und Unterdrükkung.«
»Aber ich bitte Sie, mein Herr! Überlegen Sie! Schulen! Krankenhäuser! Manufakturen! Moderne Einrichtungen allerlei Art, die es erlaubt haben, Ägypten auf gleichem Fuße in die zivilisierte Welt einzuführen. Sechzehn Millionen gepflanzter Bäume! Eine staatliche Druckerei! Die Einrichtung des Flügeltelegraphen zwischen Kairo und Alexandria. Straßen! Eine medizinische Hochschule – von dem hier anwesenden Dr. Clot gegründet. Doch ich würde gerne einen Punkt aufwerfen, der Sie in besonderer Weise betrifft, Sie, Herr Murawjow, der Sie ein Ausländer sind. Lange Jahre über fand sich nicht eine Stadt unter direkter Verwaltung der Pforte, die Sie hätten durchqueren können, ohne daß Sie dabei Gefahr liefen, eine Beleidigung erdulden zu müssen oder ausgeraubt zu werden. Heutigen Tages ist es Ihnen dank jenem, den Sie als Despoten bezeichnen, möglich, ganz nach Belieben von Aleppo nach Kairo, von Medina nach Khartum oder durch das gesamte Niltal zu reisen, und dies in größerer Sicherheit als in manchen Städten des Abendlandes!«
»Ihres Erachtens rechtfertigt dies die fünfzehntausend Toten des Mahmudiya-Kanals?«
Genau in diesem Augenblick warf eine ruhige, doch feste Stimme ein: »Sofern der Tod im Dienst des Lebens steht. Ja, Monsieur!«

Die Einmischung löste einen Moment der Überraschung unter den Geladenen aus. Der Mann fuhr fort: »Der Kanal hat dazu gedient, Alexandria mit Süßwasser zu versorgen: Das Wasser ist Sinnbild des Lebens! Er ermöglicht der Stadt, mit dem Nil in Verbindung zu stehen. Infolgedessen können die Menschen reisen und herumkommen: Auch das ist Leben! Der Tod eines Geschöpfs, ob Fellache oder Prinz, ist gewiß stets ein Weltenende; wenn dieser Tod jedoch nicht umsonst gewesen ist, wenn er im Gegenteil dem Wohle anderer Menschen hat dienen können, dann wird der Ursache, die zu diesem Tod geführt hat, Absolution zuteil.«

Die Debatte nahm eine andere Wendung. Der Ton wurde hitziger. Linant machte es sich zunutze, um seinen Freund diskret zu fragen: »Kennst du diesen Mann?«

»Überhaupt nicht. Ich glaubte, ihn zu Beginn des Abends kurz gesehen zu haben, das ist alles.«

»Auf alle Fälle beweist er Kühnheit.«

Den Tonfall wechselnd, bemerkte er: »Mir war fremd, daß du diese Fähigkeit besitzt, die Menge zu entflammen.«

Mit bitterem Gesichtsausdruck zuckte Joseph daraufhin mit den Achseln.

»Angenommen, es wäre so, empfinde ich deswegen keinerlei Behagen. Möchtest du mich nach draußen begleiten? Ich muß etwas Luft schöpfen.«

Die Nacht war mild zwischen den Johannisbrotbäumen und den mit Terebinthen gesäumten Alleen.

Joseph und Linant taten einige Schritte in den Garten. In der Ferne nahm man das Zischeln der Wellen wahr, die auf den Stränden Montazahs verebbten.

»Ich ertrage diese Sorte Individuen nicht mehr!« fluchte Joseph. »Sie behaupten, sie urteilen, sie verdammen, als äußerte sich Gott höchstselbst mit ihrer Stimme!«

»Du entdeckst sie gerade erst, mein Freund. Die Welt ist bevölkert von ihnen.«
»Aber woher kommt nur diese Blindheit? Alles ist schwarz, alles ist weiß. Für sie existieren die Nuancen nicht.«
»Es gibt ein Wort, um diesen Zustand zu bezeichnen: Die Dyschromatopsie. Eine Unfähigkeit des Auges, die Grundfarben zu unterscheiden.«
»Ja. Mit dem einzigen Unterschied, daß nämlich das Hirn bei diesen Leuten befallen ist.«
»Wie dem auch sei, ich habe den Eindruck, du bist von heute abend an Persona non grata am Hofe des Zaren Nikolaus geworden.«
»Da dies ebenfalls für meinen Vater am Hofe Englands gilt, bleiben nicht mehr viele Länder, in die wir uns begeben können.«
Das Scharren von Schritten unterbrach ihre Unterhaltung. Sie drehten sich gleichzeitig um. Vor ihnen stand der Mann, der sich Murawjow widersetzt hatte.
»Messieurs«, begann er in höflichem Ton, »verzeihen Sie mir mein Dazwischentreten … Eben habe ich zu verstehen geglaubt, Sie wären hydrographische Ingenieure.«
»Das stimmt.«
»Sofern Sie keine Einwände sähen, würde ich mich sehr gerne mit Ihnen besprechen. Oh, seien Sie unbesorgt, nicht heute abend. Aber morgen oder an einem Tag nach Ihrem Belieben.«
»Mit Freuden, doch könnten Sie uns vielleicht sagen, worum es Ihnen geht?«
»Ich nehme an, daß es den Mahmudiya-Kanal betrifft?« fragte Joseph.
»Nein, Monsieur. Wir haben, so glaube ich, die Frage von allen Seiten betrachtet.«
»Ja dann …«
Der Mann atmete kurz ein.

»Es handelt sich um den Isthmus von Suez ...«
»Den Isthmus von Suez?« wiederholte Linant verblüfft.
»Ja.«
»Vergeben Sie mir«, sagte Joseph, »doch mit wem haben wir die Ehre?«
»Mein Name ist Lesseps. Ferdinand de Lesseps.«

17. Kapitel

Alexandria, 14. Mai 1833

Der Hafen Alexandrias hatte selten einen derartigen Aufruhr erfahren. Man hätte geglaubt, die halbe Stadt gäbe den dreizehn französischen Reisenden, die gerade von Bord der *Clorinde* an Land gestiegen waren, ein buntschillerndes und tönendes Geleit. In dem Maße, wie sie durch die Stadt voranschritten, wurde der Zug dichter, die Bemerkungen unehrerbietiger. Niemals zuvor nämlich hatte man derart gewandete Rumi gesehen.
Uniform? Livree? Da war dieser pludrige Rock, worunter sie eine Art kragenloses weißes Hemd trugen, das – ein befremdlicher Umstand – hinten geknöpft und geschnürt war. Ein großer wallender Schal ließ auf der Brust eine Halskette mit allerlei Gliedern aus verschiedensten Metallegierungen erkennen. Die weiße Hose erinnerte an ein Beinfutteral. Die Gamaschen waren schwarz; der Leib von einem breiten Gurt aus Lackleder umschlossen, der mit einem mächtigen Kupferreif verziert war. Ein rotes Barett verbarg den Kopf, und um die Absonderlichkeit der Ausstaffierung noch zu heben, war der Name des Gewandträgers auf dessen Brust mit roten Großbuchstaben eingestickt.

Emile Barrault marschierte strahlend an der Seite des Dragomans, der ihnen als Führer diente.
Unvermittelt schwenkte er zu dem ihm nächsten Gefährten herum, einem jungen Komponisten von dreiundzwanzig Jahren namens Félicien David.
»Schau, Félicien! Ist dies nicht dieselbe Inbrunst, die in der Luft und in den Seelen schwingt! Dieselbe, die die Canebière* beherrschte, als wir uns vor einem Monat in Marseille einschifften!«
Félicien pflichtete ihm bei.
Barrault fuhr fort: »Niemals, niemals werde ich die Stimmung vergessen, die an jenem Tag geherrscht hat. Der Hafen konnte die Menge nicht mehr fassen, die sich dort drängte. Es gab nicht genügend Kähne, um all die Leute aufzunehmen, die an Bord der *Clorinde* steigen wollten, um uns zu verabschieden. Das Meer war mit Nachen übersät, die aneinanderstießen, und die Luft war von den etlichen Gesängen zu unseren Ehren erfüllt.«
Barrault übertrieb nicht. Ihr Aufbruch in den Orient war tatsächlich bewegend gewesen. Erst später dann hatten sich die Dinge zugespitzt. In Istanbul.
Kaum in der osmanischen Hauptstadt angelangt, waren die *Compagnons de la Femme* predigend durch die Straßen gezogen, wobei sie insbesondere – gemäß Enfantins Unterweisungen – Sorge trugen, ihr Barett abzunehmen, sobald eine Frau, ob sie nun reich war oder arm, auf ihrem Wege auftauchte.
Sie hatten ihre Suche von Platz zu Platz fortgesetzt, Versammlungen in den Cafés am Bosporus und selbst auf den Friedhöfen abgehalten. Bis zu dem Tag, an dem – der Gipfel an Glück – ein türkischer Offizier, dessen Lippen ein herrlicher Schnurrbart verschattete, ihnen vorschlug, am Mittag des folgenden Tages der vorgesehenen Ankunft des Sultans Mahmud vor der Großen

* Avenue zum Marseiller Alt-Hafen. *(Anm. d. Übers.)*

Moschee beizuwohnen. Jener, den man *den Schatten Allahs auf Erden* nannte, sollte dort seine Andacht verrichten.
Begann die kaum ausgestreute simonistische Saat bereits im Herzen des Islam zu keimen?
Zur genannten Stunde hatten die *Compagnons* sich dann auf dem Vorhof der Großen Moschee eingefunden, die keine andere war als die ehemalige, einige Jahrhunderte zuvor von Konstantin der göttlichen Weisheit geweihte Basilika und die man derzeit Hagia Sophia nannte. Doch wer entsann sich dessen noch?
Mahmud II. erschien mit großem Gefolge, das Haupt von einem Tarbusch geziert und auf einem herrlichen blaßgrauen Tscherkessen von sitzend. Barrault, der erste von allen, hatte respektvoll sein Barett gelupft, ohne es abzunehmen. Der Sultan mochte getrost der *Schatten Allahs auf Erden* sein, so gehörte er nichtsdestotrotz zum männlichen Geschlecht und konnte demzufolge nicht auf dieselben Achtungsbezeigungen Anrecht haben wie die dereinstige »Gemahlin«. Die zwölf ahmten ihren Anführer nach. Der Sultan erwiderte ihren Gruß – zumindest, wie sie annahmen – und verschwand in der Moschee.
Wie nun die sonderbare Wendung erklären, welche die Ereignisse nahmen?
Noch in derselben Nacht wurden sie festgenommen.
Selbstverständlich handelte es sich nicht um eine Verhaftung im eigentlichen Sinne des Wortes. Dennoch verhielt es sich so, daß die »Apostel« abgeführt und in einem der Palastflügel unter Bewachung gestellt wurden. Sie sollten ihn erst einige Wochen später wieder verlassen. Eines Nachts, der Mond stand voll über dem Bosporus, hieß man sie ein Kaik besteigen: Ziel Smyrna.
Von da an verlor ihr Aufenthalt in der Türkei einiges von seinem Reiz und seinen Wonnen. Es blieb ihnen nur noch, nach Ägypten aufzubrechen.
An diesem Tag nun, durch die Gäßchen Alexandrias wandelnd, dachte Félicien an jenen Gruß zurück, den *der Schatten Allahs*

auf Erden ihnen entboten hatte. Er war sich jetzt sicher, es war kein Gruß gewesen, vielmehr der von beflissen ernstem Bedauern erfüllte Blick, den man Kreaturen zuwirft, deren Geschick man seit langem besiegelt weiß.*
»Wir sind angekommen!« rief Barrault vor einem von der Mittagssonne beschienenen Häuschen aus. »Der Wohnsitz des Konsuls von Frankreich, Herrn Mimauts.«
Er breitete die Arme aus und hob sie mit einem Ausdruck der Dankbarkeit leicht gegen den Himmel.
»Meine Brüder! Atmet diese jodhaltige Luft tief ein, die vom Meer aufsteigt! Seht diese braven Leute, die uns ein so edles Geleit geben. Der Wind flüstert mir zu, daß sie das Edle unserer Mission darstellen.«
Félicien nahm die um sie gescharten Leute in Augenschein. Einige Fellachen, ein einäugiger Bettler, Kinder, ein Affenführer und ein Karubehändler, der, um Aufmerksamkeit zu erregen, ein Paar Zimbeln zwischen seinen Fingern klingen ließ.
»Ägypten! Ägypten, Wiege der Menschen«, deklamierte Barrault. »Morgen, heute nacht, zur Stunde der Einsamkeit und der Stille, wird uns, das weiß ich, der Genius der noch auf deiner verhüllten Erde gebannten Frau erscheinen. Und wir werden ihn empfangen!«
Werk des Zufalls? Gerade hatte er seine Ansprache beendet, tauchte eine Bäuerin, vollends von einem Tuch bedeckt und einen Tonkrug auf dem Kopf balancierend, an der Biegung des Gäßchens auf. Auf der Stelle, wie ein Mann, nahmen die Apostel ihre Barette ab und grüßten sie mit ebensolcher Ehrer-

* Wenn man den diplomatischen Archiven glaubt, so scheinen die Doktrin, die Äußerungen und die Anwesenheit selbst der *Compagnons* als mit den türkischen Gesetzen und Sitten unvereinbar befunden worden zu sein. Dank der Intervention von Admiral Rossuin, dem Botschafter Frankreichs in Istanbul, endete das türkische Intermezzo jedoch mit einem mehr oder minder ehrenhaften Ausgang.

bietung, als hätte es sich um die wiederverkörperte Kleopatra gehandelt.
Doch leider war die Reaktion der Bäuerin nicht die erwartete. Verdutzt nahm sie die Beine in die Hand, wobei sie ihren Krug zu Boden stürzen ließ. Einmal außer Reichweite, stützte sie sich auf ein Mäuerchen, um wieder Atem zu schöpfen.
Wahrhaftig, diese aus dem Abendland gekommenen Wesen hatten recht absonderliche Gebräuche.
Fast zugleich stieß sie einen Fluch aus. Wer würde ihren Tonkrug ersetzen?

Kairo,
15. Mai 1833

Das Haus von Linant de Bellefonds lag im Herzen von Esbekiya, das seit der Zeit, da Bonaparte einige fünfundzwanzig Jahre zuvor sein Hauptquartier dort eingerichtet hatte, zum aristokratischen Viertel geworden war.
Ein schmaler Sonnenstrahl drang durch die Zwischenräume der Maschrabija, beschien die auf einem großen Zedernholztisch verstreuten Aufrisse und topographischen Karten. Von draußen stiegen das Raunen der Straße sowie die vermengten Gerüche von Gewürzen und Staub auf. Joseph lud Ferdinand ein, ihm auf den Balkon zu folgen, wo Linant auf sie wartete.
»Hocherfreut, Sie wiederzusehen, Monsieur de Lesseps.«
Linant rückte einen Sessel aus Weidengeflecht heran. Bevor er sich darauf niederließ, nahm der Vizekonsul sich die Zeit, den Anblick zu bewundern.
»Gott, ist das schön!«
Er richtete seinen Finger auf einen Teich, dessen Wasseroberfläche wie eine große Metallplatte unter der Sonneneinstrahlung blitzte.
»Das ist eigenartig, ich dachte nicht, einen See an diesem Ort vorzufinden.«

»Das ist der von Esbekiya. Im Augenblick sehen Sie ihn auf seinem niedrigsten Stand. Lediglich zur Stunde der Nilschwelle verdient er tatsächlich den Namen See. Zur Zeit der Mameluk-ken erfreute er sich regen Zulaufs. Denn genau hier feierten die Reiter nach ihren Polo-Wettkämpfen ihre Siege.«
»Polo?«
»Ja, ich weiß, das verwundert stets. Dennoch ist es absolut wahr. Polo war die große Leidenschaft der Mamelucken. Und um auf den See zurückzukommen, so haben Sie Glück, ihn noch zu sehen, da er bald entwässert und trockengelegt sein wird.«
»Das wäre aber wahrlich schade, finden Sie nicht?«
»Dieses Gewässer ist recht ungesund. Ganz zu schweigen davon, daß es, sobald der Sommer anbricht, Bataillone von Stechmücken anzieht. Aber seien Sie unbesorgt, das Auge wird nichts dabei verlieren, da vorgesehen wurde, an Stelle des Sees einen Park anzulegen.«
Ferdinand ließ sich in den Sessel sinken.
»Ich habe die letzten vierundzwanzig Stunden damit zugebracht, Ihre Hauptstadt zu besichtigen. Wissen Sie, was mich am meisten erstaunt hat? Dieses unglaubliche Sammelbecken der Religionen. Man hat mir mehr als zwanzig Synagogen genannt, ich weiß nicht wie viele koptische Kirchen und mehr als dreihundert Minarette. Beeindruckend.«
»Gehören Juden, Katholiken und Muslime«, bemerkte Joseph, »nicht zu ein und demselben Volk, nämlich dem der Schrift? So ist es in der Vergangenheit immer gewesen, zumindest in Ägypten. Es bleibt zu hoffen, daß das Wunder fortdauern wird.«
»Da Sie die Vergangenheit ansprechen, möchte ich Ihnen gestehen, daß ich mich auf der Kasaba einem kleinen Spiel hingegeben habe. Ich habe versucht, mich zurück in die Zeit zu versetzen, um mir auszumalen, wie diese Stadt einige Jahrhunderte früher ausgesehen haben mag.«
»Oh, ganz ohne Zweifel dürfte sie weit prachtvoller als heute

gewesen sein. Man nannte sie früher Om 'l-donia. Die Mutter der Welt.«
»Die Mutter der Welt …«, wiederholte Ferdinand. Und rezitierte: »Der, welcher Kairo nicht gesehen, hat die Welt nicht gesehen. Dieser Stadt Boden ist mit Gold verziert, ihr Nil ein Wunder. Ihre Frauen sind gleich den Huris* des Paradieses. Ihre Häuser sind Paläste, und ihre Luft, mild und duftend wie die Aloen, ergötzt mein Herz. Wie könnte dem auch anders sein, ist Kairo doch die Mutter der Welt.«
»Gratuliere!« lobte Joseph. »Nur wenige kennen die Herkunft dieses Ausdrucks. Sie haben also die Märchen aus *Tausendundeiner Nacht* gelesen?«
»Dank meines Vaters. Vielleicht ist es Ihnen unbekannt, doch er war nach der französischen Expedition einige Zeit Generalkonsul. Ihm verdanke ich die bescheidenen Kenntnisse, die ich über Ägypten besitze.«
»Wenn ich nach dem Weg schließe, den Sie gewählt haben, scheinen Sie auf seinen Spuren zu wandeln.«
»Ich bemühe mich. Er ist ein Mann, den ich sehr bewunderte.«
»Sie sprechen von ihm in der Vergangenheit«, merkte Linant an.
Ein Schleier verfinsterte die Züge des jungen Vizekonsuls.
»Er ist vor kurzem verstorben.«
»Das tut mir aufrichtig leid, Monsieur.«
Ferdinand nickte stumm.
»Wenn wir vielleicht eher über die Zukunft sprächen?«
»Den Isthmus von Suez beispielsweise?«
Ferdinand drückte sich in seinen Sessel.
»Ganz genau.«
»Endlich werden wir erfahren, weshalb dieses Gebiet Sie dermaßen interessiert.«

* Jungfrauen mit unvergänglichen Reizen zur Belohnung der Seligen. *(Anm. d. Übers.)*

Mit einem Wink lud Linant den jungen Vizekonsul ein anzufangen.
»Ich nehme an, der Name Jacques-Marie Le Père ist Ihnen nicht fremd.«
»Er ist uns nicht nur keineswegs fremd, er war auch lange Zeit Gegenstand unserer Kümmernisse.«
»Ich kann Ihnen nicht folgen. Ihrer Kümmernisse?«
Joseph wich der Frage aus.
»Sie haben begonnen, uns die Gründe Ihres Interesses zu erläutern. Fahren Sie doch bitte fort.«
»Der Zufall gestaltet die Dinge bisweilen auf sonderbare Weise. Das Schiff, das mich von Tunis herbrachte, wurde unter Quarantäne gestellt.
An all die leeren Stunden denkend, denen ich würde trotzen müssen, hat mein Vorgesetzter, Monsieur Mimaut, die Freundlichkeit besessen, mir die *Description de l'Egypte* zukommen zu lassen. Wie Sie wissen, enthält sie die fragliche Denkschrift. Ich hatte also alle Muße, sie durchzulesen, so daß ich sie nun auswendig weiß. In meinem Sinn ist sogleich ein Gedanke gekeimt. Es handelt sich um ein unermeßliches Vorhaben ...«
»Den Durchstich des Isthmus von Suez.«
Mit verschlagenem Atem starrte Lesseps Linant de Bellefonds an.
»Demnach ... wußten Sie?«
»Daran ist nichts Verwunderliches. Ist der Kanal nicht das Hauptthema des Memorandums?«
Ferdinand stimmte schweigend zu.
»So komme ich denn zum Zweck meines Besuchs: Ich möchte gerne wissen, ob dieses Projekt vorstellbar ist. Ich meine, technisch gesehen.«
»Die Antwort ist Ja.«
»Das ist merkwürdig. Sie haben mir ohne den Schatten eines

Zögerns geantwortet. Als trügen Sie die Antwort seit jeher in Ihrem Herzen.«
Linant verließ jäh seinen Sessel.
»Möchten Sie uns bitte ins Innere folgen?«
Vor dem großen Zedernholztisch angelangt, wandte er sich an Joseph.
»Ich überlasse dir das Wort.«
Der Sohn der Scheherazade zeigte auf die verstreuten Karten.
»Vor sich haben Sie die Arbeit mehrerer Jahre. Sie birgt eine Summe nie zuvor zusammengetragener Befunde. Der erste Teil stellt die hydrographischen Erhebungen von ganz Ägypten dar. Der zweite ist einzig der Region gewidmet, die Sie interessiert: dem Isthmus. Ihnen die Anzahl der Stunden zu nennen, die der Erkundung der unbedeutendsten Seen, der kümmerlichsten Grundwasserspiegel anheimgefallen sind, wäre vergebliche Mühe.«
Joseph machte eine absichtsvolle Pause, bevor er fortfuhr. »Linant hatte einen ersten Plan ersonnen. Er zog die Verbindung der beiden Meere durch das Innere Unterägyptens in Betracht.«
»Ein indirekter Kanal.«
»Ja. Doch seit kurzem ist dieser Entwurf durch einen anderen, weit rationelleren und weit weniger kostspieligen ersetzt worden, der der Schiffahrt zudem große Perspektiven eröffnete.«
»Eine direkte Trasse?« wagte Ferdinand, dessen Gesicht sich jäh erhitzt hatte, zu fragen. »Indes, wenn ich mich auf Le Pères Denkschrift beziehe, ist diese Möglichkeit auf Grund der unterschiedlich hoch stehenden Pegel des Mittel- und des Roten Meeres stets verworfen werden.«
»Falsch.«
Es war Linant, der geantwortet hatte.
»Wollen Sie damit sagen, dieser Höhenunterschied existiere nicht?«
»Er existiert.«

»Ja, aber dann?«
»Er wäre kein Hindernis für einen Durchstich in gerader Linie. Meine Berechnungen, die dies beweisen, liegen hier.«
Ferdinand de Lesseps' Herz hatte schneller, stärker zu schlagen begonnen.
»Möchten Sie mir das erklären?«
Der Ingenieur wiederholte Wort für Wort die Darlegung, die er Joseph bereits einige Wochen zuvor entwickelt hatte, und schloß: »Auf diese Weise werden wir die große Längsdepression ausnutzen, die in gerader Linie von Nord nach Süd, zwischen Pelusium und Suez verläuft. In dieser natürlichen Senke des Isthmus wird durch das Ausheben eines Kanals mit breitem Querschnitt ein Spalt, ein Einschnitt gezogen.«
»Ja dann!« rief Lesseps begeistert aus. »Dann stehen wir also nicht mehr vor einer Chimäre! Der Eröffnung des Vorhabens steht nichts mehr im Wege!«
Ein nachsichtiger Ausdruck zeigte sich auf den Gesichtern seiner Gesprächspartner.
»Monsieur de Lesseps«, hob Linant an, »Ihr Enthusiasmus ist ergreifend mitanzusehen. Aber haben Sie an die unglaubliche Vielschichtigkeit der Aufgabe gedacht? An die auf dem Weg aufragenden Hindernisse? Es genügt nicht, einen geodätischen Einwand zu umgehen, man muß auch über die Mittel verfügen, die Angelegenheit zu einem glücklichen Ende zu führen.«
»Glauben Sie, ich hätte nicht daran gedacht? Seit ich Kenntnis von Le Pères Memorandum genommen habe, ist nicht ein Tag, nicht eine Sekunde vergangen, ohne daß ich über das Problem nachgesonnen hätte. Ich hatte die Vorahnung, daß der Kanal Wirklichkeit werden kann. Jetzt habe ich die Gewißheit.«
»Stellen Sie sich vor, ich ebenfalls. Allein ... Die Frage ist bloß, wie. Wie die Bewilligung des Vizekönigs erhalten? Ohne das Einverständnis von Mohammed Ali wäre es sinnlos, auch nur in Betracht zu ziehen, die Hacke ansetzen zu wollen. Wo die

notwendigen Gelder finden? Vom politischen Aspekt der Sache ganz zu schweigen. Denn zweifeln Sie nicht daran: Er wird sich bereits von der ersten Sekunde an erheben, da das Projekt bekannt werden wird.«

Paradoxerweise, statt das Feuer des Vizekonsuls abzukühlen, entflammten die von Linant entwickelten Argumente ihn nur um so mehr.

»Man muß in Etappen vorgehen. Meiner Meinung nach wird die erste Schwierigkeit, die wir überwinden müssen, jene sein, die Sie zuerst angesprochen haben: Seine Majestät zu überzeugen. Haben Sie ihm einen Entwurf unterbreitet?«

»Sie können sich wohl denken, daß dieses Projekt ihm nicht unbekannt ist. Er hat sich mit Le Pères Denkschrift bereits befaßt, und zwar ausschließlich auf Grund der Bewunderung, die er stets für sein Idol, Bonaparte, empfunden hat. Um ihm allerdings einen Plan zu unterbreiten, hätten wir erst einmal konkrete Ergebnisse besitzen müssen. Nun beziehen sich aber die einzigen von Belang auf das Niveau der beiden Meere. Das ist eher dünn, um den Vizekönig zu überzeugen, sich in ein derart kolossales Unternehmen zu stürzen. Dem werden Sie wohl beipflichten.«

»Verzeihen Sie mir zu insistieren, aber da liegt nicht das Problem. Meiner Meinung nach ist es von allergrößter Wichtigkeit, Seine Majestät auszuloten. In aller Deutlichkeit herauszufinden, welchen Standpunkt er gegenüber dieser Angelegenheit hat. Falls er sich widerstrebend zeigte, versteht es sich von selbst, daß dies die Aussichten, die Bewerkstelligung des Projekts zu erleben, beträchtlich mindern würde. Eine wohlwollende Einstellung hingegen behöbe etliche Schwierigkeiten. Verstehen Sie?«

Linant und Ferdinand beratschlagten sich.

»Monsieur de Lesseps, ich glaube, Sie haben recht. Wir werden mit Seiner Majestät darüber sprechen.«

Ferdinands Augen leuchteten mit einem Mal auf.
»Bravo! Ich bin sicher, dieser Schritt wird ganz neue Horizonte eröffnen. Und glauben Sie mir, von meiner Seite aus werde ich alles in meiner Macht Stehende tun, um Ihnen zu helfen. Gleich heute abend, nach meiner Rückkehr in Alexandria, werde ich mit Monsieur Mimaut das Thema anschneiden. Wer weiß ...«
Der Ton seiner Stimme wurde rauher.
»Vielleicht gibt es für die Regierung von Frankreich dabei ja die Möglichkeit, eine große Rolle einzunehmen.«
Er näherte sich langsam dem Tisch, und mit dem frommen Eifer eines Wünschelrutengängers, der den unsichtbaren Wasserlauf ahnt, streifte er sacht mit beiden Händen die topographischen Erhebungen.
»Für Frankreich, für Ägypten, aber auch für alle Menschen guten Willens.«

»Giovanna«, sagte Mandrino leise, »wenn du doch wenigstens versuchen könntest, dein Herz auszuschütten.«
»Wozu sollte das gut sein?«
»Ich möchte mich nicht hinter hohlen Sätzen verschanzen, doch ich habe stets zu denen gehört, die glauben, daß die Welt nicht mehr die gleiche wäre, wenn die Wesen zu reden verstünden. Aus einem Wort, einem einzigen, kann die Hoffnung erwachsen.«
»Oder der Schmerz.«
Der Venezianer stieß einen Seufzer aus. Um sie herum war die Luft durchscheinender als Kristall. Die goldbraunen Körper der Pyramiden hoben sich vor dem azurnen Himmel ab. Vier Monate waren seit jenem abendlichen Geburtstagsfest verstrichen. Vier Monate, in deren Verlauf Ricardo sich unmerklich seiner Tochter genähert hatte, nach Kräften bestrebt, diese gepeinigte Seele zu begreifen und vor allem zu besänftigen. Bis zum Vortag

noch hatte er geglaubt, es erreicht zu haben. Doch es hatte bloß dieses plötzlichen stockdummen Zwischenfalls – irgendeine nebelhafte Geschichte um einen schlecht festgeschnallten Sattel – bedurft, damit die Zwietracht zwischen der jungen Frau und der Mutter erneut aufgeflammt war.

Er warf einen unwillkürlichen Blick nach den beiden Füchsen am Fuß der Düne und ließ mit beinahe unhörbarer Stimme fallen: »Der Schmerz ist manchmal eine Frage der Wahl …«

»Willst du damit sagen, die Leute beschlössen absichtlich zu leiden?«

»Oder das Glück zu verweigern. Was auf dasselbe hinausläuft.«

»Dann mußt du wissen, daß das für mich nie der Fall sein wird.«

»Und dennoch …«

Jählings hochfahrend, muckte sie trotzig auf: »Nein! Ich leide, aber einzig und allein, wenn die anderen mich verletzen.«

»Die anderen …«

Er streckte seine Hand aus und zeichnete einen Halbkreis in die Luft.

»Wo sind sie? Hier sehe ich nur dich und mich. Die Wüste, unsere Pferde. Bei uns, auf Sabah, lebt dein Bruder. Dann gibt es da noch die brave Khadija und Husain. Ich denke nicht, daß dich einer dieser Menschen verletzen könnte.«

Er verbesserte sich wie jemand, der sich entsinnt.

»Es ist wahr … Da ist auch noch deine Mutter.«

Sie schien nicht zu reagieren.

»Doch sie ausgelassen zu haben ist verzeihlich. Denn ich kenne keine Mutter, die imstande wäre, ihrem Kind Leid anzutun. Oder aber, sie stünde unter der Macht des Teufels.«

Während er sprach, erforschte er die junge Frau mit brennender Schärfe.

»Nicht wahr, Giovanna?«

Sie blieb in ihrer Schweigsamkeit verschlossen.

Er wiederholte seine Frage mit Macht.

Da schrie sie ungestüm, beinahe wutschnaubend: *»Ich liebe meine Mutter nicht! Und sie liebt mich nicht!!«*
Der Wüstenwind war plötzlich eisig geworden. Irgendwo, zu den Mastabas hin, erhob sich das Geräusch einer quietschenden Tür, oder war es bloß das Knirschen des an den Gräbern kratzenden Sandes?
»Du liebst deine Mutter nicht ...«
Mandrino hatte den Satz mit eintöniger Stimme wiederholt.
»Weißt du wenigstens, weshalb?«
Sie wahrte ihr Schweigen, ein halsstarriges Schweigen, von einem leichten Beben der Lippen begleitet.
Er sagte: »Ich werde dir die Antwort geben.«
Seine Finger verschränkten sich nach Art eines Betenden. »Weil du danach trachtest, ihr zu gleichen, und weil dir dies nicht gelingt.«
»Was sagst du da?«
»Die Wahrheit. Du wünschst dich so stark wie sie, du gelangst lediglich zur Wut. Du wünscht dich so weise wie sie, deine Weisheit ist nur Überdruß. Du wünschst dich liebenswert, du bist nur besitzergreifend. Du möchtest handeln, schaffen wie sie, du bleibst nur Zeugin. Du möchtest, deine Träume sollen ihr Ziel erreichen, doch du vergißt, daß der Bogen unbedingt stabil sein muß, damit der Pfeil fliegt. Du möchtest ebensoviel geben, wie sie sagt, doch du hast nicht begriffen, daß man einzig und allein wahrhaftig gibt, wenn man sich selbst gibt. Da hast du die Erklärung.«
Ein feuchter Schleier hatte sich über die Augen der jungen Frau gelegt und den für gewöhnlich reinen Saphir getrübt. Sie hörte sich, wie sie mit monotoner, fast niedergeschlagener Stimme entgegnete: »Du liebst sie so sehr, nicht wahr ...«
»Genausosehr, wie ich dich liebe.«
Mit einem Mal überkam sie das Verlangen, geradewegs davonzulaufen, sich in dem Meer aus Sand zu verlieren. Denn durch

die Worte Ricardos hindurch war soeben eine unleugbare Tatsache deutlich geworden, an die sie nicht gedacht oder die sie stets verdrängt hatte: Was ihr Verstand hätte akzeptieren können, lehnte ihr Herz ab. Wenn sie den Wunsch verspürte, die Arme zu öffnen, rief eine innere Macht ihr zu: Nimm dich in acht! Hüte dich vor der Welt! Jedesmal wenn sie auf den anderen einen lauteren und gerechten Blick richten wollte, fand sie sich mehr denn je in Finsternis eingeschlossen. Letzten Endes konnte es wohl sein, daß eine andere Giovanna in ihr lebte. Eine Giovanna, die *wußte*, die ihr zu sagen vermocht hätte, wie man sich *selbst geben* kann. Falls dem so war, mußte diese andere Hälfte von ihr dem Schatten ähneln, den eine Silhouette wirft, wenn die Sonne sie von vorn bescheint. Wer wendet sich je um, um seinen Schatten zu sehen?
Die Worte sprudelten, beinahe ohne ihr Wissen, aus ihr heraus:
»Ich will es versuchen … aber ohne dich könnte ich es nicht.«
»Allein können wir nichts. Ich werde dasein.«
Sie wollte ihm antworten, als plötzlich der Klang eines Galopps den Boden unter ihnen erzittern ließ. Ein Reiter, mit verhängten Zügeln, preschte in ihre Richtung.
»Es scheint mir, jemand möchte zu uns …«
Der Reiter, ein Militär, war nur noch wenige Schritte entfernt. Sein Pferd hielt harsch im aufstiebenden Sand.
»Mandrino Bey? Von seiten Seiner Majestät«, verkündete er und hielt einen Umschlag hin.
Ricardo ergriff die Botschaft.
»Erwartet Hoheit eine augenblickliche Antwort?«
»Ich habe keine Order in diesem Sinne erhalten, mein Bey.«
»Sehr gut. Gott begleite dich.«
Der Militär grüßte. Herumschwenkend trieb er sein Reittier durch die Dünen davon und sauste auf die Straße nach Gizeh zu.
»Was ist es?« sorgte sich Giovanna, unversehens angespannt.

Den Blick in seine Lektüre vertieft, schien Ricardo sie nicht zu hören. Eine Weile verstrich. Endlich verkündete er: »Komm. Wir kehren heim.«
Sie umschlang sein Handgelenk.
»Was geht vor?«
»Ibrahim ist in Kütahya eingefallen.«
»Kütayha?«
»Das liegt fünfzig Meilen vor Istanbul.«
Sie stieß einen Freudenschrei aus.
»Das ist doch wunderbar!«
»Nicht ganz.«
»Ach? Aber sagtest du nicht, daß die einzige Möglichkeit für Ägypten, frei und unabhängig zu sein, darin bestünde, den Sultan zu vernichten? Du hast Mohammed Ali sogar in diesem Sinn überzeugt, nicht wahr?«
»Wenn ich nach dem Inhalt dieses Briefs schließe, hat man seine Überzeugung ins Wanken gebracht. Er hat beschlossen, Ibrahims triumphalem Vormarsch ein Ende zu setzen.«
»Ihn aufhalten, wo er dem Ziel doch so nahe ist? Warum?«
»Die Erklärung wäre zu langwierig. Komm, kehren wir nach Sabah zurück.«
Als sie zu den Pferden gingen, fragte sie: »Inwiefern betrifft dich das?«
»Ich habe es dir gerade gesagt. Der Vizekönig verlangt, daß sein Sohn seinen Vormarsch rundweg abbricht. Er fürchtet, ein einfacher Kurier genüge nicht, ihn zur Vernunft zu bringen.«
Sie schluckte schwer.
»Was bedeutet?«
»Ein Emissär seines Vertrauens wird sich vor Ort, nach Kütahya begeben müssen.«
»Und der Vizekönig möchte, daß dieser Emissär …«
Sie beendete ihren Satz nicht, als ob die Worte auszusprechen schon genügten, das zu vergegenwärtigen, was sie befürchtete.

»Zu Recht oder zu Unrecht ist Mohammed Ali der Ansicht, ich allein wäre imstande, Ibrahim zu überreden. Aber ich möchte dich beruhigen: Nichts ist bereits entschieden.«
Sie fühlte sich von einem eisigen Blick umfangen.
»Papa ... du wirst nicht zustimmen. Du wirst nicht in die Türkei reisen.«
Er schritt rascher aus.
»Ich bitte dich, antworte ... Du wirst nicht nach Kütahya gehen.«
»Ich glaube, wenn es nötig wäre, würde ich aufbrechen.«
»Nichts zwingt dich dazu!«
»Außer dem Pflichtgefühl.«
Sie spürte, daß sie den Boden unter den Füßen verlor.
»Pflicht? Aber die hast du tausendmal erfüllt!«
»Komm, laß uns heimreiten.«
Sie schüttelte störrisch den Kopf.
»Da ist noch etwas anderes. Sag es mir, ich bitte dich.«
»Zweifelsohne hast du recht. Es gibt noch weit Wichtigeres: die Freundschaft, die mich an den Monarchen bindet. Doch ich wiederhole dir: Es ist noch keine Entscheidung getroffen worden.«
»Wieder einmal wärst du fort!«
Entschieden umklammerten die Finger des Venezianers die Zügel.
»Kütahya ist nicht das Ende der Welt.«
»Navarino war ebenfalls nicht das Ende der Welt!«
»Komm ... Es wird spät, Giovanna.«
Sie schrie fast: »Und ich!! Hast du daran gedacht, was aus mir würde?«
»Sieh an, jetzt sprichst du wie eine eifersüchtige Ehefrau. Wenn ich dorthin reiste, wäre es auf jeden Fall nur eine Sache von allerhöchstens zwei Wochen. Und du würdest nicht allein bleiben. Joseph wäre an deiner Seite.«
»Joseph ... Ja, und Mama ...?«

»Was glaubst du? Sie wird mich nach Kütahya begleiten ...«
Sie starrte ihn offenen Mundes an.
»Los! Giovanna, komm jetzt bitte!«

18. Kapitel

Gizeh, Anwesen Sabah,
Mai 1833

Versonnen zog Scheherazade mit einem Fingernagel die Ziselierungen der Kupferplatte zwischen den mit Silberpailletten eingelegten Flächen nach.
»Die Wahl«, wiederholte sie, »läßt sich in wenigen Worten zusammenfassen: vor Sorge sterben oder dir in deiner Unvernunft folgen.«
»Na, na«, entgegnete Mandrino, »du dramatisierst. Zum ersten ist keineswegs sicher, daß ich aufbreche, und dann ist es bloß eine Reise, nichts mehr.«
Sie fixierte ihn mit blassem Lächeln.
»Eine Reise? Nichts mehr? Kütahya ist nicht Alexandria. Wir würden nicht zum Rosenhof oder nach Venedig aufbrechen. Was du dir zu unternehmen vornimmst, ist eine Fahrt in ein Land im Krieg, in einen dürren und harten Landstrich.«
»Du übertreibst. Die Türkei hat nichts mit der Gehenna gemein. Ich habe sie bereits durchreist.«
»Das ist lange her und geschah unter anderen Umständen.«
Er unterdrückte eine Geste der Verärgerung.
»Ja, ich weiß. Meine Haare sind weiß geworden, die Zeit hat meine Züge zerfurcht, mein Blick ist weniger blau. Aber sorge dich nicht. Ich bin so unverwüstlich wie die Pyramiden.«

»Ricardo ... Der Vizekönig kann sehr wohl einen anderen mit dieser Mission betrauen. Das weißt du.«

»Und falls es sich um eine wohlüberlegte Entscheidung meinerseits handelte? Hast du dir diese Frage gestellt? Wie sieht mein Dasein seit meiner Rückkehr von Navarino aus? An manchen Tagen widerfährt es mir, mich im Spiegel zu betrachten. Was sehe ich? Eine Gestalt, die plumper wird, ein verlöschendes Feuer. Und meine erstarrte Zukunft.«

»Und die Gegenwart, die nicht zählt.«

»Das einzige, was zählt, ist das Werden eines Menschen. Von dem Augenblick an, da man aufhört, nützlich zu sein, ist man tot.«

Kaum hatte er diese Worte ausgesprochen, schoß Scheherazade jenes Zwiegespräch wieder in den Sinn, das sie in Venedig geführt hatten. Sie hatte ihn soeben wiedergefunden und versuchte ihn hinsichtlich der Zukunft zu ermutigen. Darauf war die Unterhaltung auf seine Angst vor dem Tod gekommen. Er hatte gesagt:

Diese Angst wird ganz und gar belanglos vor der Schmach, zu nichts mehr nütze zu sein. Ich würde es nicht ertragen, bloß dahinzuvegetieren.

Und an diesem Tage nun wiederholte er dieselben Worte, mit derselben Hitze.

»Hörst du mir nicht mehr zu?«

Die Frage brachte sie in die Gegenwart zurück.

»Doch, sicher.«

»Ich will weiterhin leben, Scheherazade. Nicht regungslos, sondern in steter Bewegung. Mich dürstet. Kannst du das verstehen?«

»Dein Durst ist unstillbar, das ist es, was ich verstehe. Ich sehe mit einem Schlag jenen Brunnen wieder vor mir, der sich am Saum des Anwesens befindet. Weder mein Vater noch dessen Vater hat ihn je versiegt erlebt. Gestern noch habe ich Wasser

daraus geschöpft: Es war klar wie der Mond und frisch wie die Nacht. Wenn Gott will, wird es für unsere Kinder genauso sein, und für deren Kinder ebenfalls. In dieser Welt, in der die Wüste Königin ist, bin ich stets überzeugt gewesen, daß dieser Brunnen kein angestammtes Gut ist, sondern ein Wunder, eine Gabe des Himmels, dessen Treuhänder wir bloß sind. Er ist nach dem Abbild unseres Lebens, Ricardo.« Sie verstummte, murmelte dann, wie man ein Mysterium beschwört: »Den Durst zu fürchten, obschon der eigene Brunnen doch voll ist … das ist doch wohl ein Durst, den man niemals wird löschen können, oder?«
Er bemerkte nichts hinzu und versenkte sich in ein langes Grübeln, das sie nicht zu unterbrechen wagte.

»Was wollen diese Herrschaften eigentlich?« grummelte Mohammed Ali.
Er wies auf eine Gruppe von zwanzig Personen, die von dem Kap aus, das das Meer und die Werft überragte, ihn unentwegt fixierten.
Cerisy antwortete mit einer gewissen Befangenheit: »Das sind diese Franzosen, von denen ich Ihnen berichtet habe, Hoheit. Die Saint-Simonisten.«
»Saint-Simonisten … sonderbarer Name. Was wollen sie? Das ist mindestens das dreizehnte Mal, daß ich ihnen hier begegne. Mögen sie Schiffe so sehr? Oder sind sie gekommen, Ihr Bauwerk zu bewundern?«
»Weder das eine noch das andere, Majestät. Hat Ihr Adjutant Sie nicht unterrichtet? Einer von ihnen, ein gewisser Barrault, möchte eine Audienz erwirken.«
»Was hat er mir zu sagen?«
»Eh … ich denke, er möchte Ihnen einige Projekte zur Kenntnis bringen, die Ägypten betreffen, und gewisse Ideen.«
»Projekte, Ideen. Cerisy Bey, könnten Sie sich nicht klarer ausdrücken?«

»Offen gestanden, scheint es mir selbst ziemlich verworren ...«
Der Vizekönig wurde ungeduldig.
»Kommen Sie, geben Sie sich bitte etwas Mühe!«
»Nun denn. Es handelt sich um eine *universale Assoziation*, die friedliche Organisation der Arbeiterschaft, das Erscheinen einer Mutter-Gemahlin, in der die eine Hälfte von Jesus Christus verkörpert wäre, und ...« Er räusperte sich, bevor er schloß: »Und um die Gleichheit von Mann und Frau.«
Verdutzt fragte Mohammed Ali: »Sagen Sie mal, Monsieur Cerisy, wann sind diese Leute in Alexandria angekommen?«
»Vor einer Woche, vielleicht etwas länger. Warum, Majestät?«
In dem Augenblick, da Cerisy seine Frage stellte, ging die Gruppe der Saint-Simonisten ganz dicht an ihnen vorüber, nur um einige Meter durch die Leibgarde des Monarchen von ihnen getrennt. Sie lupften ihre Barette und verneigten sich achtungsvoll.
Mohammed Ali, ein gezwungenes Lächeln auf den Lippen, erwiderte ihren Gruß.
»Sie sagten, Majestät?« griff Cerisy auf.
»Was?« grummelte der Herrscher.
»Sie wollten wissen, seit wann sich diese Herrschaften in Ägypten aufhielten.«
»Und ich habe Ihre Antwort vernommen: seit einer Woche. Das ist doch wahrlich recht kurz.«
Cerisy begriff die Andeutung nicht.
Der Vizekönig stieß in einem Atemzug aus: »Mir war fremd, daß die Sonne dieses Landes das Hirn so rasch zerrütten kann!«
Harsch zog er an den Zügeln seines Reittieres.
»Kommen Sie, Cerisy! Ich habe eine Verabredung mit Ihrem Landsmann de Bellefonds.«
Im Hetzgalopp auf Höhe der Saint-Simonisten vorbeireitend, bedachte er sie mit einem neuerlichen Lächeln, einem gnädigeren als das erste.

»Ich bin erschöpft«, jammerte Said und ließ sich auf den Strand sinken. »Erschöpft ...«

Über dem Mareotis-See war die rote Kugel der Sonne, die wie an einem Silberfaden über dem Horizont hing, im Begriff, auf die andere Seite der Erde zu schwenken. Ein blasses Krapprot hatte die regungslosen Wasser und die Silhouetten der letzten Fischer überzogen.

Ferdinand trat zu dem Jungen, und mit Hilfe eines Taschentuchs tupfte er den Schweiß ab, der über sein Gesicht rann, welches beinahe so scharlachrot wie das Himmelsgestirn war.

»Ich bin erschöpft«, wiederholte der Prinz. »Das geht über meine Kräfte.«

»Dennoch haben wir lediglich einen höchstens halbstündigen Lauf zurückgelegt, Exzellenz. Geben Sie zu, daß das nicht viel ist.«

»Nicht viel?«

Said richtete sich halb auf.

»Monsieur de Lesseps, wissen Sie, wie mein Tag seit der Morgendämmerung verlief? Ich werde es Ihnen sagen. Um sechs Uhr heute morgen hatte ich Anrecht auf eine Schale Tee und eine Scheibe trockenen Brotes. Weder Butter noch Konfitüre, noch Eier, und nicht einmal Ful*. Anschließend holte mich mein Gymnastiklehrer, um mich zum Hafen zu bringen. Und dort ging es dann zum Mast!«

»Wie bitte?«

»Klettern! Ich habe bis zur Mastspitze klettern müssen. Dreimal hintereinander! Sind Sie schon einmal an einem Schiffsmast hochgeklettert?«

»Eh ... nein, Exzellenz.«

»Das ist hoch. Sehr hoch. Eine falsche Bewegung, und man ist

* Oder *ful medames*. In Öl gesottene Saubohnen. Das verbreitetste Gericht Ägyptens.

bloß noch Fata-Mus*. Danach kam dann das Seilspringen und, gegen Mittag, eine Stunde Rudern!«

»Ich gebe zu, daß ...«

»Warten Sie, es ist noch nicht zu Ende. Nach einem kümmerlichen Mittagessen hat man mich zu meiner Fechtstunde abgeholt. Anschließend waren Sie an der Reihe, Monsieur de Lesseps. Also, wenn Sie mir nun sagen, eine halbe Stunde Dauerlauf sei nichts Großartiges ...«

Er hielt inne und hob den Zeigefinger.

»Ich vergaß! Als wir noch die Zitadelle auf dem Mokattam** bewohnten, war ich gezwungen, einmal in der Woche die Festungsmauern zu umrunden. Seit wir im Ras el-Tin leben, bleibt mir diese letzte Übung glücklicherweise erspart.«

»Aha ... Also hat man befunden, daß es noch zu früh wäre.«

»Ganz und gar nicht.«

Er ließ den Kopf mit griesgrämiger Miene zurückfallen.

»Es gibt keine Festungsmauern rund um Ras el-Tin.«

Verblüfft reichte Ferdinand de Lesseps Said die Hand und half ihm aufzustehen.

»Kommen Sie, Exzellenz, wir kehren in den Palast zurück. Im übrigen dämmert es bereits.«

»Warten Sie, Monsieur de Lesseps, noch nicht sofort.«

Der Prinz führte eine Hand an sein Ohr.

»Horchen Sie ...«

Von der Brise getragen, bahnte sich die Stimme eines Muezzins, das *abed* rezitierend, ihren Weg über den Mareotis-See.

»Ich mag dieses Gebet ... Kennen Sie es?«

»Nein, Prinz Said.«

* Fata oder Feta ist eine Art Auflauf aus altbackenem, in Bouillon geweichtem Brot, Reis, Fleischküchlein, der mit Essig nachgewürzt und mit Joghurt übergossen wird.

** Der Berg Mokattam ist ein Hügel, die von Saladin 1176 errichtete Zitadelle erhebt sich auf der letzten Kuppe.

Das Kind begann leise vor sich hin zu singen, sich bemühend, dem Muezzin zu folgen.

»›Der Ersehnte, der in allem Vorherrschende, der Eine und Einzige, der Unvergleichliche, der in sich selbst Bestehende, der Erste, der Letzte …‹«

Er hielt inne.

»Wissen Sie, um was es sich dabei handelt?«

Ein weiteres Mal war Ferdinand gezwungen, verneinend zu antworten.

»Die Attribute Allahs … Es gibt deren hundert. Doch lediglich neunundneunzig werden von den Menschen angeführt. Das letzte ist allein dem Allhöchsten bekannt.«

Nun schweifte die Stimme des Muezzins zu tieferen Registern, die Landschaft mit einer gewissen Erhabenheit erfüllend.

»Ich mag dieses Gebet«, wiederholte Said entrückt.

»Dürfte ich Sie nach dem Grund fragen, Exzellenz?«

»Weil es mich von den Menschen entfernt.«

»Sie lieben sie also nicht?«

»Kann man lieben, was einen quält … Nein, ich liebe die Menschen nicht.«

»Das ist schade. Indem Sie die Menschen zurückweisen, berauben Sie sich ihrer Freundschaft.«

»Ich weiß nicht, wovon Sie sprechen. Ein Prinz hat keinen Freund. Im übrigen, was ist Freundschaft, Monsieur de Lesseps?«

Der Vizekonsul schien einen Moment zu überlegen.

»Sie haben gerade gemütsbewegt die Allah zugeschriebenen Namen erwähnt.«

»Ja …«

»Genauso verhält es sich mit der Freundschaft. Von neunundneunzig Personen umgeben, wird eine unter ihnen einzig in Ihren Augen sein.«

»Weshalb?«

»Ganz einfach, Prinz, weil Sie in den ihren einzig sein werden.«
Der Junge erforschte sein Gegenüber mit freudigem Erstaunen.
»Ich werde darüber nachdenken, Monsieur de Lesseps ...«, meinte er gelehrig. »Ich werde darüber nachdenken.«

»Demnach, Monsieur de Bellefonds, würde der Durchstich des Isthmus also nicht die von den Alten prophezeiten Überschwemmungen auslösen ...«
Mohammed Ali sog einen Zug Tabakrauch ein und starrte in nachdenklicher Haltung zur Decke.
Vor Linants und Josephs ängstlichen Blicken verharrte er so eine ganze Weile.
»Sie wissen ja«, fügte er an, »es ist nicht das erste Mal, daß das Kanal-Thema angegangen wird.«
»Gewiß, Majestät«, erwiderte Joseph, »mit dem einen Unterschied jedoch, daß wir heutigen Tages über neue Befunde verfügen, die es gestatten, den Durchstich auf geradem Wege in Betracht zu ziehen. Einem kürzeren Weg, der sich auf weitere Horizonte hin öffnet. Obendrein sind wir im Besitz einer genauen geographischen Karte der Örtlichkeiten, die uns ermöglicht, einen wahrhaftigen technischen Entwurf auszuarbeiten.«
Mohammed Ali pflichtete bei, ohne indes von seinem etwas abwesenden Ausdruck abzurücken.
Joseph beschloß, sich weiter vorzuwagen.
»Wenn Sie es mir gewähren, Hoheit, würde ich mir erlauben, einen wesentlichen Punkt zugunsten des Kanals aufzuwerfen. Er wird zur Entwicklung des Handels und des geistigen Potentials Ihres Landes beitragen, indem er es näher an Europa heranrückt. Dank der Passagegebühren wird er eine unmittelbare Einnahmequelle bilden, die imstande wäre, Ägyptens wirtschaftlichen Wohlstand zu verdoppeln. Er liegt im Interesse des Landes, aber er wird ebenso zu Ihrem persönlichen Ruhm beitragen. Bedenken Sie, daß die Vereinigung der beiden Meere

unter Ihrer Regentschaft vonstatten gehen wird. Die Welt wird Ihre Kühnheit preisen.«

»Mein persönlicher Ruhm?«

Der Pascha deutete ein Achselzucken an.

»Glaubst du, er wäre noch nicht gefestigt?«

»Vergeben Sie mir ... das habe ich nicht sagen wollen.«

»Und selbst wenn er dies noch nicht wäre«, brach der Pascha ab. »Ich bin vierundsechzig Jahre alt. Kannst du dir vorstellen, ein an Leib und Verstand gesunder Mann strebe in diesem Alter danach, dieser flüchtigen Sache, dem Ruhm nämlich, nachzujagen? Und dann hast du von Kühnheit gesprochen ...«

Der Vizekönig schüttelte mehrfach den Kopf.

»Du bist jung, Sohn des Mandrino, du kennst das Leben noch nicht. Daher werde ich dir ein Geheimnis anvertrauen. Ihnen ebenfalls, Monsieur de Bellefonds; hören Sie zu: Insbesondere wenn man schwach ist, muß man sich am kühnsten zeigen. Sehen Sie, wie groß meine Schwäche über all die Jahre war.«

Er hielt eine Zeitlang inne, sein Blick trübte sich ein wenig.

»An dem Tage, an dem ich gespürt habe, ich müßte vorsichtiger sein, habe ich begriffen, daß ich stärker geworden war.« Er fügte rasch und mit einer fast unhörbaren Stimme hinzu, als spräche er mit sich selbst: »Wenn mein Sohn Ibrahim doch nur begreifen könnte ...«

Er faßte sich wieder und setzte in festerem Ton hinzu: »Mir sind die Vorteile des Kanals und die unzähligen Wohltaten keineswegs unbekannt, die er Ägypten verschaffen könnte. Und ich stehe ihm nicht ablehnend gegenüber.«

Diese letzte Bekräftigung bewirkte einen Ausdruck der Erleichterung bei seinen Gesprächspartnern. Doch eilends wedelte Mohammed Ali zum Zeichen der Mäßigung mit der Hand.

»Ich stehe ihm nicht ablehnend gegenüber«, wiederholte er, »und dennoch werden gewisse Bedingungen beachtet werden müssen.«

»Welche, Sire?«
»Später. Alles zu seiner Zeit.«
Er sog einen neuerlichen Zug ein, blies eine blaue Rauchwolke aus und fuhr fort.
»Ihre Erkundungsarbeiten sind noch nicht beendet, soweit ich weiß.«
»Leider nein. Es liegt ganz bei Ihnen, daß sie weitergeführt werden.«
»Nun denn, Sie haben meine Einwilligung! Schreiten Sie voran. Erstellen Sie Ihre Pläne, Karten, Kostenvoranschläge. Ich werde Ihnen helfen und allen Ihren Ersuchen gewogen antworten, ob es sich um Geld, Materialien oder Arbeitskraft handelt. Nichts wird Ihnen verwehrt werden. Wenn alle technischen Probleme einmal geklärt sind, kommen Sie wieder zu mir. Zu diesem Zeitpunkt dann werden wir die Frage vertiefen.«
»Wir danken Ihnen, Hoheit. Ihre Großmut geht uns zu Herzen und stärkt uns.«
»Habe ich Ihnen nicht erklärt, ich sei davon überzeugt, daß der Kanal eine Wohltat für Ägypten wäre?«
»Für Ägypten und die Welt«, überbot Joseph. »In diesem Zusammenhang freut es mich, Ihnen mitzuteilen, daß wir eine bedingungslose Unterstützung in der Person des Herrn Vizekonsuls von Frankreich besitzen.«
»Monsieur de Lesseps?«
»Ja, Sire. Es ist uns selten gegeben gewesen, einer solchen Leidenschaft zu begegnen. Er hat uns versichert, er wolle durch Vermittlung von Monsieur Mimaut versuchen, Frankreich an das Projekt heranzuführen.«
In einer Art fatalistischer Geste breitete Mohammed Ali sacht die Arme aus.
»Möge Allah ihm bei seinen Schritten beistehen.«
Ein Wink des Herrschers zeigte an, daß die Unterredung an ihr Ende gelangt war.

Sogleich brachten Linant und Joseph die üblichen Höflichkeitsfloskeln vor und wandten sich zur Schwelle.
Sie hatten gerade erst einige Schritte zurückgelegt, da ertönte die Stimme des Paschas: »›Der Kanal von Suez, der die Wasser des Indischen Ozeans mit denen des Mittelmeers vereinigte, würde Ägypten zur einzigen Besitzung machen, die Frankreich erlaubte, Englands enorme Seestreitmacht auszugleichen.‹ Wissen Sie, von wem diese Worte stammen?«
Die beiden Männer sahen sich ratlos an.
»Einem Landsmann von Herrn de Lesseps. Auch von Ihnen, Monsieur de Bellefonds. Sehen Sie nicht, wen ich meine?«
Sie verneinten.
»Bonaparte, meine Kinder, Bonaparte …«

Kaum waren sie aus dem Kabinett des Vizekönigs getreten, fragte Joseph Linant: »Was hat er sagen wollen? Findest du diese letzte Bemerkung nicht verworren?«
»Im Gegenteil, sie ist mir von großer Klarheit erschienen.«
»Erkläre dich.«
»Der Vizekönig ist aufrichtig, wenn er sagt, dem Kanal von Suez nicht ablehnend gegenüberzustehen. Gleichwohl, indem er Bonaparte zitierte, hat er uns zu verstehen geben wollen, daß es sich dabei vor allem um eine politische Angelegenheit handelt.«
»Trotzdem«, entgegnete Joseph, »das Projekt ist von universaler Bedeutung. Es betrifft nicht eine Nation im besonderen, sondern die ganze Welt. England, Frankreich, all diese Großmächte, die sich zur Stunde zerfleischen, werden hier die Gelegenheit finden, sich um einer Sache willen zu einen, die über ihre Eigeninteressen hinausgeht.«
»Mein Freund, glaubst du, daß dies nicht auch meine Meinung ist?«
Sie waren am Ende des langen Gangs angekommen, der auf die große, zu den oberen Stockwerken führende Treppe mündete.

»Wie dem auch sei«, schloß Linant, »wir wären wahrlich undankbar, wenn wir etwas auszusetzen fänden: ›Geld, Materialien, Arbeitskraft, nichts wird Ihnen verwehrt werden.‹ Waren das nicht seine Worte?«

Enthusiastisch umfing er den Arm seines Freundes.

»Nun, da man uns tun und gewähren läßt … machen wir uns auf, mein Freund. Suez wartet auf uns!«

»Du hast recht, Linant. Machen wir uns auf!«

19. Kapitel

Kütahya, Türkei, Mai 1833

Die entlang der buckligen Ebene von Kütahya aufgeschichteten Lagerfeuer waren derart zahlreich, daß sie wie ein eingestürzter Sternenhimmel aussahen. In Scheherazades großem Buch beleuchteten sie eine weitere Seite. Die Furcht, von Ricardo getrennt zu sein, war stärker gewesen als alle von der Vernunft vorgebrachten Argumente. Sabah im Dämmerlicht des Frühmorgens verlassend, während das totenschädelgleiche Antlitz des Sphinx, des »Vaters des Schreckens«, verschwamm, hatte sie sich plötzlich von den Worten eines Rezitativs bedrängt gefühlt. Oder war es gar eine Mahnung gewesen? »Das Herz des Menschen ist ein weites Feld: Die Leidenschaft verbrennt es, die Liebe aber erleuchtet es.« Würde ihr je gegeben sein, Mandrino anders als mit Leidenschaft zu lieben?

»Ich bin beglückt, Sie wiederzusehen, Sett Mandrino.«

Ibrahims Stimme holte sie auf die Erde zurück.

»Dieses Glück teile ich mit Ihnen, Durchlaucht.«

Sie waren vor zwei Tagen im Feldlager angekommen, doch sie

konnte sich noch immer nicht an das verwandelte Gesicht des Prinzen gewöhnen. Sechs Jahre waren seit ihrer Begegnung in Epidauros vergangen, das Zweifache davon indes hatte die Zeit in seine Züge eingeschrieben. Die Erschöpfung, die Anspannung der Schlachten hatten den Mann tief gezeichnet. Und insbesondere jener Gewaltmarsch, der ihn in dreizehn Tagen von Konya nach Kütahya geführt hatte, ein Marsch entlang den Steppen Anatoliens, mitten im Winter und bei Temperaturen, auf die weder seine Männer noch er vorbereitet gewesen waren. Die Haare des Prinzen mußten sich wohl mit dem Schnee des Taurus getränkt haben, denn sie waren inzwischen gänzlich weiß. Das ganze Antlitz war gemartert, nach dem Ebenbild der umliegenden Landschaft.

Unvermutet hatte Ricardos Mission eine tragische Wendung genommen. Wie einen Mann, der so viele Opfer gebracht und vor allem soviel Erwartung dareingesetzt hatte, wie einen derart von der Richtigkeit seines Handelns überzeugten Mann dazu bewegen, daß er seine Hoffnungen fahrenlassen und eine Binde über seine Träume legen mußte?

Noch am Abend ihrer Ankunft selbst hatte der Venezianer Mohammed Alis Sohn die Sendschaft ausgehändigt, die den zwingenden Befehl enthielt, um keine Meile weiter vorzurükken.

Der Prinz hatte den Brief wieder zusammengefaltet und sich darauf beschränkt, mit erloschener Stimme zu verkünden: »Sechs Tage trennen mich vom Palast des Sultans. Eine lächerliche Entfernung, könnte man sagen. Und kraft seines Willens nun verrückt mein Vater Istanbul ans äußerste Ende des Universums.«

Er hatte nichts weiter hinzugefügt und sich in ein Schweigen verschlossen, das auf die Anwesenden den Eindruck tiefer Traurigkeit machte. Ibrahim hätte den Brief des Vizekönigs wahrscheinlich in die Flammen geworfen, wären in ihm nicht noch

die seit seiner Kindheit eingeschärften Begriffe von Ehrfurcht gegenwärtig gewesen.
An diesem Abend, vor der rotglühenden Glut sitzend, mit dem Raunen des Windes als Untermalung, welcher die zerklüfteten Hänge des Geleizges hinabstoß, erneuerte Ricardo seine Bemühung.
»Ich weiß, was Sie empfinden, Exzellenz. Ich ahne, welche Enttäuschung die Ihre sein muß. Meine Aufrichtigkeit zwingt mich, Ihnen anzuvertrauen, daß ich Ihre Gefühle teile. Doch wir können den Standpunkt Ihres Vaters, Seiner Majestät, nicht mit Stillschweigen übergehen. Ganz Europa nämlich hat sich erhoben und legt sein Veto ein. Am Vorabend meiner Abreise hat England vermittels der Stimme seines Generalkonsuls, Oberst Campbells, gedroht, ein Geschwader vor Alexandrias Küste zu entsenden.«
»England! Europa! Und Frankreich? Was tut Frankreich?«
»Exzellenz, Frankreich hat stets seine Freundschaft gegenüber Ihrem Vater zum Ausdruck gebracht, es ist bestrebt, ihn zu stützen, und ich bleibe überzeugt, daß es das auch tun wird. Doch Sie haben es in eine ungeheuer komplizierte Lage versetzt. Einerseits wünscht die Regierung von Louis-Philippe, den legitimen Vorteil zu verteidigen, den Sie und Ihr Vater errungen haben. Andererseits bleibt sie der Unverletzlichkeit des Osmanischen Reiches fest verbunden. Eine heute durch Sie und morgen durch die russische Intervention bedrohte Unverletzlichkeit.«
»Demnach folgt Frankreich England auf dem Fuße.«
»Sie lassen ihm keine andere Wahl. Vergessen Sie nicht, daß es einen Traum gibt, der seit langem durch die Flure der europäischen Staatskanzleien spukt: die Aufteilung des Osmanischen Reiches.«
Traurig ließ Ibrahim fallen: »Die Aufteilung des Osmanischen Reiches … Ein neunzig Jahre alter Traum.«

»Und Sie wissen, daß er Wirklichkeit werden wird. In einer mehr oder minder nahen Zukunft wird diese Region der Welt nicht mehr dasselbe Aussehen haben. Die Großmächte werden sich den türkischen Leichnam teilen. Angesicht dieses enormen Einsatzes hat Ägypten kaum mehr Gewicht als ein Reiskorn.«
Ibrahim sprang jäh auf, die Faust gen Himmel gereckt.
»Oh! Wenn mein Vater doch nur auf mich gehört hätte! Seit ich in die Türkei einmarschiert bin, hat er ständig, Winkelzüge gemacht! Nur Befehle und Gegenbefehle, nur Aufschübe und Ausflüchte. Jetzt dauert dieser Krieg schon ein Jahr an, und kein freimütiger Entschluß ist eingetreten! Immerzu hat mein Vater mir auf den Hacken gesessen, um meinen siegreichen Vorstoß zu bremsen!«
»Nun, während Sie im Begriff waren, Ihre Schlachten zu liefern, suchte er die von den europäischen Diplomaten ausgelegten Schlingen zu überwinden. Erinnern Sie sich an Navarino, Exzellenz?«
»Mein Vater ist ein großer Mann, Ricardo Bey. Und ich bewahre ihm meine gesamte Bewunderung. Unglücklicherweise stelle ich fest, daß er von allzu analytischem Geist ist. Die vollendete Tatsache, das ist die einzige Handlungsweise, vor der sich die Welt stets beugt. Europa durfte keine Zeit zu reagieren gelassen werden! Das durfte nicht geschehen!«
Er wischte mit der Hand über die um ihn verstreuten Zelte.
»Sehen Sie meine Armee. Seit ich dazu verdammt bin, meine Stellungen zu halten, verfüge ich nicht mehr über die Mittel, sie zu nähren. Dieses Land ist eine Wüste! Hier wachsen nur Steine und Dornen! Wo sind die Ufer des Nils und seine grün schimmernden Felder?«
Er begann, die staubige Erde mit erregtem Schritt zu durchmessen.
Als sie ihn so sah, einer frustrierten Raubkatze ähnelnd, sagte Scheherazade sich, daß er unbestreitbar zu jenem Geschlecht

von Eroberern gehörte, die, sofern man ihnen die Welt erschließt, bis zum Ende gingen. Männer, die nach dem Beispiel Alexanders oder Dschingis-Khans nur innehielten, wenn sie fielen.

Unter dem nächtlichen Himmel Anatoliens schien die Zeit erstarrt. Schließlich kehrte der Prinz zu dem Paar zurück und ließ sich auf den Boden sinken, die Beine unter sich angewinkelt.

»Nun gut. Dies ist die Botschaft, die ich meinem Vater übermitteln werde. Ich werde mich seinen Befehlen unterwerfen. Nicht einer meiner Soldaten wird die Grenzen Kütahyas überschreiten. Ich werde Istanbul nicht einnehmen. Allerdings kommt es überhaupt nicht in Frage, daß ich kehrtmache. Jedenfalls nicht bevor die Großmächte nicht eingewilligt haben, meine Ansprüche zu befriedigen.«

»Welche, Prinz Ibrahim?«

»Unter politischem Gesichtspunkt: die Unabhängigkeit Ägyptens. Unter territorialem Gesichtspunkt fordere ich die Gebiete von Alaia und Kilikien. Das heißt, die gesamte Südseite von Anatolien, die Syrien ergänzt, das fürderhin unbedingter Bestandteil der ägyptischen Nation ist. Ebenso fordere ich die Insel Zypern. Wir werden sie zu unserem Flottenstützpunkt machen, einer wachsamen Hüterin der anatolischen Gestade und der Indienroute. Als letztes verlange ich den Bezirk von Adana mit einem Seehafen, der die Verschiffung des für die Flotte unerläßlichen Holzes erleichtern wird.«

Er blickte Mandrino fest an.

Ein belustigter Ausdruck beseelte die Züge des Venezianers.

»Was geht vor?« erzürnte sich Ibrahim. »Weshalb dieses Lächeln?«

»Weil ich selten eine solche Geistesverwandtschaft zwischen einem Vater und dessen Sohn erlebt habe. Was Sie da gerade aufzählen, ist nichts anderes als die Aufstellung der Forderungen, die Seine Majestät bereits den Großmächten übermittelt

hat. Nicht ein einziger Punkt fehlt. Nicht ein Wort weicht davon ab.«
Scheherazade gab dem Prinzen zu bedenken: »Alles in allem, Durchlaucht, sind Sie vielleicht nicht vollends jenes analytischen Verstandes beraubt, den Sie Ihrem Vater zum Vorwurf machten.«
Der heitere Tonfall, mit dem sie sich geäußert hatte, war ihrem Gegenüber nicht entgangen. Er versetzte mit einer Spur Gereiztheit: »Was wollen Sie, Sett Mandrino, die Löwin gebiert keinen Maulesel.«
An Ricardo gerichtet, fügte er hinzu: »Wir sprachen von Frankreichs Position. Glauben Sie, es wird meine Ansprüche unterstützen?«
»Ich kann Ihnen versichern, zur Stunde befindet sich bereits ein französischer Diplomat, nämlich Admiral Roussin, in Istanbul und schlägt sich nach Kräften, damit Ägypten seine Errungenschaften behält.«
Ibrahim steckte seine Hand in die Tasche seiner Pluderhose und ließ einen elfenbeinernen Gebetskranz zum Vorschein kommen, den er abzuhaspeln begann.
»Letzten Endes, wenn ich Bilanz ziehe, sage ich mir, daß die Stellung meines Landes eine der schwierigsten ist, die jemals einer Nation im Entstehen begegnet ist. Jedesmal wenn Ägypten durch erbitterten Kampf seine Unabhängigkeit zu erringen trachtet, wenn es versucht, sich des Bündnisses der Mächte zu versichern, scharen ebenjene sich wie ein Mann zusammen, um sich gegen es zu erheben.«
Er stieß einen Seufzer aus, der einem erstickten Schluchzer glich.
»Wissen Sie, wie all dies enden wird?«
Er hob sein schmerzvolles Gesicht dem Sternenhimmel entgegen.
»Ägypten wird sterben ...«

Paris, Mai 1833

Durch das Fenster drang das Rattern der Fiaker und das gedämpfte Klappern von Hufen auf den Pflastern der Rue Cadet. Judith Grégoire legte das feuchte Tuch auf Corinnes Stirn. Diese wollte ihre Dankbarkeit ausdrücken, aber die Worte erstarben am Rand ihrer vom Fieber ausgetrockneten Lippen.

»Du darfst dich nicht ermüden«, flüsterte Judith. »Schlaf.«

Schlafen? Nein, vor allem nicht schlafen. In einem dichten Nebel erspähte sie kaum ihre über sie gebeugte Freundin. Sie hätte sie wahrscheinlich gar nicht erkannt, wäre nicht diese vertraute Stimme gewesen. Bald zwei Wochen wurde sie von der Krankheit zerfressen, spürte sie ihren Körper sich verzehren, an Substanz verlieren, zu einem bodenlosen Abgrund hinabgleiten.

Besonders die Nächte erwiesen sich als überaus beschwerlich. Sobald der Schlaf sich ihrer bemächtigte, tauchten Fratzen schneidende Gespenster, unförmige Kreaturen auf, denen sie verzweifelt zu entwischen suchte, mit all ihren Kräften durch Wälder voll dürrer Bäume laufend, die ihre Äste auf ihrem Weg ausbreiteten, als ob sie sie hätten packen wollen.

Schlafen ... Sie mußte wach bleiben ... vor allem nicht schlafen. Welches war die Ursache dieses Leidens, das dabei war, sie mit der Beharrlichkeit von auf ihre Beute lauernden Raubtieren zu zermürben? Selbst Dr. Ledoux, obschon für die Schärfe seiner Diagnosen bekannt, hatte sich außerstande gezeigt, eine Erklärung zu finden.

Ein Zittern ließ ihre Schultern, ihren ganzen Körper jäh erschaudern. Ein heftiger Hustenanfall schüttelte sie. Sie hatte den Eindruck, ihr würden die Lungen herausgerissen.

»Mein armer Schatz«, sagte Judith in mitfühlendem Ton.

»Wie ist es, zu sterben?«

»Nein! Verjag diese Gedanken! Du wirst sehen, morgen wird es dir viel besser gehen. Der Doktor hat es gesagt.«

Aber nein, Mama. Du hast unrecht. Ich sage es dir nochmals: Der Doktor hat mir versichert, du wärst auf dem Wege der Besserung.
Wie kam es, daß sich diese Sätze aneinanderfügten?
Wenn es etwas gibt, das ich von ganzem Herzen bedauere, dann wohl, daß du nicht die Möglichkeit gehabt hast, deine Großeltern kennenzulernen. Das ist traurig … und ich bin daran schuld.
Niemals hatte Samiras Stimme so klar geklungen.
Sie fühlte, wie sie einschlief.
Es war eigenartig, da war Sonne in diesen Bildern, die sie erspähte. Auch eine laue Wärme. Eine sanfte, friedvolle Heiterkeit. Vielleicht war das das Sterben.
Der Bezwinger der ausgedehntesten Wüste der Welt schien die Arme nach ihr auszustrecken. Er erwartete sie wie ein treuer Geliebter. Der lehmigen Erde ungeachtet, die ihre Kleider beschmutzten, setzte sie sich ganz nah ans Ufer. Ein Gefühl unbeschreiblichen Wohlbehagens durchströmte alle Fasern ihres Körpers. Sie sagte sich, daß kein Zweifel jemals ihre Gewißheit erschüttern könnte: Sie war wahrhaftig eine Tochter des Nils.

Unter dem Zeltdach fröstelte Scheherazade am Körper ihres Gatten.
»Mir ist kalt, Ricardo.«
In der Ferne, aus der anatolischen Steppe aufsteigend, vernahm man sonderbare Geräusche. Laute, die nichts gemein hatten mit jenen, die über dem Delta oder der Wüste erklangen. Die Schirmbahn, die das Zelt verschloß, wurde von einem plötzlichen Umspringen des eisigen Windes geschüttelt.
Ricardo umhüllte Scheherazade mit seinen Armen und drückte sie an sich.
»Verzeih. Verzeih, dir diese Reise aufgezwungen zu haben.«
»Man zwingt mir nichts auf. Wenn ich hier bin, dann habe ich es so gewollt. Allein die Schwachen lasten anderen an, was ihnen widerfährt. Bin ich schwach, Ricardo Mandrino?«

Eine neuerliche Windbö zerstieb den von der Öllampe verströmten Lichthof.
Sie fragte: »Glaubst du wie Ibrahim, daß Ägypten sterben wird?«
»Welche Antwort würdest du gerne hören?«
Sie sann eine Weile, löste sich dann von ihrem Gemahl und blies die Flamme aus. Die Finsternis ergriff darauf Besitz von dem letzten Schimmer, der noch auf der Steppe flimmerte.

Alexandria, Mai 1833

Der Speisesaal des Hotels Cecil hatte nicht alle fassen können, so groß war die Neugierde gewesen, welche die angekündigte Konferenz entfacht hatte. Es konnte auch sein, daß die Aussicht, einem aus dem Rahmen des Üblichen fallenden Ereignis beizuwohnen, an diesem Überschwang nicht unbeteiligt gewesen war. Für die kleine europäische Gemeinde Alexandrias waren die Zerstreuungen dünn gesät.
Monsieur Mimaut und Ferdinand de Lesseps besetzten die ersten Plätze. An ihrer Seite hielten sich Linant und Joseph auf sowie Giovanna. Ohne Begeisterung hatte sie eingewilligt, ihren Bruder zu begleiten. Überdies hatte sie keine andere Wahl gehabt. Seit der Abreise ihrer Eltern in die Türkei erfüllte Joseph seine Rolle als Vormund mit beflissenem Eifer. Ringsum hatten sich, in einem Lodern aus Tarbuschen und Filzhüten, Diplomaten eingefunden, Konsularagenten, Dragomane sowie gewisse Persönlichkeiten aus der näheren Umgebung Mohammed Alis. Die kleine alexandrinische Welt hatte beschlossen, jener befremdlichen Gruppe ihr Ohr zu leihen, die drei Monate zuvor in Ägypten gelandet war.
Den Saint-Simonisten. So nämlich ließen sie sich nennen.
Vor beinahe einer halben Stunde hatte der Redner, ein gewisser Emile Barrault, seinen Vortrag begonnen. Man hörte ihm wenn nicht mit Leidenschaft, so doch zumindest mit wahrem Interesse zu.

Die Gewandung des Individuums wie seiner Gefährten bot bereits Grund, die Aufmerksamkeit zu fesseln. Der erstickenden Hitze und der Feuchte dieses Junis zum Trotz hatte keines der Mitglieder es für vorteilhaft befunden, die Pluderjacke abzustreifen, sowenig wie den großen Schal, der den Hals schmückte. Selbst das auf den Kopf gedrückte Barett schien auf ewig festgeheftet.
Giovanna unterdrückte ein Gähnen, während Barrault die Idee der friedvollen Organisation der Arbeiterschaft zu Ende ausführte.
Sie warf ihrem Bruder einen beiläufigen Blick zu und war ein wenig erstaunt über die Aufmerksamkeit, die sie bei ihm entdeckte. Die Gesichter um sie herum drückten dasselbe Interesse aus. Sie schloß daraus, ihr müßte in dieser Lawine an Worten und aufgestellten Grundsätzen irgend etwas entgehen. So beschloß sie, sich etwas zusammenzunehmen, und wandte sich wieder dem Redner zu.
Die Minuten vergingen. Barrault schnitt das Thema des weiblichen Messias, des göttlichen Paares an, und unmerklich, beinahe unwissentlich, fühlte Giovanna sich ihrerseits in Bann gezogen.
Als der Vortrag endete, ehrte höflicher Applaus, wenn auch nicht ohne Herzlichkeit, den Saint-Simonisten.
»Was denken Sie darüber?« erkundigte sich Mimaut, während die Zuhörer zum Ausgang strömten.
»Interessant, doch leider utopisch«, erwiderte Joseph.
»Und Sie, Ferdinand? Ist das auch Ihre Meinung?«
»Offen gestanden, bin ich unfähig, mir eine genaue Vorstellung zu bilden. Ich habe den Eindruck, diese Leute sind Träger einer großen Idee, aber diese Idee ist in einem Wust an zumindest ungebührlichen Glaubenssätzen ertränkt.«
»Das ist genau meine Ansicht«, bestätigte Mimaut.
»Auf die Gefahr hin, Sie zu verwundern«, griff Linant ein, »denke

ich trotz alledem, daß darin die Anfänge einer neuen Gesellschaft zu finden sind. Selbstredend ist von den vorgebrachten Ideen nicht alles der Beachtung wert. Zum Exempel möchte ich etwa diese Anregung anführen, die Pflicht zur Fronarbeit der Fellachen durch einen Steuerzuwachs zu ersetzen. Sie scheint mir nicht sonderlich verständig. Das beste wäre, die Richtlinien einer billigen Verteilung aufzustellen.«

»Was meinen Sie mit ›billig‹?« fragte Ferdinand nach.

»Die ägyptischen Bauern so behandeln, als wären sie am Gemeinschaftswerk beteiligt. Den Ertrag der Ernten gemäß der geleisteten Arbeit unter jedermann aufteilen.«

»Na, kommen Sie, mein Teurer«, entgegnete Mimaut, »kehren Sie auf die Erde zurück. Was Sie da vorschlagen, trifft sich mit der Utopie dieser Herrschaften. In jedem Fall wird Mohammed Ali etwas Derartiges niemals in Erwägung ziehen!«

»Dann wäre er im Unrecht!« warf Giovanna forsch ein. »Ich teile die Ansicht von Monsieur de Bellefonds. Die Fellachen den Nutzen ihrer Arbeit genießen zu lassen hieße, ihnen Gerechtigkeit widerfahren zu lassen. Indem er alle landwirtschaftlichen Ländereien an sich riß, hat unser Monarch Ägypten zu einem großen Gutshof gemacht, aus dem allein nur er allen Gewinn zieht. Glauben Sie nicht, es wäre an der Zeit, dieser Situation abzuhelfen?«

Gelinde überrascht von dem jäh leidenschaftlichen Ton der jungen Frau, gab Mimaut sich etwas nuancierter.

»Gewiß, Mademoiselle. In diesem besonderen Fall jedoch handelt es sich nicht um Veränderung, sondern um eine wahrhaftige Umwälzung, die zur Folge hätte, die gesamte Wirtschaft Ihres Landes in Frage zu stellen.«

»Wir haben die Mittel dazu. Glauben Sie, der Pascha hätte ansonsten die von den Rothschilds und anderen Bankiers angebotenen Anleihen ausgeschlagen, die seit einigen Monaten ihre Finanzpolitik in Ägypten einzusetzen suchen? Wissen Sie, daß

der Handel mit dem Ausland sich jedes Jahr verdoppelt? Und zu unseren Gunsten? Allein vergangenes Jahr hat Ägypten Waren für mehr als eine Million siebenhundertvierzigtausend Pfund ausgeführt, weit mehr als der Wert der Einfuhren. Genügt dies nicht, um eine bessere Aufteilung der Reichtümer zu rechtfertigen?«
Sie schöpfte Atem.
»Unser Volk ist nackt, Monsieur Mimaut. Ein Tag wird kommen, an dem daran gedacht werden muß, es zu kleiden. Ansonsten wird es das Volk sein, das uns entkleiden wird.«
Als sie verstummte, bebten ihre Lippen leicht. Ihre Wangen hatten sich gerötet, und ihre Pupillen glänzten wie unter der Einwirkung eines inneren Feuers.
Wie betäubt betrachtete Joseph seine Schwester, als ob er eine Unbekannte entdeckte. Er verstand es nicht. All die Urteile, die er bis dahin über sie gefällt hatte, waren soeben mit einem Schlag zerborsten.
Er fragte mit einer Stimme, in der Bewunderung mitschwang:
»Giovanna … Woher hast du diese Kenntnisse erfahren? Und diese Zahlen?«
»Vielleicht höre ich gelegentlich zu. Und behalte.«
Er stammelte fast: »Ich … ich wußte nicht, daß du dich für andere Dinge interessiertest als …«
»Für meine eigene kleine Person?«
Er bejahte.
»Du hast recht. Doch ab und an stelle ich mir vor, daß dieses Ägypten auch ich bin.«

Ricardo richtete sich brüsk in dem Zelt auf, in das die Dämmerung hineinzuströmen begonnen hatte. Er preßte seine Handflächen gegen seine unbändig pochenden Schläfen. Die stechenden Schmerzen, die sein Gehirn durchfuhren, waren derart unerträglich, daß er fast schreien mußte. Er biß sich auf die

Lippen. Durch den Druck gegen seinen Schädel wurden seine Fingergelenke milchig weiß. Eine Ratte war dabei, sein Fleisch anzunagen, sein Hirn mit Bissen zu verheeren. Er drückte eine Hand gegen sein blutunterlaufenes Auge, gewiß, der Augapfel würde aus seiner Höhle springen. Schweiß überströmte seine Haut. Die Pein erreichte eine Schwelle von solcher Heftigkeit, daß er wünschte, das Bewußtsein zu verlieren. Übelkeit umnebelte seine Sinne und ließ die seinem Gehirn auferlegte Marter nur noch unerträglicher werden.
Dann, ebenso plötzlich, wie das Leiden gekommen war, begann es, sich zu mildern, schickte es sich an, in Wellen, stufenweise nachzulassen. Bis es an einen Grad gelangte, der die Qual menschlicher machte.
Er nahm Scheherazades Hand. Sie schlief weiterhin.

20. Kapitel

Alexandria, Ras-el-Tin-Palast,
Mai 1833

Immer noch hundert Pfund!« rief Said entsetzten Gesichts aus. Ich habe bloß sechs Pfund in fünf Monaten abgenommen! Der Prinz stieg von der Waage und ließ sich mit der Miene eines Besiegten auf einen Diwan fallen.
Ferdinand versuchte, die Verzweiflung des Jungen zu dämpfen. »Immerhin eine Verbesserung, Durchlaucht. Stellen Sie sich nur vor, trotz all Ihrer Opfer wäre Ihr Gewicht gleichgeblieben, oder schlimmer noch, Sie hätten gar zugenommen.«
»Das ist eine wahrhaftige Katastrophe, Monsieur de Lesseps! Hat mein Vater mir nicht das Versprechen abgenommen, in

meinem elften Jahr müßte ich weniger als neunzig Pfund wiegen?« Er schloß mit trostloser Stimme: »Und mein Geburtstag ist morgen.«
»Seien Sie unbesorgt. Ich werde Seiner Majestät versichern, Sie hätten beispielhafte Opferwilligkeit bewiesen. Ich bin gewiß, er wird verstehen, daß zum Unmöglichen niemand verpflichtet ist.«
»Das heißt, meinen Vater schlecht zu kennen, Monsieur de Lesseps. Er versteht *nur* das Unmögliche.«
»Na, na, Exzellenz. Der Vizekönig ist kein Henker. Sie sind sein Kind.«
Said wackelte ohne Überzeugung mit dem Kopf.
»An manchen Tagen träume ich, ich sei das Kind eines Fellachen oder irgendeines beliebigen Mannes aus dem Volk. Diese Leute sind nicht wohlhabend, aber ich bin sicher, daß sie sich satt essen. Zunehmen, abmagern … im Grunde sind das bloß Sorgen von Reichen. Nachts träume ich, Monsieur de Lesseps – am Tage übrigens auch. Ich sehe Karawanen mit Leckereien vorüberziehen, mit Konafa, Baklawa, Honigbrot … Und wenn ich aus meinen Träumereien heraustrete, dann muß ich jedesmal feststellen, daß die Wirklichkeit ein Alptraum ist.«
Er seufzte.
»Ach! Wenn ich doch nur Sohn eines Armen wäre!«
Ferdinand fühlte sich entwaffnet. Die Verzweiflung des Kindes war allerdings verständlich. Bei der Lebensweise und der Kost, die man ihm aufgenötigt hatte, hätte er mindestens fünfzehn Pfund abnehmen müssen. Hier indes …
»Erlauben Sie, mich einen Augenblick zurückzuziehen, Exzellenz? Ich werde nicht lange fernbleiben.«
Said griente gleichgültig.
»Tun Sie es, Monsieur de Lesseps. Ich, ich werde schlafen, schlafen und träumen. Da mir sonst nichts mehr bleibt.«

Paris, Mai 1833

Judith erschien unvermutet in Corinnes Zimmer. Sie strahlte.

»Hör zu, ich muß dir eine wunderbare Neuigkeit verkünden!«

Mit verloren wirkender Miene drehte die junge Frau sich auf den Rücken. In ihrer äußersten Schwachheit hätte nichts auf der Welt diesen Erschöpfungszustand aufheitern können, in dem sie schon seit Wochen dahinlebte.

»Sag es ...«

Judith setzte sich auf den Bettrand.

»*Le Père* Enfantin wird freigelassen!«

»Das ist gut.«

»Wie? Ist das alles?«

»Was könnte ich mehr sagen?«

»Tausend Dinge! Vor Freude springen, dein Glück herausschreien!«

Corinne wollte sich gegen das Kissen aufrichten, ließ jedoch davon ab, so beschwerlich schien ihr die Anstrengung.

»Also?« beharrte Judith.

»Das muß, nehme ich an, eine große Erleichterung für die Saint-Simonisten sein. Und welchem Umstand verdankt man diese Entlassung?«

»Einem Gnadenerlaß anläßlich der *Trois Glorieuses**.«

»Das ist gut«, wiederholte Corinne abwesend.

Was scherte es sie, im Grunde genommen, ob *Le Père* Enfantin auf freien Fuß käme, da diese Freilassung nichts an dem Siech-

* Der Gedenkfeier der *Drei Glorreichen* Tage der Juli-Revolution (27.–29. Juli 1830), mit denen die Restauration endete und die »Juli-Monarchie« von Charles X. begann. *(Anm. d. Übers.)* Es steht zu vermuten, daß der König Enfantins Abreise nach Ägypten mit großem Wohlwollen gesehen hätte; nicht allein weil sich mit dem obersten Führer eine gewisse Zahl an Störenfrieden entfernte, sondern auch, weil er das *industrielle* Projekt der Saint-Simonisten billigte. Die Entlassung Enfantins könnte auf diskrete Weise durch Unterredungen zwischen Mittelsmännern des Königs und dem Ingenieur Henri Fournel vorbereitet worden sein.

tum änderte, das sie aufzehrte. Wenn man die Ursache des Leidens noch hätte diagnostizieren können. »Phtisis, Schwindsucht«, hatte Dr. Ledoux spekuliert und eilends hinzugefügt: »Doch ich könnte mich nicht mit Sicherheit aussprechen.«

Sie spürte Judiths Hand, die die ihre umschloß.

»Mein armer Schatz, du erfaßt noch immer nicht, inwiefern diese Neuigkeit wunderbar ist?«

Corinne blieb stumm.

»Ägypten ...«

»Ägypten?«

»Entsinnst du dich denn nicht mehr? Habe ich dir nicht vor ein paar Monaten anvertraut, *Le Père* habe die Absicht, sich in dieses Land zu begeben, um Großes in Angriff zu nehmen? Habe ich dir nicht auch seine Botschaft hinterbracht: *Wir rufen keine Frau im besonderen auf, doch wir werden all diejenigen, die zu uns kommen werden, als von Gott selbst geschickt betrachten.*«

Allmählich, während ihre Freundin sprach, verwandelte sich Corinnes Physiognomie.

»Willst du damit sagen ... daß ...«

»Ja! Du könntest an dieser Reise teilnehmen.«

Die Erregung ließ ihre Lippen beinahe zittern. Sie spürte das Pochen ihres schneller schlagenden Herzens.

»Ich habe mit Aglaé Saint-Hilaire, der Gefährtin unseres Oberhaupts, über dich gesprochen. Ich habe ihr deine Äußerungen Wort für Wort wiedergegeben.«

Judith setzte eine Verschwörermiene auf, bevor sie in rezitierendem Tonfall anfügte: »›Zur Emanzipation unserer ägyptischen Schwestern beitragen.‹ Das ist es doch, was du wolltest?«

»Und ... was hat sie geantwortet?«

»Ihrer Meinung nach stünde dem nichts entgegen, daß du sie begleitest.«

»O Judith ... Ich kann es gar nicht glauben ... Ich sollte nach Ägypten reisen?«

»*Wir* werden reisen. Denn Georges und ich werden dich begleiten. Wir schiffen uns ein, sobald *Le Père* das Gefängnis Sainte-Pélagie verlassen hat.«
Corinne schloß die Augen, und nicht etwa wegen ihrer äußersten Müdigkeit, sondern weil eine vertraute Stimme im Begriff war, ihr ins Ohr zu flüstern.
»Du weißt, daß ich eine Schwester habe ... Du hast ihren Namen nicht vergessen?«
»Wie könnte ich? Diesen Namen vergißt man nicht: Scheherazade.«

Alexandria,
Ende Mai 1833

In der gedämpften Stille des Thronsaals schloß der Baron de Boislecomte mit seiner rauhen Stimme: »Somit, Majestät, endet dieser Krieg zum Vorteil Ägyptens. Nun sind Sie Herr über die *pashalik* von Akkon, Jerusalem, Nablus, Tripoli, Damaskus und Aleppo. Herr über Palästina, ganz Syrien und den von Ihrem Sohn so begehrten Bezirk Adana. Doch wichtiger noch, Sie kontrollieren fürderhin die Pässe des Taurus, was Sie vor einem eventuellen türkischen Überfall schützen und Ihnen erlauben wird, im gegebenen Fall zum Angriff auf die Pforte überzugehen. Mit der Besetzung dieser Pässe liegt folglich der Schlüssel Anatoliens in Ihren Händen. Erkennen Sie gleichwohl an, daß wir an einer entsetzlichen Tragödie vorbeigekommen sind.«
Mohammed Ali entgegnete: »Das stimmt, Monsieur le Baron. Doch ich lege Wert darauf zu betonen, daß wir nie dahin gelangt wären, hätte Europa mich nicht in eine Sackgasse getrieben. Kennen Sie die Äußerungen, aus des Sultans eigenem Mund, die mir zugetragen wurden? ›Mohammed Ali wird für die Hohe Pforte stets nur eine Schlange sein, die sie an ihrem Busen gewärmt haben wird.‹ Eine wahrlich harte Sprache für eine Person, der Ägypten ohne Unterlaß beistand.«

»Ich weiß, Sire. Aber denken Sie heute an die Zukunft. Die Seite ist gewendet.«
Der Pascha verschränkte seine Finger auf dem Bauch.
»Die Seite ist gewendet. Dennoch, nehmen Sie sich in acht, Monsieur le Baron. Die neue Seite ist bereits befleckt. Indem sie mich hinderten, ins Haus des Sultans zu dringen, haben sie das Portal weit offenstehen lassen. Die Feinde Frankreichs werden nicht säumen, sich hineinzudrängen.«
»Sie sprechen gewiß von den Russen.«
»Können Sie sich vorstellen, sie zögen sich ohne Gegenleistung vom Bosporus zurück? Ihre Truppen lagern zwei Meilen von denen Ibrahims entfernt. Im Dorf Unkiar-Skelessi. Die Generäle des Zaren können durch ihre Fernrohre die Kuppeln der Hagia Sophia erspähen. Prägen Sie sich wohl ein, was ich Ihnen sage: Sie werden nicht mit leeren Händen abziehen.«
Der Baron de Boislecomte hätte die Worte seines Gegenübers in Abrede stellen können, doch er tat es nicht. In den diplomatischen Kreisen liefen bereits Gerüchte um, daß Rußland und die Türkei kurz davor stünden, ein gegenseitiges Verteidigungsabkommen zu unterzeichnen.*

Saids Nasenflügel bebten wie unter der Wirkung eines hartnäckigen Kitzelns. Zunächst sagte er sich, er befände sich noch

* In der Tat unterzeichneten Rußland und die Türkei am 8. Juli desselben Jahres das Abkommen von Unkiar-Skelessi (so nach der von den russischen Truppen am asiatischen Ufer des Bosporus gehaltenen Stellung genannt), einen gegenseitigen Verteidigungspakt, der acht Jahre bestehenbleiben sollte und dem eine Geheimklausel angefügt war. Diese (den anderen Mächten bald bekannte) Klausel machte das Schwarze Meer zu einem russischen See. Der Zar sollte dem von einer dritten Macht angegriffenen Sultan bewaffneten Beistand leisten, während der Sultan sich, falls Rußland im Krieg stünde, sich darauf beschränken sollte, die Durchfahrt der Meerenge abzuriegeln und somit einen Angriff im Schwarzen Meer zu verhindern. Das Abkommen zielte darauf ab, ein russisches Protektorat über das Osmanische Reich zu errichten.

immer in seinem Traum, doch in Anbetracht der Beharrlichkeit der Empfindung richtete er sich schließlich auf.
Ferdinand war über ihn gebeugt, mit einer Schüssel Makkaroni in der Hand.
»Bism' Allah ar-Rahman ar-Rahim ... Im Namen Allahs, des Erbarmers, des Barmherzigen ... Sollte ich, ohne es zu wissen, in den Garten Eden gelangt sein?«
»Noch nicht, Durchlaucht. Doch es könnte wohl der Anfang des Weges sein, der dorthin führt.«
Völlig zerzaust sprang Said auf und betrachtete glückselig die Schüssel.
»Makkaroni ... Fünf Monate verfolgt mich diese Vision. Fünf Monate, in denen ich in Gedanken den magischen Augenblick vor mir sah, da mein Gaumen diese göttlichste aller Speisen kosten würde.«
»Nun, dann lassen Sie sich nicht länger schmachten, Exzellenz.«
Der Prinz bemächtigte sich der Schüssel mit der Bangigkeit des Schläfers, der einen herrlichen Traum sich auflösen zu sehen fürchtet. Er tauchte seine Gabel hinein und führte den ersten Bissen an die Lippen.
»Gott ist groß«, murmelte er, ekstatisch schluckend.
Er beherrschte sich nicht länger und stürzte sich förmlich auf das Gericht. Er aß nicht mehr, er verschlang.
»Ferdinand«, meinte er mit vollem Mund, »sage mir, ob von allen Genüssen die Wonne des Essens nicht die unvergleichlichste ist.«
»Sagen wir einmal, daß sie zu den Freuden des Daseins gehört. Doch es gibt deren noch gleichermaßen bemerkenswerte.«
»Welche?«
»Die Liste ist lang. Aber, ganz offen gestanden, glauben Sie, daß es Zeit zu philosophieren wäre?«
Er beharrte.
»Nenne mir eine. Die erste, die dir in den Sinn kommt.«

Ferdinand überlegte.
»Vielleicht sich selbst zu überwinden, Exzellenz.«
Said machte große Augen.
»Was bedeutet das?«
»Haben Sie schon einmal Sandburgen gebaut?«
»Häufig. Das ist sogar eines meiner bevorzugten Spiele.«
»Und nagen die Wellen nicht die Mauern an, während Sie noch dabei sind, Ihre Burg zu errichten?«
»Selbstverständlich. Was mich auch immerzu in Wut bringt.«
»Und dann geben Sie Ihr Bauwerk auf.«
»Das ist wahr. Aber wie kann man mit solch bescheidenen Mitteln gegen die Macht der Wellen widerstehen?«
»Eben darin besteht die Selbstüberwindung.«
»Gegen das spöttische Lachen der Fluten ankämpfen? Das kann doch keiner.«
»Gerade deshalb ist derjenige, dem dies gelingt, ein Mensch von seltenen Gaben. Er wird es um so mehr an dem Tag sein, an dem er, trotz der Zerstörung seines Werkes, imstande ist weiterzugehen.«
»Weiter? Das heißt?«
»Sie haben das spöttische Lachen der Fluten erwähnt. So müßte dieser Mann denn seinerseits lachen können, mit einem noch schallenderem Lachen jedoch, auf daß er das der Fluten übertönt.«
Der Knabe fuhr mit einer Hand durch seine wirren Strähnen und blieb versonnen, wobei er Ferdinand mit großem Ernst anblickte.
»Es scheint mir, ich habe Sie mit meinen Theorien gelangweilt«, meinte der Vizekonsul.
»Ganz und gar nicht, Ferdinand.«
Er fragte unvermittelt: »Würdest du mich gerne derart lachen sehen? Lauter als das Gewitter und aller Lärm der Stürme?«
»Es würde mich in der Tat glücklich machen.«

Said beugte sich zu seinem Ohr und tuschelte: »Noch eine Schüssel Makkaroni … Nur eine einzige.«

Joseph folgte Giovanna auf dem Fuße, während sie in das Kabinett des Vizekönigs traten. Mohammed Ali kehrte ihnen den Rücken zu, den Blick auf das Fort Kait Bey geheftet. Er ließ einige Augenblicke verstreichen, bevor er sich umdrehte.
»Laßt euch nieder, meine Kinder.«
Während sie dem Folge leisteten, fügte er an: »Ich habe euch kommen lassen, da ich mir vorstelle, daß ihr ungeduldig wart, Nachrichten von euren Eltern zu erfahren.«
»Das ist wahr, Sire. Sie sind nun bereits zehn Tage fort, und wir fingen an, uns Fragen zu stellen.«
»Seid unbesorgt. Zur Stunde dürften sie auf der Heimreise sein.«
»Gott sei gepriesen.«
Mohammed Ali ergriff ein Blatt, das er Joseph aushändigte.
»Eine Botschaft von eurem Vater. Nehmt Kenntnis von dem Abschnitt, der euch betrifft. Ihr findet ihn am Ende der Seite. Alles übrige bezieht sich auf unsere politischen Angelegenheiten.«

… Bevor ich von Ihnen scheide, möchte ich Sie, Majestät, bitten, unsere Kinder benachrichtigen zu wollen, daß wir bei guter Gesundheit sind und wir – Inschallah –, wenn sie diesen Brief erhalten, drei Tagesreisen vor Kairo sein werden. Sie sollen wissen, wie sehr sie uns fehlen und daß wir beim alleinigen Gedanken, sie wiederzusehen, die Strapazen der Reise vergessen.
Ich will hoffen, Joseph hat bestens über seine Schwester gewacht und diese nicht allzu mürrisch die Vormundschaft erduldet.
Scheherazade schließt sich mir an, um ihnen unsere Liebe zu beteuern. Es ist nicht ein einziger Tag vergangen, an dem ihre Namen nicht auf unseren Lippen waren …

Das Nachfolgende war wiederum dem Vizekönig vorbehalten. Ein Postskriptum schloß den Brief:

P.S. Verzeihen Sie mir, Sire, Ihre Zeit so stark in Anspruch zu nehmen; doch ich wüßte Ihnen Dank, wenn Sie Giovanna sagten, ich hätte vor kurzem eine Entscheidung getroffen, die sie betrifft. In der Tat, ich habe befunden, die Zeit wäre gekommen, daß ein anderes Mitglied der Familie, jemand anderes als Scheherazade oder ich selbst, sich um die Baumwollpflanzungen des Rosenhofes sorgen möge. Nun, da Joseph jedoch nur für den Isthmus von Suez und seine hydrologischen Arbeiten lebt, wer, wenn nicht Giovanna, wäre geeigneter, die Fackel zu übernehmen und zum Hüter der heiligen Erde seiner Großeltern zu werden? Niemand anderes könnte diese Rolle mit mehr an Stolz und Tapferkeit ausfüllen als sie.

Als er seine Lektüre beendet hatte, gab Joseph dem Pascha den Brief zurück und wandte sich lächelnd zu seiner Schwester.
»Demnach bist du nun als Königin des Rosenhofes eingesetzt ...«
Betäubt fand Giovanna nichts darauf zu antworten.
»Ich glaube, euer Vater hat recht, dieses Erbe anzuführen. Alles in allem ist eure Familie die einzige in ganz Ägypten, die landwirtschaftlichen Besitz ihr eigen nennt. Was ein großes Vermögen darstellt.«
Ein kurzes Blitzen fuhr durch Giovannas Augen.
»Sollten Sie die Absicht haben, irgend etwas an dieser Situation zu ändern?«
»Gott behüte mich davor, Tochter des Mandrino! Ich hätte allzu große Angst vor dem bösen Blick!«
»Vor allem, da Sie es, wenn ich mich auf diesen Brief berufe, nicht mehr mit meiner Mutter zu tun bekämen, sondern mit mir.«

Mohammed Ali seufzte.
»Wenn man bedenkt, daß man mich den allmächtigen Vizekönig Ägyptens wähnt! Glücklicherweise wohnt kein fremdes Ohr dieser Unterhaltung bei, sonst gäbe ich nicht viel um meinen Thron!«
Er fand zu einem ernsteren Tonfall zurück, um sich an Joseph zu richten: »Dein Vater hat dieses Kanalprojekt erwähnt. Wie steht es damit?«
»In Bälde werden Linant und ich in der Lage sein, Ihnen einen ausführlichen Bericht auszuhändigen. Sie werden dann alle Muße haben, Ihre Entscheidung zu fällen. Apropos, wenn ich mich recht erinnere, hatte ich Sie unterrichtet, welch großes Interesse Monsieur de Lesseps für dieses Unternehmen bekundet und daß er uns beizustehen wünscht. Sähen Sie irgendeinen Einwand, wenn er sich unserer nächsten Zusammenkunft hinzugesellte?«
»Keineswegs. Ich empfand für den Vizekonsul ein Gefühl der Freundschaft. Seit kurzem ist ihm auch meine Dankbarkeit gewiß. Dank seiner scheint mein Sohn ein vernünftiges Gewicht wiederzuerlangen. Nicht schnell genug nach meinem Befinden, doch in ausreichendem Maße, daß ich darin eine löbliche Anstrengung erkenne.«
»Sie sprechen zweifelsohne von Prinz Said«, sagte Giovanna.
»Ja.«
»Dürfte ich Ihnen eine Frage stellen, Sire? Inwiefern störte es Sie, wenn Ihr Erbe einige Pfunde zuviel hätte? Sind Sie der Ansicht, man erkenne einen großen König an seiner Magerkeit?«
»Zwischen Magerkeit und Fettleibigkeit gibt es soviel Unterschied wie zwischen einer Gazelle und einem Nilpferd. Dünn zu bleiben gibt zu verstehen, daß man sich einer Disziplin unterwirft. Und Disziplin ist die erste Tugend eines dereinstigen Königs!«

»Said hat nichts von einem Nilpferd!«
»Was weißt du davon? Hast du ihn jemals gesehen?«
»Gewiß. Und diese Begegnung war mir beschwerlich.«
Der Pascha hob die Augenbrauen.
»Das Schauspiel eines Kindes, dem man aufnötigt, einen Mast auf die Gefahr zu erklimmen, sich dabei den Hals zu brechen, ist mir unmenschlich, um nicht zu sagen monströs erschienen!«
Mohammed Ali wurde purpurrot.
»Tochter des Mandrino, solltest du andeuten, ich wollte meinem eigenen Sohn Böses?«
»Selbstverständlich nicht, Majestät. Aber Sie könnten vielleicht Sanftmut an den Tag legen. Falls man Ihnen eines Morgens Said in Stücken brächte, wäre Ägypten eines Königs beraubt. Sie, der Sie davon träumen, dieses Land Ihrer Nachkommenschaft anzuvertrauen, Sie dürften zugestehen, daß es recht bejammernswert wäre, einen davon wegen einer banalen Gewichtsangelegenheit zu verlieren.«
Diese letzte Bemerkung mußte den Pascha unmittelbar ins Herz getroffen haben, denn er stützte sich auf die Rückenlehne des nächsten Sitzes, als schwänden ihm beinahe die Sinne.
»Wie alt bist du?« fragte er forsch.
»Ich werde in einigen Wochen einundzwanzig.«
»Du bist frühreif ... Deine Mutter zählte damals einunddreißig Jahre, als sie in einer Frühlingsnacht in meinen Palast eingedrungen ist. Und bereits da fand ich sie anmaßend!«
Falls sie geglaubt hatte, nicht zu weit gegangen zu sein, hatte die letzte Bemerkung des Vizekönigs ihr soeben das Gegenteil bewiesen.
Mohammed Ali senkte seinen galligen Blick auf Joseph.
In dem Bewußtsein, daß sie sich besser zurückzögen, packte er den Arm seiner Schwester und forderte sie auf, sich zu erheben.
»Auf Wiedersehen, Majestät«, wagte sie zaghaft.
Es folgte keine Antwort.

21. Kapitel

Alexandria, Juni 1833

Auf Befehl der Gebrüder Vianello, Eigner der *Principe Ereditario*, ließ Guiseppe Garibaldi*, Erster Offizier an Bord, das Banner der Saint-Simonisten hissen, als das Schiff in den Hafen Alexandrias einfuhr. Die drei waagerechten Streifen – weiß, violett und rot – knallten im ägyptischen Azur.

Prosper Enfantin betrachtete bewegt diese drei Farben, welche die Prinzipien seiner Bewegung versinnbildlichten: das Weiß für die Liebe, das Violett für den Glauben, das Rot für die Arbeit. Das Vorhaben, das er wenige Monate zuvor in seiner Zelle von Sainte-Pélagie ersonnen hatte, war im Begriff, Wirklichkeit zu werden. Er hielt seine Hand als Schirm vor die Stirn, um sich vor der gleißenden Helligkeit zu schützen, und fixierte den Osten, den Osten, wo der Isthmus von Suez schlummerte.

Ohne sich umzudrehen, fragte er seine Apostel – acht im ganzen, unter denen sich der Ingenieur Henri Fournel, Charles Lambert und Paulin Talabot sowie Suzanne Voilquin befanden: »Glaubt ihr an Zufälle?« Er fuhr in seinem Elan fort: »Wir haben den 1. November. Sagt euch dieses Datum denn nichts?«

»In unserem Kalender ist dieser Tag unserem Gründervater geweiht.«*

»Ist es nicht merkwürdig, daß unsere Ankunft an einem Tag wie

* Es handelte sich tatsächlich um den italienischen Freiheitskämpfer. Durch Mazzini ins Exil gezwungen, war er in die sardische Marine eingetreten und sollte erst 1848 wieder nach Italien gelangen.

** Die Saint-Simonisten beriefen sich auf einen ihnen ureigenen Kalender, der im wesentlichen auf Sonne und Mond basierte, den männlichen und weiblichen Symbolen. Jeder Tag, jede Woche und jeder Monat erinnerten an eine wichtige (maskuline) Begebenheit.

diesem stattfindet? Und merkwürdiger noch: Wir haben Freitag. Für die Mohammedaner ist das der Tag des Herrn.«

»Ein Zeichen mehr …«, sagte Lambert. »Wer könnte nunmehr noch den göttlichen Aspekt unserer Mission bezweifeln?«

Die Stadt kam zusehends näher, und um so deutlicher machte man das Panorama aus und die im goldenen Licht hin und her gehenden Gestalten. Schon bald würden die Schaluppen zu Wasser gelassen werden.

»Da!« rief Fournel aus. »Ich sehe sie! Da ist Barrault!«

»Dort drüben erkenne ich Cayo!«

»Ist das nicht Félicien David an seiner Seite?«

Die Gruppe hatte sich mit den Ellbogen auf die Reling gelehnt und wetteiferte darin, ihre Genossen auszumachen, die ihnen in die Lande Ägyptens vorausgefahren waren.

Das Herz mit Hochgefühl erfüllt, umschlang Judith Grégoire die Schulter ihrer Nachbarin.

»Hier beginnt alles.«

Corinne Chedid wollte mit zugeschnürter Kehle antworten, doch sie vermochte es nicht.

Kein Wort hätte ihre Gemütsbewegung ausdrücken können. Die jodierten Aromen, die sie umgaben, die Düfte von Gewürzen und heißem Sand … es war, als wäre nichts ihr unbekannt. Hier hatte ihre Mutter ein halbes Jahrhundert zuvor gelebt; in diesen Gassen war sie aufgewachsen.

An diesem 1. November feierte sie ihren siebenundzwanzigsten Geburtstag. Dieses Zusammenfallen löschte all die anderen aus.

»Signore e signori«, verkündete der besagte Garibaldi mit singender Stimme, »siamo pronti … Wenn Sie mir bitte folgen möchten.«

Corinne ergriff ihren kleinen Koffer, den Blick unentwegt auf Alexandria gerichtet.

Ricardo saß in der Küche und verzog das Gesicht, wobei er die flache Schüssel Saubohnen zurückschob, die ihm die Dienerin soeben aufgetischt hatte. Er schenkte sich eine zweite Tasse Mokka ein.

Mit Ausnahme des Kommens und Gehens von Khadija störte nichts die friedliche Stille, die im Haus herrschte. Joseph war in Alexandria. Giovanna und Scheherazade schliefen noch.

Durch das Fenster erspähte man die ersten Strahlen der Morgenröte, welche die Finsternis aus dem Garten vertrieben und ihn allmählich mit einem zarten Rosa überzogen.

»Essen Sie nichts, Mandrino Bey?« verwunderte sich Kadhija, als sie entdeckte, daß der Teller Bohnen noch immer nicht angerührt war.

»Ich habe heute morgen nicht allzuviel Appetit.«

»Würden Sie es vielleicht vorziehen, daß ich Ihnen etwas anderes zubereite? Zum Beispiel Eier?«

Mandrino lehnte ab.

»Sie sind doch hoffentlich nicht krank?«

»Ich muß lediglich wieder zur Besinnung kommen und die türkischen Steppen vergessen.«

»Mein Bey, wie kann man auch nur so weit reisen? Diese Leute sind Barbaren!«

Ricardo stand der Sinn nicht nach Erläuterungen. Zur Stunde bekümmerte ihn nur eine einzige Sache. Am Vorabend – er war gerade eingeschlafen – war der entsetzliche, bereits in der Türkei verspürte Schmerz jäh wieder aufgetreten. Er war sich nun gewiß, dies hatte nichts mit einem banalen Kopfschmerz zu schaffen. Es handelte sich um etwas anderes. Vielleicht sollte er mit Dr. Clot darüber reden? Der französische Arzt könnte ihm eine Erklärung liefern. Kaum war der Gedanke in ihm gekeimt, verwarf er ihn auch sogleich. Stets war ihm alles zuwider gewesen, was sich mittelbar oder unmittelbar auf Krankheit bezog.

Einen Arzt zu konsultieren hieß bereits, sich einen Zustand der Schwäche einzugestehen. Letzten Endes bedeuteten diese beiden Anfälle nichts, es sei denn, daß jene letzte Reise ermattender gewesen wäre, als er es geahnt hätte, und daß der Körper seine Grenzen hatte.

»Meine Haare sind weiß geworden, die Zeit hat meine Züge zerfurcht, mein Blick ist weniger blau. Aber sorge dich nicht. Ich bin so unverwüstlich wie die Pyramiden.«

Und wenn er sich geirrt hätte?

»Guten Morgen, Papa!«

Giovannas Stimme ersparte ihm, diesen Gedanken auszuführen.

»Du bist heute recht früh auf.«

Er erwiderte wie zum Spaß: »Was soll ich machen? Angeblich benötigen Greise zunehmend weniger Schlaf.«

Sie zuckte die Schultern und wandte sich zu dem kleinen Wandschrank, in dem das Geschirr aufbewahrt wurde.

»An dem Tag, an dem du ein Greis bist, wird Mohammed Ali eine Engländerin heiraten.«

Der Vergleich erstaunte ihn derart, daß er in Lachen ausbrach.

»Wenn ich den Vizekönig das nächste Mal sehe, werde ich ihm deine Anspielung mitteilen. Ich bin sicher, er wird sie schätzen.«

»Nicht, wenn du ihm die Urheberin offenbarst. Ich habe den Eindruck, zwischen ihm und mir herrscht derzeit eine gewisse Kühle.«

Sie goß sich ein Glas Milch ein und setzte sich ihrem Vater gegenüber nieder.

»Ich habe mit ihm über Said gesprochen. Wußtest du, daß er nur zum Zweck, ihn Gewicht verlieren zu lassen, dieses unglückliche Kind zwingt, Masten hinaufzuklettern?«

»Ich habe in der Tat von dieser Geschichte gehört, aber stets geglaubt, es handele sich um Gemunkel.«

»Es ist die reine Wahrheit. Du hättest Said sehen sollen, wie ich ihn gesehen habe, um zu verstehen, welche Folter diese Übung für ihn darstellte. Also habe ich mir erlaubt, mich beim Pascha für ihn einzusetzen.«

Auf Ricardos Verwunderung war Besorgnis gefolgt.

»Ich hoffe, du bist nicht zu weit gegangen?«

»Ich habe ihm gesagt, daß man die Größe eines Königs nicht an dessen Magerkeit erkenne. Wenn dem so wäre, wäre Mohammed Ali ein erbärmlicher Monarch gewesen, ist er doch weit davon entfernt, schlank wie ein Faden zu sein, nicht wahr? Und ich habe ihm zu bedenken gegeben, daß er, falls man ihm eines Morgens Said in Stücken brächte, Ägypten eines Thronerben berauben würde. Ist das nicht die Wahrheit?«

Ricardos Gesicht verfinsterte sich.

»Es gibt Wahrheiten, die auszusprechen nicht immer gut ist. Vor allem, wenn man sich an einen Monarchen wendet.«

»Bist du es, mein Vater, der so redet? Seit meiner frühesten Kindheit habe ich dich niemals anders handeln sehen, als alles laut und deutlich zu sagen, was die anderen nicht wagten.«

»Und wenn ich leichtfertig gewesen wäre? Wenn dein Vater irre wäre?«

»Das wäre schade ...«

Sie betrachtete versonnen das Glas Milch und fragte: »Bist du noch immer einverstanden, daß wir zum Rosenhof reisen?«

»Ja. Es sei denn, du wünschtest es nicht mehr.«

Die Antwort schoß ohne das geringste Zögern heraus: »Ich will es mehr als alles auf der Welt.«

»Ich breche nachher nach Alexandria auf, um dem Vizekönig zu begegnen. Ich gedenke nicht, länger als acht Tage fernzubleiben. Sogleich nach meiner Rückkehr werden wir diese Reise antreten.«

Das Geräusch von Schritten ertönte im Haus. Scheherazade mußte wohl aufgewacht sein. Ricardo trank einen letzten Schluck Kaffee und erhob sich.
»Ich werde mich fertigmachen.«
Während er sich zur Schwelle wandte, rief Giovanna ihm nach:
»Papa?«
Er fuhr herum.
»Danke.«
»Wofür?«
»Für den Rosenhof ...«
»Ich habe es dir bereits gesagt: Wer außer dir könnte Hüterin dieser Erde sein?«
Ein heiterer Ausdruck hellte das Gesicht der jungen Frau auf.
»Trotz meiner Tollheit?«
»Es ist zu spät, um deine Erziehung von neuem anzufangen ...«
Und im Weitergehen grummelte er noch: »Oder die deines Vaters ...«

Alexandria, Juni 1833
Residenz des Generalkonsuls von Frankreich

»Ich möchte mich nicht pessimistisch zeigen, Monsieur Enfantin, doch ich fürchte, die Zeit Seiner Majestät ist im Augenblick äußerst knapp bemessen. Infolgedessen ist die Hoffnung, eine Audienz zu erhalten, gering.«
Der Führer der Saint-Simonisten beharrte mit Macht.
»Daran zweifele ich nicht. Aber es geht um die Zukunft Ägyptens. Die von Ägypten und ebenso der ganzen Welt.«
Die Übertreibung entrang Mimaut einen kleinen innerlichen Seufzer. Er prüfte ein weiteres Mal die Notizen, die er während der Unterredung aufgezeichnet hatte.

Marie, Jérôme, Henri Fournel. Ingenieur, ehemaliger Student der Ecole des mines, leitete vier Jahre lang die Fabrik von*

Brousseval in der Haute-Marne, dann die Eisenhütten von Le Creusot.

Charles Lambert. Stipendiat des Kollegs von Douai, 1822 in die Ecole polytechnique eingetreten, die er 1824 als Bester seines Jahrgangs verließ.

Thomas Urbain Appoline, genannt Urbain. Geboren in Guyana. Erfolgreiche Studien am weiterführenden Lyzeum von Marseille.

Emile Barrault. Gymnasialprofessor für Literatur am Kolleg von Sorèze. Verfasser zahlreicher Aufsätze über den Orient.

Indem er diesen Namen den Prosper Enfantins hinzufügte, mußte er anerkennen, daß diese Männer nicht die ersten Dahergelaufenen waren. Die Nase wieder aus seinem Schriftstück hebend, befragte Mimaut Ferdinand de Lesseps.

»Was denken Sie dazu? Gibt es eine Möglichkeit, Seine Majestät zu überzeugen?«

»Erlauben Sie mir, offen zu sprechen?«

Auf ein Zeichen der Ermunterung setzte er, an die Besucher gewandt, an: »Meine Herren, ohne Sie kränken zu wollen, müssen Sie eingestehen, daß der Ruf Ihrer Bewegung – wahrscheinlich in Verbindung mit Ihren politischen und ethischen Thesen – Verwirrung in den Gemütern sät. Das Istanbuler Zwischenspiel vermag fürwahr davon zu zeugen. Worauf noch diese leidige Geldaffäre hinzukam. Manche Ihrer Genossen, die Ihnen nach Ägypten vorausgereist sind, legen eine verdrießliche Neigung an den Tag, die französischen Bewohner um finanzielle Hilfen anzugehen, um so ihre Schulden zu begleichen. Um einen trivialen Ausdruck zu gebrauchen, gelten Sie ein wenig als Parasiten.«

Die fünf Mitglieder der Gruppe tauschten entrüstete Blicke.

* Bergakademie. *(Anm. d. Übers.)*

»Sie sprechen ohne Zweifel von Casimir Cayol?« legte Thomas Urbain nahe.
»Die Namen haben keinerlei Bedeutung. Allein die Fakten zählen.«
»Was wollen Sie, Monsieur de Lesseps«, brachte Enfantin vor.
»In Erwartung, für ihre Bedürfnisse aufkommen zu können, haben unsere Brüder keine andere Wahl, als an die Großmut ihrer Landsleute zu appellieren.«
»Gestehen Sie trotz alledem zu, daß dies äußerst unerquicklich ist.«
»Das ist noch nicht alles«, überbot Mimaut. »Da ist auch noch dieses Vorkommnis in Zusammenhang mit einer englischen Dame. Einer gewissen Lady Stan...«
Er schien den Namen zu suchen.
»Stanhope«,* vervollständigte Barrault. »Ja, aber hierbei war an unserem Schritt nichts Verwerfliches. Wir haben diese Person im Libanon in einer gänzlich uneigennützigen Absicht getroffen. Es ging das Gerücht, Lady Stanhope hätte die Vision eines weiblichen Messias gehabt. Ihnen ist es vielleicht unbekannt, aber unsere Suche nach der Mutter ...«
»Emile!« unterbrach Enfantin barsch, »wir weichen vom Thema ab.«
Mimaut schloß gleichwohl: »Bevor wir diese Parenthese schließen, will ich Sie daran erinnern, daß der hier anwesende Monsieur Urbain von der fraglichen Dame einen Dragoman, Verpflegung, Reittiere sowie eine Gabe von fünfhundert Piastern für jeden seiner Gefährten erhalten hat.«

* Die Tochter des Grafen Charles Stanhope brach in den Orient auf und ließ sich 1812 im Libanon in einer drusischen Gemeinschaft nieder, wo sie wie eine Art Prophetin verehrt wurde. Als Mäzenin und Liebhaberin der Künste empfing sie zahlreiche Besucher, unter anderen zahlreiche Saint-Simonisten und Lamartine, den großen Dichter der Romantik; sie verstarb völlig verarmt 1839 in Saida.

Schwerst beleidigt reagierte Urbain: »Sie werden dieser Dame doch trotz allem ihre Großmut nicht zum Vorwurf machen!«
Enfantin hatte Mühe, eine Geste der Verärgerung zu bezähmen.
»Das alles ist Vergangenheit, *Monsieur le Consul.* Was die Zukunft angeht, kann ich Ihnen versichern, daß wir die feste Absicht haben, Anstellungen, so bescheiden sie auch sein mögen, zu finden, dank deren wir unser Leben bestreiten werden können.«
»Bestens. Wenn Sie uns nun einen Überblick über diese Projekte verschafften, die, sofern ich richtig verstanden habe, ›die Zukunft Ägyptens‹ anlangen. Dies würde uns erlauben, Ihre Sache beim Vizekönig besser vertreten zu können.«
Als hätte er nur auf diesen Augenblick gewartet, antwortete Enfantin mit Enthusiasmus.
»In Wahrheit sind unsere Vorhaben so reich, wie wir mittellos sind. Zwei von ihnen liegen uns ganz besonders am Herzen. Ich denke, unser Bruder Henri Fournel ist der geeignetste von uns, sie Ihnen darzulegen. Daher überlasse ich ihm das Wort.«
Der Ingenieur dankte.
»Zunächst wäre da die Eisenbahn. Ägypten ist ihrer noch beraubt. Wir haben gedacht, eine erste Strecke könnte Kairo mit Suez verbinden. Eine Unternehmung, deren Kosten relativ niedrig wären. Da Ägypten ein flaches Land ist, müßten wir keine bedeutsamen Nivellierungen vornehmen. Überdies hätten wir die derlei Tätigkeiten unweigerlich anhaftenden Prozesse nicht zu fürchten, die für gewöhnlich von den Großgrundbesitzern angestrebt werden. Sie wissen ja, in diesem Land gibt es keine solchen.«
Er verstummte, bevor er erklärte: »Das zweite Projekt besteht in einem Kanal. Ein Kanal, der die beiden Meere verbände.«
Lesseps unterdrückte ein Auffahren.
»Ein Kanal?«

»Ganz richtig«, antwortete Enfantin. »Im Gebiet des Isthmus von Suez. Hat einer unter Ihnen die *Description de l'Egypte* gelesen?« Mimaut und Ferdinand versuchten, ihre Überraschung zu beherrschen, und bejahten es einstimmig.
»Infolgedessen haben Sie selbstverständlich Kenntnis von Le Pères Denkschrift genommen. Er führt die Idee an, das Mittel- und das Rote Meer zu vereinigen. Und ebendiesen Traum möchten wir verwirklichen. Ja, Monsieur de Lesseps. Einen Kanal.«
Nun leuchtete Mimaut die Schwülstigkeit ein, deren Enfantin sich zu Beginn der Zusammenkunft bedient hatte.
»Das ist ganz und gar erstaunlich«, erwiderte Ferdinand. »Würden Sie mir glauben, wenn ich Ihnen sagte, daß seit meiner Ankunft in Ägypten kein Tag verstrichen ist, an dem der Kanal von Suez meine Gedanken nicht beschäftigt hätte? Und nicht allein die meinen. Hier selbst bin ich zwei Männern begegnet, welche dieses Thema ebenso leidenschaftlich fesselt.«
Enfantin gab sich aufmerksamer.
»Wer sind sie?«
»Der erste ist Franzose und heißt Linant de Bellefonds. Er ist hydrographischer Ingenieur bei Hofe. Der zweite ist Ägypter. Ebenfalls Ingenieur. Joseph Mandrino. Sein Vater ist der Berater des Vizekönigs, dem am meisten Gehör geschenkt wird. Wir haben bereits mit Monsieur Mimaut die Möglichkeit erwogen, Frankreich für das Unternehmen zu gewinnen.«
»Aber das ist überaus beachtlich!« rief der Saint-Simonist mit Überschwang aus und setzte in fiebrigem Tonfall hinzu: »Wir müssen uns unbedingt begegnen! Wie kann man das anstellen? Könnten Sie eine Zusammenkunft bewerkstelligen?«
»Das ist durchaus möglich.«
Heftig erregt stand Enfantin auf und tat seinen Gefährten kund: »Hatte ich euch nicht gesagt, daß in Suez der Schlüssel unserer Zukunft liegt! In Suez und in Ägypten!«

Lesseps erkundigte sich: »Monsieur Enfantin, haben Sie bereits nähere Studien zu diesem Projekt unternommen?«

»Allerdings. Unsere Ingenieure, Monsieur Talabot und Monsieur Fournel unter anderen, haben eine Trasse ausgearbeitet.«

Enfantin wandte sich wieder an Mimaut.

»*Monsieur le Consul*, denken Sie nicht, daß Sie über genügend Grundlagen verfügen, um den Pascha zu überzeugen, uns diese Unterredung zu gewähren? Hat Monsieur de Lesseps nicht gerade Ihr eigenes Interesse an diesem Vorhaben ausgedrückt? Es würde genügen, unser aller Willen zu vereinen, damit sich große Dinge erfüllen.«

»Ich verspreche Ihnen, ich werde alles tun, was in meiner Macht steht, damit Sie Mohammed Ali treffen. Ich möchte Sie nur bitten, sich etwas zu gedulden. Das Land hat gerade erst eine äußerst verworrene Auseinandersetzung hinter sich. Und obgleich der Friede besiegelt worden ist, bleibt die Anspannung im Geist des Vizekönigs weiter lebendig. Einstweilen würde ich Ihnen gerne meine Gastfreundschaft anbieten. Ich glaubte zu verstehen, Sie wären in der Pension der Gebrüder Pastre abgestiegen?«

»In der Tat.«

»Solange Sie ohne Gelder sind, schlage ich Ihnen vor, hier zu wohnen. Die Residenz ist weiträumig, bei weitem zu groß für Monsieur de Lesseps und mich. Wir verfügen über ausreichend Platz, um fünf Personen aufzunehmen.«

Lambert berichtigte: »Ich bitte Sie um Verzeihung, *Monsieur le Consul*, aber wir sind zu acht. Drei Frauen gehören ebenfalls zu unserer Gruppe.«

»Sie sehen mich darüber entzückt. Der Charme der Europäerinnen ist eher selten in Alexandria anzutreffen.«

»Ich werde ihnen mein Zimmer abtreten«, bot Lesseps spontan an. »Die Frauen messen den Dingen der Bequemlichkeit mehr Bedeutung bei als wir.«

»Das ist unendlich liebenswert von Ihnen«, bedankte sich Enfantin. »Ich bin tief bewegt. Aber sind Sie sicher, daß wir Sie nicht stören werden?«
»Da ich es Ihnen doch vorschlage.«
»Nun denn, wir nehmen mit Freuden an. Als Gegenleistung verspreche ich Ihnen, daß wir unser Bestes tun werden, damit unser Aufenthalt so kurz wie möglich sei.«
Er drehte sich zu Lesseps und fragte nach: »Wäre es möglich, mit diesen beiden Ingenieuren zusammenzukommen, von denen Sie vor einigen Augenblicken gesprochen haben?«
»Schon morgen, wenn Sie es wünschen. Ich habe sogar hier ein Stelldichein mit ihnen, um elf Uhr.«
»Das ist bestens! Somit werden wir alle Muße haben, diesen Traum zu erörtern, der uns so sehr am Herzen liegt.«
Auf ein Zeichen ihres Anführers erhoben sich die Saint-Simonisten.
»Mit Ihrer Erlaubnis werden wir unser Gepäck holen.«
Kaum hatte sich die Gruppe zurückgezogen, murmelte Mimaut mit nachdenklicher Stimme: »Ein Kanal … Glauben Sie an die Vorsehung, Monsieur de Lesseps?«

Auf der Straße, die sie zur Pension der Gebrüder Pastre führte, ließ *Le Père* seiner Freude freien Lauf.
»Der Weg tut sich uns auf, meine Brüder! Und er wird königlich sein!«
Die Jünger pflichteten ihm bei. Allein Barrault wirkte, als teilte er die Begeisterung nicht uneingeschränkt.
»Père«, sagte er zögernd, »dies alles scheint sehr verheißungsvoll, aber … die Mutter? Die Frau-Messias, Ihre göttliche Hälfte … was wird aus unserer Suche? Das materielle Unternehmen zählt gewiß, doch wie steht es um unser spirituelles Streben?«
»Ich habe reiflich darüber nachgedacht, Emile. Weit mehr, als du es dir ausmalen kannst. Ich bin zu einem Schluß gelangt. Im

Verlauf unserer Überfahrt ist eine Vision über mich gekommen. Eine undeutliche Vision, die, ich gestehe es, mir sowohl wegen ihrer Kompliziertheit als auch wegen der Widersprüche, die sie impliziert, Schwierigkeiten bereitet hat.«
Der Jünger hielt inne, angespannt wie ein Bogen.
»Erinnerst du dich an den Tag, an dem wir zum ersten Mal die Absichten unseres verstorbenen Meisters, des Comte de Saint-Simon, wachgerufen haben? Es war in meiner Zelle in Sainte-Pélagie. An jenem Tage haben wir mit dir über die Mutter gesprochen, über den Kanal von Suez, aber auch über Panama. Ich hatte euch anvertraut, daß Saint-Simon im Jahr 1783 dem Vizekönig von Mexiko den Durchstich jenes Isthmus nahegelegt hatte, um die beiden Meere in Verbindung zu bringen.«
»Das stimmt.«
»Nun denn, in meiner Vision hat sich mir deutlich gezeigt, daß wir die Gemahlin in Zentralamerika und keineswegs im Orient finden werden.«
»In Zentralamerika?«
»Ja, Barrault. In Panama.«
»Das ist … das ist ganz und gar unerwartet.«
Enfantin stieß einen entschiedenen Zeigefinger auf seines Jüngers Brustkorb.
»Einzig der Mensch schwachen Glaubens verwundert sich über die Mysterien! Sie nicht, Emile.«
Er setzte eine nachdenkliche Miene auf.
»Genau dorthin nämlich wirst du gehen müssen. Und du wirst dort auf uns warten.«
Barrault war vollends erschüttert.
»Verzeihen Sie mir, doch ich habe Mühe, den Sinn Ihrer Vision zu erfassen, und …«
»Ich bekräftige es nochmals.«
Er skandierte: »Pa-na-ma! Sobald wir die Mittel gefunden haben, dir die Passage zu stellen, wirst du abreisen.«

Enfantin packte Barraults Arm mit Kraft.
»Ah, mein Bruder! Wie ich dich beneide, eine solch edle Aufgabe erfüllen zu können!«*

21. Kapitel

Alexandria,
Juni 1833

Vom Fenster des Konsulats aus konnte Corinne einen Teil der Werft erspähen, ein im Bau befindliches Schiff, das, in seinem hölzernen Ganggrab gefangen, Ähnlichkeit mit dem Skelett eines riesigen Wals hatte.
Zur Linken zeichnete sich ein prächtiges Bauwerk ab. Der Palast des Vizekönigs, hatte man ihr gesagt. Der Blick umfaßte das Meer, die Sandstrände. Zur Rechten, am Rande der Stadt, reckte sich die sogenannte »Pompejus-Säule« gen Himmel.
Seit ihrer Ankunft hatte sie den Eindruck, einen Traum zu erleben. Sie war über nichts erstaunt und von allem verzückt. Allein das Elend stieß sie ab. Das Elend dieser Menschen, mit ihrer sonnengegerbten Haut, von denen etwas Unsagbares ausging, das einer knechtischen Selbstverleugnung glich und einer

* Wenn Barrault wahrhaftig »geraten« wurde, gen Panama aufzubrechen (Brief vom 8. August, *Fonds Enfantin*, Ms, 7619, ff.2–4), dann hatte Enfantin wohl sehr schnell die Gefahr vorausgeahnt, welche die mystische Schwärmerei seines Jüngers darstellte, wie auch die unseligen Folgen, die daraus erwachsen konnten. Letzten Endes brach Barrault nicht nach Panama auf, sondern nach Algerien, wo er eine landwirtschaftliche Kolonie im Atlas gründete. Er wurde dort zum Abgeordneten in der Gesetzgebenden Versammlung gewählt.

Form von allzu zaghafter Auflehnung, als daß diese sich je würde ausdrücken können.
Doch sie fühlte sich wohl. Wie ein Tier, das sein Territorium wiederfindet, vermöge eines Nichts an Kleinigkeiten, Tönen, Gerüchen.
Sie wurde aus ihrer Träumerei durch Judith und Suzanne Voilquin gerissen, die in den Raum traten.
»Na ... hast du dich an dem Anblick noch immer nicht satt gesehen?«
»Im Gegenteil. Jede Stunde, die vergeht, verstärkt nur meinen Hunger.«
Suzanne näherte sich dem Fenster.
»Es gibt soviel zu tun in diesem Land. Soviel Armut zu lindern.«
»Ich war just im Begriff, darüber nachzudenken. Es ist sehr traurig.«
»Seit wir vor einer Woche angekommen sind, sehe ich mit unverändertem Befremden, welche Macht das Dogma des Fatalismus über dieses Volk hat. Nichts kommt seiner tiefen Resignation gleich. Wenn die sakramentalen Worte ›Allah karim, Er ist barmherzig‹ ausgesprochen sind, ist alles gesagt. Der arme Fellache hat Hunger, er hat Durst, er verliert ein Kind: Gott will es. Allah karim. Und genau deshalb müssen wir diesen armen Leuten helfen. Es muß sein. Wir haben die Pflicht, sie dem Unheil zu entreißen und ihre Not zu lindern.«
Der Unterton von Wahrhaftigkeit, der aus der Rede ihrer Gefährtin herauszuhören war, bestätigte Corinne, wie sehr sie sich doch in Suzanne Voilquin getäuscht hatte. Als sie einige Monate zuvor bekannt hatte, sie sei Lamberts Mätresse, war ihre erste Regung gewesen, sie zu verdammen. Seither, und vor allem im Verlauf der Reise, hatte sie die Person besser kennengelernt. Sie war zartfühlend und insbesondere von seltener Großmut.
Suzanne fuhr fort.
»Ich habe erfahren, daß alles, was die Gesundheit berührt, von

einem Franzosen, einem gewissen Dr. Clot, verwaltet wird. Er soll sogar ein Hospital und eine medizinische Fakultät gegründet haben. So habe ich mir gesagt, wir könnten ihm vielleicht unsere Dienste anbieten. Ich nehme an, daß die Krankenpflegerinnen in diesem Land eher rar sind. Vielleicht gibt es sie auch gar nicht. Was meint ihr dazu?«
»Das ist ein ausgezeichneter Einfall«, anerkannte Judith.
»Ganz und gar«, bestätigte Corinne. »Ich wäre hocherfreut, dir bei deinem Schritt behilflich zu sein. Ich hätte endlich das Gefühl, nützlich zu sein.«
»Ich werde also mit Monsieur de Lesseps darüber sprechen. Er ist ein reizender Mann. Es genügt schon zu sehen, mit welchem Edelmut er uns sein Zimmer überlassen hat. Ich bin sicher, er wird uns helfen, Dr. Clot zu begegnen.«
»Weshalb nicht sofort mit ihm reden?«
»Stell dir vor, das war auch meine Absicht. Im Moment jedoch befindet er sich in einer Besprechung mit *Le Père* und ägyptischen Ingenieuren.«
»Nun, dann werden wir den Aufbruch dieser Herren abpassen.«
Sie legte die Hand auf die Fensterbank und atmete die Seeluft in vollen Zügen ein.
»Gott, welch ein Unterschied zum Pariser Grau-in-Grau. Ich glaube, ich werde nie genug von diesem blauen Himmel bekommen können …«
»Da fällt mir ein – du mußt doch Familie hier haben? Möchtest du nicht versuchen, sie wiederzufinden?«
Sie wechselte einen Blick mit Judith.
Ob sie mochte? Seit ihrer Abreise von Marseille hatte sie nur in dieser Hoffnung gelebt.

Über dem Zimmer der beiden jungen Frauen, im Arbeitszimmer des Generalkonsuls, richtete Joseph seinen Zeigefinger auf die Karte des Isthmus.

»Folglich würde die zweite Verbindung zwischen dem Großen Bittersee und dem Timsah-See bewerkstelligt werden. Dann haben wir eine dritte Wasserader erwogen, welche das Plateau von el-Perdan bis zur Ostseite des Menzaleh-Sees und dem Mittelmeer durchschneiden würde.«
Henri Fournel und Enfantin lauschten den Erläuterungen mit gespannter Aufmerksamkeit.
An ihrer Seite walkte Linant de Bellefonds einen Gebetskranz mit der Nervosität des Studenten im Angesicht seiner Prüfer. Wahrhaftig, die Jahre konnten zwar getrost verstreichen, doch diese aus den großen Schulen hervorgegangenen Männer würden ihn immerzu beeindrucken. Er nahm sich diese Schwächlichkeit übel.
Er warf einen Blick zu Ferdinand hinüber und war von seiner Lauterkeit verblüfft. Sie kontrastierte dermaßen mit seiner eigenen inneren Qual.
Als Joseph endlich seine Darlegung beendet hatte, ergriff Fournel sogleich das Wort.
»Messieurs, lassen Sie mich Ihnen sagen, wie bewundernd ich vor der Arbeit stehe, die Sie vollbracht haben. Wir haben, es ist wahr, eine ganz andere Trasse ins Auge gefaßt. Eine mittelbare: Sie würde von der Nordspitze des Roten Meeres, in Höhe der Ruinen von Qulzum, ausgehen und sich nach Westen entfalten, durch Bulaq, den Vorstadthafen von Kairo, führen, um entlang des Mareotis-Sees bis hinauf nach Alexandria zu reichen. Doch ich erkenne an, daß Ihre Idee bei weitem bestechender ist.«
Linant fühlte sich von einer ungeheuren Last befreit. Er hatte gefürchtet, diese Polytechniker fänden in seiner Studie Anlaß, sich darüber lustig zu machen. Nun blieb nur noch, ihnen zu beweisen, daß ihr Vorhaben eines indirekten Kanals keine Zukunft besaß. Er wollte gerade seine Kritik vorbringen, als unvermutet die Stimme von Ferdinand de Lesseps im Raum ertönte.

»Verzeihen Sie mir, meine Herren. Es gehört nicht zu meiner Gewohnheit, den Miesmacher abzugeben. Doch ich muß Ihre Aufmerksamkeit auf einen Punkt lenken, der mir wesentlich scheint: Nichts wird geschehen, sofern wir die einzige Person, von der diese Angelegenheit abhängt, nicht im voraus für unsere Sache gewinnen. Ich meine Mohammed Ali.«

»Aber er hat keinerlei Einwand erhoben«, begehrte Joseph auf. »Wir haben Ihnen von unserer Unterredung berichtet.«

Ferdinand strich mechanisch seinen Schnurrbart glatt.

»Eben darum. Mein Instinkt sagt mir, unser Monarch ist weniger geneigt, sich in dieses Abenteuer einzulassen, als er den Eindruck vermittelt. Ergo betone ich nochmals, ohne eine offizielle Bewilligung wird der Kanal eine imaginäre durch die Wüste gezeichnete Linie bleiben.«

»Wir werden den Pascha überzeugen!« versetzte Enfantin. »Und wir werden ihn zu einem wahren Helden der industriellen Entwicklung Ägyptens machen!«

»Ich möchte Ihnen gerne glauben«, gestand Ferdinand zu. »Indes gibt es noch ein weiteres Problem zu überwinden: die Finanzierung. Haben Sie dazu eine Idee?«

»Weit mehr als eine Idee, Monsieur de Lesseps. Ich habe viel darüber nachgedacht. Ist der technische Gesichtspunkt erst einmal gebilligt, wird es möglich sein, eine internationale Planungsgesellschaft zu gründen, die aus Sozii und Subskribenten bestünde. Ich sehe sehr wohl die Handelskammern von Lyon und von Marseille daran teilhaben, aber ebenso den Wiener Industrie-Verein als auch die Gemeinde von Triest (auf Grund ihrer maritimen Interessen). Was England anbelangt, so versetzt seine Indienkompanie es an die vorderste Stelle, zu dieser Gemeinschaft dazuzugehören.«

»Auf wieviel schätzen Sie die Kosten der Arbeiten?«

»In seiner Denkschrift führte *le Père* die ungefähre Zahl von dreißig bis vierzig Millionen Francs an. Das war vor einem halben Jahrhundert. Heute erscheint mir ein Betrag von achtzig Millionen vernünftig.«

»Und wie viele Arbeiter werden nötig sein?«

Talabot antwortete: »Wenn ich mich auf die Denkschrift beziehe: ungefähr zehntausend.«

»Es hat deren sechsmal mehr bedurft, um den Mahmudiya-Kanal auszuheben.«

»Einerlei!« erwiderte Ferdinand. »Auf die Gefahr hin, mich zu wiederholen, lege ich Nachdruck auf die Tatsache, daß ohne die Billigung Seiner Majestät all diese Ausblicke vergebens sind.«

Enfantin kräuselte die Augenbrauen. Offenkundig begann die Halsstarrigkeit des Vizekonsuls ihn zu erbittern.

»Also hängt es von Ihnen und dem Generalkonsul ab, daß wir erfahren, woran wir sind. Was mich betrifft, bin ich ganz und gar gewillt, dem Pascha zu begegnen, am Tage und zur Stunde seiner Wahl.«

»Monsieur Mimaut hat Ihnen zugesagt, sich zu Ihren Gunsten zu verwenden. Er ist ein Mann von Wort.«

»Davon bin ich überzeugt.«

»Und nun, mit Ihrer Erlaubnis, werde ich gezwungen sein, Sie zu verlassen. Ich habe ein Rendezvous, das keine Verspätung duldet.«

Noch während er sprach, hatte Ferdinand sich erhoben.

Joseph stand ebenfalls auf.

»Ich folge Ihnen. Auch ich muß jetzt nach Hause.«

Einen Moment später preschten die beiden Männer die Treppe hinab, die zum Ausgang führte.

»Welch eine Person, dieser Enfantin!« merkte Joseph an. »Das mindeste, was man sagen kann, ist, daß er konsequent seinen Gedanken verfolgt. Ist das nicht auch Ihre Meinung?«

Ferdinand zeigte eine ausweichende Geste.

»Eines ist gewiß, er und Fournel sind aufrichtig und von der

Stichhaltigkeit ihrer Thesen überzeugt. Was alles übrige anbelangt ...«

Als sie in den kleinen, von einem Springbrunnen gezierten Hof traten, erblickten sie die beiden weiblichen Silhouetten von Corinne und Suzanne, die ihnen entgegenkamen. Letztere war es, die den Vizekonsul ansprach.

»Monsieur de Lesseps, guten Tag.«

»Guten Tag, Madame.«

»Ich möchte Ihnen nochmals für Ihre Gastlichkeit unsere tiefe Dankbarkeit ausdrücken. Tausend Dank!«

»Keine Ursache, werte Madame Voilquin. Ich habe nur etwas sehr Selbstverständliches getan.«

Er stellte Joseph vor.

»Ein Freund, Herr Mandrino. Madame Suzanne Voilquin.«

»Meine Verehrung.«

Suzanne beeilte sich, auf ihre Gefährtin zu weisen.

»Corinne, vor allem anderen eine gute Freundin.«

Die junge Frau verneigte sittsam den Kopf.

»Freut mich sehr, Mademoiselle.«

Für den Bruchteil eines Augenblicks begegnete ihr Blick Josephs Augen, bis sie sich abwandte.

»Nun, was kann ich für Sie tun?« erkundigte sich Ferdinand.

»Sehen Sie. Wir würden uns gerne mit Dr. Clot treffen. Wäre es Ihnen möglich, uns eine Zusammenkunft zu vermitteln?«

Ferdinand schien etwas in Verlegenheit gebracht.

»Dr. Clot ...«

»Sie kennen ihn doch, nicht wahr?«

»Ja. Wie soll ich es Ihnen jedoch sagen ... Er ist ein sehr beschäftigter Mann. Ich weiß nicht, ob Sie darüber Bescheid wissen, doch er trägt die Verantwortung für den ägyptischen Gesundheitsdienst. Eine schwere Mühsal.«

Suzanne gab mit gewisser Treuherzigkeit zu bedenken: »Aber man kann Frankreichs Vizekonsul doch nichts versagen!«

Ferdinand begann zu lachen.
»Aber, werte Mademoiselle Voilquin, meine Stellung als Diplomat verleiht mir nicht alle Macht. Allerdings verspreche ich Ihnen, mein möglichstes zu tun, damit er Sie empfängt.«
»Wenn Sie mir erlauben«, schlug Joseph vor, »könnte ich die Dinge vielleicht beschleunigen. Clot ist ein Freund meines Vaters.«
»Das würden Sie tatsächlich machen?«
»Gewiß.«
»Nun, sind Sie zufrieden?« erkundigte sich Ferdinand.
Suzanne antwortete mit einem dankbaren Lächeln.
»Wie werde ich Ihnen den Tag der Zusammenkunft bekanntgeben?« fragte Joseph nach.
»Indem Sie uns eine Nachricht hier im Konsulat hinterlassen.«
Ferdinand verdeutlichte: »Diese Damen sind die Freundinnen von Monsieur Enfantin.«
»Seine Jüngerinnen«, berichtigte Corinne.
Die Eilfertigkeit der jungen Frau, diese Klarstellung vorzunehmen, belustigte Joseph.
»Demnach, Mademoiselle, sind Sie ebenfalls eine Saint-Simonistin?«
»Ja, Monsieur. Erstaunt Sie das?«
»Nein. Das heißt ...«
»Aber, was haben Sie?«
Er musterte sie mit Neugierde.
»Es ist eigenartig ...«
»Was denn? Daß ich Saint-Simonistin bin?«
Joseph schien seine Worte zu suchen.
»Verzeihen Sie mir, Sie zu unterbrechen, doch ich werde mich verspäten«, griff Ferdinand ein.
Sie grüßten hastig die beiden jungen Frauen und gingen zum Ausgang davon.
Während sie auf die Straße hinaustraten, fragte Ferdinand:

»Ohne indiskret sein zu wollen, was haben Sie so eigenartig an diesem Fräulein gefunden?«
»Eigenartig?« wiederholte Joseph, als kehrte er auf die Erde zurück.
»Wie geschieht Ihnen, mein Lieber? Das ist doch wohl der Begriff, den Sie gebraucht haben.«
»Das ist wahr. Sagen wir, ich habe an dieser Person etwas Vertrautes entdeckt.«
»Und sonst ...«
»Die Farbe ihrer Augen. Ihre Form. Ihre langen Wimpern, die wie Schmetterlingsflügel schlugen. Die Tönung ihrer Haut.«
»Ich kann Ihnen nicht folgen.«
»Eine Ägypterin ... Ich hätte geschworen, daß diese junge Frau Ägypterin ist. Doch ich muß mich sicherlich getäuscht haben.«

Gizeh, Anwesen Sabah,
15. Juni 1833

»Hast du nichts vergessen?« fragte Ricardo.
Giovanna zeigte auf eine kleine Ledertasche.
»Alles ist da.«
»Hat Husain die Kalesche angespannt?«
»Er ist noch dabei.«
Die junge Frau gesellte sich zu ihrem Vater auf den Diwan.
»Ich bin so glücklich aufzubrechen ...«
»Ich denke, dieser kleine Aufenthalt auf dem Hof wird uns wohl tun. Dieses Hin und Her zwischen Alexandria und hier hat mich mehr erschöpft als die Zeit in Anatolien.«
»Wie geht es unserem Monarchen?«
Er erwiderte mit gespielter Gleichgültigkeit: »Ich habe vage zu verstehen geglaubt, Said klettere nicht mehr an Segelmasten. Seine Majestät hätte die Übung als zu gefahrvoll befunden.«
»Siehst du ... Ich hatte also recht, meine Meinung zu äußern!«

»Du weißt gar nicht, wie recht du hast. Es ist die Rede davon, Said werde nach Frankreich in die Militärschule Saint-Cyr geschickt, um seine Studien fortzusetzen. Der Pascha hätte demnach erachtet, daß es für einen Thronprinzen wichtiger wäre, seine Kenntnisse zu bereichern, als seine Gewichtsprobleme zu bewältigen.«
Giovanna schien außer Fassung.
»Wenn ich geahnt hätte, daß meine Bemerkung eine solche Erschütterung verursachen würde ...«
»Ohne im geringsten deine Überzeugungskünste schmälern zu wollen, mußt du wissen, daß die Entscheidung des Paschas einer Tradition entspricht. Ibrahim war ebenfalls nach Saint-Cyr geschickt worden.«
Scheherazades Erscheinen setzte ihrem Zwiegespräch ein Ende.
Sie betrat den Raum mit einem Tablett in der Hand, auf dem eine Karaffe Tamarinde und drei Gläser angeordnet waren.
»Ich dachte, ihr hättet vor eurer Reise vielleicht Lust, euch ein wenig zu erfrischen. Die Sonne ist seit weniger als einer Stunde aufgegangen, und schon ist die Hitze spürbar.«
Sie stellte die Platte auf dem Kupfertisch ab.
»Es ist trotz allem schade, daß du dich uns nicht anschließt«, sagte Ricardo. »Du, die du den Rosenhof so sehr liebst.«
»Ich habe beschlossen, mich ein wenig um Sabah zu kümmern. Und außerdem ist da auch noch Joseph. Er hat mir versprochen, er würde vierundzwanzig Stunden hier verbringen wollen. Seit unserer Rückkehr aus der Türkei habe ich nicht allzuviel Gelegenheit gehabt, ihn zu sehen. Er fehlt mir.«
»Auch du fehlst mir.«
»Ich fehle dir? Aber ich bin doch da.«
»Du wirst es in einigen Minuten nicht mehr sein.«
Rasch fügte er mit herausfordernder Miene noch hinzu: »Wenn ich verschwände? Wenn wir uns nie mehr sehen sollten?«

Sie trat spontan auf ihn zu und streichelte ihm mit gerührtem Ausdruck über das Haar.
»Du wirst stets genauso toll sein, Ricardo Mandrino. Wir haben Navarino und die türkischen Steppen überlebt, folglich wird es gewiß nicht der Rosenhof sein, der uns den Garaus machen wird!«
»Weiß man es ...«
Er forderte Giovanna auf, ihm zu folgen.
»Gehen wir. Ich möchte vor Einbruch der Nacht in Fayum sein.«
Scheherazade ging ihnen bis zur Schwelle des Hauses voraus.
»Gib acht auf deinen Vater, Giovanna.«
Die junge Frau stimmte mit einer gewissen Steifheit zu. Sie hatte dermaßen Angst gehabt, Scheherazade hätte dem Drängen Ricardos nachgeben können! Dies war das erste Mal, daß sie sich allein mit ihrem Vater wiederfinden würde. Eine dritte Person, wer immer sie auch gewesen wäre, hätte sie ihres Glücks teilweise beraubt.
Ricardo drückte seine Gemahlin an sich und wandte sich zur Kalesche.
Husain erwartete sie, die Karbatsche in der Hand und bereit, das Gefährt anzutreiben.

Noch lange nachdem sie am Horizont entschwunden waren, verweilte Scheherazade auf der Türschwelle. Ihr Geist schweifte zurück in die Zeit. Sie entsann sich, daß ein Mann, für den sie eine andere Liebe empfand, sie ebenfalls zum Rosenhof entführt hatte; das war vor so langer Zeit.
An eben jenem Tage hatte Yussef die Pferde angehalten. Er hatte Scheherazade bei der Leibesmitte gepackt und sie in die Höhe gehoben, damit sie den größten Teil der Landschaft überblicken konnte.
»Schau dich genau um, meine Tochter ... Hier nämlich schlum-

mern unsere Wurzeln. Dies hier war der erste Reichtum meines Vaters.«
Sie war damals erst dreizehn Jahre alt. Der Mann war ihr Vater. Heute nun war es Giovanna, die wiederum diesen magischen Augenblick erleben würde. Sie hätte sich ihnen gerne angeschlossen, keinen Augenblick mit Ricardo verlieren wollen. Doch nein. Die Zukunft gehörte Giovanna. Die Zukunft, das war sie.
Der Himmel flammte rot über der Wüste.
Langsam trat Scheherazade in das verwaiste Haus.

23. Kapitel

Alexandria, Ras-el-Tin-Palast,
Juni 1833

Unter den Lüstern, die in tausend Feuern glitzerten, saß Mohammed Ali kauernd auf dem Buchara-Seidenteppich; mit großen Augen und kindlichem Ausdruck begutachtete er den von Fournel geschaffenen Miniaturzug. Mit einem Schnipser setzte der Saint-Simonist die Lokomotive in Gang, die ruckelnd auf den winzigen Schienen aus Holz anfuhr und drei kleine Waggons bis unter die Nase des Paschas mit sich zog.
Um sie herum, im Schneidersitz, beobachteten Linant de Bellefonds, Joseph und Ferdinand de Lesseps die Szene mit derselben Neugierde.
»Können Sie das wiederholen?« bat Mohammed Ali.
Ohne Zögern setzte Fournel den Zug wieder auf seinen Gipssockel und stieß ihn ein zweites Mal an.
Der Pascha verschlang das Schauspiel mit den Augen. Als die

Lokomotive am Ende ihrer Fahrt anlangte, erhob er sich, wie mit einigem Bedauern, und nahm wieder die Position des würdevollen Herrschers ein, der er war.

»Das ist entzückend«, gratulierte er, »ganz und gar entzückend. Meine herzlichen Glückwünsche, Monsieur Fournel.«

Fournel richtete sich seinerseits auf. Ein bemerkenswertes Detail: Auf die Empfehlungen Monsieur Mimauts hatte er seine saint-simonistische Tracht einem gängigeren Gewand zuliebe aufgegeben. Am Vorabend hatte der Generalkonsul von Frankreich ihm zu verstehen gegeben, es wäre von einiger Unschicklichkeit, sich vor dem Vizekönig in einem Habit einzufinden, das manche als extravagant beurteilten.

»Ich danke Ihnen, Hoheit«, sagte Fournel. »Es versteht sich von selbst, daß dieses von unserem Bildhauer, Monsieur Alric, geschaffene Modell lediglich eine Versinnbildlichung ist.* Indessen kann ich Sie versichern, daß wir in der Lage sind, es in natürlicher Größe nachzubilden. Ganz genau gesagt, zwischen Kairo und Suez.«

Indem er seinen seidigen Bart streichelte, erwiderte der Vizekönig: »Ich zweifele nicht an Ihren Fähigkeiten, Monsieur Fournel. Allein ... Sehen Sie, ich habe mich bereits – einmal ist noch keine Gewohnheit – an einen englischen Ingenieur gewandt, an Herrn Galloway. Eine Zusage wurde England erteilt, daß die Eisenbahn von Briten gebaut werden wird. Es tut mir leid, Sie kommen zu spät.«

Sogleich verrieten die Züge des Saint-Simonisten dessen Enttäuschung. Dennoch schlug er vor: »Hoheit, vielleicht könnten wir eine gerechte Aufteilung des Vorhabens erwägen? Die Schienen würden von den Engländern erstellt, der Zug und die Strecke von Frankreich.«

* Einige Monate später sollte Alric auf Verlangen des Vizekönigs eine Büste von Mohammed Ali gestalten.

»Ich habe Ihnen bereits gesagt, Monsieur Fournel, es ist zu spät.«
Der Ingenieur ließ die Schultern hängen.
»Gleichwohl«, griff Mohammed Ali auf, »würde ich es mir zum Tadel machen, Ihre Talente nicht zu nutzen. Sie sind, glaube ich, ein Bergbaufachmann?«
»Ja, Sire.«
»Was würden Sie in dem Fall dazu sagen, die Leitung der syrischen Minen zu übernehmen? Ich könnte Sie dorthin entsenden, wo man so sachkundige Männer wie Sie in hohem Maße benötigt. Sie könnten auch auf ein behagliches Salär zählen.«
Fournel antwortete mit zögerlicher Stimme: »Ich weiß nicht, Majestät ... Gewähren Sie mir etwas Bedenkzeit.«
»Selbstverständlich. Die Entscheidung liegt ganz bei Ihnen.«
Joseph, dem nichts von der Unterhaltung entgangen war, befand sich in allergrößter Verwirrung: Sie waren hier, um insbesondere den Kanal von Suez zu vertreten, und nun hatte sich dieser Franzose, jedermann überrumpelnd, in sein Eisenbahnprojekt verstiegen. Er war dabei um so mehr in seinem Element, als sein Anführer beschlossen hatte, an der Versammlung nicht teilzunehmen, auf daß, gemäß seinen eigenen Worten, »seine Persönlichkeit kein Hindernis darstellen möge«. Was den Vizekönig betraf, so war niemandem fremd, daß er die Engländer nicht in seinem Herzen trug. Weshalb also dieser Beschluß, ihnen den Eisenbahnbau anzuvertrauen?
Die einzige Erklärung für Fournels Betragen war wahrscheinlich, daß er von diesem Plan einer Eisenbahn überzeugter war als von dem Durchstich des Isthmus. Was jedoch die Wahl des Vizekönigs anlangte, fand Joseph dafür, zumindest im Augenblick, keinerlei Rechtfertigung.
Eine etwas verlegene Stille hatte sich im Saal ausgebreitet. Es war Linant, der sie brach.
»Sire, vor einigen Monaten haben Sie uns verpflichtet, die Er-

kundung des Isthmus von Suez fortzusetzen und Ihnen die Ergebnisse unserer Arbeiten mitzuteilen. Sie stehen Ihnen nunmehr zur Verfügung. Obschon weiterhin einige Probleme bestehen, ist alles Wesentliche zusammengetragen worden, was den Aushub in Angriff zu nehmen erlauben würde. Von jetzt an fiele es uns schwer, weiter vorzugehen, ohne Ihre Entscheidung zu kennen.«

»Der Kanal … Gewiß …«

Er ergriff seine Tabakdose und drehte sie sacht in seiner hohlen Hand. Dann fragte er: »Und der Staudamm?«

»Ich bitte Sie um Verzeihung, Sire?«

»Der Staudamm, Monsieur de Bellefonds, der Staudamm!«

Der Pascha stand auf.

»Wissen Sie, was Ihr Landsmann Napoleon sagte? ›Nicht ein einziger Tropfen des Nils darf verlorengehen.‹ Was aber geschieht? Bei jedem Hochwasser verdunsten Millionen Kubikmeter dieses Lebensquells. Und die Wüste fährt fort zu triumphieren. Welche Alternative zu dieser Tragödie legt man mir heutigen Tages nahe? Einen Kanal und … einen Kanal.«

Seine Stimme schwoll um einen Ton höher an.

»Ich werde Ihnen zu diesem Punkt antworten. Ja, ich bin vollends von dem Gewinn überzeugt, den der Durchstich des Isthmus für Ägypten darstellt. Wenn ich zwei Träume in meinem Leben verwirklichen müßte: Der Kanal von Suez wäre der erste davon. Der Staudamm am Nil der zweite. Ich werde Sie vielleicht erstaunen, aber ich habe mehr als eine Nacht damit verbracht, über das Thema nachzudenken. Sie sind große selbstlose Geister. Und häufig sind den großen Geistern die Realitäten der Welt nicht bewußt.«

Er machte eine Pause.

»Sprechen wir also über diesen Kanal. Ich weiß, daß Österreich und Frankreich ihn wünschen. Aber England? Wenn etliche Nationen insgeheim danach trachten, Ägypten zu verschlingen, ist England bei weitem die gefräßigste von allen. Der Kanal von Suez würde diese Gefräßigkeit noch steigern. Die vorhandenen Interessen werden zu gigantisch, die Engländer werden ihnen nicht widerstehen. Schlimmstenfalls werden sie meine Erde zu einem waffenstarrenden Heerlager machen, mit der Bestimmung, ihr Empire zu verteidigen. Bestenfalls werden sie ihr Veto einlegen und sich dem Projekt mit dem allergrößten Ingrimm widersetzen. Sie wissen ganz genau, daß kein Unternehmen, selbst ein privates, einen Schritt ohne den Rückhalt seiner Regierung machen könnte.«

Joseph setzte entgegen: »Aber weshalb sind Sie so sehr von der Weigerung Englands überzeugt, Majestät?«

»Weil sie eine Evidenz ist, Sohn des Mandrino. Was wird der Kanal vor allem bringen? Eine Verbesserung der Verbindungen. Was den Handels-, politischen und militärischen Interessen Englands zuwiderläuft.«

»Ich fürchte, Ihr Argument nicht recht zu verstehen.«

Mohammed Ali hob den Blick gen Himmel.

»Nun gut. Du zwingst mich, die Rolle des Schullehrers zu spielen. Dann sperre deine Ohren weit auf, Sie ebenfalls, meine Herren: Die Indienroute verbleibt weiter Englands Königsweg. Sie zu kontrollieren war stets Teil seiner absoluten Prioritäten. Deshalb auch hat es, unter anderem, das Kap, *Ascension* – die Himmelfahrtsinsel – und Sankt Helena besetzt. Wie können Sie sich einbilden, es würde die Hände in den Schoß legen, falls morgen eine andere, eine bei weitem direktere und weit schnellere Route zwischen seinem Orient-Reich und dem des Okzidents Wirklichkeit würde?«

Ferdinand de Lesseps entgegnete: »Sire, ich würde Sie gerne darauf aufmerksam machen, daß dieser Kanal einen großen Vorteil für die allmächtige Indienkompanie darstellen könnte. Es ist Ihnen sicher nicht verborgen, welches Gewicht sie in den Häusern Seiner Britischen Majestät innehat. Ich kann mich täuschen, aber ich denke, daß dieses Land sich hinter der Neutralität verschanzen wird.«

»Sie sind noch jung, Monsieur de Lesseps, und Ihr Herz ist zart. Ich wünschte, Sie hätten recht, doch leider glaube ich es nicht.«

Er verstummte, verschränkte die Arme.

»Wir haben England angeführt ... Aber es steht nicht alleine. Unter den Großmächten findet sich auch Rußland. Wie wird es Ihrer Ansicht nach reagieren?«

»Ich weiß nicht, weshalb es sich widersetzen sollte. Im Gegenteil, der Kanal wird seiner Flotte einen direkten Weg zum Orient eröffnen. Was, vom strategischen Gesichtspunkt aus, nicht belanglos ist.«

Mohammed Ali tat ein paar Schritte, bemächtigte sich dann eines auf einem niedrigen Tisch abgelegten Tschibuks*, das er bedächtig anfachte. Eine blaue Wolke stieg aus dem Kopf auf und begann, durch die Luft zu gaukeln. Der Vizekönig sog einige Züge ein und verkündete: »Einverstanden. Ich werde mich dem Kanal nicht widersetzen.«

Ohne seinen Gegenübern Zeit zu lassen, seinen Beschluß zu würdigen, fuhr er fort: »Ich stelle dem zwei Bedingungen. Die erste: daß die Großmächte sich untereinander einigen und mir ein diesbezügliches Gesuch unterbreiten. In der darauffolgenden Stunde werde ich die Arbeiten ins Werk setzen lassen. Die zweite: Es kommt überhaupt nicht in Frage, daß ich einer ausländischen privaten Kompanie die Bewilligung erteile, den Kanal auszuheben und, desto weniger noch, ihn auszubeuten. Ägypten ist reich genug, um das Unternehmen ohne ausländisches Kapital zum Ende zu führen, und es mangelt ihm nicht an

* *Sibuk, cubuk.* Lange, gerade Tabakspfeife, hauptsächlich in Ägypten in Gebrauch; das Rohr kann bis zu zwei Meter sein. Das Mundstück ist aus Bernstein.

Arbeitskraft; ich kann die Gesamtheit meines Heeres verwenden. Also. Falls diese beiden Bedingungen erfüllt wären, gäbe es eine Aussicht, daß ich vor meinem Tode meine Flotte zwischen den Ufern der Wüste segeln sähe.«
Ferdinand erwiderte mit einer Stimme, in der Entmutigung herausstach: »Wenn ich recht verstehe, fordern Sie eine internationale Garantieerklärung, um Ägypten den Gefahren eines Durchstichs zu entziehen.«
»Was ich fordere, Monsieur de Lesseps, ist, daß der Kanal Ägypten gehöre und nicht Ägypten dem Kanal!«
Er hielt inne, sog einen neuerlichen Zug Tabakrauch ein, den er sogleich wieder ausblies.
»Kehren wir nunmehr zum Staudamm am Nil zurück. Und hierbei wende ich mich vornehmlich an meine beiden hier anwesenden hydrographischen Ingenieure. Wie Sie selbstverständlich bemerkt haben, wird der Rosetter Nilarm, bedingt durch ein Phänomen, dessen Erklärung ich Ihnen anheimstelle, stärker als der von Damiette gespeist, und dies in einem Maße, daß jener in Jahren niedrigen Wasserstandes derart abnimmt, daß sogar die Schiffahrt darauf unmöglich ist. Solange man diesem Übelstand nicht abhilft, wird jede Hoffnung vergebens sein, die Sommerkulturen weiter auszubauen. Ganze Gebiete, darunter die fruchtbarsten Ägyptens, sind vom Erstickungstod bedroht. Sie begreifen nun, weshalb dieses Problem vorrangig ist. Der Kanal kann warten. Ein leerer Bauch nicht.«
Joseph gab zu bedenken: »Majestät, zahlreiche Lösungen dieses Problems wurden unterbreitet. Und ...«
Der Pascha unterbrach ihn.
»Ich weiß. Derart zahlreiche, daß ich mich darin verliere. Manche schlagen vor, den Strom an der Gabelung des Deltas einzudeichen, um die Pegelstände der Wasser anzuheben und deren Fließgeschwindigkeit zu erhöhen, andere erwägen schlichtweg, den Rosetter Arm stillzulegen. Wieder andere legen einen Was-

serwirtschaftsplan für die wichtigen Bewässerungskanäle nahe. Aber ich halte hier ein. Alle vorgebrachten Lösungen aufzuzählen wäre langweilig. Was ich gerne erfahren möchte, ist Ihre Meinung, Monsieur de Bellefonds. Sie haben sie alle studiert, für welche würden Sie sich entscheiden?«
Bellefonds erwiderte ohne das leiseste Zögern: »Für keine der soeben vorgetragenen, Majestät.«
»Ja nun?«
»Ich denke, man muß nicht einen von ihnen, sondern die beiden Flußarme durch regulierende Wehre stauen. Meiner Ansicht nach ist das die wirkungsvollste Möglichkeit.«
Mohammed Ali sann nach: »Dann werden wir also eine Kommission von Fachleuten bilden, die damit betraut wird, die Gesamtheit der Projekte zu begutachten und die bestmögliche Entscheidung zu ermitteln. Sie, Monsieur de Bellefonds, Sie werden den Vorsitz führen. Und der Sohn des Mandrino wird Ihnen zur Seite stehen.«
Er streckte seine Hand in Henri Fournels Richtung aus.
»Darüber hinaus ermutige ich Sie lebhaft, in engem Schulterschluß mit den Freunden Monsieur Fournels zusammenzuarbeiten. Ich glaubte zu verstehen, unter ihnen fänden sich einige Geister mit gewissen Qualitäten.«
Er ließ sich in einen Sessel fallen und schloß: »Was ich Ihnen nämlich vorschlage, ist, eine Herausforderung anzunehmen und noch nie dagewesene technische Probleme zu lösen. Es ist an Ihnen zu beweisen, daß Sie diesem Abenteuer gewachsen sind.«
Kaum hatte Mohammed Ali seine Darlegung beendet, klärte sich in Josephs Geist alles auf. Einen Augenblick zuvor hatte er sich gewundert, den Herrscher gewillt zu sehen, England den Bau der Eisenbahn zuzugestehen. Indem er so verfuhr, wandte der alte Fuchs lediglich eine Theorie an, die ihm teuer war: nämlich die des Seiltänzers. England würde er die Eisenbahn-

strecke gewähren, Frankreich ein großes wassertechnisches Bauwerk. Somit war das Gleichgewicht zwischen den beiden Nationen mit Geschick gewahrt.
Ferdinand de Lesseps war bis zum Pascha vorgetreten.
»Majestät, ich verstehe und pflichte Ihrem Wunsch bei, den drängendsten Mängeln Ihres Landes abzuhelfen. Gleichwohl kann ich mich nicht erwehren, mir zu sagen, daß es bedauerlich ist, wenn Sie diese Großtat verschöben, die der Kanal von Suez darstellen würde. Falls Sie mir gestatten, würde ich Sie darauf aufmerksam machen, daß Sie in Ihrer Analyse von vorhin einer Fehleinschätzung unterlegen sind. Sie haben, was schade ist, die Gewichtigkeit der Rolle, die Frankreich an Ihrer Seite spielen könnte, vollkommen außer acht gelassen. Frankreich vermag viel, Sire. Obgleich seine Hände häufig gebunden sind.«
Der Pascha stieß ein Knurren aus.
»Monsieur de Lesseps, schon bald werde ich siebzig Jahre zählen. Männern, die im Alter voranschreiten, ist es bisweilen gegeben, lange bevor der Wind sich noch erhebt, die stürmische See vorauszuahnen. Daher seien Sie dessen eingedenk, was ich Ihnen heute sage, prägen Sie sich diese Worte in Ihr Gedächtnis ein: Wenn Frankreich und Ägypten eines Tages das Bett des Kanals von Suez ausheben sollten, wird England es sein, das sich hineinlegen wird.«
Das Schlußwort war wie ein Fallbeil niedergegangen.

Giovanna schritt am Arm ihres Vaters zwischen den Palmen und Eukalyptusbäumen. Annähernd eine Woche zuvor waren sie auf dem Rosenhof angekommen. Und soweit sie sich erinnern konnte, hatte sie sich niemals dem Glück so nahe gefühlt. Bisweilen schien ihr, als könnte sie es in jedem Blattwerk, in den elfenbeinenen Kapseln der Baumwollpflanzen, den jahrtausendealten Gesten der Fellachen greifen.
Bereits am Morgen nach ihrer Ankunft hatte Ricardo sie zu

einem Rundgang um die Felder mitgenommen. Er hatte sie alle verborgenen Reize des Rosenhofs entdecken lassen, deren Kenntnis er selbst Scheherazade verdankte. Er hatte Giovanna dem Vorarbeiter, den Fellachen, deren Ehefrauen vorgestellt, und nicht etwa als seine Tochter, sondern als die zukünftige Herrin dieser Stätte. Seither verbeugten sich die Menschen auf ihrem Weg.

»Alles, was du um dich herum siehst«, hatte Ricardo erläutert, »ist das Werk deiner Mutter.«

Und er hatte ihr erklärt, wie Scheherazade nach dem Tode ihrer Eltern und der Ermordung ihres ersten Gatten, nachdem Sabah von einer Schar Aufrührer verwüstet worden war, sich hierhin geflüchtet hatte, an diesen Ort, der damals nichts anderes als ein aufgegebener Bauernhof gewesen war. Erst fünfundzwanzig Jahre war sie alt gewesen. Und Joseph noch ein Säugling. Dank ihrer großen Tapferkeit und Hartnäckigkeit hatte sie alles wiederhergestellt. Sie hatte ganze Monate damit zugebracht, das Rätsel der langstapeligen Baumwolle zu lösen. Bis zu dem Tage, an dem es ihr dank eines französischen Agronoms gelungen war, ihren Traum zu verwirklichen. Mittlerweile machte diese Baumwolle den Ruhm Ägyptens und den des Rosenhofs aus.

Giovanna hatte aufmerksam zugehört. Und wenn sie auch Bewunderung für die Kraft ihrer Mutter empfunden hatte, war dieses Gefühl wider Willen und wie eh und je von diesem innerlichen Brennen begleitet. Als ob man eine auf ihrem Herzen liegende glimmende Glut noch angefacht hätte.

»Morgen wird es an dir sein, über den Rosenhof zu herrschen.«

Für den Bruchteil eines Augenblicks überkam sie ein Schwindel. Würde sie dieser Aufgabe gewachsen sein?

Als hätte er in ihr gelesen, verkündete Ricardo: »Folge mir jetzt. Ich werde dir den ›Garten Ägyptens‹ zeigen.«

»Den Garten Ägyptens?«

Er zog sie zu den Pferden mit.

Eine halbe Stunde später setzten sie in der Umgebung eines von Schilf gesäumten Sees ab, in dessen Rund eine zartgrüne Landschaft gedieh. Ricardo nahm die junge Frau bei der Hand und führte sie inmitten der knirschenden Palmen durch die Papyrusblüten.

»Schau ...«

Vor ihnen glitzerten die still ruhenden Fluten unter der Mittagssonne. Eine Feluke trieb träge dahin und warf den Schatten ihrer mit ungebleichten Segeln getakelten Masten aufs Wasser.

»Wir sind hier im Herzen der größten Oase des Landes, der von Fayum. Vor Tausenden von Jahren war dies einer der bevorzugten Jagdgründe der Pharaonen, bis einer von ihnen die Sümpfe trockenlegte, indem er an der Stelle, an der der Fluß über die Ufer trat, ein Auffangbecken anlegte. Somit ermöglichte er die Schaffung eines Dauerreservoirs. Du siehst in diesem Moment den Karun-See*. Dank dieser Initiative wurden die Anbauflächen verdreifacht. Alles blüht hier, selbst das Gestein. Selbst die Dünen. Das Leben breitet sich bis ans äußerste Ende der Oase aus.«

»Daher der Beiname ›Garten Ägyptens‹?«

Er bestätigte es.

»Was du hier bewunderst, dürfte dir helfen, deine Bangigkeiten zu verjagen. Auf einer derart fruchtbaren Erde wie dem Rosenhof kann nichts sterben. Es sei denn, du hättest anders entschieden. Alles, was dich umgibt, vermag dir nur beizustehen. Es wird genügen, ihn herbeizurufen, und der natürliche Reichtum, der in dieser Erde schlummert, wird sich dir auf Schritt und Tritt ergeben.«

»Glaubst du wahrhaftig, daß es so einfach ist?«

* Mit dem zwanzigsten Jahrhundert haben zwei Übel den »Garten Ägyptens« befallen: die Überbevölkerung und die Versalzung. Der Karun-See mißt lediglich noch vierzig Kilometer in der Länge auf neun in der Breite und ist beinahe so salzhaltig wie das Mittelmeer.

»Wenn du die geheime Sprache erlernst und wenn du zu lauschen lernst, ja, dann versichere ich es dir.«
»Welche Sprache? Worauf werde ich lauschen müssen?«
»Ich weiß zuwenig um diese Dinge, um sie dich zu lehren. Aber deine Mutter, die weiß sie aus dem Stegreif. Zu gegebenem Zeitpunkt wird sie sie dir anvertrauen.«
Sie stiegen wieder in den Sattel und brachen zum Bahr Jusuf auf, dem Kanal, der den See speiste. Sie ritten die lehmigen, von Tamarinden und Karubebäumen bestandenen Ufer entlang, machten kurz Rast im kleinen Dorf Sanhur, wo man darauf bestand, ihnen Jasmintee und vor Sonne strotzende Datteln anzubieten. Ein Büffel blickte bei ihrem Durchkommen scheelen Blicks zu ihnen herüber, während er mit seinem buschigen Schwanz die Mückenschwärme verscheuchte, die seine Flanken plagten.
In einem der Strohlehmhäuschen dann erfaßte Giovanna das ganze Ausmaß ägyptischer Armut. Ein einziger Raum, einige in die Wände gebrochene Löcher, die ein wenig Licht hineindringen ließen, auf den nackten Boden gelegte Binsenmatten, auf denen man schlief und aß. Krüge, eine Petroleumlampe, darauf beschränkte sich der Reichtum dieser Familie.
Welch ein Kontrast zu den Herrlichkeiten von Ras el-Tin und denen der bürgerlichen Gemäuer Kairos und Alexandrias!
Mandrino gab ihnen alles Geld, das er bei sich trug, dann schlugen sie den Rückweg ein.
»Papa ... begreifst du nun, weshalb ich an jenem Weihnachtstag, als wir die Messe verließen, gesagt habe, daß wir dieses Volk nicht verdienten? Ich wollte einzig und allein versuchen zu erklären, wie groß die Ungerechtigkeit ist.«
»Ich bin mir dessen bewußt, Giovanna. Doch wo ist die Lösung? Auf die Gefahr, dich zu reizen, werde ich die Frage deiner Mutter wiederholen: Was würde ohne uns aus ihnen werden? Selbst wenn wir die Dinge ändern wollten, könnten wir es nicht.

Wir sind bloß die bescheidenen Glieder einer Kette. Die Macht liegt nicht in unseren Händen, sondern in denen des Staates.«

»Dem Staat mangelt es an Großmut.«

»Vielleicht ... aber er hat einen Entschuldigungsgrund: Er ist nicht frei. Er lebt im Belagerungszustand. Und schlimmer noch, niemand weiß, was nach Mohammed Alis Tod aus Ägypten werden wird. Das Schicksal der Dynastie liegt ganz in den Händen Istanbuls und des Abendlandes. Wer wird dieses Land regieren? Ein vom Sultan ernannter und aufgezwungener Pascha? Ein Strohmann im Dienste einiger Großmächte? Ein neuer Bonaparte? Nein, Giovanna, die Dinge sind nicht so einfach.«

»Weshalb nicht eine Frau?«

Er riß die Augen weit auf.

»Eine Frau?«

Sein Lachen brach schallend in die Abenddämmerung.

»Du, zum Beispiel?«

Sie entgegnete in trotzendem Tonfall: »Wenn sich nur eine, eine einzige Chance böte, würde ich nicht zögern. Ich würde sie ergreifen! Für Ägypten. Um das Schauspiel dieser verödeten Dörfer nicht mehr zu sehen.«

24. Kapitel

Kairo, Juli 1833,
Hospital Kasr al-'Eini

Ein schwacher Äthergeruch waberte in Dr. Clots Arbeitszimmer. Man hätte nicht zu sagen gewußt, ob er aus dem Zimmer selbst, dem Flur oder dem Kittel kam, den der Mediziner trug. Was auch immer dessen Ursprung war, Corinne hatte Mühe, sich daran zu gewöhnen. Und da war nicht allein der Geruch. Der Anblick der Kranken hatte ihr genauso zugesetzt. Den ganzen Gang entlang, der sie bis zu Dr. Clots Arbeitsraum geführt hatte, hatte sie diese in der kalten Stille der Zimmer darniederliegenden abgezehrten Gestalten erblicken können, und obgleich die Bilder flüchtig gewesen waren und sie nichts besonders Abstoßendes an sich gehabt hatten, hatte sie doch gespürt, wie ihr Herz sich zusammengekrampft hatte, ihre Hände feucht geworden waren. Was weder für Suzanne Voilquin noch für Judith galt. Im Gegenteil, ihren beiden Freundinnen schien ganz und gar wohl zumute, als ob das Leiden und die Nähe des Todes ihnen bestens vertraut gewesen wären.

»So, Herr Doktor … Nun wissen Sie alles.«

Clot legte die Hände flach auf seinen Schreibtisch. Bis dahin hatte er Suzanne sich aussprechen lassen und ihr aufmerksam zugehört, ohne sie zu unterbrechen.

»Madame Voilquin, vor allen Dingen lassen Sie mich Ihnen sagen, wie sehr mich Ihr Schritt und der Ihrer Freundinnen bewegt. Der Beruf der Krankenpflegerin gehört zu den schönsten der Welt, aber er ist auch der undankbarste und am wenigsten anerkannte. Denn er hat alle Nachteile der medizinischen Tätigkeit, ohne jedoch deren Prestige zu besitzen. Und deshalb auch, ich wiederhole es Ihnen nochmals, rührt mich Ihr Schritt so sehr an. Unglücklicherweise sehe ich nicht, wie ich Ihnen Befriedigung verschaffen könnte.«

Ein enttäuschter Ausdruck zeichnete sich auf den Zügen seiner Besucherinnen ab.

»Aber wir verlangen keinerlei Entlohnung«, brachte Judith vor. »Alles, was wir wünschen, ist zu helfen.«

»Genau das habe ich wohl verstanden. Im übrigen wäre das Geld kein Hindernis gewesen. Der Pascha hat mir, gottlob, die Mittel gewährt, meine Aufgabe zu erfüllen. Nein. Die Klippe liegt woanders.«

Clot verließ seinen Sitz, umrundete den Schreibtisch und baute sich vor den drei Frauen auf.

»Sehen Sie, Ägypten ist nicht Frankreich. Die Sachlage der hiesigen Sitten erlaubt es nicht, daß Männer von Frauen gepflegt würden, und umgekehrt. Diese Situation trifft auch auf die Lehre zu. Bis zum heutigen Tage gibt es in diesem Lande keine Krankenpflegerinnen. Und aus gutem Grund: Wir haben keine Frauen, die imstande wären, ihre Mitschwestern zu unterrichten. Ich habe mich nach Kräften bemüht, beim Vizekönig zu erwirken, schwarze und abessinische Sklavinnen an der Abu-Zaabal-Fakultät auszubilden. Desgleichen habe ich ihm die Zusage zu entringen versucht, in Kairo ein für Frauen vorbehaltenes Hospital zu gründen. Er hat meine beiden Anregungen zustimmend beschieden. Leider bleiben sie noch immer im Stadium des Entwurfs. Begreifen Sie nun, in welchem Dilemma ich mich befinde?«

Die von dem Mediziner vorgetragenen Argumente schienen Suzanne Voilquins Entschlossenheit nicht zu dämpfen.

»Sicherlich. Doch es gibt andere Alternativen, Doktor Clot. Sie könnten uns vielleicht helfen, bei ägyptischen Familien Zutritt zu bekommen, wo wir als Tutorinnen dienen könnten, was uns die Möglichkeit verschaffen würde, uns im Kontakt mit den Kindern mit dem Arabischen vertraut zu machen. Gleichzeitig könnten Sie uns eine medizinische Ausbildung zuteil werden lassen, die uns erlauben würde, in die Harems zu gelangen und dort eine nützliche, möglicherweise gar eine lukrative Rolle zu erfüllen.«

»Suzanne hat recht«, bekräftigte Corinne. »Erst gestern, als ich mit dem Generalkonsul sprach, habe ich erfahren, daß die Tochter von Dr. Dussap, einem französischen Arzt, ihrem Vater aktiv assistiert. Letztendlich dürfte es keine Hexerei sein, ein Zugpflaster aufzulegen oder einen Seidenstreifen zur Tamponade einzubringen.«

Dr. Clot verschränkte die Arme und musterte lächelnd die drei Frauen.

»Nach Ihren Bemerkungen zu urteilen, gelange ich zu dem Schluß, daß Sie die Frage reiflich überdacht haben. In der Tat, alles, was Sie soeben dargelegt haben, ist denkbar, löst jedoch nach wie vor das Problem Ihrer Ausbildung nicht. Mein Tagesablauf gestattet es mir nicht, Ihnen Privatstunden zu erteilen. Hingegen ...«

Mit forschem Strich glättete er seinen Schnurrbart.

»Es gäbe vielleicht eine Lösung ... Indes würde sie erforderlich machen, daß Sie sich einer kleinen Inszenierung unterwürfen.«

Sie warteten, daß er seinen Gedanken verdeutlichte.

»Was würden Sie dazu sagen, dem Unterricht, den ich in der medizinischen Fakultät Abu Zaabal gebe, beizuwohnen?«

»Aber ... haben Sie nicht eben erklärt, Frauen wären auf Grund der Landessitten dort nicht zugelassen?«

»Dieses Verbot beträfe Sie nicht.«

Die drei jungen Frauen sahen sich perplex dreinblickend an.

Clot fuhr fort: »Es würde ganz einfach genügen, wenn Sie sich verkleideten ... als Männer.«

»Sie scherzen?«

»Nicht im mindesten. Eine Dschellaba wird Ihre Formen verhüllen, ein Turban Ihre Haarpracht fassen. Da die Entscheidung,

Sie in der Fakultät zuzulassen, einzig und allein von mir abhängt, sehe ich nicht, was sich ihr entgegenstellen könnte.«
Er fügte hinzu: »Schlimmstenfalls gelten Sie als junge, etwas verweiblichte Epheben, das ist alles.«
Als die erste Überraschung sich gelegt hatte, drehte Suzanne sich auf dem Absatz zu ihren Freundinnen um.
»Was meint ihr dazu? Verlockt euch dieser Einfall?«
Corinne pflichtete hastig bei.
»Selbstverständlich. Alles in allem, was riskieren wir schon?«
»Schneidet man jungen Epheben nicht den Hals durch, soweit ich weiß?« witzelte Judith.
»Seien Sie unbesorgt. Ich werde mich dem ausdrücklich widersetzen.«
»Sehr gut. Wann können wir dem ersten Unterricht beiwohnen?«
»Zunächst werden Sie sich hier in Kairo niederlassen müssen. Sonst wüßte ich nicht, wie Sie sich zwischen der Fakultät und Alexandria aufteilen könnten.«
»Aber wir kennen niemanden, der uns in der Hauptstadt beherbergen könnte!«
»Es gäbe vielleicht jemanden.«
Clot verharrte nachdenklich.
»Sie haben meinen Kollegen Dr. Dussap erwähnt. Er ist ein großherziger Mann und besitzt obendrein einen weiträumigen Wohnsitz. Ich denke, er wird nichts dagegen einzuwenden haben, wenn Sie sich bei ihm einrichten, bis Sie einen Ort finden, wo Sie logieren können. Er ist mit einer verehrungswürdigen Frau verheiratet, einer Abessinierin, und seine Tochter, Hanem, ist ebenso liebreizend. Sie werden bei ihnen gut aufgehoben sein. Ich werde noch heute abend mit ihm sprechen.«
»Niemals werden wir Ihnen genügend danken können, Doktor Clot.«
»Es wäre eher an mir, Ihnen meine Dankbarkeit auszudrücken.

Ich benötige so dringend Krankenpflegerinnen. Sie werden mir wertvolle Hilfen werden.«
Zufrieden nahmen die drei Frauen Abschied von dem Arzt. Während er sie hinausbegleitete, fragte Corinne: »Doktor Clot, Sie, der Sie sicherlich viele Leute in diesem Land kennen, haben Sie vielleicht von der Familie Chedid gehört?«
»Chedid ... Nein, ich kenne niemanden dieses Namens.«
»Dennoch handelt es sich um eine bedeutende christliche Familie Kairos. Griechisch-katholische Christen.«
Mit bedauernder Miene entgegnete Clot: »Wissen Sie, es gibt mehr als viertausend griechisch-katholische Christen in diesem Land. Dieser Name sagt mir nichts, leider.«
»Vergeben Sie mir, weiter zu beharren. Es waren sehr reiche Leute. Sie besaßen, und besitzen zweifellos noch immer, ein ausgedehntes Anwesen, am Saum der Wüste, nahe den Pyramiden, in Gizeh.«
»Ein Anwesen? Die einzigen Großgrundbesitzer, die ich kenne – die einzigen in ganz Ägypten übrigens –, das sind die Mandrinos. Da der Pascha sich aller landwirtschaftlichen Ländereien bemächtigt hat, werden Sie keine anderen finden.«
»Mandrino ...«, wiederholte Corinne verdutzt. »Sind Sie sich dessen sicher?«
»Ja, Mademoiselle, und aus gutem Grund: Sie sind sehr enge Freunde. Ricardo Mandrino ist der Berater Seiner Majestät.«
»Mandrino ist kein arabischer Name, nicht wahr?«
»Das stimmt. Der Mann gehörte zum venezianischen Adel. Nichtsdestotrotz ist er Ägypter durch Adoption und von Herzen. Da fällt mir ein! Sie dürften ihn ebenfalls kennen, da es sein Sohn, Joseph, war, der derart darauf drängte, ich solle Sie empfangen!«
»Es ist unverzeihlich von uns!« rief Suzanne aus.
Sie beeilte sich, ihrer Freundin zu erläutern: »Erinnerst du dich? Das ist dieser Mann, dem wir vor ungefähr drei Wochen im

Beisein von Monsieur de Lesseps begegnet sind und der sich so liebenswürdig angeboten hat, uns bei Dr. Clot zu empfehlen.«
Selbstverständlich erinnerte sie sich. Sie war im übrigen von seiner Freundlichkeit bewegt gewesen. Sie machte es sich zum Vorwurf, den Zusammenhang nicht hergestellt zu haben.
»Falls ich nicht allzu indiskret bin«, fragte Clot, »könnten Sie mir sagen, aus welchem Grund diese Chedids Sie interessieren?«
»Weil mich Verwandtschaftsverhältnisse mit ihnen verbinden. Meine Mutter war Ägypterin. Ihre Schwester war eine Chedid.«
Clot blickte seine Gesprächspartnerin erstaunt an.
»Ihre Mutter? Eine Ägypterin? Ich hätte es erahnen müssen. Sie besitzen diesen Charme der Mädchen von hier. Sie sind in Frankreich geboren?«
»Ja. Und ich habe bis heute dort gelebt.«
»Auf jeden Fall verspreche ich Ihnen, daß ich es nicht versäumen werde, Sie zu benachrichtigen, falls ich jemals irgend etwas von diesen Chedids höre.«
Die drei jungen Frauen verabschiedeten sich ein letztes Mal von dem Mediziner und gingen durch den Gang davon, der noch immer diesen schwachen Geruch ausschwitzte, welcher auf den Magen schlug. Diesmal jedoch schien Corinne ihn nicht wahrzunehmen. Sie war noch ganz bei der Unterhaltung, die sie soeben geführt und die in ihrem Geist zahlreiche Fragen aufgeworfen hatte.
Mandrino ... Chedid ... Welche Beziehung konnte zwischen diesen beiden Namen wohl bestehen?

Im Speiseraum von Sabah nahm Joseph zum ersten Male seit langer Zeit am sonntäglichen Mittagsmahl teil. Während er seinen Teller Moloukhia mit Essig und gehackten Zwiebeln nachwürzte, fuhr er fort: »Das ist wahr. Ich gestehe, von Mohammed Alis Haltung recht enttäuscht zu sein. Wenn ihr gesehen hättet, auf welche Weise er dem Kanalbauprojekt am

Isthmus einen Schlußpunkt gesetzt hat!« Er ahmte karikierend des Monarchen Stimme nach, um zu verkünden: »›Was ich will, Monsieur de Lesseps, ist, daß der Kanal Ägypten gehöre und nicht Ägypten dem Kanal!‹ Stellt euch die fassungslose Miene des Vizekonsuls vor! Aber das betraf im übrigen nicht nur die seine, die unsrige war kaum erfreulicher anzusehen.«
Scheherazade entgegnete: »Ich werde deine Enttäuschung vielleicht noch vergrößern. Ich glaube, es ist völlig verständlich, wenn der Vizekönig den Großmächten mißtraut. Die Vergangenheit und die Gegenwart bestätigen jeden Tag, daß man sich nicht dauerhaft auf sie stützen kann.«
Darauf bat sie Giovanna, die neben ihr saß, um deren Meinung. Diese bekundete: »Ich teile deine Ansicht. Mit einer Einschränkung allerdings: Monsieur de Lesseps hatte recht, als er sagte, die Rolle, die Frankreich spielen könnte, würde recht leichtfertig abgetan. Im ganzen genommen hat dieses Land trotz alledem seine Treue gegenüber Ägypten, und gegenüber Mohammed Ali im besonderen, bewiesen.«
»Schwesterchen, ich danke dir«, meinte Joseph in vorgetäuschter Großsprecherei. »Das ist wahrlich das erste Mal, daß du in meinem Sinne beipflichtest.«
»Wenn ich richtig verstanden habe«, brachte Ricardo vor, »werdet ihr also die Errichtung dieses Stauwehrs am Delta in Angriff nehmen.«
»Tja, so ist es … Die einzige Befriedigung, die ich daraus ziehe, ist, daß dieses von Linant verteidigte Projekt über die anderen die Oberhand erhalten hat. Die Arbeiten dürften Anfang nächster Woche beginnen. Nebenbei bemerkt, vielleicht würde es euch verwundern zu erfahren, daß diese neulich in Ägypten gelandete Gruppe – die Saint-Simonisten – auf sehr aktive Weise an dem Bauwerk teilhaben wird.«
»Das ist in der Tat erstaunlich«, wunderte sich Mandrino. »Mohammed Ali hätte ihnen demnach sein Vertrauen geschenkt?«

»Seine Entscheidung beweist es. Ich bin im übrigen gezwungen zuzugestehen, daß diese Männer im Hinblick auf die Arbeitsorganisation vollkommen revolutionäre Ideen haben. Ihr Anführer, Monsieur Enfantin, hat eine Reihe von Vorschlägen unterbreitet, die zur Folge hatten, die Verantwortlichen in die allergrößte Verblüffung zu stürzen. Stellt euch bloß vor, unter anderem empfiehlt er an, keine Männer über vierzig Jahre noch Kinder unter zehn Jahren zu rekrutieren. Überdies legt er nahe, auch all jene einzustellen, die sich absichtlich verstümmelt hätten, damit die Selbstverstümmelung nicht mehr als Gewähr vor Zwangsaushebung erscheinen möge.«

»Der Vorschlag ist nicht bar gesunden Menschenverstands«, erkannte Ricardo an.

»Das ist noch nicht alles. Sich die militärischen Richtlinien zum Beispiel nehmend, rät er, die Arbeiter in achtzehn Bataillone zu gliedern, die wiederum in zehn Kompanien zu je fünf Rotten unterteilt wären. In jedem Bataillon würden sechs Arbeiter zu Instruktoren benannt, denen ein Lohn von fünfundzwanzig Piastern im Monat zugesprochen würde. Ebenso erwägt er, allen, ohne Unterschied des Grades, gleiche Essensrationen, einen Sack und eine Decke sowie eine Uniform zu bewilligen.«*

* Etliche sozialistische Pläne zur »Organisation der Arbeit« in Frankreich sollten in den Jahren um 1840 das militärische Modell als eine provisorische Lösung zur Verbesserung der Verhältnisse des Arbeiters erwägen. Und man weiß, daß zur Zeit, da die Saint-Simonisten in Ägypten derartige Überlegungen anstellten, Kinder in Europa auf dem Land und in den Industrien weit vor dem zehnten Lebensjahr beschäftigt wurden. Was im übrigen als gewisser Zynismus in jener Argumentation hätte anmuten können, welche darauf abzielte, den Männern unmöglich zu machen, sich der militärischen wie auch industriellen Dienstpflicht zu entziehen, schien vor allem dazu bestimmt, den kriegerischen Bekümmernissen der Regierungen das Wort zu reden. In Wahrheit hoffte man vermöge dieses Winkelzugs darauf, die Rekrutierung würde sich auf Männer im besten Alter beschränken.

»Eine Uniform?«
»Sie bestünde aus einem wollenen Rock, einem Ledergürtel und einer Mütze, um sich vor der Sonne zu schützen. Doch darin liegt nicht das Außergewöhnlichste …«
Joseph verschlang einen Mundvoll Moloukhia, bevor er fortfuhr: »Die Arbeiter könnten ihre Frauen und ihre Kinder zu sich kommen lassen, die ebenfalls die Möglichkeit hätten – für einen Lohn entsprechend der Arbeit, die sie leisten würden –, an dem Bauwerk mitzuhelfen.«
»Diesem Herrn mangelt es nicht an Originalität. Bleibt nur abzuwarten, ob der Pascha dieser Umwälzung zustimmen wird.«
»Obwohl er dies sollte«, versetzte Giovanna. »Gibt es ein schändlicheres System als das der Fron! Seit Jahrhunderten schon hebt man die Fellachen mit Gewalt aus und nötigt ihnen die beschwerlichsten Arbeiten auf, ohne daß sie das geringste Entgelt erhielten. Ich versichere euch, falls es Monsieur Enfantin gelänge, die Dinge zu ändern, hätte er in mir eine Adeptin mehr.«
Scheherazade hob die Augenbrauen.
»Ich weiß nichts über diese Leute, aber die Gerüchte, die in Kairo umgehen, bieten Anlaß, die tolerantesten Geister zu entrüsten. Die Frauen, die sie begleiten, sollen nicht von allerhöchster Tugend sein und mit den Männern in einer sonderbaren Promiskuität zusammenleben. Man erzählt sich sogar, sie predigten das Recht auf Ehescheidung.«
»Sie nennen das die Emanzipation der Frau«, sagte Joseph mit gemildertem Tonfall. »Es ist vielleicht gar nicht so übel.«
Ricardo fiel ihm ins Wort: »Mein Sohn, du wirst lernen, daß die Emanzipation nichts mehr und nichts weniger bedeutet, als die Geschöpfe aus einem Gefängnis zu befreien, um sie alsogleich in ein anderes zu sperren. Heute sind die Frauen in den Harems. Morgen werden sie in den Fabriken sein.«

Das Eintreffen der Dienerin unterbrach ihre Unterhaltung. Kaum hatte sie sich zurückgezogen, fügte Joseph an: »Wie dem auch sei, ihre Philosophie hat nicht nur nachteilige Folgen, wenn ich nach den Beweggründen jener Saint-Simonistinnen urteile, denen ich begegnet bin. Sie sind mir vollkommen ehrenhaft erschienen.«

Giovanna verharrte, den Löffel an den Lippen.

»Was sagst du? Du hast die Bekanntschaft dieser Frauen gemacht?«

»Ja. Es geschah vor einigen Wochen, im französischen Konsulat. Eine gewisse Corinne und deren Freundinnen wünschten, von Dr. Clot empfangen zu werden.«

»Sie waren bereits krank?« spöttelte Mandrino. »Nach so kurzer Zeit in Ägypten?«

»Aber ganz und gar nicht! Clot hat mir später erklärt, sie möchten gerne als Kranken- oder Hilfspflegerinnen arbeiten. Und verlangten nicht einmal Lohn.«

»Wir wissen ganz genau, daß das unmöglich ist. Die ägyptischen Sitten erlauben derlei Tätigkeiten nicht.«

»Das hat ihnen auch Dr. Clot gesagt. Doch sie haben sich deshalb keineswegs entmutigen lassen. Auf seine Vorschläge hin haben sie eingewilligt, dem Unterricht an der Fakultät beizuwohnen.«

»Aber auf welche Weise?«

»Als Männer verkleidet!«

Die Vorstellung ließ Scheherazade auffahren.

»Joseph, das ist doch nicht dein Ernst?«

»Clot wird es dir bestätigen.«

»In welchem Alter sind diese Frauen?« erkundigte sich Giovanna.

»Die eine von ihnen dürfte ungefähr fünfunddreißig Jahre alt sein. Corinne hingegen ist jünger. Ich denke nicht, daß sie mehr als fünfundzwanzig Jahre zählt.«

Giovanna legte schlagartig ihr Besteck ab und erkundete ihren Bruder mit einer ganz neuen Aufmerksamkeit.
»Es ist eigenartig«, meinte sie mit argwöhnischer Miene.
»Daß sie bereit wären, umsonst zu arbeiten?«
»Nein. Du hast von deiner Begegnung mit diesen zwei Frauen berichtet, und dennoch hast du wiederholt bloß einen einzigen Vornamen angeführt: Corinne nämlich.«
Josephs Wangen wurden jäh hochrot.
»Ich weiß nicht, was du meinst …«

»Coupé, Exzellenz«, schrie Ferdinand, indem er mit seinem Florett einen Wurfstoß in Richtung auf Saids Herz führte.
Der Knabe machte ein Dégagement knapp um das Handgelenk seines Partners herum, um mit einer für seine Korpulenz erstaunlichen Geschmeidigkeit eine Parade nach Quart zu versuchen, die Lesseps sogleich konterkarierte.
In dem leeren Waffensaal vermengte sich das Geklirr der Klingen mit dem Keuchen des jungen Prinzen. Das Antlitz hinter dem Metallgeflecht seiner Maske gefangen, eng in sein Plastron gemummt, die Züge von Blutandrang gezeichnet und dicke Tropfen schwitzend, befleißigte er sich, so gut er konnte, die prompten Ermahnungen des Vizekonsuls in die Tat umzusetzen.
»Mehr Geschmeidigkeit, Durchlaucht! Mehr Geschmeidigkeit!«
Ohne seinem Gegner Zeit zum Verschnaufen zu lassen, fügte Ferdinand mit höllischer Kadenz eine Reihe verschiedener Gleitstoßfinten aneinander. Eigenartigerweise stellte der junge Prinz sich weit besser an, als diesen fortgesetzten Angriffen bloß zu widerstehen.
»Passé! Remise! Prise de fer!«*

* In etwa: Vorbei! Noch mal! Ran ans Eisen! *(Anm. d. Übers.)*

Von Bindung zu Umgehung, den linken Arm genau rechtwinklig in Höhe der Schultern erhoben, bewegten sich die Fechter abgezirkelt, brachten das Parkett unter ihren Fechtschuhen zum Knarren, boten bisweilen gar das Bild von Tänzern, die sich bemühten, einem imaginären Kontrapunkt im Taktmaß zu folgen.
Zum Abschluß einer allerletzten Attacke schnellte Said vor, versuchte – nicht ohne Feuer – einen Molinello-Schleuderstoß, scheiterte jedoch bedauerlicherweise.
»Bravo, Exzellenz!« schmeichelte Ferdinand, während er seine Maske abnahm. »Sie sind heute perfekt gewesen.«
Said enthüllte ebenfalls sein Gesicht.
»Perfekt? Sie wollen wohl völlig unfähig sagen! Ich werde es nie schaffen, einen einzigen Punkt gegen Sie zu erzielen!«
Mit forscher Bewegung riß er seinen Fechthandschuh ab und schleuderte ihn fort, daß er zum anderen Ende des Raums schlitterte.
»Letzten Endes bin ich unfähig in allem ...«
Schlurfend ging er zu einer Bank, ließ sich niedersacken und stemmte mürrischen Blicks seinen Rücken gegen die Wand.
Ferdinand trat näher.
»Sie haben unrecht, sich derart herabzusetzen, Durchlaucht. Glauben Sie, in zehn Lektionen könnte man sich in einen Meisterfechter verwandeln? Ich bleibe dabei, Sie haben außerordentliche Fortschritte gemacht.«
»Sie sind sehr nett ... aber all Ihre Komplimente werden aus mir keinen gelenkigen Menschen machen. Was mir nämlich am meisten fehlt, ist Geschmeidigkeit. Mein Vater hat wohl recht, mich mit einem Nilpferd zu vergleichen.«
Ferdinand setzte sich an seine Seite.
»Gerade in diesem konkreten Fall hat er unrecht. Was Ihnen in Wahrheit noch fehlt, ist, die spezifische Technik vollkommen zu beherrschen. Alles übrige kommt dann von selbst. Sobald ein

Fechter seine gesamte Aufmerksamkeit nicht mehr auf die Ausführung der Bewegungen richten muß, ergibt sich diese Geschmeidigkeit, die Sie erwähnten, von selbst. Seine ganze Finesse, seine ganze Kraft können dann in die Spitze seines Floretts fließen. Sie werden sehen, mit der Zeit werden Sie diese Meisterschaft erlangen.«

»Enveloppement! Prim! Parade Septim! Sekond! Taille! Terz! Allmählich verliere ich mich in diesen ganzen Stellungen und Stößen!«

»Exzellenz, Sie wollen die Etappen überspringen, als ob …«

»Als ob ich mittelmäßig in allem wäre. Was ich ja bin! Ich müßte meinem Vater wohl auf irgendeinem Gebiet meine Fähigkeit beweisen, nicht wahr?«

Sich wieder fassend, murrte er: »Verzeihen Sie mir, ich bin übler Laune.«

Lesseps antwortete nicht. Er beschränkte sich darauf, seine Handschuhe bedächtig abzustreifen und sie auf seinen Schoß zu legen.

Said warf ihm einen inquisitorischen Seitenblick zu.

»Sie ebenfalls, allem Anschein nach …«

»Ich bitte Sie um Verzeihung, Durchlaucht?«

»Ich sagte, daß Sie ebenfalls übler Laune zu sein scheinen.«

»Woran sehen Sie das?«

»Ich beginne Sie zu kennen, Monsieur de Lesseps. Fast genauso gut, wie Sie mich kennen.«

Ferdinand ließ seine Finger über die Ledermanschette eines seiner Handschuhe eilen.

»Vielleicht bin ich tatsächlich ein wenig verärgert.«

»Dürfte ich den Grund dafür erfahren?«

»Zürnen Sie mir deswegen nicht, Exzellenz. Es handelt sich, sagen wir … um eine Enttäuschung.«

Ein schalkhafter Glanz leuchtete in den Augen des Prinzen auf.

»Sollte Ihre Verlobte Sie fallengelassen haben?«

Ferdinand bekam einen nostalgischen Ausdruck.
»In gewisser Weise ...«
»Das ist nicht schlimm.«
Er bekundete emphatisch: »Sie wissen, wie die Frauen sind! Man bewundert sie, und sie enttäuschen uns. Das jedenfalls sagt mein Vater.«
Mit dem Ernst eines alten Weisen fügte er hinzu: »Und ist nur wert, bewundert zu werden, was ewig ist, und was ewig ist, ist unsichtbar.«
»Ohne Zweifel, Durchlaucht. Sie haben recht. Doch es gibt Dinge, die man unsichtbar machen kann und die in sich das Ewige bergen ...«
Die vorhandenen Interessen werden zu gigantisch, die Engländer werden ihnen nicht widerstehen. Schlimmstenfalls werden sie meine Erde zu einem waffenstarrenden Heerlager machen, mit der Bestimmung, ihr Empire zu verteidigen. Bestenfalls werden sie ihr Veto einlegen und sich dem Projekt mit allergrößtem Ingrimm widersetzen. Sie wissen ganz genau, daß kein Unternehmen, selbst ein privates, einen Schritt ohne den Rückhalt seiner Regierung machen könnte.
Mohammed Alis Stimme und Gestalt fuhren flüchtig durch Ferdinands Gedächtnis.
Mit jäher Lebhaftigkeit beugte er sich zum Prinzen.
»Wissen Sie, wonach ich mit einem Mal Lust verspüre?«
Said verneinte.
»Sie erraten es nicht?«
»Nein«, wiederholte der Prinz.
Ferdinand hob die Arme leicht hoch und sagte mit gesenkter Stimme: »Makkaroni ... Durchlaucht ... Man sagt, dieses Gericht könne die grausamsten Enttäuschungen verjagen!«
Mit gelehrter Miene wiegte Said sein Haupt.
»Ich glaube, Sie haben recht, Ferdinand.«

25. Kapitel

Gizeh, Anwesen Sabah,
Januar 1834

Mit präziser Bewegung zeichnete Scheherazade die Umrandung ihrer Augen mit Hilfe eines kleinen Kajalstiftes nach. Dann legte sie ihn in das Schminkkästchen zurück und prüfte, den Kopf etwas zurückwerfend, ob auch nichts ihr Antlitz verunzierte. Der Spiegel warf ihr ein von Nostalgie umschattetes Bild zurück.

Sechsundfünfzig Jahre ... Infolge ihrer fortwährenden Beobachtungen, gleichsam wie ein Späher die Einwirkungen des Windes auf die Linien der Landschaft beobachtet, kannte sie diese Fältchen an den Mundwinkeln, die ersten Falten des Halses schließlich auswendig. Seit kurzem hatte sie sich dareingefunden, die silbriggrauen Fädchen, die ihre langen schwarzen Haare zu strähnen begonnen hatten, nicht mehr mit Henna zu verbergen, da sie überzeugt war, daß es nichts nutzte, Listen gegen die Zeit zu verwenden. Wenn der Ausdruck auch noch schön, das Lächeln strahlend waren, wenn die Frische ihrer Gesichtshaut sie noch immer begehrenswert machte, konnte sie sich doch nicht erwehren, sich zu sagen, daß dies nichts mehr und nichts minder als die Epiphanie einer vergangenen Jugend war.

»Scheherazade ...«

Sie erschauerte. Das Eintreffen Ricardos riß sie aus ihrem Nachsinnen. Er näherte sich ihr, nahm sie bei den Schultern und führte sie bis zum Fenster.

»Schau ...«

Am Horizont zeichneten sich die Pyramiden in den tief stehenden Sonnenstrahlen ab und vermittelten den Eindruck riesiger, zwischen den Dünen auf Sand gelaufener Schiffe. Eine von der

Brise getriebene Dromedarenkarawane entrollte ihr buckliges Band gen Osten.

»Kann man ein schöneres Schauspiel erträumen als das der Sonne, die über der Wüste aufgeht?«

Sie musterte ihn belustigt.

»Sollten Sie unversehens bukolischen Gemütes sein, Signor Mandrino?«

»Vielleicht. Es könnte auch sein, daß ich jeden neuen Tag mehr als in der Vergangenheit genießen gelernt habe. Als ob …«

Er verstummte plötzlich, und seine Augen nahmen ein wenig die bleiche Farbe der Morgendämmerung an.

»Was geht mit dir vor?«

»Nichts. Du sagtest es: Ich bin bukolischen Gemüts.«

Ohne Übergang umfing er Scheherazades Gesicht zwischen seinen Händen.

»Entsinnst du dich des ersten Tages, da wir uns begegnet sind?«

Sie zeigte nicht den Hauch eines Zögerns.

»Es war ein Freitag. Der 8. Oktober 1801.«

»Wir wurden einander vorgestellt von dieser Dame …«

»Dame Nafissa.* Sie hatte den Nachmittag auf dem Rosenhof verbracht, und du holtest sie ab.«

Sie ahmte die Vorstellung mit vorgeblich zeremoniellem Ausdruck nach.

»Ricardo Mandrino … Scheherazade, Tochter des Chedid.«

Er erwiderte im gleichen Ton: »Hocherfreut, teure gnädige Frau. Sett Nafissa hat mir Ihre Schönheit gerühmt, doch ich muß gestehen, daß sie weit hinter der Wirklichkeit zurückblieb …«

Er begann zu lachen.

* Wegen ihrer tscherkessischen Herkunft die Weiße benannt, war Nafissa die Gemahlin von Murad Bey, dem mächtigsten Mameluckenoberhaupt. Sie leistete den Franzosen, und den Europäern im allgemeinen, große Dienste während Bonapartes Expedition in Ägypten. (*Cf. Die schöne Scheherazade*, T. I.)

»Gott, welch eine verstiegene Floskel.«
»Weil du kein einziges Wort davon glaubtest?«
»Ganz im Gegenteil. Aber nehmen wir an, ich hätte eine andere Art und Weise finden können, dich anzusprechen! Heute indes, mehr als dreißig Jahre später, sage ich mir, daß ich der Wahrheit nie so nahe war.«
Er fuhr mit der Hand in Scheherazades Haar.
»Du bist schön. Du bist niemals so schön gewesen.«
Sie schmiegte sich an ihn.
»Wahrhaftig, Ricardo Mandrino, du wirst mich stets überraschen. Vor deinem Eintreffen geriet ich in Verzweiflung vor meinem Spiegel und verfluchte die Götter, sich gegenüber den Frauen derart ungerecht zu zeigen.«
»Du siehst, man tut stets unrecht daran, die Götter zu unterschätzen.«
Er löste sich von ihr.
»Wir sollten uns nicht verspäten. Das Fest ist für achtzehn Uhr angesetzt. Und wir haben noch einen weiten Weg zurückzulegen.«
»Ich benötige bloß noch einige Minuten.«
»Ich werde nachschauen, ob Giovanna bereit und die Berline vorgefahren ist. Unter uns, ich hätte wohl darauf verzichtet, diesen Festlichkeiten beizuwohnen. Aber wie hätte ich es ablehnen können, wenn der geringste Fellache beim Stelldichein zugegen sein wird?«
»Der Pascha hätte es nicht verstanden. Ibrahim noch weniger.«
»Das ist sicher.«
Er seufzte.
»Und morgen erwartet man uns zur feierlichen Eröffnung des Stauwerkbaus.«
»Ja, aber in dem Fall lege ich allergrößten Wert darauf hinzugehen. Für Joseph.«

»Ich verstehe. Sei unbesorgt, ich habe nicht die Absicht, ihn zu versetzen.«
Unvermutet verkündete er: »Scheherazade, ich werde mich aus den Geschäften zurückziehen.«
Sie erforschte ihn verdutzt.
»Eine ganze Weile reift der Gedanke nun bereits in mir. Ich bin dieser Abhängigkeit gegenüber dem Palast überdrüssig. Überdrüssig, auf einem Drahtseil zu leben, mich fortwährend wegen der nächsten Mission zu sorgen, die man mir anzuvertrauen droht. Meine Freundschaft bleibt Mohammed Ali mehr denn je gewiß, aber es ist Zeit, ein wenig an mich, an uns zu denken.«
»Hast du schon mit Seiner Majestät darüber gesprochen?«
»Noch nicht. Ich werde jedoch nicht versäumen, es bei der ersten Gelegenheit zu tun.«
»Ein Erdbeben würde nicht den gleichen Eindruck auf ihn machen. Bist du dir dessen bewußt?«
»Ich bin mir vor allem bewußt, daß niemand unersetzlich ist. Männer wie Boghossian, Edhem, Artin, Cerisy oder auch Oberst Sève sind Wesen mit großen Qualitäten. Sie werden genausogut wie ich dem Pascha beistehen und ihn zu beraten wissen.«
»Dieser Überzeugung bin ich auch. Aber geben wir doch zu, daß die Beziehungen, die ihr unterhalten habt, von recht außerordentlicher Natur waren. Da war ja nicht bloß Vertrauen, das Mohammed Ali und dich verband, sondern auch wahre Zuneigung.«
»Ich habe es dir gesagt: Meine Freundschaft bleibt ihm gewiß. Und ich werde ihm stets mein Ohr leihen. Allein, es kommt nicht länger in Frage, daß ich, wohin auch immer, verreise.«
Er fügte noch in einem Atemzug und mit leiser Stimme hinzu: »Ich weiß nicht, wie viele Jahre mir noch zu leben bleiben ...«
Hastig legte sie ihm einen Finger auf die Lippen.

»Ich verbiete dir, von diesen Dingen zu reden!«
»Es muß dennoch sein, da gerade das meinen Entschluß motiviert.«
Er wies auf die Landschaft, die vor dem Fenster prangte.
»Es sind Augenblicke wie diese, die ich genießen möchte, und das kann ich nur an deiner Seite, hier, auf Sabah. Heute weiß ich es, die Reise nach Kütahya war reiner Wahnwitz.«
Sie verharrte schweigend. Wie ihm die tiefe Erleichterung kundtun, die sie verspürte? Tausendmal, seit ihrem Wiedersehen, hatte sie ihn anflehen wollen, innezuhalten, seine Koffer abzustellen; doch immerzu von der Vorstellung besessen, die verlorene Zeit wieder einzufangen, hatte sie es nie wirklich gewagt, die Worte auszusprechen. Zweifelsohne aus diesem Grund hatte sie sich nicht widersetzt, als er seine Ämter beim Vizekönig wieder hatte übernehmen wollen, deshalb hatte sie eingewilligt, ihn in die Türkei zu begleiten. Seit ihrer Rückkehr war nicht ein einziger Tag verstrichen, der nicht von jenem Gedanken beherrscht gewesen wäre: *Er hatte ihr mehr gegeben als irgendein anderer Mann. Hatte sie indes ihm auch nur einen winzigen Teil dessen zurückzugeben verstanden?*
Und da war auch noch jenes grausame, von Giovanna gefällte Urteil gewesen …
Du nutzt Papas Schwäche aus, um ihn besser unter deiner Fuchtel zu halten. Im Grunde ist es seine Schwäche, aus der du deine Kraft schöpfst.
Diesmal könnte niemand ihr mehr vorwerfen, ihren Gemahl an ihrer Seite halten zu wollen.

Unter der niedersinkenden Sonne erscholl Kairo von Tausenden Trillern, die schrille Frauenstimmen ausstießen. Vom Gipfel des Mokattam bis in die hintersten Winkel Bulaqs war die Stadt der Musik und dem Frohlocken hingegeben. Aus der Wüste aufgetauchte Beduinen preschten im schnellen Galopp unter

Geschrei und Aufmunterungen durch die Kasaba. Mit ausgebreiteten Armen auf einem Vollblut stehend oder sich in einem Steigbügel im Gleichgewicht haltend, wetteiferten die Reiter zum Entzücken der Menge in Heldentaten.
Vielfarbene Stoffe waren über die Gäßchen gespannt, man schwenkte Schnupftücher aus den Fenstern. Frauen hatten gar die geheime Stille der Harems verlassen, um ihre Bewunderung hinauszuschreien.
»Ibrahim! Ibrahim! Allah ist mit dir!«
Der Bezwinger der Türken, der Triumphator von Akkon, der Eroberer Kütahyas und des Taurus ritt, hochaufgerichtet auf einem herrlichen tscherkessischen Pferd sitzend, an der Spitze seiner Armee voran. Und von den Festungswällen der Zitadelle, im Kreis der höchsten Würdenträger des Hofes, schaute sein Vater zu ihm hinunter.
Keinerlei Gemütsbewegung bei Mohammed Ali, nicht das kleinste Zucken der Lider, lediglich großer Stolz.
Er fragte Scheherazade und Ricardo: »Gibt es bei euch Christen nicht einen Satz, den euer Gott gesagt haben soll, als er von seinem Sohn sprach? Man hat ihn mir irgendwann zugetragen, aber ich entsinne mich seiner nicht mehr.«
Das Paar beratschlagte sich verdutzt.
»Nein, Sire, ich wüßte nicht«, sagte Mandrino.
»Ricardo Bey, ich verdächtigte dich wohl, ein kleiner Heide zu sein. Daß dies hingegen auf deine Gemahlin ebenfalls zutrifft, das erschüttert mich nun doch. Meßt ihr den Schriften so wenig Bedeutung bei? Ich weiß, es gibt diesen Satz!«
»Sire«, sagte Giovanna, »ich kenne ihn.«
Mohammed Ali warf ihr einen argwöhnischen Blick zu.
»Ich höre dir zu …«
Sie rezitierte: »Dieser ist mein vielgeliebter Sohn, an dem ich Wohlgefallen fand.«
Die Augen des Monarchen rollten unter seinen Lidern.

»Gut, Tochter des Mandrino ... Das wiegt die Frechheit vom letzten Mal ein wenig auf.«
Ricardo musterte seine Tochter mit Verwunderung, enthielt sich jedoch einer Bemerkung.
Der Zug war gerade hinter den Gemäuern der ehemaligen Feste Babylon verschwunden, die das Viertel Alt-Kairo schützte. Giovanna machte sich dies zunutze, um die Leute ringsum zu erkunden. Ihr Blick überflog die Minister, die Konsuln, die Ulemas*, um auf einem zur Rechten des Vizekönigs aufgepflanzten Paar innezuhalten. Von der Frau, die gänzlich mit einem Tuch von weißem Musselin verschleiert war, erspähte man lediglich die mit Kajal umrandeten Augen. Was den Mann anlangte, durfte er wohl um die Zwanzig sein, und dennoch waren seine Züge bereits erschlafft. Ein Doppelkinn verunstaltete seinen Hals, die Gesichtsfarbe war gräulich. Was jedoch tatsächlich ihre Neugierde reizte, war seine Ausstrahlung. Man hätte nicht zu sagen vermocht, ob es sich dabei um Zynismus handelte oder um Grausamkeit.
Giovanna fragte unauffällig ihren Vater: »Wer sind diese Personen?«
»Er ist Abbas, der Enkelsohn Seiner Majestät. Sie ist Nazla-Hanem, seine älteste Tochter. Man nennt sie ›die Großprinzessin‹.«
»Und Said? Wie kommt es, daß er nicht hier ist?«
»Ich dachte, ich hätte dich davon unterrichtet. Said ist nach Frankreich geschickt worden, um seine Studien fortzusetzen. Er hat sich gestern auf der *Mahrussa* eingeschifft.«
»Dann stimmte es also?«
Bei der Erinnerung an den jungen Prinzen verspürte sie einen kleinen Stich ins Herz. Sie sah ihn erneut vor sich, zerschlagen, gebeugt, sich jämmerlich dahinschleppend, als er die Mole

* Theologe in den arabischen Ländern muslimischen Glaubens.

hinaufging. Sie wünschte, er mochte in diesem Augenblick glücklich sein.
Der Zug war gerade am Tor der Zitadelle angekommen. Bald würde Ibrahim über die Schwelle reiten, und er würde, wie es die Tradition verlangte, absitzen und seinem Vater entgegenschreiten.

Anonym inmitten der Menge, spendete Corinne Chedid stürmisch Beifall, obschon sie nichts oder so gut wie nichts über diesen Generalissimus wußte. Man hatte ihr bloß erklärt, er sei der Sohn des Vizekönigs und kehre mit Ruhm bedeckt heim. In Wahrheit brachte sie einfach nur ihr Glück zum Ausdruck, Alexandria verlassen zu haben, ihr Glück auch, mit solcher Warmherzigkeit von Dr. Dussaps Familie aufgenommen worden zu sein. Clot hatte recht gehabt, es waren wunderbare Leute.

Das Bankett näherte sich seinem Ende, doch im Speisesaal flatterten die Diener noch immer umher, brachten kühle Getränke, Kaffee und Leckereien.
Zu Giovannas großem Mißfallen hatte das Los sie dem jungen Mann mit den schlaffen Zügen gegenüber plaziert. Zu dessen Linken fand sich Oberst Sève. Weiter entfernt Ferdinand de Lesseps und Mimaut. Man zählte beinahe ebenso viele Franzosen wie Ägypter. Allein in des Obersten näherer Umgebung saßen die Hauptleute Mary, Cadeau, Daumergue und Caisson. Desgleichen entdeckte man Cerisy, Dr. Clot, Livron, der einige Jahre zuvor dem Vizekönig beim Bau seiner Fregatten in Europa als Vermittler gedient hatte; Besson, in den Rang eines Vizeadmirals befördert; Dr. Dussap, seit kurzem mit dem militärischen Gesundheitswesen betraut. Und all die anderen. Der Geladene jedoch, den man am wenigsten erwartet hätte, war sicherlich Charles Lambert. Weder Enfantin noch Fournel, noch irgendein

anderes Mitglied der Gruppe waren eingeladen worden. Ohne Zweifel hatten dem Saint-Simonisten Linants Empfehlungen zum Vorteil gereicht, an dessen Seite er bei der Ausarbeitung der Pläne und Kostenanschläge des zukünftigen Stauwehrs am Delta wirkte.

»Mandrino Bey!« schmetterte Oberst Sève. »Wissen Sie, daß Ihre Tochter Ihnen sehr gleicht?«

»Wie könnte dem anders sein? Sie ist meine Tochter.«

»Und ich vermute, sie dürfte die moralischen Tugenden ihrer Mutter besitzen.«

»Irrtum!« spöttelte der Vizekönig. »Sie besitzt nur deren Fehler.«

»Sire«, widersetzte Sève höflich, »sind Sie nicht ein wenig streng?«

»Oberst«, mischte Scheherazade sich ein, »Sie, der Sie Majestät gut kennen, müßten doch wissen, daß bei ihm die Strenge häufig nur der Ausdruck seiner Zuneigung ist.«

Sie beugte sich zu Mohammed Ali.

»Habe ich nicht recht, Hoheit?«

Statt zu antworten, tauchte der Pascha seine Hand in eine Traube Weinbeeren.

»Madame«, nahm Sève den Faden wieder auf, »ich denke gerade an Ihren Abstecher nach Epidauros vor sieben Jahren zurück, da Sie diese aussichtslose Suche angetreten hatten. Sie sind dort zum Erfolg gelangt, wo alle Welt Sie von vornherein auf verlorenem Posten sah. Ich habe nie die Gelegenheit gehabt, es Ihnen zu sagen, aber Sie haben meine ganze Bewunderung errungen.«

»Mein Freund Sève hat recht«, anerkannte Ibrahim. »Weder die Sage von Asklepios noch die Angst vor dem Scheitern hat Sie abgeschreckt.«

An Giovanna gewandt, fuhr er fort: »Du hast wirklich eine außergewöhnliche Mutter.«

»Gewiß, Durchlaucht. Wie Majestät es zu verstehen gab, bin ich lediglich ein blasses Abbild.«
Sie hatte eine aufgesetzte Heiterkeit zur Schau gestellt, aber man bemerkte wohl, daß sie nicht scherzte.
»Aber, aber, Mademoiselle!« empörte sich Sève. »Majestät neckte Sie nur. Ich glaube kein Wort davon.«
»Es ist gleichwohl die nackte Wahrheit, Oberst. Wie Sie so trefflich zu bedenken gaben, gelangt meine Mutter dort zum Erfolg, wo alle Welt sie auf verlorenem Posten sieht. Wohingegen bei mir das Gegenteil der Fall ist. Verstehen Sie mein Leid?«
Sie beugte sich zu Scheherazade.
»Nicht wahr, Mama?«
»Mein Liebling, darauf kann ich dir bloß antworten, daß derjenige, der tief in seiner Seele ein Verlangen nach Leid trägt, letztlich selbst die Gelegenheiten zu leiden schafft. Und es ist wohlbekannt, das Leid ist das Paradies der Irren.«
An Sève gewandt, fuhr sie fort: »Sagen Sie, Oberst, welchen Eindruck macht es auf Sie, sich nach all den Jahren der Abwesenheit in Kairo wiederzufinden?«
»Es ist ein wahres Glück, Madame. Weder Syrien noch Morea hat diese Sehnsucht nach Ägypten stillen können. Wenn ich auch stolz war, an des Prinzen Seite zu kämpfen, wenn jeder Sieg mich auch über die Maßen mit Freude erfüllt hat, haben die Wesen, die mir teuer sind, mir doch sehr gefehlt. Ich hatte große Eile, sie wiederzusehen.«
Er machte eine kurze Pause.
»Dabei fällt mir ein, nächste Woche gebe ich einen Empfang in meinem Haus. Würden Sie mir die Ehre erweisen, zu unserem Kreis zu gehören?«
Mandrino dankte höflich.
»Das ist sehr liebenswert von Ihnen, Oberst, aber ich weiß noch nicht, ob meine Zeit es mir erlauben wird.«
Sève beharrte.

»Der Abend ist zu Ehren Seiner Exzellenz Ibrahim vorgesehen. Versuchen Sie es doch. Wir zählen wahrhaftig auf Ihre Anwesenheit sowie auf die Ihrer Gemahlin, selbstverständlich.«
»Und ich?« warf Giovanna schroff ein.
Der Oberst räusperte sich.
»Gewiß, Mademoiselle. Sie sind uns ebenfalls willkommen.«
»Seien Sie unbesorgt, ich werde niemanden behelligen. Ich verstehe mich in Gesellschaft bestens zu benehmen.«
Ricardos Reaktion folgte augenblicklich.
»Ganz offenkundig mußt du noch vieles lernen. Als erstes nämlich müßtest du wissen, deinen Platz zu wahren.«
Die junge Frau wirbelte ungestüm zu ihrem Vater herum. Sie stand um Haaresbreite davor, Widerrede zu erheben, doch was sie in seinem Gesicht las, hielt sie zurück. Zum Glück sorgte der junge Mann mit den schlaffen Zügen für Ablenkung.
»Sagen Sie, Oberst Soliman, ich nehme an, bei diesem Empfang werden etliche Ihrer Landsleute zugegen sein?«
Er hatte Sève geflissentlich mit seinem arabischen Beinamen angesprochen.
»Selbstverständlich, Abbas Bey.«
Der junge Mann wand sich in einer aller Anmut baren Bewegung auf seinem Sitz und sagte mit einer gewissen Schroffheit:
»Dann könnten Sie vielleicht versuchen, Ihre Gemeinde ein wenig zur Vernunft zu bringen, damit sie aufhört, die Kapitulationen zu mißbrauchen?«
Sève schien außer Fassung.
»Glauben Sie, daß sie sie mißbraucht?«
Der Enkelsohn Mohammed Alis setzte eine absichtlich zweideutige Miene auf.
»Oh … es sind bloß Gerüchte, die hier und da umgehen.«
»Sie wissen, was man in bezug auf Gerüchte sagt: Das Gerücht nähert sich. Das Echo wiederholt es. Nichts ist törichter als ein Echo.«

Nahm der junge Mann den von dem Franzosen abgeschossenen Pfeil wahr, oder zog er es vor, ihn zu übergehen? Er begnügte sich, das Kinn zu heben, und zog sich in sein Schweigen zurück. Die Spannung ließ nach. Und der Rest des Abends verlief in heiterer Stimmung. Mehrfach suchte Scheherazade die Aufmerksamkeit ihrer Tochter zu erheischen, doch seit dem Zwischenfall sah sie nicht mehr von ihrem Teller auf.

Als der letzte Kaffee aufgetragen war, erhob sich Mohammed Ali.

»Kommt!« rief er seinen Gästen zu. »Unsere Feuerwerker werden den Himmel von Kairo zur Huldigung meines Sohnes in Brand setzen!«

Mit liebevoller Geste umschlang der Herrscher die Schultern seines Sohnes.

»Sieh, mein Sohn ... Diese Stadt gehört dir. Und morgen dann ganz Ägypten.«

Kaum hatte er seinen Satz beendet, flammte der Himmel auf. Das Feuerwerk begann. Sehr rasch verschwanden die Sterne im sprühenden Licht der vielfarbenen Garben.

Im Salon der eingeschlummerten Zitadelle sog Mohammed Ali einige Male an seiner Tschibuk und ließ mit dumpfer Stimme fallen: »Mein Sohn ist zurück, Ricardo. Ich habe meine Eroberungen behalten, ich hätte allen Grund, mich daran zu erfreuen, und dennoch gelingt es mir nicht.«

Trotz der späten Stunde hatte er den Venezianer in seine Privatgemächer gelotst. Einige Minuten danach hatte Ibrahim sich zu ihnen gesellt.

Da waren sie nun, alle drei, im Schneidersitz um einen niedrigen Tisch, auf dem eine massive Silberplatte ruhte. In einer Ecke, nahe dem Fenster, schwelte noch ein *manqal* und sandte mit Weihraucharoma angefüllte Voluten in die Luft.

»Es gelingt mir nicht, mich zu erfreuen, da ich weiß, daß die

Last, die auf meinen alternden Schultern wiegt, zu schwer für mich werden wird.«

»Sire«, bemerkte Ricardo, »Sie zählen fünfundsechzig Jahre, ich zähle deren drei mehr als Sie.«

»Ja, aber du stehst nicht an der Spitze eines Reiches.«

»Sie Sprachen von der Last, die schwer auf Ihren Schultern wiegt. Seit wann wäre der Sieg eine Bürde?«

Der Pascha richtete das lange Rohr seiner Pfeife auf seinen Sohn.

»Sag es ihm, Ibrahim. Erkläre ihm, in welcher Lage Ägypten sich fürderhin befindet.«

»Mehr als dreißig Jahre werden all unsere Reserven an Männern und an Geld nun bereits dem Heer und der Marine zugeführt. Dreißig Jahre stehen wir im Krieg. Dieses fortwährende Ringen gegen die Pforte oder in deren Namen ist über unsere Prosperität Herr geworden. Wenn diese Zustände fortdauern sollten, wird unser Staatsschatz binnen eines Jahres erschöpft sein. Heute schon werden der Armee drei Monate Sold geschuldet. Das ist noch nicht alles. Es genügt, sich die Karte anzuschauen: Das ägyptische Reich erstreckt sich von Alexandria bis Kleinasien. Welche Nation kann ein derart großes Territorium, derart ausgedehnte Grenzen verteidigen und eine Armee auf unbestimmte Zeit in Gefechtsbereitschaft halten?«

»In dem Fall, Durchlaucht, haben weder Sie noch Ihr Vater eine Wahl.«

»Ich weiß!« schrie Mohammed Ali auf. »Ich muß all meinen Mut zusammennehmen und Ägyptens Unabhängigkeit erklären.«

»So ist es, Majestät.«

»Obendrein«, fügte Ibrahim an, »müssen wir einen neuerlichen Umstand berücksichtigen, den wir zudem nicht vorhergesehen hatten. Seit kurzem ist in Ägypten ein Nationalgefühl erwacht, das feste Formen anzunehmen beginnt. Erst gestern hat mein Vater eine Abordnung von Ulemas empfangen, die ihm ihre

Ungeduld mitteilten, während sie ihn gleichzeitig ihres Beistands versicherten. Ihr Schritt ist um so beachtenswerter, als man weiß, daß diese Rechtsgelehrten unseren Maßnahmen häufig feindlich gesonnen waren.«
»Sicherlich. Und wenn Sie diese neuen Patrioten nicht zur Kenntnis nehmen, laufen Sie Gefahr, sich ihrer Kritik auszusetzen.«
Er blickte Mohammed Ali fest an.
»Majestät, falls Sie Ihre Unabhängigkeit erklärten, wären Sie voll und ganz im Recht. War nicht auch Griechenland eine osmanische Provinz? Heute ist Griechenland frei. Besaß der Sultan nicht dieselben Rechte an Algerien? Nichtsdestotrotz ignoriert König Louis-Philippe seit der Landung der Franzosen die Oberhoheit der Pforte über dieses Land. Algerien ist französisches Territorium geworden. Weshalb sollten die Großmächte irgend etwas gegen einen Beschluß einwenden, den alles rechtfertigt?«
»Weshalb? Gebärde dich nicht kindisch, Ricardo! Ihr wißt es genausogut wie ich, es gibt ein bedeutsames, nicht zu umgehendes Hindernis, und das ist justament die Billigung der Großmächte! Zu allen Zeiten wird die Welt von einer Handvoll Ländern regiert, die über die allgemeine Moral bestimmen. Nach Belieben ihrer Interessen verfügen sie eines Morgens, daß etwas, was am Vorabend verachtenswert war, nun honorig ist!«
»Dann handeln Sie dementsprechend, Sire.«
Ibrahim unterstützte Ricardo.
»Sagen Sie sich, daß uns nie wieder eine solch günstige Situation widerfahren wird wie die, in der wir heute leben. Unsere Armeen lagern einige Meilen vor Istanbul! Wir sind Herren über Syrien, den Sudan und Arabien. Nehmen Sie wie ein Eroberer den dieser Realität gemäßen Titel an, setzen Sie sich über die Politik des Okzidents hinweg, und setzen Sie mit entschiedener Hand die Krone auf Ihr Haupt! Dann, so versichere ich Sie, wird

weder das Schwert noch die Diplomatie sie Ihnen streitig machen!«

Mohammed Ali atmete mehrmals tief durch, und in dem Salon vernahm man nur noch seinen etwas heiseren Atem.

»Ich werde damit beginnen, ein schriftliches Gesuch bei den Mächten einzureichen. Anschließend werde ich ihre Abgesandten ausforschen.«

»Vergeben Sie mir, Sire, aber das wäre ein schlimmer Fehler. Auf dem Wege von Unterhandlungen nach dem zu trachten, was aus Kühnheit zu tun Sie versäumt hätten, wird den Erfolg unmöglich machen; selbst wenn alle Argumente der Welt zu Ihren Gunsten sprechen. Ihr Sohn hat recht. Erlauben Sie mir, jenen Satz eines Philosophen zu zitieren: ›Was ihr im Augenblick anzunehmen ausschlagt, wird die Ewigkeit nie mehr wieder gewähren.‹«

Der Monarch antwortete dem nicht. Man spürte, daß sich ein furchtbarer Kampf in ihm zutrug.

»Mandrino Bey, ich bin mir meines Rechts dermaßen sicher, daß ich meine Unabhängigkeit, wenn nicht in dieser Welt, dann im Jenseits erklären werde ...«

26. Kapitel

Das Gesicht in den Kissen vergraben, suchte Giovanna die Schluchzer zu bändigen, die ihren Körper schüttelten. Sie haßte sich. Wenn sie doch nur den Mut gehabt hätte zu sterben, wenn doch der Tod in ihr nicht denselben Schrecken weckte wie in ihrem Vater, dann hätte sie sich mit Freuden dem Nichts hingegeben.

Welcher Dämon bewohnte sie nur, daß sie mit einem Mal dieses tiefsitzende Verlangen verspürte, jene zu beißen, die sie umgaben? Wieder und wieder war es diese andere Seite von ihr, die sie beherrschte. Ein blinder Tyrann, der erbarmungslos zu handeln beschloß, setzte seine Armeen in Marsch, vor denen die Waffen zu strecken sie dann verdammt war. War das Herz verheert, blieb nur noch Asche übrig.

Dennoch hatte sie versucht, das Monstrum zum Schweigen zu bringen. Seit ihrem Aufenthalt auf dem Rosenhof hatte sie sogar geglaubt, den Sieg davonzutragen.

Nun mußte alles von vorne begonnen werden; sie gehörte wohl zu jenen Wesen, in welche die Natur mehr Böses als Gutes gesät hatte.

Dieser ist mein Sohn, an dem ich Wohlgefallen fand …

Es war kein Zufall, daß sie sich dieses Satzes entsonnen hatte, des einzigen im übrigen der Evangelien, den sie aus dem Gedächtnis hätte zitieren können. Das erste Mal hatte sie ihn während einer Katechismusstunde gelesen; sie war gerade elf Jahre alt geworden. Von diesem Tage an hatte sie nur noch den Tag erträumt, da ihr Vater diese Worte zu ihr sagen würde. All diese vergangenen Jahre hindurch war sie nur mit dieser Hoffnung eingeschlafen, bis Ricardos Entscheidung, ihr die Schlüs-

sel des Rosenhofes anzuvertrauen, diesen Traum möglich werden ließ.
Doch Träume sind zerbrechlich, sie vertragen keinen Verrat.
Mit rasendem Zorn hämmerte sie in ihre Kissen. Ihre Lippen öffneten sich. Tief aus ihrem Bauch fühlte sie einen Schrei aufsteigen, den Schrei eines weidwunden Tieres. Sie war allein im Haus, alle hatten sie verlassen, um sich zur Eröffnungsfeier des Stauwehrbaus zu begeben. Niemand hörte sie. Sie richtete sich auf ihrem Bett auf, bereit, den Schrei herauszulassen, verharrte jedoch mit offenem Mund, wie eine Ertrinkende in Atemnot.

Im Zentrum des Gebiets, das den Beinamen »der Bauch der Kuh« trug, hatte man unter den Anweisungen von Linant, Joseph und deren saint-simonistischen Mitarbeitern die Baustelle des Stauwerks eingerichtet. Die Zelte bildeten bereits ein kleines leinenes Dorf, das seine weichen Schatten über die Gras- und Palmensümpfe warf, während ein paar Schritte von dort der Gott-Fluß seinen Lauf fortsetzte und mit erhabener Geringschätzung das Hin und Her der Menschen hinter sich ließ. Glaubten diese Sterblichen denn, man könne das Unbezähmbare bändigen?
An diesem Festtag herrschte großes Gepränge, da der Grundstein der Ingenieursschule gelegt werden sollte. Eine herrliche, beflaggte Dahabiye hatte soeben die Offiziellen herbeigebracht, unter ihnen Oberst Sève, begleitet von Edhem Bey, dem Stellvertreter des Vizekönigs, Ferdinand de Lesseps, Ricardo und Scheherazade.
Auf der großen, in der Mitte des Lagers aufgestellten Tafel thronten die Weine aus der Bourgogne, der Provence und der Champagne, von Frankreichs Konsul gestiftet. Geflügel drehte sich auf Spießen über den Feuern. Unter einem behelfsmäßigen Baldachin legte ein aus arabischen Musikanten zusammenge-

setztes Orchester sich ins Zeug, ein Stück zu spielen, das der *Marseillaise* hätte ähneln sollen.

»All meine Glückwünsche, Monsieur Enfantin. Ihr Fest ist ein wahrer Erfolg.«

Der Führer der Saint-Simonisten, der in angeregter Unterhaltung mit Linant war, unterbrach sein Zwiegespräch, um dem Urheber des Kompliments zu danken.

»Ich bin glücklich, daß es Ihnen gefällt, Edhem Bey. Dies ist ein großer Tag.«

»Seine Majestät läßt Ihnen ausrichten, wie sehr er es bedauert, sich uns nicht hinzugesellen zu können. Aber die Staatsgeschäfte ... Sie verstehen sicher.«

»Selbstverständlich. Aber Sie sind ja hier. Und durch Sie ist es ein wenig Seine Majestät, die wir begrüßen.«

Edhem schien von der Metapher bewegt.

Linant fuhr fort: »Verzeihen Sie mir. Ich weiß, es ist nicht die Stunde für eine ernsthafte Diskussion, doch könnten Sie uns vielleicht sagen, ob sich irgend etwas Neues hinsichtlich der Vorschläge ergeben hat, die wir Ihnen übermittelt haben?«

Eilends fügte er noch hinzu: »Ich möchte Sie versichern, Edhem Bey, daß die Änderungen, die Monsieur Enfantin nahelegt, allen zugute kommen und das Bild Seiner Majestät noch glorreicher machen werden.«

Der Vertreter des Vizekönigs machte ein peinlich berührtes Gesicht.

»Was Sie von uns verlangen, ist unmöglich. Ich habe Ihren Bericht aufmerksam gelesen. Er ist gewiß voller guter Absichten, gleichwohl können wir die Traditionen dieses Landes nicht von einem auf den anderen Tag umstürzen.«

»Mein Bey, wir achten die Traditionen, sie sind die Seele einer Nation. Aber verdient das Fronwesen diese Bezeichnung? Nehmen Sie es mir nicht übel, wenn ich es als unmenschlich und in jedem Falle als fruchtlos beurteile. Zu verlangen, daß den Arbeitern eine Entschädigung gezahlt werde, zu wollen, daß sie angemessen genährt werden und daß man eher Soldaten einsetze statt dieser unglücklichen, von ihren Feldern und aus ihren Familien fortgerissenen Fellachen; all dies sind lediglich Ersuchen, die sich auf die elementarste Achtung der *conditio humana* gründen.«

Linant unterstützte das Oberhaupt der Saint-Simonisten.

»Ich glaube aufrichtig, daß Monsieur Enfantin recht hat. Könnten Sie Ihren Beschluß nicht nochmals überdenken?«

Edhems Gesichtsausdruck blieb verlegen.

»Ich werde es versuchen, Monsieur de Bellefonds. Aber ich verspreche Ihnen nichts. Hingegen habe ich mit dem Vizekönig über die gemauerten Unterbringungen und das Baustellenhospital gesprochen. Er hat sich diesen nicht widersetzt.«

»Das ist zumindest ein erster Schritt. Ich danke Ihnen von ganzem Herzen.«

»Denken Sie dennoch auch an alles andere«, insistierte Linant. »Ich kann Ihnen versichern, diese Änderungen werden die Effizienz der Arbeiten verdoppeln.«

Edhem Bey äußerte einige zustimmende Worte.

»Nun muß ich Sie verlassen. Ich muß Oberst Sève beglückwünschen. Ich weiß nicht, ob Sie Bescheid wissen, aber Seine Majestät hat ihm soeben den Titel eines Paschas zuerkannt.«

Während er sich entfernte, wandte Enfantin mit etwas traurigem Tonfall ein: »Trotz allem ist es schade!«

»Kommen Sie! Lassen wir uns nicht entmutigen. Wir werden unsere Sache letztlich gewinnen. Früher oder später wird das Fronwesen aufgehoben.«

»Das ist nicht die Frage.«

Er wies auf die Baustelle.

»Ich bin stolz, zu diesem Abenteuer beizutragen. Gleichzeitig sage ich mir jedoch, daß ein anderes Vorhaben dieser großartigen Organisation hätte teilhaftig werden können.«

»Der Kanal ... Sie denken noch immer an ihn.«
»Ja, Linant, mehr denn je. Ich werde Ihnen ein Geheimnis anvertrauen: Ich habe beim Vizekönig ein Gesuch eingereicht, auf daß er ein Ferman* gewähren möge, das mir mit einigen unserer Gefährten erlaubte, mich zum Isthmus zu begeben. Sève hat zugesagt, er würde uns die Zelte und notwendigen Lebensmittel für diese Expedition stellen.«
Linant wirkte überrascht.
»Der Oberst? Wie kommt das zustande?«
»Stellen Sie sich vor, er empfindet große Hochachtung für unsere Gemeinschaft und hat aus freien Stücken beschlossen, uns zur Hand zu gehen.«
»Alles in allem haben Sie ungeheuer viele Leute in Ägypten betört. Sève, Mimaut, Lesseps und mich selbst auch ... Ich denke mir, Sie haben sich nicht soviel erhofft.«
Enfantin offenbarte, als führte er einen Gedanken aus: »Ich werde Sie entrüsten. Doch trotz seiner Bedeutung sehe ich in diesem Stauwehr nicht das industrielle Werk, das einen den großen Schlachten eines Alexander, eines Cäsar oder eines Napoleon vergleichbaren Einfluß auf die Welt haben wird.«
»Sie haben womöglich recht, aber man muß dieses Stauwerk als einen ersten Schritt ansehen.«
»Einen großen Schritt, das erkenne ich an, der jedoch noch keine Spuren auf dem ›großen Weg des industriellen Ruhms‹ hinterläßt. Er besitzt einen allzu *egoistischen*, einen *rein nationalen* Wesenszug.«
Er hielt kurz inne.
»Ist Mohammed Ali dazu erkoren, jenen herrlichen Ruhm der Schlachten wider die Naturgewalten in der Welt zu begründen?

* Oder *farman*. Erlaß, Order oder Bewilligung von seiten eines muslimischen Monarchen. In diesem Fall ging es Enfantin darum, einen Geleitbrief für sich und seine Gefährten zu erhalten.

Ich beginne daran zu zweifeln. Wessen ich hingegen gewiß bin, ist, daß er den Anbeginn dieses Ruhms gewaltiger als jeder andere Monarch bereitet. Weil ich bereits in Frankreich diese Überzeugung besaß, kam ich nach Ägypten und bin in diesem Augenblick ein Freiwilliger im Heer dieses großen Wegbereiters des pazifistischen Ruhms.«
»Eine Haltung, die Sie ehrt, Monsieur Enfantin. Um auf den Kanal zurückzukommen, so habe ich den Glauben an seine Zukunft nicht verloren. Früher oder später wird dieses Vorhaben Wirklichkeit werden, davon bin ich überzeugt.«
»Inschallah ... Jedenfalls, was immer auch geschieht, werde ich mich in diesem Sinne schlagen, gegen Winde und Gezeiten, gegen all die Skeptiker.«
Er deutete einen Schritt zu den Feldtischen an, um die sich bereits alle zusammengeschart hatten.
»Kommen Sie, mein Freund. Stoßen wir zu den anderen.«

»Ich möchte euch Monsieur Enfantin vorstellen«, verkündete Joseph seinen Eltern.
»Werte Madame, lassen Sie mich Ihnen eilends sagen, wie geehrt ich bin, der Mutter eines derart talentierten jungen Mannes zu begegnen.«
Dann verbeugte er sich vor Mandrino.
»Monsieur de Lesseps hat mir viel von Ihnen und von dem Einfluß erzählt, den Sie bei Seiner Majestät besäßen.«
»Der Vizekonsul hat stark übertrieben. Man beeinflußt lediglich schwache Wesen. Was, wie Sie wohl ahnen, bei weitem nicht auf Mohammed Ali zutrifft.«
»Selbstverständlich. Nichtsdestotrotz bin ich überzeugt, daß er die Weisheit Ihrer Ratschläge zu schätzen weiß.«
»Ich hätte gerne über denselben Einfluß wie mein Vater verfügt«, seufzte Joseph. »Vielleicht hätte ich den Pascha dann dazu bringen können, die Karte von Suez auszuspielen!«

»Vielleicht wird die Zeit zu unseren Gunsten sprechen. Monsieur de Bellefonds machte mich gerade auf die Zahl von Leuten aufmerksam, die im Begriff seien, sich unseren Theorien anzuschließen.«
»Er hat sicherlich recht. Wenn ich Ihnen sagte, daß meine eigene Schwester sich von manchen Ihrer Thesen eingenommen gezeigt hat.«
»Dann wäre ich darüber nicht erstaunt. Die Frauen, die zu uns stoßen, werden zusehends zahlreicher. Meiner Meinung nach wird diese Bewegung in den kommenden Jahren noch anwachsen. Das ist unvermeidlich.«
»Wie gelangen Sie zu dieser Gewißheit?« fragte ihn Ricardo.
»Ganz einfach, weil die Frauen nicht mehr geknebelt leben wollen. Die Stunde ist gekommen, ihnen das Wort zu erteilen. Es genügt, die Äußerungen unserer saint-simonistischen Schwestern zu lesen und zu hören, um zu entdecken, wie sehr sie unter dieser Knechtschaft gelitten haben. Sie nämlich sind die ersten, die uns versichern, daß nichts Neues noch Gutes ohne die vorherige Befreiung der Frau vollbracht werden wird.«
Ricardo unterdrückte ein Gähnen.
»Aha, ich verstehe … Und am Anfang steht die Befreiung des Eros.«
»Warum nicht? Ist die Liebe nicht für alle da? Ist sie nicht der Königsweg, der zu den Pforten Edens führt?«
Der Venezianer starrte sinnend auf den Boden.
»Monsieur, ich habe keine Ahnung, ob diese Befreiung die Frauen stärker oder glücklicher machen wird. Ich hoffe lediglich, daß dieses Paradies, das Sie ihnen wünschen, keinen Nachgeschmack nach Hölle haben wird.«
Joseph hielt es für angebracht, die Unterhaltung in andere Bahnen zu lenken.
»Ich sehe Monsieur Fournel nicht. Ich hoffe, er ist nicht leidend?«

»Leider ist Monsieur Fournel nach Syrien aufgebrochen. Aus persönlichen Gründen hat er es abgelehnt, sich in den Bau des Stauwerks einzubringen.«*

»Schade ...«

Mandrino nutzte die eintretende Stille, um zu verkünden: »Es tut mir leid, diesem im übrigen sehr bereichernden Gespräch ein Ende zu setzen, aber« – er machte eine Armbewegung in Richtung der mit Speisen garnierten Tischplatten – »wie man in Frankreich sagt, *ventre affamé n'a pas d'oreilles***.«

Er gab seinem Sohn ein verschwörerisches Zeichen und zog Scheherazade mit sich fort. Sie hatten kaum ein paar Schritte zurückgelegt, als diese bemerkte: »Wenn ich nach deiner verstimmten Miene und der höflichen Art schließe, in der du dich davongeschlichen hast, dürftest du die Äußerungen von Monsieur Enfantin nicht sonderlich geschätzt haben.«

Als einzige Erwiderung stieß der Venezianer ein Knurren aus.

»Ich wußte nicht, daß du so konservativ bist, Signor Mandrino! Es stimmt zwar, daß ich ihm gegenüber zurückhaltend gewesen bin, und dennoch bin ich heute gezwungen, mein Urteil etwas zu revidieren. Die Ideen, die er vertritt, sind nicht nur Absurditäten.«

Ricardo blieb jäh stehen.

»Das meinst du doch nicht im Ernst? Ihre Theorien sind absurd!«

»Nicht alle. Sieh mich an. Glaubst du, in einem Land wie Ägypten hätte ich die wenigen Dinge verwirklichen können, die ich in meinem Leben getan habe, wenn ich mich den Traditionen

* Wie es scheint, weigerte Fournel sich, am Bau des Stauwehrs teilzuhaben, um seinen Wert als Ingenieur in Frankreich nicht zu beeinträchtigen, da er wohl der Ansicht war, daß allein das Kanalprojekt einen finanziellen Aufwand verdiente.

** Etwa: Einem leeren Magen ist nicht gut predigen. *(Anm. d. Übers.)*

gebeugt hätte? Kennst du viele unterwürfige Frauen, die den Rosenhof gegen alles und jeden hätten wiederaufbauen können? Und kennst du deren viele, die die Kühnheit besessen hätten, mitten in der Nacht das Gemach des Vizekönigs im Sturm zu nehmen und von ihm zu fordern, einen Erlaß auszusetzen? Und ich werde gar nicht erst von dieser Reise nach Morea sprechen ... Der helle Irrsinn, den allein eine Frau, die sich an keine der festgefügten Sitten kehrt, hat vollbringen können. Im Grunde genommen hast du vielleicht noch vor der Zeit eine frühe Saint-Simonistin geehelicht.«
Empfindlich getroffen, stieß er eine Art Drohung aus: »Nimm dich in acht, daß nicht auch ich mir ihre Ideen zu eigen mache. Wie man munkelt, sind ihre Frauen angeblich außerordentlich freisinnig.«
Wider alle Erwartung zeigte Scheherazade keine Reaktion. Ihre Aufmerksamkeit war plötzlich anderswo gebannt. Da erst gewahrte er eine junge Frau mit kastanienbraunem Haar, die auf sie zukam.
»Guten Tag. Darf ich Ihnen etwas zu essen reichen?«
»Mit Freuden.«
»Was hätten Sie gerne? Ein gebratenes Täubchen? Eine Scheibe Hammel?«
»Eine Scheibe Hammel wäre mir gerade recht.«
Er erkundigte sich bei Scheherazade.
»Hast du irgendeine Vorliebe?«
Sie schien ihn nicht zu hören. Er mußte es wiederholen.
»Dasselbe. Eine Scheibe Hammel.«
Die junge Frau nickte und ging mit anmutigem Schritt zum Tisch.
»Was ist los mit dir?« sorgte sich Ricardo. »Du wirkst so merkwürdig.«
»Wer ist diese Person?«
»Von wem sprichst du?«

»Von dieser jungen Frau, dort ...«
Sie deutete mit dem Finger auf die Gestalt.
»Was weiß ich? Eine Bedienung, zweifelsohne.«
»Es ist eigenartig.«
Offenkundig begriff er nicht, was sie meinte.
»Diese Ähnlichkeit. Die gleiche Nase, der gleiche kleine Schönheitsfleck auf der Wange. Sie ist das Abbild meiner Schwester.«
»Samira?«
»Ja. Nur zwanzig Jahre jünger.«
»Aha.«
Er zuckte die Schultern und ging zu einem anderen Thema über. Sie hörte ihm mit halbem Ohr zu, während er sich über die letzten Beschlüsse des Vizekönigs ausließ, bis die junge Frau wieder vor ihnen erschien.
»Hier, bitte«, sagte sie, indem sie ihnen zwei Teller reichte. »Ich wünsche Ihnen guten Appetit.«
Als sie bereits wieder gehen wollte, rief Scheherazade sie zurück.
»Mademoiselle. Dürfte ich Ihren Namen erfahren?«
»Ich heiße Corinne.«
»Und ... Sie gehören den Saint-Simonisten an?«
»Ja.«
Als wäre das Geständnis ihr unangenehm, befand sie es für gut hinzuzufügen: »Nun ja ... in gewisser Weise.«
»Ich muß Ihnen ein Geheimnis anvertrauen«, sagte Mandrino mit gewisser Belustigung, »wußten Sie, daß Sie eine Zwillingsschwester haben?«
»Ach?«
Sie schien ein wenig außer Fassung.
»Meine Gemahlin findet an Ihnen recht viel Ähnlichkeit mit einem Mitglied ihrer Familie.«
»Und um wen handelt es sich dabei?«
»Um ihre Schwester. Es scheint, Sie wären ihr Ebenbild.«

Eine plötzliche Ergriffenheit brachte Corinnes Züge ins Wanken.

»Ich hoffe, ich habe Sie nicht gekränkt.«

»Nein … nein, ganz und gar nicht.«

Sie fühlte sich lächerlich. Weshalb schlug ihr Herz bis zum Halse? Es konnte sich bloß um einen Zufall handeln.

»Sind Sie seit langem in Ägypten?« fragte sie Scheherazade.

»Sechs Monate, ungefähr …«

»Sie sind gewiß Französin.«

»Mein Liebling«, widersetzte sich Mandrino höflich. »Glaubst du nicht, du bist ein ganz klein wenig indiskret?«

Die Bemerkung des Venezianers übergehend, hörte Corinne sich mit stockenden Worten antworten: »Ich bin zur Hälfte Ägypterin. Meine Mutter ist in Gizeh geboren. Sie ist zur Zeit der französischen Expedition nach Frankreich gezogen. Mein Vater gehörte Bonapartes Armee an, er …«

Ihr Satz blieb in der Schwebe. Ihr Gegenüber war sehr bleich geworden.

Nein, das konnte nicht sein …

Sie hatte mit einem Mal das Gefühl, die Sonnenhitze um sie herum würde unerträglich. In ihrem Geist waren zwei Bilder im Begriff, sich zu überlagern: das ihrer Mutter und das der Frau, die vor ihr stand. Das Oval des Gesichts, die Zeichnung der Lippen. Die Parallele drängte sich auf und mit ihr die Vertrautheit des Aussehens, sie hätte es beschwören können …

»Komm … komm, Tochter des Chedid.«

Sie vernahm die Worte, während sie im selben Augenblick die zitternden Arme sah, die sich ihr entgegenstreckten.

Gab es noch Raum für Zweifel?

Sie ließ sich sacht an Scheherazades Brust gleiten. Und bei der Berührung ihrer Haut, beim Atmen ihres Duftes wußte sie, sie hatte endlich ihren Hafen gefunden.

27. Kapitel

Giovanna. Ich möchte dir Corinne Chedid vorstellen ... deine Cousine.«
Offenen Mundes grüßte Giovanna die Unbekannte, während sie ihre Eltern mit Blicken befragte. Joseph strahlte.
»Setzen wir uns doch«, schlug der Venezianer vor. »Dann können wir uns besser unterhalten.«
Sie traten in den Gesellschaftsraum.
Ricardo zündete die Lampe an und nahm seinerseits auf einem Diwan Platz.
»Es ist einfach irre ...«, wiederholte Joseph.
Dies war das dritte Mal, daß er dieses Wort aussprach, seit seine Eltern ihn auf der Baustelle mit Corinne bekannt gemacht hatten. Wenn er doch nur geahnt hätte, daß die Unbekannte, der er drei Wochen zuvor im Hof des Konsulats begegnet war, eine Chedid war! Seine Cousine!
»Ich hatte es Monsieur de Lesseps ja gesagt! Ich hatte ihm gesagt, ihr Äußeres schiene mir vertraut!«
Die Bemerkung bewirkte ein schüchternes Lächeln auf Corinnes Lippen.
»Wenn ihr es mir erklären würdet?« bat Giovanna. »Ich möchte es gerne verstehen.«
»Das ist eine lange Geschichte«, begann Scheherazade. »Es geschah vor mehr als zwanzig Jahren ... Zur Zeit der französischen Expedition.«
Wie man ein Feenmärchen offenbart, erzählte sie Samiras Leben, unterbrach sich bisweilen, um sich von seiten der jungen Frau bestätigen zu lassen, griff dann sogleich ihren Bericht wieder auf. Endlich gelangte sie zur allerletzten Wendung, der

Begegnung auf der Stauwehrbaustelle, und schloß: »Daß niemand mir jemals wieder sagt, Gott gäbe es nicht.«
»Nun?« fragte Ricardo Giovanna. »Was denkst du über all das?«
»Ich kann nur die Worte meines Bruders wiederholen: Es ist einfach irre! Es ist irre, aber vor allem eine große Freude.«
Sie hatte sich mit unverblümter Aufrichtigkeit geäußert.
»Meine Kinder«, verkündete Scheherazade, »von dieser Stunde an werden wir auf Sabah nicht mehr vier, sondern fünf sein.« Sie nahm Corinnes Hand und drückte sie herzlich.
»Betrachte dich von nun an hier zu Hause.«
»Ich danke Ihnen, Madame. Indes ...«
Scheherazade rief aus: »Madame? Habt ihr das gehört? Du bist die Tochter meiner Schwester, Corinne. Mein eigenes Fleisch und Blut! Komm, ich bitte dich, nenne mich, wie du möchtest, aber vor allem nicht ... Madame. Was wolltest du hinzufügen?«
»Ich bin sehr gerührt von eurer Großzügigkeit, nur gibt es da noch die anderen ... Da ist diese Freundin, Judith Grégoire, von der ich euch erzählt habe, und dann mein Unterricht in der Fakultät. Ich müßte auch ein wenig Geld verdienen.«
»Geld? Aber wovon sprichst du? Eine Tochter Chedid hat nicht zu arbeiten! Ich weiß nicht, wie sich die Dinge in Frankreich zutragen, aber hier haben die Frauen andere Pflichten, als ihren Lebensunterhalt selbst zu verdienen.«
»Die Emanzipation hat Verspätung«, philosophierte Joseph lachend.
»Du hast *die anderen* erwähnt«, griff Scheherazade auf. »Du meinst sicher deine saint-simonistischen Freunde.«
Corinne bestätigte es.
»Was bedeuten würde«, sagte Ricardo, »daß du wahrhaft mit« – er hätte beinahe »diesen Leuten« gesagt, berichtigte sich jedoch – »dieser Gruppe verbunden bist.«
»Sagen wir, ich fühle mich ihnen gegenüber verpflichtet. Alles in allem habe ich es ihnen zu verdanken, daß ich nach Ägypten

kommen konnte. Seit dem Tod meiner Mutter waren sie es, die mich beherbergt, mich ernährt haben.«
»Aber du arbeitest doch als Gegenleistung! Hast du uns nicht erzählt, du kümmertest dich, unter anderem, um die Wäscherei und die haushälterischen Aufgaben?«
»Das stimmt.«
»Also? Ich sehe wahrhaftig nicht, worin du dich in jemandes Schuld fühlen müßtest. Es sei denn« – sie zeigte ein leichtes Zögern – »es sei denn, du wolltest auf ihre Art leben?«
Corinne faltete fahrig die Hände.
»Darf ich euch etwas anvertrauen?«
Ein banger Unterton hatte sich in ihre Stimme geschlichen.
»Ich habe mit den Saint-Simonisten nichts mehr gemein.«
Die Erleichterung, die ihre Offenbarung bewirkte, war deutlich spürbar.
»Zu Anfang, das ist wahr, hatte ich mich ihnen nahe gefühlt. Ebenso wahr ist, daß ihre Großmut, ihre Güte, ihr Wunsch, die Welt zu verbessern, mich bewegt haben. Allein, die Dinge haben sich fortentwickelt. Da war diese Sache des ›Neuen Christentums‹, die mich in Entrüstung versetzt hat, diese Geschichte von der Frau-Messias, die von *Le Père* verlangten Zwangsbeichten ...«
»*Le Père*?« fuhr Scheherazade auf. »Welcher Vater?«
»So nannten wir den Führer der Bewegung, Monsieur Enfantin.«
In Anbetracht des mißtrauischen Blicks, den ihre Erklärung zeitigte, hielt sie es für gut hervorzuheben: »Ja, ich weiß, ich fand diese Benennung ebenfalls unangebracht. Wie auch die Art, in der sich gewisse Frauen betrugen.«
Sie stieß einen Seufzer aus.
»Wegen all dieser Dinge sagte ich euch, ich hätte mit der Gruppe nichts mehr gemein.«
»Wenn dem so ist, wo liegt dann das Problem?«

»Es gibt keins«, bekräftigte Scheherazade. »Solange du allein warst, hattest du keine andere Wahl. Von nun an hast du eine Familie. Was gibt es Wichtigeres auf der Welt?«
»Glaubt ihr wirklich, daß ich bei euch bleiben kann?«
»Corinne«, griff Giovanna mit unvermuteter Autorität ein. »Ich bitte dich sogar darum.«
Und da die andere sich verwunderte: »Ich habe mir stets gewünscht, eine Schwester zu haben. Du nicht?«
Ob sie sich dies gewünscht hatte? Wie diese Sehnsucht beschreiben, an der sie gelitten hatte? Wie von diesen namenlosen Gesichtern berichten, für die sie stets nur belanglose Gefühle empfunden hatte? Wie erklären, daß sie seit Samiras Tod nur diese Minute erträumt hatte?
»Ich bleibe«, murmelte sie mit vor Gemütsbewegung zugeschnürter Kehle. »Ich brauche euch zu sehr ...«
Schweigend in seiner Ecke, verschlang Joseph sie mit den Blicken.

Alexandria, Schiffswerft,
Februar 1834

Auf der Uferstraße, die die Werft überragte, schien Mohammed Ali höchster Nervosität ausgesetzt. Er tat einige Schritte vorwärts, bevor er wieder zu Oberst Campbell, dem neuen Generalkonsul Englands, zurückkehrte.
»Zum Donnerwetter, weshalb nur diese Halsstarrigkeit? Weshalb dieser Zerstörungstrieb? Frankreich ist für seinen Teil bereit, meine Unabhängigkeit anzuerkennen, weshalb widersetzen Sie sich also diesem Willen?«
»Der Regierung von Lord Palmerston ...«
»Lord Palmerston! Reden wir nur von ihm! In den vier Jahren, in denen er Minister für Äußere Angelegenheiten war, ist die Politik Ihres Landes so hart, so unnachgiebig wie nie gewesen!«

»Sire, können Sie ihm zum Vorwurf machen, die Interessen seines Vaterlandes zu verteidigen?«
»Werter Oberst Campbell, schließt das Interesse seines Vaterlandes die Verachtung der anderen Nationen ein? Schauen Sie mich an. Ich bin ein alter Mann. Sie werden bald dieses Paschas entledigt sein, der Sie verbittert. Alles, was ich verlange, ist, vor meinem Tod der Zukunft meiner Familie versichert zu sein. Ich will, daß die Macht, die ich begründet habe, in ihre Hände übergeht. Ist mein Wunsch dermaßen absurd? Weshalb nicht eine Geste machen?«
»Lord Palmerston ist der Auffassung, der Status quo bleibe die beste aller Lösungen. Ich möchte Ihnen seine Worte ins Gedächtnis zurückrufen: ›Eine Unabhängigkeitserklärung würde als feindlicher Akt angesehen werden, und falls die Hohe Pforte den Beistand Englands verlangte, würde sie England bereit finden, diesen zu gewähren.‹ Zum anderen, Majestät, haben Sie die Haltung von Frankreich angeführt. Erlauben Sie mir, Ihnen zu widersprechen und Ihnen zu bedenken zu geben, daß es Ihr Projekt mißbilligt. Das gleiche gilt auch für die anderen Großmächte.«
»Herr Generalkonsul! Nicht, weil Sie Napoleon nach Sankt Helena geschickt haben, müssen Sie sich Wortführer von Frankreich wähnen! Ich wende mich hier an den Vertreter Großbritanniens, und nicht an den von Louis-Philippe. Antworten Sie mir, weshalb haben Sie in die Separation von Griechenland, von Belgien eingewilligt und möchten die Ägyptens nicht anerkennen?«
Campbell antwortete nicht.
»Sie sagen nichts? Dann zeigen Sie mir einen Vasallen in der Geschichte, der so mächtig gewesen wäre wie ich und der sich mit der Rolle des Untertanen zufriedengegeben und das Joch des Gehorsams nicht abgeschüttelt hätte! Verstehen Sie nicht, daß es unbillig ist, mich noch länger unter ihm zu belassen?«

Nun endlich entgegnete der Konsul: »Ich habe es Ihnen erklärt, Majestät. Mein Land ist gegen die Zergliederung des Osmanischen Reiches. Darüber hinaus können Sie Ihre Situation nicht mit der Griechenlands oder Belgiens vergleichen. Die Art und Weise, wie Sie Ägypten regieren, Ihr ehrgeiziges Streben, das alles spricht zu Ihren Ungunsten.«
Mohammed Ali wäre beinahe erstickt.
»Mein ehrgeiziges Streben? Meine Art, Ägypten zu regieren?« Seine Stimme barst, wie ein Brüllen: »Aber, Oberst Campbell! Sie haben Schottland verschlungen! Sie sind über Irland hergefallen und haben es ausgehungert! Ihre Kolonien breiten sich in Nordamerika, in Indien, in Afrika aus! Sie wandeln in irgendeinem Land der Welt mit ebensolchem Dünkel umher, als handele es sich um eine Allee von Buckingham! Und Sie wagen es, mir meinen Ehrgeiz vorzuhalten?«
Er versuchte, wieder zu Atem zu kommen, während ein heimtückischer Schluckaufanfall sich seiner bemächtigte. Aus Furcht, seinen Satz nicht zu Ende führen zu können, ließ er darauf in einem Atemzug fallen: »Sie werden Lord Palmerston folgende Botschaft übermitteln: Ich halte meinen Wunsch, meine Unabhängigkeit hinauszuschreien, zurück, wie ich einen Vogel in meiner hohlen Hand zurückhalten würde. Ich könnte ihn nicht auf unbestimmte Zeit gefangenhalten.«
Der Diplomat erwiderte ohne Zögern: »Dann hieße das Krieg, Sire, zweifeln Sie nicht daran. Der letzte hat Ihnen so gut wie alles gewährt, wonach Sie trachteten. Gehen Sie nicht noch weiter. Sie würden mit einem Schlage all Ihren Erwerb verlieren. Denn diesmal wird es nicht die Armee des Sultans sein, die Sie auf Ihrem Weg vorfinden werden, sondern die von England.«
Zwischen zwei Krämpfen gab der Monarch mit einem Wink der Hand zu verstehen, daß die Unterredung an ihr Ende gelangt war.

Sechs Uhr am Morgen war es wohl, als der Schrei im Anwesen Sabah ertönte.
Scheherazade sprang aus dem Bett. Sie zog eine Tunika über und hastete auf den Gang, der zu Josephs Zimmer führte. Als sie vor der Schwelle ankam, wären ihr fast die Sinne geschwunden. Er lag reglos quer über dem Bett ausgestreckt. Über ihn gebeugt, stammelte Giovanna wirre Worte.
»Was ist ihm zugestoßen?« brüllte Scheherazade.
Ohne die Antwort abzuwarten, stürzte sie zu ihrem Sohn. Er keuchte, mit verzerrten Zügen, von Schweiß überströmt, der Körper von Schaudern geschüttelt. Seinen Atem wahrzunehmen beruhigte sie ein wenig.
»Joseph ... ich flehe dich an ...«
Nun stürmte auch Ricardo ins Zimmer, von Corinne gefolgt.
In einem Augenblick hatte er die Situation erfaßt.
»Giovanna!« befahl er, »hol augenblicklich Dr. Clot! Husain soll dich in der Kalesche begleiten! Beeilt euch!«
»Ich begleite dich«, bot Corinne unwillkürlich an.
»Aber, Papa, Clot dürfte bereits im Begriff sein, seinen Unterricht in der Fakultät abzuhalten ... Vielleicht ...«
»Für meinen Sohn wird er kommen! Tu, was ich dir sage! Los!«
Dann trat er ebenfalls zu dem noch immer reglosen Joseph und gab ihm mehrere Klapse auf die Wange. Stöhnend bewegte sich der junge Mann etwas.
»Er kommt wieder zu sich. Wir bräuchten Orangenblütenessenz.«
Scheherazade lief zur Küche.
»Joseph ...«, wiederholte Ricardo.
Diesmal blinzelte er mit den Lidern und schlug die Augen auf. Sie glänzten wie ein Spiegel, auf den die Sonne trifft.
»Es geht schon besser ... Sei unbesorgt. Alles wird gut.«
Joseph stimmte schwach zu. Man hätte geglaubt, er beruhigte sich, als er sich in einem heftigen Ruck jäh aufrichtete und sich

in Schüben zu erbrechen begann. Sogleich danach fiel er schwer erschöpft wieder zurück. Eine Folge zusammenhangloser Wörter entrang sich seinen Lippen. Er delirierte.
Mit einem Fläschchen Orangenblütenessenz in der Hand kehrte Scheherazade in den Raum zurück. Mit Ricardos Hilfe versuchte sie, dem Kranken etwas einzuflößen, jedoch ohne Erfolg. Das Zittern hielt an. Das vor Fieber glühende Antlitz hatte sich verändert, wurde, so schien es ihnen, pergamenten unter der Wirkung eines inneren Austrocknens.

Als Giovanna und Corinne Dr. Clot herbeibrachten, war es fast Mittag.
Der Mediziner tastete Josephs Körper ab, prüfte den Puls, untersuchte die Achseln, die Leiste. Als er sich wieder aufrichtete, war seine Physiognomie finster und ernst.
»Nun?« fragte Ricardo ungeduldig.
»Es wäre sinnlos, wenn ich Sie anlöge.«
Er benötigte eine Weile, bevor er verkündete: »Beulenpest …«
Die im Raum Anwesenden überkam das Gefühl, der Boden entzöge sich unter ihren Füßen.
Der Venezianer packte Clot bei den Schultern.
»Das ist nicht möglich! Sie müssen im Irrtum sein!«
»Das wäre ich gerne … Indes ist keinerlei Zweifel möglich. Ganglionen in der Leiste, unter den Achseln, im Halsbereich, starkes Fieber, Erbrechen. Das alles sind klassische Symptome … hier … sehen Sie …«
Er zog Josephs Nachtgewand bis zur Leibesmitte hoch und richtete seinen Zeigefinger auf die linke Seite, einen Fingerbreit über der Leiste.
»Dies hier ist ein Zeichen, das unglücklicherweise jede andere Hypothese beiseite räumt …«
Scheherazade und Ricardo starrten auf die von Clot gezeigte Stelle.

Die Haut hatte eine Art Beule gebildet, die, einem Auge ähnlich, von einem Ring umgeben war. Abscheulich. Der erste, abgekapselte Bubo, der vor innerer Fäulnis schwärte.
Die Pest …
Das Wort klang wie eine Totenglocke. Bilder ausgezehrter Leichen, durch verwaiste Straßen gezogener Totenkarren drängten sich allen auf. Denn wenn Joseph befallen war, konnte man daraus schließen, daß zum selben Zeitpunkt noch andere als er gleichermaßen angesteckt waren. In Kairo oder am Delta, auf der Stauwehrbaustelle.

»Sagen Sie mir die Wahrheit, Barthélemy, ist Joseph verloren?«
Sie hatten sich im Gesellschaftsraum zusammengefunden, an Clots endgültiges Urteil geklammert.
»Ich kann mich nicht mit Sicherheit aussprechen. Wenn es sich um die Lungenpest handelte, wäre meine Antwort eindeutig: Ihr Sohn hätte nicht länger als drei bis vier Tage überlebt. Hier aber bleibt noch alles möglich. Joseph ist jung, er hat eine gute Konstitution.«
Scheherazade wrang fahrig das Schnupftuch, das sie in der Hand hielt. Ihr Gehirn nahm die Erläuterung des Arztes an, doch ihr Herz verwarf sie. Dies konnte nicht möglich sein. Es war nicht ihr Sohn, über den man sprach.
Neben ihr, in einer Ecke des Diwans zusammengekauert, wagte Corinne nicht, irgend etwas zu sagen, hielt bestürzt den Atem an; allein Ricardo und Giovanna vermittelten den Eindruck einer gewissen Beherrschtheit. Letztere erkundigte sich: »Doktor Clot, gäbe es eine Behandlung?«
Der Mediziner fuhr sich mechanisch mit der Hand über die kantigen Züge.
»Nach dem derzeitigen Stand meiner Kenntnisse gibt es keinerlei Heilmittel gegen diese Krankheit. Nicht eins. Das einzige, was man tun kann, ist, die Bubonen einzuschneiden, sobald sie

auftauchen, Laudanum zu verabreichen und den Kranken in ein feuchtes Laken zu wickeln, um das Fieber zu senken. Das ist alles.«

»Und auf den Tod zu warten …«

Clot enthielt sich einer Bemerkung. Er holte seine kleine Tasche aus gewendetem Leder und zog daraus eine Phiole gelblichen Inhalts hervor.

»Hier, nehmen Sie, Ricardo. Sie werden ihm bei Sonnenuntergang sechs Tropfen verabreichen. Die nächsten Tage dann jeweils mittags und abends. Aber geben Sie acht, die Dosis nicht zu überschreiten. Im Übermaß verabreicht, ist Laudanum tödlich.«

Der Venezianer ergriff das Fläschchen und reichte es gedankenlos an Scheherazade weiter. Sie nahm es, begutachtete es mit eigenartiger Regungslosigkeit. Und Mandrino war von der Verwandlung überrascht, die in wenigen Stunden ihre Züge verheert hatte.

Anderntags war die gelbe Pestfahne auf der Zitadelle, auf den Minaretten, an den Zugangswegen der Vororte gehißt. Doch nicht bloß Kairo war von der Geißel befallen. In der Dämmerung des dritten Tages traten die ersten Fälle in Alexandria auf. Ferdinand de Lesseps wurde zum Leiter des Kommissariats für Öffentliche Gesundheit ernannt. Das Übel breitete sich mit einer solchen Geschwindigkeit aus, daß der Vizekonsul das Konsulat in ein Hospital umwandeln mußte. In allen Punkten eine beispielhafte Aufopferung beweisend, teilte er seine Zeit zwischen Alexandria und der Hauptstadt auf, je nachdem, wie sich die Lage hier oder dort verschlimmerte. Am schwierigsten war, die Evakuierung der befallenen Viertel einzuleiten. Die meisten der Bewohner weigerten sich, von Entsetzen erfüllt, ihr Heim aufzugeben oder sich selbst den Säuberungsmaßnahmen zu unterziehen.

In der folgenden Woche wurden Damiette, Rosette und die meisten Dörfer des Deltas gleichfalls von der Epidemie erreicht. Von den französischen Ärzten behelfsmäßig eingerichtete Lazarette waren sehr schnell überfüllt, und es verging nicht eine Nacht, ohne daß die gellenden Schreie der Klageweiber zum Himmel Ägyptens schollen.
Die in die Flucht getriebenen Ratten, Träger der Pestilenz, strömten auf die Straßen, weil sie vielleicht glaubten, so dem Tod zu entgehen, wußten sie doch nicht, daß sie selbst deren Boten waren.
Eine einzige Alternative blieb der Bevölkerung: fliehen oder der Geißel trotzen. Je mehr sich die Toten anhäuften und das Grauen die Stadt erfaßte, drängte sich der Gedanke an Flucht auf. Bald war der Fluß mit Nachen und Jollen bedeckt, die stromaufwärts nach Oberägypten fuhren. Ihre Insassen hatten sich vielleicht gesagt, die alten Gottheiten Thebens würden ihren Schutz über sie breiten, da der christliche und muslimische Gott ja machtlos waren.
Mohammed Ali selbst blieb von der Angst nicht verschont. Nachdem er Befehl gegeben hatte, alle Verwaltungen und Schulen unter Quarantäne zu stellen, isolierte er sich und seine Familie zwischen den Mauern der Zitadelle und verließ sie nicht mehr, von einem dreifachen Cordon sanitaire geschützt.
Ein irreales Detail: In dem Chaos, das überall herrschte, konnte man von Zeit zu Zeit einige Individuen ausmachen, die in den verwaisten Gäßchen Ball spielten. Den Abendländern, die sich verwunderten, erklärte man, Legionen von Dämonen, die *a'frit* nämlich, brächten die Epidemien. Bisweilen würde einer von ihnen, der es müde sei, durch die Lüfte zu gaukeln, sich auf einen Menschen stürzen und ihn zum Opfer machen. Ballspielen hätte so zum Zweck, den Ring zu brechen, den die Dämonen über den Menschen bildeten.
Die Sajjida-Zeinab-Moschee, die Beschützerin Kairos, war die

einzige heilige Stätte, die zu betreten den Frauen erlaubt war. Daher waren sie in Scharen gekommen, um sich in ihr zu sammeln. Die Gebete vermischten sich mit dem Schluchzen, das hemmungslose Wehklagen mit stummer Verzweiflung. Auf der Schwelle verkauften falsche Frömmler ohne Skrupel geweihtes Wasser mit angeblich wundertätigen Eigenschaften. Die Toten wurden von den Sterbenden bis an die Tore gebracht, und unmerklich verließ das Leben die Hauptstadt.

Bei Dr. Dussap erwachte Suzanne Voilquin eines Morgens mit Petechien am ganzen Körper, den ersten Symptomen des Übels. Man setzte Blutegel auf ihrem Bauch an, man gab ihr mit Gummi arabicum versetztes Wasser und starke Laudanumtränke. Hatte diese Behandlung eine heilbringende Wirkung? Die Saint-Simonistin überlebte. Was für Halima, die Gemahlin des Arztes, und deren Tochter, die junge Hanem, nicht der Fall war. Die beiden Frauen sollten mit einigen Tagen Abstand verscheiden. Dussap selbst sollte ihnen bald in den Tod folgen. Doch was ihn betraf, war es vielleicht die Trauer, die ihn tötete.

Die Stauwehrbaustelle blieb ebenfalls nicht verschont. Einer nach dem anderen fielen die Arbeiter dem Übel anheim. Edhem Bey als erster.

Dann kam die Reihe an die Saint-Simonisten. Alric, der junge Bildhauer, der den Miniaturzug geschaffen, welcher Fournel zum Exempel gedient hatte, erlag in den Armen von Agarithe Caussidière, der Gefährtin Enfantins. Lamy, Fourcade, Dumolard, Maréchal, die Liste riß nicht ab. Wenn *Le Père* einer der wenigen war, die entrannen, dann wohl, weil er, von Lambert und zwei anderen Brüdern begleitet, in den ersten Tagen der Seuche nach Karnak in Oberägypten aufgebrochen war.

Am letzten Tag der Epidemie zählte man die Toten. Sie überstiegen die Zahl von zweihunderttausend.

Als Joseph an jenem Morgen aufwachte, wunderte er sich über das Dämmerlicht, das in seinem Zimmer herrschte.
Er erkundete das Halbdunkel und entdeckte Corinne, am Fußende seines Betts in einem Sessel schlummernd. Er versuchte sich halb aufzusetzen, und die Anstrengung, die er dazu aufwenden mußte, erschreckte ihn. Niemals hätte er geglaubt, daß man sich derart geschwächt fühlen konnte.
War es das Rascheln der Laken, das Corinne hochfahren ließ, oder dieser sechste Sinn, den jene erwerben, die am Lager von Kranken wachen? Sie schlug die Beine auseinander und setzte ihre nackten Füße auf den Boden. Zuerst blieb sie stumm und begnügte sich damit, Joseph mit einer gewissen Bangigkeit zu betrachten, als wollte sie sich versichern, daß das, was sie sah, nicht ein weiteres Warnzeichen mehr war, sondern dieser Schimmer der Besserung, für die sie so sehr gebetet hatte. Im Laufe der letzten Wochen war ihr so häufig trügerische Freude widerfahren, bis sie schließlich so weit gegangen war, ihren Beobachtungen zu mißtrauen. Erst als Josephs Stimme zu ihr sprach, hatte sie die Gewißheit, daß diesmal die Heilung endlich eingetreten war.
Sie verließ den Sessel und setzte sich auf den Bettrand.
»Wie fühlst du dich?«
»Schwach …«
»Das ist normal. Die Krankheit hat lange gedauert.«
»Wie lange?«
»Drei Wochen bis heute.«
Er wirkte niedergeschmettert und ließ seine Hand über die abgemagerten und vom Bartwuchs geschwärzten Wangen gleiten.
»Ich muß wohl sonderbar aussehen.«
»Wie jemand, der viel gekämpft hat. Doch nun ist es vorbei. Möchtest du etwas essen?«
Schon hatte sie sich erhoben, um zur Tür zu gehen.

»Corinne ...«
Er zeigte auf den Sessel, auf dem ihr Abdruck noch sichtbar war.
»Du ... du hast die ganze Nacht hier verbracht?«
Sie bejahte und fügte rasch hinzu: »Ich benachrichtige die anderen. Sie werden außer sich vor Freude sein. Du hast uns große Angst bereitet, weißt du ...«
Bei dem Gedanken, daß sie über seinen Schlaf gewacht hatte, fühlte er sich bewegt. Seine Bewegtheit wäre noch größer gewesen, wenn man ihm gesagt hätte, daß Corinne sich vom ersten Tag seiner Krankheit an in einen treuen Hund verwandelt, sie ihn so gut wie nie verlassen und sich schließlich gar geweigert hatte, ihr Essen woanders als an seinem Lager einzunehmen. Er hob mühsam die Hand, um einen Lichtstrahl einzufangen, der durch die Jalousien drang. Eine vertraute Wärme überflutete die Innenfläche. Das Leben hatte ihn wieder.

28. Kapitel

Alexandria, August 1835

Das Schiff wimmelte wie gewöhnlich von einer buntscheckigen Menge. An der Stelle angelangt, wo die Schaluppe festgemacht war, befahl Ferdinand dem Träger anzuhalten und drehte sich Linant de Bellefonds zu.
»Nun denn, mein Freund. Ich glaube, die Stunde unserer Trennung ist gekommen. Ich möchte, daß Sie wissen, wie glücklich ich war, Sie kennengelernt zu haben.«
»Ich habe dieses Glück geteilt. Sie werden mir fehlen.«
Er erkundigte sich ohne Illusionen bezüglich der Antwort: »Sind Sie wahrhaftig genötigt, nach Paris zurückzukehren?«

»Ich bin erschöpft, Linant. Dieser Kampf gegen die Epidemie hat mich zermürbt. Wie auch immer, Mimaut wurde verletzt, und es ist die Rede davon, ich würde nach Den Haag oder nach Malaga gesandt.«
»Für welche der beiden Städte würden Sie sich entscheiden, wenn Sie die Wahl hätten?«
»Malaga, ohne das geringste Zögern.«
»Zieht Spanien Sie denn so an?«
»Ich habe stets eine kleine Schwäche für Andalusien gehabt. Und dann … wäre dort das Meer, das mich ein wenig an Alexandria erinnern würde. Außerdem besitze ich Familie in Spanien. In der Provinz Badajoz, um genau zu sein. Ich habe großes Verlangen, sie wiederzusehen.«
»Nahe Verwandtschaft?«
»Die Nichte meiner Mutter, die Comtesse von Montijo. Und auch Eugénie, ihre Tochter.«
Ein schelmischer Glanz ließ Linants Augen aufblitzen.
»Aha … Es stimmt ja, Sie sind noch immer Junggeselle.«
»Na, hören Sie, mein Lieber! Sie sind auf der falschen Fährte: Eugénie ist noch ein Kind! Sie ist gerade erst neun Jahre alt geworden.«
Linant nahm sich zusammen, ohne indes seinen Gesichtsausdruck aufzugeben.
»In der Tat, eine Gemahlin dieses Alters würde im diplomatischen Corps eher ungern gesehen. Eine leise Stimme flüstert mir, daß Sie nach all den in Ägypten verbrachten Jahren reif dafür sind, der Auserwählten Ihres Herzens zu begegnen.«
»Es wäre unredlich von mir, Ihnen zu widersprechen. Seit dem Tode meines Vaters habe ich nie so stark das Bedürfnis verspürt, ein Heim zu gründen.«
»Das ist nur naturgemäß. Jedenfalls, was immer auch geschieht, entsinnen Sie sich, daß Sie einen Freund in Ägypten haben.«
»Das weiß ich, Linant.«

Er verstummte, und seine Stimme wurde nuancierter.
»Wenn es etwas gibt, was ich bedaure, dann nur, daß ich unseren Traum nicht verwirklichen konnte.«
Er richtete seinen Finger auf die *Onorato*, die auf der Reede vor Anker lag.
»Auf diesem Dampfer werde ich ein wenig von Suez mitnehmen.«
»Ich teile Ihre Bitterkeit. Vielleicht werden andere Erfolg haben, wo wir gescheitert sind.«
Linant vertraute dem anderen unvermutet an: »Ich weiß nicht, ob Sie auf dem laufenden sind, aber der Pascha hat Enfantin die Erlaubnis erteilt, sich zum Isthmus zu begeben, um dort zu arbeiten. Sechs Personen begleiten ihn. Ich habe irgendwie den Eindruck, sie wollen meine Berechnungen nachprüfen.«
»Sieh an! Ich glaubte, die Saint-Simonisten seien bei Seiner Majestät doch in Ungnade, insbesondere wegen des Verhaltens ihres Anführers während der Epidemie. Es scheint so, als hätte Mohammed Ali Enfantins Abreise nach Oberägypten nicht sonderlich geschätzt, die er als Flucht betrachtet habe. Hat er nicht befohlen, die Zahlung von 750 Piaster einzustellen, die ihm für seinen Beitrag zu den Stauwehrarbeiten zugestanden wurden?«
»Ich bin über diesen Vorfall unterrichtet. Dennoch steht fest, daß der Ferman von des Paschas eigener Hand unterzeichnet ist.«
»Wie dem auch sei, ich kann diesen Herrschaften nur mehr Glück wünschen, als wir gehabt haben. Und Ihnen ebenfalls, da ich annehme, daß Sie sie weiter unterstützen werden?«
Linant hob die Augenbrauen.
»Falls mir noch irgendein Einfluß bleibt. Aus Gründen, die ich nicht verstehe, habe ich seit einiger Zeit das Gefühl, vom Vizekönig fallengelassen worden zu sein. Sehen Sie, was mit dem Staudamm geschehen ist ... Alle Arbeiten wurden ohne Vorankündigung von einem auf den anderen Tag abgebrochen.«

»Nicht nur die Wege des Herrn sind unergründlich, die der Könige sind es ebenfalls. Gedulden Sie sich ... Der Himmel wird sich aufhellen. Seine Majestät hält Sie in zu großer Achtung, um Sie auf Dauer fernzuhalten.«

Er umarmte Linant brüderlich.«

»Adieu, mein Freund. Geben Sie auf sich acht.«

Er warf einen letzten Blick auf die Landschaft.

»Wer weiß, ob ich eines Tages diese Stadt wiedersehen werde ...«

»Sie kennen das Sprichwort: ›Wer einmal vom Wasser des Nils getrunken hat, ist dazu verurteilt, an seine Gestade zurückzukehren. Sonst wird der Durst ihn sein ganzes Dasein heimsuchen.‹«

»Ohne Zweifel, Linant. Ohne Zweifel ...«

Seine Lippen zeigten ein verträumtes Lächeln.

»Ich frage mich, ob ich nicht bereits die Vorzeichen dieser Obsession verspüre.«

Er wirbelte herum und nahm in der Schaluppe Platz, die ihn zum Dampfer bringen sollte.

Lange nachdem das Boot sich entfernt hatte, stand Linant noch immer auf dem Kai und starrte auf den Horizont.

Joseph half Corinne, vom Pferd zu steigen, und stellte sie, ihre Taille umfassend, auf die Erde. Das Gesicht der jungen Frau, bereits rot vor Aufregung, rötete sich noch mehr. Ihre Erregtheit rührte nicht allein von dieser ersten Reitstunde – wenngleich die Bangigkeit, die Angst, lächerlich zu erscheinen, nicht gänzlich unbeteiligt daran waren. Vor allem die Nähe des jungen Mannes war es, die Aufruhr in ihr säte, wozu noch diese physische Berührung hinzugekommen war. Gewiß, sie war nur flüchtig gewesen, doch diese Hände zu spüren, die sich auf sie legten, die ersten Männerhände, die ihren Körper berührten, hatte sie ganz wirr gemacht.

Sie tat ihr Bestes, um sich wieder zu fassen, und warf ungezwungen ein: »Ich werde eine vollendete Reiterin abgeben, nicht wahr?«
»Dessen bin ich sicher. Allerdings wirst du, wie du wissen mußt, einige Tage benötigen, wenn du zur Vollkommenheit gelangen möchtest. Ein Pferd zu zähmen ist ein Vergnügen, das kein Wort auszudrücken vermag. Darüber hinaus wird es dir nicht genügen, reiten zu können; du wirst auch lernen müssen, dein Tier zu pflegen, zu waschen, zu striegeln, mit einem Wort: es zu lieben. Wenn es auch wesentlich ist, daß ein Pferd die Beherrschung seines Reiters spürt, so muß es auch seine Liebe wahrnehmen.«
»Mein Pferd zu lieben wird nicht schwierig sein; alles übrige werde ich lernen.«
Er deutete auf den Sphinx, der einige Schritte vor ihnen aufragte.
»Du siehst, er ist weder so furchterregend noch so beeindrukkend, wie du zu glauben schienst.«
»Man könnte sogar sagen, daß er schön ist. Schade, daß seine Nase abgebrochen ist.«
»Das ist die Schuld der Mamelucken. Sie bedienten sich seiner als Ziel bei ihren Artillerieübungen; eine Artillerie, die sie im übrigen nie zu gebrauchen verstanden. Man braucht sich nur anzusehen, auf welche Weise Abunaparte sie hinweggefegt hat.«
Sie prustete vor Lachen.
»Abunaparte? Du meinst Napoleon?«
»Ja. So nennen ihn die Ägypter. Abu heißt Vater.«
»Und er«, sagte sie, indem sie auf den Löwen mit Männerkopf wies, »ist ›der Vater des Schreckens‹.«
»Ja. Aber dann frage mich nicht, aus welchem Grund die Ägypter ihn mit diesem Namen ausstaffiert haben; ich kenne nur die Legende. Vor mehr als dreitausend Jahren schlief ein Prinz mit

Namen Thutmosis genau hier ein. Harmachis, der Sonnengott, erschien ihm im Traum und versprach dem Prinzen, ihm das Reich Ägypten zu gewähren, wenn man ihn ausgrübe. Was der Prinz tat; und er wurde Pharao.«*

Corinne trank diese Worte buchstäblich. Es war nicht so sehr die Erzählung, die sie fesselte, als die Klangfarbe der Stimme. Seit achtzehn Monaten kannte sie Joseph nun bereits und war noch immer gleichermaßen fasziniert von dieser ihm eigenen Fähigkeit, Sanftheit in die ernstesten Themen zu bringen.

»Wirst du auf die Baustelle zurückkehren?« fragte sie.

»Nicht so bald. Den Arbeiten wurde ein Ende gesetzt ... auf Befehl Mohammed Alis.«

»Ich nehme an, das sind die Konsequenzen aus der Epidemie.«

»Wahrscheinlich. Aber ich beargwöhne den Pascha auch, daß er Mühe hatte, sich die Strenge zu vergegenwärtigen, die eine solche Angelegenheit erfordert. Bisher hatte er die Schwierigkeit einer Unternehmung stets an der Zahl zwangsverpflichteter Arbeiter gemessen. Er hat beispielsweise nicht verstanden, wie wichtig die Güte des Bauholzes ist und weshalb Linant dermaßen auf diesem Punkt beharrte. Denke nur, er hat sogar vorgeschlagen, man möge eine der Pyramiden abreißen, um aus ihr die zur Errichtung des Stauwerks nötigen Steine zu gewinnen.«*

* (S. »Traumstele« von Thutmosis IV.) Zu rein anekdotischem Zwecke: Eine andere Legende folgte dieser in der Phantasie des Volkes von den Jahren 1968 an, als Ägypten unter dem Diktator Gamal Abd el-Nasser lebte. Man erzählte sich damals, der Sphinx sei dem Führer erschienen und habe ihn angefleht, ihn nicht etwa auszugraben, sondern ihm eine für diese Epoche äußerst seltene Gunst zu gewähren: ein Ausreisevisum.

** Es war Mimaut, der nachdrücklich gegen diesen Einfall protestierte, der zu Recht oder Unrecht den Saint-Simonisten angelastet wurde. Ein Brief Enfantins beweist, daß er damit nichts zu schaffen hatte, allerdings selbst daran keinen Anstoß genommen und, ganz im Gegenteil, darin sogar ein Symbol der Modernität gesehen hätte. (*Fonds Enfantin*, Ms. 7.827/17, f°6.)

»Das wäre ein Verbrechen gewesen!«

»Gott sei Dank ist er von seiner Idee abgewichen. Ehrlich gesagt, sind die Gründe, die zum Abbruch der Arbeiten geführt haben, komplexer, als es scheint. Zunächst ist da die von den Kriegen ausgelöste finanzielle Krise. Bereits zwei Wochen ist nun bereits kein Lohn mehr ausgezahlt und jede Geldausgabe eingestellt worden. Folglich mußten Einsparungen gemacht werden. Zu diesen finanziellen Verdrießlichkeiten kam noch das politische Motiv hinzu, was meines Erachtens entscheidend war.«

»Was hat die Politik mit einer inneren Angelegenheit zu schaffen?«

»Ich habe das Gefühl, der Vizekönig versucht die Europäer zu bestrafen, und besonders die Franzosen. Gestern noch vertraute mein Vater mir an, Seine Majestät habe zum ersten Mal Studenten, die sich nach Frankreich begeben wollten, um ihre Studien zu beenden, die Bewilligung dazu verweigert. Er habe geantwortet: ›Ich habe Frankreich nach Ägypten gebracht, sollen sie daraus Nutzen ziehen.‹«

»Weshalb dieser Sinneswandel?«

»Zorn, Bitterkeit, zweifelsohne. Die Regierung von Louis-Philippe hat wissen lassen, sie würde das Gesuch der Unabhängigkeit des Vizekönigs nicht unterstützen. Nun glaubte dieser jedoch an Frankreichs Beistand, er vertraute darauf. Er war darüber entsetzlich enttäuscht und betrübt.«

»Das ist schade. Das Stauwerk wäre ein schönes Unternehmen gewesen. Ich denke auch an die Enttäuschung, die diese armen Saint-Simonisten empfunden haben dürften. Von der Pest dezimiert, vom Pascha im Stich gelassen, werden sie wahrscheinlich nicht lange warten und ihr Bündel packen.«

»Manche werden fortgehen, andere trotz allem in Ägypten bleiben. Jemanden wie Charles Lambert sehe ich kaum nach Frankreich zurückkehren, während er in Bulaq doch gerade eine

Polytechnische Hochschule gegründet hat; eine Anstalt, die sich als Kleinod im ägyptischen Erziehungswesen ankündigt. Außerdem wird er vom Pascha und dessen Umgebung sehr geschätzt.«
Er hielt eine Weile inne.
»Doch dies alles sind nur die Wechselfälle des Lebens. Ich bin überzeugt, des Vizekönigs Schmollen in bezug auf Frankreich wird nicht andauern. Zwischen ihm und diesem Land besteht eine allzu tiefe Liebesgeschichte, als daß einer von beiden sich dareinfände, einen Schlußpunkt zu setzen. Ich vergleiche sie häufig mit einem alten Paar. Sie haben Stürme erlebt. Sie werden noch andere erleben.«
Corinne musterte ihn belustigt.
»Du sprichst wie ein Weiser, der eine reiche Erfahrung von Ehe und Liebesbeziehungen besäße.«
»Vielleicht ist dies einfach nur Eingebung?«
Er erforschte sie seinerseits.
»Und du, Corinne? Was weißt du über die Dinge der Liebe?«
»Oh, was ich darüber weiß, habe ich in Büchern gelesen. Große und schöne Geschichten, die jedoch immer schlecht enden.«
»Immer? Deine Autoren sind demnach Pessimisten. Ich denke hingegen, daß es weit mehr glückliche Liebesgeschichten gibt, als man sich vorstellt. Bloß findet die Verzweiflung mehr Anklang als die Glückseligkeit.«
»Du scheinst dir deiner sehr sicher zu sein.«
»Wie könnte dem anders sein? Bin ich nicht im Schatten des Glücks groß geworden? Sieh dir meine Eltern an. Sie haben mir allein das Bild eines wundervoll eng verbundenen Paares geboten, dem die Zeit nichts anhaben kann. Mein Vater steht im Winter seines Lebens, und dennoch, wenn ich ihn dabei überrasche, wie er einen Blick auf meine Mutter wirft, entdecke ich darin dieselbe Zärtlichkeit wie am ersten Tag.« Er fixierte einen unsichtbaren Punkt am Horizont.

»Der einzige Wunsch, den ich äußere, ist, meinen Kindern – sofern Gott mir gewährt, welche zu haben – dasselbe Beispiel weiterzugeben.«
Sie hatte ihm aufmerksam zugehört, weiterhin seine Worte trinkend, und während er sich ihr offenbarte, hatte sie den Vergleich zu ihrem eigenen Leben, zu Samiras unglücklichem Dasein gezogen. Im Gegensatz zu Joseph war das einzige Beispiel, das sie gekannt hatte, der Kummer und die Einsamkeit ihrer Mutter. Daß das Glück existieren mochte, daran hatte sie nie gezweifelt; daß ein Mann imstande war, es zu beschwören und daran zu glauben, das versetzte sie in wahre Begeisterung. Aber weshalb wunderte sie sich darüber eigentlich? Alles, was von Joseph kam, konnte nur rein und schön sein.

Die Tasse entglitt Ricardos Fingern und zerschellte mit mattem Klang am Boden. Der Venezianer klammerte sich an den Türpfosten. Alles drehte sich um ihn, der Gesellschaftsraum schwankte. Mit übermenschlicher Anstrengung gelang es ihm, den Diwan zu erreichen, auf den er sich fallen ließ. Er führte die Hand an seine Schläfe, preßte sie mit aller Kraft gegen seinen Schädel, als versuchte er, eine starke Blutung abzudrücken. Seine Arterien würden platzen, sein Gehirn war kurz davor, von diesen stechenden Spasmen zermalmt zu werden.
Lange Zeit hatte er diesen Schmerz nicht mehr gespürt, so daß er daraus geschlossen hatte, die Mühen der Reise nach Kütahya allein wären für diese Anfälle verantwortlich gewesen. Er hatte sich sogar dazu beglückwünscht, Dr. Clot nicht konsultiert zu haben. Nun aber begann alles wieder von neuem. Er erstickte ein Wimmern. Im Gegenlicht, zwischen seinen halbgeschlossenen Lidern, erspähte er eine Gestalt in weißem Mantel, die auf ihn zukam. Er nahm keinerlei Aggressivität wahr, nichts auch, was Schauer erweckte. Nahm der Tod denn die Erscheinung eines Engels an? Ein neuerlicher Schmerz schüttelte seinen

Körper. Falls Gott existierte, war es doch kaum möglich, daß er das Grauen nicht bedacht hatte, das eine Kreaturen in diesen Momenten des letzten Atemzugs befiel, in diesen Minuten, die dem letztendlichen Untergang vorausgingen. Er mußte dies sicherlich vorausgesehen haben. Der Engel würde Balsam von Narde oder Myrrhe auf seine Stirn auflegen, der das Zittern seiner Glieder wunderbarerweise vertreiben würde. Er hätte keine Schmerzen mehr. Er würde sanft verscheiden, ohne Qual. Nun war der Engel Ricardo ganz nah. Ein Wohlgeruch ging von ihm aus. Eigenartig ... Er hätte schwören können, das Aroma von Rose und Jasmin zu riechen.

»Ricardo ...«

Er bewegte die Lider. *Hatten die Engel menschliche Stimmen*?

Man wiederholte seinen Vornamen. Ein feuchtes Tuch streifte seine Wangen.

Er nahm die Fetzen an Klarheit zusammen, die noch in ihm waren, und blinzelte, um die über sein Lager gebeugte Gestalt besser zu erkennen. Sie war nicht allein, eine andere war zu ihr gestoßen.

»Papa ...«

Das war tatsächlich Giovanna.

Tränen quollen unter ihren Lidern hervor, die sie flüchtig abwischte.

Er verweigerte sich dem endgültigen Untergang. Sie war zu voll von Schmerz.

»Es geht schon, meine Tochter«, artikulierte er schwach. »Es ist nichts. Nur ein Unwohlsein ...«

Die Dunstschwaden des Abends schwebten über Sabah, und in den Gesellschaftsraum hatte sich die Leere der Wüste eingeschlichen.

Ricardo drückte sich zwischen die Kissen des Diwans und versuchte gequält zu lächeln.

»Ihr seht ... Ihr brauchtet euch nicht zu sorgen. Alles ist jetzt gut.«
Mit ernsten Zügen fragte Scheherazade: »Das ist nicht das erste Mal, daß du diese Schmerzen verspürst, nicht wahr?«
Er log.
»Wie hätte ich solche Anfälle erleiden können, ohne daß du es bemerktest? Selbstverständlich war es das erste Mal.«
»Ich glaube dir nicht.«
»Trotzdem ist es die Wahrheit.«
Er fuhr rasch fort: »Auf jeden Fall besteht kein Grund zur Beunruhigung. Ich fühle mich bestens.«
Giovanna kniete am Fuße des Diwans nieder und blickte ihren Vater scharf an.
»Du wirst einen Arzt aufsuchen. Ich verlange es.«
Er begann zu lachen.
»Du verlangst es? Seit wann hat eine Tochter das Recht, was auch immer von ihrem Vater zu verlangen? Solltest du etwa bereits unter dem saint-simonistischen Einfluß stehen? Solltest du dich« – er stolperte über das Wort – »*emanzipiert* haben? Wenn dies der Fall ist, rate ich dir dringend, deine Haltung zu überdenken. Hier ist es Ricardo Mandrino, der befiehlt, und zwar noch lange Zeit.«
Scheherazade beeilte sich, zu entgegnen: »Es liegt nicht in meinen Gewohnheiten, Giovanna beizupflichten, aber schon morgen werden wir Dr. Clot kommen lassen. Du mußt dich pflegen.«
Ricardo richtete sich in seiner ganzen Größe auf und maß die beiden Frauen mit einer Art hochmütigem Stolz.
»Nichts! Hört ihr! Nichts wird mich zwingen, im Schoß eines Arztes oder wem auch immer zu jammern! Ich atme, und mein Herz schlägt weiterhin. Das ist alles, was zählt. Falls ich morgen durch diesen Körper behindert würde« – er machte eine verächtliche Geste, indem er auf seine Gestalt zeigte – »werde ich ihn

ohne die geringste Gemütsregung eliminieren, bevor man mich eliminiert. Jetzt will ich nichts mehr von Krankheit hören. Ist das klar?«

Die Warnung ihres Vaters mißachtend, erwiderte Giovanna: »Wenn ich so rede, geht es ja noch an, ich habe häufig bewiesen, daß Egoismus meine Stärke ist; doch von dir sind diese Worte unverzeihlich. Sie sind eine Sünde wider die Liebe, die du für uns hegst.«

Sie bohrte ihren Blick in den des Venezianers.

»Da du hier befiehlst ... wirst du tun, wie es dir beliebt.«

Giovanna hatte kaum ihren Satz beendet, da schritten Joseph und Corinne, von ihrem Ausritt zurückgekehrt, über die Schwelle des Salons. Ein Lachen noch in den Mundwinkeln, erstarrten sie sogleich, als sie die angespannten Mienen entdeckten.

Joseph betrachtete reihum seinen Vater, Giovanna und hielt bei Scheherazade inne.

»Was ist los?«

Ohne ihr Zeit zur Antwort zu lassen, warf der Venezianer ein: »Schlechte Nachrichten aus Kairo.«

»Die Pest?«

»Nein. Die fortwährenden Verdrießlichkeiten der Politik ...«

Er wedelte durch die Luft.

»Alles wird sich letzten Endes wieder einrichten, wie gewöhnlich.«

Er schlug einen ungezwungenen Ton ein, um sich bei Corinne zu erkundigen: »Nun? Wie ist dieser erste Spazierritt verlaufen?«

»Ich denke, ich habe mich nicht allzu schlecht angestellt.«

Sie wandte sich zu Joseph.

»Was meinst du?«

»Du warst vollkommen.«

Besorgt fragte er nochmals nach: »Seid ihr sicher, daß alles in Ordnung ist?«

Ricardo stieß einen gereizten Ausruf aus.

»Du bist starrköpfig, mein Sohn! Du hast es doch gehört.«
»Gut. Ich beharre nicht weiter.«
Corinne an der Hand nehmend, fügte er, jedoch mit gewisser Feierlichkeit, an: »Nun denn ... Wir haben euch eine Neuigkeit zu verkünden. Wir haben beschlossen ...«
Er stolperte über das Ende des Satzes und verkündete, tief Atem holend: »Corinne und ich haben beschlossen zu heiraten.«
Ein Freudenschrei übertönte das letzte Wort. Scheherazade stürzte auf Corinne zu und nahm sie in die Arme, während Giovanna sich ihrem Bruder an den Hals warf.
»Und ich sagte mir schon, du würdest irgendwann noch Linant de Bellefonds heiraten!«
»Siehst du ... alles kommt mit der Zeit.«
Scheherazade umschlang Corinne zärtlich.
»Das ist wunderbar. Du gewährst uns ein großes Glück. Ich konnte kein größeres Geschenk erhoffen, als daß die Tochter von Samira sich mit meinem Sohn vermählt. *Mabruk* ... Tausendmal *Mabruk*.«*
Joseph ging auf Ricardo zu, der sich bis dahin in Schweigen gehüllt hatte.
»Nun, Papa? Die Neuigkeit scheint dich nicht zu erfreuen.«
»Ihr habt vergessen, daß ihr Cousin und Cousine seid ...«
»Na und? Was schert es? Wir befinden uns in vollem Einklang mit der Sitte, nicht?«**
»Das stimmt.«
Einen Augenblick wirkte er recht nachdenklich.
»Daß das Glück über euch sein möge, meine Kinder ... Meine Nachkommenschaft ist gesichert. Nun kann ich in heiterem Frieden davongehen ...«

* Glückwünsche.

** Lange Zeit, und insbesondere in dieser Epoche, war die Vetternehe in Ägypten Brauch. Diese Sitte besteht noch in manchen moslemischen Familien fort.

Scheherazade hatte Mühe, einen Schauder zu unterdrücken. Irgend etwas im Tonfall seiner Stimme hatte sie frösteln lassen.

29. Kapitel

Kairo, 1. Oktober 1835

Corinne trat an Josephs Seite vor den Altar. In ihrem herrlichen weißen Kleid schien sie aus einem Märchen getreten zu sein oder aus einer der heiligen Ikonen, die die Wände der kleinen Kirche Darb al-Genena schmückten.
Die gesamte Familie Chedid sowie die teuersten Freunde waren unter dem Mittelschiff versammelt. Suzanne Voilquin und Judith Grégoire waren ebenfalls zugegen; Corinne hatte letztere als ihre Trauzeugin gewollt. Joseph hatte für seinen Teil naturgemäß Linant gewählt.
Scheherazade stand in der ersten Reihe und betrachtete die Szene, den Geist von wirren Gefühlen bewegt. Wie auf mattem Glas tauchten die Schimmer der Vergangenheit auf.
»Ich bin stolz, mein Sohn. Mache sie glücklich.«
»Das ist mein einziges Verlangen. Ich wünsche nichts anderes auf der Welt, als Scheherazade ein wenig von dem Glück zu geben, das Ihr ihr so wohl zu geben verstandet.«
»Und macht uns einen schönen Stammhalter! Einen starken und mutigen Knaben.«
Dies waren die Ermahnungen, die ihr Vater, Yussef, Scheherazades erstem Gemahl, Michel Chalhub, erteilt hatte. Einige Monate später hatte sie Joseph zur Welt gebracht. Und an diesem Tage heiratete er.
Woraus ist die Zeit geschaffen? Einem Fluß, der dem Nil ähnelt?

Einem Sturzbach, der die Stunden unseres Lebens, armselige Strohpuppen, dahintreibt? Man kann nichts aufhalten, und wollte man es denn, so hätten die Hände keinen anderen Halt als den weißlichen Schaum und die oxydierten Falten der Strudel.
Unauffällig beobachtete sie Giovanna.
Was würde aus ihr werden? Ein unstetes Herz, dem es noch immer nicht gelang, den vollkommenen Rhythmus zu finden. Sie würde bald vierundzwanzig Jahre zählen, und in ihrem Verhalten herrschte noch immer diese Unreife, gleich einer Krankheit, von der sie nicht genesen wollte, vielleicht aus Angst, die Kindheit zu verlassen.
Joseph hatte soeben den Ring über Corinnes Finger gestreift. Das Paar tauschte einen sittsamen Kuß. Sie waren nun Mann und Frau. Sie drehten sich zur Gemeinde um und schritten gemächlich den Mittelgang hinauf.
Unter dem Schleier von weißer Spitze gewahrte man zwei dicke Tränen, die Corinnes Wangen hinunterglitten. Sie vermittelte den Eindruck, einen Wachtraum zu durchleben. Als sie auf Scheherazades Höhe kam, blickte sie sie für die Dauer eines Schrittes an, und ihre Physiognomie drückte alles Glück der Welt aus.
Die Anwesenden verließen die Sitzreihen, folgten den Vermählten auf dem Fuß. Schnell fanden sich alle auf dem Vorplatz wieder, von den Freudentrillern und Jauchzern der Vorüberkommenden überhäuft.
Eine Kalesche, mit weißen und blauen Bändern sowie auf das Pferdegeschirr aufgesteckten Blumen geschmückt, erwartete das Paar.
Mandrino, der an der Schwelle stehengeblieben war, rief den Geladenen zu: »Und jetzt alles nach Sabah, damit das Fest weitergehe!«
Er nahm Scheherazade und Giovanna am Arm und zog sie raschen Schrittes mit.

In dem Augenblick dann, da er seinen Stiefel auf das Trittbrett setzte, um in der Kalesche Platz zu nehmen, geriet der Himmel ins Wanken. Ein schwarzer Schleier sank über ihn. Er ließ den Arm seiner Gattin los, hielt sich an dem seiner Tochter zurück. Ein Abgrund hatte sich unter ihm aufgetan, in den er vornüber fiel. Seine Stirn stieß gegen einen Gegenstand, vielleicht eine Deichsel oder ganz einfach gegen den steinigen Boden. Im Helldunkel nahm er Scheherazade, über ihn gebeugt, wahr, dann noch eine Abfolge von Szenen, *Zerrbildern* und unzusammenhängenden Gesprächen.

»›Ich glaube Ihnen nicht, Ricardo. Das haben Sie doch nicht getan? Sechstausend Orchideen? Niemand auf der Welt hätte eine solche Menge zusammenbringen und noch weniger befördern lassen können.‹
›Gerade das habe ich aber getan, Sire.‹«

Weshalb hörte er mit einem Mal Mohammed Alis Stimme?

»›Sagen Sie, Ricardo, unter uns ... Sind Sie tatsächlich verliebt?‹
›Sire ... Was ist Liebe?‹
›Na, kommen Sie, spielen wir nicht mit den Worten. Antworten Sie mir eher.‹
›So würde ich Ihnen einfach nur sagen, daß alle Frauen, die ich vor ihr kennengelernt haben mag, lediglich Umwege gewesen sind.‹«

Die Bucht von Navarino erscholl vom Geschützdonner ... Die Guerrière wurde erschüttert, als ob das Meer zu beben begonnen hätte.
»Admiral! Das Feuer breitet sich aus! Wir müssen das Schiff aufgeben!«

Dort drüben schickten sich die Kanoniere der Dartmouth an, einen neuerlichen Granathagel abzufeuern.
Ein Mann, Karim, der Sohn des Suleiman, brüllte Befehle auf dem Back.
Plötzlich traf ihn eine Kanonenkugel mit voller Wucht. Der Leib schien sich zu einer schauerlichen Fratze zu verzerren. Ein Arm flog zum Himmel, bevor er vor Mandrinos Füßen wieder herabfiel.

Nun kam ihm alles wieder in den Sinn.
Dieser an einem abendlichen Fest kurz erspähte Karim … das war also er …

In einem entsetzlichen Lärm riß die Rah ab. Ricardo hatte kaum Zeit zu sehen, daß sie herabstürzte. Er deutete einen Schritt nach vorne an, doch zweifelsohne nicht schnell genug. Ein schwerer Schlag traf sein Genick. Er versank.
Als er die Augen öffnete, herrschte um ihn tiefe Stille. Ein Kruzifix hing an der gegenüberliegenden Wand, es strahlte in einem von irgendwoher gekommenen Licht.

»›Ich liebe dich …‹
›Ich glaube es.‹
Sie begehrte auf: ›Nie hast du dieses Wort gesagt! In sechzehn Jahren. Nie, nicht ein einziges Mal.‹
›Was ändert das? Wenn ich eines Tages nicht mehr sein sollte, wirst du dich wenigstens entsinnen, daß ich der einzige Mann war, der dieses Wort niemals gesagt hat. Dies wird meine Eigenart sein. Und im Mund desjenigen, der mich ersetzen wird, wird dieses Verb einer Kränkung gleichen.‹«

Um den Preis einer übermenschlichen Anstrengung ergriff er Scheherazades Hand, und seine Lippen belebten sich. Ein Gedanke von unendlicher Zärtlichkeit fuhr ihm durch den Sinn. Über ihm war der Himmel von prächtigem Blau, und er sagte sich, daß die Sonne noch nie zuvor mit solchem Glast geschienen hatte.

Khadija trug Dr. Clot den Tee auf und ging, mit von Tränen geröteten Augen, wieder in die Küche. Um den Mediziner sitzend, wahrten die vier Gestalten beklommenes Schweigen. Scheherazade starrte mit bleichen Zügen und steifem Genick vor sich hin.

Clot führte die Tasse an seine Lippen und trank einen Schluck.

»Er ist nicht tot. Das ist das wichtigste, nicht wahr?«

Er hatte sich mit neutraler Stimme geäußert, wie jemand, der sich bemüht, sich selbst zu überzeugen.

»Er ist nicht tot, Doktor. Aber ist er am Leben?«

Clot wagte Giovannas Blick nicht zu trotzen.

»Auf gewisse Weise könnte man sagen, daß er das ist.«

Er drückte sich gegen die Rückenlehne seines Sessels, indem er fortfuhr: »Wenn ich mich auf diesen Anfall beziehe, welchem Ricardo vor ungefähr drei Monaten zum Opfer gefallen ist und den Sie mir beschrieben haben, läßt alles vermuten, daß er heute von dem heimgesucht wurde, was die Griechen ein *Aneurysma* nannten. Das Leiden besteht in einer plötzlichen Ausbuchtung einer Arterie, des Hirns im gegebenen Fall, die zum Bersten dieses Gefäßes führt. Welcherlei Schäden jedoch eine derartige Attacke verursachen kann ... das vermag beim derzeitigen Stand der Medizin niemand zu sagen. Er ist am Leben, das ist das einzige, was wir mit Sicherheit behaupten können.«

Die zitternde Stimme von Scheherazade erhob sich: »Am Leben ... Sie haben ihn gesehen, Sie haben ihn untersucht ... Was ist bei Ricardo Mandrino noch lebendig? Seine Pupillen starren geweitet ins Nichts. Er spricht nicht mehr. Seine Gliedmaßen sind versteinert, schwerer als Granit. Alles, was noch von ihm besteht, ist dieser Hauch, der aus seinen Lippen dringt. Nichts mehr als ein Hauch ...«

»Ich weiß, Madame. Aber was kann ich Ihnen anderes sagen, als daß dieser Hauch ein Zeichen dafür ist, daß das Leben in ihm sich noch wehrt. Im übrigen gibt es einen günstigen Faktor. Ich vermochte nachzuprüfen, daß er sich etwas Flüssigkeit einverleiben konnte, was erlauben wird, ihn auf zwar kärgliche, aber doch genügende Weise zu nähren, um ihn am Leben zu erhalten. Diesbezüglich empfehle ich, ihm mit einem Eigelb und Honig vermischte Milch zu trinken zu geben. Diese sehr nahrhafte Mixtur wird seinem Körper die elementare Energie liefern, die er benötigt.«

Joseph erkundigte sich: »Kann ein Mensch leben, indem er sich einzig und allein auf diese Weise ernährt?«

»So lange, wie keine Komplikationen auftauchen.«

»Hört er uns? Glauben Sie, er nimmt unsere Anwesenheit wahr?«

»Wie ich Ihnen bereits sagte, sind unsere Kenntnisse begrenzt. Die geplatzte Arterie dürfte einen Bluterguß verursacht haben, der einen Teil des Gehirns überschwemmt und zugleich seine motorischen Zentren erstickt hat. Daher auch diese Aphasie und der kataleptische Zustand. Über diese Beobachtungen hinaus bin ich außerstande zu ermitteln, in welchem Maße Ricardo für die Außenwelt empfänglich ist oder nicht. Für meinen Teil ...«

Er trank einen weiteren Schluck Tee, bevor er hinzusetzte: »Wenn ich mich auf die ärztliche Untersuchung und auf die Erfahrung stütze, die ich von derartigen Fällen habe, würde ich eher zum Fehlen von Wahrnehmung neigen.«

Ein lebender Toter, dachte Scheherazade. Eben darin faßte sich die Analyse des Arztes zusammen. Eine aller Gefühle und Emotionen beraubte Maschine, ein blindes und geknebeltes Wesen.

Joseph fragte: »Wie lange wird mein Vater so bleiben?«

Nachdenklich hob Clot das Kinn.

»Auch hier bin ich nicht mehr in der Lage, eine Prognose abzugeben. Einige Tage, mehrere Monate …«
»Könnte man auf keine Besserung hoffen?« erkundigte sich Corinne zaghaft.
»Leider glaube ich es nicht. Die verursachten Läsionen sind sicherlich irreversibel.«
Scheherazade hatte sich erhoben und so den Mediziner gezwungen, sich zu unterbrechen.
Ohne ein Wort zog sie sich zurück.

Sie schob die Tür auf und betrat das von Schatten erfüllte Zimmer.
Ricardo lag auf dem Bett, die Arme seitwärts am Körper ausgestreckt.
Sie setzte sich behutsam auf den Bettrand und ergriff die rechte Hand ihres Gemahls, die sie zwischen ihren Händen umschloß.
Er zeigte keinerlei Regung. Nicht den unbedeutendsten Lidschlag, nichts, was vermuten ließe, er wäre sich einer Anwesenheit wenigstens bewußt.
Scheherazade öffnete den Mund, doch die Worte erstarben auf ihren Lippen. Sie hatte den Eindruck, der geringste Laut hätte Ricardo angreifen und das schlafende Übel in ihm wecken können. So verharrte sie, ohne etwas zu sagen, beschränkte sich darauf, dieser etwas schweren Atmung zu lauschen, die sie sich als eine Art unsichtbares Band vorstellte, das sie beide noch zusammenhielt.
Zeus zerschmetterte Asklepios.
Dies war das zweite Mal, daß sie an jene Sage zurückdachte, die Ibrahim ihr ehedem in Epidauros erzählt hatte; das erste Mal war, als sie Ricardos Amnesie entdeckt hatte. Sie hatte sich damals gesagt, die Götter rächten sich, weil sie, indem sie ihren Gemahl ins Leben zurückholte, ihnen ihr Opfer zu stehlen gewagt hatte. Nunmehr wußte sie: Den Sterblichen ist es

niemals gegeben, auch nur eine Silbe im Großen Buch auszutilgen.
Zeus hatte Ricardo Mandrino zerschmettert.
Eine Eiseskälte ließ Scheherazade erschaudern, obwohl die Sonne draußen schien und die Oktobertemperatur mild war.
War es möglich, daß die Stunde gekommen war, in der nach vierundzwanzig Jahren gemeinsamen Lebens und nie getrübter Liebe der Gesang verstummen mußte? War es möglich, daß sie am Vorabend der letzten Dämmerung standen? Daß das Geschöpf, das man an sich gedrückt hatte, mit dem man die Wärme, den Schlaf und bisweilen den Zorn geteilt, daß dieses Geschöpf endgültig davonging? Er, der solche Angst vor dem Tod hatte, er würde ihm nun entgegentreten müssen. Scheherazade wandte sich jählings um und durchforschte die Dunkelheit, als versuchte sie, den Feind aufzustöbern. Das Zimmer war leer; nur sie und ihr Gemahl waren da.
Sie biß sich auf die Lippen bis aufs Blut, um nicht in Schluchzen auszubrechen. Falls wundersamerweise ein Bewußtsein in ihm wachen sollte, wäre er traurig gewesen, sie weinen zu sehen. Sie streichelte langsam seine Wange, verwundert, sie noch warm vorzufinden.
Wo war ihr Ehemann? In welchem Teil des Universums ritt er in diesem Augenblick umher? Das Bild eines Reisenden, der auf einem zwei Ufer überspannenden Steg harrte, durchfuhr ihren Geist. In Bälde würde er, unter dem Antrieb einer mysteriösen Kraft, die letzten Schritte überwinden, die ihn von der anderen Seite trennten, und auf ewig entschwinden.
Aber wann?
Einige Tage, einige Monate … hatte Clot gesagt.
Demnach würde Ricardo bis zu jenem Tag dahinvegetieren, an dem das Schicksal beschlösse, diesem Überleben einen Schlußpunkt zu setzen.
Soll ich Ihnen etwas sagen … Es ist nicht die Angst, die Rückreise

anzutreten, die mich beunruhigt … Nein. Eher der Gedanke, bloß noch ein Kranker zu sein, den man hinter sich herzieht. Ich würde es nicht ertragen, bloß noch dahinzuvegetieren. Niemals.
An manchen Tagen betrachte ich mich im Spiegel. Was sehe ich? Eine Gestalt, die plumper wird, ein Feuer, das verlöscht. Und meine erstarrte Zukunft.
Und die Gegenwart, die nicht zählt.
Das einzige, was zählt, ist das Werden eines Menschen. Von dem Augenblick an, da man aufhört, nützlich zu sein, ist man tot.
Scheherazade verkrampfte sich und versuchte, die Stimme zu ersticken, die ihr ins Ohr flüsterte.
Eine Hand drückte den Türflügel auf, und Giovanna schob sich in den Raum. Behutsam trat sie bis zum Fußende des Bettes und verharrte, Ricardos Brust betrachtend, die sich mit beeindrukkender Gleichmäßigkeit hob und senkte.
»Papa …«, sagte sie mit leiser Stimme. »Wir sind da. Morgen wird es dir bessergehen.«

»Warum weinen Sie, Sett Hanem? Der Herr wird leben. Sie werden sehen. Allah wird nicht erlauben, daß er uns verläßt. Niemals.«
Scheherazade blickte mit aufgelöstem Gesicht zu Khadija auf.
»Ja, wenn Gott will, wird er leben.«
Was hätte sie der alten Dienerin mehr sagen können? Die erste Nacht war gerade verstrichen. Das Morgenlicht rötete zart die Wipfel der Palmen und Terebinthen, alles schien an seinem Platz. Alles, bis auf diesen Hocker, auf den sich zu setzen Ricardo die Gewohnheit hatte, um sein Frühstück einzunehmen.
Giovanna goß sich ein Glas Milch ein und stellte es vor sich, ohne es zu trinken. Die auf einem behelfsmäßigen Bett an Ricardos Lager zugebrachte Nacht hatte sie um zehn Jahre altern lassen. Scheherazade hatte sich ihrerseits an die Seite

ihres Gatten gelegt und ihn bis zur Dämmerung an sich gedrückt, wie man ein Kind wiegt. Jemand, der zufällig ins Zimmer getreten wäre, hätte an zwei Wachtposten denken können, die wer weiß welchen Schatz bewachten.
»Glaubst du, er leidet?«
Scheherazade antwortete nicht sogleich.
»Ich weiß nicht, meine Tochter. Ich möchte an das glauben, was uns Clot gesagt hat: ›ein Fehlen von Wahrnehmung‹. Das ist doch der Begriff, den er benutzt hat? Ich vermute, wenn er kein Wohlbehagen empfindet, dürfte er auch keinen Schmerz verspüren.«
Giovanna strich mit der Hand über ihr Haar und blieb einen Augenblick still.
»Wissen Sie«, sagte Khadija, »ich habe von einem Fall wie diesem reden hören. In Beni-Suef, da könnten Ihnen die Leute aus dem Dorf die Geschichte eines Mannes erzählen, nämlich des Scheich al-balad* selbst, der wie der Herr geschlagen wurde. Und ob Sie es nun glauben oder nicht, er hat überlebt und ist als Hundertjähriger gestorben. Ich schwöre es Ihnen, gnädige Frau!«

Und wie um ihren Behauptungen mehr Gewicht zu verleihen, bekreuzigte sie sich, die Muslimin war.
»Ich bin vielleicht naiv«, meinte Giovanna, »aber ich will nicht glauben, daß Papa in dem Zustand bleiben wird. Er wird davonkommen. Dessen bin ich gewiß.«
»Ich hätte gerne deinen Glauben. Leider kann ich es nicht. Clot ...«
»Clot kann sich irren! Hat er nicht selbst zugegeben, daß seine Kenntnisse begrenzt seien?«
Scheherazade nickte ohne Überzeugung.

* Dorfoberhaupt.

Die beiden Frauen verharrten eine ganze Weile schweigend, in ihren Gedanken verloren. Schließlich trank Giovanna ihr Glas Milch in einem Zug aus und erhob sich.
»Ich gehe zu ihm«, verkündete sie mit angespannter Stimme.
»Brauchst du nichts?«
»Nein, ich danke dir. Ich werde mir etwas Kaffee machen und gleich hinaufkommen.«
»Sie ist recht traurig«, bemerkte Khadija, während sie Giovanna beim Hinausgehen nachblickte. »Ihr Vater war alles für sie.«
Scheherazade hätte beinahe entgegnet: »Und für mich? Weißt du eigentlich, was Ricardo für mich bedeutete?« Doch sie beherrschte sich.
Ich würde es nicht ertragen, bloß noch dahinzuvegetieren. Niemals.
Weshalb kamen ihr die von ihrem Gemahl ausgesprochenen Worte unaufhörlich ins Gedächtnis zurück? Zu Anfang waren sie ihr wie eine Warnung erschienen. Seit diesem Morgen klangen sie wie eine inständige Bitte.

Die Tage und Nächte folgten aufeinander, ohne daß irgendeine Besserung eintrat. Clot kam mehrere Male, doch bei jedem seiner Besuche nistete sich die Niedergeschlagenheit um so tiefer in den Gemütern ein, und allen drängte sich die Überzeugung auf, daß Ricardo endgültig verloren war. Allen, außer Giovanna, die mit grimmiger Starrköpfigkeit weiterhin glaubte, ein Wunder würde sich ereignen.
Es war vielleicht gegen Ende der dritten Woche, da Scheherazade, an der Seite ihres Gatten erwachend, mehr als die Tage zuvor vom physischen Verfall erschüttert wurde, der sich unaufhörlich vollzog. Die neben ihr ausgestreckte Person besaß nichts mehr von jenem hochmütigen Venezianer, den sie gekannt hatte.
An jenem Morgen hatte ein säuerlicher Geruch das Zimmer erfüllt. Es war nicht das erste Mal, daß Scheherazade ihn wahr-

nahm. Wiederholt war ihr diese beißende Ausdünstung begegnet. Sie hob das Laken an. Der Urin hatte einen gelblichen Fleck gebildet, und Ricardos Unterleib verströmte einen unerträglichen Gestank.
Sie empfand keinerlei Ekel, allein die Tränen stiegen ihr in die Augen, und in den Schluchzern, die sie zu unterbinden suchte, war nicht bloß unendliche Verzweiflung, sondern auch ein ungeheures Aufbegehren gegen dieses Dahinsiechen, auf das der Mann, den sie liebte, beschränkt war.
Wie eine Schlafwandlerin wandte sie sich zum Schrank, um daraus ein Nachtgewand und saubere Laken hervorzuholen.
Und indem sie die Wäsche verschob, geschah es, daß ihre Hand das Laudanumfläschchen berührte. Das letzte, das Dr. Clot ihr während Josephs Krankheit ausgehändigt hatte. Es war kaum angebrochen.
Sie werden ihm bei Sonnenuntergang sechs Tropfen verabreichen. Die nächsten Tage dann jeweils mittags und abends. Aber geben Sie acht, die Dosis nicht zu überschreiten. Im Übermaß verabreicht, ist Laudanum tödlich.
Ihre Finger schlossen sich um das Glas. Sie drückte die Phiole, daß ihre Fingergelenke blau anliefen, ließ sie dann plötzlich los, als würde sie ihr die Hand verbrennen, und schloß den Wandschrank wieder. Als sie zurückging, begegnete sie dem Blick Ricardos. Sogleich glaubte sie, der Boden würde sich ihr unter den Füßen entziehen. Dies war nicht mehr jener tote Blick; im Blau seiner Augäpfel war eine Flamme erwacht, von der sie nicht mit Bestimmtheit hätte sagen können, ob es sich um ein Flehen oder eine Ermutigung handelte.
Es war kein Zweifel möglich: Ricardo hatte gesehen, daß sie das Fläschchen ergriffen hatte.

Scheherazade ließ sich gegen Josephs Schulter sinken. Sie hätte weinen wollen, doch sie hatte keine Tränen mehr.

»Hat man das Recht, ein Geschöpf derart in den Tod gleiten zu lassen? Sag es mir, Joseph? Sag mir, daß ich irre bin!«
»Ich verstehe, was du empfindest, und ich will dich beruhigen, ich finde deine Haltung legitim.«
»Ich habe daran gedacht, ihn zu töten! Hörst du mich? Als ich dieses Fläschchen ergriff, hatte ich den Eindruck, Ricardos Erlösung in Händen zu halten! Die Macht, seiner Demütigung ein Ende zu setzen!«
Sie seufzte, während sie sich aus den Armen ihres Sohnes löste.
»Ich bin irre ...«
»Nein, ich sage es dir nochmals. Das ist nur menschlich. Die Ohnmacht vor dem Elend derer, die man liebt, ist etwas Fürchterliches.«
»So sehr, daß man daran denkt, ihm das Leben zu nehmen? Ich muß den Kopf verlieren ...«
»Ganz ohne Zweifel, Mama.«
Giovanna stand auf der Schwelle und blickte beide mit Bestürzung an.
Sie trat zu ihnen und setzte hinzu: »Hast du tatsächlich die Absicht gehabt, ihn zu töten?«
»In meinem Geist bedeutete dies einzig und allein, ihn dem Leben zurückzugeben.«
»Du würdest dich also an Gottes Stelle setzen? Aber mit welchem Recht?«
»Es geht hier nicht um Recht, Giovanna, sondern um Mitgefühl und um Liebe. Siehst du nicht, worauf er beschränkt ist? Hast du dir je die Frage gestellt, was er im Innersten seines Herzens fühlt?«
»Dr. Clot hat es gesagt! Er fühlt nichts!«
»Und diese Behauptung genügt dir? Eine hagere Gestalt in einem Bett, die Tag um Tag verfällt?«
Sie wollte aufbegehren, aber Scheherazade fuhr fort: »Kennst du die Prinzipien deines Vaters, weißt du, welchen Wert er der

Selbstachtung und der Ehre beimaß? Kannst du mit Sicherheit behaupten, er hätte es vorgezogen, erniedrigt zu leben, statt in Würde zu sterben? Ich, ich weiß es! Ich habe fast fünfundzwanzig Jahre an seiner Seite verbracht, ich habe ihn seine Philosophie zu den Dingen des Lebens und des Todes äußern hören.«
»Man kann tausend Jahre an der Seite eines Menschen verbringen, und man kennt ihn deswegen noch lange nicht!«
Ein harter Ausdruck erschien auf ihren Zügen.
»Doch darin liegt nicht die Frage. Es würde genügen zuzugeben, daß du es überdrüssig bist, ihn zu pflegen, und alles würde klarer werden!«
Joseph sprang auf.
»Sei still!! Du bist wahnsinnig! Wie kannst du es wagen? Es ist mein Vater, um den es sich hier handelt! Mein Vater!!«
Sie richtete einen anklägerischen Zeigefinger auf Scheherazade.
»Ich warne dich, Mama, schlag dir diese Idee aus dem Sinn. Verjag sie, sonst wird es dich bis zu deinem letzten Tag reuen.«

Der Dezember ging seinem Ende zu. Ein feiner Regen nieselte auf das Anwesen Sabah, den die erstaunten Bäume mit Erleichterung empfingen. Das letzte Mal, daß es über Kairo geregnet hatte, war mindestens sechs Jahre her.
Khadija und Scheherazade hoben Ricardo hoch und lehnten ihn gegen das Kopfteil des Bettes.
Bei dem, was zu einem Ritual geworden war, nahm Scheherazade die Schale mit Milch, Eigelb und Honig und begann, mit Hilfe eines Löffels ihren Gemahl zu füttern.
»Wie werden Sie es anstellen, wenn ich fort bin?« seufzte die Dienerin. »Ich mache mir Gedanken, ob meine Nachfolgerin dem gewachsen ist.«
»Das wird sie, mach dir keine Sorgen.«
»Sie nehmen es mir doch hoffentlich nicht allzu übel? Ich habe

ja keine andere Wahl. Verstehen Sie? Mein armer Mann ist uralt. Ich selbst werde bald sechzig. Es ist an der Zeit, daß wir nach Beni-Suef heimkehren. Dort werden wir unsere alten Tage beenden. Inschallah. Das verstehen Sie, nicht wahr?«

»Gewiß, Khadija, gewiß. Nichtsdestotrotz wirst du uns fehlen.«

»Und Sie erst! Nach mehr als fünfzehn Jahren in Ihren Diensten ... Sie sind meine zweite Familie geworden.«

Sie stieß einen neuerlichen Seufzer aus.

»Ach, wenn ich doch nur mit leichtem Herzen von hier gehen könnte. Zu wissen, daß der Herr noch immer krank ist, zerreißt mir das Herz. Was hat Dr. Clot nach seinem letzten Besuch gesagt?«

Da Scheherazade nicht antwortete, drang sie weiter: »Sett Hanem ... Haben Sie mich gehört? Was hat Dr. Clot gesagt?«

Der Regen trommelte inzwischen auf die Landschaft.

»Gnädige Frau ...?«

Scheherazade hatte die Schale auf den Nachttisch gestellt.

Sie drehte langsam den Kopf ihrer Dienerin zu und erklärte mit einer befremdlich ruhigen Stimme: »Der Herr hat uns verlassen ...«

30. Kapitel

Du hast ihn getötet!«

Giovanna hatte die Anschuldigung fallenlassen, ohne die Stimme zu erheben, ihre Beherrschtheit jedoch verriet einen wohlbedachten Grimm, der weit bedrohlicher wirkte, als hätte sie geschrien. Es war ein eisiger, schneidender Zorn.

Scheherazade und Joseph sahen sie bestürzt an.

Joseph entgegnete als erster: »Ich will glauben, daß es der Kummer ist, der dich irre reden läßt.«

»Ich bin nie bei klarerem Verstand gewesen.«

»Hör zu, Giovanna. Das ist zuviel. Ich ...«

»Sinnlos, mich überzeugen zu wollen! Du stehst unter ihrem Bann, wie Papa! Sie beherrscht dich, sie treibt ihr Spiel mit dir, wie sie es mit Papa getan hat! Du siehst nur durch sie, du drückst dich nur mit ihren Worten aus. Sie hält dich als Geisel, wie sie Ricardo festgehalten hat!«

Joseph versuchte, die Wut, die in ihm brodelte, im Zaum zu halten.

»Giovanna ... Ich beschwöre dich, komm auf den Boden zurück. Du bist absurd.«

»Absurd?«

Sie maß ihren Bruder mit blutunterlaufenem Gesicht. Ihre Hand in eine Tasche ihrer Tunika steckend, brachte sie das Fläschchen Laudanum zum Vorschein.

»Sieh! Erkennst du es wieder?«

»Selbstverständlich. Das ist das Medikament, das mir Dr. Clot verordnet hatte.«

»Das dritte Fläschchen. Falls du es vergessen haben solltest, war es zum Zeitpunkt deiner Genesung kaum angebrochen.«

»Na und? Was willst du damit sagen?«
»Schau!!«
Giovanna entkorkte die Phiole vor Josephs Augen und drehte sie um.
Sie war leer.
Mit einem Mal verwirrt, wandte Joseph ein: »Ich ... Es ist möglich, daß du im Irrtum bist.«
»Nein, mein Sohn«, bestätigte Scheherazade. »Ich hatte es in Händen. Vor einigen Wochen war das Fläschchen voll.«
»Siehst du!« triumphierte Giovanna. »Begreifst du nun?«
»Es muß eine Erklärung geben. Einen Umstand, der uns entgeht.«
»Was dir entgeht, ist das, was du anzunehmen dich weigerst: Sie hat Papa getötet.«
»Nein!!«
Josephs Stimme hatte sich zum Schrei gewandelt.
»Nein, das ist vollkommen unsinnig!«
Forsch ergriff er die Hand seiner Mutter.
»Sag es ihr, Mama. Sag ihr, daß sie sich irrt!«
Scheherazade begnügte sich damit, ihre Finger zu verschränken.
»Ich bitte dich«, flehte Joseph. »Sag es ihr!«
Schließlich antwortete sie mit schwacher Stimme: »Ricardo ist tot ... Das ist alles, was ich heute abend weiß.«
»Du siehst es doch«, beharrte Giovanna. »Sie will sich nicht einmal verteidigen, so offenkundig ist die Tat, die sie begangen hat.«
Scheherazade entschied sich zu erwidern: »Ich weiß nicht, welcher Wahn dein Gehirn beherrscht. Seit Jahren bezichtigst du mich nun schon aller Schlechtigkeiten. Seit Jahren nährst du mir gegenüber einen unverständlichen Haß. Die einzige Frage, die ich mir stelle, ist: Wie kannst du mit einem solch galligen Groll im Herzen leben?«

Giovanna ballte die Fäuste, ihr Gesicht verkrampfte sich. Waren es Tränen, die sie zu verdrängen versuchte? Das Grauen vor ihren eigenen Anschuldigungen? Oder dieses Gift, das – wenn sie ihrer Mutter Glauben schenkte – sie vollends verbrennen würde.

»Ich werde von hier fortgehen. Ich werde nach Papas Beerdigung davongehen.«

»Wie?« schrie Joseph auf.

»Es kommt nicht mehr in Frage, daß ich euer Dach teile. Ich werde nicht an der Seite einer ...«

Joseph ließ sie das fatale Wort nicht aussprechen. Er fuhr auf, packte seine Schwester bei den Schultern und schüttelte sie jähzornig.

»Du bist ein Monstrum! Du hast also überhaupt keine Ehrfurcht vor dieser Trauer!«

»Genug!« befahl Scheherazade.

Sie hatte den Diwan verlassen und sich vor Giovanna aufgepflanzt.

»Vor einiger Zeit, an einem Weihnachtstag, hast du deinem Vater denselben Wunsch mitgeteilt. Entsinnst du dich, was er dir geantwortet hat? ›Wenn du fortgehen möchtest ... tu es. Wisse nur, daß es ein beachtliches Hindernis gibt, das du wirst überwinden müssen. Ich bin vielleicht in Navarino gestorben, aber unglücklicherweise genügt das nicht: Damit du die Schwelle Sabahs überschreiten magst, werde ich ein zweites Mal sterben müssen.‹«

Sie heftete ihren Blick auf den ihrer Tochter.

»Heute nun ist Ricardo Mandrino tot ... Nichts steht deinem Fortgang mehr entgegen.«

2. Januar 1836

Der Sarg setzte mit dumpfem Klang in der Grube auf. Es regnete nicht mehr, aber der Himmel war grau gefärbt.
Von Joseph und Corinne gestützt, beugte sich Scheherazade nieder, nahm eine Handvoll Erde und warf sie auf den eichenen, mit einem vergoldeten Kruzifix verzierten Deckel. Anschließend, während das Paar etwas zurücktrat, verweilte sie regungslos, das schwarze Loch anstarrend und gleichgültig gegenüber den defilierenden Personen, die gekommen waren, Ricardo Mandrino die letzte Ehre zu erweisen.
Der große Abwesende war Mohammed Ali. Durch die Ankunft der Vertreter der Großmächte in Alexandria zurückgehalten, hatte der alte Pascha Ibrahim gesandt.
Unter die Namenlosen mischten sich die Vertrauten: Linant, Judith Grégoire, Oberst Sève und die Bauern des Rosenhofs, die den Weg von Fayum nach Kairo auf sich genommen hatten. Schwarz verschleiert stand Giovanna neben dem Grab, Scheherazade gegenüber.
Unmerklich begann die Erde den Sarg zuzudecken, der langsam in die lose Erde zu sinken schien.
In seinem Gefängnis aus Holz eingesperrt, segelte Ricardo Mandrino vielleicht der Serenissima entgegen. Oder – wer weiß? – vielleicht war er da, unsichtbar, nach wie vor an Scheherazades Seite.

Während die Menge sich verstreute, trat Judith auf Corinne zu, die Joseph zurückgelassen hatte, um die letzten Kondolenzen entgegenzunehmen.
»Das ist wahrlich ein trauriger Tag. Es tut mir aufrichtig leid für dich, für deine Familie.«
Corinne antwortete mit einem sanften Lächeln.
»Ich wollte dir auch sagen, daß ich bald nach Frankreich heimkehre. Ich weiß nicht, wann wir uns wiedersehen werden, ich

hoffe aber, du wirst uns bei einer gelegentlichen Reise mit deinem Gatten in Paris besuchen.«

»Du wirst Ägypten verlassen?«

»Ja. Wir können unsere Aufgabe hier nicht mehr fortsetzen, wir haben nicht mehr die Mittel dazu. Wie du weißt, hat die Epidemie die meisten unter uns dahingerafft. Was die Davongekommenen anbelangt, sind sie am Ende ihrer Kraft, entmutigt, und der Zweifel hat sie befallen. Doch dieses Experiment wird nicht vergebens gewesen sein.«

Sie hob mit einer Spur Stolz hervor: »Im übrigen nehmen wir ein von Dr. Clot eigenhändig unterzeichnetes Zeugnis mit nach Hause, das bestätigt, daß Suzanne und ich einen Hebammenlehrgang besucht und, auf uns allein gestellt, mit Erfolg praktiziert haben. Ich hatte sogar die Gelegenheit, meine Fähigkeiten an Suzanne zu prüfen. Vor einigen Tagen hat sie einen kleinen Jungen entbunden, Alfred Charles Prosper.«

»Es erübrigt sich zu fragen, wer der Vater ist?«

»Du ahnst es sicher ...«*

»Somit ist der Traum also beendet ... Monsieur Enfantin? Wird er ebenfalls nach Paris zurückkehren?«

»Ja. Die Schließung der Stauwehrbaustelle hat seinen Enthusiasmus bezwungen.«

»Wie steht es um die Suche nach der Frau-Messias?«

»Manche werden sie zweifelsohne woanders fortsetzen ... In Nord- oder in Südamerika oder in Ozeanien. In Wahrheit hat die Idee jedoch ihr Feuer eingebüßt, und etliche unserer Schwestern schreien zunehmend lauter hinaus, daß die ›Mutter‹ alle Frauen seien und nicht eine einzige, die einer männlichen Phantasie entspringe. Wie du siehst, ist es ein ziemliches Debakel.«

* Als leiblicher Sohn von Charles Lambert wird er unter Suzanne Voilquins Mädchennamen, Monnier, eingetragen werden und am folgenden 4. Juni versterben.

»Ja, und recht enttäuschend ... Schade. Ich bin häufig gegen das ziellose Abgleiten eurer Theorien gewesen, und dennoch steht zweifelsfrei fest, daß die Hoffnung auf eine menschlichere Welt, für die ihr gekämpft habt, die edelste Hoffnung ist, die es gibt. Vielleicht wird die saint-simonistische Idee, von all dem Wust befreit, den manche glaubten säen zu müssen, eines Tages irgendwo anders neu aufleben. Jedenfalls ist dies mein innigster Wunsch. Das meine ich aufrichtig.«
Judith drückte ihrer Freundin einen Kuß auf die Wange.
»Adieu, Corinne. Wie die Leute deines Landes sagen: Allah karim ...«

Der Friedhof ist nun menschenleer.
Scheherazade hat den Wunsch geäußert, allein zu bleiben. Am Grabe Ricardos stehend, hebt sich ihre hohe verschleierte Silhouette wie eine schwarze, starre Zypresse im flammenden Licht der untergehenden Sonne ab.
Diesmal wird nichts ihren Gemahl zurückbringen. Weder eine Reise nach Morea noch eine Niederfahrt in den Abyssus von Navarino. Diesmal hat er nicht die Zeit gehabt, von seiner zitternden Hand ein Zeichen, den Namen Fra Matteo da Bascio zu hinterlassen. Auch wird es keine griechische Bäuerin, keinen Popen geben, die ihr ermöglichen, Mandrinos Spur zu verfolgen.
Sie konzentriert sich dennoch mit ganzer Kraft auf diesen Haufen Erde, unter dem der Sarg ruht. Worauf wartet sie? Daß der Irrsinn von ihrem Geist Besitz ergreife? Wahrscheinlicher jedoch, daß dieses Etwas, das Mandrino hinweggerafft hat, sie ebenfalls holen möge. Ja, es gibt keine Alternative. So betet sie, sie betet, daß die Jahre, die sie von diesem Augenblick trennen, sich in Tage, die Tage in Stunden und die Stunden in Sekunden verwandeln mögen.
Wenn sie sich doch nur diese wundersame Droge beschaffen

könnte. Aber das Fläschchen ist leer. Wenn es sein müßte, würde sie sich Dr. Clot zu Füßen niederknien, ihm oder einem anderen, damit er ihrer flehentlichen Bitte nachgäbe.
Morgen vielleicht ... Oder heute abend ...

Alexandria, Ras-el-Tin-Palast,
7. Januar 1836

Ans Fenster zum offenen Meer hin gelehnt, betrachtete Mohammed Ali versonnen das Kommen und Gehen der Wellen. Plötzlich nahm er sein Gesicht in beide Hände, als wollte er die Gemütsbewegung unterdrücken, die sich darauf zeigte.
Ibrahim näherte sich ihm und blieb achtungsvoll an seiner Seite stehen, da er sich versagte, seinen Vater aus dessen Versunkenheit zu reißen. Was hätte er im übrigen auch sagen können, um seinen Kummer zu besänftigen? Obschon er darauf gefaßt gewesen war, hatte Mandrinos Entschwinden ihn wie ein Peitschenhieb getroffen. Mehr als dreißig Jahre Freundschaft waren erloschen, vom Wind des Todes ausgelöscht.
»Mein Sohn Ismail ist mir entrissen worden. Tussun ist ihm gefolgt. Heute nimmt man mir nun den Mann, den ich so sehr liebte, als wäre er von meinem eigenen Fleisch und Blut gewesen. Mein einziger Trost ist, mir zu sagen, daß meine Stunde kommen wird.«
»Vater ... denken Sie an Ricardo, er hätte es nicht geschätzt, wenn Sie so reden. Sie werden noch lange leben. Für Ihre Familie, für Ägypten.«
»Ägypten ...?«
Er drehte sich in einer abgespannten Bewegung um und zeigte seine Hände.
»Dies hier ist Ägypten ... Runzeliges Fleisch, das die Zeit jeden Tag mehr zerfleddert. Bald wird das Blut, das in seinen Adern fließt, versiegt sein und das Fleisch zu Staub werden.«
Er stützte sich erneut auf die Fensterbank auf und sagte mit fast

unhörbarer Stimme: »Ich bin vielleicht zu weit gegangen. Ich wollte mich Alexander und den großen Eroberern annähern, und wie sie bin ich nun in der Falle meiner eigenen Eroberungen gefangen.«
»Sie hatten keine Wahl, Vater.«
»Weißt du eigentlich, wie das Volk mich nennt? *Zalem Pascha.* Pascha Tyrann. Es verzeiht mir nicht, alle Erwerbsquellen dieses Landes verstaatlicht und jeglichen Widerstand systematisch gebrochen zu haben.«
»Ich sage es Ihnen noch mal: Sie hatten keine Wahl. Die Modernisierung dieses Landes war um diesen Preis. Ihre Eroberungen waren nichts anderes als eine Aufeinanderfolge von Kriegen, die man Ihnen mittelbar aufgezwungen hat. Was die Falle anlangt, von der Sie sprachen, wissen Sie wohl, daß es die Großmächte sind, die Sie darin festhalten.«
Mohammed Ali gebot ihm Einhalt.
»Laß, mein Sohn. Mir steht das Herz nicht danach, über Politik zu reden. Der Tod von Ricardo lastet auf mir wie ein Leichentuch.«
Unvermutet verkündete er: »Seine Familie ... Scheherazade. Ich will, daß du dich persönlich um sie kümmerst. Es darf ihnen an nichts fehlen. Hörst du?«
»Ich wollte Sie eben davon unterrichten, Vater: Die Tochter von Ricardo ist da.«
»Giovanna? Aber was macht sie hier?«
»Ich weiß nicht. Der Großkämmerer hat sie empfangen. Sie bittet um eine Audienz.«
»Geh! Man soll sie augenblicklich vorlassen. Geh, Ibrahim!«

»Bist du dir bewußt, was du von mir verlangst?«
»Ja, Majestät. Es bleibt mir keine andere Wahl mehr. Ich bitte Sie darum.«

Mohammed Ali schloß erregt die Finger um die Sessellehne. Er wirkte verlorener als Giovanna.

»Weißt du, daß du deine Mutter ein zweites Mal in Trauer versetzt hast, indem du Sabah verlassen hast? Weißt du das?«

»Begreifen Sie denn nicht? Sie hat meinen Vater ermordet.«

»*Madjnuna*! Irre! Wie kannst du dir bloß einbilden, sie hätte eine solche Tat begehen können? Ricardo war ihr Fleisch, das Blut ihrer Adern!«

»Eben weil sie es nicht ertragen hat, wozu er geworden ist. Sie hätten ihn in diesem Zimmer ausgestreckt sehen sollen. Er glich nichts und niemandem mehr. Er hatte nichts mehr von einem Mann! Er war …«

»Er war noch immer Ricardo Mandrino!! Was du auch andeuten magst, es war Ricardo!«

»Das Laudanum … ich habe Ihnen doch erklärt, daß das Fläschchen leer war. Einige Tage zuvor war ganz eindeutig sie es, die mit Joseph die Eventualität erwähnte, Papas Krankheit ein Ende zu setzen.«

»Unsinniges Zeug! Äußerungen einer Frau, die leidet. Hast du noch nie gelitten?«

»›Als ich dieses Fläschchen ergriff, hatte ich den Eindruck, Ricardos Erlösung in Händen zu halten!‹ Das sind ihre eigenen Worte!«

»Ich wiederhole es dir nochmals!« skandierte der Vizekönig. »Scheherazade hätte etwas Derartiges nicht tun können. Sie liebte ihn zu sehr.«

»Und wenn sie ihn aus Liebe getötet hätte? Haben Sie sich diese Frage schon einmal gestellt?«

Mit einem Mal schien der Pascha außer Fassung gebracht, als hätte dieses letzte Argument seine Gewißheiten erschüttert.

Erahnend, daß sie einen Punkt erzielt hatte, drang sie weiter: »Ricardo war für sie der Anfang und das Ende. Er war ihre einzige Existenzberechtigung. Sie war stolz auf ihn. Stolz, ihn so stark, unbesiegbar zu wissen. Sie hat es nicht ertragen, ihn zugrunde gehen zu sehen, daß er bloß noch ein abgezehrter, in seinem Bett vegetierender Leichnam war.«

Der Monarch hob die Augenbrauen. Er wußte nicht mehr, wo die Wahrheit lag. Er entgegnete in einem Tonfall, in dem Mißbilligung mitschwang: »Wie auch immer der Zustand desjenigen ist, den man liebt, haben seine Verwandten nicht das Recht, Richter und Partei in einem zu sein. Es ist der Allhöchste, der das Leben schenkt. Er allein hat die Macht, es wieder zu nehmen.«

Giovanna pflichtete schweigend bei.

»Nun gut!« meinte er mit plötzlicher Ungeduld. »Du willst also nicht mehr zurückkehren und auf Sabah leben?«

Sie verneinte.

»Wenn du auch nur ein ganz klein wenig den Charakter deiner Mutter besitzt, dann könntest du, wie ich vermute, imstande sein, dich wer weiß wohin zu verlieren, falls ich dir die Tür verschlösse.«

»Ja, Majestät.«

»So sei es denn! Du kannst im Ras el-Tin bleiben.«

Er hob rasch hervor: »Gleichwohl stelle ich eine Bedingung. Es kommt überhaupt nicht in Frage, daß du Gefallen an sorglosem Müßiggang findest. Ich habe noch nicht darüber nachgedacht, auf welche Weise du nützlich sein könntest, aber ich werde etwas finden, und ich werde von dir erwarten, daß du die Aufgabe, die dir übertragen wird, mit ungebrochener Strenge erfüllen wirst. Bist du einverstanden?«

»Ich werde alles tun, was Sie wollen.«

»Bestens ...«

Er verließ seinen Sessel und trat, die Hände hinter dem Rücken zusammengelegt, ein paar Schritte in den Raum.

»Was geschieht nur mit der Welt? Sollten die Menschen irre geworden sein? Daß ein Reich zerbirst, ist der Tribut, welcher

der Geschichte zu zahlen ist. Daß der Tod jene hinwegnimmt, die man liebt, ist Allahs immerwährendes Gesetz. Daß jedoch eine Tochter so weit geht, ihre Mutter zu verachten, ist das Allerschlimmste an Blasphemie.«
Er schloß mit düsterer Stimme: »Möge Gott uns behüten, Tochter des Mandrino.«

31. Kapitel

Alexandria, 1. Oktober 1838

Die spritzende Gischt peitschte die Wangen des Generalkonsuls von Frankreich, Monsieur Cochelet. Von zwei Wachen eskortiert, legte er zitternd die letzten Meter zurück, die ihn von dem im äußersten Süden der Werft errichteten Hüttchen trennten.
In Wahrheit war es nicht so sehr der Herbstwind, der ihn schaudern ließ, als der Inhalt der Botschaft, die in seiner Brieftasche aus schwarzem Maroquin ruhte.
Man drückte für Cochelet den Türflügel auf. Er trat ein und fand sich augenblicklich dem Vizekönig gegenüber. Jener stand aufrecht da, die Hand nachlässig auf einen Weidenstuhl gestützt, einen Säbel an seinem Gürtel.
»Nehmen Sie Platz, Monsieur Cochelet.«
Noch indem der Konsul sich in einen Sessel sinken ließ, fügte Mohammed Ali an: »Wissen Sie, woran ich dachte, bevor Sie kamen?«
Er tat einen Schritt zum Fenster, das sich auf einen Teil des Seearsenals hin öffnete und von dem aus man die im Bau befindlichen Schiffe ausmachen konnte.

»Wenn ich diese Kriegsschiffe betrachte, sage ich mir, daß Ihr Land stolz auf seinen Genius sein kann. Ohne den Beistand Ihres Landsmanns Monsieur de Cerisy wäre diese Werft nie zustande gekommen. Es ist nach wie vor ein wenig von Frankreichs Ruhm, der im Lande Ägypten anwächst.«
»Ihre Bemerkung bewegt mich, Majestät. Ich weiß, daß sie aufrichtig ist.«
»Ist Monsieur Molé wohlauf?«
»Ja, Sire.«
»Ganz unter uns, ich bedauere den Rücktritt seines Vorgängers Monsieur Thiers ein wenig. Nicht, daß es Ihrem neuen Premierminister an Qualitäten mangeln würde, aber ich finde ihn etwas – Sie verzeihen mit den Ausdruck –, etwas kleinmütig. Seine Zurückhaltung, zugunsten der Revolutionen außerhalb Frankreichs einzugreifen, läßt nichts Gutes für mein Land erahnen. Täusche ich mich?«
»Ich glaube in der Tat, Sie haben recht. Im übrigen wird dies hier es Ihnen bestätigen.«
Er kramte in seiner Aktenmappe und zog einen Brief hervor, den er Mohammed Ali reichte.
Jener nahm ihn und legte ihn vor sich, ohne sich die Mühe zu machen, den Umschlag zu entsiegeln.
»Lesen Sie ihn nicht, Majestät?«
»Wozu soll es gut sein? Ich kenne den Inhalt im voraus. Möchten Sie, daß ich ihn zusammenfasse? Für den Fall, ich würde mein Bestreben nach Unabhängigkeit weiter verfolgen, ist die französische Regierung fest entschlossen, nicht allein der neuen Position, die ich einnähme, keine Rechnung zu tragen, sondern auch zu erklären, daß sie diesen Schritt als null und nichtig betrachtet und bereit wäre, sich dem mit allen Mitteln, über die Frankreich verfügt, in den Weg zu stellen, beginnend mit der Entsendung eines Geschwaders vor Alexandria und die Küsten Syriens. Und die Botschaft schließt mit einer Forderung nach einer kategori-

schen und derart beschaffenen Antwort, daß sie jegliche Ungewißheit ausräume.«

Er machte eine Pause und fragte mit einem Lächeln, in das sich Niedergeschlagenheit mischte: »Das ist es doch, was Monsieur Molé mir geschrieben hat?«

»Fast Wort für Wort, Sire.«

»Das Alter weist viele Unerquicklichkeiten auf, aber es hat nichtsdestotrotz gewisse Vorteile; jener, der Überlegung anderer vorauszueilen, gehört dazu. Wie dem auch sei, ich habe Ihnen eine gewichtige Neuigkeit zu verkünden: Gestern habe ich Besuch von einem Emissär der Pforte, Sarim Effendi, erhalten. Der Sultan hat ihn damit betraut, ein Arrangement auszuhandeln.«

»Welches?«

»Die Hohe Pforte wäre geneigt, meinen Nachkommen die Erbfolge zu gewähren. Als Gegenleistung müßte ich Syrien, den Sudan und Jemen zurückgeben … kurzum, die Zerschlagung des ägyptischen Reichs. Und selbstverständlich müßte ich endgültig meine Unabhängigkeitsabsichten aufgeben.«

»Was haben Sie ihm geantwortet?«

»Und Sie, Monsieur Cochelet? Was würden Sie antworten, wenn man von Ihnen verlangte, Frankreich solle Algerien und dem Großteil seiner Kolonien entsagen, damit die Welt als Gegenleistung anerkenne, daß es eine freie und unabhängige Nation ist?«

Der Konsul schwieg.

»Ich habe also den Sultan wissen lassen, ich würde niemals einwilligen, den geringsten Teil meiner Besitztümer preiszugeben.«

»Indes, Hoheit, möchte ich Ihnen zu bedenken geben, daß die Erbfolge eine nicht zu vernachlässigende Karte ist. Sie würde wenigstens jenen Vorteil aufweisen, die – zumindest nominelle – Unverletzlichkeit des Osmanischen Reiches zu achten; was die Großmächte fordern.«

»Sie möchten demnach, ich solle, um Europas Schlaf zu bewahren, die durch das Blut meiner Kinder erworbenen Territorien opfern?«
»Ihr Wille wiegt leider nicht schwer angesichts des Widerstands jener beiden Großmächte, die mein Land und Großbritannien sind.«
Der Pascha umschloß krampfhaft den Griff seines Säbels und merkte mit ermatteter Stimme an: »Großbritannien ... und dieser teure Lord Palmerston. Ihre Mitbürger sind wahrhaftig weichherzige Leute, Monsieur Cochelet. Sie suchen in aller Redlichkeit einer drohenden Krise vorzubeugen, während die Engländer für ihren Teil nur eine fixe Idee im Sinn haben: Sie wollen den Krieg zwischen meinem Land und der Türkei, was ihnen das so sehr erhoffte Alibi verschaffen würde, mich zu zerschmettern und Ägypten zu besetzen. Wenn Sie meine Meinung wissen wollen, so fürchte ich wohl, Frankreich könnte einer großen Enttäuschung entgegengehen.«
Er faßte sich wieder und fragte mit lauter Stimme: »Durch welchen Zauber ist Ihr Land dazu übergegangen, die Ideen eines Menschen wie Lord Palmerstons zu teilen? Um welcher Belange willen ist Ägypten zur Mitgift ihrer widernatürlichen Vermählung geworden?«
Der Konsul neigte ein wenig den Kopf, als beichtete er seine Machtlosigkeit: »Wenn ich mich erkühnte, würde ich sagen, daß Sie das erste Opfer dessen sind, was man eine *Weltordnung* nennen könnte, oder, falls Sie es vorziehen, dieser *Entente cordiale**, die seit kurzem mein Land mit Großbritannien eint. Frankreich mußte aus dieser diplomatischen Isolation heraus, in die es seine letzte Revolution geführt hat.«

* In Wahrheit wird der Begriff tatsächlich erst zum Zeitpunkt des frankobritischen Bündnisses anläßlich des Krimkrieges (1854–1856) Anwendung finden.

»Um welchen Preis auch immer?«
»Ich weiß nicht …«
Cochelet machte eine Pause, an die er mit leiser und nervöser Stimme anfügte: »Wenn ich Ihnen jedenfalls meine persönliche Gesinnung anvertrauen darf, so sollten Sie wissen, Majestät, daß ich Ihrer Unabhängigkeit voll und ganz gewogen bin. Ich bin überzeugt, sie liegt nicht allein in Ihrem Interesse, sondern auch in dem ganz Europas, das nur dabei gewönne, dieser Orientalischen Fragen entledigt zu sein. Eine unvorgesehene Wendung könnte nur die tiefgreifende Störung seiner politischen Beziehungen herbeiführen.«*
»Unglücklicherweise sind Sie nicht der Premierminister von Frankreich.«
»Majestät, Sie fragten sich, weshalb mein Land Ihnen gegenüber diese Position eingenommen hat.«
»Sie haben mir geantwortet: wegen der *Entente cordiale.*«
»Ja. Aber das ist nicht der alleinige Grund.«
»Ich höre Ihnen zu.«
Cochelet wich dem steinernen Blick des Monarchen aus.
»Die Großmächte sind überzeugt, Sie werden – von einem auf den anderen Tag – Feindseligkeiten gegen die Türkei eröffnen und mit Gewalt nehmen, was man Ihnen versagt. In allen abendländischen Kanzleien hat sich das Gerücht eingenistet und wird ohrenbetäubend. Sie werden ohne Mühe verstehen, daß die

* Cochelet plädierte, jedoch vergebens, für diese Lösung seitens seiner Regierung, wobei er sie vor dem Verlust warnte, den Frankreich erlitte, falls es zum Bruch der privilegierten Beziehungen käme, die bis dahin zwischen dem französischen Staat und Mohammed Ali vorgeherrscht hatten. In Wirklichkeit beharrte die Regierung von Louis-Philippe trotz bitterer Enttäuschungen darauf, die Allianz mit England zum Dreh- und Angelpunkt ihrer Politik zu machen. Die Entente dieser beiden Seemächte sollte, ihrer Überlegung nach, Europa beherrschen und dessen Gleichgewicht sichern.

Gemüter unter diesen Bedingungen gegen Sie in Harnisch geraten sind und man Ihre Politik in den allerabfälligsten Begriffen beurteilt. Der Orient ist stolz, Sire; der Okzident ist es nicht minder. Er weigert sich, dem nachzugeben, was er als Erpressung empfindet.«

Wie betäubt riß der Pascha die Augen auf.

»Was sagen Sie? Ich, ich soll zu einer Kriegserklärung bereit sein?«

»Ich trage Ihnen lediglich den vorherrschenden Eindruck zu, Sire.«

»Und aus diesem Grund würde man mir jegliche Aussicht auf Verhandlung verweigern? Wegen dieser Mutmaßung hat Frankreich sich England zugewandt?«

Cochelet hob verlegen die Augenbrauen.

»Das ist zumindest eines der Motive.«

Langanhaltende Stille ließ sich im Hüttchen nieder, die kaum von der Brandung gestört wurde.

»Gut, Monsieur Cochelet. Ich werde der Welt einen Beweis meines guten Willens geben. Ich werde dieses Gerücht, von dem Sie sprachen, zum Schweigen bringen.«

Er streichelte über den Knauf seines Säbels und fuhr in einem Ton fort, den man mit Bitterkeit hätte verwechseln können, der indes die Tiefe seiner Traurigkeit offenbarte.

»Ich werde Ägypten verlassen.«

Der Konsul glaubte, sich verhört zu haben.

»Ich werde Ägypten verlassen. Ich werde einige Zeit fortgehen, so wird man mich nicht mehr bezichtigen, Kriege zu schüren. Ich werde mich der Großmut der europäischen Mächte anheimgeben und ihnen Zeit zum Überlegen geben, bevor sie über mein Los statuieren. Sie werden darüber entscheiden, was geschehen wird. Entweder werden sie mir das Recht auf Würde gewähren und mir erlauben, mein zivilisatorisches Werk in Frieden und Sicherheit fortzusetzen, oder aber ...«

»Doch wohin werden Sie gehen, Majestät?«
»Beruhigen Sie sich, Monsieur Cochelet. Beruhigen Sie auch die Kanzleien, Monsieur Molé, Lord Palmerston, Metternich und den Zaren. Ich werde nicht in Europa einfallen.«

»Würdest du mit mir fortgehen, Giovanna?«
»Fortgehen? Aber in welches Land? Und wann?«
»In den Sudan. In den kommenden Tagen.«
Ein wenig verdutzt, trat die junge Frau an den Monarchen heran. Er lud sie ein, sich neben ihn auf das brokatene Kanapee zu setzen.
»Vergeben Sie mir meine Indiskretion, Hoheit, aber welches ist der Grund für diese plötzliche Reise?«
»Ein Bedürfnis, aus der Nähe zu sehen, wie dieses Gebiet lebt, seit es Teil von Ägypten ist. Der Wunsch, selbst nachzuprüfen, ob die neuen Statthalter der unterdrückerischen Steuerpolitik ein Ende gesetzt haben, die ihre Vorgänger angewandt hatten, und mich zu versichern, daß Mangel und Korruption nicht mehr im Schwange sind. Ebenso möchte ich sehen, ob die Bevölkerung gerecht behandelt wird. Du weißt es nicht, aber vor ungefähr zehn Jahren habe ich hundertundachtzehn Direktoren und Unterdirektoren ernannt, auf daß sie die Bevölkerung in die Bodenbewirtschaftung einführen und die Sudanesen in der Industrie, besonders die der Töpferei und des Schiffbaus, unterweisen. Andererseits …«
Ein fröhlicher Glanz leuchtete in seinen Augen auf.
»Ich habe oft vom Interesse der abendländischen Gelehrten für die Quellen des Nils reden hören. Sie sind bis zum heutigen Tage unbekannt. Weshalb nicht versuchen, sie zu entdecken?«
In Anbetracht von Giovannas Überraschung beeilte er sich, sie zu beruhigen: »Sei unbesorgt. Mit bald siebzig Jahren ist mir meine Zeit bemessen. Wir werden nicht über den Weißen Nil hinaus reisen. Also? Was sagst du zu diesem Vorhaben?«

»Ich finde es fesselnd, Sire. Und es wird mir ein Vergnügen sein, den Sudan zu entdecken.«

»Bestens …«

Er unterdrückte einen Schauder und wies auf den in einer Ecke des Raumes abgestellten *manqal.*

»Würdest du ihn bitte anfachen? Ich bin wie durchgefroren.«

Sie gehorchte, und während sie die Kohle in das Glutbecken schichtete, erkundigte er sich beiläufig: »Hörst du Nachrichten von deinem Bruder?«

»Nein, Sire. Das letzte Mal, daß ich mit ihm gesprochen habe, liegt zwei Jahre zurück.«

»Als er herkam, um dich anzuflehen, nach Sabah zurückzukehren. So ist es doch?«

»Ja.«

»Zwei Jahre und acht Monate bald … Die Zeit vergeht sonderbar rasch.«

»Ohne Zweifel. Ich werde mir dessen nicht bewußt.«

»Ja, ja! Es ist das Privileg der Jugend, keinen Begriff von Zeit zu haben. Erst wenn du die Vierzig überschritten hast, wird alles zu wanken beginnen. Du wirst dich umdrehen, um den zurückgelegten Weg zu betrachten, und es wird dich ein Schwindel überkommen.«

Sie streute die Holzspäne unter die Kohlen und zündete sie an.

»Ich stelle fest, daß du eine wahre Expertin im Anfachen von *manqal* geworden bist«, scherzte der Pascha.

»Die Gewohnheit, Sire. Benötigen Sie noch etwas?«

Er machte eine verneinende Geste.

»Aber geh noch nicht.«

Sie ließ sich folgsam im Schneidersitz zu Füßen des Monarchen nieder.

»Ich habe Neuigkeiten von deinem Schützling erhalten.«

»Meinem Schützling?«

»Said, meinem Sohn … solltest du ihn bereits vergessen haben?«
»Selbstverständlich nicht. Ist er noch immer in Saint-Cyr?«
»Und noch immer so dick. Jetzt, da er niemanden mehr hat, der ihn überwacht, dürfte er sich nach Herzenslust amüsieren.«
»Wann wird er nach Ägypten heimkehren?«
»Nicht bevor er seine Studien und seine Militärausbildung beendet hat. Anschließend sähe ich es gerne, wenn er ein wenig die Welt bereiste.«
»Ist er glücklich?«
»Ich vermute es jedenfalls. Aber ist das überhaupt wichtig? Das einzige, was zählt, ist, daß er Charakter und Pflichtgefühl besitzt. Eines Tages wird die Reihe nach Ibrahim an ihn kommen, über Ägypten zu herrschen, dann wird er sich seiner Aufgabe gewachsen zeigen müssen.«
Sie pflichtete dem Herrscher bei.
»Er wird sich auch geliebt fühlen müssen. Ich glaube nicht, daß irgend jemand große Dinge vollbringen könnte, wenn er nicht von Zuneigung umgeben ist.«
Er streichelte langsam seinen seidigen Bart.
»Ich kenne jemanden, der nie wieder Zuneigung erfahren wird. Oder ganz wenig nur.«
»Sie sprechen von sich, Sire?«
»Ach, ich, ich bin mit Zuneigung überschüttet! Meine Söhne vergöttern mich, wenigstens hoffe ich das, was meine Gemahlinnen anbelangt …«
Ein kurzes Lachen schüttelte ihn.
»Zwischen der Tscherkessin, der Albanerin und all den Geschöpfen, die in meinem Harem schlafen, nehme ich doch an, daß deren vereinte Zärtlichkeit mir bei weitem für die wenigen Jahre genügen dürfte, die mir noch zu leben bleiben.«
Sein Tonfall wurde wieder ernst.

»Nein, es handelt sich nicht um mich, sondern um eine Frau, die sie alle auf ihre Weise übertrifft.«
Giovanna senkte den Blick.
»Fehlt deine Mutter dir denn nicht?«
In Anbetracht ihres Schweigens stieß er einen gereizten Ausruf aus.
»Nein, wirklich! Tochter des Mandrino! Ich finde dich recht unbefangen, die Zuneigung gegenüber Said zu erwähnen! Und Scheherazade? Glaubst du nicht, sie hätte ebenfalls das Bedürfnis, geliebt zu werden?«
»So müßte sie denn diese Liebe erwidern. Das kann sie nun aber nicht. Sie hat alles Ricardo gegeben und hat nichts von ihrer Liebe für andere gehabt; nicht für mich jedenfalls.«
»Hohle Worte! Glaubst du, sie hätte derart unter eurer Trennung gelitten, wenn sie dich nicht liebte?«
»Was wissen Sie davon, Majestät? Hat sie sich auch nur einmal bei Ihnen über mich erkundigt? Hat sie mir je geschrieben?«
Der Pascha zeigte ein leichtes Zögern.
»Vielleicht ist sie verletzt? Vielleicht hat sie euer Bruch so sehr geschmerzt, daß sie es vorzieht, sich in Schweigen zu verschließen?«
»Hören Sie, Hoheit, sie hat mir meinen Vater entzogen, während er am Leben war, sie hat ihn an sich gerissen und mir nichts gelassen, außer ein paar Fetzen Zärtlichkeit. Dann ist sie beharrlich darin fortgefahren, indem sie eine Lästerung wider Gott und wider das Leben beging. Wenn Sie edelmütig genug sind, eine derart abscheuerregende Tat zu vergeben, um so besser. Aber verlangen Sie nicht von mir, desgleichen zu tun!«
Sie verstummte, holte kurz Luft und fügte mit überdrüssiger Stimme hinzu: »Ich bitte Sie, wechseln wir das Thema. Wir wissen beide, Sie und ich, daß es jedesmal, wenn wir dieses Problem anschneiden, zu bösen Worten kommt. Darf ich mich nun zurückziehen, Sire? Ihr Schatzmeister erwartet mich.«

»Garbis Bey? Offenkundig scheint er es ganz und gar zufrieden, wie du die Verwaltung des Palastes leitest. Gratuliere. Als ich dir diese Verpflichtung übertragen habe, dachte ich nicht, daß du ihr so trefflich nachkämest.«

»Sie sehen, ich bin nicht gar so verloren, wie ich den Anschein erwecke. Indes, so muß ich gestehen, weiß ich nicht, ob ich ohne die wertvollen Ratschläge von Herrn Garbis* nicht irregegangen wäre. Er besitzt neben vielen anderen wesentlichen Eigenschaften diese intuitive Seite, die die Qualität großer Finanzleute ausmacht.«

Der Monarch ließ ein Knurren vernehmen, während sie sich wieder erhob.

»Auf Wiedersehen, Majestät.«

Einmal allein, blieb er eine Weile regungslos, wandte sich dann zum Behang, der entlang der Wand herabfiel. Er schob ihn beiseite und enthüllte eine Geheimtür.

»Komm herein!«

Sogleich erschien eine Frau. Sie erforschte den Raum, als suchte sie sich zu versichern, daß niemand anderes, mit Ausnahme des Monarchen, sich darin befände, und trat vor.

Er nahm sie in einer liebevollen Anwandlung in die Arme.

»Esayek ... Wie geht es dir, mein Kind?«

»Es geht mir gut, Sire. Ich danke Ihnen.«

»Laß mich dich anschauen«, sagte er, etwas zurückweichend.

Er runzelte leicht die Stirn.

»Du bist so schön wie eh.«

* Mit richtigem Namen: Alexander Sarkis Garbis Kuyumdjian. Er gehörte zu den unzähligen armenischen Ministern und Beratern, mit denen sich zu umgeben Mohammed Ali verstanden hatte. Dem Anschein nach war Garbis' Vater einer der renommiertesten Goldschmiede Kairos. Der Musikwissenschaft leidenschaftlich zugetan, soll er sein Vermögen – das wohl beachtlich war – der Universität al-Azhar gestiftet haben, womit eine Abteilung zum Studium der Musik eingerichtet werden sollte.

»Sie lügen schlecht, Sire. Doch es ist gut gemeint.«
»Weshalb sollte ich lügen? Wir betreiben hier keine Politik, soweit ich weiß? Ganz aufrichtig, ich finde dich strahlend.«
Während er diese Worte aussprach, mühte er sich nach Kräften, von seinem Entsetzen nichts erkennen zu lassen. War dies tatsächlich Scheherazade, die sich vor ihm befand? Jene Frau von legendärer Verlockung, die er auf dem Höhepunkt ihrer Schönheit gekannt hatte? Das konnte nicht sie sein! Nicht diese erschlaffte Person, diese abgezehrte Gestalt mit ihrem von Falten zerfurchten Gesicht! Nein. Er mußte das Opfer eines Zaubers sein.
Er faßte sich gleichwohl und schlug einen ungezwungenen Ton an: »Schade, daß ich nicht mehr zwanzig Jahre zähle …«
Sie unterbrach ihn.
»Wie geht es ihr?«
»Wie jemandem, der auf der Schwelle eines Hauses steht und nicht einzutreten wagt.«
»Was heißen soll?«
»Sie sucht sich, sie bewegt sich tastend, aber ich denke, sie ist nicht weit davon entfernt, zur heiteren Ruhe zu finden.«
Scheherazade zog den schwarzen Schal hoch, der ihre Schultern bedeckte.
»Und ihre Gesundheit? Fehlt es an nichts?«
»Befremdliche Frage. Ist sie nicht unter dem Schutz Mohammed Alis? Sie hat alles, sei beruhigt.«
Er setzte sich hinter seinen Schreibtisch.
»Darf ich dir etwas zu trinken anbieten? Einen Tee?«
»Nein, Majestät. Danke.«
»Du mochtest aber doch recht gerne Tee … ehedem.«
»Und ihre Arbeit? Sind Sie damit zufrieden?«
»So erstaunlich es scheinen mag, zeigt sie sich ihr vollkommen gewachsen. Diszipliniert, methodisch und vor allem – was mich am meisten überrascht hat – unglaublich menschlich mit ihren

Untergebenen. Es kommen mir regelmäßig die Nachklänge einer Geste, einer großmütigen Tat zu Ohren, die sie hier und da vollbracht haben mag. Es ist alles recht seltsam, wenn man die Härte ihres Charakters kennt.«

»Sie täuschen sich. Es handelt sich bei Giovanna nicht um Härte, sondern einzig und allein um Charakter. Manche sind dem Schilf gleich, andere ähneln den Eichen. Sie ist starr, doch sie ist nicht hart. Joseph hingegen ist ein Schilfrohr.«

»Und du? Was bist du, Scheherazade?«

Ein stummes Lachen öffnete ihre Lippen.

»Zweifelsohne dürfte ich der Eiche näher sein.«

Er beugte sich zu ihr.

»Und nun erzähle mir ein wenig von deinem Leben. Wie sind deine Tage verlaufen?«

»Ich kümmere mich um das Anwesen. Ich spaziere durch die Wüste. Ich sinne nach, und ich warte.«

Er runzelte die Stirn.

»Du wartest?«

»Auf das Kind, das bald geboren wird.«

Seine Verblüffung steigerte sich.

»Von welchem Kind sprichst du?«

»Von Corinnes Kind. Sie ist im siebten Monat schwanger.«

Er brach in tönendes Lachen aus.

»Du wirst Großmutter!«

»Das belustigt Sie sehr, könnte man meinen?«

»Was soll ich sagen, ich habe mir nie vorstellen können, daß du eines Tages in dieser Situation wärst. Du gehörtest zu jenen Frauen, für die die Zeit stillsteht und welche die Dinge des Lebens – die alles in allem recht natürlichen – nicht einholen.«

»Wenn ich Ihnen richtig folge, konnte ich für Sie lediglich eine Gemahlin, eine Mätresse sein, sonst nichts.«

»Das ist in der Tat das Bild, das ich von dir hatte. Das einer großen Liebenden.«

Scheherazade fixierte ihn und sann nach.
»Letzten Endes ist es womöglich Giovanna, die im Recht wäre. Denn im Grunde genommen hat sie mich nie als eine Mutter betrachtet. Wie Sie hat Giovanna wahrscheinlich nie etwas anderes in mir gesehen als diese Liebende, die Sie erwähnten.«
»Das ist möglich. Na und?«
Sie schlug mit der flachen Hand auf den Schreibtisch des Monarchen.
»Verstehen Sie denn nicht? Dieses ganze Drama, das uns überwirft, nimmt seinen Ursprung in diesem entsetzlichen Mißverständnis! Ich liebe sie. Ich liebe meine Tochter! Und die Liebe, die ich ihr geschenkt habe, hat sie nur als eine Art Waffenstillstand angesehen, im besten Fall als eine Allianz von der Sorte, die sich zwischen zwei Gegnern einstellt. Dabei bin ich ihre Mutter!«
Sie hatte sich mit Feuer geäußert, und ihre Hände hatten zu zittern begonnen.
»Es nutzt nichts, sich in einen solchen Zustand zu versetzen, noch die Vergangenheit wiederzukäuen. Du warst die, die du sein wolltest. Eines Tages wird Giovanna verstehen.«
»Dann wird es zu spät sein!«
»Scheherazade ...«
»Es wird zu spät sein, sage ich Ihnen!«
Er hob die Arme und ließ sie resigniert fallen.
»Allah 'alim ... Gott allein weiß um die Zukunft.«
Wie um die Stimmung zu entspannen, fügte er an: »Hat Joseph dich unterrichtet? Wir werden vielleicht wieder mit dem Bau des Stauwerks beginnen. Auf meinen Wunsch haben Linant und er mir eine neue Studie über das Projekt vorgelegt. Ihnen zufolge wären drei Jahre, statt fünf, erforderlich, um die Ausgaben dank der Schaffung von einer Million fünfhunderttausend Feddan Ackerlands zu amortisieren.«
»Wenn dem so ist, weshalb zögern Sie dann noch?«

»Weil die Arbeiten annähernd zwei Millionen Piaster kosten werden und die Staatsfinanzen erschöpft sind und weil sie das so lange bleiben werden, wie die Großmächte diesem Status quo, in den sie mich gezwungen haben, kein Ende machen.«
»Ich verstehe …«
Sie hatte mehr aus Höflichkeit denn aus Teilnahme geantwortet.
»Was hast du, Scheherazade? Du bist der Welt so entrückt.«
»Die Welt … Wo ist mein Platz in der Welt? Die Tage gleichen den Nächten, und die Landschaften haben alle dieselbe Farbe. Alle Sonntage sammle ich mich an Ricardos Grab. Und wissen Sie …?«
Sie schlug die Augen nieder, wie beschämt über ihr Geständnis.
»Das sind die einzigen Momente, in denen ich den Eindruck habe zu existieren.«
Er richtete sich in seinem Sitz auf, seine Hand schloß sich um ein auf dem Schreibtisch liegendes Stilett.
»Hast du tatsächlich den Leiden von Ricardo Mandrino ein Ende gesetzt?«
Sie hob ihm den Kopf entgegen. Sie war weiß. Man hätte glauben können, alles Blut wäre ihr aus dem Gesicht gewichen, in dem ein Ausdruck unerträglicher Qual stand.
»Was haben Sie gesagt, Majestät …?«

32. Kapitel

Alexandria, Ras-el-Tin-Palast,
26. Juni 1839

Die schwarzen Klippen stachen ihre Zacken durch die Fluten und drohten den Bauch jener voranfahrenden Dahabiye aufzuschlitzen, auf der sich Giovanna und der Vizekönig eingeschifft hatten.

Schier außer sich sah die junge Frau die steinernen Monstren näherkommen, während die Passagiere um sie herum fortfuhren zu plaudern, als wenn nichts wäre. Sie sagte sich, daß sie sicherlich Opfer einer Halluzination sei, man werde bald reagieren oder die Klippen würden mit einem Schlag verschwinden. Aber nein. Der Bugsteven zerteilte weiterhin das klare Wasser. Man vernahm das Geräusch der Schaufelräder, die das Wasser mit ihren Paddeln droschen, und die Dahabiye schiffte unerschütterlich den Weißen Nil hinauf.

Giovanna eilte zum Kapitän, um ihm eine Warnung zuzurufen. Als einzige Reaktion schenkte er ihr ein freundliches Lächeln und ging wieder zur Kajüte zurück.

Die riesigen Affenbrotbäume an Steuerbord, die ihre Schatten auf die Flußböschungen warfen, begannen zu schwanken, ihre Wurzeln rissen sich vom Boden los und brachten bei ihren Anstrengungen die sudanesische Wüste zum Beben.

War dies vielleicht das Ende der Welt? Giovanna suchte nach dem Vizekönig. Jener unterhielt sich mit gleicher Unbekümmertheit, den Arm auf die Reling gestützt. Die um ihn verscharte Zuhörerschaft, aus Frauen und Männern bestehend, vermittelte ebenfalls nicht den Eindruck, sich über die Maßen zu sorgen. Und auch hier war die Szene phantasmagorisch. Die Personen waren nackt, allein ihre Geschlechtsteile waren mit einem Stück

Tierhaut, kaum größer als eine Hand, bedeckt. Unter ihrem kraus wallenden Haar war die Brust mit bizarren Zeichnungen und bunten Bändern tätowiert, und alle hielten eine feuergehärtete Keule, eine Lanze oder einen Schild in der Hand.
Ein furchterregender Schlag ließ das Schiffsdeck erzittern. Giovanna brüllte auf, doch ihr Schrei blieb ihr im Hals stecken. Da stieb sie, so schnell sie konnte, los, legte im Nu die wenigen Meter zurück, die sie vom Vizekönig trennten.
»Majestät!! Wir müssen das Schiff verlassen, wir werden untergehen!!«
Er wandte sich langsam zu ihr um und bot ihr einen hämischen Gesichtsausdruck dar. Der jungen Frau erstarrte das Blut in den Adern; nicht wegen dieser verzerrten Züge, die sie entdeckte, sondern weil die Person, die sie von oben bis unten maß, nicht mehr dieselbe war: Es war Ricardo Mandrino …

Mit schweißnassem Gesicht fuhr Giovanna in ihrem Bett hoch. Ihr Herz pochte bis zum Hals, sie atmete stoßweise. Die ersten Strahlen des Frühlichts drangen durch die Maschrabija und brachten in ihrem Gefolge ein wenig Morgenröte in den Raum. Sie erforschte das Mobiliar, als wollte sie sich versichern, daß alles am rechten Platz war. Sie war tatsächlich in ihrem Zimmer im Ras el-Tin, im Palast, in Alexandria.
Gleichwohl hätte sie geschworen, daß alles, was sie gerade durchlebt hatte, nicht bloß ein Traumgespinst war und sie sich noch im Sudan, im »Land der Schwarzen«, im Süden der Berber-Wüste befand. Den Geist noch von diesem Nachtmahr erfüllt, streckte sie ihre Hand nach dem Krug auf dem Tischchen neben ihrem Bett aus und trank einen großen Schluck frisches Wasser. Die Berührung ihrer Finger mit der irdenen Wand besänftigte sie etwas.
Düfte von Zitronen- und Orangenbäumen stiegen aus den Gärten auf. Der Himmel war blau. Nicht eine Wolke schwebte in der

klaren Luft. Alles schien so lauter, so friedvoll, während sich zum selben Zeitpunkt am äußersten Ende der ägyptischen Grenzen ein Drama abspielte.
Der Natur jedoch sind die menschlichen Tragödien fremd.
Drei Monate war sie nun von dieser langen Rundreise zurückgekehrt, auf der sie den Vizekönig begleitet hatte. Eine irre und derart tragische Reise.
Eingerahmt von ungefähr sechzig Elitematrosen unter dem Befehl dreier Offiziere, Experten in Zeichnen, Mathematik und Naturwissenschaft, waren sie von Rosette aufgebrochen und den Weißen Nil bis zum Ersten Katarakt hinaufgefahren. Der Saint-Simonist Charles Lambert war der einzige an der Reise teilnehmende Europäer. Dadurch, daß er die Anwesenheit jedes anderen Abendländers ablehnte, wollte Mohammed Ali zweifellos seine Enttäuschung und seine Trauer derjenigen gegenüber zum Ausdruck bringen, von denen er sich im Stich gelassen fühlte.
Sie hatten ihre Fahrt bis zum Gebel Rewoian fortgesetzt, wohin der Bruder des Sultans von Dafur mit großem Pomp gekommen war, ihnen die Ehre zu erweisen. Eine Woche später, am sechsten November, gelangten sie nach Khartum, der siebzehn Jahre zuvor von Mohammed Ali gegründeten Stadt. Zu jener Zeit war sie nur die Ansammlung weniger Hütten gewesen, in denen noch einige Familien des Sennar* und Berber lebten. Seither waren an den Flußufern Hunderte von Backsteinhäusern aufgeschossen, nebst einer Kaserne, einem Hospital – von französischen Ärzten geführt – und einer Vielzahl kleiner Läden inmitten von Gärten voll wilder Aromen.

* Das alte Reich Nubien, zwischen dem Weißen Nil und dem Atbara gelegen und vom Blauen Nil durchflossen, westlich von Abessinien. Der Landstrich war 1821 von Mohammed Ali erobert und Ägypten einverleibt worden.

Um den Siebzehnten erreichten sie Fazangoro. Nachdem sie von Bord der Dahabiye gestiegen und das Gebirge durchquert hatten, trafen sie auf die Ebene, in der sich der Chaur al-Ad', der Fluß der *Gerechtigkeit*, in den Blauen Nil ergießt. Dort, von den Musterhöfen begeistert, die die ägyptischen Agronomen ersonnen hatten, schenkte der Monarch jenen an die hundert Feddan und enthob sie für fünf Jahre jeglicher Steuer. Bei angebrochener Nacht verlangte er, alle Stammesoberhäupter kommen zu lassen, und hielt ihnen eine Rede, die der Wind des *harmattan* bis in die hintersten Winkel des Landes trug. Giovanna hatte einige Worte dieser Rede im Gedächtnis behalten, die ihrer Unverblümtheit wegen weit über die klassische Ansprache eines Monarchen an seine Untertanen hinausging.

»Die Völker anderer Länder waren zunächst wild. Sie haben sich zivilisiert. Ihr habt einen Kopf und zwei Hände wie sie; macht es, wie sie es gemacht haben, so werdet auch ihr euch in den Rang der Menschen erheben, ihr werdet große Reichtümer erwerben und Freuden kosten, die ihr bis zum heutigen Tage wegen eurer tiefen Unwissenheit nicht einmal erahnt habt.

Es fehlt euch an nichts, um es dahin zu bringen: Ihr habt viel Land, Vieh und Holz; die Bevölkerung ist zahlreich, und die Frauen sind fruchtbar. Bisher hattet ihr keinen Führer, nun habt ihr ihn. Dieser Führer, das bin ich. Ich werde euch zur Zivilisation und zum Glück drängen.

Die Welt besteht aus fünf großen Teilen; jener, den ihr bewohnt, heißt Afrika. Nun! In allen, bis auf diesen, in dem ihr lebt, kennt man den Preis der Arbeit, hat man Gefallen an guten und nützlichen Dingen, gibt man sich mit Leidenschaft dem Handel hin, der Vermögen, Freude, Ruhm bringt; Worte, die ihr noch nicht begreift.

Seht euch Ägypten an. Es ist kein sonderlich weites Land; dennoch, dank der Arbeit und der emsigen Fertigkeit seiner Einwohner, ist es reich und wird noch reicher werden! Vergleicht es mit dem Gebiet von Sennar; zwanzigmal größer als Ägypten, erzeugt es fast nichts, weil dessen Einwohner müßig bleiben, als wären sie tote Wesen! Merkt euch wohl, daß die Arbeit alles gibt und daß ihr ohne sie das bleiben werdet, was ihr seid: tote Wesen! ...«

Die Zuhörer, hingerissen und verwirrt zugleich, baten darauf den Monarchen in einer spontanen Anwandlung, sie nach Ägypten mitzunehmen, damit sie sich in den Künsten der Landwirtschaft und des Handels unterrichten könnten.

»Eure Absicht ist lobenswert!« entgegnete ihnen Mohammed Ali, »doch es ist besser, wenn ihr eure Kinder schickt. Sie werden diesem Land länger von Nutzen sein, wenn sie wieder zurück sind. Ich werde sie in meinen großen Schulen unterbringen, dort werden sie lernen, was nützlich und schön ist. Seid ohne Besorgnis um sie, denn sie werden meine angenommenen Kinder sein, und wenn sie die Kenntnisse erworben haben, werde ich sie euch zurückschicken, damit sie euer Glück und das dieser Landstriche machen und mich rühmen!«

Anderntags proklamierte er die Freiheit des Indigohandels und erteilte dem Gouverneur den Befehl, die Gerätschaften und alles andere zu stellen, was zur Entwicklung des Anbaus dieser Pflanze notwendig war.

Bevor er seine Reise nach Fazoglu fortsetzte, ließ er Charles Lambert vor Ort zurück und beauftragte ihn, zwei Studien zu erstellen, die eine über ein Eisenbahnprojekt, die andere über die Anlage eines Kanals zwischen dem weißen Fluß und dem Kordofan. Dieser Kanal sollte zur Bewässerung der Böden bestimmt sein und den Transport des aus den benachbarten Bergen gewonnenen Eisens erleichtern.

Erst auf der Rückreise dann offenbarte sich Giovanna, welchen Ängsten der Pascha ausgesetzt war.

Sie waren nur noch zwei Tage von Rosette entfernt. Unter dem Vollmond erblickte man die Bogenlinien der Wüste, mit dem

Schilfrohr, dem Wogen der Palmen und dem ungleichmäßigen Auf und Ab des Blattwerks im Vordergrund.
Mohammed Ali saß einsam auf dem Deck der Dahabiye und erkundete die Landschaft.
Giovanna war auf ihn zugegangen und wäre beim Anblick dieses nachsinnenden Mannes beinahe wieder umgekehrt, um ihre Kabine aufzusuchen; doch er hatte sie gebeten zu bleiben.
Wie lange verharrte er schweigend? Sie hätte es nicht zu sagen gewußt. Sie erinnerte sich jedoch an die ersten Worte, die er ausgesprochen hatte, zweifelsohne, weil er noch nie zuvor sich der italienischen Sprache bedient hatte.
»Grido di dolore …«
Wenngleich ihr diese Sprache vollkommen fremd war, hatte Giovanna keine Mühe gehabt, den Sinn des Ausspruchs zu erfassen: »Schrei des Schmerzes.«
Der Monarch war fortgefahren: »Glaubst du, sie werden je verstehen, daß mein Fortgang aus Ägypten nichts anderes war als dies … *grido di dolore*.«
Er wartete nicht auf die Antwort.
»Ich bezweifle es. Ich glaube nicht mehr an die Gerechtigkeit der Großmächte. Wenn mir noch einige Hoffnung bliebe, wäre sie von dem hinweggefegt worden, was ich gerade erfahren habe.«
»Worum handelt es sich, Majestät?«
»Die Engländer werden nicht mehr aus Aden abziehen.«
»Verzeihen Sie, aber … Aden?«
»Vor unserer Abreise hat die britische Regierung um Zugang zu diesem Hafen ersucht, um darin ein Kohlenlager zu errichten. Ich habe es geglaubt. Ich habe dem Imam sogar empfohlen, der Bitte der Engländer zu entsprechen. Der Generalgouverneur von Indien, Lord Auckland, hat mir in honigsüßen Worten geschrieben, um mir für meine Vermittlung zu danken.«
Seine Finger verkrampften sich.

»Nun hat man mich aber davon in Kenntnis gesetzt, daß Heerestruppen in Aden gelandet sind. Sie haben die umliegenden Anhöhen besetzt und sich den Hafen übergeben lassen. Von nun an sind die Stadt und die Umgegend Besitzungen Ihrer Majestät Victoria.«*
Er ballte die Faust.
»Selbstverständlich hat die Welt daran nichts auszusetzen gefunden. Weder Frankreich noch Rußland, noch Österreich haben den leisesten Protest erhoben. Verstehst du nun, weshalb ich nicht mehr an die Gerechtigkeit der Großmächte glaube? Mit zweierlei Maß ...«
Im Halbdunkel bemerkte sie, daß er die Stirn runzelte.
»Allah karim ... Doch am heutigen Abend ist mein Herz traurig, und düstere Vorahnungen bewohnen meinen Geist.«
Dies geschah am dreizehnten März.
Drei Monate später überschritten die osmanischen Streitkräfte den Euphrat und brachen ohne Kriegserklärung über die ägyptischen Grenzen in Syrien ein.
Giovanna sah, als wäre es gestern gewesen, den aufgelösten Gesichtsausdruck des Monarchen noch vor sich, als er die Nachricht erfuhr. Es war weit mehr gewesen als Bestürzung oder Auflehnung: Der Mann war gebrochen.
Er begann zunächst damit, Monsieur Cochelet, den Generalkonsul von Frankreich, einzubestellen. Jener erläuterte ihm, während seiner Abwesenheit habe man sich die Stichhaltigkeit seiner Forderungen und insbesondere den Einfluß vor Augen geführt, den die Vormachtstellung Englands zu dessen alleinigem Nutzen auf Istanbul auszuüben fortfahre. Frankreich

* Als Bonaparte 1798 in Ägypten einfiel, wurden die Engländer sich der strategischen Bedeutung dieses Hafens des südlichen Jemen, unweit der Einfahrt des Roten Meers gelegen, für den Erhalt ihrer Oberhoheit über die Indienroute bewußt. Sie sollten ihn bis November 1967 nicht mehr verlassen.

habe den Entschluß gefaßt, den Status quo zugunsten des Vizekönigs zu verändern, um auf friedlichem Wege einer drohenden Krise im Orient vorzubeugen. Hierauf nun sei die Regierung von Louis-Philippe gewahr geworden, daß der britische Gesandte Lord Ponsoby hinter den Kulissen die Türken in der geheimen Absicht zum Krieg aufhetzte, den ägyptischen Monarchen ein für allemal zu zerschmettern. Der Unterstützung und der Intervention der Engländer zu seinen Gunsten gewiß, habe der Sultan somit beschlossen, die Feindseligkeiten auszulösen und Revanche zu üben.

»Und nun, Monsieur Cochelet, was schlagen Sie vor?«

»Majestät, versuchen Sie, ein wenig Abstand zu gewinnen. Sie wissen um die geheimen Triebfedern des Vertrags von Unkiar-Skelessi, der die Russen mit der Hohen Pforte verbündet. Falls Sie den türkischen Angriff beantworten, wird der Zar – unter dem Vorwand, dem Sultan Beistand zu leisten – am Bosporus landen. Wir wissen alle, welches die Konsequenzen sein werden: Europa wird in Brand geraten, mit der Gefahr, daß die Türkei, um nicht das gesamte Osmanische Reich zu sagen, Protektorat von Rußland wird.«

»Ihre Regierung ist hypnotisiert von der Eventualität einer Einmischung des Zaren, die sich nie ereignen wird. Das versichere ich Ihnen!«

»Geben Sie uns Zeit, ich beschwöre Sie. Es muß verhandelt werden.«

»Verhandeln?«

»Sie kennen die Ansprüche des Sultans. Erstatten Sie Syrien zurück. Machen Sie eine Geste.«

Der Souverän fiel ihm barsch ins Wort: »Ich werde Ihnen eine Geschichte erzählen, Monsieur Cochelet: ›Ein Kind, im Ringen mit einer Schlange, hatte das Glück gehabt, ihr den Schwanz zu zermalmen. Seine Mutter, den Zorn der Schlange fürchtend, schickte sich an, sie zu versöhnen. Einverstanden, sagte die

Schlange; möge es mir meinen Schwanz zurückgeben, und wir werden Freunde sein!‹ Sehen Sie nicht, daß es sinnlos ist?«

Die Niedergeschlagenheit des Paschas dauerte nicht an. Er hatte dem Leben zu sehr getrotzt, zu viele Hindernisse überwunden, um die Arme sinken zu lassen. Der Löwe, der in ihm schlummerte, richtete sich auf, und sein Brüllen ließ die Mauern des Ras-el-Tin-Palastes erzittern.
Er rief seinen Sohn auf der Stelle zu sich.
»Ihr werdet den Truppen unserer Widersacher entgegeneilen, die in unsere Territorien eingedrungen sind, und nachdem ihr sie verjagt habt, werdet ihr gegen ihre große Armee vorrücken und ihr eine Schlacht liefern. Falls sich, mit der Hilfe des Allmächtigen, Fortuna für uns aussprechen sollte, werdet ihr, ohne durch den Engpaß von Kulek-Boghaz zu ziehen, geradewegs gen Malatya, Karpont, Orfa und Diar al-Kebir marschieren!«
Diese vier von dem Monarchen angesprochenen Gebiete lagen jenseits der in der Übereinkunft von Kütahya zugewiesenen Grenzen. Sonderbarerweise jedoch waren diese Befehle von Mäßigung geprägt, denn, angegriffen und in seiner Existenz durch den Sultan bedroht, war Mohammed Ali im Recht, bis ans Äußerste zu gehen: seine Unabhängigkeit zu erklären und gen Istanbul zu marschieren.

Von dem getreuen Oberst Sève begleitet, war Ibrahim darauf zu den Grenzen Syriens gestürmt.
Am Abend des dreiundzwanzigsten März stand er an die hundert Meilen vor Aleppo, unweit der Stadt Nisib, und machte seine Armee gefechtsbereit, um am nächsten Tag die Schlacht zu schlagen.
In der Dämmerung des vierundzwanzigsten versammelte er seine Offiziere und seinen Generalstab und ermahnte sie, mit

aller Tapferkeit zu kämpfen. Alle schworen, mit den Waffen in der Hand zu sterben. Keinem von ihnen war unbekannt, daß sie im Verhältnis einer gegen vier zu ringen hätten.
Zwei Stunden später setzte die ägyptische Armee sich in Bewegung und nahm die Stellungen ein, die ihr zugewiesen worden waren. Ibrahims vierzigtausend Mann gegenüber tauchten die hunderttausend von Hazif Pascha befehligten Türken auf. Die Sonne begann den Horizont zu röten, als die Kanonen donnerten.
Um die Mittagszeit waren die türkischen Kräfte in die Flucht geschlagen. Fünfzehntausend Gefangene, ebenso viele Gewehre, einhundertsiebzig Kanonen, das gesamte osmanische Feldlager bis hin zu den Orden, Ehren- und Kommandozeichen fielen in die Hände der Sieger.
Von da an traf Ibrahim auf keinerlei Widerstand mehr.
Zum zweiten Mal tat sich der Weg nach Istanbul vor ihm auf.

Den Geist noch von ihren Überlegungen erfüllt, kleidete Giovanna sich zu Ende an und machte sich schnellen Schrittes auf den Weg durch die Flure des Palastes. Garbis Bey würde nicht erfreut sein. Sie hatte sich verspätet.

Scheherazade hob den Säugling hoch und wiegte ihn an ihrer Brust.
»Möge Gott es behüten. Ich habe selten ein so schönes Kind gesehen.«
»Und einen solchen Schreihals«, scherzte Joseph. »Aber ich verzeihe ihm, da es ein Knabe ist.«
»Feine Geisteshaltung!« rief Corinne aus. »Soll ich daraus schließen, wenn ich dir eine Tochter geschenkt hätte, dann hättest du sie ertränkt?«
»Oh, soweit wäre ich nicht gegangen. Aber wer weiß …«

Scheherazade gab Corinne den Säugling zurück.
»Samir ... Ich bin glücklich, daß du diesen Vornamen gewählt hast. Er paßt zu ihm.«
»Samir ... Samira ... Gab es denn etwas Selbstverständlicheres?«
»Ich finde ihn trotz allem etwas schmächtig für seine sieben Monate«, bemerkte Joseph. »Seid ihr sicher, ihn gut zu ernähren?«
Corinne warf ihm einen geharnischten Blick zu und nahm Scheherazade zur Zeugin.
»Sehen Sie, wie er ist?«
»Laß nur, Corinne. Er hat vergessen, wie er selbst mit sieben Monaten aussah. Dieses Kind ist wundervoll.«
»Wie könnte dem anders sein? Er gleicht mir. Später werden wir einen Ingenieur aus ihm machen.«
»Und wenn er keinerlei Vorliebe für die Mathematik oder die Wissenschaft hätte?«
»Wie könnte so etwas bei einem Vater wie mir der Fall sein? Löwen machen keine Maulesel.«
Corinne stieß einen Seufzer aus und ging zur Tür.
»Ich werde ihn schlafen legen. Für heute hat er genug Albernheiten gehört.«
»In-ge-nieur!« skandierte Joseph neckend.
»Hör auf, mein Sohn«, widersetzte Scheherazade. »Du quälst sie damit.«
»Ich scherze nur, Mama.«
Er ließ sich auf einen der Diwane fallen.
»Samir wird so leben, wie es ihm beliebt. Du hast mich allzuoft gelehrt, was das Wort Freiheit bedeutet, als daß ich mir erlaubte, dieses heilige Prinzip zu verraten.«
Sie ließ sich ebenfalls an seiner Seite nieder.
»Ich hoffe es. Nichts ist schmerzlicher, als den anderen die eigene Sicht der Welt aufzuzwingen. Wenn wir dafür einen

Beweis wollten, bräuchten wir uns nur ansehen, was sich in diesem Augenblick ringsum ereignet. Es ist fürchterlich.«

»Ich weiß, worauf du anspielst. Aber der Sieg von Nisib zeigt doch wohl, daß es trotz alledem eine Gerechtigkeit gibt. Der Angreifer ist selbst in die Falle geraten. Niemals ist Mohammed Ali so sehr Herr der Lage gewesen.«

»Möge Gott dich hören, mein Sohn. Ich frage mich jedoch, ob Ägypten, das bereits ausgeblutet ist, die Mittel haben wird, um weiter durchzuhalten.«

Als würde die Unterhaltung schlechte Erinnerungen in ihr wachrufen, wechselte sie ohne Überleitung das Thema.

»Hast du Nachricht von Linant?«

»Ja. Ich werde ihn gleich treffen. Ich werde sogar zu spät kommen. Die Dinge wollen sich für ihn nicht einrenken, ich könnte sogar sagen, sie verschlechtern sich. Ein Neuankömmling hat sich inmitten des Ingenieurstabs eingenistet, der mehr und mehr an Gewicht zu gewinnen scheint. Er hat sich – mit Mohammed Alis Einverständnis – alle Pläne des Stauwehrs aushändigen lassen. Und schon werden seine ersten Beanstandungen laut. In aller Deutlichkeit hat er sich gegen den Plan ausgesprochen, den wir entworfen hatten, und erwägt andere technische Lösungen sowie andere Standorte als die, die Linant und die Saint-Simonisten befürwortet hatten.«

»Um wen handelt es sich?«

»Einen gewissen Mougel.* Einen Franzosen.«

»Sieh an! Ich glaubte, die französischen Ingenieure seien in Ungnade.«

* Mougel war normannischer Herkunft. 1831, nach Abschluß an der *Ecole Polytechnique,* hatte er zunächst das Amt des Hafeningenieurs von Fécamp bekleidet. Von 1838 an war er von der Behörde *Ponts et Chaussées* [Brücken- und Wegebauamt] abgeordnet, um die Leitung des Hafens von Alexandria zu versehen.

»Ach, das war bloß ein Schmollen des Paschas. Es lag nie in seiner Absicht, Frankreich dauerhaft zu missen.«
»Armer Mohammed Ali ... Er muß sich recht einsam gegenüber der ganzen Welt fühlen.«
Sie hatte sich mit wahrer, allzu tiefer Trauer geäußert, als daß diese sich einzig und allein auf das Schicksal des Monarchen bezogen hätte. Es war ein wenig ihr eigenes Los, das sie dabei einschätzte.
Joseph mußte es gemerkt haben, da er fragte: »Und du, Mama? Empfindest du die gleiche Einsamkeit?«
Sie antwortete nicht.
Joseph fügte an: »Vergiß nicht, ich bin noch da! Du weißt auch, daß Corinne dich beinahe so innig liebt, als wärst du ihre eigene Mutter. Und dann ist da noch der Kleine. Ich bin mir wohl bewußt, daß die Liebe, die das Leben dir geraubt hat, niemals von irgend jemandem ersetzt werden könnte. Aber ich bitte doch, weise nicht die zurück, die wir dir schenken.«
»Es kann überhaupt nicht die Rede davon sein, daß ich sie zurückweise, Joseph. Jeden Morgen danke ich Gott, dich zu haben, euch an meiner Seite zu haben. Ich habe einen Mann, meinen Gatten verloren; ein Kind wurde geboren, und mein Sohn ist noch da. Ich habe eine Tochter verloren; die Vorsehung hat mir eine andere gesandt. Ich wäre undankbar, mein Herz so vielen Wundern zu verschließen.«
Joseph blieb still, seine Mutter erforschend, um herauszufinden, ob sie tatsächlich aufrichtig war. Etwas beruhigt, entschloß er sich zum Aufbruch.
»Linant dürfte ungeduldig werden. Bis heute abend?«
»Bis heute abend, mein Sohn.«

Linant goß sich einen tüchtigen Schluck ein und bot Joseph die Karaffe an.
»Nimm diese Panazee, mein Freund. Ein wahres Allheilmittel.

Wie durch Zauberei vergehen aller Kummer und alle Enttäuschungen des Universum angesichts dieser herrlichen Flüssigkeit.«
Er begann mit emphatischem Tonfall zu deklamieren: »›Tiefe Freuden des Weines, wer hat euch nicht gekannt? Wer auch immer einen Gewissensbiß zu besänftigen, eine Erinnerung zu beschwören, einen Kummer zu ertränken, ein Luftschloß zu bauen hatte, alle haben schließlich dich angerufen, du rätselhafter, in den Fasern des Weinstocks verborgener Gott!‹«
Joseph betrachtete seinen Freund mit Verblüffung.
»Was ist das denn für ein Kauderwelsch? Hast du den Kopf verloren?«
»Nein, mein Lieber, ich bin niemals bei hellerem Verstand gewesen.«
»Na komm! Du wirst doch trotz allem nicht zum Trinker werden, weil man einige Bemängelungen an deinem Stauwehrplan erhoben hat! Monsieur Mougel ist kein Trottel. Er wird feststellen, daß er im Irrtum ist.«
»Mein lieber Freund, zu meinem Bedauern muß ich dich enttäuschen; das ist nicht der Fall.«
Er nahm die Karaffe wieder an sich und reichte sie Joseph erneut.
»An deiner Stelle würde ich mich bedienen. Du wirst es brauchen.«
Ohne die Zustimmung seines Freundes abzuwarten, füllte er sein Glas bis zum Rand und fragte: »Du hast den Entwurf von Mougel gelesen, nicht wahr?«
»Aber gewiß. Der Vorschlag, das Stauwerk im Flußbett selbst hochzuziehen, wogegen es doch auf trockenem Boden errichtet werden müßte, ist töricht! Übrigens, ist sein Plan nicht dem französischen Rat für Brücken- und Wegebau vorgelegt worden?«
»Doch. Sie haben uns ihr Verdikt übermittelt.«

»Und?«
Er richtete seinen Zeigefinger auf das Glas.
»Trinkst du nicht?«
»Antworte, Linant!«
»Ihr Gutachten fällt ungünstig aus.«
»Nun denn! Du müßtest zufrieden sein!«
Linant ballte die Fäuste.
»Wie könnte ich? Mougels Entwurf wird dennoch ausgeführt werden. Ich habe es heute morgen erfahren.«
»Gegen das Gutachten des Rates? Aber das ist doch Irrsinn!«
»Mein Freund, in der heutigen Zeit regiert der Irrsinn die Welt!«
»Aber die Stauanlage wird niemals gebaut werden können! Mougel geht geradewegs auf einen Mißerfolg zu.«
»Das wird die Zukunft zeigen.«*
In einer aufbrausenden Anwandlung führte Joseph das Weinglas an seine Lippen und trank einige Schlucke.
»Wahrhaftig, es geht nichts mehr. Ich begreife nicht, was da geschieht!«
»Was willst du! Es gibt Momente, in denen die Türen sich nacheinander schließen, und was man auch tut – sie bleiben verschlossen. Sieh mich an. Die Pest hat meinen Projekten einen fatalen Schlag versetzt; die Verblendung des Okzidents hat sie beerdigt.«
Er atmete tief ein.
»Gleichwohl erklärt sich alles. Wir sind dabei, die Rückwirkungen der Politik der europäischen Mächte zu erleiden. Einer nach dem anderen verlassen die Franzosen Ägypten: Cerisy, General

* Sie sollte tatsächlich gebaut werden, jedoch das gesamte Jahrhundert über so gut wie unbrauchbar sein wegen der Konstruktionsfehler, die seine Stabilität bedrohten. Erst im Jahre 1933 kam man schließlich auf die technischen Lösungen zurück, die Linant und dessen saint-simonistische Mitarbeiter vorgeschlagen hatten.

Siguéa, der die Kadettenanstalt von Damiette befehligt, und so viele andere.«
Er machte eine Pause, dann fuhr er fort: »Ich werde dich vielleicht zum Lächeln bringen: Als Zeichen dieser Verkehrung der Allianzen kündigt man Kairo die Ankunft von zwölf Ingenieuren an ... und zwar deutschen, die man dazu bestimmt hat, die von meinen Landsleuten aufgegebenen Posten zu übernehmen.«
Joseph versuchte, den Advocatus Diaboli zu spielen.
»Ja, aber Charles Lambert behält weiterhin die Leitung der Bergakademie bei, Monsieur Bruneau ist gerade in die Artillerieschule von Tura berufen worden, und Perron hat die Leitung der medizinischen Hochschule übernommen. Wie ich es meiner Mutter gesagt habe, entspringt dies alles nur einer momentanen Verstimmung des Paschas.«
»Mein Lieber, alles wird von den zukünftigen Ereignissen abhängen. Falls Frankreich sich durchringt, in deutlicher und entschiedener Weise die Partei von Ägypten zu ergreifen, dann werden die Dinge zweifelsohne wieder so werden, wie sie waren. Im gegenteiligen Fall befürchte ich stark, daß diese mehr als vierzig Jahre gepflegte Ehe in einer aufsehenerregenden Scheidung endet, die alle teuer zu stehen kommen wird.«
Unvermittelt erkundigte er sich: »Ach übrigens, du, der in die Geheimnisse der Götter eingeweiht bist, hast du irgendeinen Widerhall vernommen?«
»Seit dem Tode meines Vaters sind die Informationen dünn gesät. Ich weiß nur, daß die Lage zur Stunde noch immer festgefahren scheint, zumal Sultan Mahmud acht Tage nach dem Sieg von Nisib verstorben ist und die Macht seinem Sohn, dem Prinzen Abd ül-Medschid, vererbt hat.«
»Vielleicht wird dieses Oberhaupt sich weniger kriegerisch oder konzilianter zeigen?«
Joseph konnte sich eines kurzen spöttischen Lachens nicht erwehren.

»Er ist noch ein Lausejunge von siebzehn Jahren.«
»Was darauf hindeutet, daß er keine andere Macht haben wird als die, sich manipulieren zu lassen. Das wird die Dinge wahrlich nicht besser machen.«
Und er schenkte sich ein weiteres Glas ein.
»Beruhige dich, Linant. Versuche, optimistisch zu sein, zum Teufel! Alles ist noch nicht verloren. Ich weiß, die Situation ist ernst und vor allem furchtbar komplex, doch gerade aus dieser Komplexität kann eine Lösung entspringen. Hast du jemals bedacht, was geschehen könnte, wenn Ibrahim Istanbul einnähme? Letzten Endes steht er nur an die hundert Meilen vor der osmanischen Hauptstadt, und auf seinem Weg findet sich keine Armee mehr.«
»Wenn du meine Meinung hören willst, wäre das die einzige Möglichkeit, mit dieser Angelegenheit zu Rande zu kommen. Aber wird er bis zum Ende gehen?«
»Das werden wir ja sehen. Hab Vertrauen. Falls es dich ermutigen kann, werde ich dir ein Geheimnis enthüllen. Seit Mohammed Ali lesen gelernt hat, hat er sich mit unglaublicher Gefräßigkeit in die literarischen Werke vertieft.* Zu Anfang hat er naturgemäß alles verschlungen, was sich auf sein Idol Napoleon bezog. Anschließend hat er sich mit einem so andersartigen Werk wie *L'Esprit des lois*** von Montesquieu befaßt. Vor ein paar Monaten nun – und darauf wollte ich ansprechen – hat er mich in sein Kabinett bestellt und mich gebeten, für ihn *Il Principe* von Machiavelli zu übersetzen. Ich habe mich an die Arbeit gemacht und ihm am ersten Tag die zehn ersten Seiten des Werkes, am folgenden Tag zehn und noch einmal zehn am dritten Tag ausgehändigt, doch am vierten Tag ließ er mich einhalten.«

* Er lernte erst im Alter von fünfundvierzig Jahren lesen.
** Geist der Gesetze *(Anm. d. Übers.)*

Linant hob die Augenbrauen.
»Ich vermute, er begann diese Lektüre langweilig zu finden.«
»Ganz und gar nicht. Weißt du, was er mir gesagt hat? ›Ich habe alles, was du mir zu Machiavelli gegeben hast, aufmerksam gelesen. Ich habe nichts großartig Neues in deinen zehn ersten Seiten gefunden; ich hoffte noch, aber die zehn folgenden Seiten waren nicht besser und die letzten schlichte Gemeinplätze. Ich sehe deutlich, daß ich von diesem Mann nichts lernen kann. Was Listen anbelangt, weiß ich besser Bescheid als er. Ich entbinde dich also, mir mehr davon zu übersetzen.‹«
»Amüsant. Doch worauf willst du hinaus?«
»Ich sage mir lediglich, daß ein Monarch, der sich für listiger als Machiavelli hält, sich nicht in die Falle locken lassen kann. Er wird sich aus der Affäre ziehen.«
Der Bericht seines Freundes schien Linant nicht aufgeheitert zu haben. Mehr von dem Wunsch bewegt, diese angespannte Atmosphäre zu brechen, als aus einem wahrem Interesse fragte Joseph: »Und Monsieur Enfantin? Was ist aus dem geworden?«
»Er ist in Paris. Wir schreiben uns von Zeit zu Zeit. Aber alle Briefe gleichen sich.«
»Was meinst du damit?«
»Suez! Suez! Suez! Der Kanal.«
»Sollte ich mich denn getäuscht haben?« verwunderte sich Joseph. »Ich war überzeugt, er würde nach seiner Abreise nicht mehr weiter daran denken. Ich ging demnach völlig fehl.«
»Völlig, mein Freund. Nicht allein, daß er weiter daran denkt, er ist auch noch im Begriff, Himmel und Hölle in Bewegung zu setzen, um das Interesse der französischen Regierung zu wekken. Er überlegt sogar, eine Gesellschaft im Hinblick auf den Durchstich des Isthmus zu gründen.«
»Ich kann diese Zähigkeit nur begrüßen. Hut ab!«
»Er hat mich auch um eine Denkschrift zu diesem Thema gebeten. Allem Anschein nach ist sie für den Botschafter von

Österreich in Paris bestimmt, der sie Metternich höchstselbst übergeben soll.«
»Das ist wunderbar!«
Linant hob rasch hervor: »Und gewitzt. Österreich hat stets für den Kanal plädiert. Wenn meine Erinnerungen mich nicht trügen, hat Metternich obendrein erklärt, er betrachte den Durchstich des Isthmus als ein Ereignis erster Wichtigkeit, als eine jener Verwirklichungen, die Jahrhunderten ihren Stempel aufdrücken, da er überzeugt sei, daß er Österreich die Pforten der Zukunft öffnen würde.«
»Das ist wahr. Aber er hat eilends wissen lassen, daß dieser Kanal die Begierde dieses teuren Englands steigern würde und infolgedessen eine Gefahr mit sich brächte. Falls er weiterhin diesen Standpunkt einnimmt, sehe ich nicht, was es nutzen könnte, ihm mein Memorandum zu schicken.«
Joseph sorgte sich: »Du hast es Enfantin aber gleichwohl zukommen lassen, hoffe ich?«
»Selbstverständlich.«
Linants Züge verhärteten sich.
»Die Welt kann in Brand geraten, Sohn des Mandrino. Ibrahim kann Istanbul nehmen. An diesen Kanal jedoch, an den glaube ich. Ich weiß nicht, ob er je zur Durchführung gelangt, ob an seinen Böschungen eines Tages eine türkische, französische, englische oder ägyptische Fahne wehen wird, aber ich glaube an ihn.«

33. Kapitel

In den Tagen, die auf den Sieg von Nisib folgten, herrschte lebhafte Betriebsamkeit in den europäischen Kanzleien.
Nach wie vor von der Furcht einer russischen Intervention und dem Wunsch gequält, zu einer friedlichen Regelung zu gelangen, befleißigte sich Frankreich, den Pascha dazu zu überreden, den Vormarsch seines Sohnes gen Istanbul aufzuhalten. Nach Drohungen und Pressionen und vielleicht aus Überdruß, vielleicht aber auch, weil er noch immer an eine günstige Schlichtung der Großmächte glauben mochte, gab Mohammed Ali nach, und man entsandte einen französischen Emissär, den Hauptmann Cellier, zum Hauptquartier von Ibrahim mit dem Befehl, seine Armee zum Stehen zu bringen und unter keinem Vorwand in Kleinasien einzudringen.
Der Zorn des Prinzen entsprach seiner Enttäuschung.
»Haben Sie die Bücher der Geschichte gelesen? Wo haben Sie je gesehen, daß ein General in seinem Marsch innegehalten hätte?«
Tief bekümmert ergab er sich in den Willen seines Vaters, weigerte sich indes, den Rückzug nach Aleppo anzutreten. Zum zweiten Mal hatte die osmanische Hauptstadt sich in seiner Reichweite befunden; zum zweiten Mal brachte man ihn um seine Eroberung.
Am dritten Juli ließ die Hohe Pforte Mohammed Ali ein Angebot des Großwesirs überbringen, in dem er ihm – nach Rückerstattung Syriens, Arabiens und des Jemen – die Erbmonarchie und die Versöhnung antrug. Hatte der Sultan vorausgeahnt, daß seine Macht trotz des Beistands der Großmächte am Rande des Abgrunds stand? Ohne Zweifel.

Sechs Tage später sollte ein beachtenswertes Vorkommnis diesen Eindruck bestätigen.
An jenem Morgen befand Giovanna sich im Kabinett von Garbis Bey. Sie besprachen die nächsten Verbesserungen, deren die Dienerschaft des Palasts teilhaftig werden sollte, als unversehens eine unglaubliche Blässe die Züge des Schatzmeisters befiel. Er begann zu stottern, während er den Zeigefinger auf das Meer richtete.
Giovanna glaubte, er würde, vom Schlagfluß getroffen, zusammensinken. Erst als sie seinem Blick folgte, verstand sie den Grund seines Schrecks.
Eine gewaltige Flotte unter türkischer Flagge bedeckte den Horizont.
Fast zugleich erblickte sie ein ägyptisches Geschwader, das ihr entgegensegelte.
Neunzehn Kanonenschüsse hallten über den Himmel Alexandrias, von einer auf der Reede liegenden Korvette abgefeuert.
Giovanna fühlte sich nun ihrerseits einer Schwäche nahe.
Sie stammelte: »Garbis Bey ... Das ist die Invasion! Die Türken schicken sich an zu landen!«
»Nein, Tochter des Mandrino«, erwiderte der alte Mann mit vor Aufregung zugeschnürter Kehle. »Das ist keine Invasion, das ist ein Aufstand.«
»Wovon sprechen Sie? Welcher Aufstand?«
»Die türkische Flotte hat sich soeben mit Sack und Pack Ägypten unterworfen.«
»Wie? Das ist unmöglich!«
»Sehen Sie ...«
Der Dampfer *Nil*, mit den königlichen Farben geschmückt, hatte soeben die Reede verlassen.
»Seine Majestät fährt dem Admiral entgegen, um ihm die Ehre zu erweisen.«

»Wollen Sie etwa sagen, dieser Mann hätte Ägypten gerade die Marine der Hohen Pforte ausgeliefert?«
»Ganz genau.«
»Das ist unerhört!«

Unerhört, das war diese Aktion in der Tat.
Die Auslieferung der gesamten Kriegsflotte durch ihren Oberbefehlshaber versetzte Mohammed Ali in eine in der Geschichte nie dagewesene Lage.*
In ganz Europa verbreitete sich die Nachricht wie ein Lauffeuer. In Istanbul war es Hysterie, die vorherrschte. In London tobte Lord Palmerston. In Rußland verbiß der Zar sich jede Voreiligkeit und zauderte, was den einzuschlagenden Weg anging. Was Paris anging, lachte man sich ins Fäustchen, aus gutem Grund. Eine Woche zuvor war der französische Admiral Lalande, der an Bord der *Iéna* im Archipel kreuzte, auf die türkische Flotte getroffen, die die Segel gen Alexandria setzte und der englische Fregatten als Aufklärer vorausfuhren. Da er keinen Zweifel daran hegte, daß sie die Dardanellen hinter sich gelassen hätte, um das Gefecht mit dem ägyptischen Geschwader zu suchen, und sie daran hindern wollte, einem den Wünschen Frankreichs zuwiderlaufenden Zusammenstoß entgegenzueilen, gab Lalande dem osmanischen Flaggschiff Befehl zum Beidrehen. Zu seiner großen Überraschung jedoch entdeckte Fauzi Pascha, der türkische Admiral, ihm unter dem Siegel der Verschwiegenheit, er habe die Absicht, seine Flotte nach Ägypten zu steuern, um sie Mohammed Ali auszuliefern. Entzückt über die den

* Nach dem Debakel von Nisib befand die türkische Regierung sich in völligem Zerfall, und ihre inneren Zwistigkeiten hatten sich im offenen Licht gezeigt. Zahlreiche osmanische Verantwortliche befanden daraufhin, der Großwesir Khosrew Pascha (der das Land seit des Sultans Tod führte) habe sich den Russen verkauft. Indem er seine Flotte Mohammed Ali auslieferte, strebte der Admiral nach der Absetzung des Wesirs.

Briten vorbehaltene Fopperei, segelte Admiral Lalande, sich die Hände reibend, davon und ließ die türkischen Kriegsschiffe ihre Überfahrt in aller Ruhe fortsetzen.
In wenigen Wochen hatte die Türkei ihren Monarchen, ihre Armee, ihre Flotte verloren. Und Istanbul war Ibrahim auf Gedeih und Verderb ausgeliefert.

Giovanna trug ein strahlendes Lächeln zur Schau. Die Erklärung, die Garbis Bey ihr soeben gegeben hatte, weckten bei der jungen Frau einen ungeheuren Enthusiasmus.
»Das ist wunderbar!« rief sie aus. »Nunmehr wird man ein Abkommen zwischen Seiner Majestät und der Hohen Pforte nicht mehr umgehen können. Er wird die erbliche Thronfolge erhalten, und unsere Grenzen werden vollständig gewahrt bleiben. So bleibt ihm nur noch, sich für unabhängig zu proklamieren!«
»All das ist nicht so einfach, Tochter des Mandrino. Ich bin kein Politiker, doch ich habe den Eindruck, man wird uns daran hindern, unmittelbar mit dem Sultan zu verhandeln.«
»Aus welchem Grund?«
»Wahrscheinlich aus Furcht, wir könnten zu einem Frieden gelangen, der allzu günstig für Ägypten wäre. Aber lassen wir die Zeit walten, und bitten wir den Allerhöchsten, daß Er an unserer Seite sein und Seine Hoheit inspirieren möge.«

Leider schien die Zeit nicht zugunsten des alten Paschas zu walten. Und der Allhöchste befand zweifelsohne, daß Er nicht in die Streitigkeiten seiner Geschöpfe einzugreifen hatte.
Einige Monate später trat Thiers an Soults Stelle, und die Vorstellung eines unabhängigen Ägyptens wurde nicht allein vom König angenommen, sondern auch von Thiers, Guizot – dem französischen Botschafter in London – und vom Großteil der führenden Kreise Frankreichs.

Guizot plädierte mit Macht für die Sache Mohammed Alis bei Lord Palmerston. Er tat es mit allen Schlichen und Ränken der Diplomatie.

»Mylord, weshalb den Frieden im Orient, die Sicherheit der Pforte und Europas derart vielen Zufälligkeiten aussetzen? Um einem Greis von einundsiebzig Jahren die Erbfolge zu verweigern? Was bedeutet die Erbfolge schon im Orient, Mylord, in dieser gewalttätigen und heiklen Gesellschaft, in diesen zahlreichen und uneinigen Familien? Die Geschichte von Mohammed Ali ist kein Einzelfall im Osmanischen Reich; mehr als ein Pascha vor ihm hat sich erhoben, hat Eroberungen gemacht, ist mächtig und beinahe unabhängig geworden. Was hat die Pforte getan? Sie hat gewartet. Die Paschas sind gestorben, ihre Söhne haben sich entzweit, und Istanbul hat seine Territorien und seine Macht zurückgewonnen. Auch diesmal ist dies für die Pforte die beste Chance und das umsichtigste Verhalten.«

»Es ist einiges Wahre an dem, was Sie da sagen. Die erbliche Thronfolge hätte vielleicht keinen großen Wert. Gleichwohl ist Ibrahim Pascha ein gewandter, von seinen Truppen geliebter Anführer, ein besserer Verweser als sein Vater, so sagt man. Er hat an seiner Seite fähige Offiziere ... Franzosen. Wir sind doch ganz offen miteinander, nicht wahr? Sollte Frankreich nicht mit großem Behagen sehen, wie in Ägypten und Syrien eine neue und unabhängige Macht entstünde, die beinahe seine Schöpfung wäre und zwangsläufig sein Verbündeter würde? Sie besitzen die Regentschaft von Algier. Zwischen Ihnen und Ihrem Alliierten, Ägypten, was bliebe England da noch? Nichts außer diesen armseligen Staaten von Tunis und Tripolis. Die gesamte Küste Afrikas und ein Teil der Küste Asiens zum Mittelmeer, von Marokko bis zum Golf von Alexandrette*, läge somit in

* Ehemaliger Name von Iskenderun, dem türkischen Hafen nahe der syrischen Grenze.

Ihrem Machtbereich und unter Ihrem Einfluß. Das kann nicht angehen, Monsieur Guizot.«
In Wahrheit kam Frankreichs Schwenk zu spät. Lord Palmerston hatte genügend Zeit gehabt, sich in den europäischen Kabinetten feste Stützen zu verschaffen. Frankreich fuhr weiter darin fort, die Ansinnen seines Schützlings zu fördern, die Engländer übten sich weiterhin in ihrer halsstarrigen Ablehnung, bis zu dem Tage, an dem die Angelegenheit ihren Höhepunkt erreichte.

Die Atmosphäre, die im Thronsaal herrschte, war drückend, kalt wie eine Winternacht. Gleichwohl schwang der August das Zepter über Alexandria, und die Sonne war nie großmütiger gewesen.
Sich bemühend, das Zittern zu unterdrücken, das seine Hände bewegte, las Mohammed Ali zum drittenmal dieses Ultimatum, das ihm Oberst Hodges, der neue Konsul Englands, gerade übergeben hatte, der anstelle Campbells ernannt worden war, da man ihn als dem Monarchen zu sehr gewogen befunden hatte.
Das Ultimatum faßte sich in folgendem zusammen:

Die vier Mächte verpflichten sich, die Integrität des Osmanischen Reiches und die Oberherrschaft des Sultans zu wahren. Sie beschließen, dem Pascha von Ägypten im Abstand von zehn Tagen drei Aufforderungen zukommen zu lassen.
Falls er sich der ersten unterwürfe, erhielte er die erbliche Herrschaft über Ägypten und das *pashalik* von Akkon auf Lebzeit.
Bei der zweiten fiele ihm lediglich noch Ägypten zu.
Die dritte lieferte ihn auf Gnade und Ungnade dem Sultan aus.

Mohammed Ali studierte ein weiteres Mal die Unterschriften: Er fand die von Rußland, von Österreich, von Preußen und von England, doch die von Frankreich fehlte. Sie konnte nicht auf der Note sein, da diese einige Tage zuvor in London, im Verlauf einer Konferenz abgefaßt worden war, von der man Frankreich ausgeschlossen hatte.

»Oberst Hodges«, murmelte der Pascha mit heiserer Stimme. »Was ist das für ein Schriftstück, das die Sieger als Besiegte behandelt?«

Der Diplomat enthielt sich einer Bemerkung.

»Es geht ja noch an, daß Sie mich verachten«, setzte der Monarch hinzu. »Ich bin bloß eine Figur auf dem Schachbrett der Welt. Aber Frankreich, Oberst Hodges, Sie können Frankreich doch nicht behandeln, wie Sie Ägypten behandeln!«

Der Engländer antwortete noch immer nicht.

Mohammed Ali schwenkte das Dokument, und seine Stimme schwoll um einen Grad an.

»Sie haben es nicht einmal für wert erachtet, ihm dessen Vertrag zu übermitteln! Sie haben wie Straßenräuber gehandelt, ja, Oberst Hodges, wie Straßenräuber! Sie haben die Höfe manipuliert, Komplotte geschmiedet, Ihre Pressionen im dunkeln eingesetzt. Und um wohin zu gelangen? Zu dem hier?«

Er versetzte in entschiedenem Tonfall: »Übermitteln Sie Lord Palmerston, mein Entschluß sei gefaßt. Ich werde mich bis zum Äußersten verteidigen. Mit Hilfe der Vorsehung nämlich habe ich das erhalte, was ich besitze; sie allein wird es mir entreißen!«

»Sie reagieren jetzt im Zorn, Sire. Im übrigen, falls Sie hoffen, die Regierung von Monsieur Thiers würde an Ihrer Seite die Schlacht aufnehmen, machen Sie sich Illusionen, Sire.«

»Glauben Sie! Frankreich hat seine Truppen einberufen, seine Arsenale und seine Depots instand gesetzt, es hat sogar Befestigungsanlagen rund um Paris eingeleitet. Ein außerordentliches Fieber hat dieses Land ergriffen!«*

Hodges erwiderte lakonisch: »Die Franzosen sagen, was sie wollen, sie können nicht gegen die vier Großmächte Krieg führen, um Ihnen beizustehen. Sie werden sich allein wiederfinden. Nachdem Sie alles verloren haben werden.«

»Das werden wir noch sehen, Oberst Hodges! Das werden wir noch sehen.«

Der Konsul zog sich zurück, einen zweideutigen Ausdruck um die Mundwinkel. Während er die Stufen der Palasttreppe aus weißem Marmor hinunterschritt, kamen ihm die Worte von Lord Palmerston wieder in den Sinn.

Die Franzosen werden keinen Krieg führen. Ich kenne Louis-Philippes kleinmütigen Charakter allzu gut. Niemals wird er sich ernsthaft in einen Konflikt gegen die Mächte verpflichten. Was Mohammed Ali anlangt, wird er keines der vom Londoner Vertrag unterbreiteten Angebote annehmen. Und er wird blindlings ins Netz gehen.

Alles verlief so, wie der Minister es vorhergesehen hatte.

»Ein großer Politiker, dieser Lord Palmerston«, sann Oberst Hodges, seinen Schnurrbart glättend.

Am achten September setzte die britische Regierung ihre Drohung in die Tat um und ließ auf die ägyptischen Stellungen in Syrien und im Libanon feuern. Am zehnten kamen die Transportschiffe unter dem Befehl von Kommodore Napier in Beirut an. Fünfzehnhundert englische Matrosen und siebentausend

* In der Tat, kaum in Paris bekanntgeworden, erregte der Londoner Vertrag, verschärft noch wegen seiner absichtlich verletzenden Form, die öffentliche Meinung und weckte ein wahrhaftes Gefühl von Nationalstolz. Vom Duc d'Orléans bis hin zu den Republikanern war man bereit, Krieg zu führen.

Türken besetzten den Küstenstreifen und errichteten ihr Hauptlager in der Bucht von Junieh.
Ibrahim betraute Oberst Sève mit der Verteidigung der Küste. Er selbst sollte den bedrohten Punkten zu Hilfe eilen. Die ägyptischen Truppen waren jedoch über ganz Syrien verstreut, von Krankheiten und Fieber dezimiert, die sommers die syrischen Küsten verheerten.
Am zehnten Oktober faßte Kommodore Napier den Entschluß, Ibrahim die Schlacht zu liefern, bevor er noch Zeit hätte, seine Streitkräfte zu sammeln. Am Abend desselben Tages erfuhr Ibrahim seine erste Niederlage.
Frankreich reagierte nicht. Zur Verteidigung seines Günstlings und für den Schutz des Reiches, das jener geschaffen, hatte es die Spannung zwischen sich und dem übrigen Europa bis zum Äußersten ausgereizt und war bis an die Schwelle zu einem totalen Krieg gegangen.
Der Sturz des Ministers Thiers ereignete sich am dreiundzwanzigsten Oktober und bedeutete Mohammed Ali, endgültig von Louis-Philippes Regierung fallengelassen worden zu sein.
Den Tag des dritten Novembers über eröffneten einundzwanzig englische, österreichische und türkische Kriegsschiffe das Feuer auf Akkon. Gegen vier Uhr nachmittags explodierte die Pulverkammer des Forts mit entsetzlichem Getöse, wodurch sich zur Hafenseite eine breite Bresche auftat und eintausendfünfhundert Soldaten unter den Trümmern begraben wurden. Nun war es um den ägyptischen Widerstand geschehen. Die militärische Schlagkraft des Generalissimus geriet wie durch Zauberei in Auflösung, und die Städte fielen eine nach der anderen wie die Perlen eines Gebetskranzes.
Und es läutete die Stunde des Rückzugs.
Es wurde fürchterlich.
Gebrochen, niedergeschmettert, entäußert, verschloß sich der

alte Pascha in der Einsamkeit seines Palastes und harrte, daß die Großmächte über sein Los statuierten.
Er wartete vier Monate.
Eines Februarmorgens fiel das Urteil. Es war in allen Punkten der Abglanz des Triumphs der englischen Sicht:

1. Die Erbfolge wurde als Ältestenrecht der männlichen Nachkommenschaft Mohammed Alis in direkter Linie zuerkannt. Die Investitur jedoch würde durch Istanbul erfolgen, und um diese zu erwirken, sei der Erbe gehalten, sich in die osmanische Hauptstadt zu begeben, um seinem Souverän seine Huldigung darzubringen. Der Vizekönig verbleibe den einfachen Paschas des Reiches gleichgestellt und Ägypten weiterhin osmanische Provinz.
2. Der Vizekönig sei berechtigt, Offiziere in seiner Armee einzusetzen, jedoch nur bis zum Rang des Obersten. Istanbul nehme sich das Recht heraus, die höheren Grade zu erkennen.
3. Der jährliche, der Hohen Pforte zu zahlende Tribut wurde auf vierzig Millionen Piaster festgesetzt und werde nicht mehr im Verhältnis zu den Einnahmen Ägyptens berechnet.
4. Die Stärke der ägyptischen Armee werde auf 18 000 Mann begrenzt, und es war dem Land fürderhin verboten, Schiffsbau zu betreiben.

Das ehemalige Reich des alten Paschas war aufgelöst. Allein Ägypten, mit Zugabe des Sudan, blieb noch in seinen Händen. Ohne Frankreichs Standhaftigkeit der letzten Stunde wäre ihm selbst das Erbrecht streitig gemacht worden.

Ras-el-Tin-Palast,
Dezember 1840

Rufe und Waffengeklirr rissen den Monarchen aus seinen Meditationen. Er hob die Augenbrauen und rief zornig die an der Schwelle seines Kabinetts diensthabende Garde herbei.

»Lufti!«

Ein Wachtposten streckte seinen Kopf durch den Türspalt.

»Zu Befehl, Hoheit!«

»Was ist das für ein Radau?«

Der Posten setzte eine bestürzte Miene auf.

»Ich … ich weiß nicht, Hoheit. Ich …«

»Man soll augenblicklich diesen Lärm einstellen!«

»Ja, Hoheit!«

Der Posten hatte kaum drei Schritte zurückgelegt, als er mit offenem Mund stehenblieb. Er stammelte: »Es ist … Es ist …«

»Wer? So rede doch!« rief der Vizekönig.

»Es ist …«

Eine Stimme erhob sich am anderen Ende des Flurs.

»Ich bin es!«

Mohammed Ali starrte auf die Türschwelle. Von der Stelle, an der er sich befand, konnte er die Person noch nicht sehen, doch diesen Tonfall hätte er unter Tausenden wiedererkannt. Er legte seine Hände flach auf seinen Schreibtisch, und sein Herz begann ein wenig schneller zu schlagen.

Er wartete noch einige Augenblicke.

Ein junger Mann von beeindruckender Größe erschien in der Zarge. Ein kräftig gebauter Bursche mit dem Hals eines Stiers. Ein zarter Bart verschlang seine Wangen bis zu den Äpfelchen, über denen dunkelbraune Haare mit metallischem Schimmer standen. Man hätte ihn als stattlichen Mann bezeichnen können, wäre er nicht so fett gewesen.

»Said … mein Sohn!«

Mit einigen schweren raumgreifenden Schritten fand sich der

junge Mann vor dem Monarchen, und in einer bewegten Anwandlung kniete er nieder und küßte die Hand seines Vaters. Jener zwang ihn, sich zu erheben, und umschlag ihn mit seinen Armen.

»*Al-hamduli-llah as-salama*. Willkommen, mein Sohn.«

Said hatte sich von ihm gelöst. Trotz seiner Korpulenz zitterte er wie ein Füllen.

»Was ist mit dir«, sorgte sich Mohammed Ali. »Hast du etwa Fieber?«

»Nein, Vater. Mir geht es gut.«

»Aber, was hast du dann?«

Said zog eine betretene Grimasse. Sogleich brach der Pascha in Lachen aus, wobei er sich an seinen Sessel anlehnte.

»Aha! Ich sehe schon.«

Er streichelte den runden Bauch seines Sohnes.

»Maschallah … Offenkundig stirbt man nicht Hungers in Saint-Cyr.«

Said sagte kein Wort.

»Na, komm. Verjag deine Ängste! Dickbäuchig oder grazil, was schert das schon! In dieser Welt, in der die Mäuse die Katzen verschlingen, sind dies nur mehr zweitrangige Probleme.«

Die Züge des Prinzen entspannten sich.

»Wenn Sie wüßten, wie verängstigt ich auf diesem Boot war, das mich aus Frankreich zurückbrachte.«

»Setz dich, und laß uns von ernsthafteren Dingen reden. Bist du mit deinem Aufenthalt in Frankreich zufrieden?«

»Zutiefst. Es ist ein wunderbares Land, und Paris ist eine auf der Welt einzigartige Stadt. Nichtsdestotrotz hatte ich große Sehnsucht heimzukehren.«

Eine gewisse Betrübnis erschien auf seinem Gesicht.

»Ich habe die Ereignisse mit der Bangigkeit verfolgt, die Sie sich ausmalen können. Man muß, wie ich es konnte, die Empörung und den Zorn der Franzosen in Anbetracht des Affronts gesehen haben, den man uns zugefügt hat. Diese Londoner Konferenz war eine Schändlichkeit. Ich vermag immer noch nicht zu glauben, daß es so weit gekommen ist.«

»*Maktub, ya ebni*. Es ist der Allmächtige, der entschieden hat. Wir dürfen nicht mehr auf die Vergangenheit schauen. Wenden wir uns dem Morgen zu, und trösten wir uns, indem wir uns sagen, daß Ägypten von nun kein Waisenkind mehr ist noch der Willkür des erstbesten aus der Türkei gekommenen Dekadenten überlassen sein wird. Und das ist ein großer Schatz. Morgen wird Ibrahim mir nachfolgen können, ohne daß irgend jemand ihm die Krone streitig machen könnte. Danach wirst du an der Reihe sein. Wir haben die Gründung einer Dynastie erwirkt, die, was immer man auch sagt, unser Land unter allen anderen osmanischen Provinzen auszeichnet und ihm die Kontinuität einer mit seinem Geschick gleichgestellten Regierung gewährleisten wird.«

Er schloß mit einem gezwungenen Lächeln: »Jetzt, da die Zukunft meiner Kinder gesichert ist, kann ich mit lauterer Seele gehen.«

»So spät wie möglich, Vater.«

»Liegen der Tag und die Stunde nicht in Allahs Händen?«

Said ließ sich im Schneidersitz zu Füßen des Vizekönigs nieder.

»Ich habe Kenntnis von den Bedingungen erhalten, die man uns aufgezwungen hat. Sie sind drakonisch und lassen Ihnen nicht viel Freiraum. Denken Sie, es wird Ihnen trotz alledem möglich sein, Ihre Aufgabe fortzuführen?«

Mohammed Ali streichelte sacht seinen silbrigen Bart.

»Die Ära der Eroberungen ist abgeschlossen. Ich will nur noch darauf bedacht sein, den Wohlstand meines Landes wiederherzustellen. Diese Kriegsjahre haben es gebrochen. Ich will nur noch nach Frieden streben, nach Vergessen und nach Aussöhnung.«

Said konnte bloß beipflichten.

Eine unsägliche Trauer hatte sein Herz erfüllt. Des Schneids, der Kraft ungeachtet, die seit je die Äußerungen seines Vaters kennzeichneten, war dies nicht mehr derselbe Mann, der sich aussprach. Es war eindeutig, daß jene Monate des Ringens ihn erschöpft hatten, und alles strafte diesen heiteren Ausdruck, den er zur Schau trug, Lügen. Man erahnte eine tiefe Niedergeschlagenheit, die seine Gedanken bis hin zu seinem Atem hemmte.
»Ich habe auch von Mandrino Bey erfahren. Er war ein wackerer Mann.«
»Der beste.«
Der Pascha sagte mit leiser Stimme: »Er fehlt mir.«
»Und die Seinen? Was wird aus ihnen? Haben Sie etwas von ihnen gehört?«
»Ja. Scheherazade lebt mit ihrer Trauer. Joseph steht weiter in meinen Diensten. Was Givoanna betrifft ...«
Er hielt jäh inne.
»Erinnerst du dich eigentlich noch an sie? Als du Ägypten verlassen hast, warst du kaum zwölf Jahre alt.«
»Ich habe nichts vergessen, Vater. War Ricardo nicht Ihr engster Berater?«
Der Pascha nickte.
»Wir werden ein Bankett ausrichten, um deine Rückkehr zu feiern. Würde dir das Freude machen?«
»Wenn so Ihr Wunsch ist. Ich wäre hocherfreut darüber.«
»Du mußt deine Mutter und deinen Bruder begrüßen. Du hast es noch nicht getan, nehme ich an?«
»Nein. Ich hatte zu große Eile, Sie zu sehen.«
»Nun, dann säume nicht. Geh zu ihnen, mein Sohn!«
Der Prinz richtete sich mit Mühe auf, welche ihm sein Gewicht bereitete.
»Ich werde später wieder zu Ihnen kommen. Falls Sie es möchten.«
Als er sich bereits in Bewegung setzte, fragte er mit einer

gewissen Ungezwungenheit: »Die Tochter von Mandrino Bey … Sie haben mir nicht gesagt, was aus ihr geworden ist.«
»Sie wohnt nicht mehr auf Sabah. Sie lebt seit Ricardos Tod im Palast. Ich habe sie unter Garbis Beys Obhut gestellt und mit den Verwaltungsproblemen betraut.«
Said schien völlig erschüttert.
»Was … Aus welchem Grund?«
»Das ist eine lange Geschichte. Wir werden ein andermal darüber sprechen.«
»Wie es Ihnen beliebt, Vater.«
Und er brach zur Tür auf.
»Du könntest sie ebenfalls begrüßen!« warf Mohammed Ali ein. »Wir hätten uns beinahe miteinander überworfen deinetwegen.«
Der junge Mann drehte sich jäh um.
»Meinetwegen?«
»Auch das ist eine lange Geschichte. Doch die, die wird sie dir erzählen.«
Während er seinen Weg zum Ausgang fortsetzte, spürte er den Blick des Vizekönigs, der ihn mit befremdlichem Nachdruck erforschte.

34. Kapitel

Gizeh, Anwesen Sabah,
Dezember 1840

Mit freudiger Miene zeigte Joseph Scheherazade den Brief.
»Er ist an Linant adressiert, aber er hat ihn mir überlassen. Möchtest du, daß ich ihn dir vorlese?«
»Warum nicht? Neuigkeiten aus der Fremde bereiten stets Vergnügen.«
Er erkundigte sich bei Corinne.
»Wir stören den Kleinen doch nicht? Schläft er?«
»Ja. Sei unbesorgt. Wie ein Murmeltier.«
Joseph ergriff den Brief und stellte sich unter die Lampe der Veranda.

Malaga, Dezember 1840

Mein teurer Linant,
diese wenigen Worte nur, die, so hoffe ich, in Ihnen die Erinnerung an unsere Freundschaft wachrufen werden. Sie dürften sicherlich einige Enttäuschung angesichts dieses langanhaltenden Schweigens empfunden haben. Ich könnte tausend Entschuldigungen anführen; sie wären ebenso viele Gemeinplätze. Daher werde ich mich damit begnügen, Ihnen zu sagen, daß mein Leben seit meiner Abreise aus Ägypten ein wahrhaftiger Strudel war, in dem die Momente der Muße nur wenig Raum gefunden haben. Ich werde versuchen, Ihnen so kurz als möglich zu beschreiben, wie sich meine Existenz im Laufe dieser letzten Jahre gestaltete.
Kaum in Paris zurück, hat das Schicksal (Sie haben, denke ich, unser letztes Zwiegespräch auf der Anlegestelle nicht vergessen, als wir uns damals adieu sagten), hat das Schicksal, so sagte ich, mir eine allerliebste Person auf meinen Weg gestellt, die mit allen

Qualitäten beschenkt ist, von denen ein Mann nur träumen kann. Es handelt sich um die Tochter eines treuen Freundes meiner Mutter. Diese junge Person hat auf mich einen tiefen Eindruck gemacht. Sie heißt Agathe Delamalle. Ihre Eltern entstammen großen Pariser Familien, deren Mitglieder zum größten Teil Karriere in der Hoch-Magistratur gemacht haben.
Sie ist seit dem 12. Dezember 1837 Mme de Lesseps.
Ich sehe Sie schon lächeln und kann mich nicht erwehren, an Ihren Satz zurückzudenken: »Eine leise Stimme flüstert mir, daß Sie nach all den in Ägypten verbrachten Jahren reif dafür sind, der Auserwählten Ihres Herzens zu begegnen.« Welche Vorahnung!
Eine Hochzeitsreise hat es nicht gegeben. Kaum waren wir zurück in unserem Heim, da sandte man mich nach Den Haag, um Monsieur le Ministre *Bois-Le-Comte zur Seite zur stehen, der in Anbetracht der Probleme, die die Unabhängigkeit Belgiens aufwarf, tüchtig zu tun hatte. In Rotterdam schließlich wurde unser erstes Kind geboren. Leider jedoch war dieses Glück von wahrlich kurzer Dauer. Das kleine Wesen sollte einen Monat später sterben. Daher habe ich mit der Erleichterung, die Sie erahnen können, meine Berufung ins Konsulat von Málaga aufgenommen. Der Verlust meines Kindes hatte Holland recht trist werden lassen.*
Und aus Spanien schreibe ich Ihnen nun.
Von einem ausschließlich beruflichen Blickwinkel aus gesehen und für jemanden, der nach einer großen Karriere strebt, ist Málaga ein Posten ohne großes Prestige. Indessen erlaubt er mir, eine nützliche Rolle in diesem Lande einzunehmen, das ernste und stürmische Stunden erlebt. Sicher ist Ihnen nicht fremd, daß hier noch immer erbitterte Erbfolgestreitigkeiten wüten, von diesen blutigen Karlistenkriegen ganz zu schweigen. Alle Tage glauben*

* Mit dem Namen Karlisten hatte man die Anhänger Don Carlos' von Bourbon bezeichnet, des Anwärters auf den Thron von Spanien nach dem Tode seines Bruders Ferdinands VII. und dessen Nachkommen.

wir, das Ende dieses Bürgerkriegs erreicht zu haben; das Land ist in heller Zerrüttung. Progressisten und Moderate werden tagtäglich handgemein. Naturgemäß stützen wir, die Franzosen, die Moderaten. Und ebenso naturgemäß sind die Engländer – wie Sie sich denken können – im gegnerischen Lager.
Ich weiß nicht, wann dieses Drama enden wird. Doch ich gestehe, daß ich tief besorgt bin, zumal mein zweites Kind vor kurzem zur Welt kam und ich um seine Sicherheit und um die meiner Gemahlin fürchte. Diese liebe Agathe ist gleichwohl von einer beispielhaften Hingabe und legt in diesen gefahrvollen Momenten, die wir durchleben, eine bewundernswerte Tapferkeit an den Tag.
So. Nun wissen Sie beinahe alles über die Art und Weise, wie ich diese wenigen Jahre fern von Ägypten gelebt habe. Ich habe erfahren, daß dieses Land in gleichem Maße beschwerliche Stunden gekannt hat. Sie können sich vorstellen, wie sehr mich der Londoner Vertrag in Entrüstung versetzt hat. Eine wahrlich bejammernswerte Angelegenheit. Aber was wollen Sie … Dies sind die Tragödien der Politik.
Ich bringe den Wunsch zum Ausdruck, daß diese Worte Sie bei guter Gesundheit antreffen und daß Ihre Beschäftigungen nicht allzusehr unter diesem Krieg gelitten haben mögen.

Ihr treu ergebener
Ferdinand
de Lesseps

Als er seine Lektüre beendet hatte, reichte Joseph Corinne den Brief.
»Nun denn«, bemerkte sie, »nicht nur in Ägypten sind die Zeiten stürmisch.«
»Das ist noch nicht alles«, meinte Joseph. »Es gibt noch ein Postskriptum.« Er fügte hinzu: *»PS: Suez kreist noch immer in meinen Gedanken.«*

»Ich vermute«, merkte Scheherazade an, »es sind diese letzten Worte, die dein Interesse am meisten erregen?«
»Wie könnte dem anders sein? Sie beweisen, daß dieses Projekt in den Geistern präsent bleibt, und das trotz dieser Kriege, Umwälzungen und Entfernungen.«
Er erklärte, an Corinne gerichtet: »Habe ich dir gesagt, daß Linant vor ein paar Monaten eine Botschaft von Enfantin erhalten hat? *Le Père* ist ebenfalls weiterhin von diesem Kanal gefesselt.«
»Ja. Doch ich habe den Eindruck, nur bei einem dieser beiden Männer drückt sich das Interesse in Taten aus. Ich meine damit selbstverständlich Monsieur Enfantin.«
»Joseph«, erkundigte sich Scheherazade, »glaubst du tatsächlich, dieses Unternehmen wäre eine gute Sache für unser Land?«
»Aus tiefstem Herzen glaube ich es.«
Sie strich mit der Hand über ihre leicht ergrauten Haare.
»Nimm dich in acht. Schau dich um. Diese Erde ist bereits jetzt das Opfer der Leidenschaften. Entsinne dich auch der Ermahnungen Mohammed Alis. Ich fürchte sehr, falls dein Traum und der von Linant sich irgendwann verwirklichen sollte, mag er die Begierden der Welt im Hinblick auf Ägypten nur noch mehr anfachen.«
Sie fragte Corinne: »Habe ich nicht recht?«
»Ich wäre womöglich nicht so bestimmt gewesen, wenn ich nicht gesehen hätte, in welchem Maße die Menschen doch zum Schlimmsten imstande sind, sobald ihre Interessen auf dem Spiel stehen.«
Scheherazade hob mit einer Spur Nostalgie hervor: »Ricardo war dem Kanal gegenüber sehr kritisch eingestellt. Habe ich dir das je gesagt?«
Joseph verneinte.
»Er wußte, wie sehr dir diese Angelegenheit am Herzen lag, weshalb er es nie gewagt hat, seine Ablehnung offen auszuspre-

chen. Nichtsdestotrotz war seine Position eindeutig, wenn wir auf das Thema zu sprechen kamen. Er verglich dann das Los unseres Landes mit dem von Venedig, erklärte mir, daß die Lagunenstadt, so wie Ägypten, die osmanische Besetzung und die von Bonaparte erlitten hat. Es waren ihr Reichtum und ihre Macht, die ihr so viel Neid eingebracht hatten.«

Sie hatte sich ein wenig nach Art eines Kindes geäußert, das sich mit Stolz an die Worte eines Helden erinnert.

»In jedem Fall«, gab Joseph zu bedenken, »stehen wir noch lange nicht davor, dieses Projekt verwirklicht zu sehen. Niemand vermag zu sagen, wann es in den Bereich des Möglichen rücken wird. Es ist noch zu früh. Oder ... zu spät.«

Latifas Hinzukommen setzte ihrem Gespräch ein Ende.

»Das Nachtmahl ist aufgetragen!« verkündete sie mit zarter Flötenstimme.

»Wir kommen«, meinte Scheherazade.

Während sie in die Küche zurückging, tuschelte Joseph: »Ich werde mich nie an ihre Stimme gewöhnen. Jedesmal wenn sie den Mund öffnet, habe ich das Gefühl, eine Rohrflöte würde hervorschießen.«

Er hauchte einen nostalgischen Seufzer: »Oh ... Wo ist nur unsere brave Khadija? Schade, daß sie uns verlassen mußte.«

»Du weißt, sie hatte keine andere Wahl«, entgegnete Scheherazade. Sie mußte nach Beni Suef zurückkehren, an die Seite ihres Mannes. Was Latifas Stimme angeht, wirst du dich daran gewöhnen. Dieses Mädchen ist voller guter Eigenschaften.«

»Ohne Zweifel, ohne Zweifel«, erwiderte Joseph kaum überzeugt.

Er erhob sich gleichzeitig mit Corinne, und beide folgten Scheherazade auf dem Fuße.

Durch das halbgeöffnete Fenster hatte die Dämmerung ihre grauen Schatten in das Kabinett von Garbis Bey gleiten lassen.

Giovanna stellte den Docht der auf dem Schreibtisch stehenden Lampe ein und vertiefte sich wieder in ihre Lektüre.
Eine Weile verging. Mit einem Mal überkam sie ein verdrossener Ausdruck, und sie blätterte die Seite zurück, die sie soeben gelesen hatte. Sie hatte nichts oder beinahe nichts behalten. Seit diesem Morgen bereitete es ihr ungeheure Mühe, sich zu konzentrieren. Ihre Gedanken stießen und drängten sich in ihrem Gehirn wie von Wellen gepeitschte Ähren.
Seit sie Sabah vor bald drei Jahren verlassen hatte, hatte sie nicht die geringste Nachricht von Scheherazade erhalten. Weder Briefe noch Boten. Alles, was sie über ihre Mutter wußte, hatte sie von Joseph erfahren, der, durch seine Verpflichtungen gezwungen, ihr ab und an einen Besuch im Palast abstattete. Selbst in diesen Momenten beschränkte sich ihre Konversation auf zurückhaltende Wortwechsel, Widerspiegelungen verletzter Seelen.
Ein- oder zweimal hatte sie den Wunsch verspürt, nach Sabah heimzukehren und ihrer Trauer ein Ende zu machen. Der heimliche Groll jedoch, den sie empfand, wahrscheinlich auch ein gewisser Stolz, erstickten in ihr jegliche zarte Regung nach Heimkehr.
Nein! Es war nicht an ihr, Verzeihung zu heischen, sondern an ihrer Mutter. Sie mußte sich nichts verzeihen lassen. Welches Verhalten sie auch immer in der Vergangenheit an den Tag gelegt hatte, so tadelnswert es auch gewesen war, man konnte es nicht mit Scheherazades grauenerregender Tat vergleichen. Sie hatte sich die Macht dazu angemaßt.
Fahrig schlug sie das Buch zu.
Wer, wenn nicht Giovanna, wäre geeigneter, die Fackel zu übernehmen und zum Hüter der heiligen Erde seiner Großeltern zu werden? Niemand anders könnte diese Rolle mit mehr Stolz und Tapferkeit ausfüllen als sie.
Wie gerne hätte sie sich den Hoffnungen, die Ricardo in sie

gesetzt hatte, gewachsen zeigen wollen. Seit eh und je wußte sie, was sie alles hätte unternehmen können, um diesen Hof in einen vorbildlichen Ort zu verwandeln. Sie hätte der Jahrhunderte währenden Ungerechtigkeit, die auf den Fellachen lastete, ein Ende gesetzt, sie hätte auf die Organisation der Arbeit neue, großzügige Prinzipien angewendet, ambitioniertere auch; ebenjene, die sie seit drei Jahren ihrer Umgebung, hier im Palast, einflüstern wollte, wenngleich ohne großen Erfolg. Die Wahrheit war, daß sie für die Reden der Saint-Simonisten nicht unempfänglich geblieben war. Sie hatten etwas in ihren Geist gesät, das nur zu keimen verlangte. Wenn sie in Ägypten gescheitert waren, so rührte dies vielleicht daher, daß sie dieser Erde nicht entstammten. Sie waren eine Art hybrider Pfropfreis gewesen.

Eine Ägypterin, die verstünde es. Aber wie sollte sie es anstellen?

Ihre Hand krallte sich um die Tischkante. Ein Anflug von Furcht hatte sie befallen. Sie brächte heute abend nichts Gutes mehr zustande. Morgen würden ihre Gedanken klarer sein. Als sie sich anschickte, die Lampe auszublasen, klopfte man an die Tür. Sie runzelte die Stirn.

»Herein!« sagte sie verwundert.

Die Tür ging auf. Ein junger Mann trat, ein wenig linkisch, näher.

»Guten Abend, Tochter des Mandrino. Ich weiß, es ist spät. Aber ich bin Garbis Bey begegnet, der mir versichert hat, Sie arbeiteten noch.«

Sie betrachtete den Besucher genauer. Er erinnerte sie an jemanden, doch es gelang ihr nicht, diesem Gesicht einen Namen hinzuzugesellen.

Ohne zu zögern, baute er sich vor sie auf und maß sie von oben bis unten. Da sie nicht zu reagieren schien, wandte er mit einem etwas schalkhaften Unterton ein: »Sollte ich mich denn derart verändert haben?« Und beeilte sich hinzuzufügen: »Das ist normal. Recht viele Jahre sind vergangen.«

Sie begann, diese Art, sie anzureden, eher galant zu finden, doch von dem Gefühl gehemmt, daß diese Person ihr nicht unbekannt war, enthielt sie sich einer Bemerkung.

Mit forscher Geste legte er seine Handinnenfläche auf seinen prallen Leib.

»Ein Glück für mich, es gab in Saint-Cyr keine Schiffe.«

»Said?« schrie sie ungläubig auf, indem sie sich erhob. Sich sogleich wieder fassend, berichtigte sie: »Verzeihung, *Durchlaucht*.«

»Das ist nicht schlimm. Sie haben mich als Kind gekannt. Sie können mich bei meinem Vornamen nennen.«

Er wies auf einen Diwan.

»Darf ich?«

Rot vor Verlegenheit, stammelte sie: »Selbstverständlich, Durchlaucht. Dies ist Ihr Zuhause.«

Da sie stehen blieb, lud er sie ein, sich wieder zu setzen.

»Das alles ist lange her, nicht wahr?«

Zehn Jahre schon. Sie sah ihn erneut vor sich, als gebeugten Jungen, der sich langsamen Schrittes die Mole hinaufschleppte. Sie hatte sich damals gesagt, daß sie niemals seine Augen vergessen würde, den Ausdruck von Nostalgie und von Einsamkeit, den sie ausgestrahlt hatten. Wenn die Physis sich nunmehr verwandelt hatte, war der Ausdruck hingegen noch immer derselbe.

Er studierte sie schweigend, und ohne daß sie gewußt hätte, weshalb, fühlte sie sich mit einem Mal so eingeschüchtert wie eine Göre.

»Demnach haben Sie Ihren Wohnsitz im Palast aufgeschlagen.«

»Seine Majestät, Ihr Vater, war so großmütig, mich aufzunehmen.«

»Sie haben also Ihr Heim in Gizeh verlassen?«

Die Lippen deuteten ein Ja an, ohne es auszusprechen.
»Wäre es indiskret, Sie nach dem Grund zu fragen?«
Sie wich der Frage aus.
»Was empfinden Sie nach einer solch langen Abwesenheit?«
»Ein großes Glück und eine große Traurigkeit. Ich habe meinen Vater recht müde und recht gealtert vorgefunden.«
»Er ist von den Ereignissen dieser letzten Zeiten äußerst mitgenommen worden. Ein anderer als er wäre bereits zusammengebrochen.«
Er stimmte ihr zu.
»Und Ihre Arbeit mit Garbis Bey? Sind Sie mit ihr zufrieden?«
»Ich lerne. Und ab und an erlaube ich mir, gewisse Ideen vorzubringen, die zu billigen er die Güte hat.«
»Das ist eigenartig. Wenn ich an Sie dachte, hätte ich mir nie vorgestellt, daß Sie ein Amt ausübten. Dazu muß allerdings gesagt werden, daß arbeitende Ägypterinnen, im Gegensatz zu den Frauen des Okzidents, so rar sind wie Schneeflocken.«
Sie unterdrückte ein Hochfahren. *Wenn ich an Sie dachte* … Er hatte jene kurze Zusammenkunft auf der Mole also nicht vergessen? Sonderbar. So viele Jahre waren verstrichen.
Sie versuchte sich zu konzentrieren und wandte ein: »Und Sie sind der Ansicht, es zieme sich für eine Frau nicht, sich außerhalb ihres Heims zu beschäftigen?«
»Wenn ich nicht gerade zehn Jahre in Frankreich verbracht hätte, würde ich Ihnen dies bestätigen. Heute aber, ohne deswegen jedoch dem Extrem beizupflichten, sehe ich die Dinge anders.«
War es das angeschnittene Thema? Sie begann, ihre Klarheit und ihre gewohnte Verve wiederzuerlangen.
»Was nennen Sie ›Extrem‹, Durchlaucht?«
»Ich bin der Ansicht, eine Frau muß die Ergänzung des Mannes sein und soll nicht danach trachten, sein Ebenbild zu werden. Es genügt, die Natur zu beobachten; trägt sie nicht die göttliche

Handschrift und ist das Sinnbild einer perfekten Ordnung? Alles ist an seinem Platz. Falls Gott die Gleichheit seiner Geschöpfe gewollt hätte, weshalb hätte er sich dann der Mühe hingegeben, sie als männlich und weiblich zu erschaffen?«
Er hielt kurz inne und fragte: »Haben Sie eine Gazelle gesehen?«
»Nein, leider nicht.«
»Sie ist eines der schönsten Geschöpfe, die es gibt. Sie ist zierlich und anmutig. Ihre Augen sind lebhaft, so sanft, so aufwühlend, daß wir Orientalen, wenn wir unsere Bewunderung für die Augen einer Frau ausdrücken möchten, nichts Schöneres gefunden haben, als sie mit denen der Gazelle zu vergleichen. Nehmen Sie nun den Büffel. Er ist behäbig, grotesk. Er mag nur Schlamm und Morast. Er ist plump und schwer. Was nützte es einer Gazelle, sich zum Büffel zu machen?«
Giovanna entgegnete abermals: »Und wenn die Gazelle es überdrüssig ist, sich vom Büffel trampeln zu lassen? Haben Sie schon einmal daran gedacht?«
»Dann wäre es ihre eigene Schuld. Eine Gazelle sollte nur mit galanten Büffeln verkehren.«
Zufrieden mit seiner Erwiderung, lachte er schallend auf, daß es seinen massigen Körper in Rucken schüttelte. Er wirkte wie ein Kind, das hell entzückt war von dem Streich, den es soeben gespielt hatte. Sein Lachen mußte wohl ansteckend sein, da Giovanna sich ihrerseits davon mitreißen ließ und die Waffen streckte.
Dann kehrte wieder Stille ein, und für eine Weile vernahm man bloß noch das Rauschen des Meeres.
»Tochter des Mandrino«, begann Said wieder, »ich habe Ihnen den Zweck meines Besuches noch nicht offenbart. Mein Vater hat beschlossen, ein Bankett auszurichten, um meine Rückkehr zu begehen. Wenn Sie mir die Ehre erweisen wollten, ihm beizuwohnen, wäre ich überglücklich.«
Völlig überrumpelt, schien sie zu zögern.

»Durchlaucht. Ich bin sehr berührt von ...«
Er richtete sich prompt auf.
»Danke. Sie können gar nicht wissen, welche Freude Sie mir machen.«
Und wandte sich unverzüglich zur Tür.
»Ich werde Sie wegen des Datums benachrichtigen. Ich denke, es wird Ende der Woche sein.«
Indem er seine fleischige Hand auf den Türgriff legte, fügte er noch hinzu: »Ich bin glücklich, Tochter des Mandrino.«
Flüsternd dann, in einem Hauch: »Glücklich, Sie wiedergefunden zu haben.«
Und die Tür schloß sich sacht hinter ihm.

36. Kapitel

Isthmus von Suez,
29. Dezember 1840

Ein leichter Westwind hatte sich erhoben, der sacht die Oberfläche der Wüste schaudern ließ. Joseph hob die Augenbrauen, erforschte einen Moment die Landschaft und brachte ohne weiteren Verzug seinen Theodolit in dessen schützendem Köfferchen unter.
»Linant!« brüllte er, wobei er seine Hände als Sprachrohr vor den Mund hielt.
Weiter entfernt, auf dem Sand kniend, sah Linant seinen Freund auf eine Stelle am Himmel zeigen, die in schmutziges Grau umschlug.
»Der Chamsin? Das ist aber doch nicht die rechte Jahreszeit!«
»Nein. Aber man weiß nie, wie die Dinge sich wenden können; es ist umsichtiger, ins Lager zurückzukehren.«

Mit verdrießlicher Miene faltete Linant seine Karten zusammen, sammelte seine Instrumente ein und verstaute sie in seinem Beutel.

»Nun«, erkundigte sich Joseph, »wie ist dein Eindruck?«

»Ich kann mich nicht mit Sicherheit aussprechen.«

Und er ließ einen Fluch entschlüpfen.

»Hol der Teufel dieses Wetter!«

»Nur die Ruhe. Es gibt keinen Grund, so in Rage zu geraten.«

Linant zügelte sich nicht mehr.

»Was sagst du? Fünfzehn Jahre an Forschungen, Erkundungen und Berechnungen; Stunden über Stunden und schlaflose Nächte, die damit verbracht wurden, Pläne auszuarbeiten! Um was zu erreichen? Nichts!«

»Ich verstehe deine Enttäuschung. Aber nichts ist bisher endgültig. Vielleicht sind Enfantin und seine Ingenieure im Irrtum.«

Linant nahm sein Gesicht in beide Hände. Er wirkte vernichtet.

Eingestandenermaßen vermochte der Brief, von dem sie achtundvierzig Stunden zuvor Kenntnis genommen hatten, fürwahr die lautersten Gemüter zu erschüttern. Vom Anführer der Saint-Simonisten selbst verfaßt, teilte er kurz und bündig folgendes mit:

»Im Widerspruch mit den Behauptungen von Bonapartes Ingenieur, im Widerspruch auch mit dem Nivellement der Ägyptischen Kommission, der Sie vorstehen, muß ich Ihnen mit Bedauern verkünden, daß *zwischen dem Mittel- und dem Roten Meer keinerlei Höhenunterschied besteht*. Sie haben richtig gelesen: *keinerlei Höhenunterschied*. Die letzten, anläßlich meines Aufenthalts im Isthmus durchgeführten Messungen sind von einer Gruppe Ingenieure unter der Leitung eines unserer Brüder, Monsieur Paulin Talabots, geflissentlich analysiert worden. Das Ergebnis ihrer Studien steht unwiderruflich fest.«

Es folgten zwei Seiten technischer Erläuterungen, und die Schlußbemerkung:
»Sie werden in Anbetracht dieser Entdeckung wohl verstehen, daß alle fundamentalen Befunde, die auf diesem *Pseudo*-Höhenunterschied von zehn Metern gründeten, zu revidieren sind. Denn: ohne Höhenunterschied keine Strömung und ohne Strömung kein tiefer Kanal und vor allem weder Reede noch Hafen am Mittelmeer. Monsieur Talabot befürwortet also, zu dem Entwurf einer indirekten Trasse zurückzukehren. Wie dem auch sei, es sind alle Pläne von Grund auf umzugestalten. Ich werde nicht versäumen, Sie auf dem laufenden zu halten ...«
Demnach hätte Linant über all die Jahre hinweg lediglich einen geodätischen Irrtum fortgeschrieben, der ein Jahrhundert zuvor entstanden war?
Joseph legte seinem Freund die Hand auf die Schulter.
»Komm ... Laß uns gehen. Wir werden später weiter darüber sprechen.«
Linant stand unwillig auf. In diesem Augenblick erblickte er den dunklen und bewegten Punkt, der auf dem grauen Grund des Horizonts anwuchs.
»Ein Reiter ...«
»Zweifelsohne ein Mann vom Stamm der Badi. Was macht er in dieser Gegend?«
Allmählich, je näher er herankam, ließen sich Details der Gestalt erkennen. Joseph hatte sich getäuscht. Abgesehen von einem Streifen Stoff, der die untere Gesichtspartie nach Art der Beduinen verbarg, war die Gewandung des Reiters die eines Abendländers.
Erst als er ein paar Schritte vor ihnen harsch anhielt, bemerkte Linant seine Uniform und die beiden Litzen, die seine Schultern zierten. Unter Josephs verdutztem Blick rief er sogleich den Menschen an: »Thomas!«

»Bellefonds!« (Er hatte es »Bell-fondß«, mit starkem englischen Akzent ausgesprochen.) »Ich bin hocherfreut, Sie zu sehen.«
Linant übernahm die Vorstellungen.
»Mein Freund, Joseph Mandrino. Oberleutnant Thomas Waghorn.«
Und er fuhr, an den Militär gesandt, fort: »Noch immer so beharrlich, wie ich sehe!«
»*More than ever*! Mehr denn je. Um jedoch aufrichtig zu sein, muß ich Ihnen gestehen, falls diese Gentlemen in London sich nicht entschließen, mir zu Hilfe zu kommen, werde ich gezwungen sein, die Waffen zu strecken.«
»Welches ist die beste Zeit, die Sie erzielt haben, Thomas?«
»*Forty days*. Vierzig Tage. Nicht schlecht, oder?«
Linant stieß einen bewundernden Pfiff aus und wirbelte zu Joseph herum.
»Habe ich dir irgendwann von Oberleutnant Waghorn erzählt?«
»Es scheint mir nicht so.«
Linant wollte sich in seine Erläuterungen stürzen, doch der Engländer fiel ihm höflich ins Wort: »*Sorry, old chap*, aber ich muß aufbrechen. Sie verstehen, jede Minute ist kostbar.«
»Gewiß. Möge Gott Ihnen helfen!«
Während er davonstob, rief der Oberleutnant ihm zu: »Wenn Sie Monsieur de Lesseps sehen, versäumen Sie nicht, ihn von mir zu grüßen!«
Dann entschwand er in einem Sandwirbel.
»Möchtest du mir erklären, um wen es sich handelt?« fragte Joseph nach. »Wer ist denn dieses Individuum?«
»Ein Visionär, ein Irrer. Einer mehr.«
»Aber ansonsten?«
»Thomas war Offizier der Indien-Armee. Eines Tages, als er sich in Kalkutta aufhielt, hat er sich über eine Weltkarte gebeugt und sich angeschickt, die Entfernung zu errechnen, die die indische

Halbinsel vom Vereinigten Königreich trennte, wobei er aber einen anderen Weg ersann als diese ewige Indienroute. Eine Strecke, die, statt das Kap der Guten Hoffnung zu umrunden, durch ...«

Er ließ seinen Satz absichtlich in der Schwebe.

»Du errätst es nicht?«

»Nein, das kann ich nicht glauben!«

»Es ist gleichwohl die Wahrheit: durch den Isthmus von Suez führen würde. Er war überzeugt, man könne eine neue Route bis Bombay oder Kalkutta herstellen; einen Landweg. Er hat sich bemüht, die britischen Obrigkeiten von der Triftigkeit seiner Ansichten zu überzeugen; aber vergebens. Hierauf dann, von jener blinden Leidenschaft fortgerissen, die die genialen Abenteurer kennzeichnet, hat er sich zum Sitz der Indien-Kompanie in London begeben, hat sich die Abschrift der Korrespondenz verschafft, die man gemeinhin über den Seeweg via Kap befördert, und nachdem er die Geschäftsleute, die Handelsbeziehungen mit dem indischen Subkontinent unterhalten, in Kenntnis gesetzt hatte, hat er im Alleingang die Reise bis nach Indien unternommen.«

»Wobei er welchen Weg benutzte?«

»Er hat sich in Farmouth an Bord eines Dampfers eingeschifft, der die Verbindung mit Malta versah. Von dort ist er nach Alexandria weitergereist. Einmal im ägyptischen Hafen angelangt, ist er bis nach Suez vorgestoßen, hat das Rote Meer überquert, um an die vierzig Tage später in Bombay anzukommen.«

»Mehr als viertausend Meilen!«

»Viertausendfünfhundert, ganz genau gesagt.«

»Er hätte demnach in vierzig Tagen eine Strecke zurückgelegt, die über den Seeweg sechs bis acht Monate benötigt?«

»Ganz genau. Unglücklicherweise hat sich trotz seiner Leistung bis zum heutigen Tage keine offizielle Stelle für ihn interessiert.

Er ist nun dazu genötigt, von den Absendern der Briefe, die ihm vertrauen, fünf Shilling zu verlangen. Eine Lappalie.«
»Aber du hast mir nie von diesem Mann erzählt! Bei welcher Gelegenheit bist du ihm begegnet?«
»Vor fünf Jahren ungefähr, es war im September, befand ich mich in Ferdinands Beisein in der Umgegend des Timsah-Sees. Thomas war damals bei seinem zweiten Versuch. Unnötig, dir zu sagen, wie stark unser Freund Lesseps beeindruckt war. In der Folge hat der Zufall ihn ein weiteres Mal auf meinen Weg gestellt, während ich die Gegend des Isthmus erkundete. Entsinne dich, es war zu der Zeit, als der Vizekönig deutlich seine Zurückhaltung gegenüber unserem Kanalbauprojekt bekundet hatte. Meine Moral war kaum prächtiger als heute. Und ich habe nicht mehr daran gedacht.«
Joseph schwang sich in seinen Sattel und erkundete die Dünen in der Hoffnung, den Reiter noch zu entdecken, aber er war bereits verschwunden.*
»Kehren wir zurück«, verkündete Linant. »Der Sturm zieht heran. Es wäre töricht, in vollem Mißerfolg zu sterben.«
Sie rissen die Zügel herum und sausten ostwärts.

Die meisten der Geladenen hatten sich zurückgezogen, und es verblieben nur noch an die zehn von ihnen – einzig und allein Männer –, die im großen Empfangssaal plauderten. Die Frauen hatten sich ihrerseits in einem Nachbarraum eingeschlossen, in dem von Zeit zu Zeit ihre spitzigen Stimmen und ihr ausgelassen aufschallendes Lachen laut wurde.
Zwischen die Prinzessin Nazli, die ältere Schwester des Vizekönigs, und die Baronin Babenberg, die Gattin des österreichi-

* Trotz seiner Bemühungen erwirkte Thomas Waghorn nie offizielle Unterstützung für sein Projekt eines Pendelverkehrs auf dem Landweg und starb völlig ruiniert.

schen Konsuls, gezwängt, langweilte Giovanna sich entschieden. Aber sie hatte keine andere Wahl. Sich von der Runde zu verabschieden, während die Prinzessin noch anwesend war, wäre eine Beleidigung des Vizekönigs selbst gewesen.
Das Diner hatte sich in die Länge gezogen. Aus Gründen, die sie sich nicht erklären konnte, war keine Vertreterin des weiblichen Geschlechts an der Tafel zugelassen gewesen. Man hatte ihnen gesondert in jenem gewöhnlich den Konkubinen des Harems vorbehaltenen Speiseraum aufgetragen, was zur Wirkung gehabt hatte, Giovanna in Rage zu bringen. Said zum Gefallen hatte sie eingewilligt zu kommen; und sie hatte ihn nicht einmal flüchtig gesehen.
»Demnach, meine Liebe, ist Ihr armer Vater vor drei Jahren verstorben. Man sagt von ihm, er sei ein bewundernswerter Mann gewesen.«
»Er war es, gnädige Frau«, entgegnete Giovanna der Person, die sie soeben angesprochen hatte, eine Frau um die Vierzig, über die Maßen geschminkt und von monströser Fettleibigkeit.
»Mein Sohn hat ihn gut gekannt, wissen Sie?«
»Und wer ist Ihr Sohn, gnädige Frau?«
Die Frau fuhr mit einem heftigen Ruck auf.
»Ich bin Farida hanem!« schrie sie hinaus, mit hocherhobenem Kinn.
»Aha …«
»Die Tochter Seiner Majestät!«
Giovanna krümmte den Nacken in falscher Ehrerbietigkeit.
»Vergeben Sie mir, Farida hanem. Aber es war mir nicht bekannt.«
»Und mein Sohn, das ist Abbas Pascha.
Abbas … Zunächst sagte ihr dieser Name nichts. Schließlich fiel ihr das Bild eines jungen Mannes mit schlaffen Zügen ein, den sie am Tage vor Ibrahims triumphaler Rückkehr gesehen hatte.

Während des Festessens hatte sie sich sogar ihm gegenüber sitzend wiedergefunden.
»Ach ja«, meinte sie in neutralem Ton.
Und sie gefiel sich darin zu lügen: »Wenn ich mich recht entsinne, ist er von großer Gestalt.«
Die Lippen der Prinzessin weiteten sich, und sie stellte eine Grimasse zur Schau, die ein Lächeln sein sollte.
»Das ist wahr. Er ist ein stattlicher Mann.«
Fast augenblicklich erhellten sich ihre Züge, und sie richtete sich auf, indem sie sich – ohne jede Rücksichtnahme – auf Giovannas Schenkel stützte.
»Abbas!« gurrte sie. »Wir sprachen gerade von dir, mit diesem Fräulein!«
Der junge Mann war soeben in Saids Gefolge auf der Schwelle des Gesellschaftsraums erschienen.
Über die Gegenwart des ersten hinwegsehend, warf Farida sich an den Hals ihres Sohnes.
»Komm«, schlug sie vor, indem sie ihn am Arm zog. »Ich werde dich einer reizenden jungen Frau vorstellen.«
Der junge Mann ließ sich, ohne Widerstand entgegenzusetzen, mitziehen. Vor Giovanna angelangt, grüßte er sie lau. Seine Physiognomie verriet nicht das kleinste Zeichen von Interesse. Mit schleppender Stimme gab er zu bedenken: »Wir sind uns bereits begegnet, scheint mir?«
»Ja, Abbas Pascha. Vor langer Zeit.«
Mit einem Mal begann er sie von oben bis unten zu betrachten.
»Sie sind doch Ägypterin, nicht wahr?«
»Sicher.«
»Weshalb kleiden Sie sich dann wie eine Abendländerin?«
In seinem Ton schwang eine deutlich abschätzige, ja gar verächtliche Note mit.
Giovanna warf Said einen raschen Blick zu, der etwas abseits stand. Sie glaubte, eine beschwichtigende Botschaft auszuma-

chen, kümmerte sich jedoch nicht darum und versetzte: »Weil es mir so beliebt, Exzellenz. Sollte dies inkommodieren?«
»Eher ja. Für mich muß eine Araberin sich nach arabischer Manier gewanden. Sonst ist es keine Kleidung mehr, die sie trägt, sondern eine Verkleidung.«
Sie konterte mich hochfahrender Stimme: »Würden Sie mir erlauben, Ihnen meinerseits eine Frage zu stellen? Wie beurteilen Sie einen Mann, der seine Hände mit Ringen herausputzt? Sind Ringe nicht der Frauen Zierat? Oder sollte man daraus schließen ... daß dies ebenfalls eine Verkleidung ist?«
Abbas' Wangen färbten sich purpurrot. Wutschnaubend ließ er seine Hände hinterm Rücken verschwinden.
Es ertönte einiges Glucksen, das eine mißbilligende Geste von Farida rasch verwies.
Said entschied sich einzuschreiten.
»Tochter des Mandrino, verzeihen Sie mir, Sie zu unterbrechen, aber Herr Garbis erwartet uns.«
Er hatte seinen Satz mit einer dezenten Mimik begleitet.
Giovanna stieg die Treppe mit großen Schritten hinauf. Sie wetterte: »Sie haben mich vielleicht aus den Klauen dieser grauenvollen Leute befreit, Durchlaucht, doch ich werde Ihnen nie vergessen, mich zu dieser Abendgesellschaft verleitet zu haben.«
Said erging sich in Entschuldigungen.
»Ich versichere Ihnen, Giovanna, ich versichere Ihnen, ich habe nichts damit zu tun. Niemals hätte ich mir vorstellen können, daß das Bankett sich in dieser Weise abspielen würde. Sie müssen mir glauben!«
Er versuchte, sie beim Arm zu packen, um ihren Lauf zu bremsen, doch sie rückte von ihm ab.
»Lassen Sie mich, bitte!«
»Gewähren Sie mir wenigstens die Möglichkeit, mich zu verteidigen!«

Seinen Beschwörungen zum Trotz ging sie weiter, ohne den Schritt zu verlangsamen. Erst als sie die Schwelle ihres Zimmers erreichte, blieb Giovanna stehen.
»Ich höre«, sagte sie, die Arme verschränkend.
Der junge Prinz versuchte, wieder zu Atem zu kommen. Seine Züge waren rot vor Blutandrang, und er schwitzte dicke Tropfen.
»Eigentlich war vorgesehen, daß Sie mit den Gemahlinnen der Diplomaten am Bankett teilnähmen. Ich hatte sogar verlangt, Sie sollten zu meiner Rechten sitzen. Auf dem Ehrenplatz.«
Er schnappte nach Luft, fuhr langsam fort: »Im Namen des Allhöchsten, ich bin außerstande zu erklären, was geschehen ist.«
»Was wollen Sie damit sagen? Sie waren zugegen, als man mich aus dem Speisesaal gedrängt hat, oder? Und Sie haben nichts gesagt, nichts getan!«
»Ich hatte keine Möglichkeit, mich den Anweisungen meines Vaters zu widersetzen.«
»Ihres Vaters?«
»Hören Sie mir zu. Ohne offensichtlichen Grund, ohne die leiseste Rechtfertigung, hat sich einige Minuten vor der Ankunft unserer Gäste seine Physiognomie jäh verwandelt. Die Haut seines Gesichts ist eingefallen, dessen Farbe wurde erdfahl, und für einen Moment hat er mich an jene Wachsfiguren erinnert, die ich in einigen Museen Europas habe sehen können.«
Giovanna blickte ihn betroffen an.
»Und anschließend?«
»Er hat eine Karaffe ergriffen, hat sie so fest gedrückt, daß wir glaubten, sie werde zwischen seinen Händen zerbersten, und dann hat er sie gegen die Wand geworfen. Das ist noch nicht alles. Da wir Schweigen wahrten und nicht wagten, ihn über die Befremdlichkeit seines Verhaltens zu befragen, ist er, drohend die Faust schwingend, aufgestanden und hat zu brüllen begonnen: ›*Ism'allah! Ism'allah!!* Diese Untreuen werden den heiligen

Boden meines Palastes nicht mehr länger besudeln! Von nun an werden die Frauen an meiner Tafel nicht mehr zugelassen sein! Verbannen wir die Gottlosen!‹ Er hat die Diener herbeigerufen und ihnen den Befehl erteilt, alle für die Damen vorgesehenen Gedecke abzuräumen. So. Ich habe Ihnen alles gesagt. Glauben Sie mir jetzt?«
Wie vom Donner gerührt, fand Giovanna gerade die Kraft zu murmeln: »Gewiß, ich glaube Ihnen, Said ... Verzeihung ... Durchlaucht ...«
»Ich bitte Sie ... Vergessen wir das Protokoll ...«
Sie stimmte zu.
»Aber wie erklären Sie sich das Verhalten Seiner Majestät? Er, der so höflich, so offen ist ... Es ist unvorstellbar, daß eine so würdevolle Person wie er solche Reden hat führen können.«
»Ich weiß nicht, Giovanna. Ob nun Ibrahim oder Sève oder seine Minister ... niemand von uns kann es begreifen. Außerdem hat er alle Gerichte zurückgehen lassen und den ganzen Abend über nichts gegessen. Unter allen anwesenden Personen hat nur einer der Szene Beifall gespendet: Abbas Pascha! Er war verzückt!«
»Das überrascht mich nicht. Bei allem Respekt, den ich Ihrer Schwester, der Prinzessin Farida, schulde, habe ich den Eindruck, daß sie einen verderbten Idioten zur Welt gebracht hat.«
»Das ist auch mein Gefühl.«
In einer unbewußten Anwandlung schloß sich seine Hand um die von Giovanna.
»Ich brauche Sie ...«
»Mich brauchen, Durchlaucht? Aber was könnte ich tun?«
»Mir einfach nur versprechen, an meiner Seite zu bleiben. Mir erlauben, Sie zu besuchen. Mit Ihnen zu sprechen. Ich ...«
Seine letzten Worte erstickten in einem Schluchzen.
»Ich habe Angst ... Angst um meinen Vater.«
»Das sollten Sie nicht, Said« – unter der Gemütsbewegung

war ihr der Vorname entschlüpft – das sollten Sie nicht. Alles in allem ist Seine Majestät vielleicht einem momentanen Zorn ausgeliefert gewesen. Bedenken Sie, was er in diesen letzten Jahren alles erlitten hat. Sie selbst gaben mir doch zu verstehen, wie ermattet Sie ihn bei Ihrer Rückkehr aus Frankreich vorgefunden haben.«

»Das ist wahr«, erkannte Said an. »Aber wenn Sie ihn gesehen hätten ... Das war nicht mehr Mohammed Ali Pascha, das war ein Fremder. Ein Dämon.«

Mittlerweile hatte der junge Mann am ganzen Körper zu zittern begonnen und erinnerte an das Kind, das vor zehn Jahren besiegt und gebrochen die Mole hinaufging.

»Said, Sie müssen sich wieder fassen! Ein Prinz hat nicht das Recht, sich der Angst zu überlassen.«

»Von königlichem Geblüt zu sein schützt nicht vor Kummer.«

»Nein. Aber es hilft, ihn besser zu ertragen.«

Sie drückte die Tür auf.

»Möchten Sie eintreten? Ich werde Ihnen ein wenig Tee mit Minze zubereiten. Sie werden sich gleich besser fühlen. Kommen Sie, Said.«

Er folgte ihr fügsam in das Gemach und ließ sich in einen Sessel fallen, während sie sich entfernte. Als sie einige Augenblicke später zurückkam, hielt sie ein Kupfertablett, auf dem eine gekehlte und ziselierte Teekanne sowie zwei kleine Gläser angeordnet waren.

»Er muß noch etwas ziehen«, sagte sie leise. »Dann werde ich Ihnen einschenken.«

Sie stellte das Ganze auf einem Intarsientischchen ab und ließ sich zu Füßen des Prinzen im Schneidersitz nieder.

»Sagen Sie, Giovanna. Denken Sie, man müßte einem Arzt mitteilen, was sich zugetragen hat?«

»Einzig und allein, wenn sich erneut ein vergleichbarer Anfall ereignen sollte. Zur Stunde sehe ich wahrlich den Nutzen nicht.

Letztlich, wer von uns war noch nie Opfer eines Moments des ...«
»Irrsinns?«
»In gewisser Weise. Nein, ich denke, es besteht kein Anlaß, sich über die Maßen zu sorgen. Seine Majestät ist ohne Zweifel in einem Zustand völliger Erschöpfung. Seine Nerven haben versagt, das ist alles.«
Er stimmte schweigend bei.
»Ich erwecke bei Ihnen sicherlich den Eindruck, einen alles in allem harmlosen Zwischenfall tragisch zu nehmen, doch ich kann Ihnen versichern, daß das nicht der Fall ist.«
»Daran zweifle ich nicht. Einen Menschen vom eigenen Fleisch und Blut sich aufspalten zu sehen, gewahr zu werden, daß er anders ist, ist ein erschreckendes Gefühl.«
Er betrachtete sie, aufgeheiterter.
»Es ist sonderbar ... Zweimal habe ich Sie auf meinem Weg angetroffen. Und bei jedem Mal haben Sie, durch Ihre alleinige Anwesenheit, mein Herz besänftigt. Ich sage es Ihnen jetzt: Nie werden Sie die Wirkung ermessen, die Ihr Blick verursachte, als er sich damals auf mich senkte, während ich ausschließlich von feindseligen Schatten umringt war. Die Wirkung Ihrer Stimme, die einfach nur ›guten Abend‹ sagte.«
Sie wirkte verwirrt.
»Ich ... Ich wußte nicht ...«
Unversehens fragte er sie: »Kennen Sie Monsieur de Lesseps?«
»Ich hatte das Glück, ihm zu begegnen. Weshalb diese Frage?«
»Monsieur de Lesseps ist jemand, der mir sehr teuer ist. Eines Tages, da wir an den Ufern des Mareotis-Sees spazierten – eigentlich müßte ich sagen, da ich dort *litt* –, hörte ich, wie sich die Stimme eines Muezzins erhob, der den *abed* rezitierte. Einen Gesang, bei dem man die neunundneunzig Namen Allahs deklamiert. Der hundertste ist ja dem Barmherzigen allein bekannt. Ich vertraute Monsieur de Lesseps an, daß dies mein bevorzug-

tes Gebet sei, weil es mich von den Menschen entferne. Darauf hat er mir geantwortet: ›Das ist schade. Indem Sie die Menschen zurückweisen, berauben Sie sich ihrer Freundschaft.‹ ›Ich weiß nicht, wovon Sie sprechen‹, entgegnete ich ihm. ›Ein Prinz hat keinen Freund. Im übrigen, was ist Freundschaft?‹«
»Und was hat er geantwortet?«
»›Sie haben gerade gemütsbewegt die Allah zugeschriebenen Namen erwähnt. Desgleichen verhält es sich mit der Freundschaft. Von neunundneunzig Personen umgeben, wird eine unter ihnen einzig in Ihren Augen sein.‹«
»Aus welchem Grund?«
Ein verschwörerisches Blitzen leuchtete in Saids Augen auf.
»Ich habe ihm dieselbe Frage gestellt. Hier seine Antwort: ›Ganz einfach, Prinz, weil Sie in den ihren einzig sein werden.‹«
Er atmete kurz ein.
»Die Zeit ist verstrichen. Und erst heute werde ich mir bewußt, wie recht er hatte.«
Sie schickte sich an, den Tee einzuschenken, doch er hielt ihre Bewegung auf.
»Sie fragen mich nicht, weshalb?«
Ein wenig verwirrt hob sie die Augenbrauen.
»Weshalb, Durchlaucht?«
»Weil Sie, Tochter des Mandrino, seit ich Ihnen begegnet bin, einzig in meinen Augen sind.«

36. Kapitel

Ras-el-Tin-Palast, Juni 1841

Der Rat war vollzählig im ungeheuren Saal im zweiten Stock des Palastes versammelt. Nicht ein einziges Mitglied der Regierung fehlte. Die beiden Söhne des Monarchen, Said und Ibrahim, hatten jeweils zur Rechten und zur Linken ihres Vaters Platz genommen. Charles Lambert (nunmehr vollends für das Schulwesen zuständig und ebenfalls Finanzrat) saß an der Seite von Boghossian Bey, dem Minister für Auswärtige Angelegenheiten. Etwas weiter fanden sich Garbis Bey und Giovanna.

Wenn die Obliegenheiten der jungen Frau sich im Laufe der letzten Monate auch erweitert hatten, rechtfertigte nichts ihre Anwesenheit inmitten eines solchen Kreises. Gewiß, der Schatzmeister hatte sich leidenschaftlich für sie eingesetzt, Charles Lambert, als Verteidiger der saint-simonistischen Prinzipien, hatte sie feurig verteidigt, doch es bestand keinerlei Zweifel, daß keiner von ihnen Genugtuung erhalten hätte, wenn Said in eigener Person nicht bei seinem Vater vermittelt hätte.

Die Tochter des Mandrino war jedoch nicht die einzige neu zu diesem Rat zugelassene Person. Da war auch noch Abbas Pascha. Giovanna, Said und dem Großteil der Regierungsmitglieder ein Dorn im Auge, thronte der junge Mann selbstgefällig am Ende des Tischs. Es war für niemanden ein Geheimnis, daß Mohammed Ali keinerlei Sympathie für seinen Enkelsohn verspürte, indes – ein zum mindesten befremdlicher Schritt – war es der Pascha höchstselbst gewesen, der um sein Kommen gebeten hatte.

»Tochter des Mandrino!« rief der Monarch aus. »Willkommen

unter den Löwen! Steht zu hoffen, daß Allah uns nicht übelnehmen möge, die Tradition übertreten zu haben.«

»Allah ist barmherzig, Sire. Er wird vergeben.«

Abbas' schleppende Stimme erhob sich am unteren Ende des Saals. »Ebenso steht zu hoffen, Fräulein, Er möge Ihnen ein glücklicheres Geschick vorbehalten als das, das der schönen Schagaret ed-Durr widerfuhr.«

Der Ton war allzu katzenfreundlich, als daß sich nicht irgendeine Perfidie dahinter verborgen hätte. »Verzeihen Sie meine Unwissenheit. Doch wer ist diese Person?«

»Die einzige Sultanin, die je über Ägypten geherrscht hat. Leider war ihr Ehrgeiz maßlos. Sie hat ein grauenhaftes Ende erfahren ... Zu Tode getreten und geschlagen ...«

»Interessant, Exzellenz. Aber was wollen wir machen? Unglücklicherweise kommt es vor, daß Frauen Männer sein wollen und lediglich deren Fehler haben.«

Sie hielt inne, bedachte ihren Gesprächspartner mit einem bedeutungsschwangeren Blick.

»Jedoch gibt es Schlimmeres. Nämlich jene vermeintlichen Männer, die sich einbilden, die Qualitäten der Frau zu besitzen.«

Abbas' Wangen röteten sich purpurn.

»Ich sehe den Zusammenhang mit Schagaret ed-Durr nicht.«

Mohammed Ali unterbrach seinen Enkelsohn barsch.

»Abbas! Wir sind nicht hier, um Geschichten auszugraben, die auf Urzeiten zurückgehen.«

Ohne weiteren Verzug rief er Charles Lambert an.

»Nun, Lambert Bey! Wie steht es um Ihren Bericht über das Geldwesen?«

Der Saint-Simonist legte seine Hand auf einen Stoß Akten.

»Alles ist hier, Majestät. Ich fürchte jedoch, die Lektüre wäre zu langweilig. Daher würde ich, mit Ihrer Erlaubnis, die Lage in wenigen Worten zusammenfassen.«

»Wir hören Ihnen zu.«
»Über die Wahl der Prägetechniken hinaus drängt sich zuallererst eine Feststellung auf: Die ägyptische Münze ist allzu wertvoll, was ihren Feingehalt, ihr Gewicht und ihre Legierungen anlangt. Kaum ausgegeben, wird sie wegen der Metalle, aus der sie besteht, zurückgehalten. Andererseits ist sie allzu abhängig von der Türkei und den europäischen Währungen. Falls dieser Situation keine Abhilfe geschaffen würde, wird der ägyptische Staat mehr und mehr jenen großen Kolonialverwaltungen gleichen, die alle Arten von fremden Währungsmünzen zu denen ihrer Mutterländer benutzen.«
»Was legen Sie nahe?«
»Eine ausgewogenere, präzise und weiter verbreitete nationale Währungsmünze.«
»Bestens. Übergeben Sie mir Ihren Bericht; ich werde ihn lesen und Ihnen meine Entscheidung mitteilen.«
Lambert händigte dem Vizekönig die Akte aus.
Der Pascha erkundigte sich weiter: »Und was den Lehrplan der Polytechnischen Hochschule von Bulaq betrifft ... haben Sie ihn bereits erstellt?«
»Ja, Sire. Zu Anfang erwog ich, mich vom französischen Vorbild inspirieren zu lassen. Nach reiflicher Überlegung jedoch bin ich zu einem anderen Standpunkt gelangt. Sehen Sie, die hervorstechendste Eigenart der Menschen dieses Landes ist doch, im Vergleich zu Europa, für sinnliche Eindrücke lebhaft empfänglich zu sein. Damit die Schüler die wissenschaftlichen Wahrheiten aufnehmen, sollten sie, meinem Gefühl nach, sich so häufig wie möglich der Erfahrungen auf dem Felde bedienen. Unter den berühmten Schulen Europas ist die *Ecole centrale des arts et manufacture des Paris** diejenige, die der von Bulaq durch ihre

* Technische Hochschule mit hohem allgemein- und fachbildendem Ansatz für alle leitenden Ingenieursberufe. *(Anm. d. Übers.)*

praxisnahe Ausrichtung am nächsten käme. Sie ist eine kürzlich entstandene Einrichtung voller Zukunft, die manche bereits die ›Ecole polytechnique industrielle‹ nennen.«

»Wie viele Jahre des Studiums wären nötig?«

»Drei. Das letzte würde mit einem Unterricht in ›industrieller Ökonomie‹ in achtzehn Lektionen gekrönt. So daß die ägyptischen Ingenieure ein möglichst vollständiges Wissen über öffentliche Bauten erwerben könnten.«

Lambert machte eine Pause, bevor er hervorhob: »Auch schlage ich vor, bei einem Tag von zwölf Unterrichtsstunden drei dem Studium der französischen Sprache vorzubehalten. Was eventuelle Studienaufhalte junger Ägypter in Frankreich weit nutzbringender werden ließe.«

»Ich kann Ihnen nicht folgen, Lambert Bey«, warf Abbas ein. »Könnten Sie etwas genauer sein?«

»Für gewöhnlich sind die Studenten, die sich nach Frankreich begeben, zum größten Teil Jugendliche. Wenn sie nach Ägypten zurückkehren, haben sie alles, ober beinahe alles, von ihrer nationalen Identität verloren. Deshalb lege ich nahe, daß der Französischunterricht bereits hier, von Kindheit an, beginne.«

»Ich verstehe es noch immer nicht«, versetzte Mohammed Alis Enkelsohn.

Lambert schickte sich an, es weiter auszuführen, doch Giovanna kam ihm zuvor.

»Abbas Pascha, Monsieur Lamberts Gedanke ist indes klar.« Und wie man sich an ein Kleinkind richtet, erläuterte sie: »Indem unseren Studenten ermöglicht würde, die französische Sprache in *unseren* Schulen zu erlernen, zögerten wir ihren Fortgang bis zu einem reiferen Alter hinaus, auf daß sie genug Zeit hätten, die Kultur und die Sitten unseres Landes in sich aufzusaugen. Auf diese Weise könnten wir fortfahren, unseren Austausch mit Frankreich weiter zu unterhalten, ohne daß deswegen jedoch

unsere Jugend ihre kulturelle Identität verlöre. Haben Sie es jetzt begriffen?«
»Sie verstehen nicht, was ich meine, Tochter des Mandrino. Diesen Gesichtspunkt hatte ich wohl erfaßt. Was mir hingegen noch immer entgeht, ist der Nutzen, ägyptische Kinder eine Fremdsprache zu lehren. Und insbesondere Französisch!«
»Was haben Sie gegen den Unterricht des Französischen, Exzellenz? Sie sprechen es doch einwandfrei.«
Er stieß ein Kichern aus, und seine Stimme wurde schneidend. »Man hat es mir aufgezwungen. Ich finde es nicht selbstverständlich, daß es sich mit unserem Volk genauso verhalte. Sollten Sie vergessen haben, daß Ägypten zum großen Teil wegen der Unentschlossenheit und der Winkelzüge der Franzosen die Demütigung des Londoner Vertrages hat erdulden müssen? Sollten Sie vergessen haben, daß ...«
»Genug!« beschied Mohammed Ali, mit der Faust auf den Tisch schlagend. »Ich verbiete dir, hörst du? Ich verbiete dir, derart von Frankreich zu reden! Mein ganzes Leben lang werde ich diesem Land für das erkenntlich sein, was es für mich getan hat, und wenn meine letzte Stunde kommen wird, werde ich diese Erkenntlichkeit meinen hier anwesenden Kindern überantworten und ihnen anempfehlen, stets unter dem Schutz dieser Nation zu verbleiben! Ist das klar?«*
Das Gesicht des Monarchen hatte sich angespannt. Er blinzelte wie unter der Einwirkung eines grellen Lichts. Plötzlich, ohne daß irgend etwas dies angekündigt hätte, stürzte er sich in eine Art unverständlicher Rede, die mit dem besprochenen Thema nichts mehr gemein hatte. Ebenso jählings drehte er sich zu

* Diese Worte hatte Mohammed Ali bereits ein Jahr zuvor ausgesprochen, nämlich anläßlich einer Unterredung mit dem Grafen Walewski, dem Sondergesandten von Thiers, der damals damit betraut gewesen war, den Vizekönig dazu zu bewegen, er möge Frankreich die Sorge anheimstellen, in seinem Namen mit der Hohen Pforte zu verhandeln.

Ibrahim und flüsterte ihm mit fiebriger Stimme zu: »Mein Sohn, du versicherst mir, daß unsere Truppen die Pässe des Taurus nicht überschreiten werden, he? Du versicherst es mir? Die Konsequenzen wären sonst furchterregend. Niemals … Istanbul. Niemals wirst du über die in London bewilligten Grenzen hinausgehen. Schwöre es mir, Ibrahim. Schwör es.«
Außer sich, blickte der Prinz seinen Vater mit Bestürzung an.
»Schwöre es mir! Schwör mir, daß du den Taurus nicht überwinden wirst!«
»Aber … Vater … unsere Armee ist nur noch auf achtzehntausend Mann begrenzt. Sie ist in ihre Kasernen verbannt. Wir haben lediglich noch unsere Marine. Wir stehen nicht mehr im Krieg.«
Der Monarch schien ihn nicht zu hören. Er beugte sich seinem anderen Sohn, Said, zu und fuhr beharrlich mit derselben Fiebrigkeit fort: »Du! Du, der weiß! Es bleiben uns noch zehn Tage, wenn wir die Erbfolge beibehalten wollen. Ist diese Frist verstrichen, wird die völlige Enteignung folgen, aus freien Stücken oder mit Gewalt. Sag es deinem Bruder. Sag es ihm!«
Flugs stöberte er in der Tasche seines Wamses, zog daraus seinen Gebetskranz hervor und begann, die Perlen ruckweise und zusehends rascher zwischen Daumen und Zeigefinger herunterzuhaspeln.
Niemand wagte mehr, sich zu bewegen noch zu atmen. In gespannter Stille hatten sich alle Gesichter dem Monarchen zugewandt und beobachteten ihn voller Erwartung. Eines Eklats? Eines Umschwungs? Oder aber eines weit erbärmlicheren Untergangs noch …
Von einem neuerlichen Drang geleitet, führte Mohammed Ali den Gebetskranz an seine Lippen und behielt ihn dort, in leichenhafter Regungslosigkeit.
Eine Bewegung ereignete sich am anderen Ende des Tischs.

Giovanna hatte sich erhoben, und die stummen Warnungen verachtend, die sich um sie offenbarten, ging sie entschlossenen Schrittes zum Monarchen. An seiner Seite angelangt, kniete sie nieder, schmiegte sich an ihn und umschlang seinen Leib. Man ahnte, daß sie auf ihn einsprach, jedoch mit einer derart leisen Stimme, daß niemand den Sinn ihrer Worte erfassen konnte; niemand außer Said. Und Ibrahim vielleicht.
»Ich bin hier, Majestät. Alles ist gut. Wir beschützen Sie. Wie Ricardo Mandrino es immer getan hat. Wie Ricardo Mandrino werden Ihre Kinder und ich Ihr Schutzwall sein.«

»Sie begreifen nunmehr, weshalb ich so besorgt war?«
Die Wellen erstarben unter Giovannas und Saids Schritten. In der Flucht des Pharaos erstreckte sich der weiße Sand des Strandes, soweit das Auge reichte.
»Indes«, fuhr der Prinz fort, »in der darauffolgenden Stunde ist er wieder ganz derselbe geworden. Im vollen Bewußtsein seiner Handlungen und seiner Worte. Er hat Befehle erteilt, Beschlüsse gefaßt, einige *Fermane* unterzeichnet, seine Korrespondenz diktiert. Und heute morgen hat er dem Großwesir Audienz gewährt.«
»Ich weiß Ihnen darauf nichts zu sagen, Durchlaucht.«
In einer hastigen Bewegung ergriff er Giovannas Arm.
»Ich bitte Sie. Hören Sie auf, mich so zu nennen. Für Sie bin ich Said. Mohammed Said. Ihr Freund.«
»Gut, Said ... Was Seine Majestät angeht, fühle ich mich ebenso ohnmächtig wie Sie. Haben Sie Dr. Clot davon berichtet?«
»Ibrahim hat ihn konsultiert. Er hat ihm alle Symptome beschrieben. Aber mein Vater hat es abgelehnt, sich untersuchen zu lassen.
»Clot muß aber doch sicher eine Meinung haben!«
»Wenn dies der Fall wäre, hätte er sich wohl gehütet, sie uns anzuvertrauen. Er ist der Ansicht, es wäre zu früh, um sich zu

äußern, und er legt nahe abzuwarten. Für ihn handelt es sich wahrscheinlich um Überanstrengung. Eine geistige Erschöpfung, die eine Folge des Alters und ebenso der Verdrießlichkeiten wäre, die mein Vater im Laufe der letzten Jahre erlitten hat.«
»Er hat zweifelsohne nicht unrecht. Wie dem auch sei … Said, Sie müssen stark sein. Seine Majestät erwartet von Ihnen, daß Sie sich als Sohn betragen, der des Namens würdig ist, den er geprägt hat. Sie sind in Noblesse erzogen worden, und das ist kein leeres Wort. Es ist gleichbedeutend mit Tapferkeit und Edelmut. Dem Vorrang der Ehre vor den Interessen. Doch vor allem schließt es ein, daß Sie gut und richtig handeln müssen, weil Ihr Vater gut und richtig gehandelt hat.«
»Ich … wie soll ich es Ihnen sagen …«
Bedacht, fasziniert, brach er ab, bevor er hinzusetzte: »Sie verstehen die Worte so gut zu gebrauchen. Ich, ich verstehe es nicht. Sie sind so stark. Sie haben so viel Weisheit inne. Sollte dies einzig und allein daher rühren, daß uns Jahre trennen? Das glaube ich nicht. Wenn man das ist, was Sie sind, kommt das aus der Seele, aus diesem Vermächtnis, das Sie erwähnten. Über all dies hinaus ist da noch Ihre Großmut. Eine seltene Großmut, weil sie sich durch die Hingabe Ihrer selbst ausdrückt.«
Said sprach. Doch es war Mandrinos Stimme, die Giovanna vernahm. Eine Stimme, die vom tiefsten Grunde des Meeres und aus der Gischt emporscholl.
Du wünschst dich so stark wie sie, du gelangst lediglich zur Wut. Du wünschst dich so weise wie sie, deine Weisheit ist nur Überdruß. Du wünschst dich liebenswert, du bist nur besitzergreifend. Du möchtest handeln, schaffen wie sie, du bleibst nur Zeugin. Du möchtest, daß deine Träume ihr Ziel erreichen, doch du vergißt, daß der Bogen unbedingt stabil sein muß, damit der Pfeil fliegt. Du möchtest ebensoviel geben, wie sie gibt, doch du hast nicht begriffen, daß man einzig und allein wahrhaftig gibt, wenn man sich selbst gibt. Da hast du die Erklärung.

War es möglich, daß ein Wesen ein Urteil über sie fällte, das dem Ricardos in allen Punkten zuwiderlief?
War Said irre oder unempfindsam, um diesen galligen Groll nicht wahrgenommen zu haben, der in ihrer Seele schlummerte? Ohne Zweifel war es seine Jugendlichkeit, die ihm diese Sprache einflüsterte. Alles in allem zählte er erst zwanzig Jahre.
»Sie täuschen sich, meine Jugend macht mich nicht blind.«
Sie musterte ihn überrascht.
»Verstünden Sie etwa Gedanken zu lesen?«
»Wer weiß?«
Er wandte sich dem Meer zu.
»Haben Sie schon einmal ein Kaleidoskop gesehen?«
»Welch ein befremdlicher Name! Nein, niemals.«
»Ich hatte die Gelegenheit, eines zu sehen, als ich mich in Paris aufhielt. Es ist eine Art mit Spiegeln ausgekleidetes Fernrohr, in dessen Innerem sich bewegliche bunte Glasstücke befinden. Indem sie sich dort widerspiegeln, ergeben diese Fragmente unendlich viele Kombinationen von Bildern in mannigfachen Farben. Man gewinnt den Eindruck eines zerplatzten Regenbogens. Das ist es, was wir sind, Giovanna. Ein Kaleidoskop. Aus Fragmenten gebildete Wesen. Je nachdem, mit welchem Blick man uns betrachtet, sind wir nicht mehr dieselben. Für manche werden wir nie etwas anderes sein als der Teufel, für andere ein Engel.«
Er breitete die Arme aus, wobei er seine allzu fette Gestalt enthüllte. Er zeigte seine enormen Hände mit wurstförmigen Fingern vor.
»Als ich Ihnen auf dieser Mole begegnet bin, habe ich mich mit Ihren Augen gesehen. Und zum ersten Mal habe ich den Eindruck gehabt, nicht mehr jenes kleine und fettleibige Kind zu sein, sondern jemand völlig Normales. Jemand« – er zögerte kurz –, »den man lieben könnte.«
Giovanna hatte ihm zugehört, ohne es zu wagen, ihn zu unter-

brechen. Jenseits der Gemütsbewegung, die Saids Äußerungen in ihr geweckt hatten, brannte ihr eine Frage auf den Lippen. Ihr Instinkt flüsterte ihr ein: Es war kein Zufall, daß er das Beispiel des Kaleidoskops benutzt hatte, dieses Sinnbilds eines fragmentierten Lebens, das schön oder häßlich je nach Willkür der Blicke wird, mit denen man es betrachtete.

»Ihr Vater hat mit Ihnen gesprochen, Said. Er hat Ihnen gesagt, weshalb ich Sabah verlassen habe.«

Er machte Miene zu widersprechen.

»Nein! Es ist unnötig. Lügen würden nichts nutzen. Falls ich Sie beruhigen kann, sollten Sie wissen, daß ich mich keineswegs verletzt und noch weniger verraten fühle.«

»Es ist wahr. Er hat mit mir gesprochen.«

»Und was haben Sie daraus geschlossen?«

»Möchten Sie, daß ich Ihnen aufrichtig antworte? Ich hatte den Eindruck eines tragischen Mißverständnisses.«

»Sie …«

»Warten Sie! Gleichzeitig habe ich mich in Ihre Lage versetzt. Und ich habe mir gesagt, Sie wären, wie ich, in der Gewißheit groß geworden, daß man Sie nicht liebte.«

»Täuschen Sie sich nicht, mein Vater jedenfalls, der hat mich geliebt.«

»Haben Sie sich je gefragt, ob Sie sich dieser Liebe nicht für unwürdig erachteten?«

Sie spürte die Verärgerung in sich schwelen.

»Worauf wollen Sie hinaus, Said? In jedem Fall gehört meine Vergangenheit nur mir. Und außerdem, ich bitte Sie, hören Sie auf, mich anders sehen zu wollen, als ich bin.«

Die jähe Barschheit ihrer Stimme traf ihn geradewegs ins Herz.

»Nun gut. Wer also sind Sie, Giovanna?«

»Sicherlich nicht dieses reine und großmütige Geschöpf, an das Sie zu glauben scheinen! Ihr Beispiel des Kaleidoskops ist sehr gescheit, allein, Sie haben vergessen zu erwähnen, daß dieser

von den Spiegeln zurückgeworfene Anblick nichts als eine Illusion ist. Ich habe nichts Weises, nichts Starkes in mir.«
»Halten Sie ein! Welches Vergnügen empfinden Sie dabei, sich derart zu verachten, wie Sie es tun?«
»Und Sie?« erwiderte sie gereizt. »Aus welchem Grund beharren Sie darauf, mich zu plagen?«
»Sie sehen also nicht, daß ich Sie liebe!«
Sie riß die Augen auf.
»Was sagen Sie?«
»Ich liebe Sie, Giovanna. Seit den ersten gewechselten Worten. Seit jener Begegnung unter dem Blick meiner tumben Folterknechte. Seit jenem flüchtigen ›guten Abend‹. Ich habe Sie in mir getragen. All die Jahre hinweg haben Sie den gesamten Raum im Herzen des Kindes eingenommen, das ich gewesen bin; dieses Herz war nicht groß genug, um Sie so zu fassen, wie ich es gerne gewollt hätte. Im Geiste habe ich alle Abende, bevor ich einschlief, Ihre Züge gezeichnet, wobei ich mir auferlegte, sie niemals zu vergessen. Ich habe die Stunden, die Meilen gezählt, die mich von Ihnen trennten. Und ich habe vor allem gebetet. Ich habe darum gebetet, Sie unversehrt und ungezähmt wiederzufinden.«
»Aber, Said ... Sie sind erst zwanzig Jahre alt ... Ich selbst bin ...«
»Zehn Jahre älter, ich weiß. Sie sind Christin; ich bin Muslim. Und indem Sie mich heirateten, wären Sie gezwungen, ein anderes Leben zu führen. Mit seinen Fesseln, seinen Traditionen, seinen vorväterlichen Bräuchen.«
»Sie heiraten?« hauchte sie völlig verdutzt.
»Ja, Giovanna. Ich will, daß Sie meine Frau werden. Die Frau von Said Pascha.«
Sie glaubte, sie würde, von Schwindel ergriffen, schwanken. Wie war das möglich? Was war das für ein Universum, das sich ihr auftat? Niemals hatte sie bis zu diesem Augenblick die Idee der

Liebe auch nur gestreift, und die der Heirat noch weniger. Stand nicht geschrieben, daß das eine an das andere gebunden sein mußte? Daß man nur aus Liebe heiratete? Sie versuchte zu bestimmen, was sie für Said empfand. Zuneigung, Zärtlichkeit, Freundschaft, das waren die ersten Begriffe, die ihr in den Sinn kamen. Da war auch dieser Beschützerinstinkt, den sie ihm gegenüber verspürte; ein ihr tief innewohnendes Bedürfnis, über ihn zu wachen, auf daß nie irgend etwas ihn verletzen mochte. Von ihrer ersten Begegnung an war es dieser Wille, der vorgeherrscht hatte. Diese Alchimie diffuser Empfindungen, war das die Liebe?

Ihre Lippen zitterten, bevor sie sich leicht öffneten.

»Ja, Said, … Ich werde Ihre Frau sein.«

Er beugte sich schüchtern zu ihr und zog sie an sich.

»Du wirst Königin von Ägypten sein.«

Und das Beben seiner Stimme drückte mehr noch aus als die Worte.

Gizeh, Anwesen Sabah,
Juni 1841

Corinne legte das Nargileh zu Mohammed Alis Füßen nieder und suchte diskret ihren Platz nahe Joseph wieder auf.

Der Monarch ergriff den mit schwarzem Maroquin bezogenen Schlauch und führte ihn an den Mund. Er sog einige Züge ein, die das im Bauch des Kolbens schlummernde Wasser zum Schnurren brachten.

»Demnach«, bemerkte Scheherazade leise, »haben Sie dieser Heirat Ihre Zustimmung gegeben.«

»Hätte ich es nicht sollen?«

»Sie haben ihr große Ehre zuteil werden lassen, Sire.«

Ihre Stimme zitterte etwas.

»Ich wünsche, daß sie glücklich sei, und vor allem, daß sie zum Glück Ihres Sohnes beitrage.«

»Sie wird dazu beitragen, Sett Mandrino. Daran habe ich nicht den geringsten Zweifel.«
Joseph wagte sich vor: »Fürchten Sie nicht, dieser Altersunterschied könne ein Hemmnis sein?«
»Ich finde es ausgezeichnet, wenn Said einen reiferen Menschen heiratet. Er ist noch ein Kind.«
Ohne Überleitung wendete er sich Corinne zu und deutete mit dem Nargileh-Mundstück auf sie.
»Wenn ich nach Ihrem runden Leib urteile, bereiten Sie uns einen neuen Erben vor.«
»Ja, Sire. So Gott will. Ich dürfte in zwei Monaten entbinden.«
»Gut! Die Kinder sind die Zierde des Lebens! Macht Kinder, macht so viele Kinder, wie ihr könnt. Sie mögen sich vermehren und die Erde bevölkern! Jedesmal wenn ein Kind zur Welt kommt, bringt es in seinen Händchen die Hoffnung einer besseren Menschheit.«
Er schmauchte einen neuerlichen Zug Tabakqualm.
Im Garten vernahm man das dumpfe Gemurmel der Eskorte, die um das Anwesen patrouillierte, und die Schritte der Soldaten, die vor dem Hauseingang Wache hielten.
»Majestät«, sagte Scheherazade, »ich habe Ihnen für diesen Besuch noch nicht gedankt. Aber ich hätte es tun sollen. Die Reise ist ermüdend.«
»Und ich bin bloß noch ein Greis, ich weiß.«
Sie widersprach.
»Das habe ich damit nicht sagen wollen, Sire, ich ...«
»Völlig ohne Bedeutung. Du und ich, wir haben das Alter der Schöntuerei überschritten. Im übrigen hast du recht. Wenn es einzig darum gegangen wäre, euch die Vermählung unserer Kinder anzukündigen, hätte ein Bote genügt.«
»Ja nun?« verwunderte sich Joseph. »Weshalb haben Sie sich dann herbemüht?«
»Weil ich eine Antwort erwarte.«

»Aber ich habe Sie Ihnen gegeben, Majestät«, begehrte Scheherazade auf. »Niemals hätte ich mir für meine Tochter eine schönere Heirat erträumt.«
»Es handelt sich um etwas anderes. Wirst du bei der Zeremonie anwesend sein?«
Sie erwiderte mit unsicherer Stimme: »Joseph und Corinne werden zugegen sein.«
»Welchen Reim soll ich mir auf diese Antwort machen?«
»Ich bitte Sie, vermeiden wir dieses Thema. Haben Sie eben nicht gesagt, dies wäre die Stunde der Fröhlichkeiten? Später, wir werden später darüber sprechen.«

37. Kapitel

Joseph knotete seine Krawatte zu Ende, schlüpfte in sein Gilet mit hohem Stehkragen und warf sich seinen Gehrock über die Schultern. Es fehlte ihm bloß noch sein Zylinder, und er würde ausgehfertig sein. Er wandte sich zu Corinne und fragte: »Nun? Wie findest du mich?«
»Tadellos.«
Sie verzog schmollend den Mund und drehte sich ins Profil, unter ihrem Musselinkleid die vortretende Rundung ihres Leibs zur Schau stellend.
»Desgleichen wird man von mir nicht sagen können. Ich habe den Eindruck, dem Rumpf einer Feluke zu gleichen.«
Joseph betrachtete sie mit zärtlicher Nachsicht.
»Du bist niemals strahlender gewesen.«
»Du kennst das Sprichwort: ›In den Augen ihrer Mutter ist die Äffin eine Gazelle.‹ Ich finde mich unförmig und häßlich.«

Er drückte ihr einen Kuß auf die Wange.
»Ich werde nachsehen, ob Mama fertig ist. Kommst du dann zu uns in den Gesellschaftsraum?«
Sie stimmte zu, während sie einen verdrießlichen Blick in den Frisierspiegel warf.

Zum zweiten Mal klopfte Joseph an Scheherazades Zimmertür. Dann stieß er den Flügel auf. Der Raum war leer.
Er ging den Flur wieder hinunter, stieg die Stufen hinab, die ins Erdgeschoß führten, und rief ihren Namen. Schließlich entdeckte er sie durch die Maschrabija, auf der Veranda sitzend.
Sie war mit einer einfachen schwarzen Aba bekleidet und betrachtete gedankenverloren die Landschaft.
»Was machst du hier? Wir werden uns verspäten.«
»Ich habe nachgedacht, Joseph. Es wäre müßig, wenn ich euch begleitete.«
»Wie? Erst gestern morgen noch hast du mir gesagt, du seist einverstanden.«
»Ich wiederhole dir, ich habe nachgedacht.«
Er stützte sich auf das Geländer auf und erforschte sie verdutzt.
»Kannst du mir den Grund für diesen Umschwung erklären?«
»Ja, mein Sohn. Sieh …«
Sie wies auf die Falten, die in ihrem Gesicht standen.
»Ich entstamme einer Familie, in der man lehrte, daß das Verhängnis die Erstgeborenen tausender Vorrechte entäußern könne; des Reichtums, des Grunds und Bodens, des Traums, des Rangs. Indessen, welches auch immer der erlittene Verlust sei, müsse eines dieser Privilegien unwandelbar bestehen bleiben: die Achtung. Denn die Achtung ist eine der schönsten Formen der Liebe. Giovanna hat das Schlimmste getan, was ein Kind seinen Eltern antun kann. Sie ist ihrem Heim entflohen, sie hat ihre Mutter geschmäht, sie hat ihren Namen beschmutzt. Ich will nicht näher auf die Beweggründe eingehen, die sie dazu

geführt haben, mit solcher Härte zu handeln; ich werde dich sogar erstaunen, ich habe es ihr nicht gram genommen. Meiner zerrissenen Seele zum Trotz ist nicht eine Nacht verstrichen, in der ich nicht für ihr Glück gebetet hätte. Sie ist meine Tochter. Mein Fleisch und Blut.«

»Aber dann …«

»Ich habe für ihr Glück gebetet, und zugleich habe ich den Himmel angefleht, damit sie zurückkomme, an die Tür klopfe und ein Wort, ein einziges Wort zu mir sage: Verzeih. Und alle Abende, und in jeder Morgendämmerung, habe ich auf das Geräusch ihrer Schritte gelauert, in gleicher Weise, wie ich auf Ricardos Rückkehr von Navarino gelauert habe. Fünf Jahre … In jedem Herbst fand ich eine Entschuldigung für ihr Ausbleiben, in jedem Winter fand ich eine andere, und so ging es in jeder Jahreszeit. Fünf Jahre … Meine Phantasie ist allmählich ausgetrocknet wie das Bett jener Kanäle, die du bisweilen in der Wüste aushebst. Heute nun habe ich kein Wasser mehr in meinem Gedächtnis.«

Sie hatte die Haltung geändert. Auf ihrer hoch erhobenen Stirn stand eine Art hehrer Stolz.

»Und eben deshalb werde ich mich nicht zu dieser Hochzeit begeben.«

Vom ersten Frühlicht des Tages an hatte sich die Menge im Viertel »zwischen den zwei Palästen«, rund um die Al-Azhar-Moschee, in der Hoffnung zusammengedrängt, jene erspähen zu können, die man bereits die Prinzessin mit Himmelswasser-Augen nannte.

Zu beiden Seiten der Kasaba wirkten Hunderte aufgereihter Soldaten wie lange bunte Schals, die entlang der Prachtstraße wallten.

Im Herzen der Zitadelle hatte Giovanna sich soeben auf die Esplanade gewandt, von der aus man ganz Kairo überblicken konnte. Unter einem linnenen, von Garden in Galauniform getragenen Baldachin ging sie langsamen Schritts auf einen Thronsessel zu, der zu diesem Anlaß in der Mitte des Gevierts aufgestellt war. Vollkommen verschleiert, das Haupt von einem mit Edelsteinen reich besetzten Diadem geziert – so vermochte man kaum das Oval des Gesichts auszumachen. Sonderbarerweise schien der Art, mit der sie sich bewegte, eine unsagbare Verwandlung anzuhaften, die ohne Zweifel von jener ihr neuen Legitimität herrührte, die ihr am selben Morgen, in jenem Augenblick gewährt worden war, als der Kadi ihren Bund geweiht hatte.

In ihrem Geleit folgte der Sternenstaub der königlichen Familie. Die direkten Nachkommen des Vizekönigs, Ibrahim voran, die rechtmäßigen Gemahlinnen, und dem Rang gemäß, die Brüder, die Schwestern, die Enkelsöhne – unter ihnen auch Abbas Pascha –, die Vettern, die Vettern zweiten Grades und schließlich die Vertrauten.

Unmittelbar hinter ihnen entrollte das offizielle Gefolge sein heterogenes Band, in dem sich Tarbusche mit Zylindern, Konsularagenten und Notabeln, strenge Ulemas und Kinder voll überschwenglicher Begeisterung verquickten.

Giovanna hatte gerade die wenigen Stufen erklommen, die zum Thronsessel führten, während eine leichte Brise das über ihr gespannte ätherische Gewölbe erzittern ließ. Sie nahm Platz und richtete ihren Blick auf die Südseite der Esplanade. Einige Augenblicke verstrichen. Said durchschritt die Pforte, den Rükken dem sogenannten »Josephsbrunnen« zugekehrt. Er war nicht allein. Auf einen Stock mit Elfenbeinknauf gestützt, schritt Mohammed Ali an seiner Seite, den Rücken etwas gebeugt, wie von der Sonne niedergedrückt.

Der Vater und der Sohn gelangten vor den eigens aufgestellten Thronsessel und hielten inne.

Unmerklich war das Geraune verstummt.

Die dunkle und warme Stimme des alten Paschas erhob sich über der Esplanade.
»Möge der Segen des Allhöchsten, des Erbarmers über dir und ihm sein. Und möge das Glück auf ewig euren Gang bescheinen.«
Said stieg die Stufen hinauf und hob den symbolischen Schleier an, den vor ihm zu berühren keine andere Hand als die seine berechtigt gewesen wäre.
Beifallklatschen und die schrillen Triller der Frauen schollen sogleich empor. Vom Jubel unberührt, der um sie herum anschwoll, ließen Said und Giovanna sich nicht aus den Augen, als hätten beide die Wesenszüge des eigenen Gesichts für immer in das des anderen einprägen wollen.
Mohammed Ali hatte sich langsam um die eigene Achse gedreht und betrachtete versonnen die Moschee, die sich vor dem azurnen Grund des Himmels abzeichnete. Das Bauwerk war noch nicht beendet, doch unter der Pfeilspitze des Minaretts ruhte bereits ein marmornes Kenotaph, eben das, das eines nahen Tages seine sterbliche Hülle bergen würde.
Er dachte: »Vor zehn Jahren hat dieser verfluchte griechische Architekt die Arbeiten bereits begonnen, und ich kann das Ende noch immer nicht absehen ... Was stellt der sich vor? Daß ich einen Pakt mit Gott geschlossen habe?«
Durch den Monarchen überrascht, der sich umgewendet hatte, wich Scheherazade auf der Schwelle der Moschee etwas zurück. Sie rückte wieder in den Schutz der Dunkelheit. Im Spalt der leicht geöffneten Portalflügel konnte sie den Thron, Said und Giovanna noch sehen.
»Komm, Latifa«, flüsterte sie der Dienerin zu, die hinter ihr stand. »Meine Tochter ist glücklich. Es ist Zeit heimzukehren.«

38. Kapitel

Paris, 26. November 1846,
Prosper Enfantins Wohnsitz

Prosper Enfantin erhob den Champagnerkelch und lud die anwesenden Persönlichkeiten ein, desgleichen zu tun.

»Messieurs, bringen wir einen Toast auf unser Gelingen aus! Einen Toast auf die Zukunft! Hiermit erkläre ich feierlich die Gründung der *Société d'études pour le canal de Suez*!«

Herzliche Ausrufe antworteten dem Saint-Simonisten, vom Klirren der Kristallkelche untermalt.

»Somit liegt der Traum nunmehr in Reichweite. Ich werde Sie nicht an all die Jahre der Aufopferung erinnern, an den Tod der Wackersten von uns, die heute in der Erde Ägyptens ruhen, an die Anzüglichkeiten, die unsere Herzen tödlich verletzt haben ... nein. Ich möchte nur über die Zukunft sprechen. Es hat genügt, daß Menschen guten Willens sich verbünden und beschließen, über ihre Verschiedenheiten, ihre nationalen Antagonismen und ihre Kleingeisterei hinwegzusehen, damit endlich das, was gestern noch utopisch oder reine Theorie schien, sich in ein wahrhaft reales Unternehmen verwandelte. Dank dieser *Studiengesellschaft für den Suezkanal* wage ich zu behaupten: Die Weltgemeinschaft ist möglich! Falls es den Politikern noch eines Beweises bedürfte, die sich trefflich in Sonderüberlegungen, Rechthabereien und jener Kunst auszeichnen, Uneinigkeit und Zwietracht zu predigen, so haben sie hier den Beweis, meine Brüder! Seht, wie viele Nationen hier um diesen Tisch vertreten sind!«

Er wies auf jede einzelne der Personen, die ihn umringten.

»Ein Österreicher, Herr Alois Negrelli, Kaiserlicher Rat Seiner Durchlaucht des Fürsten von Metternich. Zwei Engländer, Mister Robert Stephenson, der – muß ich es in Erinnerung bringen – kein anderer als der Sohn des illustren George Stephenson, des Erfinders der Dampflokomotive, ist. An seiner Seite der Ingenieur Edward Starbuck. Die beiden Preußen, Herr Féronce und Herr Sellier, die – der wahrlich französischen Konsonanz ihrer Namen ungeachtet – die würdigen Nachfahren von Friedrich Wilhelm sind. Und endlich Franzosen, die Herren Paulin, Edmond und Léon Talabot, Arlès-Dufour ...«*

Er hielt inne, setzte ein bescheidenes Lächeln auf.

»Und Ihr Diener.«

Anhaltend kraftvoller Beifall begrüßte die Rede. Enfantin gebot ihm mit höflicher Geste Einhalt.

»Gleichwohl, vergessen wir, über diesen ehrenwerten Kreis hinaus, nicht all jene, die uns heutigen Tages ihres unverbrüchlichen Beistands versichern. Sie sind Legion: Vertreter von Banken, Handelskammern, saint-simonistische Freunde, Persönlichkeiten der herrschenden Klasse dieses Landes – Seine Hoheit der Duc de Montpensier, Sohn Seiner Majestät Louis-Philippe, Seine Exzellenz Monsieur Guizot, Minister für Auswärtige Angelegenheiten, der Duc de Joinville und der Marquis de la Villette, um nur die wichtigsten anzuführen. Jetzt möchte ich das Wort an meinen Freund Arlès-Dufour übergeben.«

Der Betreffende erhob sich und schlug etwas in einer voluminösen Akte nach.

»Erlauben Sie mir, Ihnen mit kurzen Worten die Lage zu schildern, in der sich die Studiengesellschaft befindet. Zur Stunde beläuft sich ihr Gesamtkapital auf 150 000 Francs, in seiner Gänze aus unseren persönlichen Zeichnungen bestehend. Die

* Arlès-Dufour war der größte Lyoner Industrielle jener Zeit. Er gelangte zu Vermögen in der Seidenbranche und weitete seine Aktivitäten auf die Eisenbahnen aus. Er sollte Generalsekretär der Weltausstellung von 1855 in Paris werden.

Beitritte und die finanziellen Beteiligungen jedoch reißen nicht ab. Unter den Organismen, die am Durchstich des Isthmus teilzuhaben wünschen, möchte ich die Handelskammern von Lyon und von Marseille nennen, die Gemeinde Triest, den Wiener Industrie-Verein, ohne bedeutende Kaufleute aus Leipzig und Dresden zu vergessen. Dies, was den finanziellen Gesichtspunkt angeht. Nun aber müssen wir das rein technische Problem des Vorhabens in Angriff nehmen.«

Er löste ein Blatt des Dossiers heraus.

»Wie wir es Ihnen angekündigt haben, ist, im Widerspruch zu den letzten Überprüfungen von Monsieur de Bellefonds, durch unsere Ingenieure bewiesen worden, daß die beiden Meere annähernd auf gleichem Niveau stehen. Obschon Monsieur de Bellefonds' Denkschrift nach wie vor ein Handwerkszeug von unschätzbarem Wert darstellt, zwingt uns diese wesentliche Offenbarung, alle gewonnenen Befunde in Frage zu stellen. Infolgedessen wird es unerläßlich, daß sich eine Studiengruppe vor Ort begebe und das Vorhaben von seinem Ausgangspunkt neu überdenke. Diese von Monsieur Talabot gebildete Brigade wird zum Auftrag haben, neue Pläne zu erstellen, die Kostenanschläge zu präzisieren und die kommerziellen Aussichten zu bestimmen.«

Er machte ein Pause.

»Die Brigade wird in der Hauptsache aus Monsieur Negrelli und dem Ingenieur Bourdaloue bestehen. Wir können ihre Abreise vernünftigerweise für den nächsten Monat März erwägen. Das ist im Moment alles.«

Er verstummte und erkundigte sich dann: »Messieurs, falls Sie mir Fragen zu stellen haben, wird es mir ein Vergnügen sein, darauf zu antworten.«

»Wie steht es um das Lastenheft?« brachte Talabot vor. »Ist es den unterbreiteten Vorschlägen gemäß abgefaßt worden?«

»Ganz gewiß. Eine Abschrift wird jedem Mitglied und jedem

Aktionär der Gesellschaft ausgehändigt werden. Ich werde Ihnen deshalb lediglich die wichtigsten Punkte zitieren:

1. Die Neutralisation des Isthmus, das heißt der Verzicht seitens der Hohen Pforte auf jegliches Hoheits- oder Eigentumsrecht an besagtem Isthmus, und die formelle Erklärung, daß er niemals irgendeinem politischen Staat gehören könne.

2. Die Befugnis des Vizekönigs von Ägypten, gemeinsam mit der Kompanie die Bedingungen auszuarbeiten, die er für günstig befinden wird, um besagte Kompanie in den Besitz des Gebietes der als neutral erklärten Landenge zu versetzen.

3. Die Erhebung aller Abgaben und Gebühren durch die Kompanie für eine Dauer von neunundneunzig Jahren. Zum Ende dieses Zeitraums wird das Eigentum an ausgeführten Arbeiten und Bauten dem Gemeingut der Nationen zufallen.

4. Die unbegrenzte und immerwährende Existenz der Kompanie, die nach Ablauf der neunundneunzig Jahre lediglich noch ein Minimum der für den Unterhalt der Bauten und des Verwaltungspersonals erforderlichen Gebühren erhebt.

5. Das Recht der Kompanie, für die Ordnung der Passage zu sorgen und infolgedessen Beamte unter ihrem Befehl zu haben. Das Recht, falls nötig, um Beistand zu ersuchen und sich den Sultan oder schließlich an die fünf europäischen Großmächte zu wenden, wie die Kompanie es für richtig erachten wird.

6. Das absolute Verbot, jedwedem Kriegsschiff, jedwedem Truppenverband, unter welchem Vorwand auch immer, ob offensichtlich oder heimlich, die Durchfahrt des Kanals zu gestatten. Als Konsequenz dieses Verbots ist der Kompanie das Recht vorbehalten, die Ladung jedes Schiffes zu überprüfen, das sie verdächtigt, Kriegsmunition oder Truppen zu verbergen.«

Kaum hatte Arlès-Dufour seine Lektion beendet, griff Enfantin ein: »Sie haben es gewiß erfaßt, Messieurs; der Gedanke, der dieses Lastenheft beherrscht, läßt sich in wenigen Worten zusammenfassen: Der Kanal muß Eigentum des Menschenge-

schlechts, das Werk aller sein, und die Aufteilung wird ohne Ansehen der Nationalität oder der Rasse erfolgen.«
Er verneigte sich vor dem österreichischen Ingenieur: »Herr Negrelli wir wünschen Ihnen eine gute Reise. Möge der Weltgott Sie begleiten!«

Ras-el-Tin-Palast, Juli 1848

Mohammed Ali zog die dicke Wolldecke bis hinauf zum Hals, und seine Finger verkrampften sich nervös, während Dr. Clot schloß: »So ist es nun einmal, Hoheit ... das Gehirn ist zweifelsohne das am wenigsten bekannte Organ von allen, welche den menschlichen Körper bilden.«
»Clot Bey, Sie werden mich doch trotz allem nicht glauben machen, daß ich geistesgestört bin!«
»Habe ich solcherlei Diagnose ausgesprochen, Sire? Von Geistesgestörtheit ist keineswegs die Rede, sondern einzig und allein von einer großen zerebralen Ermüdung. Sie sind erschöpft. Am Ende Ihrer Kräfte. Wenn die physische Widerstandskraft angegriffen ist, erleidet der Geist naturgemäß die Folgen. Ergo eine Beeinträchtigung des Konzentrationsvermögens, eine Abnahme der Urteilskraft und Gedächtnisschwund.«
Der Vizekönig stieß ein gereiztes Brummen aus.
»Senilität, so bezeichnet man doch wohl diese Art von Verwirrung?«
»Ich denke nicht, daß der Begriff zutreffend wäre. Seneszenz wäre richtiger.«
»Seneszenz ...«
Clot wirkte verlegen.
»Damit bezeichnet man die Gesamtheit der physiologischen Prozesse, die die Alterung eines Organs bedingen.«
»*Kalam fadi*. Leere Worte! Weshalb gebrauchen Sie gelehrte Begriffe, wogegen doch einige ganz einfache Worte genügen

würden. Sie wissen, was man bei uns sagt, wenn jemand Ihnen derartige Symptome schildert? *Qaraf!*«*

»Was heißen soll, Sire?«

»Daß ich Unsinn fasele!«

»Majestät!« rief Clot, sich zurückwerfend, aus.

»Na, na, kommen Sie, mein Freund, gebärden Sie sich nicht wie eine verschreckte Jungfrau. Seit Jahrtausenden faselt die Menschheit nun bereits Unsinn. Nunmehr muß ich mich den Tatsachen beugen: Ich habe mich der Herde zugesellt. Aber lassen wir das Geschwätz. Kommen wir zu den Heilmitteln, wozu raten Sie mir?«

»Ich sehe nur Ruhe, Majestät, und eine Luftveränderung.«

»Reisen?«

»Ja. Entfernen Sie sich von allem, was an Ihnen nagt. Gehen Sie fort. Leeren Sie Ihren Geist.«

»Wohin könnte ich gehen?«

»Die Welt ist weit. Weshalb nicht nach Europa? Das Gebirge würde Ihnen guttun.«

»Nach Frankreich?«

»Ausgezeichneter Einfall, Sire. Sie hätten somit die Gelegenheit, dieses Land zu besuchen, das Sie so sehr lieben.«

Es trat eine lange Stille ein, und man mochte meinen, der alte Pascha ränge, um seine Gedanken wiederzufinden.

»Gut«, sagte er unvermutet. »Ich werde diese Reise machen. Ich weiß nicht, ob Gott mir die Kraft geben wird, bis nach Paris zu gelangen, doch es gibt einen Ort, an den ich mich zuerst begeben werde.«

»Sollte es indiskret sein, Sie zu fragen, welcher das ist, Sire?«

»Sie werden es erfahren ... Jetzt lassen Sie meine Kinder herein. Ich habe mit ihnen zu reden.«

Clot verbeugte sich und verließ den Raum.

* Unsinn.

Einige Augenblicke später traten Ibrahim und Said ein.
»Kommt näher! Ich muß euch über die Beschlüsse in Kenntnis setzen, die ich soeben getroffen habe.«
Er atmete tief ein.
»Ich bin nicht mehr imstande, dieses Land zu regieren.«
Die Reaktion der beiden Männer folgte augenblicklich.
»Das ist nicht Ihr Ernst, Vater!«
»Laßt mich ausreden.«
Er schlug die Wolldecke zurück und richtete sich auf seinem Bett auf.
»Kennt ihr die Geschichte von dem russischen Gefangenen? Nein? Ich werde sie euch erzählen. Ein Türke hatte einen Russen gefangengenommen. Bring deinen Gefangenen zu mir, rief ihm sein Offizier zu. – Er will nicht kommen. – Dann komm selbst her. – Er läßt mich nicht los! – Heutigen Tages bin ich dieser Mann. Mein Gehirn ist mein russischer Gefangener. Es hält mich unter Bedrohung, und ich bin unbewaffnet. Morgen, wann immer es ihm beliebt, wird es sein Gewehr auf mich richten und mich töten. Wenn ein Mann sich in dieser Situation befindet, so er doch eine Nation regiert, ist es seine Pflicht, das Amt zu verlassen und die Zügel einem gesünderen Manne zu übergeben. Falls er dies nicht tut, muß man ihm den Hals durchschlagen und ihn den Schakalen vorwerfen.«
Er gab Ibrahim ein Zeichen, näher zu treten.
»Mein Sohn. Du schlugst dich in allen Schlachten. Wir sind all die Jahre hindurch Hand in Hand gegangen. Ich habe dich mehr als einmal um deinen Sieg gebracht, doch ich habe dir auch die Gelegenheit verschafft, dich zu den Gipfeln der Glorreichsten emporzuschwingen. Die Stunde ist gekommen, dir das zu übergeben, was dir als Erstgeburtsrecht zusteht. Von dieser Stunde vertraue ich dir Ägypten an. Du wirst dessen Regent sein, bis zum Tage deines Todes. Behüte es, liebe es so sehr, wie ich es geliebt habe. Denke nur an sein Wohl und an sein Gedeihen.

Verteidige es vor den Geiern, und befleißige dich über all dies hinaus, dort zum Erfolg zu gelangen, wo ich gescheitert bin: Erlange die Unabhängigkeit unserer Lande. Und endlich vergiß niemals die Ermahnungen, die ich dir damals gab, als du auszogst, Krieg in Morea zu führen: ›Möge Gott euch den Sieg geben, mein Kind, und falls er ihn euch gibt, möge er euch die Tugend der Milde gewähren: Seid ein Feind euren Feinden, doch mit den Schwachen seid gnädig.‹«

Er verharrte eine Weile schweigend, bevor er im selben Tonfall, diesmal aber an Said gerichtet, fortfuhr: »Was ich deinem Bruder soeben gesagt habe, betrifft auch dich. Eines Tages wird die Reihe an dich kommen, ihm nachzufolgen. Du wirst diese Pflicht nicht allein bewältigen müssen. Höre auf die Stimme deiner Gemahlin, ihr Charakter ist zwar nicht der biegsamste, doch unter gewissen Umständen kann sich dies als Vorzug erweisen.«

»Verzeihen Sie mir, Vater«, fragte Ibrahim nach. »Aber Dr. Clot hat uns zu verstehen gegeben, Sie erwögen eine Reise, ohne uns indes deren Bestimmung zu nennen. Könnten Sie uns Ihr Vorhaben anvertrauen?«

Mohammed Ali stimmte bei.

»Wenn die Finsternis sich dem alten Manne nähert, verspürt er das Bedürfnis, seine Wurzeln wiederzufinden. Ich werde mich in Kavala, auf dem Grab meiner Vorfahren, sammeln. Ich werde meinen Geburtsort aufsuchen, die Stätten, an denen meine Kindheit erblühte. Anschließend werde ich nach Istanbul reisen; ein einfacher Höflichkeitsbesuch. Falls meine Kräfte es mir erlauben, werde ich bis nach Paris vorstoßen.«

Wieder entstand Stille. Einen Moment lang fuhr der Pascha fort, seine Söhne anzuschauen, dann, mit heiserer Stimme: »Nun laßt mich. Ich brauche Schlaf ...«

Das Kind blähte seine Lungen, so gut es konnte, und blies seine fünf Kerzen aus.

»Bravo, Fuad!« rief Giovanna.
Sie hob ihren Sohn in die Höhe und bedeckte ihn mit Küssen.
»Du bist der Stärkste! Der Größte, der Schönste!«
Während der Diener den riesigen Kuchen anzuschneiden begann, betrat Said den Raum.
»Nun?« erkundigte sie sich, seine Hand ergreifend. »Geht es ihm nicht besser?«
Said antwortete nicht sogleich. Er nahm sich die Zeit, seinen Sohn zu küssen und ihm alles Gute zum Geburtstag zu wünschen, bevor er seine Gemahlin mit zum Balkon zog.
»Er hat beschlossen abzudanken«, ließ er mit niedergeschlagener Stimme fallen. »Er hat Ibrahim zum Regenten benannt.«
Wider alle Erwartung schien die Nachricht Giovanna nicht zu überraschen.
»Da hat er gut daran getan«, bemerkte sie. »Er ist ein großer Monarch.«
»Man könnte meinen, du hättest mit dieser Abdankung gerechnet.«
»Das stimmt. Die einzige Frage, die ich mir stellte, war, wann. Aber ich wußte, er würde es tun.«
»Er hat nichts, oder ganz wenig, von seiner Verzweiflung durchscheinen lassen, dennoch kann ich mir den inneren Kampf ausmalen, der in ihm getobt haben muß.«
Giovanna streichelte liebevoll die Wange ihres Gatten.
»Glaube mir, er ist weise gewesen. In der letzten Zeit widerfuhr es ihm, die Titel und Ämter der Personen seiner Umgebung zu vergessen. Er fällte eine Entscheidung, an die er sich anderntags nicht mehr erinnerte.«
»Es schmerzt mich … Um meines Vaters willen. Des Mannes wegen, der er war und nie mehr sein wird.«
»Du irrst, mein Liebling. Der Mann, der er war, wird auf immer in den Erinnerungen eingeprägt bleiben. Was von nun an zählt,

ist, daß seine Söhne sich dem Erbe gewachsen zeigen, das er ihnen vermacht.«
Ihre Stimme wurde leidenschaftlicher.
»Vergangene Woche habe ich die Bücher des Etats geprüft. Wie du weißt, hat unser Land seit dem Londoner Vertrag in der Angst vor der Zukunft und in jenen engen Grenzen leben müssen, die uns aufgezwungen wurden. Dann ist die Baumwollkrise hinzugekommen. Während der Ertrag ansonsten ein Bruttokapital von dreißig Millionen Pfund darstellte, ist dieses dabei um die Hälfte gefallen. Gleichwohl, trotz all dieser Verdrießlichkeiten hat es dein Vater geschafft, nicht allein die finanzielle Lage des Landes wieder zu sanieren, sondern auch die Einnahmen auf ein nie erreichtes Maß anzuheben. Weißt du, auf wieviel sie sich heute belaufen?«
Said verneinte die Frage.
»840 160 *bursa*! Wogegen die Ausgaben 409 000 nicht überschreiten.«
»Worauf möchtest du hinaus, Giovanna?«
»Ich habe es dir gesagt: Seine Söhne müssen sich des Erbes, das er ihnen überträgt, würdig erweisen.«
»Sei ohne Furcht. Ibrahim wird ein großer Monarch sein.«
»Davon bin ich überzeugt. Aber vergiß nicht, eines Tages wirst auch du ihm gleich sein müssen. Oder gar größer noch.«
»Das werde ich sein ... solange du an meiner Seite sein wirst.«
»Nun, dann ist mir vor nichts mehr bange. Weder was dich noch was Ägypten angeht.«

Anwesen Sabah,
September 1848

Joseph schenkte Alois Negrelli und Robert Stephenson ein Glas Karkadeh ein und stellte die Karaffe wieder auf das Tablett.
»Ich gestehe Ihnen, meine Herren, ich bin beeindruckt. Es ist wahr, die letzte Botschaft von Monsieur Enfantin gab zu

verstehen, daß er zu kämpfen fortfahre, aber trotz alledem … Eine Studiengesellschaft? Mit Kapital? Internationalen Beitritten?«
Er fuhr zu Linant herum.
»Unerwartet, nicht wahr?«
»Das ist es in der Tat. Allein … Ich fürchte allerdings, daß all seine Mühen vergeblich sein könnten.«
Der Österreicher verwunderte sich.
»Aus welchem Grund, Monsieur de Bellefonds?«
»Es gibt deren zwei. Zum einen nämlich, weil der Vizekönig krank ist und derzeit nicht in Ägypten weilt und weil es von nun an sein Sohn Ibrahim ist, der alle Macht innehat. Zum zweiten habe ich vor wenigen Monaten das Projekt mit Seiner Majestät angesprochen. Ich habe dem Vizekönig von den Anstrengungen Monsieur Enfantins berichtet, von den neuen Schlußfolgerungen bezüglich des Niveaus der beiden Meere – Schlußfolgerungen, von denen ich, wie ich zugebe, noch nicht völlig überzeugt bin. Der Standpunkt Seiner Majestät hat sich um kein Jota verändert.«
»Was bedeutet?« fragte Stephenson nach.
»Mohammed Ali verknüpft den Durchstich des Isthmus mit dem Gedanken seines gesamten Lebens, nämlich die Großmächte in einer bestimmten Übereinkunft zusammenzuführen, die dahingehend lautete, Seiner Hoheit und dessen Nachfahren vermittels eines *diplomatischen und unmittelbaren Akts* den unumschränkten Nießbrauch des Kanals zuzusichern. Ich werde den Isthmus durchstechen, hat er mir gesagt, sobald die Großmächte zum Einvernehmen über dieses Projekt gelangt sind, sobald Europa, das aus diesem Werk einen unschätzbaren Gewinn ziehen dürfte, die Grenzen der politischen Vorteile festgelegt haben wird, die dem Vizekönig von Ägypten daraus erwachsen müssen.«
»Verzeihen Sie mir, Monsieur de Bellefonds«, wandte Negrelli

ein, »aber genau das sind die Punkte, die die Artikel eins und zwei unseres Lastenheftes bedingen. Sehen Sie selbst.«
Aus einem Köfferchen zog er eine Note hervor, die er Linant übergab. Jener überflog sie und reichte sie Joseph weiter.
»Sie sehen ja«, unterstrich Negrelli. »Wir befinden uns im Einklang mit den Wünschen des Paschas.«
Es war Joseph, der widersprach: »Ich werde Sie enttäuschen, doch ich bezweifle, daß Seine Majestät jemals diese Klauseln billigt.«
»Weshalb?«
»Weil Ihr Lastenheft unter dem Vorwand, die Antagonismen der europäischen Mächte zu überwinden, in eine offene Abrede der Souveränität Ägyptens mündet. Sie scheinen die Erläuterungen von Monsieur de Bellefonds nicht recht erfaßt zu haben: Mohammed Ali verweigert sich energisch, der Vermittlung einer Kompanie beizustimmen, bevor er nicht erwirkt hat, daß die Großmächte sich eindeutig untereinander einigen und ihm dies per offiziellem Akt bestätigen.«
»Denken Sie, Ibrahim Pascha wird dieselbe Position beibehalten?«
»Ich fürchte es.«
»Unter diesen Bedingungen«, ließ Stephenson fallen, »ist alles verloren.«
»Solange Mohammed Ali ein Recht auf Einblick in die Angelegenheiten Ägyptens haben wird, fürchte ich dies leider.«
»Sie wollen damit sagen ... solange er am Leben ist.«
»Ganz genau, Herr Stephenson. Solange er am Leben ist.«

39. Kapitel

Ras-el-Tin-Palast,
10. November 1848

Wie ein Donnerschlag brach die Nachricht über Ägypten herein. Von Luxor bis Rosette, von Assuan bis Alexandria hatte man den Eindruck, die antiken Götter hätten beschlossen, den Lauf der Geschichte jäh umzukehren und ihren Unsegen auf die alte Erde der Pharaonen zu schleudern.

Um sechs Uhr am Morgen, während die flammende Kugel der Sonne über den Horizont aufstieg, entschlief unerwartet in seinem Gemach des Ras-el-Tin-Palastes der vielgeliebte Sohn Mohammed Alis, Ibrahim.

Der Sieger von Nisib, der Bezwinger der Türken, der Mann, auf den der alte Pascha all seine Hoffnungen gesetzt hatte, war nicht mehr. Er hatte nur drei Monate geherrscht.

In der Stunde, die auf seinen Tod folgte, benachrichtigte man die Mitglieder der Familie, allen voran Said, jedoch wagte es niemand, den Monarchen aufzuwecken, um ihm die entsetzliche Nachricht zu überbringen. Es war Said höchstselbst, der dies auf sich nahm.

Aus seinem Schlaf gerissen, schien der Pascha die Äußerungen seines jungen Sohnes nicht zu erfassen. Er befahl, daß man die Vorhänge aufziehe, und verlangte von Said, die Worte zu wiederholen, die zu assimilieren sein Gehirn sich weigerte.

»Ibrahim ist tot, Vater. Der Allhöchste hat ihn wieder zu sich gerufen, vor kaum einer Stunde. Dr. Clot meint, er sei von einem Schlag dahingerafft worden.«

Der Monarch zeigte keine Reaktion. Er ließ seine Beine auf den Boden gleiten und suchte, mit den Füßen tastend, nach seinen Hausschuhen, dann, ohne ein Wort, glitt er in seinen golddurch-

wirkten Brokathausmantel und trat zum Fenster, das sich auf Alexandria hin öffnete.
So verharrte er, den Hafen anstarrend, in einem vom rasselnden Geräusch seiner Atmung rhythmisierten Schweigen eingeschlossen.
Said wagte nichts zu sagen. Er ahnte, daß ein Wort, auch nur ein einziges, auszusprechen der Schändung einer heiligen Stätte gleichgekommen wäre.
Nach einer Ewigkeit, wie es Said schien, murmelte der Monarch: »Es ist sonderbar, mein Sohn ... Ich verspüre eine eigenartige Empfindung. Ein wenig, als ob das Paradies ganz nah zur Erde hinuntergeschwebt wäre und ich mich zwischen beiden eingezwängt befände und kaum noch durch ein Nadelöhr atmete.«
Er fuhr jäh zusammen, dann nahm er sein Gesicht in beide Hände.

Scheherazade schritt, von ihrem Enkelsohn gefolgt, die Hauptallee des Anwesens hinauf, als sie plötzlich das Gefühl überkam, der Boden entzöge sich ihr unter den Füßen. Sie griff sich ans Herz und lehnte sich gegen den nächsten Baum. Zweifelsohne war es der feste Wille, das Kind nicht zu erschrecken, der ihr die Kraft einhauchte, auf den Beinen zu bleiben. Ihre Züge jedoch mußten den heftigen Schmerz verraten, der in ihrer Brust wütete, da sich der kleine Samir sorgte: »Was ist mit dir, *nonna*, willst du nicht mehr spazierengehen?«
Mühsam artikulierte sie: »Nein, nein, es ist alles in Ordnung. Ich ruhe mich nur ein wenig aus ...«
Sie klammerte sich an die Sykomore und bat Gott mit flatternden Lidern, das Unwohlsein möge vergehen.
»Bist du sicher, daß es dir gutgeht?«
»Ja ... ja ... mein Liebling. Sei unbesorgt. Ich bin nicht mehr so jung wie du, weißt du.«

Er schmiegte sich an sie, als flüsterte ein sechster Sinn ihm ein, daß sie ihm irgend etwas vortäuschte.
Langsam schwächte sich der Schmerz ab. Der Puls nahm einen beinahe gleichmäßigen Rhythmus an. Ihre Brust befreite sich von der Zwinge, die sie umklammert hatte.
»Jetzt geht es besser. Wir können unseren Spaziergang fortsetzen.«
Er lehnte ab.
»Ich möchte lieber, daß wir wieder ins Haus zu Mona gehen.«
»Aber dein Schwesterchen schläft doch. Wir dürfen es nicht stören.«
»Ich werde warten, bis sie aufwacht. Komm, gehen wir heim. Außerdem bin ich auch müde.«
Diesmal hellte ein aufrichtiges Lächeln Scheherazades Gesicht auf. Samir war tatsächlich Josephs würdiger Sohn. Dieselbe Empfindsamkeit, dieselbe Großmut und diese Gabe, im Innersten der Wesen lesen zu können.
»Gut«, stimmte sie zu, »da du es so willst, werden wir nach Hause gehen.«
Sie ergriff die Hand des Knaben und schlug den Rückweg ein.

Als sie auf den Hof trat, erblickte sie Joseph, in seine Arbeit vertieft. Er winkte ihr zum Willkommen zu und streckte die Arme seinem Sohn entgegen. Dieser warf sich ihm an die Brust und tuschelte ihm leise zu: »*Nonna* ist krank gewesen … Frag sie, was sie hat.«
Josephs Züge verdüsterten sich.
»Ist das wahr, Mama? Fühlst du dich nicht wohl?«
Scheherazade stieß ein kurzes erzwungenes Lachen hervor.
»Oh … dein Sohn ist ein kleiner garstiger Petzer. Er verkehrt die Rollen und wacht über mich, als wäre ich sein Kind. Ich bin wohlauf. Ich habe nur einen leichten Schwindel verspürt. Nichts Schlimmes.«

»Bist du sicher, Mama?«
»Vollkommen.«
Sie wandte sich an Samir.
»Wolltest du nicht nach deinem Schwesterchen schauen?«
Das Kind bejahte und sauste zur Treppe.
»Du hast einen wunderbaren Sohn«, sagte Scheherazade.
Sie wies auf die über die Steinbank verstreuten Pläne.
»Du arbeitest zuviel …«
»Ich habe keine Wahl. Einige Wochen vor seiner Abdankung hat Mohammed Ali Linant und mich damit betraut, drei neue beschiffbare Kanäle in den Provinzen Minufiya, Sharqiya und Buhaira anzulegen. Eine kolossale Aufgabe. Wir haben die Verantwortung für 150 000 Arbeiter. Ich sehe nicht, wie ich ein solches Unternehmen vernachlässigen könnte.«
Er streckte die Hand nach einem Umschlag aus.
»Da wir gerade über Kanäle sprechen, ich habe einen Brief von Lesseps erhalten.«
Scheherazade unterdrückte unauffällig einen schmerzhaften Krampf. Zum zweiten Mal spürte sie diese stechende Pein, als ob ein weißglühender Scheit ihr in die Brust dränge.
In einer möglichst natürlichen Bewegung nahm sie auf der Bank Platz, die Joseph gegenüberstand. Ganz offenkundig mußte er nichts Verdächtiges bemerkt haben, denn er fuhr fort: »Stell dir vor, er ist mit der *Légion d'honneur* ausgezeichnet und zum Bevollmächtigen Gesandten in Madrid ernannt worden. Du wirst seine Freude erahnen können. Wo er doch schon seit Jahren von einem derart prachtvollen Posten träumt.«
»Ein schöner Erfolg«, bemühte sich Scheherazade zu bemerken.
»Ein um so schönerer noch, als Lesseps erst vierzig Jahre alt ist. Es war zweifelsohne die genaue Kenntnis der iberischen Situation, durch die er sich diese Beförderung verdient hat.«

Er wollte fortfahren, als plötzlich die Dienerin, in heller Erregung aufgelöst, in den Hof stürmte.
»Haben Sie die Nachricht schon gehört? Der Pascha, der Pascha ist tot! Der Verwalter, der gerade aus Kairo kommt, hat es mir verkündet!«
»Der Pascha? Seine Majestät? Meinst du etwa Mohammed Ali?«
»Nein, nein. Seinen Sohn Ibrahim. Er soll heute morgen verstorben sein!«
»Das ist nicht möglich! Der Verwalter muß im Irrtum sein!«
»Nein, Herr Joseph, ich schwöre es Ihnen. Ibrahim ist tot. Alle Fahnen von Kairo stehen sogar bereits auf halbmast.«
Joseph drehte sich völlig niedergeschmettert zu seiner Mutter.
»Hast du gehört?«
Sie antwortete nicht, sie brach wie eine Stoffpuppe zusammen.

Mohammed Ali ergriff die Feder, tauchte sie ins Tintenfaß und setzte seine Unterschrift unter den Ferman.
»So, meine Herren«, erklärte er den in seinem Kabinett versammelten Männern. »Wie es das Gesetz verlangt, benenne ich meinen Enkelsohn Abbas, Sohn des Tussun, zum Regenten.«
»Hoheit«, sagte Artin Bey, der Minister des Inneren, »es ist Ihnen gewiß nicht fremd, daß Durchlaucht Abbas sich im Augenblick auf der Wallfahrt gen Mekka befindet.«
»Na und? Er wird seine Ämter aufnehmen, sobald er aus dem Hidjas zurück ist. In der Zwischenzeit unternehmen Sie alles Nötige, damit er über die neue Situation in Kenntnis gesetzt wird.«
»Ihre Befehle werden ausgeführt, Majestät.«
War es der allzu gezwungene Tonfall des Ministers oder die allzu affektierte Art, mit der er sich anschickte, sich zurückzuziehen, was den Monarchen aufmerken ließ? Jedenfalls fuhr er ihn barsch an.

»Was gibt es, Artin Bey? Mißfällt Ihnen irgend etwas? Vielleicht die Mühsal, einen Boten in den Hidjas zu entsenden?«
Der Armenier senkte betreten den Kopf.
»Antworten Sie doch bitte!«
Der Minister räusperte sich.
»Der verblichene Ibrahim, möge Allah seine Seele aufnehmen, wäre ein großer König geworden. Ich weiß nicht, ob Ihre Entscheidung, ihn durch Abbas Pascha zu ersetzen ...«
»Kein Wort mehr! Ich will vergessen, was ich gerade gehört habe! Als ob ich eine Wahl hätte! Ist es meine Schuld, wenn von all meinen Kindern nicht ein einziger älter ist als Abbas? In allen Monarchien des Okzidents bestimmt das Erstgeburtsrecht die Thronfolge, wogegen im Osmanischen Reich allein das Ältestenrecht vorherrscht. Was kann ich machen? Abbas verleugnen? Und den Weg ebnen für innere Machtkämpfe, die – daran sollten Sie keinen Augenblick zweifeln – von der Hohen Pforte zuungunsten meiner Dynastie, also Ägyptens, niedergeschlagen würden? Antworten Sie mir, Artin Bey!«
Der Minister führte demütig die Hand an seine Brust, seine Lippen und seine Stirn.
»Vergeben Sie mir, Sire ... Möge Gott Ihnen ein langes Leben geben, möge Er sie beschirmen, und möge Er die Nation beschirmen.«
Dies geschah am zweiten Dezember 1848.
Acht Monate später sollte die Finsternis zum zweiten Male auf Ägypten herabfahren.

2. August 1849

»Khadija? Bist du es wirklich?« fragte Giovanna, die alte Frau genau betrachtend, die die Diener gerade in das Prinzgemach hineingeführt hatten.

»Ja, *sajjida**. Ich bin es wirklich.«

Wie um zu beweisen, daß sie nicht log, ließ sie den schwarzen Musselinschleier hinuntergleiten, der einen Teil ihrer Züge verbarg.

Sie konnte ihre Geste nicht zu Enden führen, Giovanna war auf sie zugestürzt und hatte sie bereits in die Arme genommen.

»Wie geht es dir? Du hast mir gefehlt.«

»Sie auch, *sajjida.*«

»Laß mich dich anschauen. Wie viele Jahre ist es her?«

»Dreizehn. Ein Leben.«

Während sie sprach, blickte die Frau sich flüchtig um, merklich vom Prunk beeindruckt.

Giovanna zog sie zu einem Diwan mit.

»Nun, erzähle, wie ist es dir ergangen? Wenn ich mich recht entsinne, hast du uns verlassen, um dich an der Seite deines Gatten in Beni Suef niederzulassen.«

»Ja. Das war nicht einfach gewesen, wissen Sie. Wie ich es Ihrer Mama gesagt habe, waren Sie für mich eine zweite Familie.«

Ein nostalgisches Lächeln beseelte ihre Lippen.

»Wenn ich bedenke, daß ich Sie als ganz kleines Kind gekannt habe … und heute …«

Sie deutete in den Raum.

»Maschallah … Welch ein Wohlstand!«

»Du weißt, was zählt, ist nicht der Ort, wo man lebt. Es sind jene, mit denen man ihn teilt. Wenn ich hier nicht glücklich wäre, hätte aller Überfluß der Welt daran nichts ändern können.«

»Und Sie sind glücklich?«

* Herrin. Kann jedoch auch »Sultanin« oder »Königin« bedeuten.

»Ja. Ich bin es. Ich habe zwei wunderbare Kinder. Ich liebe meinen Gemahl, und er liebt mich.«
»Zwei Kinder? Welch ein Glück. Knaben?«
»Fuad und Malika. Einen Jungen, ein Mädchen. Ideal.«
»Möge Gott sie beschirmen, und möge Er ihnen alles Wohlbefinden geben, das sie verdienen.«
»Reden wir nun von dir. Ich war sehr verwundert, als man mir deinen Besuch ankündigte. Als man deinen Namen ausgesprochen hat, war ich einen Augenblick im Zweifel. Ich war tausend Meilen davon entfernt, mir vorzustellen, daß es sich um dich handelte.«
Khadija schüttelte sacht den Kopf.
»Ich hoffe, Sie nehmen es mir nicht übel? Ich wagte nicht zu kommen, aber mein Ehemann hat so sehr gedrängt. Er hat so gesagt: ›Dame Mandrino ist wie deine eigene Tochter. Wenn man das Glück hat, eine Prinzessin als Tochter zu haben, dann ist es eine Pflicht, ihr einen Besuch abzustatten und sie zu beglückwünschen.‹«
»Er hat recht daran getan.«
»Ganz aufrichtig, ich weiß nicht.«
Mit einem Mal verlegen, runzelte sie die Stirn.
»Sprich, Khadija. Was möchtest du mir noch sagen?«
»Das ist nicht der einzige Grund für meinen Besuch.«
»Wie dem auch sei. Öffne dein Herz.«
Die Dienerin tat einen tiefen Atemzug.
»Meine Familie lebt in ernsten Schwierigkeiten, *sajjida*. Meine Kinder bebauen seit langen Jahren ein Feld Mais. Sie kennen die Lage der Fellachen in unserem Land so gut wie ich. Seit Seine Majestät – Allah beschütze ihn – über Ägypten herrscht, gehört uns das Land nicht mehr; wir sind bloß noch der Arm des Staates. Die Ernten fallen ihm von Rechts wegen zu. Gewiß, er entlohnt unser Tagwerk, aber …« Die Stimme senkend, sagte sie: »Was er uns zuteilt, ist so bescheiden …«

»Ich weiß das, Khadija. Ein Tag wird kommen, da die Dinge sich ändern werden. Man muß sich gedulden.«
»Oh, seien Sie unbesorgt. Die Geduld liegt uns in Fleisch und Blut.«
Ihre Züge fielen zusammen.
»Die Steuern, *sajjida*. Seit einiger Zeit sind sie lastender denn je geworden. Allein letzten Monat hat man uns mit vier Piastern belegt. Stellen Sie sich das vor! Vier Piaster für arme Leute wie uns! Und in diesem Monat hat uns der Mudir wissen lassen, diese Summe würde um fünfzehn Prozent erhöht. Niemals können wir das bezahlen. Mein Bruder hat sechs Kinder zu ernähren. Verstehen Sie. Als wir dann erfahren haben, daß Sie die Gemahlin von Said Pascha geworden sind, hat mein Mann also ...«
Giovanna antwortete auf der Stelle: »Mach dir keine Sorgen. Ich werde mich persönlich darum kümmern.«
Sie verließ den Diwan und wandte sich zu einem mit Elfenbein und Perlmutt eingelegten Schränkchen. Sie öffnete es und holte eine kleine Lederbörse heraus.
»Nimm. Das ist für dich. Ich weiß, du wirst klug damit umgehen. Und für deinen Bruder werde ich das Notwendige tun.«
In einer spontanen Regung ergriff die Dienerin Giovannas Hand und küßte sie.
»Möge der Barmherzige Sie segnen, *sajjida*. Möge Er es Ihnen hundertfach vergelten!«
»Na, komm, steh auf.«
Die alte Dienerin fuhr fort, sich in Dankesbezeigungen und Segenswünschen zu ergehen. Endlich hielt sie ein, um sich zu erkundigen: »Und Sett Scheherazade? Wie geht es ihr?«
»Gut.«
»Hat sie ihre Trauer überwunden? O Gott, welch ein Schmerz! Ich glaube, in meinem ganzen Dasein nie eine unglücklichere Frau gesehen zu haben. Mandrino Bey war alles für sie.«

»Das war er in der Tat.«
Die Augen der Dienerin verschleierten sich.
»Wenn ein Mensch dazu kommt, den Tod desjenigen zu wünschen, der leidet, dann muß dessen eigenes Leid noch weit größer sein.«
Giovanna blinzelte, ein wenig erstaunt.
»Weshalb sagst du das?«
»Weshalb, *sajjida*? Weil ich doch Zeugin ihrer Verzweiflung gewesen bin. Ich habe sie gehört, als sie mit Ihrem Bruder sprach. Ich erinnere mich, als wäre es gestern gewesen« – sie schloß die Lider, um sich besser zu konzentrieren – »sie sagte: ›Hat man das Recht, ein Geschöpf derart in den Tod gleiten zu lassen? Sag es mir, Joseph! Sag mir, daß ich irre bin!‹ Und er hat ihr geantwortet: ›Ich verstehe, was du empfindest, und ich will dich beruhigen, ich finde deine Haltung legitim.‹ Worauf sie erwidert hat: ›Ich habe daran gedacht, ihn zu töten! Hörst du mich? Als ich dieses Fläschchen ergriff, hatte ich den Eindruck, Ricardos Erlösung in Händen zu halten! Die Macht, seiner Demütigung ein Ende zu setzen!‹ Sehen Sie, wie zerrissen sie war?«
Giovanna nickte zum Zeichen der Zustimmung.
»Gut«, meinte die Dienerin, indem sie sich wieder aufrichtete. »Ich möchte Sie nicht länger aufhalten. Eine lange Reise erwartet mich bis Beni Suef.«
Sie nahm erneut Giovannas Hand und drückte sie herzlich.
»Auf Wiedersehen, *sajjida*. Danke nochmals für Ihre Güte.«
»Nichts zu danken. Ich war glücklich, dich wiederzusehen. Vor allem zögere nicht, mich wissen zu lassen, wenn du irgend etwas benötigst. Versprichst du mir das?«
»Ja. Allah behüte Sie.«
Sie wandten sich gemeinsam zur Tür. Als sie die Schwelle übertrat, ließ die Dienerin nachdenklich fallen: »In jedem Fall habe ich gut daran getan, das Fläschchen auszuschütten. Kann

man wissen, was Ihre Mama in dem Zustand, in dem sie sich befand, hätte tun können?«
Giovanna starrte sie an, mit verschlagenem Atem.
»Was sagst du?«
»Wie, *sajjida*?«
»Du hast von dem Fläschchen gesprochen.«
»Es handelte sich um dieses Fläschchen, das Dame Scheherazade bei Ihrem Bruder erwähnt hat.«
Mit trockenen Lippen versuchte Giovanna, wieder zu Sinnen zu gelangen.
»Warte. Willst du mir so klar wie möglich erklären, was du gemacht hast?«
Offensichtlich schien die Dienerin die Wichtigkeit dessen, was sie aufgeworfen hatte, nicht zu begreifen. Trotzdem fügte sie sich.
»Als ich diese Unterhaltung belauschte, habe ich sogleich gedacht, daß dieses Gebräu etwas Schlechtes darstellte, da es die Fähigkeit zu töten besaß. Also habe ich mir überlegt, daß es besser wäre, es sich vom Halse zu schaffen, bevor Ihre Mama, unglücklich, wie sie war, eine nicht wiedergutzumachende Tat begehen würde. Hatte sie denn nicht gesagt: ›Als ich dieses Fläschchen ergriff, hatte ich den Eindruck, Ricardos Erlösung in Händen zu halten‹?«
»Und anschließend?«
»Anschließend bin ich hinauf in Mandrino Beys Zimmer gegangen, habe den Wandschrank geöffnet, und dann habe ich das Fläschchen in das Waschbecken geleert. Wonach ich es wieder an seinen Platz zwischen die Wäsche gelegt habe.«
Mit einem Mal wurde sie von panischer Angst befallen.
»Habe ich unrecht gehandelt? Hätte ich das nicht tun sollen?«
Giovanna stammelte mit erstickter Stimme.
»Mein Gott … Mein Gott, vergebt mir …«

Von ihren beiden rotbraunen Pferden gezogen, brauste die Berline in voller Fahrt die Straße entlang, die nach Gizeh führte. Wie alle Jahre zur Zeit des Hochwassers stand die Gegend voller Morast, den einzig ein versierter Kutscher zu meiden wußte. Vom Lärm des Galopps aufgeschreckt, stieg ein Schwarm weißer Tauben vom Boden auf und verstreute sich im Azur. Giovanna klappte das Seitenfenster herunter und schrie: »Schneller, Rushid! Schneller!«

Der Kutscher ließ die Karbatsche um so heftiger knallen, und das Joch knarrte unter der erhöhten Anstrengung der Pferde.

Weniger als eine Stunde später war Sabah in Sicht.

Ohne abzubremsen, fuhr das Gespann in die Umfriedung. Die Dämmerung begann bereits, ihre dunklen Tupfen über die Landschaft auszubreiten. Allein das zweite Stockwerk war erhellt; man erahnte das Flimmern der Lampen hinter den *masrabiyaat*. Der Rest des Hauses war ins Dunkel getaucht.

Kaum hatte die Berline gehalten, stieg Giovanna aus und hastete zum Eingang.

Sie klopfte einmal, dann ein zweites Mal. Niemand schien sie zu hören, so daß sie schließlich mit den Fäusten gegen die Tür zu hämmern begann.

Endlich öffnete sich der Flügel, und Latifa erschien im Spalt.

»Was wünschen Sie?«

»Ist meine Mutter da?«

»Ihre Mutter?«

»Ich bin Giovanna.«

Ein wirrer Ausdruck befiel die Dienerin. Wenngleich Giovannas Existenz ihr nicht unbekannt war und sie etliche Male ihren Namen gehört hatte, mochte man meinen, sie entdeckte ein Gespenst.

»Ja ... Sett Mandrino ist da. Allerdings ...«

Giovanna schob die Frau sacht beiseite und trat ein.

»Warten Sie! Ich muß Ihnen etwas sagen ...«

»Was gibt es?«
»Sie … sie …«
»Was denn?«
»Ihre … Um Ihre Mama steht es sehr schlecht.«
Giovanna wartete das Ende des Satzes nicht ab. Sie stürmte in den Treppenflur, der zu Scheherazades Zimmer führte.

Joseph und Corinne saßen zu beiden Seiten des großen Bettes. Eine schwere Stille hüllte den Raum wie ein Leichentuch ein. Giovanna trat langsam näher, das Herz klopfte ihr bis zum Hals. Kaum daß Joseph und Corinne eine Reaktion der Überraschung bekundeten, als sie sie sahen. Keiner von ihnen sagte ein Wort.
Giovanna trat weiter, von Scheherazades ausgemergeltem Gesicht hypnotisiert. Die Lider waren geschlossen, die Lippen bläulich. Ihre Brust hob sich beinahe unmerklich.
Sie setzte sich behutsam auf den Bettrand, wie aus Angst, eine Bewegung, nur eine einzige, zerschnitte den unsichtbaren Faden zwischen dem Tag und der Nacht. Instinktiv glich sich ihre Atmung dem Hauch ihrer Mutter an.
Ihre Kindheit, ihre ersten Schritte, die ersten vernommenen Töne flammten in ihrer Erinnerung auf. Wiegenlieder, Gerüche von Haut, das salzige Wasser einer Träne, und dieses Wort: Mama, *Mama*. Eine Glocke schlug in einem Schulhof. Arme schlossen sich um sie, um Kummer zu besänftigen, der nicht zu verwinden erschienen war. Eine hochgezogene Decke, um eine des nachts entblößte Schulter zuzudecken.
»Mama …«
Sie hatte unwillkürlich gesprochen.
Wenn die Zeit doch nicht dieser fühllose Fluß wäre, der gegen alle flehentlichen Bitten derjenigen, die er hinwegreißt, seinen Lauf unerschütterlich fortsetzt! An diesem Tage haßte Giovanna den Nil.

»Meine Tochter ...«
Scheherazades Hand hatte die von Joseph verlassen und suchte nach der Giovannas. Ihre Finger verschlangen sich.
»Du bist zurück ... endlich.«
Schreien ... Ihr all die durch ihre Schuld versäumten Begegnungen gestehen ... Ihr sagen, daß sie nichts begriffen hatte ... Daß sie blind gelebt ... und irr ... vergib sagen ... verzeih ... bevor es zu spät wäre ...
»Vergib mir ... Mama ...«
»Wofür, meine Tochter?«
Der Atem beschleunigte sich etwas.
»Erinnerst du dich ... Ricardos Geburtstag ... Erinnerst du dich daran?«
Giovanna deutete das Wort »Ja« an, ohne es aussprechen zu können.
»Du erinnerst dich, was er dir gesagt hat?«
Die Kehle wie von einer Zwinge zugeschnürt, blieb Giovanna stumm, unfähig, irgend etwas herauszubringen.
»Meine Tochter ... meine Liebste ...«
Plötzlich bewegte sich die abgezehrte Hand tastend hinauf, unter das Kopfkissen.
»Was suchst du, Mama?« sorgte sich Joseph.
Sie antwortete nicht. Ihre Finger hatten sich um etwas geschlossen, das sie Giovanna hinhielt.
»Nimm ... Ich habe ihn aufbewahrt ... für dich.«
Es waren ihre letzten Worte.
In ihrer halbgeöffneten Hand ruhte ein Schlüssel. Er öffnete das Gittertor des Rosenhofes.
Beinahe im selben Augenblick stieg ein herzzerreißender Schrei vom Ras-el-Tin-Palast auf. Mohammed Ali hatte soeben seine Seele ausgehaucht. Er war aufgebrochen, sich zu seinen geliebten Kindern zu gesellen. Tussun, Ismail, Ibrahim. Und in den Straßen Alexandrias erhoben sich Stimmen, schmerzvoll,

klagend, unendlich widerhallend: »Die Seele Ägyptens hat ihren Leib verlassen.«
Der alte Löwe war zerbrochen, zermürbt entschlafen.

Zwei Tage später wurde sein Leichnam auf einem Dampfschiff über den Mahmudya-Kanal und den Nil von Alexandria nach Kairo überführt.
Sobald sich die Kunde seines Todes verbreitet hatte, setzte jedes Konsulat spontan und ohne irgendeine Absprache seine Flagge auf halbmast.
Bei der Ankunft des Sarges zu Füßen des Mokatam traten alle lebenden Mitglieder der Familie, mit Ausnahme von Abbas, ihm entgegen, und sie geleiteten ihn bis zum Grab, das sich der Monarch zur Ruhe seiner Seele in der inmitten der Zitadelle errichteten Moschee erwählt hatte.
Man vermerkte, daß der Konsul von England, Mister Murray, anderntags an Lord Palmerston schrieb: »Von seltener Befremdlichkeit wäre es für Euer Lordschaft, zu hören, wie aus allen Provinzen des Türkischen Reiches jene mit Tränen vermischten Worte aufsteigen: ›Wenn Allah es mir gewähren könnte, gäbe ich liebend gern zehn Jahre meines Lebens, um sie denen unseres alten Paschas hinzuzufügen.‹«

40. Kapitel

Palast Benha,
Februar 1854

Schlaff zwischen den Kissen, betrachtete Abbas, Ägyptens Vizekönig, mit geilem Blick den Tänzer, der sich wiegend vor ihm abmühte. Zugegebenermaßen besaß Hassan el-Belbessi mit seinem zu Zöpfen geflochtenen Haar, seinen mit Kajal geschwärzten Augenbrauen und mit seinem seitlich geschlitzten Gewand beinahe alles von einer Frau. Er schlängelte sich in der vollendeten Kunst der Weiblichkeit. Mit seinen schlanken Fingern brachte er die Rasseln zum Tönen und rhythmisierte so das Kreisen seines Unterleibs und die Verrenkungen seiner Lenden.

Er vollführte noch einige laszive Schritte um den Monarchen, bevor er sich in einem abschließenden Gruß verneigte.

Abbas klatschte zwei- oder dreimal in die Hände.

»Schön, Hassan. Mein Sekretär hatte mir deine Meriten gerühmt, doch seine Lobreden blieben hinter der Wirklichkeit zurück.«

Der Travestietänzer wand sich, von der Schmeichelei entzückt.

»Komm ein wenig näher. Ich möchte trotz allem nachprüfen, ob man mich nicht getäuscht hat.«

»Majestät!« gluckste el-Belbessi. »Wie können Sie das nur denken!«

Und obwohl er Miene machte, aufbegehren zu wollen, baute er sich so nah wie möglich vor dem Monarchen auf.

Abbas glitt mit der Hand unter den Rock, fuhr das Bein hinauf, hielt im Schritt inne und stieß ein leises, verschwörerisches Lachen aus.

»Allah ist groß, der die Männer so verführerisch macht wie die

Frauen! Er erspart uns damit die Last, jene faden Kreaturen zu ertragen.«

Er zog seine Hand zurück.

»Geh denn nun! Mein Sekretär hat ein Geschenk für dich.«

El-Belbessi erging sich in Dankesfloskeln und wich zurück, sich noch um so stärker windend.

Wieder allein, streckte Abbas sich auf dem Rücken aus und ließ seine Gedanken schweifen.

Er war nicht unzufrieden mit diesen fünf Jahren Herrschaft. Endlich hatte er all die Maßnahmen ins Werk setzen können, von denen er geträumt hatte. Zunächst hatte er seine Nächsten aus diesem widerlichen Palast Alexandrias in den von Benha umziehen lassen, in der für Meditationen günstigen Einsamkeit der Wüste. Anschließend hatte er sich den Großteil dieser Okzidentalen vom Halse geschafft, die so lange schon die Luft von Ägypten vergifteten; und insbesondere diese Franzosen; die Engländer hingegen waren doch weit zivilisierter. Er hatte das Dekret erlassen, das Frauen verbot, vor ihrer Heirat ihr Haus zu verlassen. Ein weiser Beschluß. Was verkörperten diese Kreaturen anderes als die Versuchung und die Sünde? Ihre Pflicht auf Erden war, zu dienen und zu gebären.

Sonst nichts.

Auch hatte er die Schließung des Kairoer Hospitals und aller angeschlossenen Einrichtungen angeordnet sowie die der medizinischen Hochschule, der Entbindungsheime, der Hebammenschule, der Dispensarien; ebenso viele Orte der Verderbtheit, gegründet von diesem Dr. Clot, diesem Handlanger des Teufels!

Mohammed Ali hatte leichtes Spiel gehabt, als Autokrat zu regieren; im Grunde war er dies lediglich für seine Familie und seine Untertanen gewesen. Europa gegenüber war er bloß weichlich gewesen. Was hatte er für Ägypten getan? Eine Nation, aus der die Türken verbannt worden waren; in der die

Christen herrschten; in der die Vertreter fremder Mächte die Handlungen der Regierungen lastend beeinflußten. Falls er, Abbas, von jemandem regiert werden müßte, dann würde er es vorziehen, daß der Herrscher der Hohen Pforte, das Oberhaupt aller Muslime, ihn regierte, und nicht diese Ungläubigen!
Ibrahims Tod war ein Segen gewesen; der des Paschas war zum rechten Zeitpunkt eingetreten. Einige Jahre mehr, und es wäre von der ägyptischen Identität nichts mehr geblieben.
Alles in allem war die einzig positive, von seinem Großvater getroffene Entscheidung gewesen, den Frauentanz zu verbieten. Die Schönheit eines männlichen Körpers war derart unvergleichlich. Und soviel sinnlicher!

Alexandria, März 1854,
Ras-el-Tin-Palast

Das Mahl ging seinem Ende zu. Weder Giovanna noch Said hatten an diesem Nachtessen Gefallen gefunden. Joseph und Corinne hatten kaum vom Salat gekostet. Was Linant anlangte, hatte er alle Speisen entschieden abgelehnt, die man ihm anbot. Giovanna schob ihren Teller mit deprimierter Geste zurück.
»Ich bin untröstlich, Linant, doch wir können nichts für dich tun.«
Sie nahm Said zum Zeugen.
»Du hast versucht, mit ihm zu reden, nicht wahr?«
»Selbstverständlich. Ich hätte ebensogut mit einem Esel disputieren können. Abbas ist vollkommen irre.«
Linant bemühte sich, einen leichten Ton anzuschlagen.
»Das ist nicht schlimm, Durchlaucht, ich tröste mich, indem ich mir sage, daß ich nicht der einzige Europäer bin, der wie ein *mamouchi** aus seinen Ämtern verjagt wurde. Dr. Clot, Cerisy,

* Französisiertes arabisches Wort in der Bedeutung »Taugenichts«. Es leitet sich von »ma menu chi« ab, einem Satz, der »ungültig« heißen soll. Im weiteren Sinne benannten die Europäer so die Beamten.

Oberst Sève, all meine Landsleute haben dasselbe Schicksal erlitten. Und wenn manche noch immer ihre Posten bekleiden, dann einzig und allein – wie ich vermute –, weil der Vizekönig einen endgültigen Bruch mit Frankreich hat vermeiden wollen.«
»Darin liegt«, sagte Joseph, »ein wohlbedachter Wille, unser Land in die Katastrophe zu führen. Fünf Jahre Herrschaft, fünf Jahre Verfall. Wenn ich bedenke, daß der erste Beschluß, den er gerade ein Jahr nach seiner Thronbesteigung gefällt hatte, dahin ging, einem Engländer den Bau der Eisenbahn zwischen Kairo und Suez zuzubilligen!«
»Und nicht irgendeinem Engländer«, überbot Linant. »Mister Robert Stephenson!«
»Ihm oder einem anderen ...«, sagte Said, »ich sehe nicht, weshalb dieser Sie in besonderem Maße erbost.«
»Weil dieses Individuum zu den Gründungsmitgliedern der von den Saint-Simonisten geschaffenen Studiengesellschaft für den Suezkanal gehört hat. In Begleitung von Herrn Negrelli, einem österreichischen Kollegen, hat er uns sogar auf Sabah besucht, um sich für den Durchstich des Isthmus einzusetzen.«
»Was heißen würde, daß dieser Gentleman die Sache seiner Freunde verraten hätte?«
»Leider sehe ich nicht, wie man sein Verhalten anders bezeichnen könnte.«
»Alles, was momentan geschieht, ist dermaßen zusammenhanglos«, seufzte Giovanna. »Abbas schreit auf allen Dächern heraus, daß er Ägypten vom fremden Einfluß befreien will, und dennoch vergeht kein Tag, ohne daß er England begünstigt, das, für seinen Teil, soviel nicht erträumt hätte.«
Joseph versetzte enttäuscht: »Meiner Meinung nach hoffen die Engländer wahrscheinlich, durch den Bau dieser Eisenbahnstrecke den Wasserweg ein für allemal überflüssig zu machen. Über all diese Jahre haben sie in der Furcht gelebt, der Suezka-

nal würde Wirklichkeit, und vor allem Frankreich und dessen Architekt. Sie haben gewonnen.«
Linant schüttelte den Kopf.
»Wenn ich an diesen armen Enfantin denke, der weiterhin gegen Winde und Gezeiten ankämpft und sowohl unseren neuen Kaiser Louis-Napoléon als auch Lord Palmerston von der Stichhaltigkeit seines Projekts zu überzeugen versucht!«
»Gleichwohl«, verwunderte sich Said, »haben Sie mir nicht gesagt, der Konsul von Frankreich habe bei Abbas erwirkt, daß er Sie mit neuen Nivellements in der Gegend von Suez beauftragt?«
»Das stimmt, Durchlaucht. Und Joseph und ich haben die Aufgabe erfüllt. Aber Sie können sich wohl denken, daß Ihr Neffe keineswegs die Absicht hat, die Konzession einer französischen Gesellschaft zuzugestehen, selbst wenn sie eine weltbewegende Idee vertritt.«
Said merkte mit verdrießlichem Tonfall an: »Allah sollte solcherlei Umtriebe nicht mehr länger erlauben. Es ist unmöglich, daß das gesamte Werk meines Vaters, alles, was er mit Geduld und Zähigkeit aufgebaut hat, mit Füßen getreten wird.«

Juni 1854, Besitzung
La Chênaie, Frankreich

Ferdinand de Lesseps stand in seinem Arbeitszimmer am Fenster, das auf das offene Land des Berry* hinausging, und betrachtete nachdenklich die hügelige Ebene. Durch das Spiel von Licht und Schatten warf ihm die Scheibe sein eigenes, vom Dunst des Frühmorgens leicht verschleiertes Bild zurück.
In wenigen Monaten würde er fünfundvierzig Jahre alt werden. Er hatte Jahre im diplomatischen Dienst zugebracht, alles der

* Historische Provinz in Mittelfrankreich, beinahe am Ende der Welt. *(Anm. d. Übers.)*

Verteidigung der Interessen Frankreichs geopfert, um sich nunmehr im Zustand der Ungnade und vor einer zertrümmerten Lebensbahn wiederzufinden.
Wie war es dazu gekommen?
1849 … Man zwingt ihn, seinen Posten des Botschafters in Madrid zugunsten des Vetters von Louis-Napoléon Bonaparte aufzugeben, welcher gerade zum Präsidenten der Republik gewählt worden ist.
Man beruft ihn nach Bern. Im Begriff, sich dorthin zu begeben, verbringt er einen kurzen Aufenthalt in Paris, wo die Konstituierende Versammlung darüber berät, wie die zu Jahresbeginn nach Rom entsandten französischen Truppen sich verhalten sollen – Rom, wo Papst Pius IX. auf Grund der Proklamation der Republik seiner weltlichen Macht entäußert worden ist.
General Oudinot, Befehlshaber des Expeditionskorps, der zu Unrecht überzeugt ist, das römische Volk sehne die Rückkehr des Papstes herbei, greift die Stadt am 29. April an. Die Offensive wendet sich zum Desaster. Die Demütigung ist vollkommen.
Und da, wider alle Erwartung, ist es Ferdinand, den man zum Unterhändler erkürt. Spontan willigt er ein. Wenn er doch nur die Zwiespältigkeit dieses Konflikts in ihrer Gänze hätte ermessen können, statt sich blindlings hineinzustürzen!
Die kommenden Wochen sollten dann, von einer wie der anderen Seite, zu einer Aufeinanderfolge von Winkelzügen, von Ablehnungen, denen Einwilligungen folgten, und von Verhandlungen werden, die in ein lakonisches Telegramm aus Paris münden sollten, das seiner Mission ein Ende setzt und ihm die Rückkehr in die Hauptstadt befiehlt.
Wieder zurück in Frankreich, wird er desavouiert, der Disziplinargerichtsbarkeit unterstellt, für das Scheitern der Unterhandlungen und die Konfrontation, die sich daraus ergeben hat, verantwortlich befunden und einstweilen vom Dienst suspendiert. Seine Karriere ist zerstört.

Von da an bleibt ihm nichts mehr außer dem Beistand seiner zärtlichen Gemahlin und seiner Familie. Gegen Ende des Jahres 1851 erbt seine Schwiegermutter, Madame Delamalle, große Besitzungen in Berry. Sie beauftragt Ferdinand, ihr ein Haus in der Nähe dieser Ländereien zu suchen, und vertraut ihm großzügig die Verwaltung an.
Er durchreist das Gebiet, erwirbt ein altes Jagdschlößchen, das Charles VII. gehört hatte, und widmet seine Zeit der Aufsicht der Wiederherstellung von La Chênaie.
In der friedlichen Stille dieses Anwesens erfährt Ferdinand am zweiten Dezember 1851 vom Staatsstreich des Prinzen Louis-Napoléon.
Zwei Jahre später bricht die unglaubliche Nachricht herein: Der neue Kaiser hat die Entscheidung getroffen, Eugénie Maria de Montijo de Guzman, Comtesse von Teba, eine junge Spanierin von sechsundzwanzig Jahren, zu ehelichen. Die Ankündigung vermag Ferdinand nur zu erfreuen, und aus gutem Grund: Eugénie ist keine andere als seine Base.
Leider jedoch, als ob das Unheil beschlossen hätte, ihn weiter unerbittlich zu verfolgen, kommt der Tod viermal über seine Familie. Ein erstes Mal – während er sich anschickt, sich zur kaiserlichen Hochzeit zu begeben – stirbt Catherine, seine Mutter, plötzlich und unerwartet. Einen Monat später folgt ihr die zarte Agathe, seine Gemahlin, ins Grab. Ferdinand hat sich von diesem zweifachen Leid noch nicht erholt, als ein drittes auf ihn herniedergeht: Charles, sein ältester Sohn, wird vom Scharlach dahingerafft. Zu Beginn des Septembers schließlich erreicht die Tragödie ihren Höhepunkt. Der Jüngste, Ferdinand, folgt seinem Bruder in den Tod.

Schändliches Verhängnis ...
Einsam und verlassen lebt er nun in diesem Anwesen La Chênaie. Mit Ausnahme des dezenten Kommens und Gehens der

Arbeiter, die die Wiederherstellung des Landsitzes ausführen, ist der Park verwaist.
Ferdinand kehrt zu seinem Schreibtisch zurück.
Einige verstreute Blätter liegen nahe den Porträts seiner Gattin und der beiden entschwundenen Kinder.
Ein Brief von Eugénie, vom 22. Juni 1853 datiert, wird von einem Sonnenstrahl beschienen.
Ferdinands Blick überfliegt unwillkürlich die letzten, in einer ätherischen und erlesenen Handschrift verfaßten Sätze:

... Ich danke Gott, mich für eine solch große Aufgabe erwählt zu haben, und ich gebe mich Ihnen anheim, um ihrer würdig zu sein. Ich bitte Sie, mir jedesmal, wenn Sie es für nötig befinden werden, Rat zu erteilen, nicht um meiner selbst willen, sondern um Frankreichs willen. Ich habe stets ein offenes Ohr für meine ergebenen Freunde. Ihre Base und Freundin. Eugénie.

Ein Blatt liegt halb über dem Brief. Ferdinand hat darauf einige hastige Worte hingeworfen.

Suez ... Suez ...

Ägypten, Palast Benha,
13. Juli 1854

Abbas rekelte sich träge auf seinem Bett. Er stieß einen Rülpser aus und dankte Gott sogleich für das Mahl, das ihm zu reichen man sich anschickte, und für den Liebhaber, der gerade sein Lager verlassen hatte.
Man klopfte an die Tür.
Drei Diener erschienen, die Arme mit Viktualien beladen. In ehrfürchtiger Stille reihten sie die Platten auf dem massiven Eichentisch auf. Nachdem sie sich versichert hatten, daß nichts fehlte, drehten sie sich jählings um, und einer von ihnen fragte:

»Hat Majestät noch Befehle zu erteilen?«
Abbas bekundete eine gelangweilte Geste.
»Tragt auf!«
Sonderbarerweise trat, statt zu gehorchen, der Diener einen Schritt vor.
»Was tust du?« wetterte Abbas.
Ein zweiter Diener hatte sich dem ersten genähert.
Doch es war der dritte, der seine Hand zuerst unter seinen Wams tauchte und den Dolch hervorzog.
Drei Klingen blitzen jäh im flackernden Licht der Lampen auf.
Als Abbas begriff, war es zu spät.
Der erste Dolch hatte ihm gerade die Kehle durchbohrt.
Der zweite grub sich in seine Brust.
Der dritte Diener hielt kurz inne, bevor er die Hoden des Monarchen packte.*

41. Kapitel

Ras-el-Tin-Palast,
30. November 1854

Zweihundertvierzig Pfund«, seufzte Said, indem er von der Waage stieg. »Nunmehr bin ich wahrlich der dickste Monarch, der je über Ägypten geherrscht hätte. Bleibt nur zu hoffen, daß dies nicht die einzige Erinnerung sein wird, die die Nachwelt von mir bewahren wird.«
Giovanna hob den Kopf ihrem Gemahl entgegen und betrachtete ihn mit einem Deut Melancholie.

* Es hat den Anschein, als hätte Nazla hanem, die älteste Tochter Mohammed Alis, die Ermordung ins Werk gesetzt.

»Mohammed Said, Vizekönig von Ägypten … Ich habe Mühe, es zu glauben.«
»Weshalb? Früher oder später wäre meine Zeit gekommen. Abbas hat den Zeitpunkt bloß hinausgezögert.«
»Nichtsdestotrotz fühle ich mich stolz und erschreckt zugleich. Die Aufgabe, die dich erwartet, ist ungeheuer, wozu noch diese fünf Jahre des Wirrwarrs hinzukommen.«
»Hab keine Furcht, Giovanna. Ich werde mich meines Vaters würdig zu erweisen wissen. Im übrigen bin ich nicht allein. Bist du nicht an meiner Seite?«
Sie stimmte ihm zu.
»Doch der Monarch bist du. Und du bist es, von dem das Volk Entscheidungen erwartet.«
Er ließ sich in einen Sessel sinken.
»Habe ich in den drei Monaten, seit ich an der Spitze des Landes stehe, nicht gut gehandelt?«
Er zählte an den Fingern auf: »Ich habe die Wiedereröffnung der Hospitäler, Dispensarien und aller Einrichtungen befohlen, die dieser erzdumme Esel verdammt hatte. Ich habe alle europäischen Beamten, insbesondere die Franzosen, in ihre Posten zurückberufen. Ich habe ihnen meinen Palast geöffnet …«
»Dabei fällt mir ein …«
Er kräuselte die Augenbrauen.
»Was?«
»Ich weiß, deine Haltung ist von guter Absicht beseelt, aber nimm dich in acht, Said. Deine Großmut ist grenzenlos. Seitdem du auf dem Thron sitzt, hat Ägypten einen nie gekannten Zudrang von Fremden erlebt. Kaum war Abbas' Tod bekannt, sind Intriganten, Abenteurer aus allen Ecken und Enden Europas herbeigeströmt. Die Aussicht, Stellungen zu besetzen und Geschäfte zu machen, hat eine unglaubliche Schar angezogen. Man fühlt sich an einen Bienenschwarm über einem Topf Honig erinnert. Man unterbreitet dir die aberwitzigsten Projekte, die

außergewöhnlichsten Pläne in der Hoffnung, dich zu verlocken. Es genügt, sich anzusehen, mit welcher Schnelligkeit dieser Mann, dessen Namen ich vergessen habe ...«
»Bravay.«
»Ganz richtig. Ich habe keine Ahnung, wie er es angestellt hat, aber ohne einen Heller vor drei Monaten angekommen, ist er heute mehrfacher Millionär und gibt in Alexandria den Ton an.«*
Said unterbrach sie jäh.
»Giovanna, ich bin nicht blind. Ich sehe sehr wohl, was geschieht. Es kann gar nicht die Rede davon sein, daß ich mich von Parasiten überrumpeln lasse. Ich besitze genügend Menschenverstand, um diese Sorte Individuen zu erkennen. In jedem Falle ist dies alles bloß ein Reiskorn angesichts der Maßnahmen, die ich derzeit in Angriff nehme. Und wie du es eben zu bedenken gabst, ist die Aufgabe gewaltig: Wiederaufbau der Zentralregierung, die unter Abbas aufgelöst worden ist. Neubildung des Staatsrates. Wiederherstellung der Sicherheit in den Städten und auf dem Lande. Desgleichen muß ich diesem Hang zum Fanatismus und zur Intoleranz den Garaus machen, der, von meinem Vorgänger ermutigt, zu schwelen begonnen hat. Dies ist übrigens einer der Gründe, weshalb ich einen Christen zum Generalgouverneur des Sudans erwählt habe.«
»Du darfst es mir nicht übelnehmen. Wenn ich so mit dir sprach wie eben, dann wollte ich dich einzig und allein vor dir selbst warnen. Du bist so gut, Said. Du hast ein so großes Herz ...«
»Nur ich allein?«
Er lachte schallend auf, wobei er sich in seinen Sessel zurücklehnte, der gefährlich schwankte. Schlagartig wieder ernst werdend, fügte er, nicht ohne eine gewisse Feierlichkeit, hinzu:

* Es war jene schillernde Persönlichkeit, die als Vorlage für den Helden des Romans *Le Nabab [Der Nabob]* von Alphonse Daudet gedient hat.

»Da sind zwei Dinge, die mir am Herzen liegen. Und ich gestehe ein, daß du ein wenig die Ursache davon bist. Ich möchte das unmenschliche Fronwesen dergestalt reglementieren, daß es den Dorfoberhäuptern nicht weiter erlaubt sei, vorgeblich im Dienste der Regierung über unglückliche Fellachen zu verfügen, wie man über Zugtiere verfügt. Mein zweites Ziel ist es, dem Monopol an Eigentum ein Ende zu machen. Wie du es mir nahegelegt hast, werde ich eine Übergangsregelung einrichten, die nach und nach zur Bildung von Privatbesitzungen führen wird. Die Böden werden an diejenigen aufgeteilt, die sie bebauen. Bis zu dem Tag, an dem es in Ägypten ebenso viele Eigentümer wie Fellachen geben wird.«
Er machte eine Pause.
»Ebenso werde ich für die Abschaffung der Kapitulationen kämpfen. Allzu lange schon schaffen sie nur Mißstände, allzu lange verleihen sie den an Amtsvergehen oder Verbrechen schuldigen Europäern eine Immunität, die sie vor jeglicher Verurteilung beschirmt. Noch weiß ich nicht, ob es mir gelingen wird, aber ich werde alles tun, was in meiner Macht steht, damit die in unserem Land anwesenden Ausländer gegebenenfalls von inländischen Gerichten abgeurteilt werden.«
Er erforschte Giovanna, als wollte er die durch seine Worte erzielte Wirkung einschätzen. Sie zeigte ein strahlendes Lächeln.
Erleichtert atmete er auf und verkündete: »Nun muß ich dich verlassen. Ferdinand dürfte bereits ungeduldig werden.«
Giovanna stand ihrerseits auf.
»Hast du es reiflich überlegt?«
»Ja.«
»Hast du alle Konsequenzen bedacht, die sich aus deiner Entscheidung ergeben werden?«
»Ja, Giovanna. Ich bin überzeugt, daß es eine Wohltat für Ägypten sein wird.«

Indem er bereits im Begriff war, den Gesellschaftsraum zu verlassen, berührte sie sacht seinen Arm.
»Said ...«
Er drehte sich mit gewisser Unleidlichkeit um.
»Du hast die Mahnung deines Vaters nicht vergessen?«
»Nein!«
Und er verschwand.

Ferdinand de Lesseps ging unruhig im Vorzimmer des Kabinetts auf und ab und versuchte, seine Erregung zu bezähmen. Niemals hatte er sich seinem Ziel so nahe gefühlt. Niemals hatte die Vorsehung derart zu seinen Gunsten eingewirkt.
Einige Monate zuvor – er befand sich damals auf La Chênaie unter einem graueren Himmel denn je – hatte er von Saids Thronbesteigung erfahren. Eilends hatte er dem neuen Vizekönig geschrieben, um ihn zu beglückwünschen, und dabei seinem Wunsch Ausdruck verliehen, sich nach Ägypten zu begeben und ihm die Ehre zu erweisen. Und der treue Said hatte augenblicklich geantwortet und ihr Wiedersehen für die erste Novemberwoche vereinbart.
Als er sich darauf in die Reisevorbereitungen stürzte, erreichte ihn ein Brief von Enfantin, der Kenntnis von der Einladung des ägyptischen Monarchen erhalten hatte und Ferdinand vorschlug, ihm das dicke, die gesamten Studien bezüglich des Durchstichs am Isthmus enthaltende Dossier anzuvertrauen. Alles war vorhanden: Linant de Bellefonds' Arbeiten, die von dem Österreicher Negrelli durchgeführten Erhebungen, die Denkschrift Talabots, die von Stephenson erstellten Sondierungskarten des Roten Meers, die Pläne, die Trassenvorschläge. Mehr als fünfzehn Jahre verbissener Anstrengungen, die leider nie von Erfolg gekrönt gewesen waren. Und ebendieses Dossier hatte Ferdinand zwei Wochen zuvor bei Said verteidigt und seine eigene Anschauung des Projekts vermittelt. Am Vor-

abend nun hatte dieser ihm eine Rohfassung des Fermans unterbreite, das ihm die so lange erhoffte Konzession bewilligte. Der Vizekönig hatte einige unerhebliche Änderungen beigetragen. Es fehlte lediglich noch seine Unterschrift.
»Monsieur de Lesseps! Seine Majestät erwartet Sie!«
Mit pochendem Herzen folgte er dem Majordomus bis ins Kabinett des Monarchen.

»Ferdinand, mein Freund! Möge der Friede über dir sein!«
»Meine Verehrung, Sire.«
Der Vizekönig wies auf den Sessel ihm gegenüber.
»Bist du wohlauf, Ferdinand?«
Es lag ein eigenartiger Ton in der Stimme des Monarchen.
»Ja, Majestät, vielen Dank.«
»Ich stelle fest, daß du, von dieser mit Akten vollgepackten Mappe abgesehen, nichts mitgebracht hast. Bist du sicher, nichts vergessen zu haben?«
»Was sollte ich vergessen haben, Sire?«
Said verschränkte die Arme und zog ein verdrossenes Gesicht.
»Auf diese Art stattest du mir einen Besuch ab? Mit leeren Händen?«
Lesseps setzte eine verwirrte Miene auf.
»Ich ... Verzeihen Sie mir, Majestät. Ich wußte nicht ...«
»Mein Herz ist enttäuscht. Du erhoffst dir indes Großes von dieser Audienz. Ein Schriftstück von unschätzbarem Wert.«
Ferdinand artikulierte mit zögerlicher Stimme: »Ich ... Ja, Hoheit. Nun ja ... sofern dies noch immer Ihr Wille ist.«
»Und du möchtest tatsächlich, daß ich dir dieses Schriftstück aushändige, ohne mir irgend etwas als Gegenleistung schenken zu lassen?«
»Als Gegenleistung ...?«
Das Ende seines Satzes ging in dröhnendem Gelächter unter.

»Na, na, Ferdinand Effendi! Komm auf die Erde zurück! Dein Kanal nimmt allzu viel Raum in deinem Gedächtnis ein!«
Er beugte sich nach vorne und skandierte: »Mak-ka-ron-ni! Gestehe ein, dies wäre wahrlich recht wenig als Gegenleistung für ein Projekt, das dich unsterblich machen wird!«
Mit einem Mal wurde sein Blick nostalgisch.
»Ich habe es nie vergessen, weißt du. Bis zu meinem letzten Tag werde ich dieses Bild in mir bewahren, wie du, zu Füßen des Diwans kniend, auf dem ich eingeschlummert war, mir diese dampfende Schüssel vorhieltest, deren Duft mir wollüstig in der Nase kitzelte.«
Wie durch Zauberei entspannten sich Ferdinands Züge.
»Sie haben mir angst gemacht, Sire.«
»Aber nein, mein Freund. Ich hatte einfach Lust, die Vergangenheit heraufzubeschwören ...«
Ohne Überleitung ergriff er ein Pergament und reichte es Lesseps.
»Nimm ... Es ist die Abschrift meiner Botschaft an den Sultan.«
Die Augen vor Gemütsbewegung verschleiert, überflog Ferdinand nur den Schluß des Textes:

Um meines treu ergebenen Freundes von edler Geburt und hohem Rang, Monsieur Ferdinand de Lesseps', willen heischt die der Kompanie zugestandene Konzession die Ratifikation durch Seine Erhabenste Majestät den Sultan. Was den Bau des Suezkanals anbelangt, wird dieser erst ins Werk gesetzt werden können nach Erhalt der Bewilligung der Hohen Pforte.

Verfaßt am dritten Tag des Ramadan, 1271.

Der Vizekönig hielt es für gut hervorzuheben: »Du weißt wohl, daß die Billigung des Sultans eine schlichte Formsache ist. Wenn ich sie erbitte, dann möchte ich damit einzig und allein

meine Achtung kundtun. Nichtsdestotrotz wirst du dich nach Istanbul begeben müssen, um dein Projekt darzulegen.«
Noch völlig überwältigt, stimmte Ferdinand schweigend zu.
»Was die leitenden Ingenieure betrifft ... hast du da bereits eine Entscheidung getroffen?«
»Ja. Ich werde Linant de Bellefonds und seine rechte Hand, Joseph Mandrino, benennen. Zur Sicherheit werde ich ihnen Mougel zur Seite stellen. Sie werden alle Erforschungen von Grund auf wiederaufnehmen, und ihr Bericht wird einer Kommission unterbreitet, der Sie, Sire, vorstehen.«
»Hüte dich. Seit dieser Stauanlagenaffäre stehen Linant und Mougel nicht im besten Verhältnis. Ich fürchte sehr, sie könnten nicht miteinander harmonieren. Weshalb sich nicht auf Linant beschränken? Er kennt die Geographie des Landstrichs besser als jeder andere. Er hat dessen Karte erstellt und ebenso die Geologie des Isthmus bis in ihre kleinsten Einzelheiten studiert.«
»Das ist wahr. Wenn Linant indes nicht seinesgleichen bei Aushubarbeiten hat, bleibt Mougel, meiner Meinung nach, ein großer Fachmann für hydrologische Probleme.«
Said zuckte die Schultern.
»Deine Entscheidung wird die meine sein.«
Er schwieg eine Weile.
»Hast du die Berichtigungen des Memorandums bezüglich der Gründung der Kompanie vorgenommen?«
»Ja, Sire.«
Ferdinand zitierte die wesentlichen Punkte aus dem Gedächtnis:

»1. Die Konzession sowie alle der Kompanie zugestandenen Rechte gelten für eine Dauer von neunundneunzig Jahren vom Zeitpunkt der Eröffnung des Kanals an.
2. Die Konzession wird in Abständen von neunundneunzig Jahren erneuert werden müssen. Die ägyptische Regierung wird im

ersten Zeitabschnitt zwanzig Prozent des jährlichen Nettogewinns der Kompanie erhalten und fünfundzwanzig im zweiten.
3. Grund und Boden sowie die Materialien werden kostenlos von der ägyptischen Regierung gestellt. Die Arbeitskräfte werden durch Frondienst gestellt.
4. Der Kanal wird immerwährend allen Handelsschiffen, ohne Unterschied, gegen Zahlung von Gebühren zur Durchfahrt offenstehen, die zehn Francs je Registertonne und zehn Francs je Passagier nicht überschreiten dürfen.
5. In den zehn ersten Jahren, die auf die Kanalöffnung folgen, werde ich den Vorsitz der Kompanie innehaben.
6. Das Kapital der Kompanie wird auf 200 Millionen Francs, in 400 000 Aktien zu je 500 Francs aufgeteilt, festgesetzt.
7. Die Kompanie wird von einem Verwaltungsrat aus 32 Mitgliedern verwest, die die wichtigsten an dem Unternehmen interessierten Nationen vertreten. Jedes Mitglied wird mindestens einhundert Aktien besitzen müssen, die gleichzeitig mit den Statuten niedergelegt werden müssen.
8. Sofern sich aus der Anlage des Süßwasserkanals* ergeben sollte, daß die derzeit öden Wüstenböden fruchtbar würden, wird die Kompanie für die Dauer der ersten zehn Jahre der Konzession kostenlos deren Nießbrauch erhalten. Danach wird sie eine Pacht entrichten müssen, deren Höhe den auf Böden im gleichen Anbauzustand erhobenen Pachtzinsen entspricht.«
»Hast du veranschlagt, wie viele Jahre bis zur Vollendung des Kanals nötig sein werden?«
»Fünf bis sechs, Majestät.«
»Möge der Barmherzige uns bis dahin Leben gewähren!«
Sein Blick schien einen Augenblick ins Leere zu schweifen.
»Ich ahne, daß wir einen fürchterlichen Kampf werden austra-

* Zur Trinkwasserversorgung der Arbeiter. *(Anm. d. Übers.)*

gen müssen, mein Freund. Und nicht allein gegen die Elemente.«
»Sie sprechen von ...«
»Von England, Ferdinand. England ... Sie werden außer Rand und Band geraten. Toben. Sie werden alles unternehmen, damit dieser Kanal niemals durch die Sande sprudele.«
»Ich weiß, Sire. Aber haben Sie keine Furcht, ich werde mich bemühen, die Regierung von Frankreich zu überzeugen, fest an unserer Seite zu stehen.«
Said deutete ein Lächeln an.
»Dank deiner Base, der Kaiserin Eugénie?«
»Ich weiß noch nicht, wie weit sie mich unterstützen wird. Doch ich erkühne mich zu glauben, daß sie mir die Hand reichen wird.«
Der Monarch breitete die Arme aus.
»Die Würfel sind gefallen ... Möge der Barmherzige uns beschirmen. Möge Er Ägypten beschirmen.«
Mit fast unhörbarer Stimme fügte er noch hinzu: »Gebe Gott, daß ich diesen Tag des 30. November 1854 nie werde bereuen müssen.«
Seine Hand schloß sich um den auf seinem Schreibtisch abgelegten Ferman.

Rosenhof,
Juli 1856

Giovanna schritt zwischen Corinne und Joseph die von Rosenlorbeer und Jasmin gesäumten Alleen entlang. Um sie herum warfen Zitronen- und Orangenhaine ihre lauen Schatten auf das Wasser der Brunnen.
Unweit erscholl das kristallene Lachen der Kinder. Samir und Mona, Fuad und Malika. Zum einen Josephs Nachkommenschaft, zum anderen die von Giovanna.
Joseph pflückte eine vor Sonne strotzende Orange.

»Sie ist schön«, würdigte er die Frucht und ließ sie in seiner Handfläche rollen.
Er drehte sich zu Giovanna.
»Was du aus diesem Land gemacht hast, ist bewundernswert. Mama wäre stolz auf dich.«
»Glaubst du? Jeden Tag sage ich mir, ich hätte es noch besser machen können.«
»Besser?« wunderte sich Corinne. »Bist du dir all dessen bewußt, was du im Laufe dieser letzten Jahre unternommen hast? Sieh dich nur um. Du hast den Rosenhof in einen Winkel Edens verwandelt.«
»Vielleicht. Nur hätte ich ganz Ägypten gerne so gesehen.«
Joseph gab zu bedenken: »Du bist auf dem Weg dazu. Mir ist fremd, in welchem Maße du Said hast beeinflussen können, aber es haben sich so viele Dinge geändert! Die Abschaffung der Sklaverei. Das Ende des Staatsmonopols auf landwirtschaftliche Böden. Das den Bauern zugestandene Recht, ungehindert anbauen und verkaufen zu können, was ihnen beliebt. Der Gymnasialunterricht ist weiter verbreitet als zu Mohammed Alis Zeiten. Die inländischen und die Stadtzölle sind aufgehoben worden. Den in Schwierigkeiten befindlichen Fellachen wurde erlaubt, die Zahlung ihrer Steuern vom einen auf das andere Jahr aufzuschieben. Ist dies alles nicht ein ungeheurer sozialer Fortschritt?«
»Ohne Zweifel«, erkannte Giovanna an. »Doch neben diesen Erfolgen bestehen weiterhin große Ungleichheiten fort. Und obendrein ist da noch der Kanal ... Als Said mir die Bedingungen mitgeteilt hat, unter denen er Lesseps die Konzession bewilligt hat, lief es mir, muß ich gestehen, kalt den Rücken hinunter. Fünfundzwanzigtausend dem Frondienst unterworfene Fellachen!«
»Said hatte vielleicht keine Wahl?« wagte Corinne sich vor.
Sie schien sie nicht zu hören.

»Fünfundzwanzigtausend Männer, die für einen Lohn von drei Piaster 162 Kilometer mitten durch die Wüste ausheben und Millionen Kubikmeter Erde unter einer bleiernen Sonne fortschaffen müssen!«

»Sie werden ernährt, untergebracht und versorgt. Wie dem auch sei, Said hat dir versprochen, daß der Tag kommen wird, an dem er die Fron abschafft. Man muß ihm vertrauen.«

»In jedem Fall ist da nicht allein das menschliche Problem, das mich plagt. Ich spüre, Said ist zu schnell vorgegangen, zu weit auch. Er hätte sich der Äußerungen seines Vaters entsinnen sollen. Du, Joseph, du hast sie nicht vergessen.«

Joseph bestätigte es.

Im Bruchteil einer Sekunde eilt sein Geist in der Zeit zurück. Erneut sah er sich, von Fournel, Linant und Lesseps umringt, in Mohammed Alis Kabinett.

Sprechen wir also über diesen Kanal. Ich weiß, daß Österreich und Frankreich ihn wünschen. Aber England? Wenn etliche Nationen insgeheim danach trachten, Ägypten zu verschlingen, ist England bei weitem die gefräßigste von allen. Der Kanal von Suez würde diese Gefräßigkeit noch steigern. Die vorhandenen Interessen werden zu gigantisch, die Engländer werden ihnen auch nicht widerstehen. Schlimmstenfalls werden sie meine Erde zu einem waffenstarrenden Heerlager machen, mit der Bestimmung, ihr Empire zu verteidigen. Bestenfalls werden sie ihr Veto einlegen und sich dem Projekt mit dem allergrößten Ingrimm widersetzen.

Und was geschah derzeit?

Kaum über die Gründung der weltumspannenden Suezkanal-Gesellschaft in Kenntnis gesetzt, hatte England sich einmütig erhoben. Man schalt und tadelte. Man überbot sich in Schmähungen und düsteren Prophezeiungen. Und der unbeugsame Lord Palmerston hatte sich augenblicklich mit jener Gehässigkeit und jenem Zynismus, die nur ihm eigen waren, an das *House of Commons* gewandt.

Es kommt überhaupt nicht in Betracht, daß die Regierung Ihrer Majestät seitens des Sultans interveniert und ihn zu bewegen sucht, die Bewilligung zum Bau dieses Suezkanals zu erteilen, und zwar aus einem ganz einfachen Grund: Seit über fünfzehn Jahren setzt die Regierung Ihrer Majestät nun bereits ihren gesamten Einfluß in Istanbul wie auch in Ägypten ein, um die Ausführung dieses abgeschmackten Projekts zu verhindern!
Dies ist ein Unternehmen, das, was den kommerziellen Gehalt angeht, es verdient, unter die »Bauernfängereien für gimpelhaft leichtgläubige Kapitalisten« eingeordnet zu werden. Dieses Projekt ist unvorstellbar, außer um den Preis dermaßen extravaganter Ausgaben, daß diese auf ewig jegliche Aussicht auf Gewinn zunichte machen werden. Indes, dies sind nicht die einzigen Gründe, weswegen sich die Regierung dem Projekt widersetzt hat. Den Individuen steht es frei, so, wie sie sich darauf verstehen, über ihre Interessen zu wachen; falls sie sich in ein unausführbares Unternehmen stürzen, ist es an ihnen, den Preis dafür zu bezahlen.
Die Wahrheit ist: Dieser Kanal ist den Interessen Englands definitiv abträglich. Er fußt desgleichen auf obskuren Spekulationen bezüglich eines eventuell leichteren Zugangs zu unseren indischen Besitzungen, ein Gesichtspunkt, über den ich mich nicht weiter verbreiten werde, da er für jeden offenkundig ist, der dieser Angelegenheit auch nur die mindeste Aufmerksamkeit schenken möchte.
Im übrigen soll er mit der bereits bestehenden Eisenbahnstrecke von Alexandria nach Suez, via Kairo, konkurrieren; einem unendlich praktischeren Verkehrsmittel.
Das Projekt von Herrn Ferdinand de Lesseps ist nicht allein absurd, da unnötig, sondern es ist sicherlich das größte Gaunerstück der Neuzeit!

Die Kinder waren soeben an der Biegung eines Hains aufgetaucht und liefen ihnen entgegen.
»Unsere Zukunft …«, murmelte Giovanna.
Und sie streckte ihnen die Arme entgegen.

Epilog

Suez, 17. November 1869

Der Himmel flammte über der blauen Furche, die den Isthmus von Suez auf seiner gesamten Länge zerteilte.

Tausende von Zelten steckten die Böschungen des Kanals ab. Die meisten von ihnen gehörten Beduinenstämmen, die eigens aus der Wüste gekommen waren, um ein Schauspiel zu bewundern, von dem man ihnen gesagt hatte, Allah selbst sei dessen Stifter; die anderen Feldlager dienten zur Beherbergung der aus allen Enden der Welt herbeigeströmten Gäste. Fünftausend? Sechstausend? Welches auch immer ihre Zahl war, sie waren alle persönlich von Ismail Pascha geladen worden, dem Mann, der sechs Jahre zuvor Said auf dem Thron von Ägypten abgelöst hatte.

Am Vorabend dieses Tages, im Verlauf eines einzigartigen Banketts in der Geschichte des Orients, hatten fünfhundert Köche und Legionen von Dienern den Gästen ein *Tausendundeine Nacht* würdiges Mahl gereicht: *Poisson à la Réunion des Deux Mers, Galantine de Périgueux sur socle, Galantine de Faisan à la volière**, Wildpastete *à la Dorsay, Filets à l'impériale*, Suez-Krevetten mit Kresse, Trüffel in Champagnerwein, Russischer Salat, italienischen Spargel auf kaltgepreßtem Öl, Rehkeule *à la Saint-Hubert*, getrüffelten jungen Puter, Kapaun mit Wachteln garniert, Nérac-Aspik. Man würde gewiß noch viele andere Gerichte anführen können, doch wer (mit Ausnahme einiger

* Etwa: Fisch à la Vereinigung der beiden Meere, Gänseleberpastete auf Gelee nach Périgueuser Art, Zuchtfasan in Gelee. *(Anm. d. Übers.)*

Geladenen, die Sorge getragen hatten, die Menükarten zu verwahren) hätte die Obstsalate mit Kirschwasser, die dekorierten Savoyer Biskuits oder gar die verzierte Neapolitanerschnitte in Erinnerung behalten?
Und in dieser gewaltigen Menge, in der breitkrempige Panamahüte mit Turbanen verkehrten, herrschte äußerste Spannung. In weniger als einer halben Stunde sollte das erste Schiff, vom Mittelmeer kommend, am Horizont auftauchen. Dies würde die *Aigle* sein, das kaiserliche Schiff unter französischer Flagge. An Bord befänden sich die Kaiserin Eugénie höchstselbst und der Held dieses triumphalen Tages: Ferdinand de Lesseps. Im Kielwasser der *Aigle* würde ihr ein Verband von sechzig Schiffen in den Kanal folgen, um ihn vom einen zum anderen Ende bis zu den Gestaden des Roten Meeres hinabzufahren.
Araber, Pilger, Leute aus Buchara, Österreicher, Engländer, Türken, Italiener, Adelige und Gemeine. Alles, was der Planet an Rassen, an Leuten aller Art zählte, war an jenem Tag dort versammelt, und ihre Herzen schlugen im gleichen Rhythmus wie die von Schiffen noch unberührten Fluten.
Ob sie nun Kaiser von Österreich oder Prinz von Holland, Marquis von Montmort oder Graf von Malézieuz, Journalisten wie Théophile Gautier oder Maler wie Eugène Fromentin waren, die geteilte Gemütsbewegung war dieselbe.
Zum ersten Mal ließ sich Stille nieder, als der Großulema von Ägypten mit lauter Stimme die Verse des Korans zu rezitieren begann. Auf ihn folgte der Erzbischof von Jerusalem. Monsignore Bauer, dem apostolischen Nuntius und Beichtvater der Kaiserin, fiel dann die Ehre zu, die feierliche Predigt zu halten.
Als er geendet hatte, scholl das *Te Deum* zum Azur hinauf.

Giovanna nahm unwillkürlich Fuad und Malika bei den Händen und zog sie sanft an sich. Sie hatte diese Geste so spontan ausgeführt, als wären es Kinder gewesen. Indes, Fuad stand

kurz vor seinem siebenundzwanzigsten Jahr. Malika zählte deren zwei weniger. Doch sieht eine Mutter ihre Kinder erwachsen werden …
Joseph strich sich über die faltige und gegerbte Haut. Unter dem Glast der Sonne, mit seinem gelichteten und schneeweißen Haar, gemahnte er an einen erschöpften Goldsucher, aber sein Blick war noch immer gleichermaßen feurig.
Corinne war Samiras lebendes Ebenbild geworden.
Ihre Tochter Mona, die neben ihr stand, schien von diesem Schauspiel am wenigsten eingenommen. Zweifelsohne hatte sie die Frivolität von Corinnes Mutter geerbt, denn statt sich für die Ereignisse zu interessieren, die sich auf dem Kanal zutrugen, war ihre gesamte Aufmerksamkeit auf einen jungen Blonden mit nordischer Gesichtshaut konzentriert.
Samir hatte, für seinen Teil, die Zeit in eigenartiger Weise durchwandert. Er war soeben dreißig Jahre alt geworden, schien jedoch weit jünger. Er strahlte eine hartnäckige Jugendlichkeit aus, die zu glauben gestattete, daß er in zehn oder fünfzehn Jahren noch immer derselbe sein würde.
Plötzlich erhob sich um sie ein dumpfes, gewaltiges, anhaltendes Geraune, einem Herzschlag gleich. Man hätte meinen können, diese Tausende versammelter Personen hätten jäh begonnen, wie ein einziges Wesen, eine kolossale Einheit zu atmen.
Die *Aigle*, das kaiserliche Schiff, war gerade aufgetaucht. Mit seinen neunundneunzig Metern Länge und seinen achtzehn Metern Breite, seinen gigantischen Schaufelrädern besaß es etwas von einem Leviathan. Ihm hinterdrein wirkte die *Mahrussa*, die Jacht der königlichen Familie Ägyptens, wie eine große Schaluppe.
Fast zugleich ertönten die Trompeten, mit dem Donnern der Kanonen verquickt, und der unbändige Jubel der Menge im Freudentaumel erhob sich über den Hafen.
An Bord der *Aigle*, auf dem Oberdeck, hob sich die grazile

Silhouette der Kaiserin Eugénie im Gegenlicht ab. An ihrer Seite gewahrte man, strahlend, Ferdinand de Lesseps, der an seinem Arm eine junge Frau von ungefähr zwanzig Jahren hielt. Die Vertrauten erkannten in ihr seine Verlobte, Louise-Hélène Autard de Bragard. Etwas abseits fixierte Linant de Bellefonds die blauen Fluten, die sich fügsam gegen den Rumpf wälzten. Woran dachte er genau in diesem Moment? Ohne Zweifel an jenen Satz von Enfantin: *Zwischen dem Mittel- und dem Roten Meer besteht keinerlei Höhenunterschied. Sie haben richtig gelesen: keinerlei Höhenunterschied.*

Letzten Endes hatten Enfantin und seine Ingenieure recht behalten. Die beiden Meere standen tatsächlich gleich hoch. Und wenn sich, je nach Gezeiten, ein Höhenunterschied ergab, so war dieser lächerlich gering: 0,80 m.

Linant tröstete sich über seinen Irrtum hinweg, indem er sich sagte, daß die Trasse, die sie nunmehr befuhren, trotz alledem die seine war, jene nämlich, die er jahrelang so glühend verteidigt hatte.

Doch wo waren die Saint-Simonisten zu dieser Stunde? Nicht einer von ihnen war an den Ufern des Kanals zugegen, den sie so sehr erträumt hatten. Einige Wochen nachdem Lesseps die Konzession aus Saids Händen erhalten hatte, war der heftige endgültige Bruch erfolgt.

Was Enfantin anging, sollte er niemals gesehen haben, daß seine Vision Gestalt angenommen hatte: Er war fünf Jahre zuvor gestorben.

An Bord der folgenden Schiffe fanden sich so diverse Persönlichkeiten wie der Kaiser und der Erzherzog von Österreich, der Prinz von Hannover, Sir Henry Elliot, Englands Botschafter in Istanbul, General Ignatieff, Botschafter von Rußland, Monsieur Garnier, Architekt der *Grand Opéra*, der Komponist Charles Gounod, Monsieur Emile Augier, der Dramatiker, oder auch der

Emir Abd el-Kader, ehemaliger Gegner der Franzosen in Algerien und eigens aus Damaskus angereist, wo er, seit Napoleon III. ihm die Freiheit zurückgegeben hatte, residierte.
Ihr Band aus Tuch und Holz entrollend, bewegten sich die Schiffe den neuen Wasserweg entlang. Träge, unerschütterlich. Fünftausend Jahre nach den Pharaonen und den zerplatzten Träumen von Darius war der Kanal von Suez aus den Sanden erstanden.
Giovanna sagte mit zitternder Stimme: »Der Tod ist grausam, der Männer von vierzig Jahren dahinrafft ... Said hätte diesem Tag so gerne beigewohnt.«
»Was glaubst du?« erwiderte Joseph. »Said beobachtet uns von dort droben. Er läßt sich von seinem Lebenswerk nichts entgehen. Außerdem bin ich davon überzeugt, daß er sich dieses Schauspiel nicht alleine betrachtet. Der alte Pascha ... Mama ... Ricardo ...«
Er runzelte seine von Falten zerfurchte Stirn, und die Hand zum Schirm über die Augen haltend, als versuchte er, den ockerfarbenen und blauen Horizont zu erforschen, sagte er:
»Sieh, Giovanna ... Schau nur ... Sie sind da ...«

Alexandria
an diesem 28. August 1882

Mona, meine liebste Schwester,
seit zwei Wochen haben die Bombardements auf Alexandria nun geendet. An diesem Morgen, in der Dämmerung, habe ich von meinem Fenster aus die ersten Regimenter Ihrer Allergnädigsten Britischen Majestät der Königin Victoria beobachten können, die ihren Einzug in die Stadt hielten. Sie defilierten im Marschschritt und in perfekter Ordnung, mit jener hehren Disziplin, die ihnen die ganze Welt neidet. Eine leichte vom offenen Meer wehende Brise ließ ihre Banner mit dem rot-weißen Doppelkreuz – dem Georg- und dem Andreaskreuz – und selbstverständlich die Union Jacks *knallen. Es war beinahe schön.*
Die Truppen des Admirals Seymour und des Generals Wolseley haben in Port Said und in Ismailia Fuß gefaßt, und ihre Kolonnen sind an den Ufern des Suezkanals entlang ausgeströmt.
Von nun an ist der Wasserweg gänzlich unter der Kontrolle Ihrer Allergnädigsten Majestät. Bis wann? Ich wäre außerstande, die leiseste Voraussage zu wagen. Doch ich fürchte stark, daß es für lange Jahre sein könnte. Diesmal halten sie die so sehr begehrte Beute endgültig und fest in Händen. Aus welchem Grund sollten sie sie wieder preisgeben?
Es besteht überhaupt kein Zweifel, daß der neue Gebieter Ägyptens Sir Evelyn Baring Cromer sein wird. Seit einem Jahr ist er bereits Generalkonsul. Er war es, den London dazu erkoren hat, in absoluter Weise über unsere Außen- und unsere Innenpolitik zu bestimmen. Es wird ihm genügen, dieselben Prinzipien anzuwenden, die

er bereits erprobt hat, als er über die Geschichte Indiens gebot: die eiserne Hand im Samthandschuh. Was Taufik, unseren teuren Monarchen anbelangt (von dem Ismail, sein eigener Vater, sagte, er habe weder Herz noch Kopf noch Mut), so wird er die Rolle spielen, welche er immer gespielt hat: eben die einer Strohpuppe.
Wie ich es Dir in meinem vorherigen Brief andeutete, werde ich nächsten Monat in Paris sein. Corinne (ich kann mich nach wie vor nicht dazu entschließen, sie Mama zu nennen!) wird mich begleiten. Ich werde Dir dann von den tragischen Ereignissen erzählen, die in diesen unseligen Tag gemündet haben. Allerdings ahne ich wohl, daß Du, seit bald sieben Jahren in Frankreich lebend und mit einem Diplomaten verheiratet, gewiß auf dem laufenden gehalten werden dürftest.
Am Sonntag, wie alle Sonntage, werde ich das Grab von Tante Giovanna und von Papa mit Blumen schmücken. Und ich werde in Deinem Namen ein Gebet sprechen.
Was noch hinzufügen? Es sei denn, daß ich mit zunehmendem Abstand den Fatalismus des ägyptischen Volkes weit besser verstehe. Es verhält sich mit den Nationen wie mit den Menschen. Manchen gewährt das Schicksal die Mittel, sich frei zu entfalten, anderen bürdet es Ersticken auf. Und ich kann mich nicht erwehren, an jene Worte zu denken, die der alte Pascha einst ausgesprochen hatte und die Papa mir wenige Wochen vor seinem Tod weitererzählt hat: »Männern, die im Alter voranschreiten, ist es bisweilen gegeben, lange bevor der Wind sich noch erhebt, die hohle See vorauszuahnen. Daher seien Sie dessen eingedenk, was ich Ihnen heute sage, auf daß dies in Ihrem Gedächtnis eingeprägt bleibe: Wenn Frankreich und Ägypten eines Tages das Bett des Kanals von Suez ausheben sollten, wird England es sein, das sich hineinlegen wird.«
Sei zärtlich umarmt, Schwesterchen, in der Erwartung, Dich an mein Herz zu drücken.
Samir Mandrino.

Nachtrag

Wenngleich gewisse Freiheiten in der Abfassung derartiger Romane erlaubt sind (die Heirat von Giovanna und Said ist etwa eine solche), habe ich mich bemüht, so gewissenhaft wie möglich an der Geschichte zu *kleben*. Bestrebt, in diesem Sinne noch weiter zu gehen, schien es mir nützlich, manche Antworten zu den rein historischen Fragen beizusteuern, welche der Leser sich im Laufe seiner Lektüre gestellt haben könnte.

Über den Bruch zwischen Ferdinand de Lesseps und den Saint-Simonisten

Während der ersten Wochen, die auf die Konzessionsbewilligung folgten, konnte man meinen, zwischen den Saint-Simonisten und Lesseps herrschte vollkommene Harmonie. Was bloßer Schein war.
Von Ägypten sollte Lesseps gegen Ende 1854 und zu Beginn des darauffolgenden Jahres Briefe im allerherzlichsten Ton an Arlès-Dufour senden; daraus hier einige Auszüge:
»Ich habe königliche Gastfreundschaft erfahren. Freuen Sie sich, und mögen sich Ihre Freunde ebenfalls freuen. Es ist mir weit mehr gelungen, als ich erhoffen konnte. Wir werden gemeinsam die endgültigen Grundlagen unserer großen Sache legen. Einstweilen, und ohne irgend etwas abzuschließen, halte ich es für angebracht, daß Sie von jetzt an alle Eröffnungen und Schritte unternehmen, die Sie für ratsam befinden mögen … Tausend herzliche Grüße an Monsieur Enfantin und an Sie selbst.«

Und wiederum am 25. Dezember 1854:
»Ich bete zu Gott, daß er Sie unter seiner heiligen Obhut halte, bis wir beide in fünf Jahren der Vermählung der zwei Meere beiwohnen werden, deren Verlobung ich, vom einen zum anderen gehend, im Begriff bin zu zelebrieren.«
Doch bereits von den ersten Monarchen des Jahres 1855 ändert sich der Ton. Die Saint-Simonisten hatten auf Lesseps' prompte Rückkehr nach Paris gehofft; wonach ein Modus vivendi hätte ausgemacht werden sollen, dem zufolge die einen wie die anderen in das Projekt eingespannt worden wären.
Am 10. Februar schrieben Arlès und Enfantin an Lesseps und beklagten sich, daß er, »nachdem er sie angestachelt habe, sie auf der Stelle treten lasse«. Enfantin ist weit bissiger und beinahe drohend.
Darauf nun nehmen die Ursachen der Uneinigkeit ihren Anfang. Man könnte sie in wenigen Worten zusammenfassen: Rivalität aus Eigenliebe und -interessen, entgegengesetzte Auffassungen über die Art, das politische Problem anzugehen, und vor allem die radikale Unstimmigkeit hinsichtlich der Trassenführung des Kanals.
Zunächst in verhüllten Worten formuliert, werden die Vorhaltungen rasch von heftigeren Angriffen verdrängt. Eine gütliche Übereinkunft hätte vielleicht noch erzielt und gewisse Mißverständnisse ausgeräumt werden können, wenn es zu persönlichen Kontakten gekommen wäre. Unglücklicherweise verspätet sich Lesseps, und aus gutem Grund, da er die unentwirrbare Verwicklung aufzulösen versucht, deren wesentlicher Knoten sich in Istanbul befindet. Unter dem englischen Druck verweigert sich der Sultan, den von Said zugestandenen Ferman zu ratifizieren.
Die Kluft wird breiter. Enfantin wiederholt jedem, der es hören möchte:
»Lesseps hat sich in Ägypten übers Ohr hauen lassen, wie er

sich in Rom übers Ohr hat hauen lassen. Sobald er seinen Ferman, wie einen Ring beim Stechen, karakolierend und alle Hürden nehmend, in Händen hatte, hat er geglaubt, alles wäre getan ... Unter dem berauschenden Eindruck eines Erfolgs aus Zuneigung seitens des Vizekönigs hat er alles kompromittiert.«
Er zeigt sich ebenso hart gegenüber Linant, dessen Trasse Lesseps angenommen hat.
»Linant hat vom Beruf des Ingenieurs noch viel zu lernen ... Sein feenhafter Bosporus ist Narrenfutter. Die große Karte von Ägypten, die er nach Frankreich gesandt hat, ist ein offenkundiger Diebstahl, den er an jenen begangen hat, die ihm 1833 unter großen Mühen die Idee in den Kopf gesetzt haben.«
Seinerseits behält Lesseps seine Positionen bei und befleißigt sich, einer Richtlinie zu folgen, die in seinen Augen die einzig rationale, überhaupt die einzige ist, die gestatten könnte, ein derart komplexes und von England bereits dermaßen attackiertes Unternehmen zum Erfolg zu führen.
Er verwehrt es sich, den Saint-Simonisten Paroli zu bieten, und eröffnet sich hierzu, in einem Brief vom 26. Februar 1855, seinem Bruder, dem Grafen Théodore de Lesseps, in folgenden Worten:
»Sag Arlès-Dufour, wie Du es verstehst, daß ich weder die Zeit noch den Wunsch habe, seiner Botschaft vom 10. Februar und der von Enfantin zu antworten. Spräche ich mit ihnen in diesem Ton, hätten sie womöglich nicht meine Geduld, und wir wären rasch zerstritten.«
Und er schließt:
»Sie müssen doch von sich aus wissen, daß ich nicht der Mann bin, der sich beeinflussen noch sich einschüchtern läßt, wenn ich mich auf dem richtigen Wege glaube. Sie sollen wissen, daß ich niemals eine Verkehrung der Rollen akzeptieren werde, daß sie mich niemals geneigt finden, ihnen im Gefolge hinterherzugehen. Ich habe keine Art von Bindung zu ihnen, nicht mehr als

zu anderen … Ich könnte ihren Beitrag vermissen, doch ich werde mich nicht als verloren betrachten, falls er mir fehlen sollte …«

Im Frühjahr 1855 unternehmen die Saint-Simonisten Schritte, die den nicht wiedergutzumachenden Bruch provozieren. Darunter ein Artikel, der in der *Revue des Deux Mondes** vom 1. Mai 1855, von Talabot gezeichnet, erscheint. Auf daß niemand fehlgehe, ist er mit »Der Kanal der beiden Meere von Alexandria nach Suez« betitelt. Im Verlauf dieses Artikels verteidigt Talabot die Trasse, die er als die einzige von Belang erachtet, mit einem Wort: die seine. Er verdeutlicht: »Jeder Kanal, der nicht von Alexandria ausgehen und den Nil nicht auf der Höhe von Kairo schneiden wird, wäre dem völligen Scheitern geweiht; die Trasse von Linant und de Lesseps ist physikalisch unausführbar; sie ist eine Utopie, ein Trugwerk, die absolut beiseite zu schieben ist.«

Es konnte den Saint-Simonisten nicht verborgen sein, daß die Kanaltrasse in aller Souveränität von Said beschlossen worden war. Diese Werbung zugunsten eines Entwurfs, den der Vizekönig als »monströs« beurteilt hat – da er Ägypten entzweigeschnitten hätte –, wird von Lesseps als eine Kränkung, ja gar als eine Bedrohung empfunden.

Von da an möchte er keine Beziehungen mehr mit dieser Gruppe unterhalten, die er als Dissidenten betrachtet und die ihn vor der Weltöffentlichkeit in eine Situation der Schwäche versetzt.

Als er im Juli 1855 in Paris eintreffen wird, um seine eigene Kampagne ins Werk zu setzen, wird die Spaltung endgültig und unwiderruflich sein.

Ohne und wider die Saint-Simonisten wird er seinen Kanal bauen.

* Revue der zwei Welten. Gelehrtenblatt zu Themen der Literatur, Kunst und Geschichte. *(Anm. d. Übers.)*

Über die von Lesseps vollbrachte Arbeit und den finanziellen Aspekt des Kanals

Den Kampf zu beschreiben, den Lesseps gefochten haben dürfte, erforderte die Abfassung eines eigenen Bandes. Heben wir sogleich hervor, daß man sich vor der außerordentlichen Zähigkeit, die er bewiesen hat, nur verbeugen kann.
Dieser Kampf stellte ihn hauptsächlich England gegenüber, das (wie zu erwarten war) sich aller Mittel, von der Drohung bis zur Verleumdung, bediente, um den Franzosen auf seinem Weg aufzuhalten. Dieser Widerstand war im übrigen unmittelbar für den Verzug, ja bisweilen sogar für den Stillstand der Arbeiten verantwortlich.
Lesseps mußte Istanbul besänftigen, die Intrigen Englands vereiteln, indem er sich auf Österreich und Frankreich stützte, selbst in Paris – mit dem Beistand der Kaiserin und des Bankiers Fould – gegen den Duc de Morny und die Rothschilds ringen; und zugleich die Ingenieure beraten und mit den Geschäftsleuten verhandeln. Es ist wahrscheinlich, daß Ferdinand de Lesseps ohne die Unterstützung der Kaiserin Eugénie und deren Einfluß bei Napoleon III. sein Unternehmen niemals zum Abschluß gebracht hätte.

Es waren nicht fünf oder sechs Jahre für den Durchstich des Isthmus nötig, wie man es vorgesehen hatte, sondern zehn. Der erste Spatenstich war am 25. April 1859 gesetzt worden, nämlich an den Gestaden des Mittelmeers und des Menzaleh-Sees, an einem Ort, den Lesseps zu Ehren des Vizekönigs auf den Namen Port-Said taufte.

Um die Summe von 200 Millionen Francs (die geschätzten Kosten der Arbeiten) zusammenzubringen, gab Lesseps 400 000 Aktien zu je 500 Francs aus.

Am 1. November 1858 eröffnet und am 30. geschlossen, wurde die Zeichnung in Frankreich zu einem aufsehenerregenden Erfolg, wo man 207 111 Aktien erwarb. Inhaber aus allen Kreisen (die der unbeugsame Lord Palmerston als »kleine Leute« abgetan hatte) stürzten sich mit außerordentlichem Enthusiasmus in dieses Abenteuer. Patriotisches Gefühl war an ihrem Schritt sicherlich nicht unbeteiligt. Es wird von einem ehemaligen Soldaten erzählt, der sich Ferdinand während der Subskription genähert und zu ihm gesagt haben soll: »Diese Engländer ... ich bin wahrlich froh, mich an ihnen rächen zu können, indem ich Anteile des Suezkanals kaufe.« Oder von jenem anderen, der für »eine Eisenbahnlinie auf der Insel Schweden« zeichnete. Als man ihn darauf hinwies, daß es sich nicht um eine Eisenbahnlinie, sondern einen Kanal, und nicht um eine Insel, sondern um Suez handele, erwiderte er: »Für mich ist das einerlei, wenn es nur gegen die Engländer ist!«
Indes, wenn man von Österreich (1 083 Aktien) und dem Piemont (1 533 Aktien) absieht, blieben die anderen Länder dem Aufruf fern.
Was Said betraf, zeichnete er, mehr aus Freundschaft für Ferdinand denn aus Interesse, höchstselbst insgesamt 64 000 Aktien, nachdem er aus seiner Privatschule bereits die Summe von 500 000 Francs vorgestreckt hatte.
In Anbetracht der nicht verkauften Aktien hatte Lesseps keine andere Wahl gehabt, als den Monarchen Ägyptens zu überreden, diese zu erwerben.
Zunächst kaufte Said also die 94 000 Aktien, die man im Osmanischen Reich nicht hatte plazieren können, dann die 85 506 Anteilscheine, die in den Ländern, für die sie vorgesehen waren, nicht gezeichnet worden waren. Somit befand er sich im Besitz von annähernd 180 000 Aktien. Seine Grundeinlage am Kapital der Suez-Gesellschaft belief sich auf mehr als neunzig Millionen Francs. Eine Belastung, die sich für Ägypten als erdrückend

erweisen und die, Jahre später, als Vorwand für die englische Intervention dienen sollte.

Frankreich sollte im weitesten Maße an der Unternehmung teilhaben, da es 103,5 Millionen Francs, von 25 000 Zeichnern erbracht, beisteuerte. Leider mußten mehr als fünfundzwanzig Jahre abgewartet werden, bis die ersten Dividenden in Sicht waren.

Die damalige Presse versäumte es nicht, ihre Kritik über Lesseps auszuschütten.

So kann man in *Le Figaro* vom 27. November 1869, demnach zwölf Tage nach der Einweihung, lesen: »Gesetzt den Fall, man bringe ihn zu einem guten Ende, wird die Ausbeutung des Suezkanals schwierig werden. Die Passagegebühr ist entsetzlich kostspielig und wird die Reeder davon abhalten, ihre Schiffe dort durchfahren zu lassen. Andererseits sind die Unterhaltungskosten enorm, und den Aktionären droht sehr, niemals die geringste Dividende *einzunehmen.*«

Und weiter unten: »Bei der Nachricht, mehrere Schiffe hätten während der Durchfahrt des Kanals *touché**, hat ein Aktionär mit einem Seufzer gesagt: ›Was sind diese Schiffe glücklich!‹«

Und in derselben Zeitung, einige Tage zuvor: »An der Börse: ›Noch eine schlechte Depesche, die uns aus Suez zukommt. Dieser Kanal, der erscheint mir wahrhaftig fatal!‹

›Bei Gott! Ist der Orient denn nicht das Land des *Fatal-Isthmus*?‹«

Wie dem auch sei, der Suezkanal sollte am 17. November 1869 eingeweiht werden.

* Wortwitz, auf dem Verb *toucher* (touchieren, berühren), beruhend, das u. a. sowohl »aufsetzen, -laufen, -fahren« als auch »(Geld) einnehmen, -ziehen, erhalten« bedeuten kann. *(Anm. d. Übers.)*

Die von Said in die Kanalgesellschaft investierten neunzig Millionen Francs belasteten den Staatsschatz schwer. Als der Monarch dann am 18. Januar 1863 starb, folgte Ismail, sein Neffe, ihm nach.
Der neue Vizekönig zählte derzeit dreiunddreißig Jahre. Indem er 1866 den Tribut an den Sultan erhöhte, erwirkte er für sich erbliche Macht durch Erstgeburtsrecht in der direkten Nachkommenschaft und im Jahre 1867 den persischen Titel »Khedive«, der »Fürst« bedeutet; einen Titel, der die im Begriff Vizekönig enthaltene Idee von Unterwürfigkeit aufhebt.
Seine Beziehungen zu Lesseps waren nicht nur lauterer Frieden. In der Tat, kaum auf dem Thron, beschloß Ismail, zwei von seinem Vorgänger gebilligte Klauseln in Frage zu stellen, die er – zu Recht, so muß eingestanden werden – für mißbräuchlich befand. Die erste betraf die Abschaffung der Fron, die zweite hing mit jener Rückübertragung der Böden zusammen, die Said allzu leichtfertig zugestanden hatte.
Lesseps bat um Arbitrage durch Napoleon III. Der Schiedsspruch fiel. Beide Klauseln wurden für nichtig erklärt, jedoch gegen eine Entschädigung über 84 Millionen Francs, zahlbar per Annuität. Der Verschuldungsprozeß Ägyptens überwand eine weitere Schwelle.
Die Suez-Gesellschaft kam damit davon, die Muskelkraft der Fronarbeiter durch maschinelle Arbeit zu ersetzen.
Gelddinge und Ismail harmonierten nie miteinander. Der Khedive verschwendete mit unerhörtem Gepränge.
Bei Saids Tod belief sich die Auslandsverschuldung von Ägypten auf 250 Millionen Francs. 1880 wurde sie auf 2 500 Millionen bewertet.
Als er nicht in der Lage war, einer Fälligkeit Genüge zu tun, fand Ismail sich mit einem Mal gezwungen, das allerletzte noch in seinem Besitz befindliche Gut zu verkaufen: die 180 000 Suezka-

nal-Aktien. Er bot sie spontan jenem Land an, das seiner Meinung nach an ihnen am meisten hätte interessiert sein müssen: nämlich Frankreich.
Herzog Decazes, Minister für Auswärtige Angelegenheiten, neigte dazu, das Angebot anzunehmen. Doch, von Gott weiß welcher Tollheit inspiriert, widersetzten sich dem seine Kollegen des Kabinetts Buffet.
Acht Tage später wurden die 180 000 Suezkanal-Aktien Eigentum der britischen Regierung. Lord Beaconfield griff der Billigung des Parlaments vorweg und erhielt den Vorschuß des Kaufpreises (100 Millionen Francs, eine lächerlich geringe Summe) durch das Londoner Bankhaus Rothschild.
Von diesem Moment an sollte sich alles überstürzen.
Im April 1876 erneut mit dem Rücken zur Wand, mußte der Monarch in die Einrichtung eines franko-britischen »Kondominiums« zur Kontrolle der ägyptischen Finanzen einwilligen. Von da an gehörte Ägypten nicht mehr sich selbst.
Was die Rolle Frankreichs in dieser Affäre anbelangt, so war es ohne jeden Zweifel der Ansicht, daß es durch das Vorgehen mit England das bewahren würde, was es noch an Einfluß und politischen Interessen besaß, und glaubte, dadurch in der Lage zu sein, die englische Einmischung aus der Nähe zu überwachen.
Angesichts dessen, was der Mann von der Straße als Demütigung und Verletzung der Souveränität seiner Nation erachtete, schwoll der Druck des Volkes unmerklich an. Wurde stärker. Sehr bald fand Ismail sich zwischen Amboß und Hammer wieder. Er machte Winkelzüge. Versuchte, Zeit zu gewinnen. Doch entschieden sollte woanders werden.
In den ersten vierzehn Tagen des Juni beauftragten die Kabinette von Paris und London ihre Vertreter in Kairo, Ismail inoffiziell den Rat zu geben abzudanken. In einer jähen Anwandlung von Stolz lehnte dieser jedoch ab.

Vielleicht wähnte er, die Hohe Pforte würde ihren Lehnsmann wider Europa stützen? Naivität ...
Ohne von Frankreich und von England je offiziell darum gebeten worden zu sein, ordnete in den darauffolgenden Tagen der Sultan Ismails Absetzung und die Thronübernahme durch seinen Sohn Taufik an.

Der neue Monarch kann lediglich fortfahren, sich der Finanzkontrolle zur Tilgung der ägyptischen Schulden zu beugen. Gleichzeitig aber ist die nationalistische Bewegung angewachsen.
Im Jahre 1881 erwirkt Oberst Arabi, Anführer der Nationalistischen Partei, daß freie Wahlen eingeleitet werden. Sie erbringen den Sieg seiner Partei. Zum Kriegsminister geworden, fordert er die Aufhebung der franko-englischen Finanzkontrolle.
Am 20. Mai 1882 fahren sechs französische und sechs englische Kriegsschiffe in den Hafen Alexandrias ein. Man »rät« Taufik, Oberst Arabi und dessen Freunde aus Ägypten zu entfernen.
Arabi verweigert sich und trifft Anstalten, der alliierten Landung zu widerstehen.
Die Spannung steigt.
Am neunten Juli werden die ausländischen Konsuln von dem unmittelbar drohenden Bombardement unterrichtet.
Am Zehnten geht dem Militärkommandanten von Alexandria die Aufforderung zu, Sir Beauchamp Seymour, dem britischen Admiral, die Geschützstellungen zu übergeben, an denen die Schanzarbeiten bereits ausgeführt sind. Die Aufforderung bleibt ohne Wirkung.
Am Elften wird das Feuer auf die Befestigungen eröffnet.
Da ihm nicht erlaubt war, sich dem Bombardement anzuschließen, hat das französische Geschwader von Admiral Conrad die Reede Alexandrias am Morgen desselben Tages verlassen, um

sich nach Port Said zu wenden. Der Befehl hierzu war ihm im voraus von Paris erteilt worden.

Die Abfahrt des französischen Geschwaders an jenem Julimorgen war die Konsequenz aus der am Fünften vom Ministerrat getroffenen Entscheidung, Frankreich nicht am Bombardement teilhaben zu lassen. Diese Enthaltung erschien der öffentlichen Meinung damals kläglich. Die Folgen der Beschießung von Alexandria haben schließlich dazu geführt, das Bedauern darüber in Grenzen zu halten, daß Admiral Conrads Schiffe nicht daran partizipierten.

Auf englischer Seite schloß man hieraus, Frankreich würde sich, da es sich der Seeoperation entzogen hatte, um so eher noch einer militärischen Expedition entziehen und in gewisser Weise jegliche weitere Verantwortung in den Angelegenheiten Ägyptens von sich weisen.

Am zweiten August besetzt ein durch das Rote Meer herbeigebrachtes Kontingent englischer Matrosen Suez ohne Schwertstreich, wo kurz danach die von Indien kommenden Truppen landen werden.

Ein Jahr später setzt England dem »Kondominium« ein Ende und kontrolliert nun die ägyptische Politik allein. Vermöge eines Grundgesetzes maßt es sich de facto alle Autorität an.

1885 fällt der Sudan seinerseits in englische Hand. Lord Kitchner sollte dessen erster Gouverneur werden.

Im Jahre 1914 erklärt London Ägypten zum britischen Protektorat und bekräftigt somit seine absolute, 32 Jahre währende Beschlagnahme des Landes offiziell.

1952. Am 23. Juli gegen Mittag übernimmt ein »Komitee Freier Offiziere«, von einem gewissen Gamal Abd el-Nasser angeführt, die Macht und zwingt König Faruk – den letzten regierenden Monarchen –, zugunsten seines Sohnes Fuad II. abzudanken.

Im Juni 1953 wird die Monarchie abgeschafft und die Republik proklamiert.
Im Mai 1954 wird Nasser virtuell zum absoluten Gebieter des Landes. Seine erste Amtshandlung besteht in der gütlichen Aushandlung der schrittweisen Räumung des Kanals durch die Briten.
Am 18. Juni 1956 verläßt der letzte englische Soldat Ägypten.
Hierauf tritt dann das entscheidende Moment des Bruchs mit dem Okzident ein, als Washington nämlich seine Zusage zurücknimmt, den Assuan-Hochdamm zu finanzieren.
Am 26. Juli desselben Jahres beschließt Nasser, die Suezkanal-Gesellschaft zu verstaatlichen, deren enorme Einkünfte ihm ermöglichen sollen, die Finanzierung der Arbeiten zu sichern.
Paris und London, die seinen Beschluß als Herausforderung auffassen, stürzen sich in Israels Gefolge in ein militärisches Abenteuer, das schnell durch das amerikanisch-sowjetische Veto gestoppt wird.
Wie weit sind doch Enfantins Träume entfernt …

Quellen und Nachschlagewerke

M. Sabry: *L'Empire égyptien sous Mohammed Ali et la question d'Orient.* [D. ägypt. Reich unter M. A. u. d. Orient-Frage]. Paris (Librairie orientaliste Paul Geutner).

Gabriel Hanotaux: *Histoire de la Nation égyptienne.* [Gesch. d. ägypt. Nat.].

M. J. J. Marcel (de l'Institut d'Egypte): *Histoire de l'Egypte.* Paris (Firmin-Didot).

La Revue historique, t. CCXL, Juli – September 1968.

A. Jardin & A.-J. Tudesq: *La France des notables.* [D. Frankreich d. Notabeln]. Paris (Le Seuil).

Les Saint-simoniens et l'Orient. Paris (Edisud).

Suzanne Voilquin: *Souvenirs d'une fille du peuple, ou la saint-simonienne en Egypte.* [Erinner. e. Tochter d. Volkes, o. d. Saint-Simonistin i. Ägypt.]. Actes et mémoires du peuple/François Maspero.

Philippe Régnier, Amin F. Abdelnour: *Les Saint-simoniens en Egypte.*

M. Sabry: *La Question d'Egypte.* [D. Ägypt. Frage]

J. Lacouture: *Champollion.* Paris (Robert Laffont).

Gustave Flaubert: *Voyage en Egypte* [Reise n. Ägyp.]. Paris (Grasset).

Relation du Moniteur sur le voyage inaugural de l'impératrice Eugénie en Egypte, novembre 1869. [Bericht d. *Moniteur* (Staatsanzeigers) ü. d. Inaugurations-Reise d. Kaiserin Eugénie n. Ägypt.]

Papiers secrets et correspondances du Second Empire. [Geheim-pap. u. Korresp. d. Second Empire]. 1871, pp. 294–295.
Jean-Marie Carré: *Voyageurs et écrivains français en Egypte.* 1840–1869. [Frz. Reisende u. Schriftsteller i. Ägypt.] T. II. Le caire [Kairo], Institut français d'archéologie orientale, 1956.
Alex de Lesseps: *Moi, Ferdinand de Lesseps.* [Ich ...]. (Olivier Orban).
Fonds Enfantin. Bibliothèque de l'Arsenal.

Zur deutschen Ausgabe:

R. Martinus Emge: *Saint-Simon. Einführung in ein Leben und Werk, eine Schule, Sekte und Wirkungsgeschichte.* München 1987.